Denis Monette

Marie Mousseau, 1937-1957

Roman

Catalogage avant publication de Bibliothèque et Archives nationales du Québec et Bibliothèque et Archives Canada

Monette, Denis

    Marie Mousseau, 1937-1957

    (10/10)

    Éd. originale: Montréal : Éditions Logiques, c1997.

    ISBN 978-2-923662-91-6

    I. Titre. II. Collection: Québec 10/10.

PS8576.O454M37 2012   C843'.54   C2011-942206-9
PS9576.O454M37 2012

Direction de la collection : Romy Snauwaert et Marie-Eve Gélinas
Logo de la collection : Chantal Boyer
Maquette de la couverture et grille intérieure : Tania Jiménez et Omeech
Mise en pages et couverture : Clémence Beaudoin

Remerciements

Nous reconnaissons l'aide financière du gouvernement du Canada par l'entremise du Fonds du livre du Canada pour nos activités d'édition.
Nous remercions le Conseil des Arts du Canada et la Société de développement des entreprises culturelles du Québec (SODEC) du soutien accordé à notre programme de publication.
Gouvernement du Québec – Programme de crédit d'impôt pour l'édition de livres – gestion SODEC.

Les Éditions Logiques
Groupe Librex inc.
Une compagnie de Quebecor Media
La Tourelle
1055, boul. René-Lévesque Est
Bureau 800
Montréal (Québec) H2L 4S5
Tél. : 514 849-5259
Téléc. : 514 849-1388
www.edstanke.com

Dépôt légal – Bibliothèque et Archives nationales du Québec et Bibliothèque et Archives Canada, 2012

ISBN : 978-2-923662-91-6

Distribution au Canada
Messageries ADP
2315, rue de la Province
Longueuil (Québec) J4G 1G4
Tél. : 450 640-1234
Sans frais : 1 800 771-3022
www.messageries-adp.com

Diffusion hors Canada
Interforum
Immeuble Paryseine
3, allée de la Seine
F-94854 Ivry-sur-Seine Cedex
Tél. : 33 (0) 1 49 59 10 10
www.interforum.fr

À Corinne, ma petite-fille,
qui lira ce roman dans...
quelques printemps.

Prologue

Quelque peu courbé, le septuagénaire avançait à pas lents dans cette allée familière du cimetière où, de ses yeux usés par le temps, il percevait le granit de la pierre tombale de sa chère Simone. Périple qu'il accomplissait chaque samedi, neige, soleil ou pluie. Depuis que sa femme reposait dans la fosse à deux places depuis un an, jamais il n'avait dérogé à ce rendez-vous, où les murmures entre lui et la terre moite ou givrée prenaient l'allure d'un dialogue. Simone était partie si vite. D'un brusque arrêt du cœur, sans un adieu, sans un dernier baiser. Après quarante ans de mariage, à l'aube de ses soixante-dix ans. Et il n'avait eu qu'elle. Pas même cet enfant que le ciel ne leur avait pas accordé. Qu'elle... à le regarder écrire, à l'épauler de son encouragement, à le remonter dans les durs moments, à partager ses triomphes comme ses échecs. Elle était partie si vite, sa douce moitié, qu'il n'avait même pas eu le temps de la remercier de lui avoir été si dévouée. Sans un cri, sans alarme. Qu'un bruit, alors qu'elle s'était affaissée et que la « cafetière duo » versait le café velouté dans les tasses appropriées. Attiré par le bruit, il était descendu à la cuisine pour la trouver étendue sur le sol, inanimée, les yeux encore ouverts, la main sur la poitrine. Morte subitement. Voilà comment était partie sa douce compagne, son égérie. Pendant que lui, dans son petit bureau, remettait de l'ordre dans de vieux manuscrits inédits. Des œuvres inachevées de ses premières années et des poèmes et des sonnets dont il n'avait jamais eu la maîtrise. Depuis sa lourde perte, l'immense chagrin, pas un seul samedi sans venir lui chuchoter des poèmes qui, faibles en rimes, sortaient droit du cœur. Chaque samedi sauf un, au cours de l'hiver, retenu derrière sa fenêtre par la tempête. Pour se reprendre le lendemain et déneiger de la main la pierre grise, afin d'y lire le nom de celle qu'il avait aimée.

Pour Vincent Danin, petit homme aux cheveux longs et blancs, cette visite hebdomadaire était un rituel. Sa messe à lui, son missel. Et la douleur peu à peu s'était atténuée. Simone n'avait pas souffert et reposait en paix. Il ne restait de ces pages de vie que le doux souvenir. En ce samedi, 20 mai 1995, jour d'été en plein cœur du printemps, c'est avec respect et dignité qu'il se pencha sur la tombe pour y déposer quelques branches de lilas. Non loin de la fosse où l'herbe semblait renaître, deux oiseaux se disputaient un ver de terre. L'un d'eux prit son envol avec le butin, alors que l'autre, au sol, picorait dans la terre en quête d'une becquée. L'homme le regarda, l'oiseau le vit et s'envola. « Une autre âme en errance... » de songer l'écrivain pour qui l'infini avait une paire d'ailes.

Après sa prière, après ce quatrain maintes fois répété, l'homme tenta d'attirer un écureuil par un clappement de la langue. Le petit mammifère rongeur, debout sur ses pattes de derrière, n'osait avancer. Pas bête, la petite bête, l'homme n'avait pas de noix entre les doigts. Soudain, à quelques pieds du lieu où il se trouvait, un bruit de pas, quelques branches sèches qu'on brise. Il se retourna et aperçut sur une tombe qu'il avait tant de fois scrutée des yeux, une dame, penchée, affairée à mettre un peu d'ordre, un bouquet de fleurs sauvages à ses pieds, prêt à être déposé tout contre la pierre gravée. Vincent Danin fut surpris, intrigué et soulagé à la fois. Il avait cru tout au long de ses venues que cette défunte avait été abandonnée. Jamais personne sur cette tombe, et ce, depuis l'été dernier. Cette pierre tombale qui l'avait fait frémir chaque fois qu'il y avait posé les yeux. Dès le premier jour où, par un étrange réflexe, il s'en était approché, attiré par le profil auréolé de la Vierge Marie incrusté dans la pierre. Il s'en était approché davantage pour y lire en lettres carrées, relief usé par les ans : MARIE MOUSSEAU. Et, en dessous du nom : 1937-1957. Il était resté pantois, songeur et triste à la fois. Qui donc pouvait être cette jeune femme morte à vingt ans, il y avait plus de trente-cinq ans ? Il était resté perplexe, sidéré, se posant depuis la même question, chaque fois qu'il jetait un regard sur ce monument défraîchi. Son imagination ne faisait que des bonds. Il aurait tant voulu savoir. Avait-elle encore de la famille ? La fosse était-elle abandonnée ? Pourtant, lors de la mise en terre de sa tendre moitié, il avait cru remarquer un bouquet fané. Un bouquet dont la boucle rose était encore teintée. Un bouquet du printemps que l'été séchait, que le soleil brûlait de ses rayons ardents. Mais il n'avait jamais vu la main qui l'avait déposé et, là, en ce jour particulier, une silhouette, celle d'une dame âgée, enlevait d'un mouchoir la poussière entartrée dans le nom. Une dame aux cheveux gris. Se pouvait-il qu'elle soit sa mère ? « Non, sûrement pas… » songea-t-il. La jeune femme était morte depuis si longtemps.

Il sentait que la dame, seule et craintive de l'être, n'allait pas passer des heures agenouillée dans l'herbe humide. Il sentait qu'elle n'allait pas, tout comme lui, se promener, revenir dire un mot, tuer le temps à taquiner un écureuil. Il se devait de savoir, d'apprendre, de connaître. Il s'était posé tant de questions. Cette femme n'allait pas lui échapper sans qu'il sache qui était la Marie… de la Vierge Marie. « Le ciel avait sans doute eu besoin d'un archange », s'était-il répété tant de fois dans l'ignorance des faits. Il n'allait pas la laisser partir au risque de ne jamais la revoir. Son cœur d'écrivain, inquisiteur, n'allait pas vivre l'angoisse d'une autre page blanche. Quitte à l'effrayer, à la faire sursauter, Vincent Danin décida de l'aborder. Il s'était trop de fois interrogé.

Penchée sur la tombe, repoussant de la main quelques broussailles, la dame ne l'entendit pas venir. Concentrée, sans doute, sur le visage du souvenir.

— Pardonnez-moi, madame…

Un sursaut, un léger cri d'étonnement, elle se retourna, aperçut l'homme.

— Excusez-moi, je ne voulais pas vous effrayer. Et, n'ayez crainte, ma femme repose tout à côté… Je viens tous les samedis depuis, je ne veux pas vous déranger, mais…

La dame s'était relevée et, fort impressionnée et rassurée par le ton, avait demandé :

— Que puis-je pour vous, monsieur ?

— Je me présente, madame, Vincent Danin. Mon épouse repose à quelques pas, là où se trouve la pierre incrustée de roses.

La dame le regarda, retrouva son calme, aéra d'une main le bouquet touffu, et demanda avec timidité :

— Je peux vous être utile ? Vous avez besoin d'un renseignement ?

— Oui, c'est plus fort que moi et je m'en excuse, mais j'ai vu cette pierre tant de fois. Pardonnez ma curiosité, mais cette jeune femme, vingt ans à peine…

Rassurée de voir d'autres personnes déambuler, la dame répondit calmement :

— Marie était ma sœur, monsieur. Une jeune fille admirable, un être inoubliable.

Puis, scrutant de plus près le visage de l'homme, elle pressa sa narine de son auriculaire avant de lui dire :

— C'est curieux, mais il me semble vous connaître. Vous êtes, vous m'avez dit ?

— Vincent Danin, madame, et peut-être que… Je suis romancier.

La dame esquissa un sourire qui rassura l'homme et, sans emphase, murmura :

— Le romancier… L'auteur de tous ces livres ? N'avez-vous pas été invité à la télévision dernièrement ?

— Oui, bien humblement, dans le cadre d'une émission culturelle destinée aux aînés. Mais il y a fort longtemps que j'ai rangé ma plume.

— Vincent Danin ! L'auteur de *Mirage*, de *La femme oubliée*, de… attendez, de… *L'aube et le crépuscule*.

L'homme sourit d'aise et lui répondit gentiment, touché par la nomenclature :

— J'ai écrit une trentaine de romans au cours de ma carrière. Ce qui me surprend agréablement, c'est que vous vous souveniez de *Mirage*, mon tout premier roman.

— Mais, j'en ai lu plusieurs, monsieur Danin. Peu de vos romans m'ont échappé.

— J'en suis honoré, madame, mais lorsque j'ai écrit *Mirage*, je n'avais que trente-deux ou trente-trois ans. C'était mon premier essai, celui que tout écrivain tente d'oublier.

— Pas moi, monsieur. Je l'ai dévoré plusieurs fois. Vous m'aviez fait pleurer.

— J'en suis touché, croyez-le. C'était à l'époque où les jeunes femmes versaient dans l'eau de rose, le romantisme, la jolie prose.

— J'étais jeune, je l'avoue, mais je l'aime encore. Ce roman m'a marquée et je l'ai toujours gardé.

— J'en suis flatté, croyez-moi, mais j'ai écrit tant de choses depuis…

— J'ai lu *Comme une feuille au vent* il y a un an ou deux.

— Un roman de la dernière récolte, celui-là. Écrit il y a douze ou treize ans.

— Très bon, je vous l'avoue, je l'ai aimé, quoique plus dur, plus violent…

— Je vous le concède. À l'image de la vie contemporaine. Et, vous savez, on n'écrit pas à soixante ans comme on écrit à trente-cinq ans.

— J'espère ne pas vous avoir choqué par mon commentaire, monsieur Danin. Je l'ai aimé, ce roman. Tout comme les autres… Sauf qu'il y a peut-être de ces vieilles dames qui se parfument encore à l'eau de rose.

Elle éclata de rire et l'homme perçut, à sa mine, la sentimentale qu'elle avait été et qu'elle était sans doute encore. Cherchant à s'éloigner des compliments, de la révérence, de l'admiration, il lui demanda sérieusement :

— Et Marie Mousseau, votre sœur, madame… madame ?

— Dieu que je suis impolie, je ne me suis même pas présentée. Laurence Pratte, née Mousseau, la grande sœur de la petite qui dort en paix.

— Enchanté, madame, de lui dire Danin en lui tendant la main.

Puis, poussant quelque peu l'audace, il renchérit :

— Marie, vingt ans seulement. Est-il importun de vous demander…

Laurence fronça les sourcils, pencha la tête et marmonna, toute sa tristesse retrouvée :

— C'est une longue histoire, monsieur. Aussi courte fut sa vie, c'est une longue histoire... Elle est partie comme un roseau qui meurt au printemps...

Se rendant compte de son indiscrétion, l'homme de lettres fut très mal à l'aise. Laurence lui avait murmuré la phrase avec des trémolos dans la voix et il se rendait compte qu'elle avait les yeux embués de larmes.

— Excusez-moi, pardonnez-moi, je ne voulais rien remuer... Quelle maladresse de ma part. Je vous connais à peine et...

— Je vous en prie, ne vous excusez pas, monsieur Danin. Il y a de ces chagrins que même le temps... Vous savez, c'est moi qui l'ai élevée, cette enfant-là. J'ai été sa grande sœur et sa mère en même temps. Vous comprenez ?

Vincent Danin, pourtant doué de verve, était très mal à l'aise. Ayant peine à trouver les mots pour se sortir de sa fâcheuse position, il balbutia :

— Vous... vous venez souvent sur la tombe de votre sœur ?

— Moins qu'avant, une fois l'an. À mon âge, avec mes forces... Mais je viens chaque année au mois de mai pour fleurir sa tombe et nettoyer les dégâts causés par l'hiver. Je choisis toujours un jour qui précède ou qui suit le jour de son plus grand rêve...

Vincent Danin ne comprenait pas, mais il n'osa insister. Il murmura tout doucement comme pour sortir d'un embarras :

— Le mois de mai. Le mois de Marie. Je vois...

— Oui, en quelque sorte, quoique j'aimerais déposer des fleurs le jour de sa fête, mais comme Marie est née en février, vous comprenez... Je lui offre une messe, des prières, un lampion...

— De beaux gestes d'amour, madame Pratte.

La dame regarda sa montre, s'inquiéta, leva les yeux.

— Je m'excuse, monsieur Danin, mais je dois partir. Si je rate mon autobus, j'en ai pour vingt minutes à attendre le suivant.

Empressé, Danin sauta sur l'occasion.

— Je peux vous déposer si ce n'est trop m'imposer, j'ai ma voiture.

— Non, non, je vous en prie, j'ai encore le temps d'attraper l'autobus.

— Oui, mais nous aurions pu causer. J'aurais tellement souhaité...

— Une autre fois, peut-être, mais je préfère rentrer seule. J'ai quelques courses à faire. Un détour ou deux en chemin.

— Une autre fois ? Mais vous ne venez qu'une fois l'an. Est-ce à dire que je devrai attendre quatre saisons pour parler...

— Pour parler de quoi, monsieur Danin ?

— Pour parler d'elle, madame. Pour parler de Marie. Je ne sais trop pourquoi, mais la plume me tenaille. Je l'ai déposée il y a plus de dix ans et là, maintenant que je suis seul, c'est comme si l'envie de la reprendre me tourmentait.

— Mais, que pourriez-vous faire de l'histoire de Marie ? Sûrement pas un livre, monsieur Danin. Cette enfant-là n'a que quelques pages de vie. Elle était si jeune... Et puis, ne dit-on pas que les gens heureux n'ont pas d'histoire ?

— C'est un adage qui n'a pas sa raison d'être. Ce sont parfois les histoires les plus sobres qui engendrent les plus beaux récits.

— Vous n'avez tout de même pas l'intention d'écrire sa vie ?

— Non, je n'irais pas jusque-là, mais un roman, peut-être. C'est-à-dire un récit romancé... Je ne sais pas, mais j'ai l'intuition que si vous acceptiez de me parler d'elle... Une longue conversation, rien de plus. À moi de voir ce que je pourrais en faire. Ne serait-ce que pour m'aider à reprendre la plume, je vous en saurais gré, madame. À moins que vous n'ayez aucun moment à m'accorder. Vous avez sans doute vos obligations, votre mari...

— Non, je suis veuve. Mon mari est mort depuis plus de vingt ans. Le pauvre homme ! Il a tout sacrifié pour élever avec moi « mes enfants », c'est-à-dire mes sœurs. Et si Marie a été un ange, l'autre...

— Quoi ? Vous avez élevé vos deux sœurs ? Et vos parents ?

— Oh ! ça aussi, c'est une triste histoire. Si vous saviez...

— Mais, voilà ce que je veux savoir ! s'exclama l'écrivain. Nous parlions de Marie et voilà qu'une famille entière se greffe à elle. Je vous en prie, madame Pratte, ne me refusez pas cette joie. À mon âge, un dernier essai...

Laurence le regarda et elle fut prise de compassion face à cet homme, cet écrivain de renom qui, accroché à ses lèvres, cherchait le filon d'une dernière œuvre. Elle ne comprenait pas que l'histoire de Marie puisse à ce point le chavirer. Il lui avait pourtant avoué s'être arrêté maintes fois sur sa pierre tombale. Était-ce Marie qui, de là-haut... ? Laurence était pensive. Elle qui vivait seule depuis si longtemps et qui avait tant de temps à perdre. Un romancier qui s'intéressait à celle qu'elle avait tant choyée, tant... Et si c'était là un signe de sa petite Marie qui ne voulait pas sombrer à tout jamais dans l'oubli ? Et comme Laurence avait tant de choses à dire, elle qui n'avait que peu de confidentes... Elle regarda l'homme, se sentit à l'aise et lui répondit après un long silence :

— J'habite sur la rue Cherrier. Un logis très modeste, j'en suis gênée.

— Allons, allons, les plus beaux mots du cœur ne viennent-ils pas des chaumières ? J'habite également une petite maison sans prétention, madame. Depuis quarante ans. Une maison qui a vieilli avec nous et qui se défraîchit avec moi. Les écrivains sont heureux dans leur mansarde, vous savez. Balzac saurait vous en convaincre s'il était encore de ce monde. Le dénuement, c'est la richesse de l'âme.

— Je dois partir, monsieur Danin, le temps me presse, je suis confuse.

— Vous voulez bien prendre ma carte ? Je vous la remets, mais ça n'engage à rien. Pensez-y, prenez votre temps, réfléchissez, et si la chose s'avérait possible... Et je n'insiste pas, croyez-moi. Je vous laisse l'entière liberté d'agir à votre guise. Loin de moi l'idée de vous importuner, mais si le cœur y était, le mien ne pourrait que s'en réjouir.

Laurence s'empara de la carte et la rangea dans un compartiment de son grand sac à main. Elle allait partir, il lui tendit la main.

— Heureux de vous avoir rencontrée, madame.

— Moi de même, monsieur Danin, répondit-elle en dégageant doucement sa main.

Et c'est à petits pas précipités que la vieille dame traversa l'allée pour disparaître dans un tournant. Resté seul, Vincent Danin se fit songeur. Cette brève rencontre l'avait chaviré. Les yeux fixés sur la pierre tombale de Marie Mousseau, il sentit un long frisson lui parcourir l'échine. Puis, regardant en direction du lieu où reposait Simone, il aurait juré l'entendre dire : « Tu reprendras la plume, mon ami. Tu seras heureux. Ce sera là ton plus bel écrit. » Une larme s'échappa de son œil. Il tremblait et, pourtant, le soleil était chaud. Faisant demi-tour, il se rendit sur la tombe de sa femme pour y replacer quelques fleurs soufflées par un vent soudain. Sous ses genoux, il sentit un mouvement de la terre. Comme si son égérie l'assurait d'un soutien. Debout, essuyant une larme, il souffla de l'index un baiser à sa bien-aimée.

Chapitre 1

De la fenêtre de son petit vivoir, Vincent Danin regardait l'eau de la rivière qui s'agitait, préambule à l'orage qui venait. Le ciel était sombre, les nuages étaient bas et rapides. Quelques éclairs au loin étaient suivis des grondements du tonnerre. Accrochée à un piquet, la chaloupe d'un voisin dansait en titubant, ivre des vagues, combattant les vents qui soufflaient. L'homme tira les rideaux, baissa la toile et murmura : « Pourvu qu'une panne d'électricité ne suive pas... » Il regardait à gauche, à droite, scrutant d'un regard inquiet le désordre qui régnait. Depuis un an, depuis la mort de Simone, il avait tout laissé aller. Comme si, par respect, il n'avait plus voulu toucher ce qui n'appartenait qu'à elle. Si bien que le piano de la défunte était grisâtre de poussière et que la statue de plâtre que Simone aimait tant, la porteuse d'eau, avait dans son seau, une toile d'araignée solidement tissée que l'œil, de loin, ne voyait pas. Seul depuis un an, le veuf inconsolable se nourrissait à peine et mal. Des victuailles en conserve, des mets commandés d'un traiteur, un réchauffé de la veille, des pommes de terre bouillies, quelques légumes, et un carafon de vin rouge que, jadis, il partageait avec celle qui était partie. Il lavait sa vaisselle au fur et à mesure de ses repas, nettoyait la table, poussait un coup de balai, pas davantage. Durant toutes ces années, ses mains n'avaient appris qu'à écrire. C'était elle, Simone, qui s'occupait des tâches domestiques. Il mangeait ce qu'elle préparait, buvait le café qu'elle lui servait. Les yeux rivés sur ses pages blanches, il n'avait pas vu la porteuse d'eau prendre sa place sur son piédestal. Pas plus qu'il n'avait vu la nappe de dentelle orner la table et les fleurs séchées se déposer dans un vase. Parce que, respectueuse de l'art de son époux, Simone, son égérie, avait toujours besogné en silence. Avec, parfois, le sourire d'amour qu'elle lui offrait quand, manuscrit rangé, il levait les yeux et la regardait. Mais, aussi poussiéreuse était-elle, la petite maison du bord de l'eau de Laval-des-Rapides avait encore l'arôme de ces années heureuses.

Il l'avait achetée d'un veuf esseulé qui venait d'enterrer sa femme. Un homme chagrin qui voulait repousser tout souvenir de la main. Il l'avait obtenue pour quelques milliers de dollars, cette petite maison triste, déterminé à lui redonner un air de jeunesse, une gaieté retrouvée. Il l'avait achetée avec l'accord de sa dulcinée quelques jours avant le mariage. Ce tout petit mariage intime où elle, vêtue d'une robe de dentelle et d'un chapeau de la modiste, tenait entre ses bras un bouquet de roses pâles. Ses parents à elle, son frère unique devenu moine, une vieille cousine. De son côté, Vincent n'avait que son père, car sa mère était morte alors qu'il était en bas âge. Que son père et le frère de ce dernier, vieil oncle titubant, déjà sénile et souffrant de la goutte.

De ce beau jour il ne restait plus rien, sauf une photo jaunie. Simone et lui, solennels, unis pour le meilleur et pour le pire... et pour la vie. Elle était si belle avec ses yeux noirs, ses cheveux lisses couleur d'ébène et ce chapeau tout blanc qui mettait en valeur ses traits délicats. Et lui, altier, vêtu d'un complet gris, feutre mou à la main, petite moustache, nœud papillon. Le photographe n'avait pas raté la mise en scène.

Et la maison de bois gris fut repeinturée en jaune et vert. « Le soleil et l'espoir », s'était écriée la jeune mariée. Il avait souri. Il l'aimait tant qu'il ne s'immisçait en rien dans ce qui la ravissait. Il n'avait d'yeux que pour sa table, son encre, son papier et l'imaginaire qui lui trottait dans la tête. Il voulait écrire, atteindre la renommée et elle, aimante, confiante, devint peu à peu sa source d'inspiration, son égérie. Le ciel semblait vouloir leur refuser des enfants. Elle en était chagrine, lui n'y songeait guère. Peu attiré par les enfants, il n'avait pas cette fibre du père. Et sa plume, après trois manuscrits détruits, enfanta enfin son tout premier roman. Dès lors, avec *Mirage*, un auteur était né. Vincent Danin sortit de l'ombre, heureux de reprendre la plume pour un second ouvrage. Simone croyait en lui. Si fort, qu'elle avait insisté pour qu'il ne vive que de son art. « Quitte à manger de la misère, tu seras grand », lui avait-elle murmuré en l'assurant que ses dons de couturière allaient suffire au strict nécessaire. Et pendant qu'elle cousait jusqu'à ce qu'elle tombe de fatigue, Vincent Danin écrivait jusqu'à ce que le jour se lève. Second roman, accueil presque délirant ! Sauf de la part de quelques critiques dont il ne lisait pas les commentaires. Les sous rentraient, on l'aimait, on le lisait, c'était là sa plus belle récompense. Et les dames, charmantes créatures, s'arrachaient les romans de Danin, comme d'autres, avant elles, l'avaient fait pour Féval.

Et, d'une décennie à l'autre, ils étaient tous partis... pour le dernier voyage de la vie. Les parents de Simone, son frère moine, mort dans une abbaye, la vieille cousine, son père à lui, l'oncle à la goutte qui l'avait précédé... Ils n'étaient plus que... elle et lui. Que deux à s'aimer, à se comprendre, à partager. Simone avait même pardonné au bon Dieu de ne pas lui avoir donné d'héritier. Elle ne vivait que pour lui, par lui, en lui. Aussi célèbre était-il, l'abondance n'avait pas succédé aux honneurs. « Un écrivain, ça vit et ça meurt... », lui avait-il dit. Pour ajouter sans la moindre rancœur : « Démuni. » Ils avaient dû vendre une large part de leur terrain tout en gardant ce bord de l'eau qui leur était si cher. Une vaste résidence cachait désormais la petite maison aux teintes défraîchies. Le jaune était jaunâtre, et le vert de l'espoir avait pris peu à peu la teinte d'une pelouse en mal de pluie. Une petite allée, gardée de peine, conduisait de la rue à leur humble chaumière. Seul le facteur savait que derrière la grosse maison de pierre subsistait l'autre entourée d'un mystère. Avec, encore, un numéro civique, mais sans vie, sauf celle de l'âme, et jamais de visite.

Seul, complètement seul, depuis la mort de sa compagne, Vincent Danin ne sortait plus ou presque. Déjà, dix ans auparavant, il avait fait le deuil de son talent en rangeant tout dans un tiroir. Et l'encre avait séché. Au grand désespoir de Simone qui, en ce temps-là, l'avait supplié de ne pas abandonner, de ne pas se laisser décourager. Il avait écrit tant de romans. D'inoubliables romans qui circulaient encore. Mais l'écrivain, aussi doué était-il, n'avait pas avalé le refus de son dernier manuscrit. Son éditeur, pourtant fidèle, le lui avait retourné avec un mot qui avait sonné comme un glas : « Inacceptable. » Pour ensuite ajouter en post-scriptum : « Désolé, mais nous ne pourrons l'éditer. Votre histoire est invraisemblable. » Un choc, un coup de fouet en plein cœur pour celui qui leur avait fait faire fortune et qu'on rabrouait tel l'inconnu d'une première tentative. Sans la moindre courtoisie, sans égard à toutes ces années, à la renommée, à l'amitié. Vincent Danin se revoyait détruire le manuscrit et le livrer aux flammes du foyer. Malgré les cris de Simone, en dépit de son désarroi. « Ils ont raison, *Naufrage*, ce n'est pas bon », lui avait-il répondu. Ce à quoi elle avait renchéri : « Tu aurais pu le soumettre ailleurs, Vincent. Tu as mis trois ans à l'écrire. Comment peux-tu décider toi-même de sa valeur ? » Il l'avait regardée dans les yeux et lui avait froidement répondu : « Parce que je n'aime pas ce roman, Simone. Parce que je ne l'ai jamais aimé. Parce que je n'y ai pas mis mon cœur et mon âme. Je l'aurais moi-même rejeté s'ils ne l'avaient fait. Un auteur se doit d'être amoureux de son œuvre, de croire en ses personnages, de croire en lui, de défendre son écrit. Ce qui n'est pas le cas. Et c'est pourquoi *Naufrage* a fait... naufrage. » Elle était restée bouche bée. Elle l'avait pourtant aimé, ce roman. Elle l'avait même dévoré. Comme une inconditionnelle de tout ce que son mari pouvait écrire. Et elle savait que Vincent était épris de cette œuvre et que c'était par dépit qu'il se désistait de la paternité. Épris de ce roman comme de tous les autres, sauf de ceux qu'il avait lui-même détruits, inachevés, indignes de lui, jamais soumis. « Et pourtant, moi... », avait-elle murmuré. Sans détourner la tête, dans sa fierté offensée, il avait répondu : « Tu es une égérie, Simone, pas une lectrice. Tu conseilles, tu pousses, tu admires, mais sans le savoir, tu as toujours été novice dans l'art de lire. » Elle avait été profondément blessée. Elle savait qu'il mentait, qu'il se mentait... car il n'avait jamais repris la plume depuis. Malgré ses instances, malgré sa foi en lui, son amour incessant. Elle le sentait dépérir et, les yeux embués de larmes, elle cousait encore pour subvenir à leurs besoins. Puis, de plus en plus repliée sur elle-même, elle mourut subitement. Un foudroyant arrêt du cœur. Et, depuis un an, sur sa tombe, Vincent Danin se demandait encore ce qui avait pu la tuer ainsi. Le cœur usé à l'ouvrage ou le cœur meurtri peu à peu par l'angoisse... Simone serait-elle partie à défaut de ne plus être son égérie ? Simone avait-elle eu plus mal que lui de l'encrier fermé, de la plume déposée ? Celui qu'il avait été pour elle n'était donc plus ? Lente tristesse à en mourir ? Vincent Danin ne s'en était jamais remis. Simone, sa chère Simone, sa... vie. Jusqu'au jour où la pierre tombale d'une jeune inconnue l'avait tiré hors de son noir silence.

Un temps de chien en ce lundi 29 mai 1995. La pluie résonnait sur le toit avant même que Vincent n'ouvre l'œil. « Voilà qui commence bien la semaine ! » marmonna-t-il tout en disséquant la moitié d'un pamplemousse. La pluie avait toujours eu le don... de le mettre en rogne. D'aussi loin qu'il se souvenait, il était d'humeur désagréable quand le soleil n'illuminait pas sa fenêtre. Simone lui avait pourtant répété maintes fois : « La pluie, c'est la source de l'inspiration » et, une fois de trop, il lui avait répondu vertement : « Je n'écris pas *Le Déluge*, ma femme ! » Or, en ce lundi, personne sur qui déverser son humeur maussade. Pas même un chien, il ne les aimait pas. Pas même un chat, il y était allergique. Ce qui le décevait plus que la pluie, c'est qu'il n'avait reçu aucune nouvelle de la dame depuis leur rencontre. Le samedi précédent, il s'était rendu au cimetière, histoire de causer avec Simone et dans l'espoir... Mais la dame n'y était pas. Il aurait dû le prévoir, elle lui avait dit qu'elle ne venait qu'une fois l'an, mais, de son cœur de romancier, il avait présumé, souhaité... Déçu, il n'avait même pas jeté un regard sur la pierre tombale de Marie. Volontairement. Comme si la jeune femme qui reposait en paix était responsable de l'absence de… l'autre. Il était revenu, penaud, songeur, en se disant par la suite : « Vieux fou ! Comme si elle t'avait pris au sérieux avec tes galanteries d'un autre siècle. Comme elle a dû rire en parlant à des amis de l'hurluberlu rencontré au cimetière. Un écrivain déchu ! Un romancier qui s'accroche à ses vieux romans pour se faire valoir ! » Il s'était même haï de s'être pris à son propre piège. « Le dindon de sa propre farce », se disait-il, imaginant madame Pratte en train de lire les écrivains de l'heure actuelle. Il l'imaginait même devant un feuilleton de la télévision, très loin de son *Mirage* qu'elle avait lu dans la fleur de ses trente ans. « Comme si on pouvait rester accroché à un écrivain périmé », alla-t-il jusqu'à se dire. « Je parierais même qu'elle ne feuillette que des magazines », ajouta-t-il dans sa déconvenue.

Il avait passé la fin de semaine à grogner, à parier seul, à s'en vouloir d'avoir été naïf, et la pluie qui dansait sur le toit semblait émettre des cliquetis de rire. « Que faire de cette journée ? » se demandait le septuagénaire. « Tiens, je vais me rendre à la banque, mettre mon livret à jour, puis chez l'épicier profiter de quelques coupons-rabais. » Depuis un an, il parlait seul. Parfois dans sa tête, quelquefois à haute voix. Rançon d'une triste solitude. Une façon de percer l'air de cette maison morte de quelques sons. Habillé, parapluie sous le bras, il s'apprêtait à franchir le seuil de la porte lorsque le téléphone sonna. « Bon, juste comme j'allais partir. Une erreur de numéro, sans doute. » Le temps d'atteindre l'appareil, le quatrième coup retentissait.

— Oui, allô ?

— Monsieur Danin ? Je suis bien chez monsieur Danin ?

— Oui, en effet. À qui ai-je l'honneur, madame ?

— Je suis Laurence Pratte. Vous vous rappelez ? Vous m'avez remis…

Elle n'eut pas le temps de terminer.

— Madame Pratte ! Quelle bonne surprise ! Si vous saviez comme je suis heureux de vous entendre. Je n'espérais plus. Vous allez bien ?

— Très bien, monsieur Danin, et vous ?

— À merveille ! Si vous saviez comme je suis content...

— Vilaine journée, n'est-ce pas ? Vous avez écouté la météo ? On nous annonce cette pluie jusqu'à ce soir.

— Ah, oui ? À vrai dire, je n'ai rien écouté encore. J'ouvre rarement la radio et le téléviseur. Mais, si vous le dites...

— Je ne vous dérange pas, au moins ?

— Pas du tout, ma chère dame, répondit-il en retirant son imperméable. Je m'apprêtais à me rendre à la banque, mais j'ai toute la journée pour le faire.

— Vous allez sortir par ce temps de chien ?

— Et pourquoi pas ? Ne dit-on pas que la pluie lave l'ennui ? s'efforça-t-il d'ajouter en riant.

— Oui, peut-être, mais la canicule va suivre. On prédit un été, un ciel clair...

— Dites donc, vous suivez les nuages de près, vous ?

— C'est tout ce qu'il y a de bon à la télévision. Pour le reste, des balivernes, des meurtres, de la politique... Mais, comment faites-vous pour ne rien écouter de tout cela, seul, par un jour de pluie ?

— Parce que j'écoute de la musique, madame Pratte. C'est la meilleure façon d'oublier les intempéries et les vilenies de la vie. Tenez, ce matin, dès que j'ai vu la pluie, j'ai écouté des arias d'opéras de Puccini par Montserrat Caballé. Avec elle, on évite les mauvaises nouvelles.

Laurence se mit à rire.

— C'est une femme qui porte un nom pareil ? Moi, vous savez, l'opéra...

— Ne vous en faites pas, vous n'êtes pas la seule à ne pas apprécier. Mais, pour vous renseigner, celle dont je parle est la grosse cantatrice...

Il s'arrêta sec, demanda pardon, mais Laurence le rassura en riant de bon cœur.

— Ce que je voulais dire, c'est qu'elle est corpulente, vous comprenez ? Elle a du coffre ! Avec elle, Puccini est très bien servi.

Laurence riait de plus belle, ce qui rendait Vincent à l'aise. Retrouvant son sérieux, il lui demanda avec, dans la voix, une certaine hésitation :

— Madame Pratte, votre appel, c'est... c'est positif ? Pas pour me dire...

— Rassurez-vous, monsieur Danin. Sans bonne intention, j'aurais été trop intimidée pour vous téléphoner. Je vous aurais plutôt écrit. Si je vous appelle, c'est que j'accepte l'idée et la proposition. J'y ai pensé longuement, j'ai réfléchi, j'ai pesé le pour et le contre et je me suis dit que Marie serait heureuse qu'on parle d'elle. Ne serait-ce qu'entre vous et moi dans un « advienne que pourra ».

Vincent resta sans voix. Ému, sidéré, il sentait renaître une certaine vigueur en lui.

— Vous êtes là, monsieur Danin ?

— Heu... oui, oui, c'est l'émotion. Mon cœur n'a fait qu'un bond. C'est curieux, madame Pratte, mais je me sens comme un enfant à qui l'on vient d'offrir une récompense. Si vous saviez comme je suis content, heureux...

— Allons, vous allez me gêner. C'est moi qui serai honorée, monsieur.

— Nous prendrons tout le temps qu'il faudra, vous voulez bien ? Vous irez d'un jour à l'autre de sa vie... Et puis, pourquoi vous dis-je cela ? Nous en reparlerons dès notre première rencontre. Qu'en pensez-vous ?

— Oui, ça me va et je veux bien essayer, mais je vous avoue être nerveuse. Je n'ai pas votre instruction, moi, je ne m'exprime pas avec de grands mots…

— Allons, allons, madame Pratte. Ce n'est pas là ce que j'attends de vous. Ce que je désire, c'est que vous soyez naturelle, très à l'aise, que vous parliez sans faire d'efforts comme vous le feriez avec un ami intime.

— Mais vous êtes un écrivain et ça, ce ne sera pas facile pour moi.

— Oubliez l'écrivain, je vous en prie. Celui que vous aurez devant vous n'aura ni micro ni machine à écrire devant lui. Nous causerons, madame, nous aurons une conversation, rien de plus. Et, avec le temps…

— Mais comment allez-vous faire pour vous souvenir de tout ?

— La mémoire n'est pas chez moi une faculté qui oublie. Et j'aurai un stylo et un petit carnet pour noter quelques faits précis. Vous verrez, j'écoute, j'absorbe et, le soir venu, je résume chez moi tout ce que j'ai retenu. Ne vous en faites pas, rien de formel, rien de solennel. Que la simplicité.

— Dans ce cas, je suis prête à vous recevoir quand bon vous semblera.

— Mais c'est plutôt à moi de m'enquérir de votre disponibilité.

— Je suis aussi libre que vous l'êtes, monsieur Danin. Tenez, pourquoi pas mercredi si le cœur vous en dit ?

— Le 31 ? Avec plaisir, madame Pratte. Et quel heureux hasard. Nous ouvrirons la première page alors qu'on en retirera une du calendrier. Ce qui veut dire que la fin du mois sera le commencement… Pardonnez-moi, je parle trop, j'analyse tout, je suis anxieux. Puis-je avoir votre adresse ?

Laurence s'exécuta et il fut entendu que Vincent serait là pour les croissants et le café. Ils se quittèrent sur un au revoir, un remerciement de sa part et, ligne raccrochée, Vincent Danin perçut enfin le soleil à travers le rideau de pluie. Sa plume allait renaître et il se sentit comme à trente ans, radieux, léger, comme s'il avait quatre décennies de moins sur les épaules.

Vincent s'était levé tôt en ce mercredi anticipé. Si tôt que le facteur fut surpris de voir l'auto s'engager dans l'allée avant même qu'il ne livre le courrier. Car, jamais Vincent Danin ne quittait la maison sans avoir ouvert ses lettres. Même si, certains matins, le facteur passait tout droit ou ne déposait dans sa boîte qu'une circulaire. Les missives étaient denrée rare pour cet auteur presque oublié. De temps en temps, quelques lettres de lectrices qui venaient de lire un roman emprunté lui parvenaient par le biais de son éditeur. Sans même un mot de ce dernier depuis le refus de l'ultime manuscrit. Monsieur l'éditeur avait mieux à faire que de lui transmettre sa meilleure pensée, occupé à choyer de plus jeunes auteurs. Tout comme il l'avait fait pour Vincent Danin, naguère.

En moins de temps que calculé, il se retrouva rue Cherrier. «Damné centre-ville, murmura-t-il. Où donc vais-je stationner?» Par un heureux hasard, sur une rue transversale, une dame quitta un espace qu'il s'empressa d'occuper. Quelque cent pas et il se retrouva devant l'immeuble de trois étages dont le dernier, avec son petit balcon donnant sur la rue, était celui de Laurence, selon l'adresse indiquée. À peine neuf heures et il sonnait déjà à la porte derrière laquelle il entrevoyait l'escalier. Elle ouvrit à l'aide d'une corde reliée à la poignée et lui cria du haut de son petit palier : «Prenez votre temps, monsieur Danin, il y a seize marches à grimper.» Le logis était coquet, propre, joliment décoré. Des fleurs fraîches dans le salon et une violette africaine sur la table de la salle à manger. D'un coup d'œil, l'homme de lettres avait tout vu. La porte close de ce qui devait être la chambre, une autre encore fermée, la salle de bains sans doute. Mais ce salon de style antique avec des fauteuils de velours, une table en acajou, des photos encadrées, une reproduction de *La Liseuse* de Fragonard sur un mur, un paysage d'automne sur un autre, des bibelots, des livres, des lampes aux abat-jour ornés de frange, était fort accueillant. C'était vieillot mais chaleureux, et les teintes des divans épousaient à merveille celles des tentures encadrant un rideau de tulle blanc. Dans la salle à manger, une table recouverte d'une nappe rose, deux napperons magenta, de la vaisselle de porcelaine, des fruits, des brioches, des croissants, du beurre, de la confiture et cette odeur de bon café au percolateur qui terminait son remue-ménage. Sur les murs, des figurines, dont celle d'un pâtissier, peinte à la main, des casseroles de cuivre, une horloge en forme de pomme, un tableau représentant des gens pique-niquant et, tout au fond, une chaise berçante juste à côté d'une petite table sur laquelle traînait un tricot inachevé. Rien de luxueux chez Laurence Pratte, mais quel bon goût, quelle belle harmonie entre les objets, les couleurs et les odeurs. Et l'hôtesse n'avait pas échappé au regard du romancier. Bien coiffée, légèrement fardée, jolie robe aux tons imprimés, la dame avait cette élégance des femmes de quartier un dimanche.

— C'est très joli chez vous, madame Pratte. Très chaleureux, très coquet.

— Vous trouvez ? Ce ne sont pourtant que des vieilleries, mais j'avoue en prendre soin. Ce pâtissier sur le mur, c'était un cadeau de mariage. C'est le seul que j'aie encore et, entre vous et moi, je l'ai repeint deux fois.

Elle éclata d'un petit rire nerveux, intimidée en présence d'un si grand homme. Elle l'imaginait, malgré ses dires, vivant dans l'aisance, dans l'apparat. Ils déjeunèrent tout en parlant de la pluie et du beau temps.

Vincent ne voulait pas l'effaroucher. Il voulait que cette introduction se déroule en douceur. Il souhaitait que la première page s'ouvre sur un élan du cœur, mais Laurence, gênée, mal à l'aise, attendait qu'il entrouvre lui-même le volet. Installé au salon, café sur la table d'acajou, Vincent leva les yeux sur les photos encadrées et s'arrêta, songeur, devant le portrait d'une magnifique jeune fille aux longs cheveux blonds. Sourire angélique, la belle aux yeux pâles semblait le fixer du regard.

— C'est elle, n'est-ce pas ? C'est Marie... murmura-t-il en la désignant du doigt.

Laurence baissa la tête, prit sa tasse entre ses mains et murmura :

— Oui, c'est elle. Une photo prise quelques mois avant... La dernière.

— Elle avait les yeux bleus ?

— Non, ils étaient gris. Comme ceux d'un chat. Les yeux de ma mère. Mon autre sœur et moi avons hérité des yeux noirs de notre père. Marie était la plus belle. Dès sa naissance, on aurait dit une poupée. Blonde, les yeux gris, la peau très blanche, on aurait juré qu'elle était de cire.

— Et là, ce couple très sérieux, ce sont vos parents ?

— Oui, une photo d'anniversaire de mariage avant la naissance de Marie.

— Et là, c'est vous, cette jolie brunette ? Vous n'avez pas changé...

— Oh, si ! ne soyez pas si galant. L'âge a fait ses ravages.

— Ce bel homme à votre bras, c'était, c'était...

— C'était mon mari, Rémi. Un an ou deux après notre mariage.

— Et cette fillette qui vous tient la main, cette petite fille avec des tresses.

— Colette ! La deuxième de la famille, celle que j'ai élevée en même temps que Marie lorsque mes parents...

Laurence s'était arrêtée. Comme si un douloureux souvenir venait de lui percer le cœur.

— Je suis désolé, madame Pratte, je précipite peut-être les choses.

Elle releva la tête, prit une respiration et lui répondit calmement :

— Non, ça ira. L'amorce est difficile, mais ça ira. Je me dois de revivre tous ces événements puisque j'accepte de les partager. J'en aurai la force, croyez-moi. Ça fait encore mal, mais c'est si loin déjà…

— Si nous commencions par vos parents, par ce drame qui m'intrigue…

« C'était en 1939, en plein cœur de l'hiver. Marie avait à peine deux ans. Maman avait eu sa petite dernière au début de la quarantaine. Une enfant non désirée qui arrivait sept ans après l'autre. Ma mère avait pourtant l'habitude des grossesses espacées, mais là, à son âge, ce fut le choc. Pourtant, lorsqu'elle a vu ce petit être entre ses bras, elle l'a aimé comme s'il était un don de la Vierge Marie. D'où son joli prénom. Elle la dorlotait, la cajolait, la choyait, au détriment de Colette qui sentait qu'elle perdait sa place. Mon père était heureux, sans plus. Il avait souhaité un garçon. Mais il choya bien sa "petite perle", comme il l'appelait pour autant. Or, deux ans plus tard, comme je vous le disais, le vent était froid et la chaussée glissante… »

Et Laurence revécut ce jour en images et en paroles, donnant toute la scène à ses parents, oubliant qu'elle se devait de narrer l'événement.

« — Dis donc, ma femme, ça te dirait d'aller à la tombola ce soir ?

— 'Sais pas, il fait pas beau, la p'tite a le rhume.

— C'est au profit des pauvres, c'est juste dans la paroisse voisine. Je roulerai lentement. Ma vieille Ford a ses chaînes et pis, c'est quand même pas la tempête.

— Oui, mais la p'tite ?

— Laurence s'en occupera. Tu veux bien, la grande ? Une couple d'heures seulement.

— Bien sûr, papa. Ce ne sera pas la première fois que je garderai les petites le temps d'une sortie. Allez-y, maman, ça va vous changer les idées.

— Tu ne devais pas sortir avec ton cavalier, Laurence ?

— Non, pas ce soir. Rémi travaille au clos de bois de son père.

— Bon, dans ce cas-là, j'irai, mais je t'avoue que ça ne me tente pas.

— Allez-y, maman, ça va faire plaisir à papa. Pour une fois que vous n'aurez pas les petites sur les bras. »

Laurence se versa un café pendant que Vincent, muet, accroché à ses lèvres, attendait la suite du récit.

« Ils sont partis en pleine bourrasque. À tel point que ma mère avait reculé en ouvrant la porte. Je l'entends encore dire à mon père : "Ça n'a pas d'bon sens, on voit à peine à dix pieds devant !" Il l'avait rassurée et, de la fenêtre, j'ai vu l'auto démarrer et se perdre dans la tempête. J'avais senti que mon père avait hésité, bien que pour venir en aide aux pauvres, il eût affronté vents et marées. Mais papa n'était pas bien. Il souffrait d'asthme depuis son enfance et se plaignait d'une douleur à la poitrine depuis quelques mois. Alors, imaginez ! Avec ce vent, ces rafales, le déneigement de l'auto… »

Laurence fit une pause, respira longuement et poursuivit :

« Ils se rendirent jusqu'à la côte que la vieille Ford grimpa de peine et de misère. Puis là, selon les dires du médecin, il aurait été pris d'un violent malaise qui lui aurait fait perdre conscience, au moment même où il redescendait la côte, le pied raide et solide sur l'accélérateur. Ma mère a dû crier, hurler, cramponnée à son siège. Et c'est à une vitesse accélérée par le pied figé sur la pédale que l'auto traversa la chaussée pour aller s'écraser contre un mur de ciment. Celui de l'usine de charbon. »

Laurence essuya une larme. Le souvenir était encore vivant, présent dans sa mémoire, comme si le choc avait été récent.

— Voulez-vous qu'on arrête ? Vous désirez reprendre votre souffle, madame Pratte ?

— Non, laissez-moi poursuivre. J'aurais peur de ne pas en avoir la force un autre jour.

Vincent Danin, assoiffé de détails, enivré par l'histoire, se dégagea de tout sentiment tout en feignant la compassion. Pour l'écrivain, le signet n'existait pas. Seuls les mots importaient. Le récit, la suite, le plus de confidences possible...

« Mon père mourut sur le coup. Peut-être était-il mort avant, personne n'a pu le confirmer. Ma pauvre mère s'était fracassé le crâne dans le pare-brise, et lorsque l'ambulance arriva, elle respirait à peine. Le coin du mur de ciment lui avait arraché le bras. Conduite à l'hôpital, elle rendit l'âme au milieu de la nuit sans avoir repris conscience. Selon l'infirmière qui m'avait accueillie, elle était toute "déchiquetée". Elle m'avait lancé ce mot sans retenue, sans réserve, pendant que la bonne sœur me disait : "Ma pauvre enfant, qu'allez-vous faire ?" »

Laurence pleurait et Vincent, ému, retrouva sa compassion.

— Vous êtes chavirée, je suis navré, j'ai abusé, insisté...

— Non, non, répondit-elle en se mouchant, le pire est passé. Laissez-moi continuer, je vous en prie. Peut-être vais-je me sentir délivrée...

— Délivrée ? Mais de quoi ? Que voulez-vous dire ?

— Si vous saviez comme je me suis sentie coupable. C'est moi qui avais incité ma mère à sortir. J'avais même insisté, croyant bien faire. J'ai eu tant de remords, monsieur Danin, tant de remords que j'ai encore peine à me rendre sur leur tombe sans demander pardon à maman chaque fois.

— Vous n'y êtes pourtant pour rien... Le destin...

— Oui, je sais, on me l'a dit tant de fois. Mais je suis incapable de revivre ce jour sans ressentir au fond de moi un repentir. Je sais que je n'y suis pour rien, que c'était là la volonté de Dieu, mais c'est plus fort que moi.

— Après tant d'années ? Encore ? Après tout ce que vous avez fait ?

— Oui, hélas ! Et tout ce que j'ai fait par la suite m'est apparu longtemps comme un cruel châtiment.

— Le ciel avait certes une mission à vous confier, madame...

— Et il me l'a confiée, croyez-moi ! J'avais à peine seize ans, pas d'instruction, pas de travail, une petite sœur de neuf ans qui me serrait la main et la petite Marie qui, encore aux couches, s'accrochait à mes jupes. Seize ans, monsieur Danin ! Sans aucune préparation, sans argent, avec tout sur le dos, même le logement. J'ai cru devenir folle, j'aurais voulu fuir, mais les deux petites me retenaient de leurs grands yeux baignés de larmes. Elles n'avaient que moi et, après les funérailles, les condoléances, j'ai cherché à joindre les membres de la famille. Les deux sœurs de ma mère se sont volatilisées et le frère de mon père est retourné vivre aux États-Unis. Ma tante, celle sur qui je comptais, avait dit devant moi à sa sœur pour que je l'entende : « T'en fais pas, la Saint-Vincent-de-Paul s'occupera d'elles. » Et l'autre avait répliqué : « Ben oui, pis Laurence est assez vieille pour s'occuper des p'tites. Moi, à son âge, j'avais déjà une marmaille... » Seule avec deux enfants en bas âge, voilà ce qu'a été mon lot, ma pénitence. Comme si ma mère m'avait dit du haut du ciel : « À présent, prends soin d'elles. » Comme un reproche...

— Allons, allons, je ne peux croire que de telles idées...

— Elles sont ancrées, monsieur Danin. Dans ma tête et dans mon cœur. Et ce fut mieux ainsi, Dieu merci, puisque je leur ai consacré ma vie.

— Sans toutefois négliger la vôtre, j'espère ?

— Non, mais sans Rémi... Je me demande encore ce que j'aurais pu faire sans lui.

Un léger dîner, deux tasses de thé, et Laurence de demander au visiteur :

— Vous voulez profiter du balcon ? Le soleil est présent tout l'après-midi.

— Avec plaisir, madame Pratte. Quelle excellente idée.

— Vous avez tout votre temps, m'avez-vous dit ? Rien ne vous attend ?

— Absolument pas si... je ne dérange pas. N'avions-nous pas convenu de la journée ?

— En effet, mais si mon bavardage devient trop lourd, si je parle trop...

— Soyez rassurée, j'en serai comblé. Je vois déjà l'encre couler.

La rue était calme, les voisins, absents. La plupart des gens travaillaient. Une dame salua Laurence du trottoir, sans même porter attention au visiteur à peine entrevu.

— Seize ans, encore une enfant, je n'ose imaginer...

— Non, monsieur Danin, seize ans, une femme. Auriez-vous oublié l'époque ? Plusieurs femmes étaient déjà mères à cet âge. Avec encore la tresse aux fesses.

— Oui, vous avez raison, c'est que Simone et moi nous nous sommes mariés si tard. Trente ans révolus tous les deux, ce qui n'était guère d'usage.

— Une exception à la règle, murmura-t-elle en souriant.

— Et votre cavalier, votre Rémi ? Il n'a pas pris la poudre d'escampette ?

— Oh, non ! au contraire. Rémi ne me quittait pas d'un pouce. Sans lui, je n'aurais jamais pu traverser cette épreuve. Il n'avait que dix-huit ans, mais que de cœur au ventre, ce garçon. Il aimait ma famille comme si elle avait été la sienne. Et il m'aimait tellement… Plus que moi, je l'avoue, mais seule, sans défense, je m'accrochai à lui comme à une bouée. Vous savez, je n'avais connu aucun autre garçon avant lui. Il était respectueux, il n'avait pas, si vous me comprenez… la main baladeuse. Il avait été élevé avec des principes. Il m'aimait plus que moi, vous ai-je dit, mais je l'aimais beaucoup. La différence était que lui m'adorait, qu'il me vénérait, que j'étais la seule fille de la terre à ses yeux. Moi, j'étais moins exaltée. Amoureuse, je n'étais pas aussi empressée ou démonstrative. Il m'arrivait même de lui dire de ne pas trop me traiter comme une reine, que j'étais une fille bien ordinaire, de condition modeste. Il n'arrivait jamais chez moi sans un présent, ce qui me fâchait. Il dépensait sans compter pour me gâter et je savais que son père ne lui versait pas un gros salaire. Parce que l'entreprise serait à lui quand il ne serait plus là, lui répétait le paternel.

— Il était fils unique ?

— Non, il avait un frère aîné, Gérald, qui s'était marié à vingt ans et qui vivait au Manitoba avec sa femme et leurs deux enfants. L'aîné n'avait rien voulu savoir du clos de bois et avait préféré ouvrir une épicerie dans la province où sa femme avait de la parenté. Il n'est jamais revenu au Québec. C'est là-bas qu'on l'a enterré. Chez lui, comme il disait. Et sa femme repose maintenant à ses côtés. Leurs deux fils ? Éparpillés ! L'un à Vancouver, l'autre aux États-Unis. Nous ne les avons jamais revus.

— Et pour revenir à lui, à votre Rémi, madame Pratte, au moment où ce drame marquait votre vie ?

« Je ne savais plus quoi faire, j'étais désespérée. Mes parents, aussi remplis d'amour étaient-ils, m'avaient laissée les mains vides. Je n'avais pas le moindre sou devant moi et j'étais désemparée, les deux petites accrochées à mes jambes. Ce sont les parents de Rémi qui ont défrayé le loyer après avoir payé l'enterrement de mes parents. Au grand soulagement de la parenté qui n'a rien eu à débourser. Ils m'ont même donné des victuailles, mais je savais que j'allais tenir un mois ou deux, pas plus, même en tenant les cordons de ma bourse serrés. Rémi s'est offert de partager le loyer, les dépenses, de m'aider avec les petites, mais ça ne se faisait pas. Des concubins en ménage à cette époque-là ? Il ne fallait pas y penser. La propriétaire aurait été la première à nous expulser, et madame Pratte, très religieuse, n'aurait jamais approuvé un tel arrangement. Ce qui est arrivé, je le revois comme si c'était hier. Rémi était venu à la maison un certain soir et…

— Laurence, je crois avoir trouvé une solution.

— Tant mieux pour toi, moi, je ne vois pas d'issue. Je jongle, je me fais du mauvais sang, mais… dis toujours.

— Que dirais-tu de venir t'installer chez mes parents avec les petites ? Ma mère est prête à t'accueillir à bras ouverts avec les enfants et mon père n'y voit aucun inconvénient. La maison est si grande…

— Voyons, Rémi, tu n'y penses pas ? Les petites et moi chez ta mère ? Tu te rends compte de la corvée pour elle ? Et puis, ta mère qui n'a jamais eu de fille, qui ne connaît rien…

— Je t'en prie, Laurence, accepte, ce ne sera que temporairement. Le temps de nous caser, de nous marier…

— Nous marier ? Voyons Rémi, nous n'en avons jamais parlé. C'est ton grand cœur qui te pousse à te sacrifier. J'ai deux enfants à élever…

— Nous les élèverons ensemble, Laurence, et si le bon Dieu nous en donne d'autres, nous aurons une grande famille. J'aime les enfants, tu le sais, et toi, je t'aime tant. L'amour n'est pas un sacrifice, crois-moi, c'est un élan qui vient du cœur, un élan que je ressens pour toi depuis si longtemps. D'ailleurs, tu ne peux plus vivre dans ce logement. Tu te vois, chaque jour de ta vie, dans les affaires de tes parents ? Leur odeur est encore imprégnée, Laurence, et ça ne fait qu'augmenter ta douleur. Il te faut sortir de là, changer d'air, vivre ailleurs. Si tu ne veux pas le faire pour toi, fais-le au moins pour tes petites sœurs. À leur âge, elles ne cesseront pas d'attendre leurs parents. Surtout Marie, qui pleure encore de ne plus voir rentrer sa mère.

J'étais restée songeuse. J'aurais bien voulu voler de mes propres ailes, prendre tout à ma charge, trouver le courage, miser sur le temps, mais, démunie, sans ressources, à seize ans... Et puis, je craignais tant qu'on m'enlève mes petites sœurs, qu'on les donne en adoption à des étrangers. D'autant plus que les tantes s'étaient désistées. Tout plutôt que de me séparer d'elles. Rémi, connaissant mon tourment, m'avait dit au bon moment :

— Tu vois ? C'est la seule façon d'éviter tous ces ennuis. Avec ma mère, avec mon père, elles n'auront rien à craindre. Elles auront un toit, une famille, tu seras là, je serai près de toi et dans peu de temps...

— Ne parle pas de mariage, Rémi, tu n'es pas prêt, tu n'as rien devant toi.

— Nous laisserons parler les jours, mon adorée, tu verras, tout s'arrangera.

J'étais conquise chaque fois qu'il m'appelait "mon adorée". Conquise et sans voix devant une telle galanterie. D'autres termes m'auraient semblé disgracieux, mais "mon adorée", c'était noble, c'était pour moi le titre d'un poème. Et c'était sous cette appellation que, chaque fois, je fléchissais.

— Tu es sûr que tes parents, ta mère… ? Tu sais, Colette n'est pas une enfant facile. De plus, toutes ces dépenses… Je ne me sentirai pas à l'aise.

— Laurence, de grâce, ne cherche pas d'obstacles là où il n'y en a pas. Ma mère ne rajeunit pas et je la sens ravie d'avoir de l'aide à la maison. Ton lot, tu le gagneras, ne crains pas. Avec tous les services que tu lui rendras, la lessive, le ménage, je te jure que c'est elle qui s'en tirera à bon compte. Vous héberger et vous nourrir pour tout ce que tu feras pour elle, c'est une aubaine, n'en doute pas. Et elle m'a bien dit que tu serais la seule à t'occuper des enfants, qu'elle n'interviendrait pas, pour peu que tu lui permettes de bercer la petite de temps en temps. »

Laurence sortit de son passé, puis, regardant Vincent Danin, elle ajouta :

— Voilà comment je me suis retrouvée chez mes futurs beaux-parents. Avec les petites en plus. Rémi s'est chargé de vendre tous les meubles du logement. Je ne voulais rien garder, sauf quelques souvenirs. Des photos de mes parents, le chapelet de ma mère, la blague à tabac de mon père. Tout vendu, jusqu'au tabouret de la cuisine. Ce qui m'a permis, et j'en étais fière, de ne pas arriver chez madame Pratte les mains vides.

— Si j'en juge par votre regard, ce séjour chez vos futurs beaux-parents…

Laurence sourit d'aise et lui murmura avec sincérité :

— Je n'ai jamais regretté d'avoir accepté cette aide temporaire. La mère de Rémi, que je connaissais à peine, s'est révélée une soie. Plus dévouée, plus charitable, plus charmante, il aurait fallu la créer, monsieur Danin. Et douce en plus, pas dérangeante, avenante. Avec elle, je retrouvais une seconde mère. Je travaillais, bien sûr, mais elle était si peu exigeante que je n'avais pas l'impression de gagner ma pitance. Quant à lui, monsieur

Pratte, c'était la discrétion même. Timide, affable, il s'effaçait pour nous laisser toute la place. Dès les premiers jours, les petites les ont adoptés. Ils m'avaient demandé si les enfants accepteraient de les appeler « grand-mère » et « grand-père » et ça n'a pris que deux jours pour que Marie grimpe sur les genoux de grand-mère. Colette, plus vieille, plus réticente, refusait qu'on la traite en bébé. Moins attirée par la grand-mère, elle se rapprochait davantage du grand-père. Elle désirait, on le sentait, l'avoir tout à elle. Et lui, timide et maladroit avec une fille, n'eut pas d'autre choix que d'accepter ses caresses pour, peu à peu, les lui rendre. Je savais que j'aurais plus de misère avec Colette, qui avait déjà du caractère, mais, chez les Pratte, elle n'a jamais sorti ses griffes. Je sentais que ça viendrait plus tard et qu'elle nous donnerait du fil à retordre. Ah, celle-là !

— Que voulez-vous dire ?

— Soyez patient, monsieur Danin, ça viendra. Chaque chose en son temps. Ne me faites pas sauter d'étapes, je risquerais d'oublier de belles pages.

— Je m'excuse, pardonnez-moi, je me ferai... silence, de répondre l'auteur.

Laurence eut un léger frisson et Vincent s'en rendit compte.

— Vous avez froid ? Vous préférez rentrer ?

— Ah, ces nuages soudains, j'avoue que ça devient frisquet. Et puis, comme j'ai un souper à préparer, que diriez-vous d'une courte pause ?

— Bien sûr, je vous en prie. Je ne vous laisse aucun répit. Et pour ce qui est du souper, je ne sais pas, j'ai l'impression d'abuser.

— N'en croyez rien, j'ai tout planifié. Vous n'allez quand même pas m'enlever cette joie, moi qui me suis démenée pour être à la hauteur. Je ne savais même pas ce que vous aimiez. Imaginez ! J'ai présumé et j'ai opté pour une soupe aux légumes, un bœuf aux nouilles, une salade de fruits, une tarte aux œufs...

— Mais c'est un repas de roi que vous m'offrez là ! C'est trop, madame Pratte, beaucoup trop. Et que de dérangement...

— Non, ne soyez pas mal à l'aise, vous me priveriez d'une joie. Vous verrez, ce sera simple, sans cérémonie. Et ça va mijoter tout seul pendant que nous causerons.

— Soit ! Je n'ajoute rien, pas un mot de plus, et je vous suis, madame.

Confortablement installé au salon, un verre de bière en guise d'apéritif, Vincent Danin n'eut pas à attendre longtemps le retour de la dame qui n'avait eu qu'à mettre le feu bas sous ses chaudrons. Dans la salle à manger, tout était installé. Il ne restait plus qu'à allumer la petite chandelle qu'elle avait déposée au centre de la table, à côté de quelques fleurs, de la salière et de la poivrière. Revenue au salon avec une eau minérale à la main, elle prit place et poursuivit sans qu'il lui pose la moindre question.

« Notre séjour chez les Pratte n'aura duré que six mois, puisque le premier samedi de septembre de la même année, Rémi et moi, nous nous sommes mariés dans la plus stricte intimité. Je m'en souviens encore, nous avions choisi la première messe du matin et les seuls invités étaient mes beaux-parents et mes petites sœurs. Les badauds n'en revenaient pas de voir une mariée en blanc avec un long voile, un marié avec un chapeau et des gants, accompagnés seulement de leurs témoins et de deux enfants. On chuchotait et ça nous avait fait rire, mais, que voulez-vous, ma belle-mère avait insisté pour me confectionner la robe et le voile. Elle prétendait qu'un tel jour devait passer à la postérité, d'où la photo que vous voyez, là, sur le bahut. Nous étions passés chez le photographe pour une seule photo, fort bien réussie, j'en conviens. Une photo prise en cinq minutes et tirée en deux exemplaires. Une pour mes beaux-parents, l'autre pour nous. Sans même penser à en faire prendre une avec mes beaux-parents et les enfants. J'avais si hâte que tout soit terminé. J'étais gênée d'être aussi somptueuse sans réception, sans invités. Je n'avais qu'une seule hâte et c'était d'enlever cette robe, de retrouver mon tablier. »

— Un mariage précipité ? Vous qui...

— Ne craignez rien, je n'étais pas enceinte. J'étais encore... vierge.

— Ce n'est pas ce que j'ai voulu insinuer, madame Pratte, répondit Vincent en rougissant.

— Remarquez que plusieurs l'ont pensé à l'époque. Mes tantes surtout, que nous n'avions pas invitées. Ah ! Ces gueuses ! Ce qu'elles ont pu déblatérer sur notre compte, mais j'étais si contente de les savoir furieuses de ne pas avoir été de la noce. Ces commères, ces sans-cœur qui n'avaient jamais pris de nos nouvelles depuis l'accident. Pour vous répondre, je vous dirai que ce mariage n'a pas été précipité puisque Rémi et moi en parlions depuis des mois et qu'il avait déniché un très beau logement dans le nord de la ville. J'aurais préféré attendre en décembre, mais avec la Seconde Guerre qui faisait déjà des ravages à l'étranger et qui menaçait le monde entier, c'est ma belle-mère elle-même qui me supplia de hâter le pas. Elle craignait que les Canadiens soient appelés plus tôt que prévu, que son Rémi... Moi, j'hésitais, j'étais encore en deuil, je savais que ça ferait jaser, mais pour les petites, pour construire un nid, j'ai accepté de troquer les robes noires que je portais encore contre la blanche immaculée que ma belle-mère cousait et brodait. Plus que généreux, mon beau-père avait payé notre trousseau ainsi que nos meubles. Il avait même augmenté les gages de Rémi, sachant qu'il allait se mettre en ménage avec trois bouches à nourrir. Et, comme il m'aimait bien, il avait dit à son fils : « Laurence, ça va te faire une saprée bonne femme ! Prends-en bien soin, mon gars. » Avouez que ça prenait quand même du courage pour un gars de dix-huit ans qui s'embarquait avec une femme et deux enfants.

— Et que dire d'une jeune fille de seize ans, madame Pratte ?

— Bah ! j'étais habituée, moi. Et c'était mon problème, pas le sien, j'avais déjà les enfants sur les bras.

Elle but une gorgée de son eau minérale pour ensuite ajouter :

— Ma belle-mère n'avait pas tort dans ses prémonitions car, le lendemain de notre mariage, le paquebot *Athenia* fut torpillé par un sous-marin allemand. Au moment même où la France et la Grande-Bretagne déclaraient la guerre à l'Allemagne. Hitler faisait de plus en plus de ravages et ma belle-mère était dans tous ses états. Elle voyait même le dictateur à nos portes, au Canada. Elle brûlait des lampions, elle priait sa bonne sainte Anne pour que son fils soit épargné de l'enrôlement qu'elle sentait venir. Elle m'avait dit : « Ce sera mondial, vous verrez. »

Vincent but une gorgée de bière et, timidement lui demanda :

— Et Rémi, vous... vous l'aimiez ?

— Profondément, monsieur Danin. De tout mon cœur, pourrais-je ajouter. Quand je disais qu'il m'aimait plus que moi, c'est qu'il m'aimait follement et qu'il me fallait sans cesse le raisonner. Mais je l'aimais, cet homme, et je l'ai toujours aimé. Il n'avait que des qualités, aucun défaut, sauf sa lenteur à sortir du lit le matin, ajouta-t-elle en riant. Mais il travaillait sans compter les heures et il adorait les petites. Et comme il était beau garçon, vous l'avez constaté vous-même, ça ne faisait qu'ajouter au charme de notre union.

— Je vous ferai remarquer que vous étiez vous-même une fort jolie femme.

Elle rougit, baissa les yeux.

— Mignonne, peut-être, mais jolie… Vous auriez dû voir celle qui lui courait après, vous ! Une voisine. La fille d'une famille très à l'aise. Elle s'appelait Catherine, elle avait son âge, elle aurait tout donné pour se l'approprier. Bien plus belle que moi à part ça ! Le genre Greta Garbo, avec de l'instruction, des belles manières, mais c'était moi qu'il aimait. Jamais il n'a levé les yeux sur cette fille. Il savait qu'il lui plaisait, mais jamais il ne l'a regardée. J'en suis sûre, car ça m'aurait rendue jalouse. Et je peux même jurer que Rémi n'avait jamais fait « la chose » avec une autre. Pardonnez-moi de vous parler d'intimité, mais il avait été si maladroit lors de notre nuit de noces qu'il nous a fallu recommencer le lendemain.

Laurence éclata de rire, agitée, nerveuse d'être entrée dans les détails. Vincent souriait, amusé, assuré qu'elle avait aimé son mari de tout son être. Pour sortir de son embarras, Laurence se leva, s'excusa…

— Le couvercle de la soupière saute, monsieur Danin. Si nous passions à table maintenant ?

La soupe était délicieuse, avec ses gros morceaux de légumes bien coupés, assaisonnée d'une épice qu'il ne pouvait identifier. Le bœuf aux nouilles était sans pareil. D'un goût exquis, d'une tendreté – on aurait pu jurer qu'il était l'œuvre d'un chef cuisinier. Laurence avait débouché un demi-litre de vin rouge. Embarrassée, elle avait avoué : « Je ne m'y connais pas. C'est l'épicier qui me l'a suggéré. Ça vient du Chili. J'espère que vous l'aimerez. » Elle avait sorti ses verres à pied en cristal ciselé et allumé une chandelle. Elle avait placé sur son phono qui comptait plusieurs années un microsillon pour, avait-elle dit, agrémenter le souper d'une musique de fond. Il s'agissait de *Valses viennoises*, un récital de Mathé

Altéry. Vincent en fut ravi. Il n'avait pas oublié cette voix de miel de la chanteuse de plusieurs opérettes. Lui en faisant part, elle avait répondu en baissant les yeux :

— C'était la chanteuse préférée de Marie. Elle a donné divers spectacles sur ces valses.

— Des spectacles ? lui demanda Vincent avec étonnement.

— Oui, mais ça viendra plus tard, si vous voulez bien.

Et pour ne pas sauter d'étapes, elle s'empressa d'ajouter :

— Elle n'a sûrement pas la voix de votre, votre... corpulente chanteuse.

— Montserrat Caballé, reprit-il. Ne vous en faites pas avec ce nom, rares sont ceux qui peuvent le prononcer. Elle n'est connue que des férus de l'opéra, les mordus de Puccini.

— Ce qui n'est pas mon cas, j'en suis navrée. Moi, à part Mathé Altéry et Claire Gagnier, notre rossignol canadien, je ne suis pas des plus renseignées.

— Allons, on ne peut pas tout connaître, madame Pratte. Vous croyez que je suis renseigné sur les artistes de l'heure, moi ? Dans ce domaine, vous pourriez me perdre au détour, vous savez.

Elle sourit et répliqua :

— Au moins, avec vous, j'apprendrai.

— Ensemble, nous apprendrons, madame Pratte. Vous me rendrez la monnaie de ma pièce, vous verrez. Je suis ancré dans mes antiquités.

Ils mangèrent copieusement, il fit l'éloge du repas, des desserts, de son café juste à point et, poliment, de son... bon vin. Elle voulut reprendre son récit, mais il s'y objecta.

— Non, c'est suffisant pour aujourd'hui, il faut vous reposer. Nous reprendrons un autre jour, si vous le voulez...

— Avec plaisir, à votre convenance, répondit-elle. Je n'osais vous le dire, mais je suis à bout de souffle. Tant de souvenirs remués en quelques heures…

— J'en suis conscient et je vous en remercie. Mais assez, c'est assez, sinon je risque d'en oublier. La mémoire, à mon âge, a ses limites.

Ils éclatèrent d'un rire complice. Sonore et intime à la fois. Ils parlèrent de la pluie, du beau temps, de l'été qui viendrait sécher le sol encore saturé de la neige absorbée. Quelque peu délivrée de sa timidité après les deux verres de vin, elle osa lui demander :

— Vous êtes un natif de l'hiver, de l'été, monsieur Danin ?

— En plein froid de l'hiver. Le 8 janvier 1922.

— Un Capricorne ! Tout comme moi ! Quelle coïncidence.

— Ah oui ? Puis-je, sans être indiscret, vous retourner la question ?

— Je suis née le 13 janvier 1923. Un an après vous, cinq jours plus tard.

— Quel hasard, en effet. Ce qui n'empêche pas le cœur d'être au chaud.

Elle rougit, baissa les yeux, les releva vers lui et lui demanda timidement :

— Vous savez ce qu'on dit des Capricorne, monsieur Danin ?

— Non, pas vraiment, je ne connais rien à l'astrologie.

— On dit qu'ils ont la tête dure…

— Que ça ? Tiens, c'est donc pour ça que mon père me disait que j'avais une tête de cochon ?

Surprise, bouche ouverte, elle le regarda et tous deux éclatèrent de rire. Beaucoup plus à l'aise depuis ces quelques mots familiers qui faisaient de l'écrivain un homme comme tout le monde, elle s'empressa d'ajouter que les Capricorne savaient ce qu'ils voulaient, qu'ils parvenaient à leurs fins, qu'ils ne lâchaient pas prise. Ce à quoi Vincent Danin répliqua :

— Je vous l'accorde, madame. Ne suis-je pas ici tel que désiré ?

D'un rire à l'autre, ils parlèrent de tout sauf de... Marie. Comme si un signet s'était posé sur la page au moment où Laurence et Rémi s'étaient mariés. La nuit venait, les nuages étaient bas, Vincent Danin se leva.

— Je dois rentrer, j'ai abusé de votre hospitalité, je m'en excuse. Je n'ai pas vu le temps passer...

— Je vous en prie, monsieur Danin, nous n'avons fait qu'un petit tour d'horloge. Pas surprenant que nous n'ayons pas vu le temps passer...

Enclin à ne pas perdre de terrain et encore moins le fil de ce récit, Danin lui demanda avec un regard insistant :

— Que diriez-vous si le prochain chapitre se déroulait chez moi ?

— C'est que... heu...

Avant qu'elle se trouve une excuse, il enchaîna :

— Dites oui, je vous en prie. Je n'ai qu'une modeste maison au bord de l'eau. Je viendrais vous prendre... Je ne cuisine pas, mais je connais un traiteur qui livre de bons plats.

— Non, non, c'est trop de trouble, vous tentez d'être poli...

— Non, je vous l'assure. Cela me ferait tant plaisir. Et puis, pourquoi pas chacun son tour ? Voilà qui pourrait être un très bon arrangement. Qu'en pensez-vous, Laurence ?

Il se sentit mal. Une main devant la bouche, il voulut s'excuser de cette familiarité. Avant même qu'il ne prononce un mot, elle s'écria :

— Enfin ! J'attendais vraiment ce moment, monsieur Danin. Les « madame Pratte » ou « madame », ça finit par devenir... gênant.

Rassuré, souriant, l'homme de lettres lui rétorqua :

— S'il en est ainsi, faites-moi plaisir à votre tour. Oubliez Danin et appelez-moi Vincent. N'est-ce pas là du donnant, donnant ?

— Si vous insistez... Vincent. Pourquoi pas ?

Ils se serrèrent la main et, après s'être confondu en excuses et en remerciements, l'écrivain d'hier regagna sa voiture avec une sève de jeunesse en plein cœur. Empruntant la rue Cherrier, il leva les yeux vers la fenêtre de Laurence et aperçut sa silhouette qui, à peine voilée par le rideau entrouvert, lui faisait un signe de la main. Un signe discret auquel il répondit avec ardeur, espérant qu'elle avait entrevu son sourire.

Chapitre 2

Jeudi, 8 juin 1995. L'écrivain s'était levé du bon pied, avait déjeuné, s'était lavé, rasé, habillé, et tournait en rond en comptant les heures. Ce jour-là, Laurence allait venir. Chez lui. Pour la première fois. Il était agité, anxieux, mais fier de l'allure de sa modeste demeure. En vue de cette visite, il avait engagé une dame qui avait fait le grand ménage. Tout reluisait comme un sou neuf. Pas même un brin de poussière sur les centaines de livres de sa bibliothèque. Le temps était frais, très frais, et il en était ravi. Depuis deux jours, il avait fait si chaud qu'il n'était pas parvenu à sentir la fraîcheur venant de l'eau. Une courte canicule, une chaleur humide que n'avaient pas réussi à combattre tous les ventilateurs. Et là, soudainement, un agréable changement. Comme si le ciel avait voulu que la visiteuse soit à l'aise, sans mouchoir à la main pour s'éponger le front. Il s'était empressé d'aller la chercher rue Cherrier. Quinze minutes avant l'heure convenue, mais Laurence était prête. Dès qu'elle prit place dans la voiture, Vincent huma le doux parfum dont elle s'était aspergée. Joliment coiffée, ses cheveux gris bouclés ne bougeaient pas d'un pouce. Légèrement maquillée, Laurence avait revêtu une robe de coton d'un rose pastel. Sur ses épaules, une veste de laine d'un vert tendre pour contrer la fraîcheur du matin et celle qui viendrait le soir après le coucher du soleil. À ses lobes d'oreilles, deux minuscules perles, sobres et discrètes. Et ses pieds, aussi menus que ceux d'une petite fille, étaient chaussés de souliers de cuir vert, talons d'un pouce, fermes et solides. Mince, peu courbée, la septuagénaire avait encore une taille de guêpe. Si mince que Vincent était sûr que, sur le pèse-personne, elle n'atteignait pas les trois chiffres.

Pendant le trajet, quelques mots, rien de plus. Il lui parlait de ses pivoines qui venaient d'éclore et qui allaient mourir bien vite, laissant leurs pétales sur le terrain. «Une fleur qui sème plus de dégât que de joie», avait-il ajouté. Laurence enchaîna avec sa violette africaine dont elle prenait grand soin tout en insistant pour lui dire qu'elle adorait les fleurs sauvages, les marguerites des champs tout comme les pissenlits, ce qui le fit bien rire. Oui, ces pissenlits sur lesquels elle soufflait lorsqu'ils étaient fanés. Un jeu qu'elle avait appris à Marie qui formulait un souhait sur les poussières qui s'envolaient. Vincent était ravi de se sentir déjà dans ce passé dont il comptait meubler les heures de la journée. Arrivés à destination, auto garée, il lui avait ouvert la portière et, apercevant la maison, la rivière, elle s'était exclamée : «Comme c'est joli. On dirait un conte de fées. Quel enchantement... Vincent !» À peine entrée, elle fut sidérée. Tout était si propre, si ordonné, si coquet, si vieillot. Elle aurait tant souhaité avoir deux paires d'yeux pour mieux s'émerveiller devant les tableaux, les livres, le piano, les bibelots, les tentures, les vieilles photos, le mobilier, l'horloge grand-père et l'escalier de bois qui menait à l'étage. Elle en vint à conclure que c'était là, la petite maison si bien décrite de son premier roman, *Mirage*. L'auteur, souriant, acquiesça, et Laurence sentit revivre en elle les plus belles pages de cet inoubliable ouvrage. Puis, devant le portrait de noces de Simone et Vincent, elle resta songeuse.

— Oui, c'est elle, Laurence. Celle qui a partagé ma vie.

— Comme elle est belle ! Ce sourire, ces grands yeux noirs, ce joli chapeau... Elle était musicienne ?

— Oh ! elle pianotait, sans plus. Des berceuses de Brahms, quelques extraits de *Casse-Noisette*, des impromptus faciles...

Vincent avait détourné la tête, pensif, encore triste de la perte de l'être cher.

— Simone était mon égérie... marmonna-t-il.

— Votre... ? Je m'excuse, mais je ne suis pas instruite, je ne sais pas...

— Pardonnez-moi, je vous explique si vous le voulez bien.

— Je ne demande rien d'autre que d'apprendre, vous savez...

— Une égérie, c'est une conseillère, l'inspiratrice d'un artiste. Juliette Drouet, l'actrice française qui lia sa vie à celle de Victor Hugo, a été son égérie jusqu'à ce qu'elle rende l'âme. Avec Simone, j'ai aussi eu droit à plusieurs années et j'en bénis le ciel. Sans elle, plusieurs de mes romans n'auraient jamais vu le jour. Elle savait trouver les mots que, parfois, je cherchais. Et c'était discrètement, secrètement, qu'elle les déposait sur ma table de chevet. En silence, sans jamais revenir sur le sujet et sans se demander si son conseil m'avait été utile ou pas.

— On ne rencontre une telle femme qu'une fois dans sa vie, n'est-ce pas ?

— Non, ce n'est pas toujours le cas...

Vincent ne savait que dire. Il était vrai, il le savait, qu'une égérie n'avait pas de copie conforme. L'aurait-il souhaité, aucune autre femme ne pourrait l'inspirer comme Simone, la plume étant plus fidèle à la mémoire... que le cœur. Pantois, il contourna le sujet en murmurant :

— Ne sentez-vous pas l'arôme de ce bon café ? Vous en prendriez ?

Laurence, ayant compris qu'il voulait clore le sujet, lui répondit :

— Comment y résister... Avec ce sommeil interrompu, cette nuit abrégée...

— Vous souffrez d'insomnie ?

— Non, d'anxiété. Cette journée qui venait, l'idée de reprendre là où nous avions laissé...

— Rassurez-vous, le signet est en place. Je vous aiderai à tourner les pages.

Installés dans deux fauteuils qui se faisaient face, cafetière chaude déposée sur une petite table, l'écrivain reprit la trame par ces mots :

— Et après le mariage, Laurence, un autre toit, une autre issue ?

— Oui, Rémi avait déniché un très coquet logement sur la rue Crémazie dans la paroisse Saint-Alphonse d'Youville. Pas grand, mais confortable et selon nos moyens. Le haut d'un duplex qui appartenait à un ami de son père. Nous avions une chambre pour les filles, une pour nous, un salon et une salle de bains située à même la cuisine. Assez à l'étroit, mais un chez-soi. Non pas que je regrettais mon séjour chez mes beaux-parents, mais pour un couple avec déjà deux enfants, l'intimité devenait précieuse. Nous formions enfin une petite famille, ce qui devenait urgent pour élever des enfants. Rémi a, dès lors, adopté officiellement les petites sans toutefois insister pour qu'elles portent son nom. Pour lui, Colette et Marie étaient des Mousseau à la vie, à la mort. Colette m'avait demandé : « Dois-je l'appeler papa, maintenant ? » Et c'est mon mari qui lui avait répondu : « Non, moi c'est Rémi et ta grande sœur, c'est Laurence. Ton papa et ta maman sont au ciel, ma chouette, et personne ne les remplacera. Cependant, tu devras obéir à Laurence tout comme à moi puisque c'est nous qui prenons leur place jusqu'à ce que vous soyez grandes. » La petite avait souri. Elle aimait bien Rémi. Son moment le plus cher était lorsque mon mari la berçait. Elle appuyait sa tête sur son épaule, lui jouait dans les cheveux, l'embrassait, l'étreignait. Tellement que Rémi m'avait murmuré après l'avoir couchée : « Elle va aimer les hommes, celle-là. Laisse-moi te le dire. » Il n'aurait pu mieux dire ! Ah ! celle-là ! Sa chouette, comme il l'appelait.

Laurence avait une lueur trouble dans le regard en évoquant ce souvenir. Ce qui n'échappa pas à l'homme de lettres.

— Je ne sais trop, Laurence, mais j'ai l'impression que cette petite sœur...

Sortant de sa rêverie, retrouvant un air plus serein, elle murmura :

— En effet, excusez-moi, mais nous en reparlerons. Je préférerais vous parler uniquement de Marie mais, que voulez-vous, elle faisait partie du décor, cette petite peste. Voyez, je m'emporte encore. J'aimerais tellement l'oublier, ne parler que de...

— Allons, laissez-vous porter par votre récit, Laurence. On ne peut étaler une vie en omettant la présence des autres. Et je ne voudrais pas que vous passiez outre à la vôtre dans ces pages. Vous étiez là, vous n'aviez que seize ans, vous étiez amoureuse...

— Oh ! si vous saviez comme il m'a fallu m'oublier. La vie à deux de tout jeune ménage, merci, pas pour moi.

Rémi ne s'en plaignait pas, mais combien de fois ai-je pleuré de n'avoir pas eu de vie de jeune mariée. Je voyais des jeunes femmes de mon âge, heureuses dans les bras de leur mari, et moi, j'avais déjà deux enfants accrochés à mes jupes dont une de neuf ans ! Je n'ai jamais su ce qu'était un voyage de noces et encore moins ce que voulait dire « lune de miel ». Nous étions amoureux, certes, très épris l'un de l'autre, mais comment se blottir dans les bras de son mari lorsque deux petites filles nous regardaient, lorsque deux enfants, mes petites sœurs de surcroît, l'accaparaient. Rémi a donc été un père à défaut de ne pouvoir être le mari que j'aurais souhaité. J'aurais parfois voulu le lui faire comprendre, mais il aimait tellement les enfants. Il s'apitoyait sans cesse sur le fait qu'elles n'avaient plus de parents. Parfois, il m'en parlait et il pleurait. Or, pour leur faire oublier ce qu'il déplorait, il se dévouait tout entier à les rendre heureuses. Et ce, sans savoir que sa très jeune femme en souffrait. Le soir venu, il était si épuisé qu'il tombait dans un profond sommeil dès que sa tête touchait l'oreiller. Certains soirs où j'aurais souhaité, des soirs où, ardente… Pardonnez-moi, Vincent, je m'égare. Vous permettez que je me verse un autre café ? Rayez ce que je viens de dire, je vous en prie, j'ai déjà le cœur envahi par le remords de vous l'avoir avoué.

— Allons, allons, laissez-vous aller, c'est ce que j'attends de vous, Laurence. On ne peut construire une histoire si l'on saute les bribes d'un passage.

— C'est que… J'ai une certaine retenue, la pudeur, vous comprenez…

— Faites fi de la pudeur comme de la gêne, je vous en prie. Allez-y de vos mots, de vos termes, sans retenue, Laurence. Confiez-vous comme vous le feriez à un vieil ami. Oubliez l'auteur, soyez vous-même. Je serai là pour retrancher, si nécessaire, quand viendra le moment de rédiger.

— Il y a pourtant de ces détails…

— Ne les contournez pas, je vous en prie. Offrez-moi du tricot chaque maille. Ne retenez rien, soyez à l'aise, j'en ai vu d'autres, vous savez.

— Bon, puisque c'est comme ça, je vais tout vous dire, mais ne sursautez pas si, parfois, ça sonne un peu vulgaire.

— La vulgarité fait partie de la vie, Laurence. Tout comme la déchéance et la violence. C'est la façon de les coucher sur papier qui fait la différence.

Une gorgée de café, une grande respiration, et Laurence se sentit d'attaque. Vincent l'avait rassurée. Elle n'allait plus se confier avec pudeur et révérence. Elle allait ouvrir son cœur avec le miel et le vinaigre qu'il contenait. Sans réserve, assurée que l'écrivain qu'il était allait pouvoir extraire le bon grain de l'ivraie. Ou, du moins, mieux l'amalgamer.

— Nonobstant ce que j'ai pu dire, j'aimais Rémi de toute mon âme et il me le rendait bien. Et je lui faisais confiance, il était fidèle, il ne voyait que moi. Je lui faisais confiance les yeux fermés, sauf qu'une fois, j'aurais pu douter si…

— Vous voyez ? Vous vous retenez. Allez, n'omettez rien, n'hésitez point.

— Il était beau, Rémi, très beau dans la fleur de ses vingt ans. Encore plus beau que sur la photo. Passablement grand, petite moustache, belle carrure, musclé, il avait tout pour chavirer les cœurs mais il était inconscient de son charme. Les filles le reluquaient et lui ne les voyait pas. Il n'aurait eu qu'à ouvrir les bras mais, paternel et dévoué, épris de moi, il ne se rendait même pas compte qu'il créait des émois. Jusqu'au jour où la grosse Rita…

Laurence but une gorgée de son café et Vincent ne l'interrompit pas.

« C'était notre gardienne, une fille du quartier qui avait à peine quinze ans. Une grosse fille. Pas laide, mais bâtie comme une femme de trente ans qui aurait eu quatre enfants. Vous voyez le genre ? La fille qu'on ne courtise pas et qui, à défaut de plaire, se donne au premier qui pose un regard sur sa poitrine bien nourrie. Une poitrine qu'elle mettait en évidence, croyez-moi ! La blouse souvent détachée, elle savait comment ouvrir le sentier. Rémi l'avait sûrement remarquée. Il n'était quand même pas aveugle à ce point-là, mon mari. Lorsqu'elle venait garder les petites, elle faisait exprès pour se pencher afin que ses gros seins nous sautent en plein visage. Surtout lorsque Rémi était là. Je voyais son manège et ça me rendait folle de rage. J'étais jalouse ! Pas inquiète qu'elle me vole mon mari, j'avais confiance, mais jalouse de ce qu'elle avait et que je n'avais pas. Et pourtant, je n'aurais pas voulu de son tour de taille ni de ses gros mollets. Je n'enviais que sa poitrine car, s'il m'avait fallu prendre le reste… »

Laurence ricana et Vincent esquissa un sourire sans rien dire.

« Toujours est-il qu'un soir, alors que nous allions jouer aux cartes chez les voisins, elle était arrivée plus pimpante que jamais. À son grand détriment puisque Rémi ne l'avait même pas regardée. Elle portait une blouse noire sans manches et j'aurais pu jurer qu'elle n'avait pas de brassière. C'était plus lourd, plus tombant… Comme Rémi n'était pas encore prêt, qu'il devait se raser, j'ai demandé à Rita de coucher les petites et je suis partie avant lui pour aider la voisine avec le café. Au moment où je sortais, je vis Rémi se diriger vers la salle de bains pour se raser. Il avait endossé son pantalon noir et avait jeté sur ses épaules sa chemise verte. Par pudeur pour la gardienne, sans doute. J'avais à peine fait quelques pas que je remarquai que Colette avait laissé sa bicyclette appuyée sur la clôture de la ruelle. Empruntant le passage entre les deux maisons, je suis allée la prendre et la monter sur la galerie d'en arrière qui donnait sur la cuisine. Par pur hasard, j'ai regardé par la fenêtre et je vis Rita qui déboutonnait sa blouse. Dans la salle de bains, la porte à peine entrouverte, je pouvais voir Rémi qui se rasait, torse nu, les yeux rivés sur le miroir pour ne pas rater un seul poil. Je me suis quelque peu reculée et j'ai observé. Je sentais que quelque chose de pas très catholique allait se passer. Rémi ne la vit pas venir. Rita, sans l'avertir, poussa la porte, lui encercla le torse de ses deux bras tout en lui collant ses gros seins dans le dos. Pas de brassière ! Exprès ! Je l'aurais juré ! Rémi s'est retourné, l'a repoussée, mais elle, sans plus attendre lui mit la main… à la bonne place. Il cria : "Aïe ! qu'est-ce que tu fais là ?" pendant que, le tenant fermement d'une main qui ne voulait lâcher prise, elle tentait d'attirer, de l'autre, la main de mon mari sur ses énormes seins. Le visage plein de crème à barbe, il réussit à s'en dégager en lui maîtrisant les deux bras. Et j'entendis Rita lui dire : "Envoye donc ! Ça ne va pas te faire mourir !" Et c'est à ce moment, à deux pas de la porte de la galerie, que je suis entrée comme une furie pour la saisir par les épaules et la pousser si violemment qu'elle alla choir sur le divan du salon. Surprise, rouge de honte, elle enfila vite sa blouse pendant que je lui criais : "Sors d'ici, déguerpis, grosse vache !" Elle sortit si vite qu'elle en échappa un soulier que je lui lançai par la tête. Rémi, témoin muet de la scène, ne savait plus que dire. Enfin, il osa…

— Je ne sais pas ce qui lui a pris, Laurence, je te jure que je n'ai rien fait.

— Je le sais, j'observais, mais si tu avais fermé la porte…

— Voyons donc, je me rasais, elle était à peine entrouverte. Je la pensais dans le salon, pas dans la cuisine. Et puis, j'étais pas tout nu, j'avais mon pantalon. Qu'est-ce qui lui a pris ? Elle n'a jamais agi comme ça avant...

— Ça fait des mois qu'elle te regarde, qu'elle se pavane devant toi. Es-tu aveugle, Rémi ? Ne viens pas me dire que tu n'as pas remarqué ses agissements !

— Je te jure que non, Laurence. Une petite fille de quinze ans...

— T'appelles ça une petite fille, toi ? Amanchée comme ça ? Si tu n'es pas aveugle, tu es épais, laisse-moi te le dire ! »

Laurence laissa échapper un soupir...

« J'étais certaine qu'il n'avait rien remarqué. Comme je vous le disais, mon mari n'était pas conscient des effets qu'il provoquait. Il ne vivait que pour les petites et moi. Jamais il n'aurait eu ce genre d'idée, sinon, il n'aurait pas résisté ce soir-là. Il n'était tout de même pas fait de bois. Et je vous assure que si je n'avais pas vu toute la scène se dérouler, j'aurais, pour la première fois, douté. La chair est faible, dit-on, et mon mari, quoique paternel, était loin d'être de glace avec sa femme. Pas régulier, mais très ardent à ses heures. Et avec moi seulement puisqu'il n'en regardait jamais une autre. Malgré tout, après avoir annulé la soirée, je l'ai boudé ce soir-là. Il avait beau s'expliquer, j'avais beau avoir tout vu, j'étais quand même jalouse. Je ne pouvais pas croire que l'agression de Rita ne l'avait pas remué. Il avait beau s'en défendre, aucun homme n'est fait de marbre. J'étais jalouse de la moindre mauvaise pensée qu'il aurait pu avoir. Et je ne dis pas possessive, mais jalouse. Parce que je l'aimais au point de chercher à le prendre en faute. Je l'aimais sans partage, ç'en était presque maladif. Le pire, c'est que pendant que nous nous expliquions tous les deux, pendant que je tentais de lui faire admettre qu'il avait eu une érection, Colette était debout dans l'entrebâillement de la porte de sa chambre, les yeux posés sur nous. Prise en faute, elle s'était écriée : "J'ai vu. J'ai tout vu !" en éclatant de rire. Sans être choquée de la scène ou inquiète de l'altercation. Je lui avais crié : "Toi, retourne vite te coucher !" Et elle avait refermé la porte en riant de plus belle. Ça promettait, laissez-moi vous le dire ! Voyant que je boudais sans raison aucune, Rémi m'avait murmuré : "Laurence, je n'ai pas à payer pour un mal que je n'ai pas fait." Et, furieusement, sans même penser à ce que je disais, je lui avais répondu : "Arrête de les faire gigoter ! Arrête de faire le niais, Rémi Pratte ! Ouvre-toi les yeux, bon Dieu !" Il m'avait répondu, tel un enfant : "Sur quoi ?" et j'avais répliqué, cinglante : "Maudit épais !" Parce que je savais aussi qu'au clos de bois, la secrétaire se pavanait devant lui avec des jupes serrées et qu'il ne la remarquait pas. Il les attirait toutes sans même s'en rendre compte. Folle de jalousie, j'aurais voulu toutes les tuer pendant que lui sciait son bois sans même s'apercevoir qu'il était désiré. Et, malheureusement, ce n'était pas demain la veille que j'allais me guérir de cette jalousie maladive... Même si Rémi n'aimait que moi et que je n'avais aucune raison de me torturer de la sorte. Chaque mois, il demandait amoureusement : "Et le petit... ? C'est pour cette fois, mon adorée ?" J'avais de la peine, je le souhaitais tellement. J'aurais voulu lui donner des enfants. Se rendant compte de mon chagrin, il avait finalement cessé de me demander : "Et le petit... ?" Après trois ans de mariage, il avait compris que le ciel ne le voulait pas. Tendrement, un jour, il m'avait dit : "Le bon Dieu nous en a déjà donné deux, Laurence. C'est la famille qu'Il nous a confiée. Lui en demander plus serait une exigence." Et ce, sans m'aimer moins pour autant, en ne voyant que moi, en me comblant de douceurs, en berçant Marie chaque soir tout en lui racontant des histoires. Et en s'occupant de Colette dont les notes scolaires laissaient à désirer. Patient avec elle pendant que je m'emportais. Et tendre avec les deux enfants, comme si c'était à lui et non à moi, que le destin les avait confiées. En travaillant deux fois plus fort pour que sa petite marmaille ne manque de rien... »

Épuisée par ce récit qu'elle était allée chercher dans les archives secrètes de son passé, Laurence se leva et regarda par la fenêtre. Sentant qu'il avait abusé de ses forces, Vincent lui proposa gentiment :

— Que diriez-vous d'un léger dîner, quelque chose à se mettre sous la dent ?

— Je n'ai guère d'appétit le midi. Je mange à peine...

— Un petit goûter, peut-être ? J'ai tout ce qu'il faut dans le réfrigérateur. Des fromages, des fruits, des petits pains, des viandes froides, du thé glacé...

Elle sourit et, ensemble, ils montèrent gentiment la table en y déposant tous les amuse-gueules qu'il avait mentionnés. Ils grignotèrent en silence, en se regardant, en se souriant. Un silence parfois interrompu par un oiseau qui se posait sur le rebord de la fenêtre.

— Regardez comme il est beau ! Il vient sans doute pour les miettes...

— Je leur en donne chaque jour. Du moins, je le faisais, il m'arrive d'oublier... Les moineaux, tout comme l'oiseau au ventre bleu que je ne réussis pas à identifier, ont fait de notre coin leur territoire. C'était Simone qui s'occupait d'eux. Elle les attirait, elle leur parlait, pendant que j'écrivais. Et, pris par mes écrits, je ne m'apercevais pas qu'elle comblait ainsi le vide et la monotonie... Depuis, j'ai pris la relève, mais avec moins de vigilance qu'elle. Ces oiseaux sont ici chez eux et je ne voudrais pas qu'ils partent, mais j'ai l'impression qu'ils cherchent encore la main douce et câline qui leur donnait du pain. Il n'y a que l'écureuil qui ait changé de quartier. À défaut de ne plus trouver les noix que Simone lui offrait. J'ai négligé, j'ai oublié, il m'a quitté, mais un autre viendra, son petit frère, peut-être... Vous savez, les yeux sur le papier, on ne voit pas trop ce qui se passe juste à côté. Un écrivain, c'est égoïste. Ça vit avec ses personnages et ça oublie que, dans sa vie, à quelques pas, un cœur de femme existe. Je ne savais même pas que Simone avait apprivoisé un lapin. Je l'ai trouvé mort l'automne dernier. Mort de l'absence et, qui sait, peut-être... de chagrin. Que diriez-vous de la balançoire pour quelques heures ? Une vue sur la rivière...

— Avec ce soleil qui réchauffe, ma veste de laine pour contrer les nuages, pourquoi pas ?

Et c'est au grincement du va-et-vient de la balançoire que Laurence poursuivit son récit pendant que, rêveur, Vincent avait les yeux sur l'eau où dansait un billot de bois égaré.

«Vous auriez dû voir Marie le jour de sa première communion. Elle était si belle, si douce, si pieuse les mains jointes, qu'on aurait dit un petit ange. Rémi lui avait acheté la plus jolie robe qui soit avec un voile retenu par une couronne de roses blanches. Une robe trop chère pour nos moyens, mais il tenait à ce que "sa fille" soit une petite reine en ce jour si cher pour elle. J'avais coiffé moi-même ses longs cheveux blonds en boudins et je lui avais tamponné les joues d'un peu de fard. Quelle merveilleuse enfant elle était. Polie, sage, affectueuse, jamais une larme, même lorsqu'elle s'écorchait un genou en tombant. Dans sa petite enfance, je ne me souviens pas l'avoir vue pleurer ou rechigner une seule fois. Il m'arrivait de dire à mon mari : "C'est une petite sainte que ma mère a enfantée. C'est un trésor qu'elle nous a laissé entre les mains." Obéissante en tout, elle avait le mignon défaut de sucer son pouce en se jouant avec un lobe d'oreille de l'autre main. Elle pouvait passer des heures à écouter des contes pour enfants à la radio, pouce dans la bouche, yeux rêveurs, dans sa petite chaise berçante. Elle regardait les images de ses livres de contes, jouait avec ses poupées sans jamais nous déranger. Il n'y avait que le soir pour la sortir de ses rêves. Grimpée sur les genoux de Rémi, elle avait dans la main un livre de contes. Et lui, patient, lui lisait des histoires tout en mimant les animaux et lui chantait des comptines qui parlaient de princesses et de grenouilles. Elle s'endormait ainsi, blottie contre lui, pouce dans la bouche, en jouant avec le lobe de son oreille. Rémi l'adorait. Elle comblait son cœur de "père" et palliait grandement l'absence des enfants que nous n'avions pas eus. Le jour de sa première communion, les petits garçons tout de noir vêtus, brassard au bras, se chamaillaient pour être son escorte. L'heureux élu avait les cheveux aussi blonds qu'elle. On aurait dit de minuscules mariés alors qu'ils avançaient dans l'allée. Et, par sa petite voix cristalline, je pouvais la distinguer des autres lorsqu'ils chantaient en chœur : *C'est le grand jour, bientôt l'ange mon frère, partagera son banquet avec moi. Des pleurs de joie humectent mes paupières…* »

— Vous vous souvenez, Vincent, de ce cantique ?

— Oui, ça me rappelle de beaux souvenirs, mais quelle jolie voix que la vôtre, Laurence.

La septuagénaire avait rougi comme une gamine. Elle ne s'était pas aperçue qu'elle avait fredonné le chant, plongée dans son récit d'antan. Pour camoufler sa gêne, elle avait murmuré « merci » pour ajouter, afin qu'il oublie ces quelques notes de la gamme :

« Elle était près du bon Dieu, notre petite perle. Chaque soir, elle récitait sa prière. Nous pouvions l'entendre du salon, Rémi et moi, alors qu'elle priait à haute voix. Toujours la même prière, celle que je lui avais apprise. *Mon Dieu, je vous donne mon cœur. Prenez-le s'il vous plaît, afin que jamais, aucune créature ne le puisse posséder, que Vous seul, mon bon Jésus…* Elle ne la récitait qu'une fois, faisait son signe de croix et se couchait. Mais, pour revenir à ce beau jour de sa première communion, alors qu'elle déambulait dans l'allée, Rémi m'avait serré la main très fort. Il était ému. Une larme coulait sur sa joue. Mais il y avait l'autre, Colette, qui regardait sa sœurette avec une pointe d'envie. Sa première communion, du vivant de mes parents, n'avait pas été aussi somptueuse. Le sort en avait voulu ainsi pour elle. J'en étais navrée, mais avec ce que nous vivions avec elle, la vie n'était pas de tout repos...»

— Que voulez-vous dire ?

Laurence jeta sa veste sur ses épaules, fixa l'eau de la rivière et, plongée dans le passé, troqua son sourire contre un rictus amer.

«Autant le ciel nous comblait d'un côté, autant il nous punissait de l'autre. Colette s'en allait sur ses quatorze ans et, déjà, nous en avions vu de toutes les couleurs avec elle. Têtue, indisciplinée, elle faisait la mauvaise tête à la maison comme à l'école. Peu studieuse, lorsque le bulletin arrivait, elle était au vingt-huitième ou vingt-neuvième rang sur trente élèves. Lorsque je la grondais, que je m'emportais, elle relevait le menton, me dardait de ses yeux noirs, et revenait le mois suivant en ayant réussi à être la dernière de sa classe. Elle me défiait constamment, parlait mal, répondait effrontément à Rémi qui, pourtant, faisait tout pour lui plaire. Tout ce qu'elle voulait, il le lui donnait. À la sueur de son front bien souvent. Et cette petite peste, à la seule réprimande sévère qu'elle reçut de lui, répondit en haussant le ton: "T'es pas mon père !" Imaginez ! À douze ans ! Parce qu'il lui avait reproché son rouge à lèvres, son mascara et les souliers à talons hauts qu'elle avait pris dans mon placard pour épater les garçons. Douze ans, encore enfant, et elle ne rêvait que d'une chose, être femme. Punie, elle s'évadait par la fenêtre de sa chambre. Menacée d'être placée au couvent, elle ripostait en nous disant qu'elle en ferait arracher aux sœurs, qu'on la mettrait à la porte. Et elle redoublait ses années scolaires. Si bien qu'elle a fini par être la plus grande de sa classe et encore... la dernière. À treize ans, elle était encore en cinquième année. Les bonnes sœurs me téléphonaient pour me dire qu'elles l'avaient débarbouillée de son rouge à lèvres et du bleu qu'elle avait mis sur ses paupières. Un jour, pour les faire damner, elle a pris dans ma garde-robe, à mon insu, une jupe étroite, mes souliers à talons hauts, une blouse décolletée, des bijoux, et elle a tout enfoui dans un sac. C'est sur les lieux, dans les toilettes, qu'elle a revêtu tous mes vêtements trop grands pour elle, pour se présenter ainsi, devant les sœurs, avec une cigarette au bec. Sans mon intervention, on la jetait à la porte ce jour-là. J'ai parlementé avec les sœurs, nous avons décidé de lui offrir une dernière chance et là, j'ai parlé à Colette. Je l'ai suppliée, implorée d'être bonne fille, de réussir sa cinquième année et j'ai promis qu'après, elle resterait peut-être auprès de moi pour m'aider. Colette détestait l'école. Elle n'avait en tête que les garçons, et pas les plus éduqués du quartier. Les voyous, les bons à rien, avaient sa préférence. Et pas de son âge à part ça. Des gars de seize ou dix-sept ans. Des gars qui buvaient déjà de la bière, qui travaillaient dans des épiceries ou des manufactures. Rémi a tout essayé avec elle. La douceur, la ruse et la rigueur, mais rien n'y fit. À quatorze ans, tête de linotte dans un corps de femme, elle défiait nos lois. Elle fumait, elle sortait avec des *bums*, elle rentrait tard. Et jamais un coup d'œil sur sa petite sœur. Marie était inexistante pour elle. Notre petite perle n'avait que sept ans et sa grande sœur la traitait de "sainte nitouche". Sans que la petite ne sache ce que ça voulait dire. L'ayant entendue, je lui avais répliqué : "Ce qui n'est pas ton cas, n'est-ce pas, Colette ?" Sans répondre, elle avait claqué la porte de sa chambre. Parce qu'elle se sentait coupable. Parce qu'elle savait que j'avais trouvé, un certain soir, sa petite culotte dans sa sacoche. Sans rien dire, je l'avais placée sur son oreiller, la sacoche vide juste à côté. Rémi et moi avions peur, terriblement peur qu'elle nous revienne avec une "surprise". Menstruée depuis un an, tout était possible. Et comme les gars tournaient autour de la maison en rut comme des chats… Dès que l'un des voyous apercevait Rémi, il déguerpissait. Avec ses biceps il était imposant, mon mari, pour ces morveux de dix-sept ans. Ce qui avait peiné Rémi, ce fut de l'entendre dire à l'un de ces truands : "Non, ce n'est pas mon père. C'est juste le mari de ma sœur et je ne lui dois rien." Après tout ce qu'il avait fait pour elle. Après tous les sacrifices, la sueur, la misère…

Elle a fini par réussir sa cinquième année à l'âge de quinze ans. De justesse. Et, avec le recul, je pense que les sœurs l'ont fait passer pour s'en débarrasser. J'ai tenu parole, je ne l'ai pas renvoyée à l'école. Je l'ai gardée à la maison dans l'espoir de la changer et ce fut l'erreur de ma vie. »

— Je m'excuse, Laurence, mais vous, pendant ce temps ?

— Moi ? J'existais pour elles, pour mes sœurs. À peine dans la vingtaine et on aurait pu croire que j'étais une femme de quarante ans. Pas physiquement, moralement. J'étais comme une mère usée à l'ouvrage. Je faisais tout, je travaillais sans cesse. Rémi et moi n'avions même pas le loisir d'une sortie sauf pour une partie de cartes chez les voisins. Et, sans m'en rendre compte, je n'étais plus coquette. Je n'avais ni l'argent ni le temps pour une robe nouvelle ou une coiffure dernier cri. Je frisais moi-même mes cheveux, je portais mes vieilles choses. Tout ce que nous avions allait pour elles. Et, malgré tout, plus bel homme que jamais, Rémi n'avait d'yeux que pour moi. Même si j'avais l'air plus souvent d'une femme de ménage que d'une jeune épouse à la page. Je ne comprenais pas un tel attachement. Encore jalouse, je ne parvenais pas à croire qu'il n'avait pas d'aventures avec d'autres. Et je me devais de le croire. Comment aurait-il pu ? Nous avions peine à joindre les deux bouts et il rentrait à la maison chaque soir. Je l'imaginais même, entretenu par une femme riche, plus vieille que lui, en échange de son corps. Fallait être folle, non ? J'en étais là et c'était moi qu'il honorait de ses caresses, de son amour, de son ardeur. Si je n'ai pas perdu mon mari, du moins en ce temps-là, c'est une grâce du ciel. J'ai tout fait pour le perdre. Je l'ai soupçonné, accusé, j'ai tenté de le prendre au piège, et il s'expliquait, se défendait, sans rien avoir à se reprocher. Il aurait pu me quitter en invoquant ma trop grande méfiance. Mais non, il a tout enduré, il a subi mes cris, mon hystérie, pour ensuite me pardonner et me prendre dans ses bras lorsque je pleurais pour m'excuser. Mon Dieu ! que cet homme-là m'a aimée !

Vincent était ravi du ton de la confidence, mais quelque chose en lui le tenaillait. Laurence avait donné tant de sueurs à son homme et elle en avait été gratifiée. Simone, son égérie, sa douce, n'avait jamais émis le moindre son et il l'avait tant de fois ignorée. Il culpabilisait. Fallait-il qu'elle l'ait aimé pour ainsi vivre dans son ombre. L'avait-il mal aimée pour ne s'enivrer que de ses personnages au détriment de l'âme sœur ? Le récit de Laurence jetait un doute sur le sien. Comme si, en quelques jours, il venait d'apprendre ce qu'était l'amour. Lui, qui croyait avoir si bien conjugué ce verbe avec sa bien-aimée. Lui, le romancier, le poète, qui n'avait décrit l'amour que dans ses livres. Lui qui avait, il le sentait maintenant, adulé la fiction sans palper la réalité. Sortant de sa rêverie pour reprendre le fil, Vincent lui demanda :

— Vous avez parlé de « l'erreur de votre vie » concernant Colette. Que vouliez-vous dire ?

— Ah, oui, je me suis égarée, pardonnez-moi, je passe du coq à l'âne.

— Non, non, ça va, je broderai tout ça, ne vous en faites pas. Chaque événement a son importance et mieux vaut parfois dévier que de passer outre et oublier.

« Colette ! Quelle erreur de ma part que de l'avoir retirée de l'école. J'aurais dû l'y laisser, la forcer, quitte à subir ses colères. J'avais certes quitté tôt moi-même, mais avec une neuvième année, diplôme sur le mur, pas une cinquième réussie de justesse. Quel avenir pour une fille dont l'instruction était si précaire. Je croyais bien faire, je voulais me rapprocher d'elle, faire la paix, redonner une certaine quiétude à la maison... Rémi n'était pas d'accord avec l'idée. Il était même prêt à travailler encore plus fort pour lui payer des cours privés, mais elle a tellement protesté... Petite gueuse, va ! Je la revois encore les deux mains sur les hanches dire à mon mari qu'elle avait autant d'instruction que lui. Il était vrai que Rémi avait quitté tôt, lui aussi, mais c'était pour aider ses parents, pour travailler au clos avec son père, pas pour bambocher comme elle le faisait. Et c'était un homme, lui ! Il savait où il s'en allait, son destin était tracé. Ah, la petite bougresse ! Elle m'a bien eue, vous savez. Avec ses airs de fausse madone, elle m'avait promis de m'aider, de faire sa part à la maison, de s'occuper de Marie, de la garder de temps en temps pour que Rémi et moi puissions nous payer une sortie. En retour, logée, nourrie, habillée, et une allocation pour ses petites dépenses tel que Rémi le lui avait promis. Tout alla bien le premier mois. Très bien même, mais un mois, pas plus. Dès qu'elle fut certaine que pour elle, l'école, c'était fini, elle changea vite sa veste de bord. Elle paressait au lit le matin, elle ne faisait plus le ménage, elle négligeait sa petite sœur et elle se trouvait des excuses pour sortir de la maison et ne rentrer qu'aux petites heures. Défraîchie, décoiffée, avec sur elle, en plus, l'odeur d'une lotion après rasage mêlée au parfum *cheap* qu'elle achetait chez Woolworth. Pas besoin d'être psychologue pour savoir où elle était passée. Et comme les garçons de son âge n'avaient pas encore de barbe, c'était certes dans les bras des hommes... Que Dieu me pardonne de la juger ainsi, mais, je savais que ma sœur, à quinze ans, était en voie de devenir une grue. Et ça jasait dans la paroisse ! Une fille de son âge avec des souliers plate-forme aussi hauts que ceux de Betty Grable, ça ne faisait pas très distingué. Elle fumait, elle mâchait de la gomme, elle se maquillait comme les actrices. Pour ça, elle avait du talent, la Colette ! Beaucoup plus que pour les études. Un soir, alors qu'elle était rentrée avec la robe fripée, je lui avais crié :

— Continue comme ça et tu vas finir comme la grosse Rita, toi !

Hautaine, le nez en l'air, me confrontant, elle avait répliqué :

— Rita ? Celle qui a failli te voler ton Rémi ?

Puis, elle avait éclaté de rire. Si vulgairement que je l'avais giflée. Oui, en pleine face, pour la première fois. Elle avait été saisie et j'en avais profité...

— Oui, la traînée ! Celle qui a couché avec tous les hommes du quartier et qui a eu deux enfants que sa mère a donnés ! Et ne t'avise jamais de penser qu'elle aurait pu réussir avec Rémi. Elle n'a eu que des ivrognes, des sans-cœur, pas des hommes distingués comme ton père !

Furieuse, revenue de sa gifle, elle m'avait répliqué :

— Rémi n'est pas mon père, il n'est que ton mari !

— N'empêche qu'il t'a adoptée, petite ingrate, qu'il t'a élevée...

— Oui, mais je porte encore mon nom. Je suis une Mousseau, pas une Pratte, moi. Et puis, ne me touche plus jamais, Laurence. Jamais plus, tu entends ? Fais-le encore une fois et je vais disparaître. Si loin que tu ne me trouveras pas même si tu mets la police à mes trousses. Je pourrais partir demain si je le voulais. Ce ne sont pas les occasions qui manquent.

Comme elle allait s'enfermer dans sa chambre, je lui criai :

— Quand tu seras en âge, tu partiras et je ne te retiendrai pas. Ce sera pour moi une délivrance ! Jusque-là, c'est ma maison, c'est moi qui mène et je suis responsable de toi. Comme si j'étais ta mère ! Ah ! notre pauvre mère, si seulement elle te voyait...

Mais Colette avait claqué la porte, réveillant ainsi Marie qui pleurait. La pauvre petite : Sensible, tremblante dès que le ton montait. Et obligée de partager la chambre avec son aînée qui laissait tout traîner. J'aurais voulu lui faire un coin dans la nôtre, mais, à sept ans, avec un jeune couple... Vous comprenez, n'est-ce pas ? Nous avions quand même notre vie, Rémi et moi. »

Reprenant son souffle, Laurence emprunta un ton plus doux, plus apaisé.

« Colette était du 25 mars. Une native du Bélier. Une "fonceuse", comme on dit de nos jours, sauf qu'elle fonçait dans tout ce qui était malsain. Marie était née un 12 février, un doux Verseau. Comme ma défunte mère. Jamais un mot plus haut que l'autre. Discrète mais tenace. Décidée mais subtile. Je sais que l'astrologie ne vous intéresse pas, mais Rémi est né en juillet. Sous le signe du Cancer. Tendre et patient. Je dirais même soumis face à la tête dure que j'étais. »

Sur ces mots, Laurence esquissa un sourire que Vincent lui rendit. Ce qu'il aimait de cette conteuse née, c'est qu'elle avait le souci du détail. À tel point que chacune de ses phrases devenait une image qui s'imprimait dans sa tête. Un cadeau rare pour un auteur dont les personnages vivaient encore après avoir vécu. Laurence qui parlait, Laurence qui décrivait. En un mot, il le savait, c'était Laurence qui... écrivait. Si bien qu'il n'aurait qu'à romancer quelque peu ce très vibrant portrait.

Laurence avait boutonné sa veste, un léger frisson lui avait parcouru l'échine.

— Vous avez froid ? Nous pourrions peut-être rentrer, profiter d'un bon souper...

— J'avoue que c'est frisquet. Ces nuages, ce vent, ces vagues sur les roches...

Ils rentrèrent et, confortablement installés au salon, il lui demanda :

— Que diriez-vous d'un petit apéritif ? Voilà qui saurait vous réchauffer.

— Non merci, peu d'alcool pour moi. Mais peut-être qu'une tasse de thé avec citron, ou une tisane si vous en avez...

— Oui, à la camomille. Ça vous irait ?

Laurence acquiesça d'un sourire et Vincent prépara le tout sans omettre de se servir un doigt ou deux de Dubonnet sur glace. Quelques minutes plus tard, la cloche d'entrée tinta et Laurence sursauta.

— Vous attendez quelqu'un ? Vous...

— Non, non, sauf le livreur avec ses plats savoureux.

Peu enclin à la cuisine, Vincent avait commandé d'un traiteur des environs tout ce qu'il fallait pour un excellent souper à deux.

— Tout ce trouble, ces dépenses, vraiment, je suis embarrassée.

— Voyons donc ! Après tout ce que vous avez préparé pour moi lorsque j'étais votre invité ? Moi, tout arrive préparé. Pas le moindre effort, aucun mérite, croyez-moi, mais vous verrez que le chef Collin a un franc savoir-faire.

Et c'est avec ravissement que Laurence fit honneur à la salade César, au poulet en casserole, aux bons légumes du jardin cuits à point, aux biscottes de blé entier et, pour finir, à la tartelette aux ananas coiffée de crème fouettée. Vincent avait allumé les chandelles d'un petit chandelier de fer forgé et il avait placé sur son petit lecteur de cassettes, les extraits d'un concert donné au Carnegie Hall en 1987. Une brochette d'arias interprétés par Léontyne Price, Pavarotti, Marilyn Horne, sous l'habile direction de James Levine. Sans connaître quoi que ce soit à cette musique et à ses grands noms, l'invitée se sentait transportée dans un siècle passé tout en ayant l'impression de ne pas être à sa place dans cette maison. Vincent Danin était trop cultivé pour elle, trop érudit, trop instruit. Elle sentait qu'elle n'arrivait pas à la cheville de sa regrettée Simone. D'autant plus qu'il lui avait servi un bon vin blanc d'Alsace en précisant le nom qu'elle ne retint pas. Un vin si fruité, si délicat, qu'elle avait presque honte de l'avoir reçu avec un vin du Chili bon marché de l'épicerie. Pour contrer le malaise, elle lui demanda timidement :

— Je me demandais... Permettez-moi... Danin, c'est votre nom véritable ?

Il esquissa un sourire.

— Non, c'est mon nom de plume. Il était de mode à mon époque de changer de nom, de lui donner une consonance plus littéraire. Mon véritable nom est Vincent Daniel. C'est Simone qui l'a transformé en retirant une voyelle et une consonne pour le terminer par une autre consonne choisie par elle. Et j'ai été ravi. Danin, ça faisait romancier, ça sortait de l'ordinaire.

— Remarquez que Daniel, Vincent Daniel, aurait pu avoir le même mérite.

— Non, ça faisait chanteur de charme, pas écrivain. Je n'aurais jamais passé la rampe avec un tel nom. De nos jours, cette marque de snobisme s'est éteinte et les auteurs réussissent à percer même si leur nom fait trois colonnes dans le bottin des écrivains. Mais, dans mon temps... Non, Simone avait raison. Elle a toujours su trouver la juste note pour m'élever d'un cran.

« Simone ! Toujours Simone ! Quelle femme que sa Simone ! » pensa intérieurement Laurence. Elle se sentait si petite à côté de l'autre. Si petite qu'elle avait l'impression d'être une soubrette face à la « reine » que l'autre avait été. « Son égé... son... ah ! et puis... » Elle ne pouvait même plus se rappeler du nom que Vincent avait employé pour désigner sa femme. Il avait tant de classe et, pourtant, il lui demandait d'être franche dans son récit, de ne rien censurer d'elle-même, de se laisser aller. Comment pourrait-il écrire sur Colette, Rémi et elle, sans rayer toute la vulgarité qui émanait de ce passé ? Il n'y avait pas que la candeur de Marie dans ce récit. Et comme elle n'avait jamais lu un vilain mot dans ses romans... *Mirage*, qu'elle avait lu de lui, était d'un vocabulaire recherché, une fresque poétique, un roman si... distingué. Elle lui en fit la remarque et il s'en défendit adroitement :

— Autres temps, autres mœurs, nous sommes en 1995, Laurence. Les lecteurs sont plus ouverts, plus sensibles aux choses qui leur ressemblent. Je vous en prie, ne vous retenez pas. Ce serait massacrer le plus vrai des langages.

Rassurée, elle se promit de poursuivre sur le même ton, mais ce portrait de noces devant les yeux, cette Simone qui la regardait, la gênait.

Pour l'aider à fuir ses noires pensées, pour qu'elle s'écarte de sa retenue, Vincent plaça en sourdine sur son petit appareil une cassette de Tchaïkovski, le compositeur qu'il préférait, celui qui, à ses yeux, avait été plus poète que musicien. Et c'est sur cette musique de fond, dans le même fauteuil, que Laurence, la langue déliée par le vin, reprit la narration de ces jours qu'elle aurait préféré oublier.

« Marie, ma chère petite perle, grandissait en beauté et en sagesse, pendant que l'autre s'épivardait. Le samedi matin, à défaut de convaincre Colette de le faire, c'est moi qui l'amenais au sous-sol de la paroisse où l'on présentait des films. Elle riait de bon cœur quand les dessins animés du chat Félix se succédaient pour, ensuite, se cacher les yeux et se blottir contre moi lorsque Tarzan était enchaîné et qu'un tigre menaçait de le dévorer. Si jeune et déjà contre toute forme de violence. Si sensible qu'elle pleurait lorsqu'elle écoutait à la radio la chanson *Les roses blanches*. Elle me demandait avec des larmes dans les yeux : "Pourquoi faut-il mourir, Laurence ? Pourquoi, quand on n'est pas méchante ?" Et je la consolais en lui disant que le petit Jésus avait besoin d'anges pour chanter avec lui. "Pourquoi prendre les mamans qui ont des petits enfants ?" J'avais eu le malheur de lui répondre que Jésus venait aussi chercher des enfants, ce qui l'avait fait frémir. Je m'en suis voulu longtemps de l'avoir mise brusquement face à la réalité, elle qui croyait qu'on ne partait qu'avec des cheveux blancs. Elle en fut tellement tourmentée que Rémi prit la relève pour lui dire que Jésus n'avait plus besoin d'enfants dans son paradis, qu'elle n'avait rien à craindre, qu'il n'y avait plus de place sur les nuages. Et c'est blottie contre lui qu'elle s'était apaisée, rassurée. Elle n'aurait pas d'ailes avant d'avoir cent ans. »

Elle prit un temps d'arrêt et Vincent y alla d'une question qui l'intriguait.

— Vous n'aviez pas songé à déménager, ne serait-ce que pour éloigner Colette ?

— Oh ! si, nous y avions pensé, mais en 1945, à la fin de la guerre, à peine sortis du rationnement, nous n'avions pas les moyens de prendre une telle décision. Ma belle-mère, voyant qu'on tirait le diable par la queue, nous avait suggéré de revenir sous son toit. Marie l'aimait tant, elle l'appelait grand-mère. Mais nous ne voulions pas leur imposer Colette. Mes beaux-parents n'étaient pas au courant de tout ce que nous endurions avec elle.

— De plus en plus vilaine, la seconde de la famille ?

— De la mauvaise graine, Vincent ! De l'herbe à poux... Ah ! mon Dieu ! Se rendant compte qu'elle ne voulait rien entendre, voyant qu'elle n'aidait pas, qu'elle dormait jusqu'à midi, qu'elle couraillait le soir, Rémi lui proposa de lui dénicher un emploi. L'épouse de l'un des employés du clos était gérante de l'une des biscuiteries Oscar. Elle était prête à la prendre, à l'essayer du moins, ce qui combla d'aise celle qui se voyait déjà libre, sans comptes à rendre. Elle n'avait que quinze ans, mais elle en paraissait dix-huit. Avec subtilité, la gérante changea l'année de sa naissance sur son baptistère et la vieillit d'un an. Ce qui lui permit d'être engagée. Elle écrivait en commettant une faute à chaque ligne, mais au moins elle savait compter, peser la marchandise. Et, avec les clients, elle était plus que polie. Surtout avec les hommes, qu'elle envoûtait du regard. Sa présence fit augmenter la clientèle, et pour cause. Bien tournée, plus que femme, elle s'arrangeait pour que ses courbes soient bien en évidence. Ce qui faisait l'affaire de la gérante compte tenu des profits qu'elle empochait. Elle travaillait sur la rue Saint-Hubert, en plein centre des affaires. Tout près des magasins où elle accumulait des mises de côté. Des robes, des souliers, des bijoux, du maquillage et des sous-vêtements de bonne à rien. Rouges ou noirs, comme ceux des filles de rue, comme ceux des allumeuses. J'avais beau lui dire qu'ils étaient indécents, elle me répondait : « Si tu penses que je vais m'habiller comme toi, comme une vieille fille, tu te trompes, ma chère. » J'aurais voulu l'étrangler mais Rémi, d'un regard, m'invitait à me taire. Elle avait quinze ans, elle travaillait, elle payait sa pension, cinq piastres par semaine, et ça nous aidait pour les victuailles. Somme toute, sa contribution défrayait l'épicerie et Rémi pouvait s'occuper du reste. Il m'avait même dit : « Arrête d'être toujours sur son dos, Laurence. Elle a quinze ans, c'est une femme. N'oublie pas que tu t'es mariée à seize ans, toi. Donne-lui un peu de "lousse", traite-la en adulte, essaye de t'en faire une amie plutôt qu'une ennemie. Peut-être que ça marchera ? Laisse un peu Marie de côté, occupe-toi d'elle, c'est ta sœur elle aussi. » Blessée dans mon orgueil, incapable d'accepter un reproche, têtue comme une mule, je lui avais vertement répondu : « Toi, mêle-toi de tes affaires, Rémi Pratte ! »

— Patient, votre mari, n'est-ce pas ? lui murmura Vincent.

— Oui, trop, quand je repense à tout ça. J'avais le dessus sur lui et j'en profitais. Ce n'était pas bien, je le sais, mais il m'aimait tant que j'abusais de ce sentiment pour mieux le mettre à ma main. Après ma dure réplique, il n'avait rien ajouté. Il s'était contenté de replonger dans son journal. Me sentant quelque peu en faute sans pour autant m'excuser, j'avais ajouté sur un ton moins virulent : « Tu verras, Rémi, on n'a pas fini d'en voir de toutes les couleurs avec elle. Tu me remercieras un jour d'avoir été ferme, de ne rien lui avoir laissé passer. Je la connais, moi ! Donne-lui un pied et elle prendra une verge. Si je la laisse "lousse" juste un peu, ce sera le bordel ici ! » Et le temps allait me donner raison.

— En quel sens ? Peu après cette altercation ? lui demanda le romancier.

— Oui, peu de temps après, en pleine canicule. Sans doute un soir de pleine lune si je me réfère à ses…

pulsions. Nous devions tous aller chez mes beaux-parents pour le souper et la soirée. Rémi devait ensuite travailler toute la nuit. Et le temps supplémentaire, ce n'était pas de refus avec nos modestes revenus. Il était donc convenu que nous allions souper et revenir plus tard en taxi pour permettre à Rémi de faire un somme avant d'entreprendre sa nuit. Un taxi, c'était le grand luxe, mais le beau-père s'était engagé à payer la course. Le soir venu, un vendredi, Colette refusa de nous suivre. J'insistai, mais elle réussit à convaincre mon mari de la laisser seule à la maison. Elle était fatiguée de sa dure semaine, elle voulait faire son lavage, écouter de la musique et se coucher. « Pas question ! » avais-je rétorqué. Ce qui engendra une prise de bec que Rémi vint trancher. Il prit sa part, insista sur le fait qu'elle n'était plus une enfant, et réussit à me convaincre de lui donner une chance, de ne pas toujours imposer, exiger. Malgré ma réticence, j'ai fini par céder. Colette resterait à la maison, sage et résolue à bien faire. Marie et moi devions revenir vers dix heures. J'avais ma clef, je lui avais demandé de barrer la porte et de ne pas craindre d'être réveillée ; j'allais rentrer sur la pointe des pieds avec, sans doute, la petite endormie dans mes bras. Et nous sommes partis en la laissant derrière. Rémi m'avait dit en cours de route : « Tu vois ? Elle semblait si contente. Et gentille pour une fois. » Je ne répondis pas. Sans savoir si j'avais tort ou raison, j'étais méfiante.

Comme dans un geste de découragement, Laurence hocha la tête. Ce qui allait suivre n'avait certes pas été de tout repos. Vincent, silencieux, écoutait religieusement.

« Ma belle-mère nous avait préparé un gros souper. Trop lourd pour le faible estomac de Marie. Du foie de porc et des patates pilées en pleine canicule. Vous voyez ça d'ici, n'est-ce pas ? Marie s'était efforcée de manger.

Elle n'aimait pas beaucoup le foie et, pour s'en enlever le goût, elle avait plongé dans la tarte à la rhubarbe. Joli mélange, n'est-ce pas ? C'était de bon cœur de la part de ma belle-mère, je la comprenais, mais pour elle, la chaleur et l'art culinaire... En plein été, en sueur, elle mangeait du foie gras avant de se coucher. Or, ce qui devait arriver arriva. Marie fut malade. Aux prises avec des crampes, elle vomit tout ce qu'elle avait avalé. Elle était blanche comme un drap, la pauvre enfant. La belle-mère voulait lui donner du lait de magnésie et je m'y objectai. Elle se serait vomi le cœur, ma petite sœur. Je préférais rentrer, la soigner à la maison. J'avais demandé à Rémi d'appeler le taxi. Il voulait venir nous reconduire, mais il se devait de dormir, et comme le beau-père insistait pour payer... Le taxi est arrivé et, à neuf heures, je glissais doucement la clef dans la porte au cas où, épuisée, Colette serait déjà endormie. J'entrai sur la pointe des pieds et, ô surprise, j'entendis des bruits de voix provenant de notre chambre. Je ne pouvais rien saisir de ce qui se disait, la musique de Cole Porter enterrait la conversation. Je priai Marie de regagner sa chambre et de m'y attendre. J'enlevai mes souliers et, sur mes bas, aussi légère qu'une souris, je m'approchai de la porte de notre chambre. C'était plus perceptible. Une voix d'homme disait : "Continue, j'aime ça, c'est ça." D'un bond, je poussai la porte et je faillis perdre conscience. J'ai même reculé d'un pas. Dans notre chambre, dans notre lit, Colette était couchée sur un gars que je ne connaissais pas. Et le pire, ils étaient nus. Flambants nus tous les deux ! Surprise, les yeux sortis de la tête, elle avait même oublié de lâcher prise. La bouche sur... Épargnez-moi les détails, cette fois, car ce qu'ils faisaient était ignoble. Des choses que même Rémi et moi, mariés, n'aurions jamais osé faire. Le gars me regardait, la bouche ouverte, pris en flagrant délit. Les mains sur les hanches, sans

même me retirer, j'ai crié : "Ah ! ben ça, par exemple !"
Je n'ai jamais vu un gars se lever aussi vite, sauter dans
ses culottes, mettre ses souliers sans ses bas, prendre sa
chemise et son sous-vêtement et passer comme un coup
de vent à côté de moi. Il sortit par la porte de la cuisine,
mais j'avais eu le temps de lui dire : "Maudit cochon ! Toi,
tu ne perds rien pour attendre !" Puis, elle, l'audacieuse,
qui se couvrait les seins de notre drap et qui me disait :
"Tu devais revenir à dix heures... Qu'est-ce qu'il y a ?"
Folle de rage, je me précipitai vers elle, je la sortis du
lit, je la giflai à deux reprises de toutes mes forces et je
l'enfermai toute nue dans la toilette pour que la petite
ne la voie pas. Encore sous le choc, j'ai ramassé sa petite
culotte rouge laissée par terre, j'ai rapaillé sa blouse, sa
jupe ; j'ai ouvert la porte de la toilette et je lui ai tout gar-
roché en pleine face ! Non sans lui crier dans ma colère :
"Maudite truie !"

Dans l'autre chambre, j'entendais la petite qui pleurait. Alertée par mes cris, par les bruits de portes, elle
était tapie dans son coin, apeurée, tremblante comme si la
sorcière de Blanche-Neige était dans la maison. Je la serrai
dans mes bras, je la consolai en lui disant que j'avais fait
fuir un chat qui était entré par mégarde et je la couchai.
Apaisée, elle s'endormit en peu de temps. Rassurée, elle
n'avait plus mal. Le foie de porc était sorti et les couleurs
étaient revenues sur ses joues. Dans la toilette, Colette
ne bronchait pas. Elle avait eu si peur de moi qu'elle craignait même que je la tue. Je m'approchai et lui criai : "Toi,
ton bain, ta jaquette et, ce soir, tu couches dans le salon !
Pas de bonne à rien dans la chambre de la petite, compris ?" Elle ne répondit pas, mais j'entendais l'eau du bain
couler. Encore à bout de nerfs, je me suis précipitée dans
la chambre pour enlever avec dédain les draps et les taies
d'oreiller qui sentaient la peau sale du gars. J'en avais mal
au cœur ! J'ai pris le linge d'un tas, j'ai tout jeté dans le

moulin à laver et j'ai refermé le couvercle pour que l'odeur ne se dégage pas. Ce n'était pas moi, oh! non, qui allais laver cette literie souillée. Je gardais ça pour l'autre, la responsable. J'ai tout changé, j'ai désinfecté, j'ai même frotté la tête du lit avec du Old Dutch pour être sûre que pas un seul cheveu n'y soit collé. Colette ne sortait toujours pas de la salle de bains. Je me suis approchée et je lui ai crié: "Tu peux sortir, je ne te tuerai pas! Mais toi et moi, on va avoir bien des choses à se dire demain. T'as pas fini avec moi, ça, je te le jure!" Pour toute réponse, elle m'a répliqué en braillant: "T'avais pas le droit de me frapper, Laurence. Je t'avais déjà avertie. Pas le droit!" Et, calmement, je lui lançai: "Pas le droit? Compte-toi chanceuse d'être encore en vie." J'ai regagné ma chambre, j'ai refermé la porte et j'entendis Colette sortir de la toilette et se diriger vers le salon. Je ne voulais pas aller plus loin ce soir-là. J'étais à bout, épuisée, ébranlée. Seule dans mon lit, je me suis mise à pleurer. Si fort qu'elle a dû m'entendre, j'en suis sûre. Je pleurais de rage, je pleurais de peine. Notre lit ainsi souillé par cette petite traînée et un pur étranger. Je pleurais, j'implorais ma mère, je maudissais mon père d'être sorti par un soir d'hiver. Avais-je mérité un tel calvaire? Où donc étaient les indulgences? Allais-je payer toute ma vie le drame survenu à ma mère? Et ma jeunesse, elle? Envolée, éparpillée aux quatre vents... Ce soir-là, anéantie, des larmes sur les joues, je me suis rendu compte que je n'avais pas eu d'enfance ni d'adolescence. Comme si Dieu m'avait créée pour être une femme dès mes premiers pas. Je n'avais que vingt et un ans et je me sentais comme une femme de cinquante ans, usée par le temps, abattue, qui n'avait pas eu droit au printemps de sa vie, vieille avant même de l'être. À peine majeure et mère depuis si longtemps. Sans même avoir eu l'enfant que Rémi désirait tant. Stérile en plus! Un deuil que j'ai porté longtemps.»

Vincent la laissa se reposer. Il sentait qu'elle était exténuée. Elle marchait de long en large pour se dégourdir les jambes.

— Vous désirez faire une pause ? Vous êtes fatiguée ?

— Non, ça ira, à moins que vous...

— Moi, vous savez, je n'ai qu'à écouter, qu'à absorber...

— Mais, n'est-ce pas trop ? Comment tout retenir...

— Ne vous en faites pas pour moi, j'ai l'habitude. Vous prendriez quelque chose ?

— Non, ça va aller. Heu... peut-être un verre d'eau, rien de plus.

Il lui versa à boire, ajouta un zeste de citron et, gorge désaltérée, Laurence était prête à reprendre. Elle ne voulait pas partir sans avoir clos ce plus que triste incident.

« Le lendemain, elle s'était levée tôt, la Colette. Très tôt pour un samedi, elle, la reine des grasses matinées. Elle était déjà habillée et je la voyais qui causait avec sa petite sœur. Elle était même gentille avec Marie. Elle lui avait préparé son déjeuner, elle avait choisi ses vêtements, noué ses tresses. Il fallait qu'elle en ait gros sur la conscience pour faire de tels gestes. Moi, j'avais eu peine à m'endormir. Je ne savais plus que faire, quoi penser. Je me demandais par quel bout j'allais commencer. Je me promettais de l'écouter, de tenter de comprendre et, une seconde plus tard, je devenais enragée, prête à la foutre à la porte. Ma nuit avait été agitée et c'est avec les yeux lourds d'avoir pleuré que je me suis présentée dans la salle à manger. Colette avait préparé le café, elle avait même posé le napperon, la tasse et l'assiette à la place que j'occupais. Et elle me regardait, confuse, pantoise, muette, comme si elle attendait le Jugement dernier. Comme Marie était prête et pimpante, que son frêle estomac s'était replacé, je la confiai à la voisine qui avait une petite fille de son âge. Celle chez qui nous allions jouer aux cartes, mon mari et moi. La petite était ravie d'aller chez son amie. Elle avait une maison de poupée.

Seule avec Colette, je la regardais, espérant qu'elle entame la conversation. Mais non, elle était sur la défensive, prête à affronter son bourreau et sa condamnation. Une cigarette n'attendait pas l'autre, elle était nerveuse, agitée. Et je m'étais promis de garder mon calme…

— Qu'est-ce que tu as pensé, Colette ? Comment as-tu pu me faire ça ?

Elle baissa la tête et son air coupable réussit à me fendre l'âme. L'espace d'un moment, je vous l'avoue, car je la sentais préparée, armée jusqu'aux dents. À voix basse, inaudible ou presque, elle répondit :

— Je ne sais pas, Laurence, c'est arrivé comme ça. Il devait venir écouter de la musique, prendre un café, et d'un baiser à un geste…

— Tout d'abord, qui est ce garçon ? D'où sort-il, celui-là ?

— C'est Yvon. Son nom de famille m'échappe. Il travaille à la ferronnerie.

— Tu couches avec un garçon dont tu ne connais même pas le nom de famille ? Tu le connais depuis hier soir ou quoi ?

— Non, non, je le connais depuis quelques semaines, mais tu sais, entre jeunes, le prénom, ça suffit. Et puis, je ne pensais pas que ça irait jusque-là…

— Quel âge a-t-il, ton beau blond avec la tête pleine de Wave Set ?

— Il a… Il a vingt ans, je crois.

— Ah, tu crois ! Vingt ans ! Presque mon âge, Colette. T'en rends-tu compte ? C'est un homme, ce gars-là, pas un petit jeune de ton âge…

— Je sais, mais les jeunes de mon âge ne m'intéressent pas. Ils vont encore à l'école, ils sont jeunes de caractère, ils sortent avec des copines de classe. J'ai peut-être quinze ans, Laurence, mais je mène une vie de femme, moi. Je travaille, je rapporte. De toute façon, un jeune de mon âge ne s'intéresserait pas à moi. Ils pensent tous que j'ai au moins dix-neuf ans. Et quand les anciennes compagnes d'école me trahissent sur mon âge, ils répliquent : "Va dire ça à ta mère, toi !" Voilà pourquoi j'ai jeté mon dévolu sur des plus vieux, des gars qui travaillent, pas des enfants...

— Et je suppose que ton Yvon est au courant que tu n'as que quinze ans ?

— Non, tu as raison. Je lui ai dit que j'avais dix-huit ans, que je vivais chez une cousine. C'est pour ça qu'il est venu. Il est nouveau dans le quartier, il ne sait rien sur moi.

— Bravo ! Ce qui ne t'a pas empêchée d'en apprendre vite SUR LUI... si j'en juge par ce que j'ai vu hier soir.

— Ne recommence pas, Laurence. Avec tout ce que tu m'as dit, avec les noms dont tu m'as traitée. Tu ne penses pas m'avoir tout dit ?

— Tu ne croyais tout de même pas que j'allais mettre des gants blancs, non ?

Colette ne répondit pas, préférant s'allumer une autre Sweet Caporal.

— Et tu t'es laissée faire ! Par un étranger ou presque, même pas lavé !

— Je regrette, mais il était propre. Je ne suis pas une truie comme tu l'as dit.

— Il s'est lavé où ? Chez lui ? Et tu l'as cru comme une idiote ?

— Non, ici, mais rassure-toi, il n'a pas mis les pieds dans le bain. Il s'est lavé avec le savon et une débarbouillette.

— Quoi ? Ici ? J'espère que tu l'as mise dans le moulin avec le reste !

— Ne t'emporte pas, c'est fait, la serviette avec, et je vais tout laver moi-même.

— Il ne manquerait plus que ça ! Et dans notre lit, Colette ! Comment as-tu...

— C'est lui qui m'a entraînée dans votre chambre. Il a vu le lit double, je lui ai dit que ma cousine était en vacances... De toute façon, si tu étais rentrée à l'heure prévue, tu n'aurais rien vu, car je lui avais dit qu'il fallait qu'il parte avant dix heures.

— Je n'aurais rien vu, mais j'aurais senti en maudit, par exemple ! Me prends-tu pour une cruche ? La taie d'oreiller était graissée et l'odeur de son corps, ce n'est pas celle de Rémi, tu sais. Crois-tu que je ne me serais pas rendu compte qu'un homme s'est couché dans notre lit ?

Colette, prise au piège, ne savait que répondre. Dans sa tête folle de quinze ans, elle avait pensé qu'en replaçant les draps, en refaisant le lit...

— Bon, c'est fait, c'est un peu de ma faute, je n'ai pas résisté. Qu'est-ce qui arrive maintenant ?

— Je ne sais pas, Colette, je ne sais plus quoi faire avec toi. Tu nous rends la vie misérable. Sans toi, ce serait le bonheur total ici.

— Tu veux que je m'en aille, que je déménage ?

— Pour aller où ? Où penses-tu qu'une fille de ton âge puisse aller ?

— Je ne sais pas. Peut-être chez les Pratte. La grand-mère ne me déteste pas...

— Non, pas question ! Elle est âgée, elle file un mauvais coton, sa santé laisse à désirer... Et puis, ce serait admettre que nous ne venons pas à bout de toi. Belles références à lui apporter.

Colette regardait par terre, au plafond, dans toutes les directions.

— Te rends-tu compte que tu pourrais te retrouver enceinte ? Que ferais-tu à ton âge avec un petit sur les bras ?

— Aucun danger, nous ne sommes pas allés jusque-là.

— Vous n'en étiez pas loin si j'en juge par ce que j'ai vu. Et, à propos, comment peux-tu, Colette, te livrer à des actes aussi indécents ? Ce que j'ai vu me répugne ! Il n'y a que les filles de joie qui font ça !

— C'est que, c'est que… je l'aime, ce gars-là.

— Allons donc, tu l'aimes ! Yvon "chose" dont tu ne connais même pas le nom. Tu l'aimes comme tu aimes tous les autres et ça ne dure pas longtemps avec toi. Sais-tu quel est ton problème, ma petite sœur ? Tu aimes la chair ! Tu aimes le plaisir, tu aimes le vice !

— Tu vois ? Tu recommences à m'insulter. Une vicieuse, maintenant ! Tu en connais beaucoup d'autres, des termes comme celui-là ?

— Ce que je veux te faire comprendre, c'est qu'il y a quelque chose qui ne tourne pas rond dans ta tête. Je ne sais pas d'où ça vient, mais ce n'est pas normal d'être comme tu es. Une fille qui se respecte ne se jette pas dans les bras du premier venu. Et encore moins ne leur fait ce que j'ai vu de mes yeux. On dirait que tu prends plaisir à séduire et à changer de partenaire. C'est ça qui m'inquiète, Colette. Si au moins tu trouvais un bon garçon, un ami *steady*, un amoureux sincère, la porte lui serait grande ouverte. Mais non, toujours des voyous, des sans-le-sou, des gars aux doigts longs. Des *bums* à la recherche d'une fille facile.

— J'en ai croisé des bons gars, comme tu dis. Il y en a même un que j'aimais sans qu'il le sache. J'ai fini par le rencontrer et, le premier soir, il a tenté de me tâter, ton bon gars. Je l'ai repoussé, il s'est mis à rire, puis il est parti. Un fils d'avocat qui sortait sérieusement avec une jeune pianiste. J'ai pas d'instruction, moi, Laurence. Les bons gars, ça m'approche pas, ça me veut, mais ça me laisse tomber pour une fille aux études le lendemain. Les bons gars, ça n'existe pas.

— Ah non ? Et que fais-tu de Rémi ? Il n'a pourtant pas d'instruction...

— Oui, c'est un bon gars, un beau gars à part ça, mais moi, je ne suis pas toi, Laurence. Un gars de clos de bois qui gagne sa vie de peine et de misère, ce n'est pas pour moi. Même si c'est un bon gars...

Dardée, insultée, je lui répondis agressivement...

— J'imagine qu'un gars de ferronnerie, c'est plus riche que Rémi ? Mon mari a du respect, lui, ce n'est pas un animal qui souhaite qu'une fille le... Ah ! et puis, trêve d'explications ! En plus d'être vache, tu es ingrate ! Rémi qui se fend en quatre pour te payer tes petites dépenses, Rémi qui travaille comme un chien... Je tente de garder mon calme et c'est toi qui me rends hors de moi. Tête de linotte, tête folle ! Je perds mon temps à parler avec toi. Mais, je te préviens, Colette. S'il t'arrive un accident, et tu sais ce que je veux dire, je m'en lave les mains. Tu iras à la Miséricorde comme toutes les autres... Je ne jouerai pas à la mère avec toi jusqu'à la fin de mes jours. J'ai une vie, moi aussi. J'ai un mari, des sentiments, du cœur au ventre... Attends que Rémi apprenne, lui qui te faisait confiance.

Et sur ces mots, malgré mes efforts, j'éclatai en sanglots. À la grande stupéfaction de Colette qui, pour la première fois, me voyait pleurer. Émue, pleine de remords, elle me demanda timidement...

— Tu comptes raconter tout ça à Rémi, Laurence ? Allons, ne pleure pas, je sais que c'est de ma faute. Si tu voulais...

— Si je voulais quoi ?

— Si tu voulais garder ça entre nous, ne pas en parler à Rémi ni à personne d'autre, je te jure que je ne recommencerais plus.

— Toi et tes promesses...

— Non, écoute-moi, je suis sérieuse. J'ai honte de ce que j'ai fait, j'ai honte parce que tu as tout vu... Ne le dis pas à Rémi, ne le blâme pas de m'avoir fait confiance, et je te jure sur la tête de maman qu'aucun gars ne remettra les pieds dans cette maison.

— Tu me le jures, Colette ? Tu ne me racontes pas d'histoires ?

— Non, Laurence, je suis sincère. Jamais plus je ne referai ça. J'ai des remords, ce qui est fait est fait, mais donne-moi une chance, juste une.

Quoique méfiante, je me suis emparée de cette lueur d'espoir. Je n'avais rien à perdre et je voulais épargner mon mari, son "père".

— Soit, je n'en parlerai pas. À personne, pas même à Rémi qui réagirait mal si je lui décrivais la scène. Bon, ça va, on oublie ça, on n'en parle plus, mais promets-moi de ne plus revoir le salaud qui a profité de l'occasion...

— Je te le promets. C'est fini entre lui et moi. C'est de sa faute... La mienne aussi, mais c'est lui qui m'a poussée à lui faire...

— Assez ! N'en dis pas plus, juste à y penser... Tu t'occupes du lavage, du repassage, de rendre propre tout ce que tu as sali. Et le plus vite possible avant que Rémi ne revienne du travail.

— Oui, oui, je fais tout ça dès maintenant. Alors, c'est oublié, c'est vrai ?

— Oui, Colette, c'est oublié. Que Dieu m'entende, je vais te faire encore confiance. »

À peine sortie de ce long dialogue qu'elle avait si bien mimé, Laurence regarda Vincent et murmura : « Idiote que j'étais... » Surpris, il la toisa du regard et lui demanda :

— Pourquoi un tel aveu ? Que s'est-il donc passé ?

Elle sourit, avala une gorgée d'eau et lui dit :

— Comme si une brebis noire pouvait devenir blanche du jour au lendemain.

— Ce qui veut dire ?

— Je vous explique, mais laissez-moi vous raconter la fin de cette journée.

« Soulagée, remplie d'espoir, croyant en elle, je la laissai avec la lessive et je partis avec Marie, ma voisine et sa fille, pour un pique-nique au parc Belmont. Ça faisait si longtemps qu'on promettait aux petites qu'elles s'amuseraient gaiement. J'étais joyeuse, heureuse même. Autant de la joie de Marie dans les manèges que des bonnes résolutions... de l'autre. Ma voisine avait choisi une table où nous avions étalé les sandwiches, les biscuits, le Kik Cola, pendant que les petites allaient dans les manèges dont elles n'avaient pas peur. Marie adorait la "maison des miroirs", où elle se voyait grande, petite, grosse, et j'en passe. Elle riait de bon cœur et y retourna plusieurs fois. Le mari de ma voisine nous avait obtenu des billets gratuits. Les petites pouvaient donc s'amuser ferme sans qu'il nous en coûte un sou, sauf pour les pommes de tire et les billets d'autobus. La copine de Marie l'avait traînée de force dans le manège "la chenille", où les carrosses se couvraient d'une toile verte, et ma petite perle en était sortie en larmes. C'était trop rapide pour elle. Elles allèrent sur les chevaux de bois, sur le "tapis magique", et nous avons soupé pour ensuite rentrer avant que la jeunesse envahisse le parc pour danser aux rythmes d'un orchestre. Rémi venait tout juste de rentrer, il était mort de fatigue. Le temps de prendre un bain, de bercer Marie sur ses genoux, d'écouter le récit de sa journée et il était au lit. Peu bavarde, la petite ne lui avait pas parlé du "chat" qui s'était infiltré dans la maison la veille. Les manèges lui avaient fait oublier... ce banal incident. Je respectai ma promesse et ne parlai de rien à mon mari. Colette, encore sous l'effet du choc, son enfer pavé de bonnes intentions, avait passé toute la soirée à la maison. Enfermée dans sa chambre, allongée sur son lit, elle avait écouté des disques de Frank Sinatra, son chanteur préféré. Et la nuit vint clore ce qui se voulait déjà le passé. J'étais si heureuse ce soir-là que, si Rémi n'avait pas été épuisé et déjà endormi, j'aurais… »

— Passons, voulez-vous ? demanda Laurence.

— Et « l'idiote que j'étais », une appréhension ? insista l'écrivain.

Laurence fronça les sourcils et, comme pour se faire pardonner de ne pas y avoir pensé, elle répondit :

— Personne n'aurait pu s'imaginer…

— S'imaginer quoi ?

— Que la brebis n'était pas que noire, mais galeuse.

— Voilà qui sonne dur… Que voulez-vous dire ?

« Colette m'avait juré qu'aucun autre gars ne rentrerait sous notre toit et elle a tenu promesse. L'idiote que j'étais n'avait pas songé qu'elle pourrait, elle, se rendre chez les gars et se livrer à ses bassesses. Et c'est exactement ce qu'elle a fait. Après avoir juré qu'entre elle et son Yvon c'était fini, une âme charitable m'a appris que ma sœur était sortie du logis du gars de la ferronnerie à onze heures du soir, les cheveux défaits, la jupe à peine boutonnée, alors que, sur le perron, ce malotru l'embrassait encore en laissant balader ses mains sous son chandail. Elle avait tout vu, la dame patronnesse. Une voyeuse avec le signe de croix en guise de contrition. Elle avait même ajouté : "Je regrette d'avoir à vous le dire, madame Pratte, mais votre sœur est une dévergondée." J'étais choquée et je ne pouvais le montrer. Je savais que sa réputation la précédait dans le quartier et que c'était pour cette raison que tant de "bons gars", comme elle le disait, voulaient s'approcher d'elle. Ceux qui en profitaient laissaient "sa" carte de visite à d'autres, si vous comprenez ce que je veux dire. Et elle était sans doute allée chez Yvon terminer ce que j'avais freiné par mon arrivée inattendue. Ah ! la peste ! Et dire que Rémi n'avait rien su de cette scabreuse aventure. C'était la première fois que je cachais quoi que ce soit à mon mari. Et, comble d'audace, il n'y avait pas que les chambres des gars, il y avait aussi leur voiture. Ma voisine, mon amie, m'avait avoué quelques jours plus tard, timidement, avec embarras, avoir vu Colette faire l'amour dans une voiture stationnée dans la ruelle. Avec un gars aux cheveux noirs frisés, cette fois. Un homme que la voisine avait déjà vu et qu'elle savait marié. "Pas loin de trente ans…" m'avait-elle dit en baissant les yeux. Pas son Yvon, un autre, plus vieux, plus habile, qui lui avait sans doute offert un bracelet plaqué en lui faisant croire que c'était de l'or. C'est en sortant son chien pour son pipi que ma voisine, de son balcon dont elle n'avait pas ouvert la lumière, distingua fort bien ma sœur "à cheval" sur les genoux de l'homme qui, selon elle… vous savez… jouissait. Et elle m'a dit, ne pouvant plus le cacher, que les gars du quartier l'appelaient "la Mousseau". J'ai attendu deux jours, je l'ai apostrophée pendant que Rémi était absent et elle m'a répliqué, soutenant mon regard : "Je t'ai promis qu'aucun gars ne rentrerait à la maison et j'ai tenu promesse." Je l'ai traitée de tous les noms et là, elle m'a menacée. Elle m'a dit : "Nous pourrions discuter de tout ça avec Rémi ? À partir du commencement. Qu'en penses-tu ?" Et pour la troisième fois, je l'ai giflée. Si fort que le sang a giclé de sa lèvre. Elle savait qu'elle me tenait, qu'elle avait bien joué son jeu. Elle savait que je n'avais rien caché à mon mari, que nous avions depuis notre mariage tout partagé. La moindre joie, le moindre ennui. Elle savait que Rémi me reprocherait mon silence et que, maintenant, je n'avais plus le choix que de me taire et de me mêler de mes affaires. Mais, après l'avoir giflée, voyant le sang sur son doigt, elle m'avait crié : "Cette fois, c'est la fois de trop. Jamais plus tu ne lèveras la main sur moi. Je vais partir avec le premier gars. Si loin que tu ne me retrouveras pas. Et, tu veux savoir, Laurence Mousseau ? Tu es jalouse ! Oui, tu es jalouse parce que j'attire les hommes et que ce n'est pas ton cas. Si j'avais voulu, j'aurais même pu séduire ton mari. Penses-tu qu'il baisse les yeux quand je me croise les jambes ? Un homme est un homme, mais le tien, je te le laisse. Parce qu'il est habitué à ne rien avoir de plus que ce que tu lui donnes. Parce qu'il doit faire l'amour comme un enfant d'école. J'aurais peur..." Je ne l'ai pas laissée finir. Je l'ai empoignée par les cheveux et je lui ai crié : "Petite garce, petite... petite putain !" Elle a été saisie de stupeur et je l'ai longtemps regretté. Jamais je n'aurais cru en arriver à traiter ma propre sœur d'un tel nom. Et c'est, dès lors, que l'idée m'est venue de déménager, de partir, de fuir ce quartier qu'elle avait rendu infect, en la laissant derrière. »

— Vous l'avez fait ? questionna Vincent.

Laurence ferma les yeux, laissa retomber ses bras et murmura :

— Je suis fatiguée, Vincent. Trop fatiguée pour poursuivre...

L'homme de lettres regarda l'horloge, elle marquait onze heures. Embarrassé, sentant qu'il avait abusé de ses forces, il se leva prestement.

— Pardonnez-moi, Laurence, je n'ai pas vu le temps passer. Excusez-moi, j'étais si pris, si loin de la réalité. Dieu ! que je suis mal à l'aise !

— Ne vous excusez pas, je n'ai pas compté les heures moi non plus. Je n'ai même pas entendu l'horloge qui, pourtant, n'a pas été avare d'avertissements. Revivre ce que j'ai vécu me met en transe. Regardez, il fait pourtant frais et j'ai de la sueur au front. Il faut dire qu'à mon âge...

— Vous voulez un breuvage chaud avant de partir ? Une tisane, peut-être ?

— Non, merci, une bonne nuit de sommeil me permettra de récupérer. Si vous voulez bien me reconduire...

— Avec plaisir, le temps d'enfiler mon veston.

Sur le chemin du retour, il n'osait engager la conversation. Elle était si épuisée qu'il avait l'impression de lui avoir ravi toute sa salive. C'est elle qui, après douze minutes de silence, le rompit pour lui dire :

— J'ai vivement apprécié ma journée. Votre maison est si jolie. La balançoire, la rivière, les oiseaux. Et ce souper, cette musique…

— C'est si peu, si peu, en comparaison de tout ce que vous m'avez laissé dans la tête, Laurence. Ces confidences si précieuses, ce don de mettre en images…

Il la déposa à sa porte, attendit qu'elle grimpe quelques marches, et il lui demanda d'un ton bas pour ne pas déranger les voisins :

— Nous nous reverrons quand, madame Pratte ?

Il était redevenu solennel, comme pour la taquiner, comme pour lui démontrer qu'il tenait vraiment à elle. Elle se retourna et, jouant le jeu, lui répondit dans un chuchotement :

— Bientôt, monsieur Danin, très bientôt. Je vous téléphonerai dès que possible.

— Ce sera chez vous ou chez moi ? insista-t-il.

Elle saisit la poignée de la porte de sa demeure et se pencha pour lui dire tout bas, alors qu'il était encore dans l'escalier :

— Chez moi… il n'y a pas de rivière, pas de balançoire, très peu d'oiseaux…

Il avait compris, il était conquis.

Le lendemain, alors qu'elle préparait sa tisane tout en lessivant ce qui avait été négligé, Laurence fut dérangée par la sonnerie de la porte. Un homme, bouquet de fleurs à la main, lui demanda : « Madame Pratte ? » À l'acquiescement de la septuagénaire, il lui remit les fleurs et elle signa l'accusé de réception. Des roses, des lys, des œillets, un arrangement de bon goût et de grande valeur. Sur un petit carton, quelques mots : *Pour votre aide précieuse, pour ces rencontres... merci. Vincent.* Émue, elle déposa les fleurs dans un vase et sentit un frisson de bien-être l'envahir. Depuis Rémi, dont elle avait été « l'adorée », c'était la première fois qu'un galant homme lui offrait un bouquet.

Pendant que Laurence humait l'arôme des roses rouges et des œillets, Vincent Danin, tôt levé, café à la main, coup d'œil furtif aux oiseaux sur les branches, était à son écritoire. D'une main qui, avec le temps, tremblait d'âge comme d'émotion, il rassemblait les mots, formait des phrases qui, elles, s'allongeaient en paragraphes pour devenir chapitre. En pleine inspiration, il n'entendit même pas le camelot lancer son journal. Il écrivit toute la journée, oubliant de se raser, de manger, et de ranger tout ce qui traînait sur la table depuis la veille. L'horloge sonna les six coups du souper lorsqu'il sentit un creux à l'estomac. Il se leva, étira ses jambes, libéra son index de son pouce endolori, puis, levant les yeux sur la photo de son mariage, il regarda Simone, lui sourit et lui murmura : « Ne t'en fais pas, ma douce, je serai là demain. J'ai tant de choses à te dire. Je t'aime et... j'écris. »

Chapitre 3

Vincent Danin était quelque peu inquiet. Depuis l'envoi de fleurs, aucune nouvelle de Laurence. Avait-elle été offensée par cet hommage inattendu ? L'aurait-elle mal interprété ? Peut-être était-ce trop tôt pour un tel témoignage de gratitude ? S'il fallait qu'elle ne revienne pas et que son histoire s'arrête là, brusquement, après deux chapitres. Il n'osait y penser, son cœur en était chaviré. Le samedi, il s'était rendu sur la tombe de Simone. Il lui avait parlé, il avait même embelli le petit coin de terre de fleurs sauvages cueillies dans son jardin. Des fleurs mauves dont il ignorait le nom, mais qui s'avéraient les préférées de sa bien-aimée. Il s'était avancé sur la tombe de Marie, avait repoussé du pied quelques branches éparses et il avait soupiré… Mais Laurence n'était pas venue. Bien sûr, elle ne venait qu'une fois l'an, mais comme elle savait qu'il serait là, il avait espéré… en vain.

Le dimanche, il n'était pas sorti. Après la pluie de la nuit, il ne croyait plus aux rayons du soleil lorsqu'ils percèrent les nuages en plein après-midi. Pas rasé, vêtu de son pantalon de la veille, d'une vieille chemise, il avait ouvert le téléviseur. D'une station à l'autre, rien qui ne retienne son attention. Des films insipides et « Le Grand Prix du Canada » où un Français qu'il ne connaissait pas remportait la course. Peu enclin à écouter ces bruits de moteur, ces bravos, à regarder le podium, la foule en délire, il ferma l'appareil, ouvrit la radio où, à une certaine chaîne FM, on présentait de la musique de Maurice Ravel. Assis, un café à portée de la main, il se mit à relire ce qu'il avait déjà écrit. Tout en peaufinant son récit, en évitant les redondances, en déposant un peu de couleur sur ce noir tableau d'une existence. Il songeait à Marie. Elle n'était encore qu'une enfant au moment des points de suspension laissés par la narratrice lors du second chapitre, mais il avait dans la tête, l'image, le doux portrait de la jeune femme que Laurence lui avait laissé voir. Au doux nom de Marie Mousseau s'était greffé un visage. Si beau, encadré de ses cheveux blonds, qu'il avait hâte de la peindre en rose quand elle prendrait plus d'importance et que Colette, l'impertinente, lui laisserait un peu de place. Il écrivait sans se rendre compte que le jour s'était retiré pour faire place à la nuit. Sans même avoir mangé ou grignoté. Avec, pour seule nourriture, l'angoisse de l'écriture. Avec, comme fatigue, les jointures des doigts qui criaient leur souffrance. Il déposa la plume, se frotta la main, les reins, puis, triste et songeur, il s'inquiéta davantage du silence de la vieille dame.

Le lendemain matin, réveillé tôt par les aboiements d'un chien du voisinage, il se leva péniblement, se fit cuire des œufs, un peu de jambon, et fit couler un café plus corsé que d'habitude pour mieux se réveiller. Il avait une faim de loup, il s'était couché épuisé, l'estomac vide. Vers dix heures, le téléphone sonna. Un sursaut. Ça ne pouvait être qu'elle !

— Allô, Vincent ? Ici Laurence. Je ne vous dérange pas, j'espère ?

Il était content, tremblant, ému.

— Laurence ! Enfin ! Bien sûr que vous ne me dérangez pas. Si vous saviez comme je me suis inquiété. Vous allez bien, n'est-ce pas ?

— Mais oui, très bien... Excusez-moi, je me rends compte que j'ai manqué aux bonnes manières. J'avais des rendez-vous successifs. Le médecin, l'oculiste, quelques affaires à régler, les courses...

— Allons, vous n'avez pas à vous expliquer. En autant que la santé soit bonne, que tout soit dans l'ordre... Pardonnez-moi, je me sens égoïste. N'ayant rien à gérer, rien d'autre que d'écrire, il m'arrive d'oublier que les autres ont une vie plus chargée que la mienne. Ah ! les hommes ! comme vous aurait dit Simone.

Sans relever la dernière phrase où sa Simone revenait encore, Laurence enchaîna :

— Je vous remercie pour les fleurs, Vincent. Le bouquet était superbe, mais ça m'a mise mal à l'aise. Ce n'était pas nécessaire...

— Qu'un geste, madame, qu'un geste en guise de gratitude. Vous m'accordez beaucoup de temps... répondit-il solennellement et galamment.

— Vous... vous croyez que cette semaine, je veux dire...

— Je n'attendais que ce moment, Laurence. Venant de vous, surtout, pour ne pas insister.

— Je serais libre demain si cela vous convient. On annonce une belle journée...

— Quelle joie vous m'offrez... Je peux donc vous prendre dans la matinée ?

— Oui, mais cette fois, pas de fioritures, pas de traiteur, je vous en supplie. Nous nous arrangerons à la bonne franquette. Et, si vous le permettez, j'apporterai mon tablier. Je connais les ronds de poêle, vous savez.

Elle avait éclaté de rire, ce qui l'avait fortement amusé.

— Voilà qui m'embarrasse, vous êtes mon invitée.

— Non, votre collègue de travail. Oublions les cérémonies, voulez-vous ? Sinon, c'est moi qui serai gênée de m'imposer. Si vous avez un petit poulet et quelques pommes de terre, laissez-moi cette mince tâche. Je ne suis pas traiteur, mais j'ai quand même la main habile avec le four et les casseroles.

— Comme bon vous plaira, Laurence. Et j'ai encore de ce petit vin blanc...

— Vous voyez comme ça peut être simple quand on fait fi de l'apparat ? Et nous avons à travailler, ne l'oubliez pas.

— Loin de là, j'ai la main fatiguée depuis quelques jours. J'étais inspiré, j'ai écrit, ce qui ne m'a pas empêché de me rendre sur la tombe de Simone.

— Ah... voilà qui est bien. Un peu d'air frais...

— J'ai nettoyé la tombe de Marie en passant. Le vent avait soufflé des branches...

— Ah... merci, voilà qui est aimable, gentil...

Il n'osa lui avouer qu'il avait apporté des fleurs et qu'il en avait gardé trois pour la pierre tombale de sa petite sœur. Il ne voulait pas que Laurence se sente en faute de ne pas s'y rendre plus souvent.

— Donc, demain ? En fin de matinée ?

— Oui, tel qu'entendu et je serai prête. Vous n'aurez même pas à monter.

Il raccrocha non sans lui avoir souhaité une excellente journée, puis il respira d'aise. Demain allait s'avérer un jour où il allait vivre, se sentir encore de ce monde, même à travers ce passé périmé. Avec, à ses côtés, Laurence.

Elle portait une robe blanche à pois rouges, des souliers rouges, des boucles d'oreilles en forme de pastilles rondes et de la même couleur, ce qui rehaussait son teint tout en s'harmonisant avec sa légère couche de rouge à lèvres. La même coiffure bouclée, grise, bien en place avec le fixatif qui contrait chaque souffle du vent. « À moins qu'il ne s'agisse d'une permanente... » avait-il songé. Elle avait, cette fois, une veste blanche, et le doux parfum qu'elle portait et dont il ignorait le nom lui plaisait grandement. Il avait enfilé un pantalon bleu, une chemise bleue. Propre, frais rasé, un bon coup de peigne dans sa chevelure abondante, où résistaient encore au temps quelques cheveux gris mêlés aux blancs, il était bien de sa personne. Un peu courbé à force d'écrire, mais encore bel homme. Et svelte sans mérite. Il avait si souvent oublié de manger pour nourrir ses... personnages.

— Des fleurs se meurent et d'autres naissent, lança Laurence en regardant le jardin qui lui devenait familier.

— Oui, les fleurs tout comme les humains. La loi de l'horloge du temps, répondit l'écrivain.

Ils s'installèrent dans la véranda, réchauffés par le soleil qui s'infiltrait, cafetière à leur portée. Elle ferma les yeux, les rouvrit, regarda le ciel...

— Où donc en étais-je ? lui murmura-t-elle.

Vincent, lui versant le café dont l'arôme à lui seul éveillait les pensées, lui chuchota comme pour la ramener dans le sentier :

— Vous parliez de déménager.

— Ah, oui, j'y suis. Je nous revois. Quelle joie et quel effroi.

« Nous avions tenu le coup. C'était la fin de la guerre et personne n'osait encore bouger. Hitler, c'était fini, mais il y avait le Japon, le péril jaune que tous craignaient. Une reprise soudaine. Une autre bombe... Nous étions à la fois ravis de cette ère de paix qui s'annonçait, mais encore inquiets. Et puis, nous n'avions pas d'argent même si Rémi travaillait comme un fou. Nous retardions le moment, nous avions signé un autre bail. Marie adorait sa petite copine, la fille de mon amie, la voisine. Nous endurions Colette qui faisait encore des siennes, mais comme elle était plus souvent dehors que sous notre toit, nous avions des moments de répit. Sans même nous inquiéter de ce qu'elle faisait. Nous ne le savions que trop, Rémi et moi. Elle rentrait très tard, décoiffée, démaquillée. Ses vêtements sentaient les mains d'homme. Peine perdue, nous ne misions que sur le temps et je priais. Oui, je priais chaque soir pour qu'elle ne m'arrive pas un jour avec le ventre rond. C'était là ma hantise, mon obsession. À moins que, tout comme moi... Ah ! mon Dieu ! comme j'ai souhaité qu'elle soit stérile, celle-là ! Or, pour ne pas perdre le fil de mes souvenirs, disons que c'est le sort qui m'est venu en aide. Il a fallu qu'un malheur arrive pour que notre bonheur s'améliore.

En plein cœur de l'hiver, mon beau-père est mort. Subitement. Sa première attaque du cœur. Celle qui ne pardonne pas. Il est mort dans son salon en lisant son journal pendant que sa femme préparait le souper. Quel choc ! Pour elle, la pauvre femme, comme pour Rémi qui adorait son père. Imaginez, il n'avait que cinquante-deux ans. Parti. D'un coup sec, sans avertissement. Devant sa femme qui a failli mourir de peur en le trouvant écrasé au sol, la main au cœur, les lèvres presque bleues. On l'a enterré en grande pompe après l'avoir beaucoup pleuré. Gérald, le frère aîné de mon mari, était venu du Manitoba avec sa femme. C'était la première fois que je les rencontrais et la dernière. Par la suite, nous ne les avons jamais revus. Rémi et lui, ce n'était pas tout à fait la crème et le beurre. Ils étaient si différents. Mon beau-père avait des assurances, un bon compte en banque, sa maison, son clos de bois. Ma belle-mère n'était pas dans la rue, mais elle était désemparée, démunie. C'était lui qui gérait tout, qui décidait de tout. Gérald, qui se disait prospère avec son épicerie, repartit avec sa femme sans accepter la part de l'argent de son père qui lui revenait. Au grand désespoir de sa femme qui se tortillait sur sa chaise, qui voyait tous ces sous... Il voulait nous impressionner. Il se disait "homme d'affaires". Son commerce marchait bien, mais de là à repousser sa part du revers de la main, il y avait marge. Il avait dit à sa mère : "Non, gardez tout, séparez avec Rémi et qu'il prenne soin de vous." Il avait tellement craint d'être embarrassé de sa mère qu'il nous l'avait confiée de cette façon. Même si, pauvre de lui, nous n'aurions jamais accepté qu'elle le suive, qu'elle parte au loin quand son cœur n'était qu'avec nous. Et ce fut là le moment des grandes décisions. Rémi, devenu propriétaire du clos de bois de son père, vendit la grande maison où sa mère refusait de vivre seule. Avec cet argent, il acheta un duplex sur la rue Boyer, dans la paroisse Saint-Édouard. Il fut convenu que nous habiterions le bas, un logement de sept pièces, et que sa mère viendrait vivre avec nous. En louant l'étage supérieur, nous pouvions défrayer l'entretien et les taxes. Et je n'avais aucune objection à ce que madame Pratte vive sous notre toit. Une femme charmante, discrète, pas dérangeante. Et, de plus, une grand-mère pour Marie qui l'adorait. Ma belle-mère aimait tellement cette enfant qu'elle l'appelait, tout comme nous, sa "petite perle". Mais il y avait Colette et, avec elle, le cas était loin d'être réglé. Elle allait avoir seize ans dans un mois et elle travaillait toujours chez Oscar, n'ayant rien trouvé de mieux avec son peu d'instruction. Quand nous lui

avons fait part des arrangements et du déménagement,
elle s'est écriée :

— Je ne vous suis pas ! Je n'irai pas vivre avec la mère
de Rémi.

— Voyons, Colette, c'est ta grand-mère...

— Non, ce n'est pas le cas. Je n'ai rien contre elle,
mais je n'irai pas me tasser dans cette maison avec tout
le monde. J'ai mon idée.

— C'est grand, il y aura de la place. Une chambre
pour toi avec Marie...

— Non et non ! Tu vois ? Encore avec la petite ! J'ai
mon idée, je te l'ai dit.

— Et c'est quoi, ton idée ? Qu'est-ce que tu as encore
derrière la tête, toi ?

— Ne t'en fais pas, rien de mal. Denise, la fille qui
travaille avec moi, m'a invitée à partager son logement.
Un grand cinq pièces sur la rue Casgrain près de Villeray.
C'est la maison de sa mère. Elle est veuve, elle habite le
bas avec le petit frère de Denise et elle, ma copine, a
pris le haut. À deux, ça va réduire le coût de son loyer
et comme sa mère est juste en bas, vous n'aurez pas à
vous inquiéter.

— Pas question ! Nous sommes responsables de toi,
Rémi et moi. Et puis cette Denise, nous ne la connaissons
pas, sa mère non plus.

— Écoute, Laurence, c'est du bon monde. Madame
Carrier est une bonne personne.

— Mais tu n'as que seize ans, Colette. T'en rends-tu
compte ?

— Bien sûr et c'est pour ça que je veux être libre.

— Libre ? Mais tu n'es qu'une enfant...

— Ah, oui ? Et toi ? T'étais quand même mariée à
mon âge, non ? Si c'est ça que tu veux que je fasse pour
être libre, je vais le faire, Laurence. Mais sûr et certain,
je ne vous suis pas. Et ça devrait faire ton affaire puisque

tu ne m'auras plus dans les jambes. Tu vas pouvoir vivre ta vie et moi, la mienne. Avec Marie et ta belle-mère, tu n'auras sûrement pas besoin d'en avoir une de plus sur les bras.

J'étais songeuse, perplexe. Il était vrai qu'à l'âge de ma sœurette, j'étais déjà femme, déjà responsable, mais Colette et sa tête folle…

— Elle a quel âge, la Denise dont tu parles ?

— Dix-sept ans et ça fait déjà un an qu'elle est libre, que sa mère lui a loué le logement. Déniaise, Laurence ! On est en 1946, pas en 1906 !

— Je vais en parler avec Rémi. Je ne peux pas prendre la décision toute seule.

— Pourquoi lui ? Rémi n'est pas mon père et ce n'est pas parce qu'il m'a adoptée pour la forme que j'ai à lui rendre des comptes.

— Maudite sans-cœur ! Après tout ce qu'il a fait pour toi, tout ce qu'il t'a donné. Sans lui, ton enfance, tu l'aurais passée dans un orphelinat !

— Sors pas tes grands mots, Laurence, ça prend pas avec moi. D'accord, il a fait beaucoup pour moi, je le sais, mais je ne vais pas passer ma vie avec vous deux pour le remercier éternellement. D'ailleurs, je suis sûre qu'il va comprendre plus vite que toi, lui. Il est plus large d'esprit.

— Arrête, Colette, tu vas me mettre encore hors de moi.

— C'est ce que tu cherches, Laurence ! Chaque fois ! C'est peut-être quand je ne serai plus là qu'on va s'entendre, toi et moi. Ça ne marche pas ensemble, tu le vois bien ? Pourquoi t'entêter à me garder ? Ça va marcher tellement mieux sans moi ! Et puis je viendrai vous voir, ça va peut-être nous rapprocher.

Elle était sournoise et habile, la petite bougresse. Si bien qu'elle a fini par me convaincre de parler à Rémi.

En sa faveur, évidemment. Tel que prévu, Rémi fut plus compréhensif, moins réticent. Depuis le temps qu'il voulait une vie avec moi, sans elle, avec la petite Marie. Et là, avec sa mère en plus. Et pour lui, à seize ans, Colette n'était plus une enfant. Il n'avait pas tort. Accoutrée comme elle l'était, on aurait pu jurer qu'elle avait vingt-deux ans. On l'acceptait même dans les clubs de nuit sans lui demander son baptistère et elle avait à peine l'âge pour être admise au cinéma. Il fallait la voir, juchée sur ses talons hauts, la poitrine ferme, la blouse décolletée, dandinant ses hanches dans sa crinoline, les yeux maquillés, les lèvres épaisses avec deux pouces de rouge gras. Pas très distinguée, ma sœur. Des coiffures hautes, trop vieilles pour son âge, des pendants d'oreilles jusqu'aux épaules... Ah! je la revois comme si c'était hier et j'enrage encore.

Nous avions rencontré la Denise qui avait la même allure qu'elle. Sauf qu'elle s'était forcée pour être polie, pour avoir l'air bien élevée. Mais je sentais que ces deux-là ensemble, ça allait être... Je vous fais grâce de ma pensée, Vincent, je saute quelques mauvais mots et je continue en vous disant que nous avons rencontré la mère, la dame Carrier en question. Très aimable, polie, avenante, elle nous a fait bonne impression. Elle avait un petit garçon de onze ans, elle était veuve, elle en pleurait presque. Elle nous a promis de veiller sur Colette comme sur sa propre fille. Et comme elle habitait juste en bas... "Et si Colette perd son emploi... ?" lui avais-je demandé. Elle m'avait répondu : "Ne vous en faites pas, elle va vite en trouver un autre. Une belle fille comme elle, ça ne chôme pas longtemps." J'ai fini par céder non sans lui dire que nous en étions responsables jusqu'à sa majorité. Je l'ai suppliée de m'avertir s'il se passait des choses, si elle avait du trouble. Ce qu'elle m'a promis de faire en me disant qu'elle aurait l'œil ouvert. "L'œil ouvert... Mon œil !" me suis-je écriée par la suite quand j'ai su que la Carrier, la mère, était toujours entre deux vins. Elle se foutait éperdument de ce qui se passait en haut. Tout ce qui lui importait, c'était que sa fille lui verse un loyer. Un loyer qu'elle a même augmenté avec l'arrivée de Colette. Un surplus pour être davantage entre deux vins sans avoir, comme par le passé, à attendre les fins de mois pour faire provision. Nous avons tout su cela par après, de la bouche d'une voisine de la Carrier. Mais, hélas, trop tard. Colette était là depuis quatre mois. »

Laurence fit une pause et Vincent en profita pour lui suggérer un petit goûter comme la dernière fois. Ce qu'elle ne refusa pas, histoire de reprendre son souffle et de se désaltérer d'un verre d'eau suivi d'une tasse de thé. Décontractée, dans la balançoire cette fois, Laurence regarda la rivière dont l'eau était calme et murmura : « C'est comme ça, sans vagues et sans remous, que j'aurais souhaité que ma vie s'écoule. » Vincent lui sourit et répondit :

— Après la tempête, l'accalmie, Laurence. Pour chacun d'entre nous. Ainsi va la vie...

— Même pour vous ? osa-t-elle demander.

— Oh ! que si... lui répondit-il en évoquant dans sa tête quelques nuages aujourd'hui dissipés. Elle n'insista pas, même si elle avait peine à le croire. Comment avait-il pu, lui, l'écrivain, traverser des tempêtes avec son égérie à ses côtés ? Pas d'enfants, petite vie tranquille, et sa Simone, sa chère Simone qui l'avait couvé. Sa Simone qui l'avait tant aimé et dont le nom revenait sans cesse. Elle baissa la tête dans un mea culpa. Comme s'il lui était permis d'envier, de jalouser, un bonheur dont elle ne savait rien. Retrouvant ses esprits, affichant un sourire tendre et triste à la fois, elle marmonna :

— Et nous sommes déménagés...

— Avec joie, tout de même ? s'enquit l'écrivain.

— Si on veut. Colette n'était plus là, le logement était grand, Marie avait sa chambre à elle, ses livres à colorier, ses poupées, son petit univers... Ma belle-mère avait sa chambre, Rémi et moi avions la nôtre. Nous étions dans notre maison, propriétaires, mais...

— Mais quoi ? Poursuivez, Laurence, je vous en prie.

« Rien... ou presque. Encore jeune, heureuse, mais... sans vie à deux. C'est peut-être ce qui m'a manqué toute ma vie. Aussitôt une de partie, une autre la remplaçait. Plus aimable, plus douce, mais une présence. Encore une présence... Mère depuis le premier jour sans avoir eu la joie d'enfanter. Marie était certes toute ma vie, mais un bébé à moi, dans mes bras... J'y songeais encore même si je sentais que mon cas était désespéré. Il m'arrivait de me voir seule avec Rémi, main dans la main, comme ces jeunes mariés qui déambulaient devant nous. Puis, après, avec un carrosse, un poupon endormi, un papa heureux de le prendre dans ses bras, de le serrer contre lui. Je m'en voulais de ne pouvoir offrir cette joie à l'homme que j'aimais tant. Jamais Rémi n'est revenu sur le sujet, mais je me suis toujours demandé ce que, en son for intérieur, il pensait. Et jamais une question sur le sujet de la part de sa mère. Comme si, entre son fils et elle, la loi du silence avait été édictée. J'aurais pourtant aimé me confier, lui poser des questions. De femme à femme, vous comprenez ? Peut-être en aurais-je eu le cœur moins lourd ? Elle m'aurait rassurée, comprise. Mais non, pas un mot, la discrétion totale. Et je me sentais à ses yeux comme une femme incomplète. Comme une infirme dont on respecte la condition. Sans en parler pour ne pas la troubler. J'espérais un miracle, mais chaque mois, c'était le déluge. Et Rémi qui ne disait rien, qui acceptait comme une banalité le fait de me savoir dans mes règles quand il désirait faire l'amour. Rémi qui attendait que la période passe pour se reprendre le moment venu. Je me sentais comme… une chose. Comme un objet dont on se sert pour son plaisir sachant d'avance qu'il n'y avait rien à en tirer. Comme un objet inutile. Et cette résignation de mon mari me faisait plus mal que tous ses rêves vains au début de notre mariage. Car, en ce temps, en dépit des déboires, subsistait l'espoir. Là, il n'y avait plus l'ombre d'un doute. Rémi s'était fait à l'idée de ne jamais être père. Marie, sa petite perle, était devenue sa raison de vivre. Plus que moi, Dieu me pardonne de le redire. »

Vincent avait écouté en silence. Incapable de réagir tout en comprenant le tourment de Laurence. Incapable de s'émouvoir parce que lui n'avait jamais souhaité d'enfants. Sortant de sa torpeur, se rendant compte que l'auteur avait semblé insensible à ce très court passage, Laurence ferma les yeux, poussa légèrement du pied la plate-forme de la balançoire et, sous l'effet d'une légère brise provoquée par le mouvement, poursuivit doucement.

« Marie était première de classe. Elle était si douée, ç'en était renversant. Elle s'appliquait, étudiait, faisait ses devoirs avec sa grand-mère. Madame Pratte l'adorait. C'était elle qui, chaque matin, la conduisait jusqu'à l'école pour la reprendre à la fin des classes. Marie s'y attachait profondément. Tellement qu'elle était plus souvent collée sur elle que sur moi. Peu à peu, malgré le fait qu'elle m'était obéissante, je sentais que je la perdais. Elle m'aimait bien, mais je sentais que cette femme plus âgée représentait "la mère" pour elle. Plusieurs petites filles de son âge avaient une maman de l'âge de ma belle-mère. Surtout si elles étaient les benjamines d'une famille nombreuse. J'étais encore si jeune. Dans la vingtaine, sans maturité apparente. Et c'était normal, j'étais sa sœur. Sa "grande sœur"… comme celles de ses petites amies. Mais j'avais, hélas, pris mon rôle au sérieux.

J'avais pris la relève de ma mère, je me sentais sa mère et non sa sœur. Et ma belle-mère, sereine, accomplie, avait davantage l'image de cette mère qu'elle cherchait. Madame Pratte avait à peine quelques années de plus que ma mère. On aurait dit que la petite se rappelait de sa maman avec ses rondeurs et qu'elle retrouvait cette femme en elle. Comme si ma propre mère rentrait d'un long voyage. J'en parlais à Rémi, il me voyait navrée, il me disait : "Laisse faire, c'est bon pour la petite. Elle se sent comme les autres enfants avec elle. Laisse faire, Laurence, arrête de te tourmenter et pense à nous. On est encore un jeune couple." J'avais sursauté. Il avait raison, cent fois raison. Nous étions jeunes et beaux, semblables à ces nouveaux mariés que nous croisions et qui avaient notre âge. Mais, dans ma tête, dans ma peau, après sept ans dans ce rôle de mère, avec ce par quoi j'étais passée, ce que j'avais enduré, je me sentais aussi vieille que ma belle-mère. D'où le fait que je me sentais en compétition avec elle. Je refusais d'aller au cinéma avec Rémi de peur que Marie, sans moi, s'attache trop à elle. Je ne sortais pas, je ne me maquillais pas, je ne suivais pas la mode. À vingt-trois ans, j'agissais comme une femme qui en comptait vingt de plus. J'imitais ma belle-mère. Comme si elle avait été une rivale pour moi. Pour que Marie ne soit qu'à moi. Et, peu à peu, sans m'en rendre compte, je devenais tout comme elle la mère de Rémi. Avec les mêmes paroles, les mêmes gestes. Au point que, douce comme l'agneau, ma belle-mère sous mon toit était en train de me rendre folle. Rémi, qui constatait l'étendue des dégâts, qui tentait de me faire entendre raison, s'était un jour emporté. Fortement, pour la première fois, en me criant : "Avant, c'était Colette ! Maintenant, c'est ma mère ! Il n'y a pourtant aucune comparaison. C'est toi qui n'es pas bien, Laurence. Il y a quelque chose d'anormal dans ta tête. Tu cherches des poux tout le temps. Tu as tout pour être heureuse, je suis là, je t'aime, je me morfonds à te le dire et tu ne comprends rien. Nous pourrions être si heureux, toi et moi, mais bon Dieu, donne-toi au moins la peine ! Ça fait sept ans que je suis pris entre deux feux et voilà que ça recommence. Lâche tout l'monde et pense à nous, torrieu !" Je suis restée sidérée. Jamais Rémi n'avait élevé le ton. Jamais un mot plus haut que l'autre. Je l'avais poussé à bout sans m'en rendre compte. Et, dans mon angoisse, je ne m'apercevais même pas que je ne remplissais que mon devoir lorsqu'il était ardent. Pour la première fois depuis notre mariage, j'ai eu peur de le perdre. S'il fallait… S'il avait fallu qu'une autre se présente. Sa patience avait certes des limites. Je suis devenue soucieuse, inquiète, méfiante. J'ai eu peur, quoi ! Et je suis redevenue jalouse sans aucune raison. Sans même me rendre compte qu'il m'aimait comme au premier jour. Pour contrer tous ces doutes, j'ai tenté de changer d'attitude. J'ai magasiné, j'ai observé, j'ai fureté dans des revues et je suis redevenue coquette. Après avoir enterré précocement ma jeunesse. Et je l'ai senti ravi, heureux de mes efforts, et ébloui par ma transformation. Il me trouvait si belle ! Je savais que j'étais jolie, agréable à regarder, mais de là à la pâmoison… ? À côté de Colette et de toutes ces filles qui s'habillaient comme des actrices, j'étais jolie, mais sobre. Apte à faire tourner des têtes mais pas à damner un saint. Je sortais avec lui, j'allais au cinéma. J'adorais les films de Michèle Morgan, j'avais même un faible pour Kirk Douglas que je trouvais viril et sensuel. Je sortais, je vivais comme une jeune femme de mon âge, mais c'était pour lui faire plaisir, pour le reconquérir. Car j'étais d'une jalousie maladive. Dès qu'une femme regardait Rémi de trop près, je la dardais du regard. J'avais l'impression que toutes le voulaient dans leur lit. Et j'imaginais Rémi avec l'une d'elles, dans la même posture où j'avais surpris le blondinet avec Colette par-dessus lui. Ce que je vivais était atroce et je me le reproche encore aujourd'hui. Le pire, c'est qu'avec lui, les yeux rivés sur mes rivales, je pensais encore à Marie endormie dans les bras de ma belle-mère. Ma petite Marie qui avait neuf ans et que je couvais encore comme un poussin. Marie qui avait dit à ma belle-mère et non à moi qu'elle désirait prendre des leçons de ballet. Marie qui se confiait à elle. Et moi qui, pendant ce temps, me jouais la comédie de la jeune femme épanouie. Je me jouais de… lui. Uniquement par jalousie, car je préférais de beaucoup le tablier à la robe dernier cri. Marie d'un côté, Rémi de l'autre, j'étais désemparée. Deux êtres que je ne voulais qu'à moi. Dans ma tête perturbée, il fallait qu'ils ne soient qu'à moi. Déguisée en femme attirante pour lui, le chignon et la robe de maison pour elle. J'étais déchirée, déséquilibrée, folle à lier. Dans ma démence, j'avais déjà tracé mes plans. Et le premier, c'était que ma belle-mère parte ! »

Laurence baissa les yeux, reprit son souffle et regarda Vincent avec une larme au coin de l'œil. Émue, repentante, elle murmura :

— Et elle est partie. Non pas comme je l'avais souhaité cependant. Je l'aimais bien, cette femme. Jamais je n'aurais songé à une chose pareille.

— Que voulez-vous dire ?

— En novembre de la même année, elle est tombée malade. Des vertiges, des nausées, on se demandait ce qui pouvait ainsi la miner. Après de sérieux examens, on détecta un cancer du sein. Elle avait une bosse qu'elle avait négligée, cachée, sans même en parler à qui que ce soit. Pas même à moi, sa bru. Vous savez, à ce moment-là, un cancer du sein, c'était grave. Rares étaient celles qui y survivaient. Son cas était avancé. Le mal s'était même propagé ailleurs, à son insu, dans sa négligence à consulter. Six mois plus tard, en mai 1947, elle partait après avoir enduré de terribles souffrances. C'est Rémi qui lui a fermé les yeux à l'hôpital où l'on a tout fait pour la sauver. Elle est allée rejoindre son mari, disparue tout comme lui dans la cinquantaine. Je me rappelle encore des funérailles. C'était très émouvant. Rémi pleurait comme un enfant, il était si près de sa mère. Et Marie était inconsolable. Elle a tellement versé de larmes, la pauvre petite, que j'avais peur qu'elle sombre dans la neurasthénie. C'était comme si on lui arrachait sa deuxième mère. Le frère de mon mari et sa femme ne sont pas venus du Manitoba cette fois. Ils ont envoyé des fleurs et Gérald a téléphoné à Rémi pour lui dire qu'il était souffrant, qu'il avait peine à marcher. Un odieux mensonge, vous pensez bien, et c'est seul, sans son aîné, que mon mari a enterré sa mère avec son père.

— Et votre sœur ?

— Colette ? Elle est venue au salon mortuaire offrir ses condoléances. Pour une fois, elle semblait sincère. Elle était peinée pour Rémi, pour Marie. Et elle ne m'a pas fait honte. Elle s'était habillée sobrement, elle avait une allure distinguée. Ça m'avait soulagée. J'avais eu tellement peur qu'elle arrive atriquée comme une grue. Et là, après l'enterrement, encore une fois, je me suis sentie coupable. Tout comme à la mort de ma propre mère. Je m'en voulais, j'avais souhaité qu'elle parte. Mais quand même pas pour l'au-delà... Je me suis tellement sentie coupable que je me suis demandé si je ne parlais pas au diable ! Fort heureusement, je n'avais pas dit à Rémi que je voulais qu'elle déménage. Elle est tombée malade avant. Remarquez qu'il aurait pu me regarder de travers après ce que j'avais laissé entendre au préalable. Mais devant mon chagrin, il m'a épaulée, consolée. Rémi savait que j'aimais sa mère. Il me savait aussi au bord de la crise de nerfs. Il n'a jamais reparlé de quoi que ce soit. Il l'a peut-être pensé, mais il n'en a jamais rien dit. Et moi, revenue de ma peine, aussi brève fût-elle, j'avais enfin, Dieu me pardonne, ma maison, mon mari et Marie juste à moi. Le ciel m'a sans doute écoutée, mais je n'avais pas demandé au bon Dieu, dans mes prières, de venir chercher ma belle-mère. J'étais nerveuse, au bout de ma corde, mais pas méchante à ce point-là. J'avais du cœur, j'avais de bons côtés...

— Pourquoi toujours tenter de vous disculper, Laurence ? On voit bien que vous aviez le cœur sur la main. Vous étiez jeune, vous étiez épuisée... Mais pourquoi cette culpabilité que vous traînez comme un fardeau ?

— Je n'en sais rien, Vincent. J'étais encline à me reprocher le moindre petit drame. Je prenais tout sur mes épaules et, ensuite, je m'enfonçais le couteau dans le cœur. C'est l'histoire de ma vie et je n'y peux rien. Encore aujourd'hui... Vous savez, il y a de ces manies que même l'âge n'atténue pas. On parle de sérénité, de sagesse, mais certains traits de caractère restent là, bien en place, jusqu'à la fin de sa vie. On tente de s'en corriger, de s'améliorer, mais hélas, il y a de ces failles qui reprennent le dessus dès que l'occasion se présente. Le voudrais-je de toute mon âme, que je ne pourrais, tel Ponce Pilate, me laver les mains de tout ce qui est arrivé dans ma vie. La culpabilité, c'est incurable.

L'après-midi tirait à sa fin et Laurence suggéra de rentrer, de mettre la main à la pâte, de préparer lentement ce souper tout simple qu'ils avaient planifié.

— Faites comme chez vous, Laurence. Le poulet est dans le réfrigérateur et vous y trouverez d'autres victuailles. Le garde-manger est juste à côté...

— Je sais, mais ça me gêne. Je n'ai pas l'habitude de fouiner...

— Ne m'avez-vous pas dit que vous vouliez que ce soit à la bonne franquette ? Allez, je vous en prie, soyez à l'aise, ça fait partie du pacte. De toute façon, je me demande par quel miracle vous allez parvenir à cuisiner avec ce que j'ai.

Laurence lui sourit, le pria de la laisser seule, d'aller se reposer avec un journal, qu'elle serait plus à l'aise s'il n'était pas là, à côté d'elle. Vincent se retira non sans lui avoir rendu son sourire. Il reprit le chemin de la balançoire pendant que Laurence, seule, ouvrait les armoires. Un poulet dodu qu'elle arrosa d'un jus de citron. Dans le garde-manger, elle trouva, parmi les conserves, une boîte d'ananas qu'elle découpa en cubes. Et des pommes de terre en grelots qu'elle éplucha et qu'elle plaça en rond entre les dés d'ananas. Elle mit le tout au four à feu très bas. Puis, apercevant une pomme de salade, elle la trancha, ajouta quelques feuilles d'épinard, des radis tranchés en rondelles et confectionna à l'aide d'une mayonnaise, d'huile et de vinaigre, une sauce crémeuse qu'elle répandit dans la salade. Elle mit la table, plaça le chandelier et déposa au centre, dans un petit pot de terre cuite, un bouquet de fleurs séchées trouvé dans le vivoir. On aurait dit une table d'apparat. Laurence Mousseau avait du savoir-faire. Puis, satisfaite du coup d'œil, humant déjà l'odeur du plat, elle alla rejoindre Vincent à l'extérieur.

Le souper avait été exquis, succulent. Vincent avait mis quelques valses de Chopin en sourdine tout en servant lui-même son délicieux petit vin blanc. Émerveillé, il l'avait félicitée. Il se demandait comment elle avait pu réussir un tel festin à partir d'un petit poulet. Et c'était si bon, lui qui mangeait si peu souvent. Supérieur à tous les plats préparés de son traiteur. Laurence avait même confectionné une compote de riz comme il n'en avait pas mangé depuis sa tendre enfance. Tout comme celle de sa mère, jadis, à partir d'un peu de lait, d'un peu de sucre, de poudre de cannelle. Il en était ravi, voire révérencieux. Jamais il n'avait rencontré un tel cordon-bleu.

Et c'est timidement, en balbutiant des remerciements, que Laurence accepta tous les compliments.

Le ciel se teintait déjà de gris lorsqu'ils prirent place dans le vivoir. Sur les chaises berçantes, l'un en face de l'autre. Vincent était encore dans ses emphases et, gentiment, elle lui sourit pour lui dire : « C'était si peu, je vous en prie... » Puis, tisane chaude entre les mains, elle replongea dans les années décimées.

« Peu à peu, la vie reprit son rythme. Avec ses accalmies et ses tumultes. Rémi travaillait fort. Non pas que le clos de bois ne marchait pas, mais la longue maladie de sa mère avait grugé beaucoup de nos économies. Les docteurs, dans ce temps-là, les hôpitaux... Toujours est-il qu'il travaillait de plus en plus fort. Du matin jusqu'au soir. Moi, pendant ce temps, je m'occupais de ma petite perle. Elle n'avait plus que moi et, ne me quittait pas d'une semelle. Tel que le désirait Marie, je l'ai inscrite à des cours de ballet. Elle était gracieuse, elle esquissait ses pas, elle était habile sur les pointes. Et comme elle était belle et qu'elle avait de longs cheveux blonds, on pouvait lui faire un chignon et l'encercler d'un joli diadème. Dans tous les contes que les élèves interprétaient par la danse, c'était toujours Marie qui était la princesse. Non pas qu'elle était la plus habile, mais elle était si belle avec son long cou, sa peau de soie, ses doux yeux gris. Le professeur m'avait dit un jour : "Marie n'est pas qu'un petit rat, madame, c'est un cygne. Jamais je n'ai vu tant de grâce." Je savais qu'elle ferait son chemin, qu'elle serait en quelque sorte une artiste. Tant de délicatesse, tant d'attraits. En plus d'être une première de classe. À l'école, elle avait certes quelques amies, mais aucune qu'elle ramenait à la maison et, aucune chez qui elle se rendait, même invitée. Marie se voulait sélective, mais elle était, avant tout, solitaire. Elle aimait se retrouver dans son petit univers, dévorer les contes de la comtesse de Ségur, écouter *Casse-Noisette*, et danser dans sa chambre. Sa seule amie, c'était moi. Car, en grandissant, Marie ne me considérait plus comme sa mère, mais comme sa sœur. La grande sœur qui devenait peu à peu l'amie et la confidente. Tout allait bien de ce côté et j'avais, parfois, des visites de Colette. Je me retenais bien souvent pour ne pas lui dire ce que je pensais d'elle. Non pas qu'elle était mesquine, elle tentait même un rapprochement. Mais ce qui me mettait en rogne, c'était son accoutrement. J'en étais parfois gênée face aux voisines. On aurait dit une fille de joie. Elle s'habillait comme les actrices. Pas comme Michèle Morgan, mais comme les Américaines. Et pas comme Irene Dunne, mais plutôt comme celles qui jouaient les rôles de vilaines. Sauf qu'elle ne faisait pas du cinéma, la petite "starlette" de la rue Casgrain. Pauvre Colette : Toujours la même !

Mais ce qui m'inquiétait davantage, c'était Rémi. Le cœur à l'ouvrage, oui, mais le reste aussi, me disais-je dans ma jalousie maladive. Et là, je parle de sa secrétaire. Ah ! celle-là ! La Carmen Desroches ! Elle avait le même âge que Rémi, elle avait même été réceptionniste au temps de son père. Je ne l'avais pas encore vue, mais je l'imaginais. Juste au son de sa voix quand elle appelait pour Rémi, je savais qu'elle n'était pas du genre à qui donner le bon Dieu sans confession. Le pire, c'est que Rémi la tutoyait. Carmen par-ci, Carmen par-là, Carmen, fais ceci... Elle l'appelait à la maison, l'effrontée, et c'est à peine si elle s'excusait de me déranger. Et ça m'a dérangée ! Je vous en ai assez dit sur moi pour que vous n'ayez pas à en douter. Je sentais la pression qui montait, je savais que l'explosion approchait. Un soir, au début du mois d'août, je m'en rappelle encore, elle avait téléphoné. Elle faisait du temps supplémentaire, paraît-il. Rémi et moi étions sur la galerie avec Marie. Il faisait chaud, c'était la canicule. Nous buvions un Cream Soda et la petite habillait ses poupées de carton. Une soirée tranquille d'évasion, quoi ! Carmen cherchait un dossier que Rémi avait dans ses affaires à la maison. Malgré la chaleur, malgré ma mauvaise humeur, il s'est lavé, habillé, a pris l'auto et il est allé le lui porter. Comme si c'était elle, la patronne ! Inutile de vous dire que je l'attendais avec une brique. Marie est allée se coucher et, seule sur la galerie, je regardais ma montre et je rongeais mon frein. Il est revenu deux heures plus tard et, malgré son sourire, je boudais. Je l'avais examiné des pieds à la tête. Pas même un cheveu défait, mais je me méfiais. J'avais pourtant confiance, mais il était plus distant depuis quelque temps. Et je le vois encore me demander avec son air de chien battu :

— Qu'est-ce que t'as ? Encore la baboune ce soir ? Pourquoi ?

— Parce que celle-là, si je ne me retenais pas...

— Qui ça, celle-là ?

— Joue pas à l'autruche, Rémi. La Desroches ! Ta secrétaire !

— Qu'est-ce qu'elle a fait ? Je ne te suis pas...

— Ah, non ? Tu es aveugle ou quoi ? Elle t'appelle sans arrêt, elle te dérange le soir et toi, tu me plaques là pour aller lui porter un dossier. Ne viens pas me dire que c'était pas arrangé, cette histoire-là !

Rémi avait baissé les yeux, baissé le ton, pour que les voisins n'entendent pas.

— Tu ne vas pas recommencer, Laurence ? Pas encore une de tes crises de jalousie ?

— Moi, jalouse ? Non, Rémi, mais pas folle non plus ! Tu passes plus de temps avec elle qu'avec moi ! Carmen par-ci... et tu la tutoies.

— Voyons, Laurence, on a le même âge. Je la connais depuis le temps de mon père...

— Oui, mais c'est toi le patron à présent. On ne tutoie pas son *boss* et on ne tutoie pas sa secrétaire. Ça ne se fait pas dans les bureaux... à moins que ce soit plus intime dans un clos de bois...

— Là, tu pousses fort. En maudit, à part ça ! Je travaille comme un bœuf, je sue du matin jusqu'au soir, mes employés me donnent des heures de plus sans être payés et toi, tu trouves à redire ! Penses-tu que l'argent et la réussite, ça tombe du ciel, Laurence ? Tu me reproches d'avoir du cœur au ventre ?

— Non, pas ça, mais elle... Tu vouvoies madame Brisebois, pourtant ?

— La comptable ? Ça se comprend, elle a quarante-neuf ans ! Je sais vivre, Laurence, j'ai pas besoin de leçons. Carmen est de mon âge, elle travaille comme une folle, on est ensemble à longueur de journée. Et je devrais lui dire vous pour te plaire ?

— Je suis sûre qu'elle n'est pas laide, qu'elle est bien faite...

— Tiens, ça recommence ! Tu vois bien qu'il y a quelque chose qui ne marche pas dans ta tête ! Une maudite belle marque de confiance à part ça ! Tu me vois dans le lit des autres, tu t'imagines des choses et tu voudrais que je me défende quand je n'ai rien à me reprocher ? Sais-tu que t'as une belle opinion de moi, ma femme ?

Anéantie, défaite, je ne savais plus quoi lui dire. Il avait peut-être raison, mais je n'allais pas m'avouer vaincue pour autant. Pas avec ma tête de cochon !

— Ben, si tu veux que ça marche, Rémi Pratte, débarrasse-toi d'elle ! Des secrétaires, ce n'est pas ça qui manque.

— Ça, jamais ! Tu m'entends, Laurence ? Jamais ! Carmen a mis tout son cœur dans l'entreprise du père et là, c'est presque mon bras droit. Je regrette, mais je ne la mettrai pas à la porte juste pour te délivrer de tes doutes maladifs. Carmen a un *chum*, elle est presque fiancée. Elle a même parlé de nous inviter à ses noces. Et tu voudrais… ? Non, là, c'est trop. Fais-toi soigner, ma femme ! »

— J'ai failli lui sauter au visage, Vincent. Comme si j'étais malade ! Remarquez que je parle au passé, que je ne savais pas, que j'ai compris beaucoup plus tard…

— Je sais, de lui répondre l'écrivain tout en ajoutant : et que s'est-il passé par la suite ?

Il ne voulait pas que Laurence interrompe ce récit palpitant.

« On ne s'est plus dit un mot de la soirée. On s'est couchés chacun de notre côté, dos à dos, mais je sentais que je l'avais profondément blessé. J'aurais dû m'amender, lui dire que… mais non, à ce moment-là, dans ma méfiance, j'ai attendu qu'il s'endorme pour aller sentir ses vêtements, découvrir l'arôme d'un parfum, une tache de rouge à lèvres, avoir une preuve en main. Mais non, rien ! Pas même un cheveu de l'autre sur son veston, même par accident. Le lendemain, il se leva, déjeuna et partit sans me dire un mot. Et Marie qui me demandait : "Qu'est-ce qu'il a, Rémi ? On dirait qu'il est fâché." Je lui avais répondu sur un ton qu'elle ne méritait pas : "Toi, dépêche-toi ! Tu vas être en retard à l'école !"

J'ai attendu qu'il soit dix heures, j'ai pris le tramway et je me suis rendue jusqu'au clos de bois. Je voulais la voir, je voulais en avoir le cœur net. J'ai cherché un prétexte et je me suis dit que c'était normal qu'une femme se rende au bureau de son mari pour lui demander un surplus d'argent pour acheter un *jumper* neuf à la petite. Je suis entrée et la première personne que j'ai vue, c'était elle. À la réception, avec le courrier entre les mains. Je suis restée estomaquée. Carmen Desroches était plus belle que je l'avais imaginée. Mais ce qui me dérangeait, c'est qu'elle était belle… distinguée. Vous comprenez ?

Pas comme Colette, pas comme les actrices dont je vous parlais, mais très élégante. Raffinée, bien coiffée, joli tailleur vert et fort bien tournée. Le genre Michèle Morgan que j'admirais tant. Et là, ma jalousie a redoublé. Je n'étais pas que jalouse d'elle face à Rémi, j'étais jalouse d'elle ! De son maintien, de sa tenue vestimentaire, de ses gestes, de sa voix. Quand je me suis nommée, elle s'est avancée, m'a souri et m'a tendu la main en me disant : "Heureuse de vous connaître, madame Pratte." Bien élevée en plus, avec un beau langage. J'étais si furieuse que je ne lui ai pas donné la main. Elle s'en est aperçue, elle ne comprenait pas. Je lui ai dit : "Je veux voir mon mari s'il vous plaît, monsieur Pratte." J'ai dû avoir l'air d'une vraie folle parce que les autres employés m'ont regardée. Même la dame plus âgée que je soupçonnais être madame Brisebois. Carmen m'a précédée jusqu'au bureau de Rémi, elle a frappé, a poussé la porte et lui a dit : "Excuse, Rémi, madame est là." M'apercevant, mon mari se leva, me pria de m'asseoir et me demanda froidement...

— Bon, que puis-je faire pour toi ?

— Je manque d'argent. J'ai oublié de te le dire, mais Marie a besoin d'un *jumper*.

Il fouilla dans sa poche, me remit un billet de dix dollars et me demanda :

— Ça suffira ?

Mal à l'aise, sentant qu'il avait deviné mon jeu, je lui répondis :

— Oui, ça ira. Ça ne pouvait pas attendre, celui qu'elle a est défraîchi.

Il souriait. D'un sourire qui en disait long sur ses pensées. J'étais furieuse et mon malaise se changea en colère.

— Si tu penses que je suis venue ici pour t'espionner, tu te trompes, Rémi !

— Je ne pense rien, je constate, me répondit-il avec le même sourire.

— Constate ce que tu voudras, mais je n'ai pas changé d'idée ! Ce que je pensais hier...

J'avais haussé le ton, il avait froncé les sourcils. Puis, debout, il m'avait dit les dents serrées :

— Pas si fort et pas un mot de plus. On reparlera de ça ce soir à la maison.

Je me suis levée, je suis sortie en claquant la porte, ce qui fit sursauter tout le monde, et je passai devant la Desroches sans même la saluer. Je venais de faire une folle de moi, je le savais, mais je l'avais au moins vue. Et j'étais en furie parce qu'elle était plus belle que moi, plus distinguée, plus instruite. C'était pire que si elle avait été une catin ! Je suis rentrée à la maison, je n'avais rien à acheter pour Marie. Dans ma rage et dans ma honte, je me suis jetée sur le lit et j'ai pleuré. Puis, les yeux secs, je l'attendis, lui, mon mari, qui m'avait regardée du haut de sa grandeur. Je savais que ça allait barder. Rien n'aurait pu m'arrêter. »

Laurence se leva, marcha jusqu'à la fenêtre, regarda l'horloge. Et Vincent de lui dire :

— Êtes-vous fatiguée ? Désirez-vous qu'on arrête là ? Je ne voudrais pas vous épuiser...

— Non, je vais terminer. Du moins, ce chapitre peu élogieux pour moi. Ensuite, si vous le voulez bien, je vous demanderai de me raccompagner.

— Bien entendu, voyons. Tenez, un doigt de tisane ne vous fera pas de tort.

Laurence lui sourit, porta la tasse à ses lèvres, et replongea dans le triste récit.

« Lorsque Rémi rentra pour le souper, je me sentais armée quoique sans preuves. Marie avait déjà soupé et sautait à la corde avec des petites voisines. Pour une fois qu'elle avait accepté de se joindre à elles, j'avais le champ libre. Sans même attendre que la soupe soit servie, voyant que nous étions seuls, Rémi s'est écrié :

— Veux-tu bien me dire ce qui t'a pris, toi ? Arriver en trombe comme ça !

Il avait l'air furieux. Il avait l'air décidé, prêt pour l'attaque.

— C'est bien simple, je voulais la voir, la Desroches.

— Sois au moins polie ! Carmen est une fille distinguée, pas une traînée !

— Je sais, je l'ai vue. C'est comme ça que tu les aimes, Rémi ?

Il devint rouge de colère. Il me fixa dans les yeux et cria avec rage :

— Laurence ! Sacrement !

C'était la première fois que mon mari blasphémait de la sorte. Ça m'a tellement saisie que j'en ai eu des vertiges. Ne trouvant plus les mots, je me suis mise à pleurer. Se rendant compte de l'effet, du choc que son juron avait provoqué en moi, Rémi en profita pour y aller d'une tirade :

— Écoute-moi bien, Laurence ! Pour la dernière fois !

Puis, d'un ton plus calme pour me rassurer, il poursuivit :

— Ce que tu as fait est impardonnable. Après ton départ, aucun employé n'osait me regarder. Personne ne comprenait, pas même Carmen qui m'a demandé ce qui se passait. Heureusement que tu n'as pas eu l'air bête qu'avec elle, que tu n'as regardé personne, pas même madame Brisebois, c'est ce qui a sauvé la face. J'ai dit à Carmen que tu traversais une mauvaise période, que tu étais épuisée, qu'il n'était pas dans tes habitudes d'agir de la sorte. Je leur ai dit ce que j'ai pu pour t'excuser, Laurence, car personne ne te connaissait. Personne ne t'avait encore jamais vue. On a sans doute cru que toi et moi, nous avions certains malentendus, mais personne n'a osé en faire la remarque. Pas même Carmen. Elle est peut-être mon bras droit, mais pas ma confidente. Les employés ont sans doute jasé entre eux et c'était prévisible. Mais ce qui est dommage, c'est qu'ils vont peut-être penser que ça ne fonctionne plus dans notre ménage. Ils peuvent même penser que toi et moi... Mais tu m'as fait honte, Laurence, et ça...

Voyant que je pleurais de plus belle, il s'approcha, me massa les épaules et me murmura pour ne pas être entendu des enfants qui s'approchaient :

— Pour la dernière fois, dis-moi ce qui se passe, ce qui te met dans un tel état. Je veux bien t'aider, Laurence, mais je ne peux pas être constamment la cible de tes sautes d'humeur. Si quelque chose en moi te dérange, si quelque chose a changé, dis-le-moi, je suis capable de le prendre. Mais, de grâce, ne me fais pas vivre un calvaire que je ne mérite pas.

Je pleurais à m'en fendre l'âme, la tête appuyée sur son ventre.

— Me caches-tu quelque chose ? Colette, peut-être ? Pas la petite perle, bien sûr...

— Non, non, Rémi, aucune n'est en cause, suis-je parvenue à balbutier.

Puis, retrouvant mon courage, piétinant mon orgueil, je lui ai avoué dans mes larmes :

— Je ne sais pas ce qui m'arrive... Je suis jalouse, je te sens distant...

— Distant, moi ? Moins ardent de ce temps, je l'admets, mais je suis fatigué, Laurence, épuisé par le travail. Quand je rentre, je tiens à peine sur mes jambes après des journées de seize heures. Mais ça va se replacer, tu verras. Avec l'automne, avec l'hiver, il y a relâche dans les clos de bois. C'est l'été la grosse saison, le temps de la construction. On prend les bouchées doubles, que veux-tu ? C'est saisonnier, une entreprise comme la mienne. Après les vaches grasses, tu le sais pourtant... Et comme j'en ai encore pour un an avant d'avoir acquitté toutes les dettes...

— Je sais, je sais, tu n'as pas à me l'expliquer. C'est peut-être parce que je me sens seule, que la petite s'accroche trop à moi...

— C'est pourtant ce que tu voulais, Laurence.

Par ces mots, il venait de m'avouer qu'il savait que, pour sa mère, j'avais souhaité... Je n'en étais que plus mortifiée. Il poursuivit en douceur :

— Je suis prêt à tout comprendre, à t'épauler quand ça ne va pas, mais de grâce, cesse une fois pour toutes de douter de moi. Ça devient de plus en plus offensant pour l'honnête homme que je suis. Je t'aime, Laurence, je n'aime que toi, je n'aimerai toujours que toi. Je ne te le dis pas chaque jour, mais je croyais que ma façon d'être, d'agir envers toi...

— Je le sais, mais que veux-tu, c'est maladif, Rémi. Tu as raison quand tu dis que dans ma tête... Je voudrais bien m'en guérir, mais c'est plus fort que moi. Je sais que je te fais du mal, que ce n'est pas bien, que je devrais faire un effort... C'est peut-être moi qui t'aime trop, Rémi. Et, à trop aimer, on aime mal...

— Tu vois ? On peut quand même en parler. Ce qui me fait peur, Laurence, ce sont tes agressions. Sans raison, sans m'y attendre. S'il fallait qu'un jour le vase déborde... Pense aussi à Marie, je l'aime tellement, cette enfant.

À défaut de m'excuser, de lui dire que j'avais tous les torts, je me suis mise à pleurer. Il m'a consolée, cajolée, et juste au moment où la petite rentrait, je lui ai murmuré :

— Je vais changer, Rémi, je te le promets.

Sans qu'elle ait eu le temps d'entendre. En lui souriant pour qu'elle ne se rende pas compte de mes yeux rougis. Et pour éviter qu'elle croise du regard une dernière larme, Rémi s'est empressé d'aller au-devant d'elle et de la serrer dans ses bras. »

— Donc, j'en conclus que tout s'est arrangé ce soir-là ? lui demanda Vincent.

— Oui, si on veut. Sur l'oreiller, vous comprenez ? Mais, le lendemain, croyez-le ou non, je suis allée m'acheter un tailleur semblable à celui de Carmen. Je l'ai caché pendant un mois et le jour où je l'ai porté, Rémi n'a rien dit. Pas même un compliment. Il l'avait regardé et j'avais senti sa douleur. Je venais, par ce geste, de lui avouer que je n'étais pas guérie. Je ne lui ai jamais reparlé de Carmen, je ne suis jamais retournée au bureau. Je ne voulais plus faire face à ces gens qui avaient en mémoire un drôle de souvenir de moi. Lorsqu'elle s'est mariée, la Carmen, parce que c'était vrai qu'elle était fiancée, Rémi et moi avons été invités, mais j'ai refusé de m'y rendre. Rémi a trouvé une excuse, mais il se sentait mal de ne pas honorer son « bras droit » de notre présence. J'ai refusé d'y aller pour ne pas revoir ces gens, bien entendu. Mais, j'ai surtout refusé pour ne pas voir Carmen, plus belle que moi, somptueuse dans sa robe blanche. Et parce que je ne voulais pas que Rémi la voie dans toute sa splendeur. Au cas où il m'aurait comparée à elle. De peur qu'il ait soudainement envie d'elle. Mais, comme le hasard m'a toujours bien servie en dépit de mes frasques, j'ai fini par ne plus entendre parler d'elle. J'ai fini par m'en défaire, par la chasser de mes pensées, même si je n'avais rien à lui reprocher, le jour où Rémi a vendu l'entreprise.

— Il a vendu ? Pourquoi ? Ça ne fonctionnait plus ?

Laurence ferma les yeux et marmonna tout bas :

— La prochaine fois, vous voulez bien ? Je suis exténuée, il se fait tard...

— Pardonnez-moi, Laurence. Encore une fois. Je n'ai pas remarqué l'heure. Ah ! rappelez-moi à l'ordre de temps en temps. Comme vous voyez, j'ai aussi quelques failles incurables.

Sur le chemin du retour, la nuque sur l'appuie-tête de la banquette, Laurence balbutia tout bas :

— J'ai honte, Vincent, honte…

— Honte ? Mais de quoi ?

— De vous ouvrir ainsi le livre de ma vie. D'aller aussi loin, de vous parler sans retenue. Qu'allez-vous penser de moi ?

— Allons, allons, comment ne pas s'incliner devant une telle franchise.

— Oui, mais c'était de Marie, que de Marie que nous devions causer…

— Laurence, comment parler d'elle sans parler de vous, de Rémi, de Colette, de ceux et celles qui ont partagé sa vie ? Cette enfant n'a pas grandi sur une île déserte.

— Je vous le concède, mais est-ce bien nécessaire que je parle de moi ainsi ? Ne devrais-je pas m'exclure…

— Laissez parler votre cœur, Laurence. Ce sera mon plus bel écrit.

Rue Cherrier, à sa porte, il la remercia encore une fois pour le repas de roi, sa présence qui comblait son cœur, son talent de conteuse qui nourrissait sa plume, puis, comme il allait partir…

— Devrai-je attendre longtemps pour une autre visite ?

— Non, d'ici quelques jours, pour ne pas perdre le fil, lui répondit Laurence, lueur dans les yeux, sourire aux lèvres.

Chapitre 4

Seul dans son havre de paix, Vincent Danin écoutait les arias de Puccini interprétés par nulle autre que Montserrat Caballé, sa diva vénérée. Il se remémorait la dernière visite de Laurence et, malgré sa vive mémoire, retraçait quelques lignes oubliées qui lui revenaient difficilement de sa récente conversation. Depuis la mort de Simone, il avait peu à peu apprivoisé la solitude, mais après les visites de Laurence, avec sa verve intarissable, il avait maintenant peine à se retrouver dans le silence. Laurence Pratte, née Mousseau, l'avait sorti, presque guéri, de son début d'agoraphobie. Mettant fin au récital de la divine... corpulente, il plaça dans son petit appareil les valses de Chopin. Les mêmes qui avaient servi de toile de fond lors du récent souper en tête-à-tête. Pourtant, Laurence n'était pas Simone. Loin de là. Au temps de sa prime jeunesse, jamais il n'aurait jeté un regard sur une femme aussi vive qu'imprévisible. Simone, c'était la quiétude, le bien-être, la douceur, la discrétion. Une femme de son monde à lui, née pour être égérie. Mais là, à l'orée de l'hiver de sa vie, Laurence lui apparaissait tel le papillon, apte à tout faire renaître. Parce qu'elle battait des ailes, parce qu'elle était jeune de caractère, simple et charmante. Sa cuisine était supérieure à celle de Simone, sa présence plus... époustouflante. « Le jour et la nuit », songeait-il lorsqu'il tentait de comparer les deux femmes. Laurence, agitée, nerveuse, le rendait à bout de souffle, mais dès qu'elle n'était plus là, c'était comme si la mort lui revenait dans l'âme. Il souhaitait parfois qu'elle parte, stressé par son verbiage, mais dès qu'il retrouvait le calme, elle lui manquait. Il aurait voulu qu'elle revienne, qu'elle anime sa maison comme son âme. Il souhaitait qu'elle appelle, qu'elle survienne... Quel était donc ce drôle de sentiment ?

Il s'était rendu sur la tombe de sa bien-aimée, en avait parlé avec elle. Confus, il l'avait implorée de lui pardonner. Puis, il l'avait suppliée de lui venir en aide. Pour que, de l'au-delà, elle ne le laisse pas sur une question sans réponse. Et c'est en rentrant chez lui après cette visite hebdomadaire que Laurence se manifesta. Elle était prête à le revoir le lendemain, un dimanche cette fois. Il avait été ravi. Les dimanches étaient ses plus mortels ennemis. Les synonymes de l'ennui. Ils avaient convenu qu'il irait la chercher en début d'après-midi, qu'ils bavarderaient dans la balançoire si le ciel était clément, et qu'ils iraient ensuite souper au restaurant pour quelques confidences de plus avec le digestif. Elle avait protesté, elle ne voulait pas lui causer la moindre dépense. Il avait insisté et, oubliant le bœuf aux nouilles qu'elle comptait cuire à petit feu, elle avait cédé. « Pour cette fois seulement... » avait-elle précisé. Parce que c'était dimanche et que, jadis, il l'avait dévoilé, c'était un rituel que de manger au restaurant avec Simone.

Elle avait accepté, apprécié l'invitation, mais elle aurait préféré que sa Simone ne revienne pas dans la conversation.

Elle était radieuse dans son petit tailleur de lin ocre, blouse de coton d'un brun noisette, long collier de boules beiges sur la poitrine. Et, fait curieux, il l'avait remarqué, elle avait sur les ongles un vernis orangé. Même tête bouclée, verres avec monture dorée, bien mise, voire élégante, la septuagénaire. Il lui avait offert une limonade pour étancher sa soif en ce dimanche chaud et humide. Et lui, discrètement, s'était versé une bière tout en lui disant : « Vous m'avez manqué... Cinq jours avant de vous revoir... » Elle avait souri et demandé : « Pressé d'écrire, monsieur le romancier ? » Il avait murmuré, gêné : « Non, ce n'était pas d'écrire, c'était... » sans oser poursuivre. Ce qui avait créé un certain embarras chez Laurence, bien que flattée par le sous-entendu. Puis, dans la balançoire, avec à peine quelques souffles de vent...

— Nous en étions au moment où Rémi vendait son entreprise.

Plongeant dans ses souvenirs, Laurence marmonna : « Ah, oui, nous en étions là, oui... à l'automne de 1949. Brusquement, sans même m'en parler, mon mari a tout vendu, dettes incluses, à un compétiteur qui lorgnait son affaire. Il m'est arrivé un soir, je m'en souviens, parce que c'était ce jour-là que le bijoutier Albert Guay était cité à son procès pour le meurtre de sa femme. Vous vous souvenez de l'écrasement de l'avion au Sault-au-Cochon ? De Marguerite Pitre, sa complice ? Je suivais ça de près parce que madame Guay, la victime, était une jeune femme de mon âge. J'allais annoncer la nouvelle à Rémi lorsqu'il m'interrompit pour me dire :

— Ça y est, Laurence, le clos de bois, c'est fini ! J'ai tout vendu aujourd'hui !

Stupéfaite, muette, je croyais qu'il blaguait, mais devant son air sérieux...

— T'as pas fait ça, Rémi ? C'était le commerce de ton père...

— Fini, que je te dis ! Fini de me morfondre, de travailler jour et nuit, de ne jamais être ici ! En octobre, c'est le meilleur moment. On crève en hiver, c'est là que les dettes s'accumulent. Je me sens délivré, Laurence. Un gros fardeau de moins sur les épaules.

— Mais que vas-tu devenir ? Tu ne sais rien faire d'autre...

— T'en fais pas, je vais me débrouiller.

— Tu as réalisé un bon profit, au moins ? De quoi survivre...

— Un profit ? Ouais... sais pas, mais je pense avoir fait une bonne affaire.

— Que veux-tu dire ?

— Que je n'ai plus de dettes, ma femme. Plus une maudite ! Et comme on dit : qui n'a pas de dettes s'enrichit...

— Je veux bien te croire, mais ça te laisse du cash, cette affaire-là ?

— Pas la mer à boire, mais de quoi subvenir à nos besoins, juste assez...

— Juste assez ? Tu veux dire que tu n'as plus de commerce et rien dans tes poches ? L'as-tu vendu ou donné, ton clos de bois ? À t'écouter, on pourrait croire qu'ils te l'ont saisi.

— Non, non, une vente en bonne et due forme, mais tu sais, avant l'hiver, ça négocie plus serré. »

Laurence prit une respiration, regarda l'eau calme de la rivière et enchaîna :

« Il s'était fait avoir. Je le sentais, je le pressentais. On avait eu son clos de bois, son héritage, pour une bouchée de pain. Nous avions de quoi passer l'hiver, pas davantage. Le temps des Fêtes fut plus discret. J'épargnais, je commençais même à gratter les fonds de tiroir pour ne pas retomber dans les dettes. Marie a quand même eu des présents, plusieurs, mais pas chers. Mais comme elle se contentait d'un rien, cette enfant... Rémi et moi n'avions échangé que des vœux. La dinde et la tourtière étaient plus importantes qu'un parfum, un bijou ou une cravate de soie. Et Rémi ne travaillait toujours pas. Je l'avais à longueur de journée. Il cherchait, bien sûr, mais il ne trouvait pas. Et dans de tels moments, les amis, vous savez... Je le sentais déprimer, jongler, et j'avais peur de l'avoir sur les bras, incapable de remonter la côte. Je lui ai donc suggéré de vendre la maison, de louer un petit logis, de repartir à neuf. Un grand sept pièces et nous n'étions que trois... Il a d'abord refusé, mais voyant que le bas de laine était quasi vide, il a finalement accepté. J'ai pris l'affaire en main et, cette fois, nous nous en sommes tirés avec des bénéfices. Avec moi, les requins... Puis, dans le même quartier, la même paroisse, j'ai déniché un modeste logis sur la rue Saint-Denis. Un troisième étage avec un balcon, une voisine de palier, mais nous avions au moins une chambre pour Marie. Et la petite, adorable trésor, a suivi sans dire un mot. Même si nous étions plus à l'étroit et que nous avions deux escaliers à monter. Celui du trottoir jusqu'au deuxième et, par la porte du centre, un autre, intérieur cette fois, jusqu'au troisième. Avec deux portes qui se faisaient face. La nôtre et celle de la voisine, une dame âgée, discrète, tranquille. Le bedeau de la paroisse habitait le grand logement du bas. C'est lui qui m'avait suggéré l'un de ses loyers. Rémi m'avait dit : "Ça va, mais juste en attendant, Laurence. Quand je vais travailler, on va décoller d'ici et on va se trouver un rez-de-chaussée." Mais je ne détestais pas l'entourage. Il y avait une certaine joie de vivre dans cette maison de cinq logements. La vieille d'à côté m'offrait des tartes au sucre et comblait Marie de bonbons. Des outils en chocolat, des lunes de miel, des *jelly beans*. Dans les logis du deuxième, c'était du bon monde et, en bas, notre proprio, le bedeau, était charmant, ainsi que sa femme et ses deux grands enfants. C'était bruyant rue Saint-Denis, mais c'était plein de vie. Marie était, encore une fois, la plus jeune du bâtiment, mais comme elle avait son petit univers, elle ne s'ennuyait pas. Elle était choyée par tout le monde. Le fils du bedeau, Gratien, qui travaillait dans une manufacture de linge d'enfant, n'arrêtait pas de m'apporter des robes pour elle. Des robes du dimanche avec des boucles de soie et de la dentelle. Le genre "petite princesse" que Marie aimait. Des robes que je n'aurais pas pu lui payer dans un magasin. Des robes pour les petites filles avec des parents en moyens. Rolande, la fille du bedeau, qui allait bientôt se marier, aimait lui jouer dans les cheveux, lui faire des boudins. Elle causait pendant des heures avec elle. Du bon monde, du vrai bon monde dans ce bâtiment. Le bedeau avait un frère qui travaillait dans la distribution des films pour les cinémas. Équipé d'une machine, le bedeau nous invitait, Rémi et moi, à les visionner avec sa femme dans son grand salon. Il montait l'écran, projetait et, pour rien, sans payer, nous passions de bons moments pendant que Rolande montait pour garder Marie. C'est comme ça que j'ai appris l'anglais. Sur le tas, comme on dit, parce que c'était des films américains. Loin de mes films français avec Michèle Morgan, mais c'était mieux que rien. Marie était descendue avec nous pour voir *The Song of Bernadette*, avec Jennifer Jones. Vous savez, l'histoire de Bernadette Soubirous... Elle n'a rien compris de ce qui se disait, mais muette, pleine d'émotion, elle avait tressailli lorsque la Vierge lui était apparue et elle avait pleuré de tout son cœur, à la fin du film, quand la petite sainte était morte. Pieuse et sensible à la fois, ça l'avait tellement remuée qu'à l'église, elle insistait pour allumer un lampion devant la statue de la Vierge. Dans sa tête d'enfant, elle était certaine qu'un jour, la mère de Dieu allait lui apparaître. Mais ce qui fut un déclic dans la vie de Marie, c'est au bedeau et à ses films que nous le devons. Un samedi soir, il m'avait téléphoné pour me dire : "Pourquoi ne descendez-vous pas avec votre mari et la petite ? J'ai un bon film avec la patineuse Sonja Henie." »

— Vous connaissez Sonja Henie, n'est-ce pas, Vincent ?

— Heu… je crois. À vrai dire, de nom seulement. Le patin, moi…

— Sonja Henie est une patineuse norvégienne qui a été championne du monde à l'âge de quinze ans et qui gagna tous les concours entre 1927 et 1937. Hollywood s'en est ensuite emparée pour en faire une vedette sur glace dans plusieurs films.

— Ah ! je vois, répondit Vincent qui n'avait jamais eu d'intérêt pour les vedettes.

« Donc, je suis descendue avec Marie et Rémi pour voir le fameux film. Il s'agissait de *One in a Million*, un film en noir et blanc sorti en 1937, l'année de la naissance de Marie. Le partenaire de Sonja Henie était Adolphe Menjou. Comme vous voyez, ce n'est pas d'hier. Un petit film sans importance, mais pour Marie, quelle féerie, quelle magie. Cette patineuse, blonde comme les blés, sa robe courte d'un bleu ciel, son diadème, ses patins blancs… Sans parler de la troupe, du spectacle sur glace, de la musique. C'était extraordinaire pour Marie ! Elle en fut éblouie, ce fut une révélation pour elle. Dès lors, Sonja Henie allait être son idole et, de retour dans notre logis, elle nous avait dit : "Je ne veux plus apprendre le ballet, je veux devenir une patineuse. Une patineuse de fantaisie !" Nous avons cru à une boutade, une plaisanterie, mais elle était sérieuse. C'était la première fois que la petite prenait une décision que nous ne pouvions entraver. La semaine suivante, elle n'a pas voulu aller à sa leçon de ballet. J'ai eu beau la supplier, elle m'a regardée et m'a dit d'un air triste : "Ça va être de l'argent dépensé pour rien, Laurence. Je ne veux plus faire des pointes, être La belle au bois dormant. Je veux patiner, devenir comme l'actrice une étoile sur glace. Je grandis, tu sais…" Voyant qu'elle était très sérieuse, nous n'avons pas insisté, nous l'avons retirée de ses cours de ballet qui, soit dit en passant, coûtaient assez cher. Comme elle avait des patins, elle attendit l'hiver avec impatience. Et, au début de l'année 1950, je l'inscrivis à des cours sans trop savoir si ce n'était qu'un caprice, une passade ou un désir réel. Ah ! 1950 ! Quelle dure année ! Que de souvenirs. Jamais je n'oublierai cette année sainte qui fut damnée pour moi…»

Laurence avait baissé les yeux. Rictus au coin de la bouche, on sentait qu'elle avait souffert, qu'elle souffrait encore.

— Que voulez-vous dire ? questionna avec douceur Vincent.

— Ah ! laissez-moi reprendre mon souffle. Ce qui suit n'est pas facile.

— Si nous allions souper au restaurant maintenant ? Le temps de me préparer, de nous y rendre, nous pourrions poursuivre plus tard. Qu'en dites-vous ?

— Oui, bonne idée, j'aurai plus de force pour parler après un bon repas.

Vincent se leva, la pria d'entrer, de l'attendre au vivoir, mais Laurence préféra rester dans la balançoire. Il faisait chaud, c'était encore humide, la maison n'était guère accueillante avec ses tapis, ses tentures, en ce jour de canicule. Vincent n'insista pas, lui versa une autre limonade et se rendit jusqu'à sa chambre afin de se vêtir plus convenablement. De sa fenêtre, il pouvait voir Laurence, les yeux fixés sur la rivière, qui semblait revivre en pensée ce qu'elle allait lui dévoiler dans la soirée.

Vincent avait revêtu son plus beau complet, une chemise blanche et une cravate de bon goût. C'était la première fois que Laurence le voyait avec une allure d'homme d'affaires. Lui, le romancier, l'auteur, qui préférait les cols roulés ou les chemises à carreaux à manches courtes.

— Vous n'aviez pas à vous vêtir aussi élégamment, vous auriez pu...

— Non, ne dites rien. Là où je vous invite, c'est la distinction même.

Il prit l'autoroute des Laurentides et, quatre ou cinq sorties plus loin, il emprunta une voie de service, effectua un virage à gauche, et ils se retrouvèrent sur une petite route. Quelques maisons, une ferme et, tout au bout, une petite auberge dissimulée dans un sous-bois ceint d'érables. Il stationna, lui ouvrit la portière, l'invita à entrer et là, il donna son nom à l'hôtesse en guise de référence pour la réservation. Une petite table juste pour deux, à l'écart des autres, pour le tête-à-tête prévu. L'ambiance était chaleureuse, il y avait même un foyer, sans doute allumé les soirs d'hiver. En sourdine, une musique légère, pas dérangeante.

— Quel endroit superbe ! Vous y venez souvent ? questionna-t-elle.

— Non, c'est la première fois. Un voisin m'a recommandé l'endroit.

— Donc, ce n'était pas ici que vous veniez souper avec votre femme ?

— Non, Simone aimait la table de La Sapinière à Val-David. Mais c'est si loin, il faut calculer le temps du retour...

Laurence se demanda s'il avait évité La Sapinière de peur d'être vu avec une autre femme un an après la mort de l'autre, ou si c'était par délicatesse qu'il avait choisi un endroit plus discret, sans le moindre souvenir ; un endroit pour renaître et non pour sentir l'ombre de l'autre. Elle n'osa le lui demander, quitte à ne jamais avoir réponse à ce qui la tracassait. « Et puis… de quel droit ? » se disait-elle intérieurement. Leurs rencontres n'étaient que professionnelles, elles n'avaient rien d'une fréquentation, quoique… Elle préféra ne plus penser, lui sourire, faire honneur au repas gastronomique et au soupçon de vin que le serveur lui versait. Ils mangèrent tout en parlant du présent, non du passé. Il voulait qu'elle apprécie, qu'elle digère bien. Il sentait que ce qu'elle avait à lui confier en poursuivant son récit allait la bouleverser. Ils en étaient au café, au digestif. Elle commanda une tisane à la menthe alors qu'il opta pour un Tia Maria. Quitte à répéter deux fois si le temps du récit le commandait.

« Il y avait belle lurette que je n'avais pas revu Colette. Elle habitait toujours chez son amie Denise, elle travaillait à la biscuiterie Oscar. Elle appelait de temps à autre pour prendre de mes nouvelles et me donner des siennes. Elle sortait avec un Argentin, me disait-elle, pour, un mois plus tard, me dire qu'elle avait rompu, qu'elle avait rencontré un chauffeur d'autobus… célibataire. Mon œil ! Je savais qu'elle sortait beaucoup, mais sérieusement avec aucun. Que de mensonges pour que je ne m'immisce pas dans ses affaires. Elle et la Denise ! Celles-là ! Un soir que je téléphonais, j'entendis des voix d'hommes derrière. Et pas des plus distingués, croyez-moi. Il y en avait un qui sacrait comme un charretier. Je l'interrogeais, je cherchais à savoir. C'était le *chum* de Denise, me disait-elle, et l'autre, le copain de ce dernier qui n'avait rien à voir avec elle. Au fait, elle était sur le point de partir. Je la dérangeais, je la retenais, elle allait être en retard. Elle s'en allait au cinéma voir le plus récent film de Gregory Peck. Un film dont elle ne connaissait même pas le titre. La menteuse ! Au cinéma, seule, un samedi soir. Elle, la… Je me retiens, je me revois et je ne tiens pas à vous dire ce que j'ai pensé d'elle. Elle n'est jamais venue voir notre nouveau logement. Elle ne s'informait pas de sa petite sœur à moins que je lui en parle. On sentait qu'elle coupait les ponts, qu'elle esquivait la moindre question. Que pouvais-je donc faire ? Elle venait d'avoir vingt ans et, comme Rémi me disait : "Encore un an et elle sera majeure. Nous ne serons plus responsables d'elle." Et lorsqu'elle passait un mois sans me donner de ses nouvelles et que je m'inquiétais, mon mari me disait : "Pas de nouvelles, bonnes nouvelles, Laurence. Et c'est Marie qui a besoin de nous, pas elle."

Je n'oublierai jamais ce 21 juillet 1950. C'était un vendredi et j'étais en train d'écouter la radio. On nous annonçait que Léopold III venait d'être rétabli sur le trône de Belgique. Je ne connaissais rien de cette histoire, j'attendais que les nouvelles prennent fin pour écouter les chansons de l'heure. On dit qu'une bonne nouvelle n'arrive jamais sans une mauvaise et j'en ai eu la preuve ce jour-là. La bonne nouvelle, c'était que Rémi, après plus d'un an sans travailler, venait de décrocher un emploi. Contremaître pour une firme dans la construction. Ce qu'il avait cherché désespérément. Il aurait pu, bien sûr, se dénicher des emplois comme voyageur de commerce ou chauffeur de taxi, mais mon mari tenait mordicus à se tailler une place dans son domaine. Nous avions encore de l'argent de la vente de la maison et comme j'étais économe, près de mes sous, même, j'étirais notre pécule avec soin, en espérant tenir jusqu'à ce que le ciel le gratifie d'un bon emploi. Il avait fait tant de sacrifices pour moi, pour Colette et Marie, je me devais de respecter son choix, de le laisser remonter la pente comme il le désirait. Quelle bonne nouvelle ! Un emploi permanent et bien payé à part de ça. La compagnie était florissante, en pleine expansion, et on avait besoin d'un homme comme lui. Avec de l'expérience et du cœur à l'ouvrage. Quand il est rentré cet après-midi-là, il m'a prise dans ses bras, m'a soulevée de terre, et il s'est écrié : "Fini la misère, Laurence ! Fini le macaroni au fromage ! On va manger du steak comme tout le monde et on va l'avoir, notre maison !" Puis, apercevant Marie qui souriait devant notre état de joie, il lui avait lancé : "Et toi, ma petite perle, t'auras des patins neufs cet hiver. Tu n'auras pas à t'écraser les orteils dans ceux de l'an dernier. Des patins comme ceux de Sonja Henie, des patins de championne, les plus chers qu'on pourra trouver." Marie, qui venait d'avoir treize ans et qui grandissait en beauté, se jeta à son cou, émue du bonheur qu'elle venait de ressentir. Elle grandissait, s'épanouissait, devenait peu à peu femme, mais elle était petite et encore enfant dans son cœur. Différente de sa sœur à son âge, croyez-moi. On aurait dit qu'elle voulait s'accrocher à son enfance, qu'elle avait peur de vieillir, qu'elle souhaitait être longtemps choyée. À treize ans, seule dans sa chambre, il m'arrivait de la surprendre encore avec une poupée dans les bras. C'était tout dire. Elle n'avait pas d'amies ou presque. Une seule, à l'école, une petite fille comme elle que sa mère couvait. Elle nouait elle-même sa longue tresse et s'habillait de vêtements sobres, pendant que des filles de son âge se promenaient avec des robes amples, des crinolines, des bas de nylon, le visage plein de *make-up*. »

— Oh ! Excusez-moi, Vincent, mais lorsque je revis l'époque, je suis portée à utiliser les termes d'antan. Je voulais dire… maquillage.

— Non, ne changez rien, surtout. Soyez telle que vous étiez à ce moment-là. Ne tentez pas d'enrichir le vocabulaire. Voilà qui pourrait nuire à toutes ces images. Je sais que vous avez évolué, Laurence, mais de grâce, ne modifiez pas les termes. C'était hier, tout ce qui se passe dans vos souvenirs, pas aujourd'hui. Et votre récit, tel qu'il est, facilite le travail de ma plume. Vous m'apprenez des choses que je ne savais pas. Vous m'apprenez des mots, des maximes du temps qui ne me sont pas familières. Bref, ne me privez pas d'une telle richesse.

— Bon, puisque vous insistez. Parce que, depuis le commencement, il m'arrivait de chercher d'autres mots et... ça me fait perdre mes idées. Là, vous me rassurez.

— Alors, poursuivez, ne regardez que derrière vous, pas devant. Du moins, pour l'instant...

« Donc, comme je vous le disais, après la bonne nouvelle, la mauvaise. Ou, si vous préférez, le dard au cœur. Nous venions à peine de souper quand le téléphone sonna. C'était Denise Carrier, la compagne de logement de Colette. Elle pleurait, elle avait du mal à s'exprimer. J'étais devenue blanche comme un drap...

— Qu'avez-vous, Denise ? Que s'est-il passé ? Où est Colette ?

— Elle est à l'hôpital, madame Pratte. Elle est entrée d'urgence...

— À l'hôpital ? Un accident ? Parlez, pour l'amour du ciel !

Mais, à mon ton impératif au bout du fil, la Carrier s'était remise à pleurer de plus belle.

— Denise, c'est assez ! Prenez sur vous. Qu'est-il arrivé à Colette ?

— Une hémorragie interne... parvint-elle à balbutier.

— Une hémorragie ? De quoi ? Ses règles ? À quel hôpital est-elle ?

— À l'Hôtel-Dieu, c'est là qu'on l'a transportée. En ambulance, madame Pratte...

Je ne l'avais pas laissée finir, j'avais raccroché. Rémi, qui avait écouté, était aussi inquiet que moi. J'avais déjà mon manteau, il voulait me suivre.

— Non, reste avec Marie. J'y vais toute seule. Appelle-moi un taxi, ça presse.

Il insista mais je réussis à le convaincre de rester avec la petite, de prendre soin d'elle, lui disant que je l'appellerais pour lui donner des nouvelles.

Le taxi m'y a conduite à toute vitesse. Tellement vite que j'avais peur d'arriver là en morceaux. Je suis entrée, je me suis informée, on m'a référée à une garde-malade puis à un docteur de la salle commune. Et c'est de sa bouche que j'ai reçu le choc de ma vie. Colette s'était avortée elle-même. Avec un support de métal, heu... je veux dire un cintre. J'en ai eu des frissons dans le dos. Et encore plus quand le docteur m'a dit : "Un vrai massacre, madame. Nous l'avons sauvée de justesse. Trente minutes de plus et elle y laissait sa peau." Il en avait vu d'autres, m'avait-il dit. Colette n'était pas la première à mettre un frein à une grossesse de cette manière. "Mais, une telle boucherie..." avait-il ajouté. Pour ensuite me dire : "Dommage pour elle, madame, mais après un tel carnage, votre sœur n'aura jamais d'enfants. Nous avons fait tout ce que nous avons pu... avec ce qui restait."

— Puis-je la voir, docteur ?

— Pas maintenant, elle dort sous l'effet des calmants. Elle a perdu tellement de sang. Un peu plus tard, peut-être, mais demain serait préférable.

Je voyais les bonnes sœurs qui me regardaient de travers. Parce qu'elles savaient quelle était la cause du grave malaise. Elles me regardaient et je sentais la honte de ma sœur me rebondir en pleine face. Comme si j'étais comme elle ! Sans savoir que j'étais sa sœur, presque sa mère. Je n'ai pas pu lui parler ce soir-là. Elle se reposait, elle était sauvée. On n'avait plus à craindre, le pire était passé. J'ai insisté pour la voir, juste la regarder dormir et une garde-malade, plus compatissante que les sœurs, m'a fait entrer dans la salle pour ensuite tirer le rideau qui encerclait un lit. Et j'ai failli tomber à la renverse ! Blanche comme un suaire, les joues creuses, du vert sur les paupières qu'on n'avait pas encore enlevé, Colette avait sur le visage une grimace de douleur. Même dans son sommeil. J'ai eu du mal à la reconnaître car, en plus de son visage blême, elle avait teint ses cheveux… en noir ! Noirs et lisses jusqu'aux épaules. On aurait dit une sauvagesse ! Je la regardais, je tremblais et je me suis mise à pleurer. La garde-malade, voyant dans quel état j'étais, me fit sortir en me disant : "Rentrez chez vous, madame, on va en prendre soin." J'insistai : "Vous êtes sûre qu'elle est hors de danger, qu'elle ne va pas mourir ?" Le docteur qui m'avait entendue et qui sympathisait me répondit avec douceur : "N'ayez crainte, ma petite dame, elle est robuste, votre sœur. Elle va s'en sortir, mais elle devra se reposer. Nous la garderons plusieurs jours. Nous lui trouverons une chambre demain. Allez vous détendre, madame. Revenez demain, elle aura besoin de vous, la sœurette. Au fait, elle est mariée, elle a…" Le cœur au bord des lèvres, je lui ai répondu : "Non, elle n'est pas mariée. Elle était encore à ma charge."

J'appelai Rémi et je lui racontai toute l'histoire. Il ne savait que dire, que faire. Il voulait m'épargner, ne pas la vilipender pour ne pas que je m'emporte encore plus. Mais la nouvelle l'avait secoué. Nous en étions responsables tous les deux. Et c'était lui qui m'avait convaincue de lui faire confiance. Il était mal placé pour me reprocher quoi que ce soit, mais, encore une fois, je me suis sentie coupable. Je me disais que c'était de ma faute, que je ne l'avais pas surveillée, que je l'avais abandonnée… Quand venait le temps de me mettre les torts sur les épaules, j'avais le dos large, je vous le dis.

J'ai demandé à Rémi de venir me chercher, je n'avais plus la force de rentrer en taxi. Et Marie n'avait pas besoin d'une gardienne à treize ans. Elle avait tenté de savoir, elle s'était informée auprès de Rémi, mais comme nous la traitions encore comme une enfant, il lui avait dit : "Juste une appendicite, Marie."

Le lendemain matin, très tôt, Rémi était venu me reconduire à l'hôpital. Marie voulait venir, mais nous lui avons dit que sa sœur ne recevait qu'un visiteur à la fois, qu'elle venait d'être opérée, qu'elle était faible. De toute façon, je voulais être seule avec Colette, lui parler, chercher à savoir ce qui s'était passé. Elle n'était plus à la salle commune, elle avait été transférée dans une chambre privée. On l'avait isolée pour qu'elle ne soit pas la cible des autres patientes révoltées en face du geste qu'elle avait fait. En 1950, un avortement provoqué par une future mère, c'était un acte impardonnable. Quoique les filles-mères n'étaient guère plus respectées puisque ces dernières traînaient leur honte avec elle. Les bâtards n'étaient guère appréciés et on forçait les pauvres filles à les donner en adoption. Mais le fait de rendre son enfant à terme était plus louable à mes yeux. J'ai fini par trouver la chambre, et quelle ne fut pas ma surprise de trouver ma sœur assise dans son lit, encore faible, mais assez forte pour avoir brossé ses cheveux et s'être maquillée. Elle me regarda et me défia du regard. On aurait dit qu'elle voulait, par cette audace, mordre avant d'être griffée. Pourtant, je n'étais guère venue avec l'intention de la malmener. Au contraire, j'étais compatissante, je me sentais en faute de l'avoir livrée à elle-même pour me concentrer uniquement sur Marie. Je sentais qu'elle avait été privée d'affection, que mon amour de "jeune mère" n'avait été déversé que sur ma petite Marie. Mon Dieu ! que je me sentais coupable ! Je me revois, piteuse, avançant vers elle à petits pas, la tête basse, comme si c'était moi qui avais fait le geste déplorable. Elle comprit vite que je n'étais pas d'attaque.

— Comment vas-tu, Colette ? Comment te sens-tu ?

Elle me toisa du regard et, altière, comme si elle était au-dessus du repentir, elle me répondit :

— Assez bien. Comme tu vois, je ne suis pas mourante.

— Tu ne souffres pas ? Tu peux déjà t'asseoir ?

— Oui, même si c'est sensible, mais j'ai de l'endurance et des pilules contre la douleur.

J'aurais voulu m'emporter face à son arrogance, mais j'y allai avec douceur.

— Pourquoi, Colette ? Pourquoi avoir fait ça ? Pourquoi ne pas me l'avoir dit ? Tu as failli y laisser ta vie...

— Te le dire ? Pour que tu cries ? Pour que tu me traites de putain, Laurence ? Laisse-moi rire, toi ! Tu m'aurais traitée de tous les noms, tu m'aurais reniée.

— Ben, voyons donc ! Je ne suis pas une sans-cœur, ma petite sœur. Ça m'aurait certes ébranlée, je l'avoue, mais j'aurais tout fait pour t'aider.

— Facile à dire quand on sait que le mal est fait, qu'on n'a qu'à s'en laver les mains... Surtout que tu n'auras pas à t'occuper de moi, à me cacher, à avoir honte. Là, tu joues au bon Samaritain, mais j'aurais bien aimé te voir si j'étais arrivée avec un petit dans les bras. Tu aurais été odieuse, Laurence, sans pitié, sans merci !

— Tu te trompes, Colette, et je l'aurais élevée cet enfant-là. Ne l'ai-je pas fait pour ta sœur et toi ? J'aurais recommencé, Colette, dans la joie, car je n'ai et je n'aurai jamais le bonheur d'être mère, moi. Tu me juges mal, un bébé de toi aurait comblé ma vie. Et, te connaissant, je suis sûre que tu me l'aurais laissé. Tu as tué une vie, Colette, et tu as failli perdre la tienne. Y penses-tu seulement ? Avec un support à vêtements en plus. Tu es pourtant plus intelligente que ça. Tu savais que c'était dangereux...

— Tu vois ? Déjà des réprimandes ! Et tu parles dans le vide, Laurence, parce que le bébé, je ne l'ai plus. J'ai failli mourir, mais ça ne m'aurait pas dérangée. J'ai tellement paniqué que je me suis dit : "C'est lui ou moi... ou nous deux ensemble." Ça ne me faisait rien de crever, j'étais découragée. Et je ne pouvais pas attendre plus longtemps. Si ça avait marché aussi bien que pour la cousine de Denise, tu n'aurais rien su. J'aurais gardé ça pour moi jusqu'à la fin de mes jours. Un secret que je ne t'aurais jamais dévoilé de peur d'être jugée, et un geste que j'aurais peut-être oublié, un jour, mariée, heureuse.

— Le docteur ne t'a rien dit ?

— Oui, oui, il est venu très tôt ce matin. Avec son air bête, me dire que je ne serai jamais mère. Et ça ne m'a pas dérangée, je ne veux pas avoir d'enfants. Je n'ai pas ta vocation, moi. Laver des couches, les entendre brailler... Non, ça m'a soulagée quand il m'a dit que je n'aurais plus jamais d'enfants. Il a semblé contrarié, il s'est presque emporté, mais je m'en fous, j'ai ma vie à vivre, moi, et, contrairement à toi, je ne tiens pas à être encabanée.

— Je ne te comprends pas, Colette. Nous sommes de la même mère, du même sang...

— Ce qui ne veut pas dire qu'on est faites pareilles, Laurence.

Et j'ai failli perdre ma retenue en lui disant fortement :

— Mon Dieu que la vie est injuste ! Et dire que c'est moi qui suis stérile ! Moi qui aime les enfants, qui en veux, tandis que toi...

— Oui, c'est injuste, mais c'est comme ça ! On n'y peut rien, Laurence ! Je n'ai pas prié pour en avoir, moi ! J'avais même espéré être comme toi, à l'abri d'une grossesse. Tu sais, ça aurait pu m'arriver bien avant...

— Je n'en doute pas avec tous les gars... Bon, ne parlons plus de ça. Dis-moi une chose, as-tu pensé au père de cet enfant avant de faire ton geste malheureux ?

— Le père ? Quel père ? Si seulement j'avais su qui il était. C'est également pour ça que je n'ai pas voulu de cet enfant. Je ne savais même pas de qui il venait.

— Tout de même...

— Autant tout te dire, je ne le savais pas, Laurence. Et même si tu vas me traiter de tous les noms, j'avais eu beaucoup de relations ce mois-là. Tu comprends ? Denise et moi...

— Ah ! ne me parle pas d'elle ! Quelle mauvaise influence elle a eue sur toi. Et dire que je la vouvoie comme si elle était une fille de bonne famille ! Juste à voir sa mère, j'aurais dû me douter...

— T'aurais, t'aurais, c'est fait, Laurence ! N'empêche que sans Denise, je ne serais pas vivante. C'est elle qui a appelé l'ambulance, qui m'a accompagnée jusqu'ici. C'est elle qui a veillé sur moi, qui m'a tenu la main avant de repartir et de t'avertir. Ça fait des mois que je n'ai pas de tes nouvelles, Laurence. J'ai même eu le temps d'avoir le ventre rond sans que tu t'en aperçoives.

— Là, je t'arrête, c'est toi qui ne donnais pas signe de vie.

— Avoue que ça ne vous dérangeait pas trop, Rémi et toi. Une de moins dans les jambes, tout pour Marie. C'est comme ça depuis que la mère est morte ! J'ai toujours été de trop ! J'avais neuf ans et tu me disais que j'étais "grande" pour te consacrer à Marie exclusivement.

— Là, t'as menti ! Rémi et moi t'avons choyée autant qu'elle !

— Vous avez fait semblant, ce n'était pas naturel. Vous l'avez fait de force...

— Comment peux-tu être aussi ingrate ?

— Je ne suis pas ingrate, je constate. Tu me disais que j'étais grande et j'étais une enfant de neuf ans. Et là, regarde, Marie a treize ans et tu la couves encore comme un bébé. As-tu seulement fait ça avec moi ? Je n'aurais pas voulu de son sort, parce que tu vas finir par en faire une niaiseuse, Laurence ! C'est tout juste si Rémi ne la reconduit pas encore à l'école. Je préfère avoir été "grande" avant mon temps selon ton désir. Mais une caresse, un bec avant d'aller au lit, une étreinte, je n'ai pas connu ça, moi...

— Bon, ça va. On s'éloigne du sujet à ce que je vois.

— Tu parles de ce que j'ai fait ? Pour moi, le sujet est clos. Je suis encore en vie et je vais reprendre le boulot dès que je sortirai d'ici. J'ai vingt ans, Laurence, à deux pas d'être majeure. Et je vis loin de toi depuis quatre ans. Laisse-moi ma vie et ne t'occupe plus de moi. Vous achevez d'être responsables, Rémi et toi. Vous n'aurez qu'à compter les mois et, ensuite, à respirer d'aise.

— Ne deviens pas méchante, Colette. Je ne vais pas passer ma vie à te reprocher ton geste. Je suis ici pour t'aider, te réconforter, t'épauler.

— Je n'ai pas besoin de toi, Laurence ! J'ai mon monde à moi, j'ai des amis pour ça !

Pourpre de colère, je lui répliquai :

— Ah, oui ? Tes *bums* pis ta traînée, la Denise ? Tu appelles ça des amis, toi ? À moins que tu comptes sur les quatre ou cinq pères de l'enfant... Pas surprenant que ça t'arrange de ne plus être capable d'avoir d'enfants, ça va te permettre de putasser à ton aise sans craindre...

Je me suis arrêtée juste à temps, mais pas avec l'envie de m'excuser.

— Dis ce que tu voudras, ne te gêne pas, ça te ressemble ! Crie, gesticule, insulte-moi, mais je vais m'arranger avec ma vie, ma vie à moi, tu saisis ? Quand je vais sortir d'ici, tu n'entendras plus parler de moi.

— Tu oublies que c'est Rémi et moi qui allons absorber les coûts de ton…

Elle ne me laissa pas terminer.

— Et tu parlais de m'épauler ? Crains pas, Laurence, je vais vous rembourser jusqu'à la dernière cenne ! Je travaille, moi ! Je gagne de l'argent, je ne passe pas ma vie dans les chaudrons comme toi. Je ne vis pas aux crochets d'un homme, moi !

— Comment peux-tu parler ainsi… Après tout ce que j'ai sacrifié pour toi… Et Rémi n'est pas qu'un homme, c'est mon mari, Colette. Tu devrais être capable de faire la différence entre tes "hommes" et celui que j'ai marié. Celle aux crochets, comme tu dis, ça risque davantage d'être toi, ma petite sœur !

— Tiens, ça recommence ! Je savais bien que tes airs de fausse mère n'allaient pas durer longtemps. On n'a plus rien à se dire, Laurence. Retourne chez toi, cours dans les bras de ton mari, va bercer Marie, je n'ai besoin de personne, moi !

— C'est toi qui me provoques, Colette ! Et puis, fais donc ce que tu voudras ! Mais, mais… ce que tu as fait, jamais je ne te le pardonnerai.

— Je le savais donc ! Si tu savais comme je te connais, va. Il y a cinq minutes, tu disais que tu n'allais pas passer ta vie à me le reprocher et là, tu m'avoues que tu ne pourras jamais me le pardonner. Non, ne va pas plus loin, n'insiste pas, ne me tends pas une main pendant que de l'autre, tu tiens une pierre, prête à me lapider. Va-t'en, Laurence ! Déguerpis ! J'suis épuisée juste à t'entendre. Va-t'en ! Sors de ma vie ! Retourne avec Rémi, va faire des tresses à Marie !

Agressée, je devenais agressive, c'était plus fort que moi. Pour avoir le dernier mot, pour sortir la tête haute, je lui ai répliqué :

— Des tresses naturelles, c'est mieux que les cheveux teints comme tu les as. Noirs à part ça ! Comme les sauvagesses, pire, comme les filles de rue !

Elle me cria de toutes ses forces :

— Va-t'en, sors d'ici ou je sonne la garde-malade ! Tu as toujours été jalouse de moi, Laurence ! Même d'une teinture ! Et même si je n'aurai pas d'enfants, je pourrai au moins dire que j'ai été enceinte, moi ! Pas toi ! Et t'es aussi jalouse de ça !

J'ai quitté la chambre en lui laissant le dernier mot. Non pas pour qu'elle se repose, mais parce que j'étais restée bouche bée. Elle avait vu juste. Oui, j'étais jalouse de sa fertilité. Je ne pouvais pas accepter qu'elle puisse avoir un enfant et pas moi. J'étais presque contente du diagnostic. Jamais plus elle ne pourrait et elle passerait sa vie à en pleurer. Comme moi ! Si elle l'avait eu, je le lui aurais arraché ! Pour que le bébé soit à moi, pour qu'elle ne connaisse pas la joie d'avoir un enfant dans ses bras. Parce qu'elle ne le méritait pas. Oui, j'étais jalouse, je m'en confesse, j'étais jalouse de ce que toutes les autres avaient et que je n'avais pas. Et ma compassion, je m'en repens encore, était loin d'être sincère.

Le lendemain, je me suis rendue chez les Carrier, afin de leur dire ce que je pensais d'elles. À Denise et à sa mère ! Ça allait être là mon dernier geste. J'allais chercher bagarre et ce sont elles qui m'ont eue. La mère surtout, avec quelques verres de vin dans le corps. Elle m'avait apostrophée avant même que j'ouvre la bouche.

— Je ne veux plus de votre sœur dans la maison ! J'ai averti Denise et ses valises sont prêtes. Demandez à votre mari de venir prendre ses affaires et arrangez-vous avec elle. J'ai eu assez de trouble avec la Mousseau sous mon toit !

J'étais enragée, j'aurais pu lui sauter à la gorge.

— Vous osez la mettre à la porte après que votre fille l'ait corrompue ?

— Quoi ? Que dites-vous là ? C'est elle qui a corrompu ma fille, madame ! Je sais que Denise n'est pas une sainte, mais elle ne sortait qu'avec un gars, elle, pas dix à la fois ! Elle sort encore avec le même. Votre sœur, madame, ouvrait sa porte aux hommes comme on le fait dans un enclos pour un troupeau. Et quand ma fille n'était pas là, qu'elle était sortie avec son *chum*, les mâles se succédaient dans le lit de Colette. Un chauffeur d'autobus, marié et près de quarante ans, des gars de la pègre, un commis-voyageur... Elle couchait même avec le livreur de la pharmacie, un petit jeune de seize ans. Pas surprenant qu'elle soit tombée enceinte. Denise a tout fait pour l'empêcher de s'avorter avec le support. Elle lui a dit que sa cousine avait frôlé la mort. Et c'est à notre insu qu'elle l'a fait. Dans la toilette ! On l'a trouvée baignant dans son sang. Je regrette, madame, mais je ne veux plus la revoir. Ma fille non plus.

Denise, qui s'était tenue à l'écart, sentit mon regard se poser sur elle.

— C'est vrai, Denise ? Vous ne voulez plus de Colette ?

Timide, la fille hésita, baissa la tête, et me répondit :

— Oui, c'est vrai. Je l'aimais bien, mais ce que vous a dit ma mère est la pure vérité. Votre sœur a fait un bordel de mon logement. Puis, avec son avortement... Non, je ne veux plus d'elle. J'aime bien m'amuser, madame Pratte, mais je ne suis pas comme elle. Je n'ai pas le vice dans le corps, moi.

Je ne savais plus que dire. Denise, malgré son air folichon, semblait avoir une tête sur les épaules. Et la mère Carrier, même si elle cuvait son vin, n'était pas une dévergondée. Elle s'occupait de son fiston et souhaitait de tout cœur que sa fille se case, qu'elle ait des enfants, qu'elle mène une vie heureuse. Colette leur en avait fait voir de toutes les couleurs. Jusqu'au rouge sang de son avortement. Défaite, je leur demandai :

— Ses valises sont faites ? Prêtes ?

— Oui, depuis deux jours, répondit Denise. J'ai tout rangé moi-même.

— Vous doit-elle de l'argent ?

— Une semaine de loyer que je préfère oublier, répondit madame Carrier. Ça compensera pour la dernière semaine qu'elle ne finira pas. Moi, tout ce que je veux, madame, c'est qu'elle ne remonte plus cet escalier. Désolée pour vous, mais c'est votre sœur, pas la mienne.

Je redescendis quelques marches et je leur murmurai avant de m'éloigner :

— Mon mari passera ce soir pour prendre ses affaires.

Le lendemain, je retournai à l'hôpital malgré le fait que Colette m'ait jetée dehors à la suite de notre altercation. Contrairement à la veille, ma sœur était dans un bien piètre état. Elle s'était levée trop tôt, avait surestimé ses forces et une infection qui lui donnait des poussées de fièvre la retenait au lit. Les bonnes sœurs hospitalières l'avaient lavée et débarbouillée de son *make-up*. Tout comme à l'école quand elle arrivait de la sorte pour choquer les religieuses. Lorsqu'elle m'aperçut, elle ne s'emporta pas. Pâle, plus faible, moins vindicative, elle était au bord des larmes.

— Ça ne va pas, n'est-ce pas ? Tu as abusé de tes forces, tu as...

— Ne parle pas si fort, Laurence, j'ai un mal de tête à me tirer sur les murs.

Je baissai le ton et, doucement, je lui murmurai :

— Ne t'en fais pas, je prendrai soin de toi. Je vais t'aider à remonter, Colette.

Elle ouvrit les yeux, me regarda avec étonnement et me demanda :

— Qu'est-ce que tu veux dire ? J'ai mon appartement, je te l'ai dit…

— Tu ne l'as plus, Colette. Madame Carrier ne veut plus de toi chez elle. Sa fille non plus. Je suis désolée, mais elles t'ont mise à la porte. Tes affaires sont déjà chez moi. Rémi est allé chercher tes valises hier soir.

Elle se tenait la tête, tentait de se relever sur son oreiller…

— Tu les as provoquées, n'est-ce pas ? Tu es allée chercher la chicane, hein ?

— Non, Colette, je voulais juste leur donner de tes nouvelles, m'informer… C'est la mère qui m'a apostrophée. Poliment mais fermement. Et sa fille l'a appuyée.

— Je ne te crois pas, Laurence. Denise n'aurait jamais fait ça. C'est toi…

— Écoute-moi bien, Colette, je n'ai rien fait de ce que tu penses, je te le jure ! Je voulais payer ton loyer d'avance, mettre de l'ordre dans tes affaires. La mère Carrier n'a pas voulu de mon argent. Elle préférait, elle me l'a crié, que je la débarrasse de ta présence. Et pour employer ses derniers mots, elle m'a dit : "Je ne veux plus qu'elle remonte cet escalier." Je n'aurais pas inventé ça, Colette…

Malade, elle pleurait. Doucement, tristement, quelques larmes discrètes. Puis, retrouvant des forces, elle réussit à s'asseoir de peine et de misère et marmonna :

— Approche le téléphone, je veux en avoir le cœur net.

J'ai déposé l'appareil sur son lit et, d'une main tremblante, Colette composa le numéro de Denise. À sa grande stupéfaction, la ligne avait été coupée. S'informant à l'opératrice, elle apprit qu'il n'y avait plus de service à ce numéro depuis deux jours et que la requérante était dans l'attente d'un numéro privé. Encore méfiante, Colette composa le numéro de madame Carrier. Un coup, deux, et elle reconnut la voix de la dame par son "Allll... ô" étiré.

— Madame Carrier, c'est Colette. Je ne vous dérange pas ?

Un long silence au bout du fil, puis un déclic. La Carrier avait raccroché. Colette ne doutait plus. Elle sentait que je lui disais la vérité. Elle se souvenait même, encore consciente, en montant dans l'ambulance sur la civière, avoir entendu la mère crier à sa fille : "Ça ne peut plus continuer comme ça, Denise ! On va finir par avoir du trouble. On va avoir la police à nos trousses !"

Retombant sur son oreiller, les yeux mouillés, Colette se tourna vers moi.

— Qu'est-ce que je vais faire ? Qu'est-ce qui va m'arriver, Laurence ? Tu vois bien... J'aurais mieux fait d'en crever...

— Ne parle pas comme ça, ne te laisse pas aller au découragement, Colette. Tu vas venir chez moi jusqu'à ce que tout se replace. J'en ai parlé à Rémi...

— Chez toi ? Tu m'as déjà dit que c'était grand comme ta main ! Vous êtes déjà tassés ! Comment allez-vous faire avec une pensionnaire ? Voyons donc !

— On a déjà vu pire, Colette. Je n'ai pas de chambre pour toi, c'est vrai, mais il y a le divan du salon et le placard du couloir pour ton linge. C'est pas beaucoup, mais c'est de bon cœur. Et, à la table, il y a quatre chaises.

— Ça n'a pas de bon sens ! Quatre personnes pour quatre pièces...

— Tu as une autre solution ? Tu as une meilleure idée, toi ? Ton stock est déjà là, Colette. Commence par arriver et, ensuite, on verra comment on va s'arranger.

— Rémi n'a pas crié au meurtre ? Ce qui m'arrive ? Mon retour chez vous ?

— Non, ce n'est pas son genre. Il est prêt à t'aider tout comme moi. Il a trouvé un emploi.

Colette, abattue, meurtrie, défaite, ne put que se soumettre à cette fâcheuse idée. Ne sachant trop quoi ajouter, elle me regarda et me lança :

— Prends-en soin, de ton Rémi. Des hommes comme lui, ça ne court pas les rues, Laurence.

Le lendemain matin, je recevais par le courrier une lettre enregistrée. Ça venait de la gérante de chez Oscar. Sa dernière paye puis son renvoi. Il était clair et précis, selon la lettre, que Colette n'avait plus d'emploi. Lorsque je l'avisai de la mauvaise nouvelle par téléphone, elle se mit à pleurer puis à hurler : "C'est la mère Carrier ! J'suis sûre qu'elle est derrière ça, la maudite !" Elle était si en colère qu'elle rappela chez les Carrier pour lui dire sa façon de penser, mais cette dernière lui raccrocha à nouveau au nez. Elle me rappela en braillant et d'une voix éteinte murmura : "Laurence, ça n'a pas de bon sens. Vous n'allez pas me faire vivre en plus de ça..." Je la rassurai en lui disant qu'elle trouverait bien un autre emploi, quelque chose de mieux, qu'elle était jeune, mais pour moi, ce congédiement, c'était le bout de la m..."

Laurence s'était arrêtée d'un coup sec... loin du passé, face au présent. Vincent avait souri, l'avait rassurée du regard. Timide, jouant avec la nappe, elle poursuivit pour ne pas perdre la trace :

« Une semaine plus tard, un samedi, Colette revenait chez nous. En pleine forme, habillée, maquillée. Pour qu'elle soit plus à l'aise, j'avais demandé à Rémi d'amener la petite à la plage...

— Je voudrais bien, Laurence, mais la petite a peur de l'eau, tu le sais...

— Plus maintenant, pas à son âge... Tu pourrais peut-être lui apprendre à nager.

— J'ai bien essayé l'année dernière, tu étais là, pourtant... Dès qu'elle a de l'eau jusqu'aux genoux, elle sort en courant. Rappelle-toi, j'ai essayé de la maintenir, de lui montrer à faire la planche, et dès qu'elle a senti l'eau dans son cou, elle a crié : "J'étouffe !" Nous l'avons sortie, elle était verte de peur. Je peux essayer encore, Laurence, mais ça me surprendrait qu'elle accepte ton idée.

Comme de fait, Marie n'a pas voulu en entendre parler.

Elle avait tressailli. Cette petite avait une peur bleue de l'eau depuis sa tendre enfance. Elle refusait même de monter dans la gondole au parc Lafontaine. Une peur incontrôlable. Rémi a décidé d'aller au cinéma avec elle. Au cinéma Rio à Montréal-Nord, où les enfants étaient admis. Elle était revenue ravie. Même si, selon Rémi, c'était un film "plate" à mort avec Fernandel. Lorsqu'elle aperçut Colette dans le salon, elle se jeta dans ses bras, l'embrassa et s'informa de son... appendicite. Et, mine de rien, pour une fois, Colette se montra affectueuse avec elle. Puis, apercevant Rémi, elle lui sourit et emprunta un ton mielleux pour lui dire :

— Merci, Rémi, merci de m'héberger. Je vais tout faire pour ne pas déranger.

Elle l'avait dévisagé de la tête jusqu'aux pieds. Ça ne m'avait pas échappé. Rémi venait d'avoir trente ans. Plus beau que jamais, séduisant. Ah, la gueuse ! »

— Déjà ? Vous sentiez...

Laurence échappa un soupir, regarda autour d'elle. Il n'y avait plus qu'eux dans la salle à manger. Les serveurs s'impatientaient, regardaient leur montre...

— Il est onze heures trente, Vincent, on attend après nous pour fermer...

Sortant du rêve, face au fait plus qu'évident, Vincent s'écria :

— Ah ! mon Dieu ! J'étais si loin. Vous avez raison. J'ai encore abusé...

Il régla l'addition, laissa un généreux pourboire et, dès qu'ils furent sortis, Laurence remarqua qu'on éteignait les lumières de la salle à manger.

Le trajet lui parut long. Non pas qu'elle s'ennuyait en compagnie de Vincent, mais elle était épuisée. Elle avait la langue sèche, sans salive. Se rendant compte qu'il était exigeant, Vincent Danin s'excusa, lui promit qu'il serait plus attentif aux signes de fatigue qu'elle manifestait. Non sans ajouter : « Je vous aurais écoutée toute la nuit. Je perds le fil du temps, Laurence. Vous me plongez dans une extase... Un écrivain ne voit jamais la fin d'une page. » Elle avait souri, l'avait rassuré, elle avait passé une si belle soirée. Cette auberge champêtre, ce repas de maître, le vin de qualité... Laurence Mousseau, de condition modeste, n'avait jamais fréquenté de tels endroits dans sa vie. Quelques petits restaurants du quartier, des buffets bon marché, mais ce traitement de grande dame... En échange d'un récit...

Rue Cherrier, exténuée, elle regarda sa montre et déclara en souriant :

— Minuit quinze, déjà demain... Je ferai sûrement la grasse matinée.

Vincent posa ses yeux sur elle et, avec tendresse, sa main à quelques pouces de la sienne, lui fit comprendre par son regard, combien il se sentait bien avec elle. Se rendant compte de l'effet qu'elle avait sur lui, elle replaça une boucle de sa chevelure, une excuse pour que sa main se retire et s'élève.

— À quand la prochaine fois ? de s'enquérir l'insatiable homme de lettres.

— Je ne sais pas, appelez-moi, je verrai... Ça ne saurait tarder.

— Pourquoi ne pas venir chez moi pour deux jours la prochaine fois ?

— Vous n'y pensez pas, Vincent, ce serait déplacé...

— Allons donc, il y a la chambre d'invités... Que de principes...

Laurence était mal à l'aise. Elle s'en voulait de lui donner l'impression qu'elle était de... l'autre génération. En agissant de la sorte, elle affichait son âge, ses préjugés. Elle qui, pourtant, n'avait guère de retenue dans son langage quand venait le moment de décrire... Elle qui, pourtant, n'avait guère de pudeur à parler de la cuisse légère de Colette, de son intimité avec Rémi. Pour se donner bonne conscience, pour se montrer à la hauteur de sa fallacieuse évolution, elle répondit avec un charmant sourire :

— Peut-être, Vincent... Pourquoi pas ? Appelez-moi, ça peut certes s'arranger...

Au retour, seul à bord de son véhicule, songeur, il sentit... qu'elle lui manquait déjà.

Chapitre 5

— Oui, allô ?

— Bonjour, Laurence, Vincent Danin à l'appareil. Vous allez bien ?

— Oh ! Vincent ! Oui, ça va très bien. Vous-même ?

— En excellente forme. J'ai travaillé sans relâche et là, je me tourne les pouces...

— Dites donc, vous écrivez plus vite que je ne parle ?

Elle éclata de rire, ce qui rassura l'auteur qui craignait que sa collaboratrice en ait ras le bol de ce récit après toutes ces heures. Laurence, qui était de très bonne humeur, poursuivit :

— Quelle belle voix j'entends derrière... Vous écoutez de la grande musique ?

— Heu... oui, Montserrat Caballé dans un extrait de *La Bohème* de Puccini.

— La chanteuse... corpulente ?

Vincent éclata de rire à son tour et répondit :

— En effet, vous n'oubliez rien, à ce que je vois. Je vous montrerai sa photo la prochaine fois. Vous verrez, assez dodue, la cantatrice.

— Que c'est beau, cet air-là ! Malheureusement, je ne connais rien à l'opéra. Le seul que je connaisse, c'est *Les Trois Valses* que chante Mathé Altéry. Marie achetait tout d'elle, même ses opéras.

Sans savoir qu'elle était susceptible, Vincent se permit de la corriger.

— *Les Trois Valses*, ce n'est pas un opéra, Laurence, mais une opérette. Une opérette en trois actes sur la musique d'Oskar Strauss. *La Valse de l'adieu*, *La Valse interrompue*, *La Valse du destin*...

Piquée à vif, le ton de Laurence changea.

— Écoutez, Vincent, je vous le dis comme ça me vient ! Je ne sais pas tout ! C'est Marie qui avait des connaissances, pas moi ! J'écoutais de la musique populaire, moi ! Des chansons de Tino Rossi, de Lucille Dumont, d'Alys Robi... Je n'étais pas votre Simone, moi ! Je n'ai pas son instruction !

Surpris, se rendant compte qu'il l'avait blessée, Vincent lui dit d'un ton calme :

— Pardonnez-moi, Laurence, je ne voulais pas... je croyais... Excusez ma maladresse ; je ne voulais surtout pas vous insulter en précisant...

Sentant qu'il était mal à l'aise, regrettant son emportement, Laurence enchaîna :

— Excusez-moi, Vincent, je suis si impulsive. Je ne sais pas ce qui m'a pris... Excusez-moi. Comme vous voyez, certains défauts persistent malgré les ans.

— Oui, je vois, répondit-il en riant. C'est comme moi, je n'arrive pas à me corriger de mes bévues, ajouta-t-il pour se donner bonne conscience.

— N'en parlons plus, c'est plutôt moi... Puis, à quoi bon ! J'imagine que vous voulez savoir à quoi vous en tenir concernant la fin de semaine que nous avions prévue ?

— Oui, si ce n'est trop vous demander...

— Que diriez-vous de celle qui vient ? La fin de semaine de la Saint-Jean ? Ce long congé où tout le monde fête ? À moins que vous comptiez célébrer...

— Non, moi, je me tiens loin de ces festivités. Surtout de nos jours... Vous m'en voyez ravi, Laurence. Je pourrais passer vous prendre vendredi et vous ramener le dimanche. Est-ce trop demander ? La chose serait possible ?

— Heu... oui, mais je sens que pour vous, ça risque d'être une corvée.

— Allons donc ! Avec vous ? Et à la bonne franquette, comme vous dites ?

— Bon, dans ce cas, ça va, mais aucune dépense, vous promettez ? Pas de restaurant, cette fois, je m'occupe de la cuisine.

— Comme bon vous semblera, Laurence. Juste un petit marché, quelques victuailles...

— Que le strict nécessaire, je vous prie, rien de fastueux.

— C'est promis ! s'écria l'auteur avec une joie retrouvée dans la voix. Je laisse tout entre vos mains. Si vous saviez comme j'ai hâte que vous soyez là.

Laurence, flattée, quelque peu remuée, lui répondit d'un ton plaisant :

— Alors, je vous attends, Vincent. Je serai prête en début d'après-midi vendredi.

Ils avaient raccroché après les phrases de convenance et Laurence, perplexe, se demandait si Vincent... Non, elle s'imaginait des choses, elle... Vincent, heureux du dénouement, était resté songeur. Il n'avait pas très bien compris sa saute d'humeur face à sa remarque sur l'opéra. Il avait cru être de bon aloi... Il avait pensé qu'elle serait heureuse d'apprendre… Mais, ce qui l'intriguait face à cet emportement, c'est que Laurence avait lancé le nom de Simone dans son énervement. Pourquoi Simone ? Que venait donc faire sa défunte femme dans cette impulsion du moment ?

Elle était là. Enfin ! En train d'installer ses vêtements dans la garde-robe de la chambre d'invités. Elle avait apporté une valise contenant des vêtements de rechange. Ce jour-là, elle portait une jupe de coton beige, une blouse de même ton, un bracelet et des boucles d'oreilles en forme de marguerites. Une tenue sobre et discrète. Vincent avait remarqué que Laurence ne portait jamais le pantalon et encore moins le short et le bermuda tant à la mode chez les jeunes comme chez les aînés. Par pudeur, peut-être. Pour ne pas afficher quelques varices ou des traces de cellulite sur les cuisses. Et c'était le cas puisque chez elle, dans son intimité, Laurence portait de ces vêtements qui dévoilent les affres des ans. Lui, également, ne portait ni short ni bermuda, que des pantalons. Légers, unis la plupart du temps, mais jamais de ces culottes courtes comme certains de ses voisins. Parce qu'il avait les jambes arquées, des sillons mauves sur les cuisses et sur les mollets. Il s'était toujours habillé du cou jusqu'aux pieds, même du temps de Simone, dès qu'il avait eu cinquante ans, pour que personne n'entrevoie le moindre signe de décadence. Il n'y avait que ses rides qu'il ne pouvait dissimuler. Mais ça, c'était autre chose. La sagesse, la maturité, les pages du passé ; tout comme Victor Hugo alors qu'il écrivait *Les Misérables*, se complaisait à penser le romancier. Il avait acheté des poulets, du jambon, des pâtes, du bœuf haché, des légumes, des œufs, des fruits, des petits pains croûtés, bref, tout ce qu'il fallait pour que son invitée puisse inventer des plats à cuisiner. La journée était belle quoique chaude et humide. Il avait remarqué que les cheveux de Laurence allongeaient, qu'ils commençaient à onduler, qu'elle semblait peu à peu vouloir se défaire de sa tête frisée. Ce qui ne lui déplaisait pas. Il n'avait jamais aimé les têtes bouclées tout comme les cheveux courts. Simone, jusqu'à son dernier souffle, nouait encore sa longue tresse. Il la revoyait dans la balançoire, cheveux défaits jusqu'au milieu du dos, le vent soufflant dans sa chevelure ébouriffée. Comme elle était belle, son égérie, avec ses cheveux gris qu'elle retenait parfois d'un long ruban. Tout comme au temps où ils étaient d'un noir luisant.

La balançoire gémissait à chaque mouvement de pied de sa douce invitée. Elle avait certes besoin d'huile, mais Laurence aimait ces grincements qui lui parvenaient telle une musique. Très à l'aise, détendue, un thé glacé pour étancher sa soif, elle regardait Vincent. Il souriait, il était même très beau dans sa chemise bleue. Il souriait sans rien dire. Comme pour lui signifier qu'il était prêt à se replonger dans ce passé dont il se nourrissait. Comprenant son désir, en pleine possession de ses souvenirs, la septuagénaire ne le fit pas attendre. Les yeux sur la rivière calme, la pensée très lointaine, elle replaça une mèche soufflée par un vent tiède. La première mèche à faiblir sous la légère brise, et entama :

« Malgré tout le cœur que j'y mettais, je n'étais pas tout à fait confortable avec ma sœur sous notre toit. Non pas pour l'espace qu'elle prenait, mais sa présence m'indisposait. Je sentais qu'elle faisait des efforts pour chasser le naturel et qu'il allait revenir au galop. Nous évitions de parler de l'enfant, du geste impardonnable... D'autant plus qu'elle semblait avoir oublié cette expérience douloureuse comme on le fait d'un mal de dents. Et le fait qu'elle ne serait jamais mère ne semblait pas la contrarier. Au contraire... et le temps allait me le prouver. Peu à peu, elle recommença à se vêtir comme une dévergondée. Bien sûr qu'elle était belle et attirante, qu'elle attirait les regards, mais pas l'admiration, croyez-moi. Les hommes qui la regardaient n'avaient dans les yeux que des lueurs de bas instincts. Lorsqu'elle descendait l'escalier, les yeux se posaient sur elle. Les voisines la regardaient avec méfiance et peu d'entre elles lui adressaient la parole. Les hommes la reluquaient, elle ne passait pas inaperçue avec ses talons hauts, ses décolletés, ses cheveux noirs avec une rose au-dessus de l'oreille, ses ongles rouges, ses lèvres pourpres, les paupières enduites de vert, le mascara épais, le *make-up* à partir du front jusqu'au menton. Et comme elle portait toujours de gros anneaux de gitane, elle avait l'air d'une courtisane. À la Viviane Romance dans ses films de séductrice. Ce qui n'échappa pas à Gratien, le fils du bedeau. Pas tellement beau, mais un bon gars, celui-là. Il avait quitté la manufacture de linge d'enfant et travaillait maintenant dans une banque. Il était économe, il songeait à son avenir. Il rêvait de fonder une famille, de posséder une maison, mais il n'avait pas encore trouvé la fille qui corresponde à ses aspirations. Comme si c'était Colette qui allait combler le vide ! Et c'est pourtant sur elle qu'il jeta son dévolu, au grand désespoir de sa mère et de sa sœur, qui ne voyaient pas d'un bon œil la sœur de leur si distinguée locataire. Rien qu'à voir, on voyait bien ! Colette avait l'air d'une guidoune ! Loin de la punaise de sacristie qu'on aurait souhaitée pour Gratien.

Ma sœur, sans emploi, sans le sou, sans amis pour l'instant, s'était vite rendu compte de l'empressement du fils du bedeau. Il la complimentait sans cesse, il la traitait comme une dame en dépit de ses accoutrements et, elle, pas folle, jouait le jeu. Elle s'efforçait de bien parler, elle le vouvoyait, elle jouait les madones lorsqu'ils passaient des heures à converser au pied de l'escalier. Pauvre niais ! Pas beau et pas brillant, le fils du proprio.

Il cherchait la fille modèle, trop bête pour se rendre compte que ma sœur n'affichait pas la pureté même. Comment pouvait-il penser qu'une telle fille puisse être sa dulcinée ? Il n'avait qu'à ouvrir les yeux, à la regarder de plus près pour s'apercevoir qu'elle ne sortait pas d'un couvent. Juste à la questionner, il aurait pu savoir qu'elle avait du "millage" derrière elle. Mais non, aveuglé par ses atours artificiels, enivré par son parfum bon marché, il la contemplait comme si elle sortait tout droit de la cuisse de Jupiter. Plus niaiseux que ça, cherchez-le ! À vingt-sept ans, j'étais certaine, j'aurais pu le jurer, Gratien était encore puceau. Rémi m'avait dit : "Je suis sûr qu'il n'a jamais fait l'amour avec une fille, celui-là. Un bon gars, mais maudit qu'il a l'air épais !" Ce n'était guère gentil, mais c'était vrai. Surprotégé par sa mère, on ne l'avait jamais vu avec une fille. Sauf une fois. Une copine, une fille qui travaillait à la banque. Pas belle, avec des lunettes, maigrichonne, souliers plats, blouse au cou retenue par une épinglette. Plus moche que ça... Mais, comme on dit : "Chaque torchon trouve sa guenille !" Une fille pour lui, quoi ! Mais on ne l'a jamais revue. Le fils à sa mère avait peut-être des pulsions plus fougueuses. Peut-être avait-il envie d'une belle fille, lui, le gars plus que quelconque ? Colette avait sans doute réveillé en lui... Et ce qui devait arriver arriva...

— Laurence, je sors ce soir, Gratien m'a invitée au cinéma.

Sans feindre la surprise, je lui répondis :

— Au cinéma ? Avec lui ? Tu joues à quoi, Colette ? Ne viens pas me dire qu'il est ton genre d'homme, le fils du bedeau. Ne viens pas me faire croire...

— Quoi ? Une soirée au cinéma, Laurence, pas une sortie sérieuse. Et puis, ça m'engage à quoi ? Je m'ennuie, c'est "plate à mort", ici. Je n'ai pas d'amis, je passe mes soirées à jouer au bingo avec Marie. C'est quand même pas normal pour une fille de mon âge. Et puis, avec ce que je viens de traverser...

— Ne joue pas les martyres, fais-moi pas parler, Colette. Tu sais d'avance que tu vas lui faire perdre son temps, tu joues avec lui. Il a peut-être des sentiments, ce gars-là. Ils ne sont pas tous comme ceux que tu as connus, comme ces voyous... Ah! puis, à quoi bon! Je sais que tu n'en feras qu'à ta tête, mais je t'avertis, arrange-toi pas pour nous mettre dans de sales draps, Rémi et moi. Nous sommes une famille respectable...

— Laurence! J'me marie pas, j'm'en vais juste aux vues, maudit!

— Je veux bien le croire, mais je te connais, toi, En tout cas, tiens-toi-le pour dit! Si tu nous causes du trouble...

— Toujours sur tes gardes, hein? Comme si j'étais la dernière des traînées! T'as pas pensé, Laurence, que j'pouvais avoir changé, que...

— À d'autres! Si c'était le cas, tu t'habillerais autrement depuis longtemps. Mais non, encore tes robes de fille de rue, tes souliers de, de...

— C'est pas d'ma faute, je n'ai rien d'autre à me mettre sur le dos! Ça fait des mois que j'ai rien pu m'acheter. J'ai pas une maudite cenne! Quand je vais travailler...

— Oui, quand? Quand les poules auront des dents, je suppose?

— Je vais trouver, ne t'en fais pas. Laisse-moi retrouver ma santé et tu verras. Commences-tu à me reprocher de vivre "ici, sur le bras", Laurence?

— Non, ce n'est pas ça... Mais, ça me fait peur, tes manigances. Gratien n'est pas un acteur de cinéma, mais c'est un bon gars. S'il fallait que tu abuses de sa bonté...

— Pas un acteur? C'est pas ce que je cherche, tu sauras. Et puis, il n'est pas si laid que ça. Il a du charme, il a un beau physique... C'est pas ton Rémi, je l'sais, mais c'est quand même pas un morpion ! Il est passable, gentil...

— Bon, bon, ça va, sors avec lui, vas-y, au cinéma, mais arrange-toi pour ne pas avoir l'air d'une guidoune pour une fois. Ses parents, sa sœur...

— C'est avec lui que je sors, pas avec sa famille. J'suis quand même pas pour m'habiller comme une maîtresse d'école, j'en n'ai pas, du linge comme ça. Et j'peux pas t'emprunter une robe, on n'a pas le même genre...

— Oh ! mon Dieu ! À qui le dis-tu !

— T'as pas à t'en faire, j'ai pas envie de sauter dessus ce soir.

— Je vais aux vues, Laurence, pas dans un club de nuit. On s'en va voir un film français. Un film avec Martine Carol. C'est lui qui l'a choisi. Tu vois bien que j'suis capable de faire des compromis ? J'ai besoin de me distraire, de voir du monde, d'oublier...

— Bon, n'en parlons plus. Je vais essayer de te faire confiance encore une fois.

Elle me regarda en pleine face et osa me répondre :

— Il est à peu près temps !

J'étais sincère, je voulais lui donner une chance. J'aurais souhaité ne pas le faire en vain. J'avais espéré que peut-être... Ah ! la vilaine ! Si j'avais vu toute la merde qu'elle allait nous causer, je l'aurais empêchée de sortir avec Gratien ce soir-là, quitte à me battre avec elle. J'ai fermé les yeux et je l'ai payé cher. Ah ! quand j'y pense ! Si j'avais pu deviner ce qu'allait être la suite...

Elle est allée aux vues avec lui. Amanchée comme une pute malgré ses efforts. Un peu moins de maquillage, sans ses anneaux de gitane, mais dans une robe noire si serrée qu'elle avait peine à mettre un pied devant l'autre. Une robe décolletée qui laissait voir la moitié de ses seins. Avec ses cheveux longs et raides qui ne cachaient rien. Avec des souliers à talons si hauts qu'elle avait eu peine à descendre les marches. Et, puant un parfum qui venait, encore une fois, de chez Woolworth. Les automobilistes klaxonnaient, les gars sifflaient après elle. Elle n'était que dans l'escalier et elle suscitait des envies charnelles. Ce qui sembla indisposer Gratien, même s'il semblait la trouver fort belle. Marie, qui l'avait vue partir, la trouvait fort jolie. Dans sa candeur, dans sa naïveté, elle m'avait dit : "Colette ressemble aux mannequins des vitrines de la rue Saint-Hubert." Peut-être, sauf qu'elle n'était pas de plâtre, elle ! Ce que Marie ne savait pas encore.

Quatre mois à sortir avec Gratien, à se dandiner à son bras, à se faire tout payer puisqu'elle n'avait pas un sou. À le tenir en haleine, lui qui était attelé à elle comme à une jument. Mais je sentais qu'il se passait quelque chose, qu'elle abusait de sa bonté comme de sa tolérance. Et allez savoir où ils allaient ! Elle n'en parlait pas, me disant qu'elle avait passé une belle soirée, rien de plus. La femme du bedeau, peu fière de voir son rejeton dans les filets de celle qu'elle redoutait, ne me parlait plus ou presque. La sœur de Gratien, pourtant entichée de notre petite Marie, s'était peu à peu détachée d'elle. De connivence avec sa mère, sans doute, car les querelles semblaient fréquentes au premier plancher de l'immeuble. Rémi, montant l'escalier après son travail, avait entendu maintes fois Gratien s'obstiner avec sa mère. Et, soit dit en passant, Rémi était heureux à ce poste de contremaître. Ses patrons l'appréciaient tellement que ça lui avait valu une bonne augmentation de salaire. Nous n'étions pas riches, mais beaucoup plus à l'aise. Et c'était Marie qui profitait de ce surplus d'argent, elle grandissait tellement vite. J'avais cessé de "catiner" avec elle. Elle n'était plus une enfant, elle devenait de plus en plus demoiselle. Les formes étaient plus rondes, ses jambes étaient superbes. Et quelle beauté du visage ! On aurait dit que ma mère en avait fait une perfection. Blonde, cheveux longs, elle avait délaissé les nattes pour la queue de cheval, quand elle ne laissait pas ses beaux cheveux tomber sur ses épaules. De longues mèches se déployaient jusque sur sa poitrine parfaite de plus en plus en évidence. Les garçons de la rue la reluquaient de plus près, mais Marie, chaste et pure, se sauvait dès que l'un d'eux tentait de l'approcher. Ce qui lui avait valu, de la part de Colette : "Tu pourrais leur parler, ils ne vont pas te manger !" Elle était restée bouche bée et c'est moi qui avais répondu à la grande : "Toi, mêle-toi de tes affaires ! Occupe-toi de ton Gratien et laisse-la tranquille !" Gratien, ce cher Gratien qui ne voyait plus clair de ma satanée sœur. Et pour cause ! »

Laurence laissa échapper un soupir, regarda Vincent, et ce dernier lui demanda :

— Encore un peu de thé glacé ?

— S'il vous plaît. Je parle tant, je parle si vite... Je m'emporte encore.

— Ce qui est normal lorsque les souvenirs ne sont pas des plus agréables.

— Et je les revis avec la même intensité, voilà le drame.

— Ne vous pressez pas, allez-y lentement, nous avons tout notre temps.

Laurence esquissa un sourire et, comme un funambule sur son fil, reprit là où elle avait laissé.

« Au fur et à mesure de leurs rencontres, le cinéma avait fait place aux boîtes de nuit. Pauvre de lui, il n'y avait jamais mis les pieds et, avec ma sœur, il entrait dans "son" monde pervers qui lui était si cher. Il ne buvait pas et c'est elle qui lui a appris à lever le coude. Elle l'a "déniaisé", son Gratien, si bien qu'ils rentraient tous deux aux petites heures, au grand désespoir de sa mère.

Il avait parfois la cravate de travers, la chemise sortie du pantalon. Je le sais, je les voyais arriver de la fenêtre du salon. Il est même rentré en titubant une certaine nuit pendant que ma sœur, encore sobre, riait comme une folle. Le lendemain, j'avais apostrophé Colette. Je l'avais traitée de tous les noms, je lui avais dit qu'elle était la honte de la famille, que ce pauvre garçon...

— Pauvre garçon ? Il n'a quand même pas quinze ans, Laurence, il s'en va sur ses vingt-huit ans. Je ne l'ai quand même pas violé...

— Tiens, le chat sort du sac ! Tu l'as débauché, n'est-ce pas ?

— Aïe ! le grand mot... Comme si Gratien ne savait pas...

Je ne l'avais pas laissée terminer.

— Je gagerais n'importe quoi que c'était la première fois.

— Et pis, après ? Il était temps que ça commence, tu trouves pas ? À vingt-huit ans...

— Il n'y a pas d'âge pour la pudeur. Un gars bien élevé...

— Arrête Laurence, sinon je vais finir par croire que je parle à la servante du curé. Avance, évolue, lâche tes principes ! Tu t'es mariée à seize ans, toi ! Encore une gamine et tu étais dans le lit d'un homme !

— Pas d'un homme, de mon mari, Colette ! Mariés en bonne et due forme. Mais qu'est-ce que ça peut vouloir dire pour toi... Ce ne sont pas les conventions qui te gênent, tu as déjà débauché un garçon de seize ans.

— Pousse pas, j'ai débauché personne. Il en avait vu d'autres avant moi, le petit livreur dont tu parles. J'ai pas eu besoin de lui dire quel chemin prendre.

— N'empêche qu'il n'était qu'un enfant.

— Non, un homme, et je suis bien placée pour le savoir. À part ça, c'est lui qui m'a fait des avances, pas moi. Il couchait avec les femmes depuis l'âge de treize ans. Je ne débauche personne, moi. Je prends ce qui passe quand ça passe, quand ça me tente.

— Et ça va aller jusqu'où, avec ton Gratien ? Jusqu'à ce que ça ne te tente plus ?

— Non, mais ça va finir en douce, parce que là, il devient trop sérieux.

— Qu'est-ce que tu veux dire ?

— Il parle de mariage, il est amoureux fou de moi. Il veut une maison, une famille…

— Tiens, pour une fois, un gars qui a les deux pieds sur terre. Et là, après l'avoir rendu fou de toi, tu vas le sacrer là ? T'appelles ça être honnête, toi ?

— Laurence, il veut se marier !

— Et puis, après ? N'est-ce pas une bonne idée ? As-tu peur des responsabilités ?

— Il veut une famille, Laurence, il veut des ENFANTS !

Pauvre idiote que j'étais, j'avais oublié ou presque dans mon énervement. Elle me regardait, elle ne comprenait pas. Elle se demandait si j'étais toute là.

— Bon, j'y suis, excuse-moi, ça m'a échappé.

— Comprends-tu, Laurence ? Je ne suis quand même pas pour lui dire que je ne pourrai pas avoir d'enfants, que j'ai eu un avortement, que…

— Oui, peine perdue, mais dommage. L'aimes-tu, ce gars-là, Colette ?

— L'aimer, l'aimer… c'est un grand mot, mais je ne le déteste pas. C'est un bon gars, il est sincère. J'aurais peut-être réfléchi à sa proposition dans d'autres circonstances, mais je ne m'attendais pas à ça si vite. On se connaît depuis quatre mois et, déjà… Sans même me demander si j'en avais aimé d'autres avant lui. Sans chercher à savoir ce qu'avait été mon passé. J'suis quand même pas tombée des nues en arrivant ici ! Moi, j'avais du plaisir avec lui, je l'aimais jusqu'à un certain point…

— Oui, je vois, le point qui mène à la couchette !

— Tu vois ? Tu t'arranges toujours pour me dénigrer ! Je n'ai pas que la couchette dans la tête, tu sauras ! J'aime ou j'aime pas. Et c'est quand j'aime que je me rends jusque-là ! Comme il n'y a plus de danger…

— Ça t'arrange, n'est-ce pas ? Plus de calendrier à suivre, plus besoin de les faire sortir à temps !

— C'est arrivé comme ça, je ne l'ai pas cherché. C'est un accident de la nature, Laurence.

— Que tu as provoqué, ma petite sœur.

— Là, tu n'as pas de cœur de me parler comme ça ! Penses-tu que j'ai fait ça dans le but d'être stérile ? Penses-tu qu'une femme peut désirer une telle chose ? Avec Gratien, ce n'est pas l'amour fou, donc, ça ne me dérange pas, mais si ça avait été un autre, un homme que j'aurais aimé de tout mon être ? Penses-tu, Laurence, que je n'aurais pas été malheureuse de le perdre en lui avouant ma faute ?

Elle avait tremblé en me livrant ce plaidoyer. Elle avait même eu des sanglots dans la voix et ça m'avait dépouillée de toute réplique. Comme d'habitude, quand je n'avais pas le dernier mot, je me réfugiai dans ma chambre. Sans rien ajouter, sans lui dire qu'elle avait raison et qu'elle avait peut-être un bon fond. Non, dans ma tête, c'était classé. Colette ne pouvait pas avoir de sentiments et encore moins d'émotions. C'est bien simple, je voyais le diable en elle ! »

Laurence but une gorgée de thé, Vincent baissa la tête. Sans rien dire, sans rien ajouter. Il était là pour recueillir, écouter.

« Et lorsqu'elle lui a dit que tout était fini, qu'elle ne voulait plus sortir avec lui, ce fut le drame. Il pleura, il supplia, tenta de savoir pourquoi elle le rejetait… Mais

Colette ne pouvait rien dire et, pour ça, je la comprenais. Sa mère ne nous regardait plus, sa sœur non plus. C'est à peine si elle disait bonjour à Marie, qui ignorait tout de l'histoire. La petite en était chagrinée, mais je lui fis comprendre que c'était normal, que Colette avait rompu avec son frère, que ce n'était que passager et que l'amabilité reviendrait plus tard. Jusqu'au bedeau qui nous saluait à peine d'un coup de tête. Non pas qu'ils n'étaient pas contents, les proprios, que tout soit fini entre leur fils et la fille d'en haut, mais Gratien était tellement déprimé, tellement bas, qu'ils nous blâmaient pour son triste état d'âme. Colette évitait de le croiser, elle descendait parfois par en arrière. Mais, quand ils se rencontraient par un malencontreux hasard, le pauvre gars se mettait à pleurer. Elle ne savait plus où donner de la tête. Et elle n'avait pas encore trouvé d'emploi. Fort heureusement, c'est Gratien qui mit un frein à son propre tourment. Après un long congé pour cause "d'anémie", avait-il dit à ses employeurs, il obtint un transfert dans une succursale de la banque située à l'extérieur de la ville. Et c'est ainsi qu'il est parti avec ses bagages. Pour oublier Colette et fuir sa mère du même coup. Il est allé vivre chez son oncle à Québec et nous ne l'avons jamais revu. Du moins, de tout le temps que nous sommes restés là. Avec ce froid qui régnait entre les proprios et nous, nous songions à déménager. Encore une fois ! »

— Et vous l'avez fait ? de lui demander Vincent.

— Oui, mais pas sur le coup. Nous avions un bail à respecter. Colette n'avait pas d'emploi, nous avions l'hiver à passer et notre bail se terminait au mois de mai. Ma très chère sœur, entre nous, n'avait pas fini de me donner des crampes d'estomac.

Laurence et Vincent soupèrent dans la détente en ce vendredi soir. Pour ne pas raviver le mécontentement de Laurence, l'écrivain avait rangé depuis trois jours la cassette de Montserrat Caballé dans un tiroir. Pour agrémenter le repas, il avait fouillé, fureté dans les microsillons de Simone. Elle devait bien avoir quelque part des chansons qui plairaient à Laurence. Tiens ! Un disque d'Isabelle Aubret, un autre de Guy Béart. Des chansons douces qui meublaient le silence et qui semblaient plaire à Laurence. Il faisait chaud, elle avait préparé une salade aux œufs qu'elle avait ornée de tranches de jambon et de rondelles d'ananas. Il voulut ouvrir une bouteille de vin blanc, mais elle préféra une boisson gazeuse avec des glaçons. Un repas léger avec quelques petits pains frais et une salade de fruits en conserve. Rien de plus pour elle, juste assez pour lui. La chaleur et l'humidité n'ouvraient guère l'appétit. Les voisins étaient partis en ce long congé. Pas un bruit, pas un son, sauf celui de quelques vagues sur le quai. Elle avait tout rangé, nettoyé, refusant son aide. Ce qui fut vite fait puisque Vincent possédait un lave-vaisselle, ce qu'elle n'avait pas encore chez elle. Et c'est lui qui lui apprit le maniement de l'appareil. Installés dans le vivoir, le ventilateur derrière eux, la musique douce de Tchaïkovski comme toile de fond, Laurence Pratte, née Mousseau, était prête à tourner d'autres pages.

« Un mois après le départ de Gratien, Colette était retombée dans un profond ennui. Fini les sorties, les restaurants, la… bagatelle. Sans argent, elle était confinée à la tristesse de notre pauvre logement. Elle écoutait la radio, faisait tourner des disques, feuilletait les magazines que j'achetais. Peu douée pour la lecture, les grandes œuvres ne l'intéressaient pas. Elle préférait les petits romans policiers que Rémi se procurait pour quelques sous. Des petites histoires de trente-deux pages et ça lui prenait deux jours pour en terminer une. C'est tout vous dire. Colette n'était guère une intellectuelle. Elle voyait Marie réussir en classe, avancer, s'instruire, et elle la jalousait. La petite avait sans cesse le nez dans un manuel d'histoire ou dans le catéchisme. Elle connaissait Napoléon, ses victoires, tout comme elle connaissait saint Thomas d'Aquin, Maria Goretti et les miracles du Frère André. Marie s'instruisait et Colette... s'emmerdait. Elle m'aidait à faire le ménage, la vaisselle, pas davantage. Elle n'était heureuse que le soir venu lorsque Rémi rentrait. Je l'avais à l'œil, la bougresse ! Dès que mon mari enlevait sa chemise, elle avait les yeux rivés sur son torse nu. Elle avait l'œil sur lui, je le savais et, croyez-moi, je la guettais. Rémi, comme d'habitude, ne voyait rien venir. Ou, peut-être le savait-il... Il était bel homme, en plein le genre de ma sœur. Du genre à la rendre grouillante d'excitation sur sa chaise. Et comme elle était sage depuis un bon moment, c'est sûrement sans remords envers moi qu'elle aurait sauté sur lui. Un soir, alors qu'il faisait chaud dans la maison, Rémi avait soupé torse nu, pieds nus, un pantalon de lin, rien en dessous. Je n'aimais guère sa tenue. J'aurais pu jurer qu'il voulait provoquer Colette. Mais il faisait si chaud que je n'ai rien dit. Après le repas, alors que Marie était allée sur le balcon prendre un peu d'air et que je m'affairais dans ma chambre, je la voyais de ma porte entrouverte, les yeux fixés sur lui. Il était au lavabo en train de rincer la vaisselle et elle le dévorait du regard. Je l'espionnais, j'espérais qu'elle sorte de table, mais non. Elle étirait le fond de sa tasse de thé, jouait avec la nappe, les deux yeux rivés sur son pantalon. Et lui, dans sa naïveté, se promenait entre la table et le lavabo comme si Colette n'existait pas. Son pantalon de très mince texture laissait deviner ce que ma sœur convoitait. J'étais furieuse, rouge de colère. Je rentrai dans la cuisine et, impulsive, sans retenue, je lui criai :

— T'as pas fini de le regarder ? Attends-tu que ça t'saute en pleine face ? »

— Pardonnez mon langage, Vincent, mais c'est exactement ce que je lui ai dit.

« Elle m'a regardée, elle m'a toisée du regard et elle m'a répliqué :

— Quoi ! Un chien regarde bien un évêque !

J'aurais voulu l'étrangler, je lui ai dit :

— Sors de table, va rejoindre Marie, il ne se passera rien ici !

Rémi, interloqué, la bouche ouverte, me lança :

— Voyons, Laurence, qu'est-ce qui te prend ?

Rouge comme une tomate, jalouse, maladivement jalouse, je lui répondis sur un ton qu'il n'était pas près d'oublier :

— Pis toi, va donc te rhabiller, maudit cochon ! Tu ne vois pas qu'elle est en pâmoison ? On voit tout à travers ton pantalon !

Il se défendit tant bien que mal, puis, voyant dans quel état j'étais, il claqua la porte de la chambre, s'habilla de la tête aux pieds et sortit pour aller s'acheter des cigarettes. Ma sœur, encore sous l'effet du choc, me cria :

— Es-tu folle ? Penses-tu que je te ferais ça ?

En furie, je lui répondis :

— Penses-tu qu'il voudrait de toi ?

Elle tourna du talon et rejoignit Marie sur le balcon. La petite, ayant perçu nos cris à travers la moustiquaire, lui demanda :

— Que s'est-il passé, Colette ? Pourquoi Laurence crie-t-elle comme ça ?

Et j'entendis ma sœur lui répondre :

— Elle est malade et ça, ça s'guérit pas !

Le soir venu, Rémi n'avait rien dit. Pas un mot, pas une explication. Il craignait une seconde explosion, Il avait trimé dur, il était fatigué. Il s'était couché tôt et lorsque je suis allée le rejoindre, il dormait comme un loir. J'étais navrée, je suais de culpabilité. C'était toujours comme ça… après. Mais je n'y pouvais rien. Dès qu'une femme levait les yeux sur lui, ma sœur incluse, je perdais la tête, j'étais prête à tout casser. Et je ne comprends pas comment je ne suis pas parvenue à le perdre à ce moment-là. D'une patience angélique, d'une tolérance inouïe, il ne revenait jamais sur le sujet. Et, de toute ma vie, je vous le jure, jamais je ne l'ai pris en flagrant délit. Je l'aimais, mais ma jalousie allait au-delà de l'amour. Il était mon bien, mon homme à moi, une possession anormale. Le pire, c'est qu'après le remords revenait le doute. Si ce n'était pas Colette, il devait y en avoir une autre. Rémi était trop beau, trop sensuel, pour n'appartenir qu'à une seule femme. Et comme il n'était pas de bois, ça, je le savais… Il était si chaud, si bon amant, si… »

— Excusez-moi, Vincent.

— Allez, ne vous excusez pas. Je ne suis qu'une oreille, qu'une plume.

Laurence se prépara une tisane à la menthe, en offrit une à Vincent puis, calmée, revenue de loin, elle replongea dans le vif pour lui dire d'un ton plus grave :

« Et ça ne s'arrêta pas là avec Colette. Désormais, je n'avais plus confiance en elle. Aucune confiance. Je l'avais vue regarder Rémi et c'était imprégné dans ma tête. Un autre incident du genre allait me faire sortir de mes gonds. »

— Vous avez la force de poursuivre ? lui demanda timidement Vincent.

— Oui, ne craignez rien. C'est si loin, tout ça…

— Dans ce cas, je suis tout ouïe. À vous le monologue.

« C'était un soir d'octobre, un peu avant l'Halloween, je m'en rappelle encore. J'étais allée avec Marie acheter des bonbons pour les enfants qui viendraient frapper à notre porte. Marie adorait leur préparer des bonbonnières, les entendre demander : "La charité, s'il vous plaît…" Elle se sentait comme dans la peau d'une missionnaire. Elle aimait donner, elle qui n'avait jamais reçu la moindre pomme. Je ne lui avais jamais permis de quêter aux portes, de se costumer, et, soumise, elle avait toujours envié les enfants qui déambulaient déguisés en sorcière ou en princesse. Moi, j'étais contre l'idée et je n'ouvrais même pas la lumière. Ce n'est qu'avec le temps que Marie m'a convaincue d'être de la fête, de la laisser recevoir les enfants avec une citrouille sur le balcon. Or, nous étions revenues plus tard que prévu. Je grimpais l'escalier intérieur et j'entendais de la musique venant de notre logement. Des disques américains que Colette avait achetés de seconde main. J'ouvris la porte et j'entrai, suivie de Marie. Quelle ne fut pas ma stupeur de les voir tous les deux sur le même divan, un petit roman policier entre les mains. Rémi était en pyjama, pieds nus sur le tabouret. Elle, en robe de chambre, les pieds dans ses pantoufles. Je me demande encore si elle avait gardé ses sous-vêtements. Je devins rouge, ce qui n'était guère bon signe. Dans les yeux de Marie, je pouvais lire la crainte, la peur. Sans doute la peur d'une querelle, mais moi, j'avais senti, dans son regard, une colère semblable à la mienne. Ce qui n'était pourtant pas le cas, Marie n'avait aucune mauvaise intention. Elle était du genre à donner le bon Dieu sans confession à n'importe qui. Pour elle, le mal n'existait pas. Mais moi... Au bruit de mes pas, tous deux se retournèrent et Rémi m'offrit son plus beau sourire. Ce fut comme une provocation et, avant qu'il n'ouvre la bouche, je criai à Colette d'un ton à faire trembler les murs :

— Pourquoi tu ne t'assois pas sur lui, un coup partie ?

Elle me dévisagea, regarda Rémi, et c'est mon mari qui répondit calmement :

— Ça ne va pas recommencer, Laurence ? Pas encore une fois ?

— Ça ne recommence pas, ça continue à ce que je vois ! La belle vie, vous deux, pendant que je n'étais pas là ? Cinq minutes plus tôt et j'avais le portrait, non ?

— Aïe ! ça va faire ! Ta sœur lit, je lis, elle écoute de la musique. Il y a toujours des limites, Laurence ! Tu penses que c'est beau d'agir comme ça devant Marie ?

La colère monta d'un cran. Je sentais que Colette avait peur de moi.

— Viens pas me dire que vous lisiez comme deux anges ! Me prends-tu pour une folle, Rémi ? Toi en pyjama, elle en robe de chambre ! La main en dessous, j'imagine ?

Rémi s'était levé, m'avait jaugée du regard, et je pouvais voir que la moutarde lui montait au nez.

— Toi, là, si t'as pas plus confiance que ça en moi, j'vais partir, Laurence ! J'endurerai pas ça toute ma vie, t'as menti ! Avec ta propre sœur à part ça...

— Ma sœur ? Parlons-en ! C'est pas le lien de parenté qui va la gêner, celle-là !

Colette s'était levée. Furieuse, elle s'était réfugiée dans la chambre de Marie. La petite était dans la cuisine, verte de peur et, seule avec Rémi, je poursuivis :

— Et toi, tu ne viendras pas me dire que tu es fait en bois ! Viens pas me dire que ça t'agace pas, une fille avec un buste comme ça ! Viens pas me dire que t'as pas des démangeaisons quand, par hasard, tu l'aperçois dans ses petites culottes !

— Non, je n'ai rien de tout ça, mais toi, t'es gravement malade, ma femme. Il y a une vis qui manque d'huile dans ta tête ! Moi, c'que j'ai entre les deux jambes, je l'contrôle ! C'est toi qui contrôles pas ce que t'as entre les deux oreilles !

— Tu parles comme ça devant la petite ? T'as pas honte, Rémi Pratte ?

— La petite n'est plus la petite, c'est presque une femme, Laurence ! Pis, si elle m'entend, elle va comprendre parce qu'elle est plus brillante que toi !

— Me prends-tu pour une folle ? Penses-tu que j'vois pas clair ?

— Pas folle, mais pas loin, pour crier comme ça, pour penser que ta sœur pis moi... Ah ! pis, à quoi bon, j'parle encore dans l'vide, j'parle au mur.

— Ensemble ! Un à côté de l'autre ! Tu trouves ça normal, toi ?

Plus rouge de colère que moi, Rémi me cria à tue-tête :

— Oui, c'est normal ! Parce qu'on a juste un sofa dans l'salon, sacrement !

Une fois de plus, j'ai été saisie, je suis restée figée. Un blasphème de sa part et je retrouvais mes sens. Je me réfugiai dans ma chambre, Marie regagna la sienne et j'entendis Colette aller du salon jusqu'à la cuisine, attendant que Rémi lui cède le divan pour la nuit. Elle n'avait pas dit un mot. Elle n'avait pas émis un son, mais ça bardassait dans la cuisine. Elle se préparait un café comme si elle amorçait une bombe. Les portes d'armoire claquaient, ses pas étaient lourds. Rémi devait fulminer tout en lisant pour se calmer. Aucun échange entre eux, pas le moindre mot. Comme les coupables quand ils se font prendre... la main dans le sac.

Mais j'avais tort et je le savais. Dès que je retrouvais ma tête, je sentais que je venais de tout gâcher, pour rien. Colette n'était pas dépeignée, Rémi n'était pas déboutonné. Il m'avait accueillie avec un sourire d'ange, pas un sourire moqueur. Et plus j'y pensais, plus j'avais du remords. S'il y avait eu le moindre tripotage, ils ne seraient pas restés sur le sofa à m'attendre. En m'entendant monter, Rémi se serait caché dans la chambre, Colette se serait faufilée dans la toilette. Des amants coupables, ça n'attend pas la cocufiée pour la regarder en pleine face. Je me suis haïe ce soir-là, mais le mal était fait. Pire que jamais ! Colette devait me détester. Et que dire de Rémi qui en avait assez de mes crises de jalousie. Fidèle, sans arrière-pensée, je le poussais sans cesse au pied du mur. Il en avait assez et, pour la première fois, il m'avait menacée de s'en aller. Il me fallait regagner sa confiance. J'avais honte, tellement honte. Marie qui avait tout vu, tout entendu. Marie qui n'était plus une enfant et qui se demandait sans doute ce qui se passait dans ma tête. Marie qui adorait Rémi, Marie qui semblait comprendre Colette. Je me faisais damer le pion par une adolescente. Moi, l'adulte, la maîtresse de maison. Mon Dieu ! que j'avais honte ! Mais j'étais orgueilleuse et il fallait que je m'en sorte sans perdre la face. Quand Rémi est entré dans notre chambre, j'ai tremblé. J'avais peur de sa réaction, je craignais le pire. Mais, fortunée que j'étais, il s'est couché en silence. Ce qui me donna la force et le courage de le reconquérir. Sur l'oreiller, entre les draps, avec subtilité, pendant qu'il en était encore temps.

— Je m'excuse, Rémi. J'ai agi sur un coup de tête. Mes mots ont dépassé...

Il s'était retourné brusquement.

— Ce n'est pas la première fois, Laurence. Ça dure depuis notre mariage. C'est pire avec le temps. Je ne suis plus capable, plus capable d'endurer ça !

J'étouffais de chagrin. Des larmes perlaient sur mes joues. J'avais même forcé la note pour y ajouter des hoquets et des sanglots.

— Ne pleure pas, ça va envenimer les choses. Essaye de dormir, de ne plus penser.

À travers mes sanglots, avec des mots entrecoupés, je poursuivis :

— Je ne peux pas... je ne peux pas dormir. Je t'ai fait tant de peine, je le regrette, je ne voulais pas. Je ne sais pas ce qui me prend... Tu n'y es pour rien. Je sais ce que j'ai, mais c'est serré dans ma gorge. Je ne suis pas capable de te le dire.

Retrouvant sa douceur, Rémi m'avait prise dans ses bras et me murmurait :

— Qu'est-ce que c'est ? Qu'est-ce que tu veux me dire, Laurence ?

— C'est, c'est... le logement. Il est trop petit. J'étouffe, Rémi, je manque d'air. On est tassés les uns sur les autres, c'est ça qui me rend irritable.

— Je veux bien le croire, mais pourquoi t'en prendre à moi, à ta sœur ?

— Je ne sais pas. C'est depuis qu'elle est là que j'étouffe, qu'on n'a plus de place. C'est comme si je voulais qu'elle parte. On dirait que je cherche l'occasion...

— Ce n'est pas une raison pour la traiter comme un chien, Laurence. Ta sœur n'a pas eu la vie facile, tu sais. C'est toi qui as voulu l'héberger, en prendre soin. Elle n'est pas confortable elle non plus, mais elle ne s'en plaint pas.

— C'est ça qui m'énerve, qui me rend folle. Elle ne cherche même pas de travail.

— Tu aurais pu lui parler, lui faire comprendre, lui dire de bouger un peu. Pourquoi cette crise de jalousie ? Te rends-tu compte de tout ce que tu dis dans ces moments-là ? Te rends-tu compte que Marie entend tout, qu'elle doit dormir très mal ce soir ?

— C'est ça le drame, Rémi. Non, je ne me rends pas compte de ce que je dis. La preuve, c'est que j'oublie, que je ne m'en souviens plus quand la tempête est terminée. Je sais que c'est maladif...

— Pourquoi n'en parles-tu pas à ton docteur ? Il a peut-être vu d'autres cas...

— À mon docteur ? Pour qu'il me traite de folle ? Pour qu'il me rentre à l'asile ? Tu n'y penses pas, Rémi ?

C'est la pire chose à faire ! Tu vois, là, je suis calme et je ne me rappelle plus de ce que j'ai dit.

— Tu veux que je te le répète ? Moi, je n'oublie pas comme ça, tu sais.

— Non, ne dis rien, ça va me bouleverser. Laisse-moi dans mes nuages. On dirait que c'est de l'amnésie que je fais... On n'a même pas de pilules pour ça.

Je pleurais de plus belle et Rémi me réconfortait de ses bras puissants.

— Écoute, je sais qu'on est à l'étroit, mais patiente juste un peu. Après les Fêtes, je vais tenter de casser le bail, de trouver autre chose.

— Monter trois étages, c'est ça qui me tue, Rémi.

— Oui, je le sais, mais on n'avait pas le choix. On va sortir d'ici, je te le promets, mais il ne faut plus faire de telles scènes, douter de moi... Je n'ai toujours aimé que toi, Laurence. Regarde ce corps magnifique que tu as, ce joli visage. Tu es plus belle que toutes celles qui te gênent. Je ne comprends pas, Laurence. Ta sœur et moi... C'est trop, c'est pas normal. Moi aussi, j'aimerais mieux qu'elle parte, mais j'ai pitié d'elle. On peut quand même pas la jeter dans la rue. Elle va finir par trouver, s'en aller... C'est ta sœur, Laurence, pas une pensionnaire. Tu manques de charité.

— Je le sais et je n'y peux rien. Je ne l'aime pas, Rémi, je ne l'ai jamais aimée. Je l'ai endurée, je l'ai aidée, mais je l'ai fait pour ma mère. Quand elle a avorté, c'est cruel ce que je vais te dire là, j'ai même souhaité...

— Ne le dis pas ! On n'a pas le droit de souhaiter ça à sa propre sœur. C'est grave ce que tu peux dire là, Laurence.

— Elle m'a toujours fait damner. C'est elle, ma croix ! L'autre c'est ma soie...

— Oui, je connais tes préférences, mais, de grâce, sois indulgente. Colette a été elle aussi une orpheline en bas âge. Elle était en âge de comprendre, ce qui a dû être plus dur pour elle que pour la petite qui ne se souvient pas de ses parents. Elle a dû pleurer beaucoup, seule dans sa chambre... Et toi, rappelle-toi, tu l'ignorais pour t'occuper entièrement de la petite perle. C'est peut-être le rejet qui l'a rendue vilaine.

— Non, elle était odieuse même du vivant de mes parents. C'est de la mauvaise graine. Elle avait le tempérament de mon père, la tête dure...

— Et toi ? N'as-tu pas le même tempérament, Laurence ? Ne viens pas me dire que tu tiens de ta mère. C'est Marie qui a la douceur de ta mère, elle seule.

— Bah ! Qu'importe ! Je ne suis pas devenue une dévergondée, moi !

— Tu t'es mariée, Laurence. J'étais là, c'est pas pareil.

— Laisse-moi oublier tout ça, Rémi, veux-tu ? Là, ce qui compte, c'est que je risque de te perdre après ce que j'ai fait.

Il me passa la main dans les cheveux et, amoureusement, me murmura :

— Non, non, oublie ce que j'ai dit. Si tu avais eu à me perdre, ce serait fait depuis longtemps. J'ai toujours fermé les yeux sur tes emportements parce que je t'aime, Laurence. Peux-tu au moins comprendre ça ?

— Oui, oui, et moi aussi je t'aime... lui avais-je marmonné en pleurant.

— Demain, si tu veux bien, parle à Colette, explique-lui ton geste.

— Penses-tu qu'elle comprendra ? Une forte tête, celle-là. Rancunière...

— Pas si tu t'y prends de la bonne manière. Vas-y en douceur. Ensuite, explique à Marie. Parle-lui du logement trop petit, la raison de ton emportement.

— Oui, oui, Rémi, je ferai tout ça. Pour toi, parce que je t'aime...

Il me serra contre lui, glissa une main dans ma chemise de nuit ouverte, palpa un sein, m'embrassa, s'approcha de moi, me fit sentir que...

— Ce soir ? Après tout ce que j'ai dit, Rémi ? Tu voudrais que cette nuit...

Il me fit taire d'un baiser, se glissa sur moi, laissa tomber son pyjama...

— Je t'aime tant, Laurence, j'ai tellement envie de toi.

Soumise quoique fatiguée, épuisée par la violente altercation, passive ou presque, je laissai mon mari me faire l'amour. En feignant la passion. Non par indifférence, mais parce que je n'avais plus la force de me rendre jusqu'au cri de... de jouissance. »

— Étiez-vous sincère, Laurence ? de lui demander Vincent.

Se rendant compte qu'il voulait déborder du récit, elle lui avoua non sans peine :

— Jusqu'à un certain point. Je ne voulais pas le perdre, je voulais sauver notre couple, mais, malgré moi, dans mon cœur, je doutais encore. L'occasion fait le larron et, avec Colette... J'ai joué de subtilité, je n'ai pas perdu Rémi. J'ai feint à quelques reprises mais, je vous le jure, je l'aimais follement.

« Le lendemain matin, après le départ de Rémi, après le départ de Marie pour l'école, je n'ai pas adressé la parole à Colette. J'ai manqué à ma promesse, je l'admets, mais j'en étais incapable. J'étais certaine que si Rémi avait été faible, elle n'aurait eu aucune pudeur à se jeter entre ses jambes. Sans même une pensée pour moi, sans remords de conscience. Ma sœur était une carnivore ! Je l'ai laissée se préparer, elle n'a pas déjeuné, puis elle est sortie en claquant la porte sans que je lui demande où elle allait. Au diable... aurait été souhaitable pour moi. Je savais qu'elle avait emprunté cinq piastres à mon mari, il me l'avait dit. Elle est partie, grimée jusqu'aux oreilles, dans une robe moulante de soie verte, un manteau d'automne noir sur les épaules. Puis, elle est rentrée le soir, les cheveux défaits, la robe fripée pour me dire en pleine face :

— Tu as fini de m'avoir sur les bras, je me suis trouvé un emploi !

Surprise, feignant l'indifférence, je lui demandai à l'insu de Marie, Rémi n'étant pas encore là :

— Ah, oui ? Où ça ?

— Dans un bureau, comme réceptionniste. Une manufacture de meubles. Le patron m'a choisie parmi douze candidates.

Je n'ai pas répondu, je me suis retenue. Réceptionniste !

Elle qui ne parlait pas un mot d'anglais et qui ne pouvait écrire une ligne sans faire de fautes. De plus, choisie parmi douze candidates. Ça se comprenait ! Fripée comme elle l'était ! Il était évident que les onze autres n'avaient pas son "talent" ou qu'elles étaient parties dès que le supposé patron était devenu entreprenant.

— Tu ne dis rien ? Tu n'es pas contente ? Tu devrais l'être puisque je déménage. Je décampe avec mes affaires demain. Mon nouveau *boss* m'a trouvé une chambre chez sa sœur.

— Me prends-tu pour une valise, Colette ? Va dire ça aux pompiers...

— Pas pour une valise, mais une folle, Laurence. Après ce que tu as fait hier. J'ai peut-être avorté, mais j'ai encore toute ma tête, moi !

J'ai levé la main, elle m'a saisi le bras et elle s'est écriée :

— Non, trop tard pour ça ! Ose et je te passe à travers le mur !

Marie était intervenue.

— Laurence, Colette, pas encore ? Vous n'avez pas fini...

Colette l'interrompit.

— T'en fais pas, la petite sœur, ça n'ira pas plus loin. Je pars, je m'en vais et vous ne me reverrez plus. Majeure dans quelques mois, vous n'aurez même pas à me chercher. Toi, Marie, je ne t'en veux pas. Tu es une bonne fille et je t'aime bien. On se reverra peut-être. Mais toi, Laurence, fini ! Je ne veux plus jamais te revoir de ma maudite vie ! Et compte-toi chanceuse que Rémi soit encore là. Moi, à sa place, avec son apparence, "ta face de beu", ça ferait longtemps que j'aurais crissée là !

— Mal engueulée à part ça ! Réceptionniste mon œil ! Plutôt...

— Tu te retiens ? Pour Marie ? Tu fais bien parce qu'elle verrait que t'es plus mal engueulée que moi. Tout ce que je peux te dire, c'est que je ne m'ennuierai pas, que je vais être débarrassée de toi.

— Après tout ce que j'ai fait pour toi...

— Tu n'as rien fait, Laurence ! Tu m'as fait chier pendant toutes ces années ! Ce que je dois, c'est à Rémi que je le rembourserai. Jusqu'à la dernière cenne ! Parce que lui, y'a un cœur. Toi, c'est une roche ! Je sors ce soir et je ne rentrerai pas coucher. Demain, quelqu'un, un messager, va passer prendre mes affaires. Pour ce que j'ai, tu n'auras qu'à tout fourrer dans une valise. Bonsoir, Marie. Salut, Laurence !

D'un ton sec, Vincent, d'un ton brusque et vulgaire que son "salut". Comme ceux des voyous qu'elle avait fréquentés. J'en avais frémi. Et, dans les marches de l'escalier, elle osa ajouter pour me blesser jusqu'au cœur :

— Dis bonjour à ton mari de ma part et laisse-moi te dire avant de partir que, si je l'avais eu, ton Rémi, je me serais fait un plaisir de te le dire. Pour qu'il te quitte, pour que tu sois seule comme je l'ai été depuis que je suis petite.

Furieuse, je lui répliquai :

— Va-t'en, bonne à rien ! Sors de ma vie, ne reviens...

La porte avait claqué. Je n'avais pu me rendre jusqu'au bout de ma pensée. Marie, à la fois craintive et soulagée par le départ précipité de sa sœur, regagna sa chambre et me laissa dans mon bouillon de colère. Lorsque Rémi rentra, je m'empressai de lui dire que Colette était partie, qu'elle avait trouvé un emploi et un appartement, sans lui parler de l'échange verbal, des insultes, et de la porte refermée avec fracas. Rémi, songeur, avait murmuré :

— Ça s'est fait plus vite qu'on le pensait...

— Et puis ? Ne me dis pas que tu la regrettes ?

— Non, mais c'est sec. Sans même un bonjour pour moi...

— Elle t'a bien loin, si tu savais... Elle a juste dit qu'elle te rembourserait.

— Tout de même...

— Tu vois ? C'est ça, ma sœur, une sans-cœur ! Et dire que tu la plaignais !

— As-tu tenté de lui parler, de t'expliquer pour hier ?

— J'ai essayé et elle n'a rien voulu entendre. Oublie-la, Rémi. Elle sera majeure d'ici peu et moi, je me sens déjà mieux...

Rémi avait soupé en silence. Les regards de Marie laissaient supposer que je n'étais pas allée au bout de la vérité, mais jamais elle ne serait intervenue. Marie ne m'aurait jamais vendue. Surtout pas moi, "sa mère".

— Un emploi en une journée, c'est drôle, tu trouves pas ?

— As-tu fini de parler d'elle ? Elle te manque déjà ?

Il avait froncé les sourcils. Puis, comme pour éteindre un peu le feu, je repris d'un ton mielleux :

— Nous serons moins pressés de déménager. Tu n'auras pas à te tracasser.

Rémi était soucieux. Non de Colette, mais de moi. Après notre nuit d'ivresse, après les remords, les regrets, il sentait que je doutais encore de lui. Et il n'avait pas tort puisque j'étais même jalouse... de ce qui n'arrivait pas. »

Laurence appuya sa tête sur le dossier du fauteuil. Elle était exténuée. Perdu dans ses pensées, absorbé par le dur récit, Vincent ne s'en rendit pas compte. Les yeux dans le vide, il questionna :

— Elle est vraiment partie ?

Puis, se rendant compte que Laurence dormait ou presque, il sursauta, s'excusa :

— Ah ! mon Dieu ! pardonnez-moi, Laurence, je suis infâme.

Elle ouvrit les yeux avec peine, esquissa un sourire, se releva de sa posture.

— Comme tous les écrivains, monsieur Danin. Avide d'information, de faits...

— Excusez-moi. Comment ai-je pu ? Il est déjà minuit. Je suis incorrigible. Rappelez-moi à l'ordre. Armez-vous d'un chronomètre. Faites-moi signe, faites quelque chose... Encore tant à dire... Je risque de vous perdre, moi.

Un aveu qui la remplit d'aise. Tout comme ceux de Rémi, jadis, qui, devant tout effondrement, s'attachait davantage à elle.

— Je peux vous reconduire à votre chambre ?

— Non, laissez, vous n'êtes pas fatigué. Je connais le chemin. J'ai l'impression que vous allez écrire toute la nuit. Je me trompe ?

— Oh, quelques griffonnages, rien de plus...

Elle lui offrit son plus gracieux sourire et regagna la chambre d'invités.

Laurence remarqua que tout était propre dans cette chambre d'aspect vieillot. Sur les murs, des tableaux signés Renoir ou Degas. « Des reproductions, sans doute… » songea-t-elle, sans avoir l'idée de s'en informer auprès de son hôte le lendemain. Elle avait peur de passer pour une idiote, elle avait eu sa leçon avec l'opéra. Les tentures étaient lourdes, fleuries, ce qui n'allégeait pas la canicule qui persistait. Pas même un ventilateur, ce qu'elle n'osa demander de peur que Vincent ne s'inquiète trop pour elle. Des bibelots trônaient sur une petite étagère d'acajou. Des ballerines, des figurines représentant ces dames aux grands chapeaux d'une autre époque et, dans un petit cadre, une reproduction miniature de la toile *Les Tournesols* de Vincent Van Gogh. C'était inscrit sur une petite plaque. Heureusement, car Laurence n'avait jamais vu cette copie qu'on vendait pourtant dans les magasins à rabais qu'elle fréquentait. À sa grande déception, aucune photo. Elle aurait tant voulu voir Simone autrement que sur son portrait de noces. Elle aurait souhaité la voir plus âgée, quelque temps avant sa mort, pour constater si elle était… plus jolie qu'elle. Vincent devait garder ces précieux souvenirs dans sa chambre ou dans un album dissimulé dans un tiroir. Ce qui l'avait flattée, c'était la délicatesse de l'écrivain à son égard. Sur la table de nuit, un pichet d'eau fraîche et un verre, trois menthes sur un petit plateau d'argent et une petite note : *Bonne nuit, madame.* Dans les tiroirs de la commode, rien sauf un petit sachet de lavande qui ne dégageait plus d'odeur. Sans doute le dernier que Simone avait déposé pour les rares visiteurs. Mais à qui donc avait servi cette chambre d'invités autrefois ? Vincent aurait certes pu lui répondre que Bernadette Gontier, une artiste peintre française, une amie de couvent de Simone, l'avait occupée jusqu'à sa mort. L'artiste venait une fois l'an visiter sa grande amie. Mais Laurence n'avait pas poussé la curiosité. Ce qui l'indisposait ce soir-là, c'était la désinvolture avec laquelle elle narrait sa vie, tout comme celle de Rémi, celle de Colette… Sans retenue, sans fausse pudeur. Comme le désirait Vincent, mais… Qu'allait-il penser d'elle, quelle image donnait-elle en s'exposant aussi librement ? Lui, avec le verbe et la classe. Lui, l'homme de lettres. Laurence dormit mal dans cette chambre où la chaleur était accablante. L'oreiller était dur et… ce silence. Habituée au brouhaha de la rue Cherrier, elle avait l'impression d'être emprisonnée dans un cloître. Le bruit de quelques rares vagues, l'odeur d'une mouffette dans les parages qui la força à fermer la fenêtre un certain temps. Et cette chaleur, cet inconfort… Non, jamais plus elle n'allait accepter une invitation de la sorte. Elle sentait qu'il y avait quelque chose de déplacé dans le fait d'être dans la chambre voisine de celle d'un homme. Elle avait laissé la porte entrouverte pour ne pas suffoquer. Il était deux heures du matin et elle n'avait pas encore fermé l'œil. Elle l'entendit monter, entrer dans sa chambre et pousser la porte qui grinça derrière lui. Puis, dix minutes plus tard, elle perçut les ronflements de Vincent. Si bruyants qu'elle ferma doucement sa porte. Ces ronflements, quoique désagréables, venaient de lui prouver que l'auteur, en dépit de sa classe, avait des défauts comme n'importe qui. Mais ces ronflements lui déplaisaient. Elle en était même irritée. Rémi, de son vivant, n'avait jamais ronflé comme un porc une seule nuit.

Elle s'était levée avant lui. Elle avait dormi quelques heures, avait fait sa toilette, s'était habillée et était descendue sur la pointe des pieds. Et c'est sans doute l'arôme du café qui eut raison du sommeil du romancier. Vingt minutes plus tard, il était dans la cuisine, frais et dispos, souriant, heureux de la voir là, affairée, les couverts en place.

— Vous avez bien dormi, Laurence ?

— Oh ! oui, même si la chaleur était dense, mentit-elle pieusement.

— Quelle bévue de ma part ! J'ai oublié le ventilateur ! Vous auriez dû...

— Non, non, je supporte bien l'été. J'ai dormi comme un loir. La chambre est si jolie, si accueillante.

— Bon, me voilà rassuré, mais ce soir, je m'en porte garant, vous trouverez un ventilateur sur votre commode. Au cas où la canicule persisterait.

Elle sourit, détourna la tête, lui demanda :

— Vous aimez les œufs, les crêpes ?

— Ah ! mon Dieu, Laurence, des crêpes si possible ! C'était mon déjeuner préféré du temps de... Et, par malheur, je ne sais pas comment les faire.

Il s'était retenu. Il n'avait pas prononcé le nom de sa femme. Pourquoi ? Laurence s'interrogeait. Vincent avait-il remarqué que... C'était probable. Laurence savait qu'elle était incapable de dissimuler. Tout se lisait sur son visage. Et comme il connaissait maintenant ses traits de caractère...

— Je crains bien que la journée soit encore chaude et humide. Je n'avais pourtant pas invité la canicule à vous souhaiter la bienvenue sous mon toit.

— Ne vous en faites pas, c'est sûrement plus pénible en ville. Ici, avec l'eau, l'ombre des arbres, on risque au moins la faveur d'une brise.

— Sans doute mais, tout de même. Il est encore tôt pour suer de la sorte. Que diriez-vous de deux chaises longues sur le quai ? Ce serait sûrement plus rafraîchissant et, avec cette chaleur, les yachts aux moteurs bruyants sont sans doute partis au large. Vous pourriez porter ce que vous avez de plus léger...

— J'ai une robe-soleil, j'ai tout prévu. Je ne passerai pas la journée dans ce cache-poussière. Ce n'est que pour le déjeuner.

— C'est très joli et si vous êtes à l'aise...

Laurence ne répondit pas. Déjeuner terminé, elle monta revêtir sa robe-soleil qui lui dénudait le dos et les épaules, rien de plus. Une jolie robe imprimée de pensées et de roses, ajustée à la taille. Elle portait des sandales blanches, sans bas. Un peu de maquillage, un coup de peigne, elle n'avait pas omis ses boucles d'oreilles. Des perles entourées de dentelle. Pour ajouter un brin d'élégance à sa robe coquette.

— Vous êtes ravissante, lui murmura Vincent en l'apercevant.

Elle sourit, le remercia du compliment et remarqua que Vincent avait revêtu un pantalon de coton blanc, une chemise légère d'un très beau vert, et qu'il portait, à ses pieds nus, des sandales brunes comme celles des moines. Les chaises longues étaient déjà sur le quai. Protégées par un parasol pour contrer les rayons ardents. Vincent avait même tiré une petite table de son jardin pour y déposer les verres et le pichet de thé glacé qu'elle s'apprêtait à préparer.

— Saviez-vous que le thé glacé est le breuvage le plus apte à étancher la soif ?

— Non, vous me l'apprenez.

Pour une fois qu'elle pouvait lui apprendre quelque chose... Laurence était fière de son savoir. Elle avait lu ça quelque part dans un magazine. Dès dix heures, brise légère, Laurence s'installa confortablement sur sa chaise, croisa les bras, ferma les yeux quelques instants.

« Nous n'avons pas revu Colette avant le printemps suivant. Pas même au temps des Fêtes. Pas un coup de fil, pas la moindre lettre. Rémi s'inquiétait parfois, il se sentait encore responsable d'elle, mais pour moi, c'était un bon débarras. J'avais recommencé à vivre, à sourire, dès qu'elle fut hors de la maison. Après la tornade, c'était le beau temps. Marie était si douce, si charmante, si facile. Elle ne sortait pas, ne s'intéressait pas aux garçons et ils étaient pourtant légion à tourner autour d'elle. Elle était si jolie, si belle avec ses cheveux blonds, ses yeux gris, sa taille de guêpe. Une beauté naturelle, sans fard ni maquillage, sauf un tantinet de rose sur les lèvres. La paix était revenue avec le bedeau. Il nous saluait, sa dame aussi. Leur fille, Rolande, était mariée et, lors de ses visites, elle parlait à Marie, s'informait de ses études, comme autrefois. Le bedeau nous parlait, mais jamais de son fils. Nous n'avons pas revu Gratien, comme je vous le disais. En fuyant Colette, en prenant pour prétexte sa peine d'amour, il avait réussi à fuir sa mère. D'une pierre deux coups, comme on dit. Tout ce qu'on a su, c'est Marie qui nous l'a appris. La sœur de Gratien lui avait confié que son frère travaillait encore à Québec, qu'il s'était remis de sa rupture avec Colette et qu'il fréquentait sérieusement une fille de son quartier. "Un de sauvé..." ai-je songé, quand j'ai appris la nouvelle. Je veux dire "sauvé" des griffes de ma sœur qui, si elle l'avait épousé, lui aurait déchiré le cœur. Au mois de mars, alors que Colette avait enfin vingt et un ans, je me sentis soulagée. Majeure, je n'avais plus à m'inquiéter pour elle. Rémi avait trouvé curieux qu'elle ne se manifeste pas, qu'elle n'appelle même pas le jour de sa fête. Je lui répétais : "On se l'est déjà dit, Rémi. Pas de nouvelles, bonnes nouvelles." Mais, dans mon cœur, je me disais : "Que le diable l'emporte !" J'étais si bien sans elle. On m'aurait dit... »

— Excusez-moi, Vincent, un peu plus et mes paroles dépassaient ma pensée.

« Puis, par un beau jour de mai, sans m'y attendre, elle est arrivée. J'étais sur le balcon et j'ai failli tomber en bas de ma chaise quand je l'ai aperçue. Une grosse voiture convertible, une Cadillac de l'année, s'était stationnée devant la porte. Comme pour m'en mettre plein la vue. Elle était là, sur la banquette avant, cheveux noirs coiffés hauts, la tête pleine de *spray net*... Elle portait des verres fumés, comme une vedette de cinéma. À ses côtés, au volant, un homme aux cheveux noirs frisés, les tempes grises. Marie, qui venait d'arriver pour dîner, n'en croyait pas ses yeux lorsqu'elle la vit descendre de la voiture. Sa robe était si moulante qu'on pouvait discerner le contour de sa petite culotte. Et décolletée comme ça ne se pouvait pas. Elle portait une étole de vison en plein jour. On aurait dit une millionnaire qui veut impressionner les gens d'un quartier populaire. Si bien que tous les voisins la regardaient comme si elle avait été Ava Gardner. Et c'est l'effet qu'elle désirait, la gueuse ! Je me disais : "Ah non ! pas encore des troubles, ça ne sent pas bon, son affaire." Elle avait sonné, Marie avait ouvert et elle était montée. Elle étreignit Marie et lui dit qu'elle avait grandi, qu'elle était très jolie, et la petite la remercia en lui rendant son compliment : "Toi aussi, tu es très belle, Colette." Avec sincérité, car Marie ne voyait aucun mal en elle. Dans sa candeur, dans sa délicatesse, Marie ne voyait aucun mal nulle part. Comment lui en vouloir... Elle était si douce, si affable, si aimable... »

Laurence s'arrêta, essuya une larme et murmura à Vincent :

— Pardonnez-moi, ça me fait encore mal lorsque je parle de ma petite perle.

— Ne vous retenez pas, Laurence, laissez couler les émotions...

Laurence se moucha, chassa un insecte de la main.

« Elle était là, la Colette ! Devant moi ! Habillée comme une reine et regardant de haut la robe de maison que je portais. Elle ne se jeta pas dans mes bras, bien entendu, mais d'un ton calme, gentil et mielleux, elle me demanda :

— Ça va, Laurence ? Tu es en forme ?

— Oui, ça va. Et toi ? Pas trop à plaindre à ce que je vois...

— Oh, non ! Moi, ça roule sur l'or, ça marche sur des roulettes. Je travaille, je fais de l'argent, je suis amoureuse, j'ai vingt et un ans, c'est le bonheur total !

— Tant mieux pour toi. Amoureuse, dis-tu ? De lui ? Du gars dans l'auto ?

— Oui. Je ne l'ai pas fait monter au cas où tu l'aurais accueilli d'un air bête, mais, si tu veux, je peux te le présenter.

— Pas nécessaire, je n'y tiens pas ! Il est marié, je suppose ?

— Non, séparé, pas d'enfants, bientôt divorcé. On vit ensemble, il a de l'argent, c'est un bon diable. Il me gâte et, plus tard...

— On verra ce qu'on verra, Colette. Pas tout à fait de ton âge si j'en juge...

— Johnny ? Pas si vieux que ça, quarante-trois ans. Un homme en pleine force, exactement ce qu'il me faut, Laurence. Un homme pour prendre soin de moi.

— Ton patron, j'imagine ? Pour être à l'aise comme ça, la grosse bagnole...

— Oui, mon *boss*, mais aussi mon *chum*, Laurence. Pour une fois que je suis heureuse, viens pas crever mon ballon avec tes questions et ton air bête !

— Je n'en ai pas l'intention, Colette. Ta vie t'appartient, fais-en ce que tu voudras. Pour nous, ça va bien. Marie termine sa neuvième année, elle continue son patin...

— Toi, tu iras loin, ma petite sœur. Belle comme tu l'es ! Pas encore amoureuse ?

— Non, répondit timidement Marie. Mes études, mon patin, ça passe avant les garçons.

— T'as bien raison, prends ton temps, rien ne presse. Dis donc, Laurence, Rémi va bien ? Il travaille encore à la même place ?

— Oui et… tout va bien ! On compte même déménager cet automne. On veut acheter. Le propriétaire a accepté de prolonger notre bail de six mois. Il veut mettre sa sœur dans notre logement. Son mari est mort, elle est déprimée…

— Bon, conte-moi pas l'histoire de la bonne femme. Depuis le temps qu'on s'est vues… Et Rémi, toujours aussi fin ? Toujours aussi beau ?

Je la dardai du regard et ne lui répondis pas. Je sentais qu'elle cherchait du trouble. Elle m'avait reniée et elle revenait avec son maquereau, son étole de vison, son "char" de l'année pour me faire ch… »

— Pardonnez-moi, ça m'a quasiment échappé, Vincent.

« Et là, elle revenait à Rémi comme pour ressasser les cendres, comme pour me replonger dans le doute… Marie, qui voyait peu à peu les choses s'envenimer, était intervenue en demandant à Colette :

— Tu ne t'assois pas ? Es-tu donc si pressée ?

Et j'ai sauté sur la porte que Marie m'ouvrait pour répondre avant elle…

— Non, Marie, elle n'a pas le temps. Son gars l'attend en bas !

J'avais dit cela d'un ton si sec, si brusque, que Colette n'insista pas.

— La grande sœur a raison, Marie. Johnny m'attend. On s'en va aux États-Unis.

— Ah, oui ? Où ça ? lui demanda naïvement la douce enfant.

— Très loin, dans le Nevada. Ça te dit quelque chose, Las Vegas ?

— Non, non, je ne vois pas… Même en géographie… Oui, attends, je sais…

— Peu importe, Marie, c'est une ville pleine de casinos. Une ville pour les riches. On prend l'avion en plus de ça ! J'ai hâte, ce sera la première fois. Là-bas, on va loger dans un chic hôtel. On risque même de rencontrer des acteurs de cinéma.

Marie souriait, Marie était heureuse pour elle, et moi, j'avais ma face de carême. Constatant que je n'embarquais pas dans son affaire comme la sœurette, Colette décida de partir non sans avoir embrassé Marie et m'avoir dit :

— À un de ces jours et des saluts à Rémi pour moi. J'aurais bien aimé le revoir, mais je savais qu'il travaillait. Dis-lui bonjour, embrasse-le pour moi et prends soin de lui, Laurence.

Elle m'avait lancé cette dernière phrase sur un ton sarcastique. Le même ton qu'elle avait emprunté avant de quitter notre toit. En voulant dire que si je n'en prenais pas soin, elle s'en chargerait bien. Ah ! la garce ! Je la regardais monter dans l'auto, s'asseoir, la robe relevée jusqu'aux cuisses. Non sans avoir jeté un coup d'œil chez le bedeau comme pour les narguer en faisant étalage de la bonne marche de ses affaires. Et j'étais sûre que la mère de Gratien l'avait vue. Elle avait toujours le nez collé dans sa vitre, la vieille commère. Je la surveillais d'un coin de rideau du salon, Marie sur mes talons, et je la vis parler à son Johnny qui regardait dans notre direction. Elle tentait sans doute de lui expliquer, mais le gars, mécontent, pesa à fond sur la pédale et partit en laissant presque ses pneus derrière. Il était sans doute insulté de ne pas avoir été invité à monter. Le pire, et je m'en accuse, c'est que même si je détestais Colette, je l'enviais. Pas de sa vie, pas de son *chum*, pas de son voyage, mais de son physique. Elle avait l'air *cheap*, mais elle était bien faite. Elle avait des courbes, un buste, que je n'avais pas. J'étais svelte, j'étais bien, mais je n'avais pas ses formes. Des trois filles, j'étais celle que la nature avait la moins gâtée. Pas mal, agréable, mais rien pour faire tomber un homme dans les pommes. Remarquez que ce n'était pas nécessaire, car j'avais Rémi et il valait tous les mâles de Colette, mais je voyais rarement une tête se retourner sur mon passage. Je n'étais pas séduisante, vous comprenez ? Et c'est ça qui me blessait. »

Laurence prit une grande respiration, appuya sa tête sur le coussin de la chaise, et marmonna, soulagée :

« Et nous allions être un bon bout de temps sans entendre parler d'elle. Je n'en espérais pas tant, mais si j'avais su, je n'aurais pas engueulé Rémi ce même soir lorsqu'il s'informa d'elle. Il était insistant, il voulait que je la lui décrive, il me demandait si elle s'était informée de lui alors que je venais de le lui dire. Impatiente, je lui lançai sans même penser que Marie n'était pas loin : "Dis donc, elle te fatigue donc bien, ma sœur ? Veux-tu que je te dise qu'on voyait sa culotte à travers sa robe ? Es-tu en peine d'érections, Rémi ?" Il était devenu blanc comme un drap, il avait froncé les sourcils, il avait murmuré : "Es-tu folle ? Qu'est-ce qui te prend ? Marie est là…" Me rendant compte de ma gaffe, je lui répondis : "Arrête de t'informer d'elle, alors. On dirait qu'elle est plus importante que moi !" Mécontent, il avait répliqué : "Laurence, baptême ! On l'a pas vue depuis un an !" Il avait sorti un nouveau blasphème. Moins dur à l'oreille que son "sacrement", mais ça m'avait quand même secouée. Je n'ai rien ajouté, j'ai fait bouillir l'eau pour le thé, mais j'ai compris que je n'étais pas encore… guérie. »

Quelques moineaux voltigeaient au-dessus de leur tête. Vincent regarda sa montre. Comme pour signifier à Laurence que c'était le moment de la pause.

— Pauvres petits oiseaux, j'ai oublié de leur donner des miettes ce matin.

Laurence sourit et lui répondit en faisant suivre son débit d'un éclat de rire :

— Et je suppose qu'ils n'aiment pas les crêpes, ces chers petits !

Vincent rit de bon cœur et reprit :

— Je ne suis pas en peine pour eux s'ils ont soif. Il y a cette rivière... Mais avec cette canicule, ce n'est pas aujourd'hui qu'ils trouveront des vers de terre. Il est presque midi, Laurence. N'auriez-vous pas une petite fringale ?

— Peut-être, mais juste de quoi apaiser l'appétit. Il fait si chaud...

Ils entrèrent et Laurence prépara une salade dans laquelle elle éparpilla des cubes de jambon. Elle sortit quelques fromages, des biscottes et de la gelée de fruits qu'elle avait mise au frigo la veille. Vincent se rassasia. « Un homme, ça mange beaucoup plus qu'une femme », songea-t-elle, alors qu'elle n'avait avalé que deux ou trois bouchées du bout des lèvres. Elle était fatiguée, elle avait encore dans le corps sa nuit d'insomnie. Elle aurait bien aimé faire une sieste, mais c'eût été lui avouer qu'elle avait mal dormi, qu'elle ne s'était pas sentie chez elle dans ce lit, oreiller dur, fenêtre grande ouverte. Elle prépara le thé glacé et, se sentant courbaturée sur la chaise longue, elle suggéra la balançoire pour quelques heures. Pour, du bout du pied, bercer des souvenirs. Vincent acquiesça et, pendant qu'elle installait le pichet et les verres, il nourrit les oiseaux du bon Dieu qu'il avait négligés le matin même.

« Comme je vous le disais, nous songions à déménager. Nous n'en pouvions plus de ce troisième étage, de ces escaliers, de l'étroitesse du logement. Marie grandissait et Rémi était de plus en plus mal à l'aise quand, de la cuisine, elle le voyait en sous-vêtements dans notre chambre. Elle détournait la tête, elle était gênée, mais pas autant que lui. Le matin, il sautait dans son pantalon avant de prendre son déjeuner.

En un mot, avec une belle-sœur qui devenait femme, Rémi n'avait guère d'intimité. Même le soir, lorsque Rémi et moi... De la porte voisine, nous savions que Marie entendait. Et ce fichu lit qui craquait ! Le bedeau n'était pas fâché d'apprendre qu'on partait. Il nous aimait bien, mais sa femme... Depuis l'histoire de son Gratien, notre présence l'incommodait. Et c'était vrai que la sœur du bedeau, la veuve déprimée, ne savait plus où aller. Sa maison était vendue, elle était seule, elle désirait se rapprocher. Elle n'attendait que notre départ pour prendre notre logis. Il nous fallait faire vite, car sa maison devait être vide en octobre pour les nouveaux propriétaires. Rémi travaillait fort et son patron l'estimait grandement. Grâce à son savoir-faire, il avait bénéficié d'une autre augmentation de salaire. Nous avions des économies et, avec le bon crédit dont Rémi disposait auprès de la banque, obtenir l'argent pour le dépôt initial n'était qu'une question d'heures. Nous avions cherché pour, finalement, jeter notre dévolu sur un duplex de la rue Berri, près de Crémazie. Un retour dans la paroisse Saint-Alphonse d'Youville. Marie était ravie, c'était le coin de son enfance. Un beau duplex avec un grand sept pièces en bas et un cinq pièces à l'étage supérieur. La locataire du haut, Micheline Morais, une femme de mon âge, allait devenir une très bonne amie. Et son mari, Philippe, un bon copain pour Rémi. Sachant où nous allions, Marie s'était inscrite au couvent Jarry où elle comptait faire son cours commercial. Elle avait été acceptée d'emblée avec ses fortes notes et ses belles manières. Mais l'automne allait nous faire vivre un drame passager qui secoua Marie. Un drame qu'elle mit du temps à oublier. Tout allait trop bien pour que ça dure. Il fallait que le dénommé Jacques arrive dans nos parages pour que notre bonheur change de visage. »

— Un drame avec Marie ? Voilà qui est difficile à imaginer, commenta Vincent.

— Oui, un drame. Passager, peut-être, mais combien pénible pour ma petite sœur.

— On change de page ? On poursuit ? lui demanda Vincent, impatient de connaître ce chapitre qui touchait la chère enfant.

— Oui, je suis prête. Le temps de mettre ma mémoire à l'épreuve...

« Nous avons quitté le logement du bedeau en octobre. Au grand soulagement de sa femme qui ne nous a même pas salués en partant. Fi de la vieille, un autre destin nous attendait et, dans mon cœur, il ne pouvait être pire que celui laissé derrière. Le bedeau nous a serré la main, Rolande, qui était là, a embrassé Marie et, dans la voiture de Rémi, nous avons suivi le camion qui transportait nos meubles. Adieu le vacarme de la rue Saint-Denis, nous allions certes mieux dormir sur la paisible rue Berri. Mais là, à mon grand désespoir, je constatai qu'il y avait un grand ménage à faire. Quand nous l'avions visitée, avec les meubles, les tapis, les cadres et les tentures, la maison semblait propre. Mais, vide de tout, nous étions face à la crasse qui se cachait derrière. Rémi et moi avons travaillé comme des fous. Le lavage des murs, des planchers, la peinture. Nous vivions le jour parmi les gallons de peinture, avec l'odeur de la térébenthine sous le nez, et celle de tous les récurants lorsque venait la nuit. Madame Morais, celle que j'appelai vite Micheline, me donna un bon coup de main pour les grosses tâches. Son mari aidait Rémi avec la peinture et, le soir venu, ils prenaient une bière ensemble pendant que Micheline et moi, nous sirotions une boisson gazeuse. Micheline était charmante, C'était la première fois de ma vie que j'avais une amie. Nous en étions venues à nous tutoyer après deux jours seulement. Comme si nous nous connaissions depuis le commencement des temps. Et l'on se faisait des confidences. Le fait de ne pas avoir d'enfants, par exemple. Pour elle, c'était irréversible, elle avait été opérée. On avait découvert une tumeur à l'utérus et on avait tout enlevé. Et son mari n'avait rien dit, il n'était pas friand des enfants. Ils étaient heureux à deux, la main dans la main, comme Rémi et moi...»

— Vous n'espériez plus être mère, Laurence ?

— Bien sûr que j'espérais. J'ai prié, j'ai souhaité, j'ai espéré jusqu'à en brûler des lampions. Hélas, le ciel ne l'a pas voulu. Mon châtiment, je vous dis !

— Allons, vous n'allez pas recommencer... Passons, oubliez cette remarque.

« Ça faisait trois semaines que nous étions là et, déjà, des garçons courtisaient Marie. Ça me choquait, mais Micheline me disait : "Voyons, Laurence, c'est de son âge. On a eu notre jeunesse, nous aussi." De bons garçons, de beaux garçons, mais comme Marie les ignorait, ils n'ont pas insisté. Sauf un, Jacques Deloir ! Ah ! le petit sacripant ! Tenace, entreprenant, celui-là. Il étudiait dans un collège on ne savait trop où... Un fils unique gâté par ses parents. Il habitait dans le quartier, mais encore là, allez savoir où, c'était à bicyclette qu'il venait rôder chaque soir. Il avait vu Marie une fois, alors qu'elle revenait à pied à la maison, vêtue telle la couventine qu'elle était, et il en était tombé amoureux. Il lui avait parlé, il avait tenté de sortir avec elle, mais elle avait refusé. Il faut croire qu'elle n'avait rien éprouvé pour lui car, lorsque je la questionnais, elle me répondait :

— C'est un gars insistant que je n'aime pas. Il veut qu'on sorte ensemble. Je lui ai dit poliment que ça ne m'intéressait pas, mais il persiste, Laurence. Il est là chaque soir, il m'achète des fleurs que je jette dans une poubelle en passant. Ça me fend le cœur d'agir ainsi, mais je ne l'aime pas. Il est prétentieux, il se croit le plus fin, le plus beau, et moi, je ne lui trouve rien. Il a la tête dure. Il m'a même dit que je finirais par l'aimer, il a tenté de me prendre la main et je lui ai dit, d'un ton poli mais ferme, de ne pas insister. Il pourrait en trouver une autre, je le lui ai dit, mais il m'a répondu que c'était moi qu'il aimait. Je ne sais plus quoi faire, Laurence. Il est toujours là, chaque soir à m'attendre, et je commence à avoir peur de lui...

— Pourquoi ? lui avais-je demandé.

Et c'est avec le cœur gros qu'elle m'avait répondu :

— Parce qu'il me barre la route avec sa bicyclette, qu'il m'empêche de passer... Il a même tenté de m'embrasser de force et je l'ai poussé si fort qu'il est tombé par terre avec sa bicyclette. J'ai couru, il a pédalé derrière moi et il m'a crié : "Veux, veux pas, tu vas être ma blonde, toi !"

Elle semblait contrariée. Bonne comme du bon pain, elle ne voulait pas lui faire de peine, mais je sentais qu'elle le craignait. "Tu veux que j'aille te rejoindre à l'école à la fin de ton cours, demain ?" lui ai-je demandé, et je l'ai sentie soulagée. Ne pouvant trouver les mots, je sentais qu'elle se fiait sur moi pour le remettre à sa place. Et elle n'avait pas tort. Je me rappelle encore de la scène de ce vendredi soir. J'avais dit à Marie : "Je serai au coin de la rue Saint-Laurent et, s'il te suit, c'est là que je vais intervenir. Tu n'auras qu'à te diriger vers moi." Tel que prévu, il était là lorsque Marie sortit du couvent Jarry. Seule, évidemment. Elle avait de la difficulté à se faire des amies. Je la voyais qui marchait vite, je le voyais la suivre, tenter de lui bloquer le chemin avec sa bicyclette. Elle courut, traversa la rue entre les autos, j'ai cru devenir folle. Et lui, l'imbécile, la suivait au même rythme, quitte à se faire passer sur le corps. Marie était presque dans mes bras, il la suivait, m'aperçut, appliqua les freins...

— Marie, arrive ! Que te veut-il, celui-là ?

— C'est le garçon dont je t'ai parlé, Laurence. C'est Jacques Deloir.

— Arrive ici, toi ! lui criai-je d'une voix forte.

Le garçon s'approcha, me regarda, et me demanda effrontément :

— Vous êtes qui, vous ? De quoi vous mêlez-vous ?

— De quoi je me mêle ? Je suis sa sœur, presque sa mère ! Écoute-moi bien, jeune homme, Marie t'a laissé savoir qu'elle n'était pas intéressée à sortir avec toi et ça devrait te suffire. Si tu insistes, si tu la suis encore, je t'avertis, c'est à mon mari que tu auras affaire. De plus, je vais me rendre chez tes parents, les avertir…

— Vous ne savez même pas où j'habite, me répondit-il sans baisser les yeux.

— Je trouverai bien, fais-moi confiance.

— Je ne fais rien de mal, je suis amoureux d'elle, je veux lui prouver…

— Tu n'as rien à lui prouver ! Marie n'est pas amoureuse de toi, elle te l'a dit et ça devrait s'arrêter là ! Quand on a de la fierté, on se retire, on n'insiste pas. Et là, je te préviens, si tu ne lui fous pas la paix, c'est non seulement à mon mari mais à la police que tu auras affaire. Il y a des lois pour protéger les filles contre des gars comme toi !

J'ai senti qu'il avait eu peur, qu'il n'était pas aussi brave qu'il le laissait paraître. Il avait vite flairé que Marie était frêle, vulnérable même, mais il ne connaissait pas sa grande sœur. Mal pris, regardant de tous les côtés, il avait baissé le ton pour que personne ne l'entende :

— Vous n'avez pas besoin de vous emporter comme ça, je ne lui veux aucun mal. Je pensais qu'en persistant elle finirait par comprendre que j'étais sincère…

— Sincère ? En essayant de l'embrasser de force ? En lui barrant le chemin ? C'est comme ça qu'on t'a appris à courtiser les filles, toi ? Et puis, où habites-tu ? Dis-le-moi si tu es un homme…

Il a enfourché sa bicyclette et il a décampé en criant :

— Ça, je n'ai pas à vous le dire ! Je l'aime, c'est tout. Je t'aime, Marie !

Ce garçon n'était pas normal. Quelque chose clochait dans sa tête. Marie en avait peur à s'en réveiller la nuit. Il ne s'est pas montré, mais Marie recevait des fleurs à la maison et, sur le petit carton, c'était écrit : *Je t'aime. Jacques.* La même rengaine pendant des mois. Des bijoux, des bibelots, des parfums, toujours par la poste et avec le même petit mot : *Je t'aime. Jacques.* Marie ne dormait plus. Elle n'osait plus se rendre à ses cours seule et je devais la reconduire tout comme je le faisais lorsqu'elle était à la petite école. Quand ce n'était pas moi, c'était Micheline, ma locataire, qui marchait avec elle. Pourtant, jamais le gars n'était en vue. Rémi a fait le tour de toutes les rues dans le but de le prendre au collet pour le secouer et le suivre jusque chez lui. Marie l'accompagnait, mais pas de Jacques… en vue. L'amoureux transi avait disparu, même si les cadeaux arrivaient régulièrement par la poste, sans adresse de retour, avec les timbres oblitérés de tous les coins de la ville. Peu à peu, les présents diminuèrent et le manège cessa. En décembre, un seul colis. Un collier doré orné d'opales pour Noël avec une carte signée : *Je t'aimerai toujours ! Jacques.* Marie avait repris ses cours de patin et, habile, elle effectuait déjà des numéros solo. De plus, elle se rendait maintenant au couvent Jarry avec une compagne qui avait accepté d'effectuer le parcours avec elle. Une fille du voisinage. Pas une amie tout à fait, mais une bonne camarade de classe.

Un soir de janvier, les élèves du cours de patin offraient un petit spectacle sur la patinoire du parc Jarry. Six jeunes filles dont Marie affrontaient le public pour la première fois. Six filles avec des robes de velours noir ornées d'une lisière de fourrure blanche. Des robes en haut du genou, il va sans dire. Elles avaient toutes un manchon blanc et un bandeau de la même fourrure dans les cheveux. Sans exagérer, c'était Marie qui était la plus belle. Quand elles faisaient le tour de la patinoire, faisant la chaîne, c'était Marie que les gars sifflaient. Elle était la dernière à s'accrocher aux autres, elle fermait le bal, plus adroite, plus rapide que les autres pour le dernier élan. Un joli spectacle quoique court. Dès lors, je savais que Marie serait une grande patineuse. Elle savait d'instinct comment utiliser la glace, elle dansait dans les sillons. Rémi me disait : "Curieux qu'elle aime tant la glace et qu'elle ait si peur de l'eau…" Et il avait raison, puisque Marie n'avait jamais voulu apprendre à nager. Dès qu'elle arrivait sur la plage, elle reculait loin de l'eau, se contentant de jouer dans le sable, cachée sous un parasol. Un pied dans l'eau et elle étouffait. "Curieux", comme disait Rémi, parce que, les deux pieds sur la glace, elle respirait d'aise et taquinait l'eau gelée de sa lame. Spectacle terminé, les filles étaient entrées dans le vestiaire pour se réchauffer. Quelle ne fut pas la surprise de Marie d'apercevoir Jacques Deloir dans l'embrasure de la porte. Sachant que nous l'attendions près de la bande de la patinoire, elle le défia du regard, passa devant lui avec ses patins sur les épaules, ses bottillons dans les pieds. "Marie, je t'aime. Tu es plus belle que jamais. Je t'aime, Marie…" Elle n'avait pas répondu, passant outre, l'ignorant des yeux. Fou d'elle, dédaigné, repoussé, il lui cria de toutes ses forces devant les autres : "Si tu ne veux pas de moi, je vais me tuer, Marie Mousseau ! Je vais me tuer pour toi ! Tu auras ma mort sur la conscience et je ne plaisante pas…" Imaginez ! Un gars de dix-sept ans qui voulait mourir d'amour pour une fille.

Marie nous avait tout raconté et Rémi avait cherché le garçon mais... en vain. Il s'était volatilisé. Il était étudiant, il l'avait dit à Marie, mais où ? Les écoles supérieures étaient nombreuses, puis il y avait les collèges privés. Et encore, avait-il dit la vérité ? Peut-être travaillait-il tout simplement ? À la fin de janvier, Marie reçut une dernière lettre. Une courte missive, sans aveu, sans fioritures, sans déclaration cette fois. C'était écrit : *Marie, je t'avais prévenue. Tu auras ma mort sur la conscience toute ta vie.* Et c'était signé : *Jacques.* Rien de plus. Je sentais que ça l'angoissait, que ça la perturbait, mais lorsqu'elle me vit déchirer la lettre et la jeter à la poubelle, elle se sentit soulagée. Mon geste lui signifiait qu'un tel chantage n'était pas à prendre au sérieux. Et pourtant... »

— Quoi ? la questionna tout bas Vincent qui buvait ses paroles.

Elle se versa un thé glacé, étancha sa soif et murmura :

— Pourtant, il était sérieux. Il l'aimait follement... Mon Dieu ! quelle histoire !

« Deux jours plus tard, nous apprenions qu'un garçon s'était jeté en bas du troisième étage de son école. Ça n'avait pas fait les manchettes, c'était un autre garçon de sa classe qui avait répandu la nouvelle. De bouche à oreille, c'était parvenu jusqu'à Marie qui avait tressailli. "Il a voulu se tuer pour une fille..." avait dit celle qui avait rapporté la nouvelle. Puis, son nom, Jacques Deloir. Marie avait failli s'évanouir. Rémi s'était informé, il était allé aux sources. Le garçon, profitant de la distraction du professeur, avait ouvert la fenêtre et avait plongé dans le vide sous les yeux horrifiés de ses compagnons. Il était tombé sur le toit d'une petite remise couverte de neige, une lourde neige tombée de la veille. Assez pour lui sauver la vie, mais il s'était cassé les deux jambes, s'était fracturé un bras et avait subi un dur coup à la colonne vertébrale. Cependant, il n'avait pas perdu connaissance. Il criait de rage d'être encore en vie et, quand on l'a conduit à l'hôpital en ambulance, il jurait qu'il allait recommencer. Il leur criait qu'il avait fait ça pour… Marie ! Ce fut un choc pour elle. Tout un choc ! Il a fallu faire venir un docteur pour lui administrer un calmant. Rémi s'était rendu chez les parents du garçon et leur avait tout expliqué. Ils ont semblé comprendre, ils n'ont pas désapprouvé Marie. Leur fils avait toujours eu un drôle de comportement. Excessif ! Il n'avait jamais accepté un refus, même de la part de ses parents. Il était temps qu'on le fasse soigner, selon monsieur Deloir. Pendant dix jours, on ne parla que de ça dans le quartier. Certaines commères blâmaient Marie pour le sort du pauvre petit gars. Elle était le sujet de discussion de ses compagnes. Elle ne retourna pas à cette école. Je la gardai à la maison, comptant l'inscrire dans un *Business College*. Peu à peu, l'histoire s'étiola. Les parents de Jacques avaient quitté le quartier pour s'installer ailleurs. Avec leur fils et ses problèmes psychologiques. Marie n'entendit plus parler de celui qui avait voulu mourir pour elle. Plus jamais. Ses traitements avaient sans doute eu un bon effet sur son comportement. Mais le jour de sa fête fut triste en cette année de ses quinze ans. Elle avait mis du temps à se remettre, à oublier, à se sentir moins coupable. C'est grâce à notre amour, à notre tendresse, que notre petite perle a fini par sourire. Une dure épreuve pour une jeune fille qui n'avait rien fait pour provoquer ce fol amour. Un terrible drame en guise d'éclosion de sa vie de femme. Son seul tort était d'être belle. Trop belle avec ses cheveux blonds, ses yeux gris. Trop belle avec cette douceur qui la rendait plus que… trop belle. »

Laurence était à bout de souffle. Plus épuisée que ceux et celles qui célébraient la Saint-Jean depuis la matinée en ce 24 juin 1995. Elle se sentait vidée et, à regarder Vincent, elle aurait pu jurer que l'encrier de l'écrivain n'était qu'à moitié plein. Il l'interrogeait encore du regard, elle s'en aperçut et, à bout de forces après sa nuit d'insomnie, elle lui demanda :

— Vous permettez que je me repose, que je m'allonge sur la chaise longue ?

— Vous ne vous sentez pas bien ? Vous avez peut-être faim...

— Non, Vincent, cette chaleur, ces souvenirs que vous extirpez de moi...

— Est-ce trop, Laurence ? Il faut me le dire... Je ne...

— Non, ça va aller. Un petit repos d'une heure, une sieste, pas plus. Vous savez, c'est la première fois que je me livre deux jours de suite...

— Allons, vous n'avez pas à m'expliquer, Laurence. Je le comprends, c'est là tout un effort. Reposez-vous, détendez-vous, je vais aller fureter dans la maison durant ce temps. Je ne suis pas un ogre, vous savez...

Il avait souri, elle lui avait rendu son sourire. Il avait tiré sa chaise longue sous un érable et là, à l'ombre, elle s'était étendue. Vincent refermait à peine la porte de la maison que Laurence, sans effort, fermait les yeux pour sombrer dans un sommeil plus que profond.

Lorsqu'elle se réveilla deux heures plus tard, Laurence était confuse. Vincent, sur sa chaise longue, à quelques pas de la sienne, griffonnait quelques notes. Elle ouvrit les yeux, le regarda, il lui sourit d'un air tendre. Elle s'excusa d'avoir dormi si longtemps, il lui fit comprendre d'un geste de la main qu'elle n'avait pas à s'excuser ; puis, gentiment, il ajouta d'un ton particulier :

— Je vous regardais dormir, vous étiez si belle dans ce sommeil d'ange.

Elle fut surprise de l'aveu quoique flattée du compliment. Elle ne savait que dire.

— Je ne vous ai même pas entendu approcher votre chaise, lui avoua-t-elle.

— Je l'ai fait sans bruit de peur de vous réveiller. Je ne voulais pas troubler ce sommeil réparateur... Une sieste, c'est bon pour la santé. Et j'ai compris que vous n'aviez guère dormi la nuit dernière, que vous aviez quelques heures à combler...

— C'est vrai, mais vous savez, dans une maison étrangère, le premier soir, on ne ferme pas l'œil facilement. Il faut apprivoiser le décor, l'ambiance... Mais je sens que je dormirai mieux ce soir, que je n'aurai pas à me demander où je suis... Hier, je me sentais perdue. Quand on n'est pas dans ses affaires...

Elle aurait voulu lui dire qu'elle était plus confortable chez elle, qu'elle aurait aimé y retourner pour la nuit, quitte à revenir demain, mais elle ne voulait pas le blesser. Il avait tant fait pour qu'elle se sente à l'aise. Et puis, elle s'était engagée, elle ne pouvait plus reculer devant le scénario si bien préparé. Elle avait accepté et elle se rendrait jusqu'au bout, quitte à ne pas... récidiver. Elle trouverait bien une excuse si une autre invitation de la sorte devait se présenter.

— Vous avez écrit, à ce que je vois... Vous n'arrêtez donc jamais?

— Oh! un premier jet, rien de plus, pour ne pas perdre le fil de l'histoire. Des notes, un synopsis, un plan de travail, quelques pistes de chapitres, rien de plus. Je ne veux rien laisser et je n'aimerais pas avoir à vous demander une seconde fois ce que ma mémoire risque d'oublier. Certains moments vous semblent pénibles à revivre. Je ne voudrais pas y revenir...

— Vous êtes très délicat, Vincent, je l'apprécie, mais si à travers ce récit, vous aviez des questions, il ne faudrait pas hésiter. Ne serait-ce que pour une précision, un ajout, le mot de plus qui permet de comprendre.

— J'ai en effet quelques questions, mais je les garde pour ce soir. De toutes petites questions qui vous concernent. Vous avez parfois tendance à vous oublier dans certains passages où seuls les autres semblent avoir une place...

— Vous trouvez ? Pourtant...

Elle s'était assise, lui avait souri, avait consulté sa montre.

— Il se fait tard, Laurence, c'est presque l'heure du souper.

Nous pourrions arrêter, prendre le temps de manger, clore les volets pour quelques heures.

— Oui, ce serait une bonne idée. Je pourrais même commencer à préparer le souper, répondit-elle en se levant de sa chaise.

— Rien ne presse, vous savez...

— Le temps de trouver, « d'inventer » un plat, comme vous dites. Le temps de fouiller, d'avoir un aperçu pendant que, dans le calme, vous écrirez.

— Comme bon vous semblera, mais je me demande bien par quel miracle vous allez réussir à cuisiner quoi que ce soit. Peu habitué, j'ai à peine acheté...

— Laissez-moi faire, détendez-vous, écrivez, Vincent. Le frigo, les chaudrons, c'est mon affaire.

Il la regardait s'éloigner. Sa démarche était gracieuse. Une gazelle dont les pas piétinaient à peine l'herbe. Il était heureux et ressentait au creux de la poitrine un bien-être et un doux... malaise. Il se sentait revivre... à deux. Cette femme, au tempérament de fer autrefois, lui semblait douce comme une soie dans son hiver de septuagénaire. Quelque chose l'envoûtait, le tenaillait... Vincent Danin n'avait jamais éprouvé une telle harmonie entre sa tête et son cœur et voilà que, soudain... Mais, détournant le regard, il revit le visage de Simone. Ses longs cheveux, sa tresse blanche, son sourire, sa discrétion, son silence. Un léger remords lui traversa le corps. Sa bien-aimée, son égérie, dormait en terre depuis à peine un an. Depuis si peu de temps. Il n'avait pas le droit, ne serait-ce qu'un instant, de l'effacer de sa pensée. Simone, sa chère Simone qui, avec lui, avait tant partagé. Sa tendre Simone qu'il avait parfois négligée pour se donner tout entier à des personnages... de papier. Elle qui en chair vivait, pendant qu'il faisait naître des êtres imaginaires. Elle qui... Non, il n'avait pas le droit de ressentir le moindre émoi. Pas après n'avoir jamais exprimé son bonheur de son vivant à celle qui n'avait été, à son triste regret, que sa dame... de chevet.

— Le souper est prêt. Vous pouvez entrer, Vincent, lui cria Laurence de la fenêtre.

L'homme, plongé dans ses écrits, déposa non sans peine la plume qui valsait sur la page. Puis, ayant regagné la maison, une odeur invitante lui chatouilla les narines. La table était mise, le vase à fleurs au centre, la musique en sourdine. Laurence avait trouvé, parmi les microsillons, celui d'un pianiste du nom de Vladimir Horowitz qui interprétait les œuvres les plus douces de Chopin. Les notes du *Nocturne, opus 9, n° 2*, celles de *La Valse minute*, transperçaient la chaleur, poussées par la brise du ventilateur.

— Comme ça sent bon et quelle jolie musique de fond ! s'exclama l'écrivain.

Avec adresse, Laurence avait confectionné des boulettes de viande hachée qui trempaient dans des tomates taillées en dés, avec des oignons, un peu d'ail et du persil pour en rehausser la saveur. Dans un autre plat, des légumes frais cuits à la vapeur. Des haricots jaunes, des poivrons verts, des pommes de terre grelots, des épinards et un cœur de céleri. Jus de légumes versé, le repas était lourd et léger à la fois. Avec une telle chaleur, elle n'aurait certes rien mangé, mais elle savait que l'homme de lettres avait besoin de retrouver ses forces. Elle avait fait ce qu'elle avait pu avec le peu qu'elle avait trouvé dans le frigo comme dans le garde-manger.

— Peut-être qu'avec un bon petit vin rouge... suggéra-t-il.

— J'y ai pensé, mais il fait si chaud... Du moins, pour moi, renchérit-elle.

— Dans ce cas, oublions-le. Un peu de grenadine avec soda, peut-être ?

— Voilà qui serait mieux, répondit-elle. Avec des glaçons, beaucoup de glaçons, s'il vous plaît.

Ils mangèrent de bon appétit, en tête-à-tête, avec la douce intrusion de Chopin.

— Vous aimeriez sortir ce soir ? Il vous plairait d'être de la fête ? À quelques pas d'ici, dans un parc, il y aura de la musique, un feu d'artifice.

— Vous en avez vraiment envie, Vincent ?

— Peut-être pas, mais vous... Nous pourrions reprendre demain. Voilà qui saurait vous distraire, vous éloigner du passé pour quelques heures.

— Non. C'est très gentil de votre part, mais moi, la foule, les cris... Je préfère le silence, la paix environnante. Et comme le passé se nourrit des minutes présentes...

L'homme de plume était ravi. Loin de lui l'idée d'affronter les garnements, les caisses de bière, les drapeaux, les affrontements. Il n'avait cherché qu'à lui faire plaisir, sachant pourtant qu'elle avait, tout comme lui, horreur du tumulte. Ne se l'étaient-ils pas avoué il n'y avait pas si longtemps ?

Le soir venu, le soleil presque couchant dissimulé derrière un nuage, la chaleur avait fait place au zéphyr. On avait même perçu un courant d'air. Cuisine rangée, plats et ustensiles lavés, il avait invité Laurence dans la balançoire, l'endroit qu'elle préférait. Cette balançoire qu'elle poussait du pied pour qu'un souffle du vent la décoiffe. Et ces grincements de roues qui, à sa joie, camouflaient bien la confidence.

— Vous aviez des questions, disiez-vous ? Pourquoi ne pas reprendre avec cette parenthèse ?

— J'allais vous le proposer. Voilà qui va vous éloigner quelque peu des mauvais moments.

— Bon, je vous écoute, je suis tout ouïe.

— Que faisiez-vous, Laurence ? Je veux dire, quelle était votre vie, à ce moment-là, à part vous occuper de Marie et de songer à ce que devenait Colette ?

— Vous voulez dire notre vie commune, à Rémi et à moi ?

— Pas nécessairement votre vie intime, votre vie de tous les jours, Laurence. Vos goûts, vos loisirs. Vous lisiez ? Vous aviez des passe-temps ? Des idoles, peut-être ? Vous étiez passablement jeune pour ne jouer que ce rôle de mère.

— Oui, je m'acheminais sur mes trente ans, mais comme j'étais mariée depuis l'âge de seize ans... Je lisais, bien sûr. Je lisais des romans, des biographies. C'est d'ailleurs à ce moment-là, Vincent, que j'ai lu votre premier roman, *Mirage*. Vous étiez le premier romancier d'ici que je découvrais. Avant, j'avais lu les romans de Magali, ceux de Paul Féval et ceux d'Émile Zola que je n'aimais pas. Ce qu'il écrivait était brutal, jamais romantique. Je lisais aussi les journaux comme *La Presse*, *La Patrie*... Eva Perón était morte cette année-là à l'âge de trente ans. Après une longue maladie. J'avais presque son âge et ça m'avait touchée même si je n'étais guère favorable à son mari. Quand je voyais une jeune femme qui perdait la vie, j'en frissonnais. Je songeais à ma mère... La télévision venait d'arriver au Canada. Je m'en souviens, tout le monde en parlait. Rémi aurait voulu acheter un appareil, mais c'était trop cher, nous n'en avions pas les moyens. La chanteuse Muriel Millard avait même composé une chanson en l'honneur de cet appareil. Je m'en rappelle encore, ça disait : *La télévision, c'est un cinéma, où l'on peut aller en restant chez soi*. Mais ne me demandez pas de vous la fredonner, vous en auriez les oreilles écorchées, ajouta-t-elle en riant. Moi, j'étais fidèle à ma petite radio. J'écoutais les programmes du soir, les romans-savons du midi, la chansonnette française, les chansons d'ici. Vous vous rappelez ? Estelle Caron, Colette Bonheur, Rolande Desormeaux et son accordéon ? Félix Leclerc, Gérard Paradis... Que de souvenirs, quelles jolies voix que celles de ces artistes-là. Il m'arrivait d'aller au cinéma avec mon amie Micheline. Dans le but de lui faire plaisir, car moi, les films américains... Micheline aimait les comédies musicales, les films légers. Ceux avec Howard Keel, Betty Hutton, Doris Day... Et ceux de Marilyn Monroe, la vedette de l'heure. Elle attendait avec impatience la sortie du dernier film, *How to Marry a Millionaire*, que l'on tournait avec elle. Sans Micheline, je pense que je ne serais pas sortie de ma cuisine. Elle m'emmenait magasiner sur la rue Saint-Hubert. Elle m'aidait à choisir des robes à la Maison Diana. C'est grâce à elle si je suis devenue coquette. Du jour au lendemain, j'étais devenue une femme à la page. Elle m'entraînait dans les défilés de mode, même si nous n'avions pas d'argent pour ces toilettes. Mais j'apprenais, je m'habillais mieux, je me faisais coiffer à la dernière mode. Au grand plaisir de Rémi qui ne dédaignait pas, je le savais, les femmes aguichantes. Mais là, il n'avait d'yeux que pour moi. Et j'étais moins jalouse parce qu'avec ses élans... Vous comprenez ? Je me demande bien comment il aurait pu jeter son dévolu ailleurs.

— Si je comprends bien, la vie intime était comblée... Je veux dire...

— Vincent... n'est-ce pas un peu indiscret ? lui demanda-t-elle en rougissant.

— Heu... oui, sans doute, excusez-moi... Mais comme nous avons beaucoup parlé de votre intimité...

— Oui, je l'avoue, je ne me suis pas retenue... Mais à travers les autres, c'était moins gênant.

— Vous avez raison, n'en parlons plus, pardonnez-moi.

Laurence réfléchit, puis, se ravisant, elle murmura :

— Non, j'aurais tort. Je me suis promis de ne rien omettre, de tout vous dire. Rémi était entreprenant, très entreprenant. Il était très porté sur « la chose », vous... comprenez ? À trente et un ans, un homme est un meilleur amant qu'à vingt ans. Moi, j'étais, comment dire... moins charnelle. Mon rôle de mère avait pris le dessus sur mon rôle de femme. Et puis, après treize ou quatorze ans de mariage, on en vient à se considérer comme un vieux couple. Du moins, dans le temps. J'en étais là dans ma vie avec lui, mais ce n'était guère son cas. On aurait dit qu'il cherchait à rattraper le temps, à m'aimer comme un mari et non comme le père adoptif de mes sœurs. Sans retenue, sans fausse pudeur. Marie n'était plus une enfant, sa chambre était éloignée de la nôtre et, comme je vous le disais, un homme dans la trentaine, c'est plus chaud, plus gourmand, c'est parfois... indécent. D'autant plus qu'avec ma nouvelle allure...

— Que voulez-vous dire ?

— Ce que je veux dire, c'est qu'un homme de trente et un ans, Rémi du moins, ça demande des choses... Des choses qu'on ne fait pas quand on n'a que vingt ans. L'amour du corps, vous comprenez ? Beaucoup plus que du cœur... Il m'a appris des choses, il m'a fait connaître des moments... il était si beau ! J'étais heureuse d'être la femme de sa vie, la seule femme de son lit, mais je me demandais où il avait appris à devenir si bon amant. Lui qui ne lisait pas… Le doute a refait surface, mais pour ne pas le perdre, pour que l'extase ne s'arrête pas et pour que jamais une autre… je me suis tue à ce moment-là. Il me disait que j'étais de plus en plus désirable, que ça le rendait insatiable, et j'ai préféré le croire plutôt que de laisser poindre mes soupçons. D'autant plus que Micheline, mon amie, me répétait sans cesse que son Philippe était pire qu'un poisson mort dans son lit. Oh ! pardonnez-moi, Vincent, je m'égare. Voyez où ça conduit, toutes ces questions. C'est de votre faute, Vincent ! lui lança-t-elle en riant. Vous remuez le passé et moi… je parle, parle, sans même mesurer mes paroles. Ah ! vous ! Ce que vous me faites dire !

Il avait souri pour appuyer son grand éclat de rire. Mais il était pensif, perplexe. Laurence lui avait parlé des hommes de trente ans de l'époque. Son époque ! Elle lui avait presque décrit leurs ébats sexuels, les désirs de Rémi, leurs découvertes et leur… jouissance. Il avait pourtant eu cet âge. Au même moment que Rémi et, pourtant… il ne se rappelait pas avoir été « gourmand » un seul instant. Avec Simone, c'était si peu souvent, c'était de temps en temps, deux ou trois fois l'an. Lorsque son égérie s'appuyait contre lui et qu'il sentait qu'il se devait d'accomplir son devoir de mari. Mais, sans avances de la part de celle qui l'aimait, l'eau aurait certes coulé sous les ponts… Vincent Danin, très égoïstement, n'avait eu de jouissance qu'avec une plume dans la main. Et, dès la cinquantaine, l'appel de la chair était devenu lettre morte. Sans que Vincent ne s'aperçoive que Simone avait peut-être encore envie de ce qui n'avait plus d'importance… pour lui.

Embarrassé par les derniers propos, l'écrivain ne poussa pas plus loin la curiosité. S'évadant du récit, s'éloignant du sujet, il lui désigna un bosquet.

— En mai, cet arbuste se garnit de petites fleurs blanches. Elles sont les premières à éclore et les premières à disparaître. Je ne connais même pas leur identité.

Surprise par ce changement soudain, Laurence lui demanda timidement :

— Vous n'avez plus de questions ? Vous voulez qu'on reprenne le récit ?

Sans un sourire, les yeux sur la rivière, Vincent lui répondit :

— Non, pas même le récit. J'ai la tête trop pleine, je dois tout mettre sur papier... Pas maintenant, bien sûr, mais ce soir, après que vous serez couchée... Parlons du présent, voulez-vous ? Parlez-moi de vous, de vos amis actuels...

— Je n'en ai guère, j'ai des voisines, il y a le cercle de l'âge d'or...

— Et Colette ? Vit-elle encore ? Vous ne m'en avez rien dit.

— Ce serait sauter des étapes, Vincent. Un chapitre à la fois, m'avez-vous dit.

— C'est vrai. Mon Dieu ! que je suis bête ! Heureusement que vous êtes là pour me rappeler à l'ordre, Laurence. Il m'arrive d'avoir de ces absences, de faire des faux pas... Que diriez-vous si nous arrêtions pour ce soir ? Nous avons toute la journée demain. Vous êtes fatiguée, je veux que la soirée soit plus clémente, que vous dormiez mieux cette nuit...

Laurence, fort intriguée, remarqua que c'était lui qui n'en pouvait plus. Peut-être avait-il trop écrit ? « Sans doute épuisé, le pauvre homme », pensa-t-elle. Mais c'était la première fois qu'il appliquait lui-même le frein. Lui, si avide, si avare de répit, sans merci avec elle même lorsqu'elle tombait de fatigue.

— Que diriez-vous d'un peu de musique ? J'ai une prise de courant à l'extérieur. Je pourrais vous offrir le digestif. Quelle détente ce serait après une telle chaleur.

Laurence accepta de bon cœur de se détendre... de se taire. Tout, sauf poursuivre dans les tourments de ses durs souvenirs. Elle savait que, trois jours, ça allait être trop, que le vieil écrivain risquait d'oublier des séquences de l'histoire. Elle parlait tant. Puis, mal à l'aise, elle se sentait de trop. Elle aurait donné n'importe quoi pour se retrouver chez elle. Dans sa chambre, dans son lit. Soulagée des efforts qu'elle faisait pour être à la hauteur de son... égérie. Redevenir elle-même, respirer à l'aise. Vincent avait branché le tourne-disque et, sans voisins à déranger, il avait placé sur la table tournante des arias de *Turandot*. Pour l'éloigner de son « monde » et la rentrer dans son univers à lui. Et pour l'impressionner puisqu'elle ne connaissait pas l'opéra. De *Turandot*, il passa à *La Tosca* et lui déclara : « Un autre chef-d'œuvre de Puccini. » Devinant son jeu, pour le remettre un peu à sa place, elle lui dit : « Ah ! oui, celui qui a composé *La Traviata*. » Fière de son coup, elle se retrouva le caquet bas lorsqu'il la reprit : « Non, Laurence, *La Traviata*, c'est de Verdi, pas de Puccini. » Sans même penser qu'il venait encore une fois de l'offenser.

Elle sirota sa petite crème de menthe avec soda et, lasse de ces chanteurs à voix, elle exprima le désir de rentrer, de se coucher. Lasse de la journée et de la remarque qui l'avait fait se sentir plus bas que la cheville de sa Simone. Il ne la retint pas et la reconduisit jusqu'à la chambre d'invités. Il lui offrit un pichet d'eau fraîche, lui installa un ventilateur et se retira après lui avoir dit : « Dormez bien, reposez-vous, nous aurons du pain sur la planche demain. » Comme si c'était un ordre ! Laurence fut contrariée. Elle se demandait ce qui avait pu le faire changer d'humeur au cours de la soirée. Au point de tenter de l'humilier avec ses connaissances, au point d'enfreindre sa délicatesse habituelle. Puis : « À quoi bon ! Il a son caractère, lui aussi. » Pour ensuite marmonner : « Encore un jour et tu seras dans ta maison, ma vieille. Patience ! »

Dans le vivoir, Vincent couchait sur le papier des mots qui auraient pu s'échapper. À son âge, les neurones ont de ces oublis... Il venait de s'en rendre compte. Que l'essentiel, que le strict nécessaire du récit de Laurence. Juste assez pour s'y retrouver quand viendrait le moment de l'écriture. Puis, il éteignit et regagna sa chambre. Dans son lit, les mains derrière la nuque, il entendait encore les paroles de Laurence sur le sujet le plus intime qui soit. Ce sujet qui, sans le vouloir, l'avait désarmé. Ce sujet dont il était plus ignorant que pouvait l'être Laurence face à l'opéra. Il s'imaginait Rémi, il voyait Laurence sous lui, il en était scandalisé. Lui qui, pourtant, l'avait assurée en avoir vu « d'autres ». Comment avait-elle pu malgré ses instances lui révéler... Pire que scandalisé, il se sentait vaincu. Rémi avait été cet homme que lui n'avait jamais été ? Rémi avait rendu Laurence heureuse sur un oreiller ? Il revoyait Simone, jeune et jolie, robe de nuit de dentelle, affriolante, attirante, et il se revoyait sans désir, sans passion, lui faire l'amour comme pour accomplir son devoir, lui faire un enfant. Lui qui n'en voulait pas. Il revoyait Rémi qu'elle décrivait si beau... Diminué, repentant, il se demandait si la honte venait d'avoir négligé sa femme ou de ne pas avoir été, à l'instar de Rémi, ce qu'on appelait... un mâle !

Chapitre 6

Le lendemain, dimanche ensoleillé, la journée s'annonçait encore plus chaude et plus humide que le samedi de
la Saint-Jean. Levée très tôt, Laurence avait mieux dormi
que la nuit précédente. Le ventilateur l'avait empêchée
de suffoquer et, fatiguée par la longue conversation, elle
s'était endormie malgré l'oreiller dur, inconfortable. Discrètement, elle avait fait sa toilette, s'était habillée et
était descendue à la cuisine sur la pointe des pieds de
peur de réveiller Vincent. Ce dernier avait mal dormi. Il
avait pensé, jonglé... Il avait évalué son passé et s'était
dit : « Il y avait quand même des hommes distingués. Pas
tous de la trempe de ce Rémi Pratte. Qu'ai-je donc à m'en
faire ainsi ? Pour Simone, j'étais à la hauteur... » Mais, ce
qui le dérangeait, c'est qu'il n'aurait jamais pu être pour
Laurence l'homme qu'elle avait connu en Rémi si, à cette
époque... « Comme je suis bête, je la connais à peine,
c'est une vieille dame maintenant et puis, le parcours de

notre vie a été si différent. » Il avait fini par s'endormir et, au réveil, soulagé d'un poids, il ne comprenait pas pourquoi il avait réagi de la sorte. Lui, l'homme instruit, l'écrivain, le philosophe. Avec une attitude d'enfant, une boutade maladroite qui n'avait sûrement pas échappé à Laurence. « Mais, pourquoi ? » Une question qu'il se posait et à laquelle il craignait de répondre.

Il descendit frais et dispos, affichant un large sourire. Laurence avait préparé le café, versé le jus d'orange, battu des œufs pour en faire une omelette. Elle trouva curieux qu'il ne lui parle pas de la veille, qu'il ne s'excuse pas de sa courte saute d'humeur, quitte à en jeter le blâme sur la fatigue. Et, encore plus étonnant, qu'il ne la complimente pas, elle qui avait gardé pour le dimanche sa plus jolie robe d'un blanc perle avec des fleurs brodées aux manches et au collet. Joliment coiffée, du rouge sur les joues et sur les lèvres, elle avait poussé la coquetterie jusqu'à arborer un joli collier de coquillages avec bracelet et boucles d'oreilles se mariant à sa toilette. Vincent l'avait certes constaté, mais il s'était volontairement abstenu de toute remarque. Il ne voulait pas que Laurence le sente… intéressé. Surtout pas après avoir entendu les confidences de la veille, être entré dans l'intimité de son passé, Rémi et ses… merveilles. Non, il allait jouer la carte de l'homme décontracté, celle de l'écrivain face à sa collaboratrice. Il parla de la chaleur, de l'humidité, et suggéra deux chaises et un parasol sur le quai, du thé glacé… Un pied dans l'eau, peut-être ?

C'était pour Laurence la dernière journée. Elle anticipait avec joie le doux retour chez elle, son lit, son balcon, sa radio, sa vaisselle. Son « naturel », quoi ! Non pas qu'elle n'appréciait pas ce bord de l'eau, ce coin champêtre, mais une fin de semaine entière, c'était trop. « Plus jamais… » se disait-elle. L'effort déployé pour être à la hauteur de ce « maître » l'avait angoissée. Trois jours à tenter d'être « l'autre » quand elle aurait voulu être « elle », c'était trop, c'était mal, c'était infernal. Vincent avait beau se complaire de la « bonne franquette », elle sentait qu'au fond, en dépit de la fausse modestie, subsistaient le protocole et les bonnes manières. Vincent Danin, selon elle, vénérait encore le culte du… parchemin. Gentil, affable, il avait dans la voix et les gestes quelque chose de hautain qu'il tentait tant bien que mal de dissimuler. Non, Vincent n'était pas Rémi, elle le savait. Et ce qui la dérangeait davantage, c'est qu'elle sentait qu'elle n'était même pas l'ombre de Simone. Sa Simone, sa grande dame qui avait sans doute visité Paris, Londres et Amsterdam… Et elle, petite bonne femme de la rue Cherrier. Elle avait hâte que se termine le récit, que s'écrive le roman. Elle se sentait si petite, si menue, si fausse, même dans ses plus jolies robes… du catalogue de Sears.

Assis sur le quai, les deux pieds dans l'eau tiède, Vincent la regardait, attendant qu'elle ouvre à nouveau le livre d'images. Elle, plus discrète, presque solennelle, avait préféré la chaise longue, l'ombrelle, les pieds dans ses jolies sandales blanches. Si tôt, si chaud, et elle en avait tant à dire…

« Le jour des seize ans de Marie, en février 1953, Rémi et moi avions organisé une fête pour souligner l'événement. Un joli buffet, du vin, un gâteau moka orné de seize chandelles ; elle était si ravie qu'elle m'avait sauté au cou pour me remercier. Nous lui avions acheté un parfum et une broche en nacre de perle en forme de patin. Nous avions invité quatre de ses collègues de la troupe, trois filles et un garçon. La veille, ils avaient offert, sur la glace d'une patinoire de l'est de la ville, un spectacle abrégé de *La Belle au bois dormant*, dont Marie avait obtenu le rôle-titre. Je la revois encore dans les bras de son prince, son front ceint d'un diadème, dans la grande finale où elle offrait une arabesque. On les avait applaudis à tout rompre. Elle était si belle, elle avait de si jolies jambes sous le filet transparent de sa robe blanche. Pour sa fête, nous avions aussi convié Micheline et son mari qui lui avaient offert des roses. Un très joli bouquet qui coûtait passablement cher en février. Marie était heureuse, Marie était joyeuse. C'était la première fois qu'elle buvait du vin et ça l'avait rendue rieuse. Il y avait de la musique, les valses chantées par Mathé Altéry, la musique de Tchaïkovski, celle de Schubert. Car Marie adorait la musique classique. Même si Rémi aurait préféré danser sur des rythmes plus fous, plus endiablés. Il aimait la samba, le tango, les *slows*... Mais il m'a fait valser sur *Le Danube bleu* et les jeunes en étaient charmés. Rémi dansait si bien... Je sentais que Micheline aurait vendu son âme au diable pour une valse dans ses bras. Son Philippe ne pouvait mettre un pied devant l'autre sans la faire trébucher. Mais Rémi ne dansait qu'avec moi, aucune autre.

Marie n'était plus une enfant, c'était plus qu'évident. Un corps de femme, des courbes parfaites, des jambes magnifiques, un buste de déesse. Juste assez et pas trop, vous comprenez ? Pas la poitrine de Colette, mais plus... que moi. Ah ! la chère petite ! Décidément, c'était à elle que la nature avait tout donné. La beauté et la perfection, le charme et la distinction. Mais je n'en étais pas jalouse. L'ayant élevée comme une mère, j'en étais fière. Je l'admirais comme si je l'avais enfantée. Elle a été pour moi l'enfant que le ciel m'a refusé... »

Laurence avait arrêté son discours. Une larme perlait sur sa joue.

— Pardonnez-moi, Vincent, mais comme elle n'est plus là, il y a de ces images qui se bousculent dans ma tête... Vous parler d'elle n'est pas facile pour moi.

— Je le sais, je le sens, prenez votre temps, vivez vos émois... lui répondit-il.

Elle se moucha, essuya ses yeux et reprit, le regard levé vers le ciel bleu...

« Et, comme je vous l'ai dit, Marie était inscrite dans un *Business College*. Elle comptait terminer ses études avant l'été et se trouver un emploi par la suite. Douée, elle avait appris l'anglais en quelques mois. Elle connaissait la dactylographie tout comme la sténographie. On n'avait jamais vu une élève de cet acabit, ses professeurs me l'avaient dit. J'aurais voulu lui payer de hautes études, mais retirée de l'école supérieure... De toute façon, Marie n'y tenait pas. Elle avait hâte de travailler, de verser une pension, de ne plus avoir à quémander pour s'habiller. Elle voulait voler de ses propres ailes, payer ses dépenses, ne plus dépendre de nous – ce qui était normal. Elle voulait être secrétaire, gagner un bon salaire, se marier un jour, avoir des enfants. Très terre à terre, elle n'était pas exigeante, la petite dernière. Elle voulait trouver un mari comme Rémi... Elle adorait mon mari, elle l'aimait comme un père et lui, de son côté, le lui rendait bien. Il la comblait, la choyait, comme il l'aurait fait pour sa propre fille si j'avais pu la lui donner. Hélas... C'est Marie qui bénéficiait de sa tendresse, de ses largesses. Il s'était même privé d'un complet pour que la petite ait une robe de patin neuve. De velours rouge avec des cygnes d'argent brodés. Il voulait qu'elle soit la plus belle, qu'elle décroche les premiers rôles. Il la voulait plus somptueuse que Sonja Henie, l'idole de Marie. Et, pour ce faire, il y mettait le prix.

Au début de mars de la même année, Marie donnait son premier spectacle solo sur une patinoire de Sainte-Thérèse-de-Blainville. Une espèce de petit carnaval ou de festival, je ne m'en souviens guère, mais les bords de la patinoire étaient bondés de gens. Des résidants de la paroisse, monsieur le maire et sa dame, et d'autres, comme nous, venus d'un peu partout. Ce n'était pas chaud, je m'en rappelle, en plein air, le soleil couché. Dans le bulletin paroissial, on avait cité l'événement et, juste en bas de la page, on pouvait lire : *Artiste invitée – MARIE MOUSSEAU – Patineuse de fantaisie*. C'était la première fois qu'on imprimait son nom comme celui d'une grande artiste. Elle en était si fière. C'était son professeur qui l'avait recommandée aux responsables du comité. Pour un cachet de dix dollars, vous vous imaginez ? Ce qui était peu et beaucoup à la fois. Pour Marie, surtout, qui aurait patiné sans qu'on lui verse un sou. Le don de soi. Sans récompense. Avec la seule joie d'être sur glace la réplique de Sonja Henie. Le professeur voulait la pousser dans les compétitions, mais Marie s'y objectait. Elle ne désirait pas devenir une championne. Tout ce qu'elle voulait, c'était être une reine de la glace. Tout comme son idole dont elle avait vu quelques films. À d'autres les médailles. Marie ne voulait être que patineuse. Une patineuse de fantaisie, gracieuse, applaudie, réussissant toutes ses figures de style. Nous étions là, Rémi et moi, Micheline et son Philippe aussi. On avait allumé les projecteurs. Des bleus, des rouges, des jaunes qui, tour à tour, semblaient faire bouger la glace dans les tons d'un arc-en-ciel. Et Marie apparut plus belle, plus féerique que jamais dans sa robe de velours rouge aux cygnes d'argent. Elle avait, dans ses cheveux relevés en chignon, deux cygnes, comme ceux de sa robe, qu'elle avait confectionnés elle-même la veille. Elle était splendide, les bras en l'air, les chevilles croisées, dans ses patins immaculés. Quel port de reine ! À sa vue, les garçons sifflaient. Il faisait froid, mais Marie, sur la glace, avait chaud comme dans son cœur. Ses amis de la troupe étaient venus l'encourager. Dès qu'elle était apparue, les bras élevés en guise d'introduction, un projecteur braqué sur elle, Jocelyn, le seul garçon de la troupe, m'avait dit : "D'ici deux ans, Marie sera professionnelle, madame Pratte. Elle ira loin, je le sens !" Et cette prédiction m'avait plus inquiétée que ravie. Je voulais bien qu'elle s'amuse, qu'elle offre des spectacles, mais de là à la perdre... La voir s'éloigner un jour me fendait le cœur. Marie avait choisi comme musique d'accompagnement *La Valse de l'empereur* chantée par Mathé Altéry. Et, dès les premières notes, elle s'était élancée sur cette glace qu'elle maîtrisait si bien. Même si l'on pouvait voir quelques bosses par-ci, par-là. Marie les contournait si bien qu'on aurait pu jurer qu'elle patinait sur un miroir. Sur un seul pied, dans un adage avec arabesque, elle traçait le chiffre huit sur la glace. Puis, un dégagé, un tour piqué, une boucle simple, elle revenait dans un élan pour pivoter sur elle-même. Si bien qu'on aurait pu jurer qu'une tornade sortait du centre de la glace. Un dégagé derrière croisé, un cambré, un piqué arabesque tout en prenant son pied dans sa main, mon Dieu qu'elle était superbe ! Une pirouette, un grand écart et, pour terminer, penchée, elle virevoltait telle une toupie. Pardonnez-moi, je ne me souviens pas de tous les termes, mais je la revois encore dans sa gracieuse révérence sur la dernière note de la valse. Les gars sifflaient de plus belle, les gens applaudissaient, ils en voulaient encore, mais Marie avait terminé sa performance. Au sortir du vestiaire, les garçons la courtisaient, les gens la félicitaient. On avait même pris une photo d'elle pour la faire paraître dans le journal de l'école du quartier. Humble mais contente d'elle, elle se jeta dans mes bras en me disant : "J'ai réussi, Laurence, j'ai enfin patiné seule. J'étais gênée, mais avec les lumières, je ne voyais personne. As-tu aimé la musique ? J'avais l'impression de patiner sur un nuage." Jamais je n'avais vu Marie aussi heureuse. Rémi était emballé. Si fier que je l'entendis dire à une dame : "C'est ma fille, vous savez !" Un pieux mensonge que le bon Dieu a dû lui pardonner. Et il n'avait pas tout à fait tort, il l'avait élevée avec moi, la chère petite perle.

Deux semaines plus tard, elle donnait un autre spectacle, sur une patinoire de Saint-Jérôme, cette fois. Après quelques figures en solo, elle était revenue sur la glace avec le patineur de la troupe dans un court extrait de *Roméo et Juliette*. Elle était ravissante dans sa robe rose recouverte de tulle blanc. Ses longs cheveux tombaient sur ses épaules et volaient au vent dans une arabesque soutenue par son partenaire. Les garçons avaient sifflé encore une fois, faisant fi de Jocelyn, le Roméo de la fresque classique. Et, lorsque ce dernier termina son numéro solo, les gars le huèrent. Ils réclamaient Marie à grands cris. Elle avait été très peinée de retrouver au vestiaire son partenaire en larmes. Ah, les voyous! Il faut dire qu'à cette époque, les patineurs masculins étaient peu nombreux et qu'ils ne recueillaient guère la faveur du public. Les quolibets fusaient... vous comprenez? Surtout s'il s'agissait d'un patineur de fantaisie. De nos jours, on les acclame mais, dans les années cinquante, c'était pour eux le drame.

Avant la fonte des neiges, sur la dernière glace résistante, Marie avait offert un superbe spectacle sur une patinoire de l'ouest de la ville. Dans un quartier anglophone, cette fois. Le même numéro avec Mathé Altéry en sourdine, mais cette fois, elle y avait mis tout son cœur. Malheureusement, dans une fente de la glace, sa lame se coinça et elle se retrouva par terre, se tordant de douleur. Elle s'était foulé la cheville et on dut la conduire à l'hôpital où on lui appliqua de la glace et un pansement très serré. Le temps allait faire son œuvre, disait-on. Elle avait tellement pleuré. Pas de la douleur au pied, mais de n'avoir pu terminer en beauté. Car Marie, dans tout ce qu'elle faisait, était perfectionniste. On avait beau lui dire que c'était la glace, que ce n'était pas de sa faute, elle s'en voulait encore de ne pas avoir vu la fente et de ne pas l'avoir évitée. Pauvre petite ! Pendant deux jours, elle fut inconsolable. Fort heureusement, c'était là son dernier spectacle de l'hiver. On sentait que, déjà, le printemps voulait prendre sa place. Quelques jours plus tard, en réunion avec son professeur de patin et ses collègues, quelle ne fut pas sa surprise quand le professeur lui remit une lettre de la part d'un Américain, un recruteur pour la troupe des *Ice Follies*. Il l'avait vue à l'œuvre et, malgré sa chute, il avait été emballé par sa grâce, sa beauté et son potentiel. Elle était folle de joie lorsqu'elle me remit la lettre qui la convoquait à une audition deux jours plus tard dans le Vermont. L'homme comptait sur sa présence et souhaitait, du même coup, rencontrer ses parents. Il lui disait presque que c'était gagné d'avance, mais qu'elle se devait d'être là pour le jour de la sélection. Et, je m'en repens encore, je m'en repentirai toujours, Marie ne s'y est pas présentée. »

— Que voulez-vous dire, Laurence ? Pourquoi ? de s'enquérir Vincent.

— Je l'en ai empêchée !

Laurence faisait des efforts pour retenir ses larmes. Vincent la laissa se décontracter et, avide de connaître la suite, il espérait de tout cœur qu'elle reprenne là où elle avait posé le signet.

« Je la revois encore, la tête penchée, le chagrin dans les yeux, lorsque je lui ai dit :

— Tu n'y penses pas, Marie ? Les États-Unis, les déplacements, les tournées. Tu n'as que seize ans ! Et tes études ? L'emploi dont tu rêvais ?

Elle avait murmuré :

— Oui, je sais, mais je peux gagner beaucoup d'argent, me faire connaître...

Rémi avait osé mettre son nez dans la discussion en me disant :

— Voyons, Laurence, la petite, c'est sa vie. Et une chance comme celle-là...

Je l'avais foudroyé du regard et j'avais répliqué :

— Toi, Rémi Pratte, ne te mêle pas de ça ! Ma petite sœur, ça me regarde !

Puis, j'avais pris Marie à part et, d'un ton douce-reux, je lui avais parlé.

— Tu sais, Marie, le patin, c'est de courte durée. Une carrière dans les *Ice Follies*, ça ne dure pas longtemps. À vingt-cinq ans, les patineuses sont usées, mises au rancart...

— Mais je n'ai que seize ans, Laurence ! J'ai bien des années pour en profiter.

— Non, tu te trompes. Il y en a qui sont remer-ciées bien avant. Après deux ou trois ans, parfois. Dès qu'une autre plus jeune et plus jolie signe un contrat. À ce moment-là, les anciennes vedettes deviennent de la garniture. On les utilise pour les tours de piste, pour encadrer la nouvelle reine, plus jeune, plus fraîche...

Et, comme Marie supportait mal le rejet, je poursuivis :

— Que vas-tu faire après ? Te trouver un emploi ou bien te marier ? Faire partie des oubliées, des rejetées de la glace ? Si tu savais comme ça peut faire mal. Elles ne deviennent pas toutes des Sonja Henie, les patineuses. Il y en a qui, comme toi, ont rêvé, pour se retrouver à vingt-deux ans vendeuses dans un *Laura Secord*.

Je semblais parler en connaissance de cause, alors que je n'y connaissais rien. J'inventais, j'en mettais... J'étais si éloquente que Marie avait fini par avoir peur, par craindre ce triste sort. Elle était influençable, je le savais. Et, mon Dieu ! que j'en profitais !

— Et puis, tu risques de t'ennuyer de nous, de te sentir si loin... Et moi, Marie, sans toi, sans ta présence, que vais-je devenir ? Je me vois déjà pleurant chaque soir, inquiète, me demandant où tu peux être. Ça risquerait de me rendre malade...

Je venais de prononcer le mot qu'il fallait. Marie m'aimait comme sa propre mère. Pour rien au monde, elle n'aurait voulu que je sois malade. Elle s'en faisait même pour une simple migraine et, à songer qu'elle pourrait en être responsable... J'avais baissé la tête comme une madone en peine. Je l'ai sentie émue, je l'ai vue s'approcher. M'encerclant de ses deux bras, elle m'avait dit :

— Tu as raison, Laurence. Je m'ennuierais de toi et c'est si loin, les États-Unis. Oublions ça, ne t'en fais pas, je vais rester ici, étudier, me trouver un emploi. Je ne te quitterai pas, je ne le pourrais pas. N'y allons pas, Laurence, déchire la lettre.

Plus coupable que le diable, je lui murmurai pour me faire pardonner :

— Il y a tellement de patinoires ici et puis ça te donne de petits cachets. Il y a aussi des patinoires en Ontario, au Nouveau-Brunswick, pas loin. De beaux petits voyages que l'on fera ensemble...

Je l'avais convaincue. D'autant plus qu'elle voyait venir le printemps, l'été. Et puis, avec cette foulure, elle allait accrocher ses patins jusqu'à l'année suivante. Mais ce que je ne savais pas, ce dont je ne me doutais pas, c'était que Marie allait accrocher ses patins à tout jamais. Elle s'était inclinée, elle n'avait pas insisté, mais avec mes noires pensées sur le sujet, je venais de lui faire perdre tout intérêt. Elle ne le savait certes pas ce jour-là, mais le temps allait se charger de la faire décrocher de sa passion. Non pas à cause de la foulure, mais à cause du coup dur qu'elle venait d'encaisser telle une déchirure. Car, sans défis, sans sommet à atteindre, le rêve s'estompait, elle s'éveillait et elle... abandonnait.

Ce même soir, Rémi et moi avions eu une violente querelle pendant que Marie, la cheville bandée, était allée chez Jocelyn qui l'avait invitée.

— Tu n'as pas le droit de lui refuser ça, Laurence ! Tu n'as pas le droit de décider de son avenir pour elle ! Marie est une artiste, une patineuse professionnelle. C'est écœurant ce que tu as fait là ! Tu lui fais rater sa plus belle chance. Tu ne penses qu'à toi, Laurence, pas à elle ! Je l'ai élevée, cette enfant-là, je crois en elle, j'ai mon mot à dire...

— C'est ma sœur, Rémi, pas la tienne !

— C'est presque ma fille, sacrement !

Pour une fois, son blasphème ne m'avait pas fait broncher. J'ai répliqué vivement :

— Presque, Rémi, pas tout à fait. Mais elle est ma sœur, nous sommes du même sang... Et puis, tu n'as pas à t'en mêler, Marie a très bien compris, elle !

— Compris ? Je t'écoutais, tu sais. C'est du chantage que tu as fait ! Tu as joué à la mère avec elle, tu t'es servi de tes faux sentiments pour l'émouvoir. Tu sais qu'elle est sensible et tu en as profité. Tu l'as manipulée, la petite ! Elle allait réaliser son plus beau rêve, elle flottait sur un nuage, et toi, tu l'as crevé ! Tu es égoïste, Laurence ! Et parce que tu l'as élevée, tu te crois tout permis. Moi, je l'ai toujours encouragée, je lui payais ses robes de spectacle, j'espérais ce jour depuis longtemps et le jour est arrivé. Tu vas le regretter, Laurence, tu vas t'en repentir toute ta vie ! Tu l'as convaincue avec des histoires, des menteries à part ça. Que ça te plaise ou non, c'est écœurant, ce que tu as fait là ! Une si belle chance et... j'aime mieux ne pas parler, je risquerais de m'emporter.

— C'est ça, ferme-la ! Et ne doute plus jamais de mon jugement, Rémi Pratte. Tu l'aimes, la petite, tu l'admires, moi aussi. Mais je la protège, moi ! Qui te dit que ce gars-là n'est pas un faux jeton ? Qui te prouve que c'est vrai, son affaire ? C'est peut-être le genre à petites filles aux belles jambes...

— On aurait pu le savoir, nous serions allés avec elle !

— On ne peut rien savoir à première vue. C'est peut-être un beau parleur... Et puis, laisse-moi faire, laisse-moi m'arranger avec elle. Elle a compris, je te dis. Elle est moins bornée que toi, elle ! Et moi, je vois plus clair que toi, Rémi !

Insulté, rouge de colère, il avait claqué la porte de la chambre en criant :

— Va donc au diable, Laurence ! Fais donc ce que tu voudras ! Tu t'en repentiras !

Quelques jours plus tard, le professeur avait dit à Marie que le recruteur avait été très déçu qu'elle ne soit pas à l'audition. Il ne comprenait pas. Elle avait tant de talent. Le professeur était également déçu, mais il n'insista pas. Les *Ice Follies* avaient maintenant toutes leurs recrues. Marie Mousseau ne ferait jamais partie des spectacles éblouissants que l'on voyait chaque année au Forum quand la troupe se produisait ici. Elle était rentrée les yeux rougis. Je sentais qu'elle avait pleuré, mais je n'avais rien osé lui demander. C'est à Rémi qu'elle s'était confiée, qu'elle avait raconté le triste dénouement de son mirage. Le soir venu, dans notre chambre, mon mari m'avait dit :

— Tu t'étais trompée, Laurence, le gars était un officiel des *Ice Follies*. Le professeur de Marie le connaissait. Si t'avais pris la peine de te renseigner...

J'étais restée de marbre, honteuse, penaude, mais altière face à lui.

— Qu'importe, n'en parlons plus ! Marie doit terminer son *Business College*.

— Ben oui, pour être ensuite une bonne petite secrétaire.

Face à son arrogance, à son sarcasme, je lui avais répondu maladroitement :

— Oui, et c'est plus honorable que d'avoir toujours les cuisses à l'air ! Tiens ! C'est peut-être ça qui te plaît dans le patinage, Rémi Pratte ?

Il fallait que je sois mal prise pour lui sortir une réplique comme celle-là. Il n'a pas bronché, il a secoué la tête, puis il est sorti en murmurant : "Peine perdue avec toi. Tu comprends ni du cul ni de la tête." Ça m'avait blessée, je l'avais trouvé grossier, mais je ne trouvais plus de tranchée pour avoir le dernier mot. Ce qui m'inquiétait, c'était que Rémi rouspétait de plus en plus souvent, qu'il était moins soumis qu'avant. Comme s'il en avait assez de se faire damer le pion. J'avais beau me dire : "Je vais finir par le perdre", mais avec ma tête de cochon… Et, ce qui me fait encore mal quand j'y pense, c'est que, quelques années plus tard, Marie n'allait plus être là. Si j'avais su, si j'avais seulement pensé que la mort… Oh, mon Dieu ! excusez-moi, Vincent, j'en ai encore des frissons. Si j'avais su, je ne l'aurais pas empêchée. Je me suis mise sur son chemin pour lui en désigner un autre plus… »

Laurence avait éclaté en sanglots à la grande surprise de l'écrivain, qui ne savait plus que dire. Sorti de sa torpeur, il lui murmura non sans peine :

— Le destin de chacun est tracé d'avance. Vous n'y êtes pour rien, Laurence.

— Non, c'est faux ! répliqua-t-elle. Sans mon intervention, Marie serait partie, elle aurait pris un autre tournant, elle serait peut-être encore en vie…

Laurence pleurait de plus belle et Vincent la pria de se détendre, de retrouver son calme, de ne pas se culpabiliser. De ne pas se laisser aller à de telles émotions.

— Vous croyez que je peux vous raconter tout ça sans broncher ? Vous me replongez dans mes plus noires années, vous ravivez des souvenirs pénibles…

— Je vous comprends, Laurence, j'en suis navré, mais les peines comme les joies font partie des récits. Je sais que ce n'est pas facile, mais...

— Oui, je sais, et vous n'y êtes pour rien, excusez-moi. J'ai accepté de plein gré de vous livrer les pages de mon passé, vous ne m'y avez pas forcée. Je vais me rendre jusqu'au bout, quitte à prendre un temps d'arrêt de temps en temps. J'ai beau être forte, j'ai beau avoir été dure, j'ai quand même le cœur sensible. Et plus tendre en vieillissant, puisque c'est maintenant que je verse toutes les larmes. J'ai certes pleuré jadis, mais j'avais une telle fierté que je le faisais en silence. Seule, à l'insu de Rémi, pour qu'il ne prenne pas le dessus. Pour garder l'autorité, pour le tenir par la ganse. C'est lorsqu'il sortait que je pleurais sur mes malveillances.

Vincent, qui avait pris la chaise inoccupée sur le quai, lui demanda :

— Vous aimeriez faire une pause ? Peut-être qu'une petite sieste...

— Non, pas avec cette chaleur accablante. Servez-moi un peu de thé glacé, vous voulez bien ? Je ne veux pas clore cet entretien, je ne veux pas perdre le fil...

Vincent lui servit à boire et, d'un geste affectueux, lui effleura la main. Un geste qui l'avait surprise, embarrassée même, puisqu'elle l'avait vite portée à son cou comme si une mouche la chatouillait. Puis, sans le regarder, elle reprit la parole en fixant le quai.

« Rémi avait fait l'acquisition de notre premier téléviseur. Pour faire oublier à Marie sa déception, son malheur. Moi, je ne regardais guère ce petit écran en noir et blanc, mais lui, il avait les yeux rivés dessus à longueur de soirée. Des sports, des quiz, n'importe quoi. Et je sentais que Marie comblait sa solitude avec les films qu'on nous présentait. Elle aimait les longs métrages français, les histoires d'amour surtout. Elle était si sentimentale qu'elle collectionnait les photos où le rêve devenait réalité. Comme celles de Grace Kelly lorsqu'elle s'était fiancée au prince Rainier. Pour elle, cette actrice, c'était comme Cendrillon qui venait de chausser la pantoufle de vair. Alors, imaginez ce qu'elle a pu découper lorsque la princesse Élisabeth est devenue reine d'Angleterre. Elle avait vu son couronnement à la télévision, mais les photos dans les journaux et les revues, c'était plus important. Elle avait dépensé une petite fortune pour ne pas en rater une. Inutile de vous dire que son album était rempli. Quelle joie pour elle de le faire voir à son Jocelyn. »

— Jocelyn ? Le patineur ?

— Oui, j'y arrive. Une drôle d'histoire que celle-là.

« Jocelyn... Heu... je ne me souviens plus de son nom de famille, était devenu assidu auprès de Marie. Grand, les cheveux bruns, le visage parfait, il était beau et gentil, mais... De jour en jour, il a fini par devenir le petit ami de Marie. Son premier cavalier, son premier *chum*, comme on dit maintenant. Il venait souvent à la maison, il était affable, distingué, serviable. Si bien que Marie en tomba amoureuse. Il était sans doute, à ses yeux, le prince charmant de ses films romanesques. Ils se promenaient main dans la main, c'était ravissant. Il avait dix-huit ans, il était galant, mais je me demandais s'il l'aimait vraiment ou si sa cour soutenue n'était qu'un jeu. Je n'osais pas en parler à Marie, mais je ne les avais jamais surpris en train d'échanger un baiser. On a beau être discret, bien élevé, quand on aime... Il avait pour idole l'actrice Dorothy Lamour. Il collectionnait toutes ses photos, il avait vu tous ses films. Je le revois, sur le divan, en train de les montrer à mon mari en prônant sa beauté. Et pourtant, elle n'avait rien à faire pâmer un homme, son actrice. Rémi, sans le dire, était plutôt porté sur Marilyn Monroe et Brigitte Bardot. Sans le manifester, bien sûr, à cause de ma jalousie, mais quand la Monroe se trémoussait dans une robe moulante, je sentais monter l'adrénaline... vous comprenez ? Je ne m'emportais pas, je n'allais tout de même pas lui faire une scène pour une vedette de cinéma. Mais ce qui me laissait perplexe, c'était de voir que Jocelyn s'assoyait plus souvent à côté de Rémi que de Marie. Si près que son genou frôlait parfois le sien. Il prenait toujours place au milieu, entre lui et Marie, mais plus rapproché... de lui. Je n'étais quand même pas folle, j'étais sur le fauteuil d'en face et j'observais le manège. Et chaque fois qu'il venait à la maison et que Rémi était là, je voyais son sourire, ses grands yeux qui s'écarquillaient. Pas folle, pas encore sûre mais presque, et muette. Pour ne pas briser un rêve. Pour ne pas peiner Marie qui semblait l'aimer sincèrement. L'été, lorsque Rémi bricolait dans le hangar, le torse nu, Jocelyn lui offrait son aide. Lui qui ne savait même pas planter un clou. Lui qui avait toujours eu les mains gantées de blanc pour ses spectacles de fantaisie. Rémi n'était pas sot, il l'avait vu venir, le petit. Au point qu'un soir, dans notre chambre, il m'avait dit :

— Je ne sais pas, Laurence, je ne pourrais pas le jurer, mais je pense qu'il ne fera pas des enfants forts, celui-là.

J'avais souri et je lui avais répondu :

— Oui, j'ai cru remarquer, mais ce n'est sûrement pas moi qui vais le dire à Marie. Elle l'aime bien, son Jocelyn, et semer le doute, je n'y tiens pas. Elle a eu assez de peine cette année. Elle n'est quand même pas aveugle, elle va finir par s'en apercevoir si c'est le cas.

— Tu as raison, elle est assez intelligente pour ça. Mais ça me choque de penser qu'il pourrait lui faire perdre son temps...

— Bah... elle n'a que seize ans, c'est encore une enfant. Avec lui, elle a recommencé à sourire, il ne faudrait pas gâcher ça. Et puis, ils sont bien loin du mariage, ces deux-là.

— Oui, mais n'empêche que ça me gêne quand il me frôle, quand il me dévisage.

Riant de bon cœur, j'avais répliqué :

— Prends-le comme un compliment. Ça prouve que tu es encore pas mal avec tes trente-deux ans !

Offensé par le sarcasme, outré d'être la cible d'un jeune garçon, il avait riposté :

— Tu trouves ça drôle ? Rirais-tu autant si c'était une fille qui se pâmait devant le poil que j'ai en dessous des bras ?

Je le pris par le cou, je l'embrassai, je lui passai la main sur les aisselles, et je lui murmurai :

— Non, parce que ces petites touffes, tout comme celle que tu as sur l'estomac, elles ne sont qu'à moi, mon homme.

Oh ! avant que j'oublie, laissez-moi vous raconter une anecdote savoureuse concernant Rémi. C'était un an ou deux plus tard, je ne m'en souviens plus exacement, Édith Piaf était en vedette dans une revue au théâtre Her Majesty's et nous nous étions promis d'aller la voir. C'était Marie qui en avait exprimé le désir et, un jeune voisin avec les mêmes penchants que Jocelyn, nous avait suppliés de l'emmener avec nous. Pour Rémi, Édith Piaf était loin d'être son genre. Mais pour faire plaisir à Marie, il avait accepté de bonne grâce de nous suivre. Moi, je l'aimais bien la petite môme, du moins dans ses chansons tristes et lancinantes. Ce fut une belle soirée que nous avions terminée dans un restaurant. Le voisin était emballé, la môme Piaf l'avait subjugué. On aurait dit qu'il avait un penchant pour les femmes pas trop belles, les femmes spéciales comme Joan Crawford, les femmes qui semblaient plaire à certains hommes sans être affriolantes. Et pourtant, avec Marie à ses côtés... Elle était si belle ce soir-là avec sa robe de mousseline verte, sa crino-line, ses talons hauts, sa taille de guêpe, ses longs cheveux dorés sur les épaules. Tous les garçons la reluquaient et c'était avec ce jeune homme assez quelconque qu'elle se trouvait. Sans qu'il ne s'aperçoive de l'effet qu'elle provoquait chez les autres. Or, au restaurant, après le spectacle, nous échangions nos impressions et je vantais le charme de Jacques Pills, le mari de la Piaf, qui l'avait accompagnée à Montréal. Marie trouvait, tout comme moi, qu'il était séduisant, mais le jeune voisin dont j'ai oublié le nom n'était pas du même avis. Empressé, sans peser ses mots, il nous avait dit : "Pas mal, son mari, mais pas aussi beau que Rémi." Puis, conscient de son audace, il avait regardé Rémi et lui avait ajouté : "Je ne veux pas vous vanter, mais si la Piaf vous avait vu, je suis certain qu'elle aurait oublié Jacques Pills." Mon mari était très mal à l'aise. Le compliment était, cette fois, trop évident. Surtout de la part d'un garçon de 17 ou 18 ans qui n'avait pas omis, avant de partir pour le théâtre, de lui dire qu'il sentait bon, que son pantalon avait une belle coupe, que sa cravate était de bon goût. Ce qui n'avait pas échappé à Marie. Et quand il avait fait rougir mon mari avec ce trop grand compliment au restaurant, j'avais senti que ma petite sœur avait compris qu'il était du même acabit que... Jocelyn. Elle m'avait regardé et elle avait baissé les yeux pour éviter d'en sourire. Et j'avais réussi à réparer la bévue en disant au jeune homme : "Peut-être bien, mais ce n'est pas la Piaf ni une autre qui va m'enlever mon Rémi !" Pour m'appuyer, pour nous faire rire, mon mari avait répliqué : "Jalouse, ma femme ? T'en fais pas. C'est pas mon genre, la petite bonne femme !" Quoique le compliment du jeune lui avait fait un velours. Ah ! Ce Rémi Pratte !

Bon, revenons en 1953, en juin plus précisément, dernier mois d'études pour Marie. Elle allait bientôt sortir du *Business College* avec un diplôme rempli de bonnes notes. Je m'en rappelle précisément, parce que le dix-neuf de ce mois, on avait exécuté sur la chaise électrique les époux Rosenberg. J'avais suivi l'affaire, j'étais navrée pour Ethel et Julius. Ils avaient beau avoir été des espions, je ne comprenais pas qu'on puisse mettre à mort un mari et sa femme en même temps. Je trouvais ça triste, je trouvais ça abominable. J'étais de ceux et celles qui en voulaient au président Eisenhower. On aurait pu les déporter, les exiler, mais de là à les électrocuter, je trouvais ça barbare. Marie ne voulait pas que je lui parle de cette histoire. Ça la faisait frissonner, ça la mettait à l'envers. Elle préférait plutôt revivre les amours de John F. Kennedy et de Jacqueline Bouvier dont on annonçait les fiançailles. Que le rose et le bleu pour ma petite perle, rien de noir, elle ne voulait pas entendre, elle ne pouvait pas supporter les drames de la vie sur terre. Que les contes de fées, sans mauvais sort, sans sorcière. La baguette magique, l'irréel, quoi ! La féerie sur glace !

Elle fréquentait toujours son patineur. Ça semblait persister, ils se voyaient tous les soirs. Les parents de Jocelyn adoraient Marie, ses trois sœurs aussi. Elle était même allée au mariage de l'une d'elles en compagnie du "petit frère". Elle avait fait sensation. Deux cousins de Jocelyn s'étaient épris d'elle et le père du marié lui avait dit : "Vous, mademoiselle, vous avez tout pour être une reine de beauté. Vous devriez surveiller les concours." C'est Jocelyn qui nous l'avait répété, fier d'être le point de mire avec une telle fille à son bras. À ce mariage, Marie était si belle dans ses atours qu'elle lui avait fait oublier sa... Dorothy Lamour. Mais, en juillet, après une sortie avec lui, quelle ne fut pas ma surprise de la voir rentrer seule, sans son Jocelyn qui, d'habitude, la reconduisait jusqu'à la porte. Je la sentais chagrinée, contrariée. Je la laissai se changer, revêtir son peignoir et, avant qu'elle n'allume le téléviseur, je m'approchai :

— Qu'est-ce qu'il y a, Marie ? Tu n'es pas comme d'habitude. Tu sembles contrariée.

— Heu... non, juste fatiguée, Laurence. Je pense que le souper...

— Marie, tu ne m'as jamais menti jusqu'à ce jour. Dis-moi que ça ne me regarde pas, que tu veux garder ça pour toi, mais ne prends pas ce détour.

— Tu as raison, Laurence, je ne t'ai jamais menti et j'allais le faire. Pardonne-moi, mais j'ai de la peine. Ça va passer demain...

Elle éclata en sanglots et là, affolée, j'insistai pour savoir, pour l'aider.

— Qu'est-ce qui ne va pas ? C'est entre Jocelyn et toi ? C'est ça... ?

— Si on veut, mais ce n'est pas de sa faute. Il a encore plus de peine que moi. Je vais te le dire, Laurence, j'ai besoin de me confier.

— Et je suis là pour t'écouter, pour te comprendre. Comme toujours, tu le sais.

— Tu connais les voyous du coin de la rue ? Ceux qui se tiennent à la porte du restaurant ?

— Je les aperçois de temps en temps, mais de là à les connaître, non. Que t'ont-ils fait ?

— Rien... c'est ce qu'ils ont dit qui m'a mis le cœur à l'envers.

— Que t'ont-ils dit, Marie ? Allons, tu peux te confier...

— Ça me gêne, Laurence. C'était insultant et... vulgaire.

— Allons, j'en ai entendu d'autres. Défoule-toi, dis-moi, on verra bien...

Elle s'essuya les yeux, se moucha, puis, sûre d'elle, elle m'avoua d'un trait :

— Nous passions près d'eux, Jocelyn et moi. On se tenait la main, on les ignorait. Soudain, l'un d'entre eux, le plus grand, un vrai voyou, s'est mis devant notre chemin. Il nous a barré la route puis il m'a dit en pleine face : "Tu regardes pas l'monde, la p'tite *stuck-up* ? Tu t'prends pour qui, la patineuse ?" Il y avait deux filles avec eux qui riaient. Un autre s'est approché pour me dire : "C'est pas parce que t'es belle pis qu't'es une vedette qu'y faut avoir le nez en l'air. On t'mangera pas, tu sais. Un p'tit sourire de temps en temps..." Jocelyn ne disait rien, je sentais qu'il tremblait. J'ai gardé mon calme, j'ai pris mon courage à deux mains et je leur ai dit : "Laissez-nous passer, je ne vous connais pas et je n'ai rien à vous dire. Je suis avec mon ami..." Et c'est là qu'ils sont devenus vulgaires. L'un d'eux, encore le plus grand, a éclaté de rire et m'a lancé : "Quoi ? Tu sors avec la grande Jocelyne ?" Ils étaient tous pâmés de rire et un autre a ajouté : "T'es pas chanceuse, la p'tite, c'est pas avec la grande que tu vas perdre ta cerise !" J'étais désemparée, Laurence. J'ai foncé sur eux et je me suis frayé un chemin en entraînant Jocelyn par la main. Nous allions tourner le coin quand l'un d'entre eux, je ne sais plus lequel, a donné un coup de pied au derrière de Jocelyn. Si fort qu'il a failli le faire tomber. Nous avons marché vite et je les entendais qui criaient des noms... en sacrant après lui. Jocelyn n'avait pas dit un mot, il n'avait même pas répliqué. Rendue chez lui, fâchée, je lui ai dit : "Tu aurais pu te défendre, leur dire ce que tu pensais d'eux..." J'ai eu tort, car il m'a répondu : "Je ne me salirai pas les mains sur ces *bums*-là. Et si ça ne fait pas ton affaire..." Je n'en revenais pas, Laurence. On aurait dit qu'il m'en voulait d'avoir été plus brave que lui. Il me regardait avec des yeux méchants comme si c'était de ma faute. J'ai tourné les talons, j'ai emprunté d'autres rues et je l'ai laissé sur son balcon. Et il n'a même pas insisté pour me raccompagner. Sans se préoccuper de ce qui pouvait m'arriver. Il est rentré chez lui en claquant la porte. J'ai pleuré tout au long du retour. Les gens me regardaient, je ne pouvais pas me retenir. C'est ce qui est arrivé, Laurence, et je me demande si j'ai mal agi en lui disant qu'il n'avait rien tenté…

Je l'avais interrompue. Elle avait tout compris. Je la serrai dans mes bras et je lui murmurai :

— Tu n'as rien à te reprocher, Marie. Tu as dit ce qu'il fallait dire.

Puis, voulant lui venir en aide sans trop la faire souffrir, je lui demandai :

— Dis-moi, Marie, même si ça ne me regarde pas, l'aimes-tu, Jocelyn ?

— Heu… oui, je l'aime bien, j'ai du plaisir avec lui.

— Non. L'aimes-tu d'amour ? Es-tu amoureuse de lui ? C'est ça que je voulais dire.

— Ben… je ne sais pas. Je l'aime bien, mais amoureuse, je ne sais pas, je ne sais plus…

— Je vais être directe avec toi. T'a-t-il embrassée jusqu'à ce jour ?

— Heu… oui, une fois. Sur la joue, un peu sur les lèvres…

— Marie, ce n'est pas de mes affaires, mais je crois que tu perds ton temps. Jocelyn…

— Ne va pas plus loin, Laurence, je sais ce que tu veux dire. Je ne suis quand même pas une enfant… Je sais ce que tu veux dire, mais je n'ai pas de preuves.

— Est-ce vraiment nécessaire, Marie ? Tu sais, si c'était le cas, ce ne serait pas honnête de sa part. Je sais que ce n'est pas encore sérieux entre vous deux, mais tout de même…

— Non, ce n'est pas sérieux. Ça aurait pu le devenir, mais je ne suis pas folle, Laurence. Et pas aveugle non plus. Je l'ai vu agir avec Rémi…

— Je n'osais pas t'en parler, lui non plus, mais avoue entre nous que ce n'est pas tout à fait normal d'agir de la sorte. Tu n'as jamais songé à lui parler ?

— Non, parce que mes sentiments ne sont plus les mêmes. Peu à peu, j'ai décroché, mais je m'y suis attachée. Il est gentil, ses parents m'aiment bien, j'ai de l'agrément avec lui. Une copine de patin m'avait mise en garde mais, à ce moment-là, je pensais qu'elle était jalouse, qu'elle voulait sortir avec lui. Je ne t'en ai pas parlé, Laurence, mais ça m'avait réveillée...

— Tu sais, Marie, nous l'aimons bien, Jocelyn. Rémi le trouve aimable, poli, mais nous avons eu peur que tu t'en amouraches, que tu... Tu es si romanesque.

— Oui, je le sais, c'est mon défaut. Au début, j'en étais amoureuse, c'est vrai, mais petit à petit, à le voir agir, à me prendre la main, jamais dans ses bras... Tu sais, les contes de fées, c'est bien beau sur la glace, mais j'ai aussi les pieds sur terre.

— Et là, maintenant, que vas-tu faire ?

— Je ne le sais pas encore. C'est à lui de rappeler, de s'expliquer, de s'excuser. Je sais que je suis jeune, que j'ai toute la vie devant moi, mais de là à perdre mon temps... Il y en a d'autres... Et, comme tu dis, être en amour, c'est autre chose.

— Bon, je n'irai pas plus loin. Tu es assez grande pour te prendre en main, pour décider de ton sort. Je ne t'en reparlerai plus, Marie, mais si tu sens le besoin de te confier, je serai là. Pas pour t'influencer, ne crains rien. Juste pour t'aider si tu te trouves dans le pétrin.

Je n'avais pas parlé de l'incident à Rémi. Je l'avais promis à Marie. Elle avait peur qu'il s'en mêle, qu'il se rende au coin provoquer les voyous. Ce qu'il aurait fait avec joie tel que je le connaissais. De plus, je savais, je pressentais que tout allait se régler. D'une façon ou d'une autre. Deux jours plus tard, sans nouvelles de Jocelyn,

Marie ne tenait plus en place. Elle voulait savoir ce qu'il comptait faire, s'il fallait poursuivre ou rompre le lien. Un mercredi soir, sachant que c'était la soirée de cartes chez des amis pour la famille de son Jocelyn, y compris ses sœurs, elle se rendit à pied chez lui. Elle voulait vider la question, en avoir le cœur net. Elle s'apprêtait à sonner lorsqu'elle perçut des bruits de voix venant de la véranda sise sur le côté. S'approchant à pas feutrés, elle s'étira, regarda. Surpris, Jocelyn lui lança : "Marie ? Qu'est-ce que tu fais ici ?" Il était rouge, m'avait-elle dit. Elle était restée bouche bée. Assis sur le divan, Jocelyn tenait la main d'un garçon dans la sienne. C'est ainsi qu'elle les avait surpris. Un jeune homme qu'elle ne connaissait pas, un petit blondinet d'environ quinze ans qui avait, de plus, la tête appuyée sur l'épaule de Jocelyn. Elle avait tourné les talons, il l'avait rejointe en courant pour lui dire : "Marie, tu aurais dû téléphoner, c'est un ami..." À la fois choquée et rassurée, ne perdant rien de sa gentillesse, elle lui avait dit : "J'ai compris, Jocelyn. Je ne t'en veux pas, mais ne m'en veux pas si je te dis que c'est fini entre nous deux." Il la regardait, il était embarrassé, mais sans chercher à se disculper, il avait demandé : "On peut quand même rester copains, si tu veux bien..." Marie, quoique généreuse, lui avait répliqué : "Non, chacun sa vie, Jocelyn. Ce qui ne m'empêchera pas de te saluer si je te croise, mais je ne veux pas de lien. Je ne te juge pas, sois-en certain, mais je préfère être libre." Très mal dans sa peau, le pauvre garçon la supplia de ces mots : "Tu ne vas rien dire à personne, Marie ? Tu peux me le promettre ? Si ma famille savait... J'ai tout fait pour t'aimer, j'ai presque réussi, Marie. Tu es si belle, si douce... J'ai tout fait pour épargner la honte à mon père. Je n'aurais pas voulu que tu saches, mais un jour, j'aurais fini par te le dire. Je n'aurais pas pu aller plus loin, je n'y peux rien : ce n'est pas facile, ce que je vis..." Il avait les larmes aux yeux et Marie en fut touchée. Elle le rassura, lui jura qu'elle ne dévoilerait jamais son secret à la famille, mais elle l'avisa que sa sœur et son beau-frère se doutaient de quelque chose, mais qu'ils allaient être discrets. Puis, soulagée, elle le laissa aux bons soins du jeune éphèbe qui l'attendait. Lorsqu'elle me raconta l'aventure, aucune larme, pas même un seul regret. Déçue par ce premier amour qui s'était peu à peu étiolé, c'était comme si elle respirait d'aise d'être libre. Comme si son cœur, trop longtemps incertain, s'était délivré d'un malaise. Le soir venu, elle expliqua toute la situation à mon mari qui ne sembla pas surpris d'un tel dénouement. Puis, elle lui dit : "Je sais qu'il t'a embarrassé, Rémi. Je suis désolée. Tu as été très tolérant." Il l'avait serrée contre lui et lui avait répondu sur un ton paternel : "Bah, ça ne m'a pas dérangé. Et comme je me doutais…" Bien sûr que ça ne l'avait pas dérangé qu'un garçon le désire. Je pourrais même jurer qu'il en avait été flatté. À trente-deux ans, qu'importait la manière, Rémi était rassuré. Il avait encore tout pour plaire. »

Laurence s'épongea le front. La canicule était insoutenable. Pas le moindre coup de vent, la cigale qui chantait, l'eau de la rivière qui remuait à peine.

— Vous aimeriez rentrer ? À l'intérieur, avec le ventilateur, nous serions sûrement plus à l'aise. Et puis, c'est bientôt l'heure du souper. Que diriez-vous d'un peu de repos ? Vous avez tellement travaillé, Laurence. La mémoire n'est pas une source inépuisable.

Elle lui sourit, se leva, ferma l'ombrelle et le suivit à l'intérieur. Il lui offrit un apéritif et, pour se décontracter, Laurence accepta un soupçon de porto sur glace. Allongée sur le divan de la véranda, le vent du ventilateur sur la nuque, elle décompressait de ce lourd voyage à travers sa mémoire. Vincent, la laissant se détendre, fit tourner en sourdine une cassette sur laquelle se succédaient des œuvres de Beethoven et de Brahms. Ce qui allégeait beaucoup plus l'atmosphère que les arias de... la corpulente. Du coin de l'œil, il l'observait. Cette femme jadis si prompte, si ferme, si explosive, avait l'air angélique, allongée sur le divan. Craintif et subjugué à la fois, il se méfiait un tantinet de la Laurence d'hier pour s'éblouir de celle d'aujourd'hui. Il sentait que bientôt viendrait l'heure et qu'elle repartirait. Il aurait souhaité que le temps s'arrête. Non pas pour que l'ouvrage soit plus consistant. Non, pour qu'elle reste... tout simplement. Car, à travers les pages, au fil des jours de Marie Mousseau, il en était arrivé à oublier la pucelle pour s'éprendre peu à peu de Laurence. Il se surprenait à soupirer, lui qui n'avait jamais rien ressenti depuis le départ de Simone. Il contrait quelques battements de cœur par des sourires charmants. Déjà angoissé à l'idée qu'elle parte, lui qui, pourtant, se complaisait dans le silence. Elle parlait tant, si vite, parfois si fort lorsqu'elle s'emportait. Il en avait été étourdi puis, peu à peu, ravi, pour ne pas dire « soumis ». Non, surtout pas l'influence de Rémi ! Mais, qu'avait donc cette femme qu'on désirait fuir pour ensuite craindre de la voir partir ? Il naviguait dans les méandres, il cherchait, il était loin dans ses pensées et elle était... derrière lui.

— À votre tour de vous reposer. Je vais préparer un léger souper.

Il avait sursauté. Sorti d'une mélodie de Brahms, il la regarda, lui sourit.

— Comme bon vous semble, mais rien de solide, il fait si chaud... murmura-t-il.

Une salade verte, du thon à la vapeur, de belles tomates rouges, des craquelins de blé entier, des œufs durs tranchés, le tout sur une nappe de coton mauve. Un petit buffet, léger, arrosé d'eau Perrier citronnée. Au centre, deux roses jaunes de satin dans un vase au long cou émaillé. Sur la même musique choisie par Vincent. Pour agrémenter ce dernier tête-à-tête de l'essence de ses sentiments. Ils mangèrent en silence ou presque. Pour épargner les cordes vocales de la narratrice. Parce que Vincent souhaitait qu'avant son départ, elle puisse lui offrir une autre tranche de ses précieux souvenirs. Le plus possible avant qu'elle ne parte. Pour écrire davantage, pour meubler l'absence. Pour que les jours passent sans regarder au loin et ne rien voir venir. Pour ne pas être au bout de son encre devant une page vierge. Et pour ne pas que son cœur broie du noir dans le silence. Parce que...

— Vous aurez encore la force pour une heure ou deux ce soir ?

Voyant son inquiétude, ravie de son anxiété, elle lui sourit et murmura :

— Les jours ne sont-ils pas de plus en plus longs lorsque survient l'été ?

Rassuré, soupir échappé, Vincent Danin leva son verre en guise d'approbation.

Une chaise de rotin avec coussin, un pichet d'eau, une fenêtre de la véranda ouverte, sans brise, une moustiquaire contre laquelle se butaient les insectes, et Laurence était prête à lui livrer les dernières confidences de ce long séjour. Vincent, muet, avait les yeux rivés sur ses lèvres. Carnet dans une main, stylo dans l'autre, il allait, à son insu, noter des passages, préciser des situations, pour ne rien oublier.

« Avec son diplôme, les références du directeur de son collège, Marie se trouva un emploi en peu de temps. On hésitait parfois à cause de ses seize ans, on cherchait l'expérience, mais à la troisième tentative de sa part, elle fut embauchée rapidement. Un fabricant de sacs à main dans un édifice de la rue Sainte-Catherine. Un

Juif dont les affaires roulaient rondement et qui cherchait une réceptionniste. Ce brave monsieur Stein qui lui donna sa première chance. Bernie de son prénom, un homme de quarante ans, marié et bon père de famille. Un commerce hérité de son vieux père. Il était entendu que Marie commencerait en septembre, car la fabrique fermait ses portes pendant deux semaines au mois d'août pour les vacances. Elle allait toucher un salaire de trente dollars par semaine avec une augmentation de cinq dollars au bout d'un an. Et elle bénéficierait des deux semaines de vacances par année. Elle en était ravie, heureuse. Bernie l'avait choisie en vertu de son anglais, qu'elle maîtrisait si bien, de sa tenue, et parce qu'elle était très jolie. Marie savait que le trajet serait long du nord de la ville jusqu'à la rue Sainte-Catherine, mais elle se lèverait plus tôt, se promettait d'être ponctuelle, beau temps, mauvais temps, été comme hiver. Rémi aurait certes pu lui offrir un emploi là où il travaillait, mais Marie préférait voler de ses propres ailes, se faire valoir d'elle-même, ne plus être surprotégée par sa sœur comme par son beau-frère. Somme toute, elle avait envie de vivre sa vie et c'était tout à fait normal. Nous avions convenu que sa pension serait de dix dollars par semaine, nourrie, logée, blanchie. Ce qu'elle accepta de bon gré sachant qu'elle pourrait se payer ce dont elle aurait envie avec le surplus. D'autant plus que ses cachets de spectacles sur glace allaient être pour elle un supplément. Mais c'est là, en lui parlant comme je le fais maintenant, que j'ai vécu le remords le plus intense de ma vie.

— Marie, nous sommes en août et tu n'as pas encore payé tes cours de patin pour l'hiver qui s'en vient.

— Pas nécessaire, Laurence, j'abandonne.

J'étais restée bouche bée. Je croyais rêver, j'avais sûrement mal entendu :

— Que dis-tu ? Je parle du patin, du professeur...

— Oui, je sais, mais je quitte, je laisse tout tomber, j'en ai assez, Laurence.

— Es-tu sérieuse ? Tu aimes ça comme une folle, tu es une mordue de la glace...

— Oui, je l'étais, mais je ne le suis plus. Je ne désire pas continuer. Depuis ma foulure au pied...

— Marie, ce n'est pas vrai ! Ce n'est pas ta foulure. Tu abandonnes à cause de moi, n'est-ce pas ? Tu quittes parce que je t'ai empêchée d'accéder aux *Ice Follies*. C'est ça, non ? Ne me mens pas, sois franche.

— Non, Laurence, tu n'y es pour rien, je te le jure. Le patin a meublé ma jeunesse, mes rêves d'enfant... Là, je veux vivre ma vie de femme, travailler, peut-être rencontrer quelqu'un, me marier un jour. Les *Ice Follies*, je n'y pense même plus. Je n'ai plus le feu sacré, Laurence, je n'ai plus la passion, je n'ai plus envie...

— J'ai peine à le croire. Tu n'as que seize ans, tu es la reine des patinoires. Je ne comprends pas cette volte-face. Si ce n'est pas à cause de moi, c'est à cause de Jocelyn... Tu ne veux plus le revoir, hein ? Tu délaisses ta carrière à cause de lui ?

— Non, pas du tout. De toute façon, je ne l'aurais pas revu puisque Jocelyn ne s'est pas inscrit lui non plus. Il rêve de championnats, il se dirige vers une carrière solo, il a déjà choisi un entraîneur. Non, je n'en ai plus envie tout simplement. Je veux passer à autre chose, je veux réussir ma vie sans cela.

J'étais perplexe, je ne savais que dire. Le soir venu, Rémi tenta d'en savoir davantage, de percer le mystère, mais elle lui répéta ce qu'elle m'avait dit. Elle n'avait plus le goût, ça ne l'attirait plus. Il a tout fait pour qu'elle réfléchisse, pour qu'elle y pense plus sérieusement ; mais dans sa tête, la décision était irrévocable. Elle s'était amusée sur glace et le jeu, pour elle, était terminé, disait-elle. Elle ne voulait plus de cette discipline, des exercices, des efforts que ça lui demandait. Elle désirait se consacrer au travail, respirer, vivre sans anxiété. Il nous a bien fallu la croire puisqu'elle a tout lâché. Elle a vendu ses robes à une débutante, elle a même vendu ses patins. Elle n'a jamais voulu remettre les pieds sur la glace et ça, ce n'était pas normal. Pas même pour son plaisir. Pire, elle n'est jamais allée voir un spectacle. Fini Sonja Henie, au diable les diadèmes. Marie avait fait le deuil de son art et de son euphorie. Elle a délaissé sa raison de vivre du jour au lendemain et je n'ai jamais pu savoir pourquoi. Rémi en était navré, et lorsque je tentais de revenir sur le sujet, elle me disait : "Laurence, s'il te plaît, c'est fini, n'en parlons plus." J'ai cessé de la questionner, Rémi aussi. Je ne suis jamais revenue à la charge, mais je n'ai pas cessé d'y penser. Encore aujourd'hui, je tente de trouver la raison. Et c'est pourquoi je culpabilise encore. Parce que, toute ma vie, j'ai porté ce regret dans mon cœur. Je sais et je persiste à croire que Marie a tout abandonné à cause de moi. Elle l'a fait, j'en suis certaine, le jour où je l'ai empêchée d'aller à l'audition des *Ice Follies*. C'était sans doute là son plus grand rêve et j'en ai empêché la réalisation…»

Laurence ne put retenir ses sanglots. Vincent, ému, lui murmura tout bas :

— Peut-être en avait-elle assez ? Vous ne pouvez tout endosser, Laurence…

La vieille dame essuya une dernière larme suspendue à sa paupière et répondit :

— Oui, Vincent, elle en avait assez de moi, assez de ma dictature, assez de mon autorité.

— Tout de même, vous exagérez, vous n'avez pas le droit…

— Voilà le mot, vous l'avez dit. Je n'avais pas le droit de l'empêcher d'être une étoile.

— Ce n'est pas ce que je voulais dire, Laurence.

— Non, je sais, mais moi, je parle au passé. Je n'avais pas le droit d'entraver une si belle carrière. Je n'avais pas le droit et je l'ai pris. Par égoïsme, pour la garder près de moi. Et je l'ai payé cher, je l'ai perdue à tout jamais…

Laurence pleurait de plus belle et Vincent cherchait une issue, quelque chose qui puisse la sortir de son tourment.

— Elle semblait pourtant très heureuse d'être enfin secrétaire.

Une issue qui lui valut une réponse cinglante.

— Secrétaire ! Réceptionniste ! La belle affaire ! Quand elle aurait pu devenir une artiste, une patineuse acclamée dans le monde entier… Qu'auriez-vous fait, Vincent, si votre Simone avait brisé votre plume pour vous tendre un marteau ? C'est exactement ce que j'ai fait à Marie. Je l'ai sortie de son art, de sa passion et de sa gloire, pour en faire une dactylographe ! Croyez-vous qu'on oublie ça quand on l'a sur la conscience ? Et comme elle n'est plus là et que je vis encore, c'est un terrible châtiment. Ma vie, je l'ai passée à expier mes fautes, Vincent !

Il la calma, la pria de se détendre, de fermer un peu les yeux, de tenter… d'oublier. Quel conseil irréfléchi envers une personne qu'on incitait à se… remémorer. Mal à l'aise, pris au piège, Vincent était bouche bée face au regard troublé de son invitée. Il se sentait si mal que c'est elle qui reprit contenance pour le sortir de son marasme.

« La seule consolation, pour Marie, c'est qu'elle adorait son travail. Recevoir les clients, répondre au téléphone, parler anglais avec les acheteurs de Toronto, recevoir un salaire, se rendre chez Dupuis Frères, aller avec des compagnes au cinéma Amherst. Et elle ne se plaignait pas du parcours, même en plein cœur de l'hiver.

Toujours à l'heure, de plus en plus belle, de plus en plus femme, Marie semblait heureuse. Elle travaillait si bien que son patron lui avait donné une augmentation après six mois seulement. Il avait peur que d'autres firmes de l'édifice s'emparent d'elle. On la voulait de tous côtés. On lui offrait davantage ailleurs, mais Marie était fidèle à son premier employeur. Et Bernie, je veux dire monsieur Stein, voyait clair dans son affaire. Une augmentation, une boîte de chocolats par-ci, par-là, des sacs à main pour moi, des petits cadeaux pour Rémi. Tout pour ne pas perdre Marie. En janvier 1954, alors qu'elle n'avait pas encore dix-sept ans, il en fit sa secrétaire. Elle était folle de joie. Un bureau privé, un salaire de quarante-cinq dollars par semaine, des gâteries ; pour elle, c'était le paradis. Et sans manquer une seule journée, Marie n'était jamais malade. Heureuse, resplendissante de santé, il ne lui manquait qu'une chose… l'amour. On la courtisait de tous bords, elle refusait les avances. Poliment, gentiment, disait-elle, parce que son cœur n'avait pas encore trouvé. Plus pure, plus chaste, cherchez-la ! Marie Mousseau, ce n'était pas Colette ! Elle attendait l'amour, le véritable amour, quitte à dire non aux plus beaux mâles qui se pâmaient devant elle. Elle a laissé passer de bons partis, des gars de bonne famille, d'autres très fortunés. Je ne comprenais pas et elle me disait : "Quand viendra l'heure, c'est mon cœur qui me le dira, pas mes yeux." Elle n'avait pas en elle, Dieu merci, ce plaisir de la chair qui enivrait Colette. Ma petite sœur, ma petite perle, c'était une demoiselle. Une fille sérieuse, équilibrée. Une fille comme on en voyait peu en ce temps-là. Belle à damner un saint, elle détournait la tête. Elle attendait son "prince charmant". Tout comme sur la glace, les soirs de ses contes de fées. Et je n'avais pas de mérite. Je l'avais bien élevée, j'en étais sûre, mais cette pudeur, cet amour-propre, c'était inné en elle. C'était un ange que ma mère avait déposé dans mes bras quand elle était morte. Je n'ai rien eu à faire que de la rendre femme. Maman veillait sur elle. C'est elle qui, du haut du ciel, l'a guidée sur le droit chemin. C'est elle qui l'a élevée, pas moi !

Et durant ce temps, dans la force de mes trente ans, mon corps s'épanouissait. De brune que j'étais, je suis devenue blonde. Ma locataire, je veux dire mon amie Micheline, m'avait incitée à le faire. Parce que c'était à la mode et que ça me donnait un petit air "canaille", disait-elle. Rémi en avait été ébloui. Je le savais, il adorait les blondes. C'était pour lui plaire et non pour être à la page que j'avais opté pour ce changement. J'avais tellement peur qu'il regarde ailleurs. Avec ses yeux noirs, son corps d'athlète, sa chevelure abondante, je craignais qu'un jour... Nous étions déjà un vieux couple, vous comprenez ? Il était plus distant, moins soumis, il ne m'appelait plus son "adorée" et je voulais le reconquérir, le remettre à ma main. Tout pour lui plaire en autant qu'il ne soit qu'à moi. Plus libre qu'avant, sans avoir désormais à me soucier de Marie, sans nouvelles de Colette, je n'avais plus que lui. Je suis même devenue très aguichante, malgré moi, pour le retenir. Jalouse un jour, jalouse toujours, et je me sentais vieillir. J'avais peur qu'une plus jeune, une plus fraîche, jette son dévolu sur lui. Un homme, vous le savez sans doute, c'est beaucoup plus sensuel à trente-deux ans qu'à dix-neuf ans. C'est l'âge où tout peut arriver, c'est l'âge où tout... arrive. Et je ne voulais pas que mon mariage s'en aille à la dérive. Plus femme, plus attirante ; je le retenais comme on le fait d'un bateau qu'on ancre au port. Rémi se rapprochait, il était plus entreprenant, il m'honorait de plus en plus souvent. Je le savais fidèle, mais je ne prenais aucune chance. Aucune chance... parce que je me rendais compte qu'avec le temps, Rémi était devenu... physique.

Micheline trompait Philippe, elle me l'avait avoué. Elle voyait en cachette un homme de cinq ans plus jeune qu'elle. Elle se servait de moi comme alibi et ça me déplaisait. Elle me disait que son amant la rendait folle au lit et que son "poisson mort"... Ah! Quand j'y pense! Loin de l'encourager, je me suis mise à m'en détacher. Je n'avais plus confiance en elle, j'avais peur qu'après l'autre, elle s'approche de Rémi. Je la voyais comme Colette, sans scrupules, sans conscience. Peu à peu, je m'éloignai d'elle et elle s'en rendit compte. Je trouvais des prétextes pour ne plus sortir avec elle, je refusais même ses invitations à souper. Je plaignais Philippe d'être un mari trompé, un cocufié. J'avais pitié de lui, il était si bon pour elle. Elle a tenté de m'expliquer, de me faire comprendre, mais je me revois lui dire en pleine face : "Je ne peux pas, Micheline. Je ne suis pas capable de voir ça. Fais ta vie, mais ne m'en parle pas." Jalouse de nature, je ne pouvais concevoir que Philippe ne le soit pas. Je me disais : "Maudit bêta", mais j'avais du chagrin pour lui. Sentant la soupe chaude, Micheline s'est éloignée. Elle a déménagé, elle avait convaincu son mari d'acheter une maison. Loin de chez nous, dans Saint-Henri. Et lorsqu'elle est partie, je me suis sentie soulagée. Rémi était déçu de perdre son ami, il voulait le revoir, il insistait pour qu'on les invite, mais je m'en sortais en lui disant : "Ils ont leur vie à présent et, avec la distance..." Il n'a jamais compris que l'amitié puisse se rompre ainsi, mais je n'ai jamais trahi mon amie. Rémi a revu Philippe une fois ou deux dans une taverne et moi, je n'ai pas voulu revoir Micheline. Et, croyez-moi, elle ne m'a pas cherchée. Trop occupée sans doute à se donner à l'autre à l'insu de son mari. Puis, peu à peu, Rémi a perdu Philippe de vue. Il avait d'autres amis, des collègues de travail et la "distance", comme il disait pour employer mes mots, faisait le reste. Il sentait que Micheline était loin derrière moi et que revoir Philippe ne servirait plus à rien. Peu à peu, sûre de moi, je suis redevenue celle que j'étais. J'ai oublié la teinture, je suis redevenue brune et je me suis habillée plus modestement. Rémi ne m'a jamais rien dit face à ce nouveau changement. Il était encore le même, amoureux, entreprenant. Alors, à quoi bon les déguisements ? Je le sentais à moi, rien qu'à moi, jusqu'à preuve du contraire. J'étais jolie et il m'aimait, je n'avais pas à me forcer pour lui plaire.

Le 12 février 1954, Marie fêtait ses dix-sept ans avec nous. Sur la table, un joli gâteau. Son patron lui avait offert un bijou, Rémi et moi lui avions acheté un parfum. Elle était radieuse, joyeuse, heureuse, avec un verre de vin fruité à la main. Elle parlait d'un voyage. Une compagne de travail avait de la parenté en Floride. Marie planifiait un congé pour avril à condition que Bernie lui permette de prendre des vacances. Elle voulait voir la mer, marcher dans le sable blanc. Mais, comme elle avait peur de l'eau, pas question de se baigner dans les vagues. Elle n'avait même pas de maillot. Elle ne voulait que voir la mer, entendre le chant des vagues et prendre des photos au pied d'un palmier. Elle projetait, elle calculait son avoir, mais elle n'a pas pu voir la mer. Son amie a perdu sa mère et ne pouvant quitter son vieux père, elle dut remettre le voyage à plus tard en espérant que ses économies ne fondent pas. Mais avec un père veuf et malade… Marie savait qu'elle ne s'y rendrait pas. Elle fut très déçue et demanda à son patron de lui garder ses vacances d'été sans rien déranger à son calendrier. Un autre rêve évanoui, mais je n'y étais pour rien cette fois, Dieu merci ! Mais Marie, sans le savoir encore, allait à nouveau vivre des jours d'angoisse… »

— C'est-à-dire ?

— Je n'en peux plus, Vincent, j'ai la gorge sèche, la langue me brûle…

— Excusez-moi, pardonnez-moi, Dieu que je suis exigeant ! Vous désirez rentrer chez vous ? Vous souhaitez que je vous raccompagne ?

— Je n'osais vous le demander, mais je suis fatiguée, anéantie. Trois jours à parler, à creuser mes souvenirs... J'ai peur que l'excès...

— N'ajoutez rien, Laurence, je comprends. Je suis un homme sans pitié, sans merci pour moi comme pour les autres. C'est la tare des écrivains. On n'arrête pas à moins que la main ne crie « grâce ». Et vous qui partagez ce supplice... Pardonnez-moi, soyez indulgente et rappelez-moi à l'ordre. Je rechute sans m'en apercevoir.

— Pas d'offense et, comme vous voyez, je vous ai rappelé à l'ordre... répondit-elle en souriant.

— Votre valise est prête ? Vous avez préparé... ?

— Oui, depuis ce matin. Je n'ai qu'à monter la prendre, regarder si je n'ai rien oublié et je vous rejoins.

— Je vous attends, madame, lui répondit Vincent, en s'inclinant tel un gentilhomme.

Le retour fut cordial, amical, quoique Laurence parlât peu. Il s'excusait encore et elle ne savait plus quoi répondre pour le rassurer. La canicule s'éloignait tout doucement. On annonçait un temps frais pour les jours suivants. Dieu merci ! car le logement de la rue Cherrier devait avoir endigué la chaleur d'un volcan. Rendu chez elle, politesses échangées, Vincent partit après avoir monté sa valise à l'étage. Laurence ne l'avait pas invité à entrer. Il était tard, elle était épuisée. Elle referma la porte, ouvrit les fenêtres, aéra la chambre, le salon, puis, assise sur son divan, elle se surprit à murmurer : « Dieu qu'on est bien dans ses affaires ! » Au bout de son rouleau, la septuagénaire retrouva avec joie l'intimité de sa chambre. L'horloge qui sonnait ses onze coups, les images qui défilaient encore dans sa tête... « Comme on est bien chez soi, la parole au repos, le cœur encore en lambeaux. » Elle aimait bien Vincent... Non, elle s'y habituait.

De retour au bercail, l'écrivain retrouva sa plume, son papier, et se mit à gribouiller jusqu'à ce que l'aube lui ferme un œil. Seul, heureux du travail accompli, il sentit pourtant une angoisse au creux de la poitrine. Laurence n'était plus là, Laurence était partie. Et, comme les murs ne parlent pas, il s'ennuyait déjà d'elle. Il n'avait pas visité Simone le samedi. Curieux, Laurence ne lui en avait pas parlé. Il avait dérogé à son rituel... pour elle. Il se promettait d'apporter deux bouquets lors de sa prochaine visite au cimetière. Comme pour se faire pardonner par sa bien-aimée de l'avoir délaissée. Mais Simone comprendrait. Les écrits avant tout, avant même... les serments. Elle comprendrait comme jadis, comme toujours, comme... dans le temps.

Chapitre 7

L'auteur à succès déposa sa plume, retira ses verres, se frotta les yeux, et se massa le cou qui s'était tendu à force d'avoir la tête inclinée du côté gauche. Un mal dont sont victimes les droitiers qui font fi de leurs vertèbres cervicales. Il avait écrit sans arrêt depuis deux jours, fidèle aux propos de Laurence qu'il avait quelque peu romancés de la fleur bleue de sa poésie, de ses rimes, de ses points de suspension, un style d'écriture que certains critiques lui reprochaient, mais dont il ne se souciait guère. Sa plume lui appartenait et comme elle obtenait la faveur des lecteurs…

La canicule avait repris de plus belle et la cigale était à deux chants d'une laryngite. « Mon Dieu, déjà mercredi et je n'ai pas appelé Laurence. Curieux qu'elle ne m'ait pas donné de ses nouvelles. Peut-être attend-elle un signe de ma part ? » Il composa le numéro, laissa sonner six coups et personne ne répondit. « Sans doute

chez l'épicier du coin, quelques achats de victuailles »,
songea-t-il. Il se rendit sur le quai, observa les embar-
cations de plaisance et quelques plongeurs qui cher-
chaient à contrer la chaleur humide. Puis, avant l'heure
du souper, n'ayant encore rien avalé depuis le déjeuner,
il recomposa le numéro de la dame dans l'espoir d'entendre le son de sa voix.

— Oui, allô ?

— Laurence, enfin vous êtes là ! J'ai tenté de vous
joindre ce matin...

— Quelques courses, Vincent, comment allez-
vous ? Quel bon vent vous amène ?

— J'aimerais bien que ce soit le bon vent, mais avec
cette chaleur, il se fait plutôt rare. J'ai écrit, Laurence,
j'ai écrit sans cesse depuis votre départ. J'ai rattrapé le
temps, je suis à la fin de l'ordre du jour, je n'ai plus rien
à coucher sur le papier.

— Dites donc, vous écrivez plus vite que je parle,
vous ? répliqua-t-elle en riant.

— Oh, ce n'est que le premier jet. Des lignes que
je trace et que je ne relis pas. C'est loin d'être fini, vous
savez. Le combat avec les mots et les phrases viendra bien
assez vite. Mais là, si je me relis, je risque de tout cham-
barder. Je préfère me rendre jusqu'au bout, peaufiner par
la suite, extraire ou ajouter à la seconde étape seulement.
L'important, c'est d'abord de recueillir les propos.

— Ah, je vois, et vous vous demandez...

— Oui, je me demande quand nous reprendrons. Je
ne voudrais pas que l'encre de ma plume sèche. De plus,
j'ai peur de l'interruption...

— J'aimerais bien vous répondre « le plus tôt possible », mais là, je suis engagée. Je pars effectuer un court
voyage avec le Cercle de l'âge d'or.

— Vraiment ? Loin d'ici ? Pour peu de temps,
j'espère...

— Nous allons dans le Vermont... Quatre jours dans une auberge, une visite des sites, j'ai payé ma cotisation. Un petit voyage qui me changera les idées.

— Je vois, je vois, répondit-il la déception au bord des lèvres. Vous êtes nombreux ?

— Une trentaine de personnes. Des femmes, des hommes, des couples de soixante-cinq ans et plus. Des pensionnés, des veuves, une réunion d'esseulés, quoi ! Mais ensemble, c'est le bonheur, la joie. On mange bien, paraît-il, on est très bien traité.

— Vous... vous comptez beaucoup d'amis dans ce groupe ?

— Quelques-uns, des connaissances surtout. On en voit de toutes sortes. Il y a même un veuf qui m'a promis de me servir d'escorte, ajouta-t-elle en riant.

— Ah, bon ! La vie sociale, si je ne m'abuse, de fort belles rencontres...

— Oui, et ça change le mal de place. Et puis, entre gens de la même condition, de la même génération, ça s'avère agréable. On parle de ses petits bobos, on échange...

— Ce qui veut dire que je ne vous reverrai pas d'ici quelque temps, si je comprends bien.

— En effet, avec le voyage et mon ménage, je ne saurais dire.

— Sûrement pas avant le long congé de la fête du Canada...

— Je n'y avais pas pensé, mais vous avez raison. Nous revenons dimanche en fin de journée, mais avec le ménage, le lavage, le repassage, j'ai une petite corvée qui m'attend.

— Préférez-vous me rappeler ? Peut-être serait-il plus sage que vous le fassiez vous-même ?

— Oui, d'autant plus que je saurai où j'en suis dans mes besognes. Disons que je vous passe un coup de fil dès que tout sera sous contrôle. Ça vous va ?

— Bien sûr, Laurence, comme vous voudrez. Je ne veux pas être un obstacle à vos obligations.

— Vous ne l'êtes pas, Vincent, rassurez-vous. Je vous rappelle dès que je serai libre.

— D'accord, Laurence, et bon voyage. Reposez-vous bien…

— J'y vais surtout pour m'amuser. Si vous connaissiez ces gens-là, ajouta-t-elle en riant.

— Alors, à bientôt et, encore une fois, un bon congé, Laurence, beaucoup de joie.

— Merci, Vincent, à plus tard. Je vous rappellerai, ne craignez rien.

— Merci et au revoir, Laurence.

— Portez-vous bien, monsieur Danin, et à bientôt.

Elle avait raccroché et Vincent, récepteur à la main, aurait voulu le lancer par terre. Comment pouvait-elle se permettre un voyage, un congé, avec tout le travail qu'ils avaient à faire ? « Quelle inconséquence ! » songea-t-il, en colère, soudain. Elle partait, elle le laissait de but en blanc sans plus rien à inscrire sur ses pages. Il avait sans doute abusé de sa bienveillance et elle en avait eu assez de ces trois jours sous son toit. Elle avait bien précisé qu'elle partait avec des gens de « sa condition », ce qui voulait dire, pour lui, les populistes, la plèbe, les petits pains de la planète. Il les imaginait en train de vider leurs assiettes, les dentiers cliquetants, la bavette pour ne pas salir leur chemise ou leur blouse. Puis, avec un petit verre à la main, échanger des blagues grivoises, s'exercer à la danse en ligne. Laurence Mousseau était-elle de cet acabit ? S'efforçait-elle d'avoir bonne contenance devant lui ? Jouait-elle à la grande dame alors que chez elle, les deux mains dans son plat de vaisselle… Lorsqu'elle venait chez lui, elle faisait sans doute mine d'aimer Brahms ou Chopin. Chez elle, c'était sans doute la musique populaire, les refrains à la mode du quartier.

D'ailleurs, il s'en souvenait, n'avait-elle pas puisé dans les albums de Marie lorsqu'elle l'avait invité ? À part les *Valses viennoises* de Mathé Altéry, quoi d'autre ce soir-là ? Vincent était en rogne parce qu'il aurait souhaité que tout s'arrête pour lui. Il s'était même imaginé que, sans lui, la septuagénaire n'avait pas de vie. Elle n'était pas chez lui celle qu'elle était… chez elle. « Chassez le naturel, il revient au galop », marmonna-t-il, déçu. Comment pouvait-elle poser un si long signet dans ce récit pour lequel il vivait ? Comment osait-elle ? Et que pouvait-il faire ? Sans elle, l'histoire s'éteignait. Sans narratrice, plus de portrait. Il fulminait. Elle lui avait parlé du veuf qui lui servait d'escorte. Sans même songer que lui… Non, il n'était pas possible que Laurence n'ait rien perçu de ses discrètes avances. Pourtant, elle lui parlait comme on le fait avec un vieil ami. Il était mécontent, dérouté, quasiment insulté. Lui, un homme de lettres. Lui, l'écrivain dont elle avait lu les ouvrages. Lui, le maître à penser… Mais non, Laurence n'était pas Simone. Jamais elle ne serait son égérie. Elle n'en avait ni la classe ni l'étoffe. Il rageait. Comment avait-elle pu lui confier les détails de son itinéraire sans même lui demander ce qu'il ferait, lui, de ces longs jours de solitude ? Il lui avait pourtant dit qu'il n'avait plus rien à mettre sur papier, qu'il attendait… Plus déçu que furieux, Vincent Danin se demandait si elle ne voyait rien ou si elle jouait un jeu. Se payait-elle sa tête ? Il était pourtant évident qu'il cherchait à faire sa conquête. « Au diable ! » s'écria-t-il, pour ensuite marmonner : « Quand elle aura fini "sa livraison", elle retournera à ses chaudrons ! » Que de dépit dans l'âme du poète, de l'écrivain, de l'homme de lettres. Et dire que Simone, jadis, tranchait le pain sur une souche du jardin. Pour ne pas faire de bruit, pour ne pas déranger la plume de son mari.

Après avoir raccroché, se regardant dans le miroir, Laurence avait esquissé un sourire. Il était vrai qu'elle partait, mais pour ce qui était de l'escorte… Elle souriait, elle voulait que Danin se rende compte qu'elle aussi avait sa vie. Il la sentait acquise et ça la meurtrissait. Comme si, à part lui, personne d'autre n'existait sur terre. Elle voulait reprendre sa place, retrouver sa dignité. Elle ne voulait plus être la narratrice dont on dispose à son gré. Ces trois jours passés sous son toit lui avaient fait comprendre qu'elle n'était que « sa chose », l'outil précieux de son roman. Au point qu'elle se devait de le rappeler à l'ordre quand il abusait de ses forces. Comme si raconter sa vie et celle de Marie n'était pas une épreuve. Certes pas pour lui, il ne lui offrait même pas un mouchoir lorsqu'elle éclatait en sanglots. Elle regrettait presque d'avoir accepté… « Les écrivains sont des bourreaux », s'était-elle surprise à murmurer. « Ils ne pensent qu'à leurs écrits, ils vivent dans un monde imaginaire et ils oublient qu'autour d'eux, des êtres de chair et de sang s'agitent. » Elle comptait bien se rendre jusqu'au bout, mais après… Vincent avait beau être galant et fort bien éduqué, elle le sentait vil et égoïste. L'art du bien-paraître, que ça, sans même se rendre compte qu'après deux heures, elle était courbaturée sur sa chaise. Il avait certes de belles qualités, mais nonobstant cela, elle le sentait insensible. Sauf quand venait le temps de déposer ses émotions dans les personnages fictifs de ses romans. « Quelle drôle de vie que celle de sa Simone ! Une égérie ? Une statue de marbre », selon elle. « Rien de vrai, rien de réel sous ce toit. Et je suis une femme, moi ! » Par le biais de ce court voyage, Laurence allait se dérober à la discipline. Pour lui prouver qu'elle était une femme bien en vie et non seulement une narratrice qu'on rend à bout de souffle sans même regarder l'heure. Ce qui avait fait déborder le vase, c'était qu'après tous ces repas, tous ces efforts, il ne lui avait même pas dit… merci. Comme si, les mains dans les chaudrons en pleine canicule, c'était un fait divers pour lui. Comme si elle n'était là que pour lui parler de Marie, de Colette, de Rémi et des autres. Elle voulait lui apprendre à vivre. Et vivre, pour elle, ce n'était pas qu'un bon vocabulaire et de belles manières. Il était fort poli et les « excusez-moi » fusaient, mais elle ne voulait plus qu'il ait à s'excuser. Il n'avait qu'à ouvrir les yeux, la regarder, pour ne plus avoir à s'amender. En partant, en le faisant attendre, il aurait le temps requis pour comprendre. Laurence Mousseau n'était pas Simone, il l'apprendrait à ses dépens. Seul avec les oiseaux, la rivière et le quai, il reviendrait sans doute sur terre. À l'attendre, à l'espérer… Parce que, malgré elle, Laurence s'y attachait, Laurence… l'aimait. Même si Vincent Danin lui paraissait… condescendant !

Vincent désespérait. Mercredi, 5 juillet, et Laurence ne s'était pas manifestée. Il avait maintes fois voulu saisir le téléphone, mais sa fierté s'y était opposée. C'était elle qui devait le rappeler. Les jours avaient été longs, cruels et sans merci, pour l'homme dont la prochaine page était encore vierge. « Que de temps perdu… » avait-il marmonné, oubliant même de nourrir les oiseaux que Simone lui envoyait du ciel. Il avait tourné en rond, il avait peu mangé. Il s'était même surpris à regarder la télévision. Il avait vu et écouté, sur un réseau anglais, *La Flûte enchantée* de Mozart. Pour que l'animation règne dans la maison, pour ne pas être seul, pour ne pas se sentir presque mort. Il s'était rendu sur la tombe de sa bien-aimée, avait déposé quelques fleurs, mais n'avait pas causé. La tête, tout comme le cœur, était ailleurs. Il était revenu et s'était enfermé. Sans appétit, il s'était nourri de céréales de blé, de fruits frais, de légumes en conserve. Puis, la plume à la main, il avait corrigé certains de ses passages. Un précédent. Un geste spontané pour ne pas perdre courage. Il avait fureté dans le jardin, arraché de mauvaises herbes, et il avait sué. «Damnée canicule qui revient», avait-il murmuré. Et, dans sa solitude et son angoisse, il revoyait Laurence. Ce doux visage duquel il s'ennuyait.

Jeudi 6 juillet 1995, journée humide, canicule sans fin. Vincent s'était levé, s'était rasé, il s'était même habillé comme si la visite venait. Mirage! Tout comme le titre de son premier roman. Il sentait qu'il allait être seul pour la journée. Une tranche de pain, de la mélasse, un café, et l'écrivain n'avait plus faim. Il ouvrit le téléviseur, le referma. Un bulletin de nouvelles, des tueries, la guerre au loin... Non merci, pas pour lui. Pas pour l'auteur qui dévorait d'amour le début de son manuscrit. Il crut rêver, le téléphone avait sonné. Saisi, incrédule, il se leva et s'empara de l'appareil.

— Oui, allô?

— Bonjour, Vincent. Me revoilà...

C'était elle! Enfin! Sortie des ténèbres! Son cœur n'avait fait qu'un bond.

— Laurence! Comme je suis heureux! Je désespérais... Vous avez fait bon voyage?

— Oui, si on veut, mais j'avais hâte de rentrer. J'avais tant de choses à faire.

— Et vous y êtes parvenue?

— Oui, tout est en ordre et je respire maintenant. J'ai même réussi à réparer un tuyau qui s'était détaché. Pas un drame, mais manier le tournevis...

— Vous auriez dû m'appeler, je me serais empressé d'aller vous aider.

Laurence ne releva pas la remarque. Lui, un écrivain, avec un tournevis dans la main...

— Et vous, Vincent, ça va? La chaleur ne vous accable pas?

— Si, je l'avoue, mais avec les deux pieds dans l'eau... J'ai vécu comme un canard !

Il s'était exclamé, il avait ri, ce qui était bon signe. Il semblait heureux d'entendre sa voix. Elle percevait le souffle, les soupirs, les élans de joie.

— J'ai mis plus de temps que prévu à vous rappeler, mais vous comprendrez...

— Qu'importe ! Vous êtes là, au bout du fil, et le temps, vous savez...

Elle le sentait anxieux, voire nerveux. Il était dans un tel état qu'elle se demandait s'il n'était pas resté tout ce temps-là les yeux rivés sur son téléphone à cadran.

— Êtes-vous prêt à reprendre ? J'ai pensé que demain...

— Quel bonheur ! Le plus tôt sera le mieux... si ça ne vous dérange pas.

— Bien sûr que non, à moins que vous...

— Non, non, dites-moi l'heure et je passe vous prendre.

— Très tôt, si vous le désirez, et je vous consacre la journée.

— Après le déjeuner ? Que diriez-vous de huit heures ? Serait-ce trop matinal ?

— Pas du tout, je serai prête. Je vous attends, Vincent.

— Comptez sur moi, je serai à l'heure. J'achète tout ce qu'il faut.

— Rien de trop consistant, il fera chaud, la cigale chante encore.

— Oui, je l'entends et si j'avais un fusil... Le soir, on entend même les criquets.

Il avait ri, elle avait ri avec lui. Il était d'excellente humeur. Elle lui avait sûrement manqué, pensa-t-elle. À moins que ce soit la drogue de l'écriture dont il était en manque... Mais, dans son cœur de femme, fi de la fierté. Laurence était anxieuse de le revoir.

Elle lui ouvrit la porte le lendemain et il s'empressa d'entrer, de lui serrer la main. D'un geste spontané, il l'avait même embrassée sur les deux joues. C'était la première fois qu'il se permettait cette familiarité d'usage… de l'amitié. Elle en était flattée. Pour elle, ce geste équivalait à un début de tendresse. Il la complimenta sur sa robe jaune, sur son boléro blanc, sur sa coiffure plus longue et plus classique, avec une frange qui lui tombait gracieusement sur le front. Ils bavardèrent en cours de route. Elle lui vantait l'hospitalité du Vermont, mais aucun mot sur le veuf, la présumée escorte qui n'existait pas. Il lui parla de son jardin, des mauvaises herbes, de *La Flûte enchantée* présentée à la télévision. Il cherchait à lui faire croire qu'il n'avait pas vu le temps passer, qu'il avait été affairé. Elle, de son côté, lui parlait du Cercle de l'âge d'or, d'une indigestion dont avait été victime une dame âgée. Ni l'un ni l'autre n'osait dire : « Vous m'avez manqué. » Tous deux s'aimaient en silence, sans se l'avouer. Tous deux… feignaient.

Heureuse de retrouver le quai, la chaise longue et le parasol fleuri, Laurence contemplait l'eau, dérangée parfois par le bruit des moteurs des yachts qui grondaient au milieu de la rivière. Vincent avait lui-même préparé le thé glacé. Assis en face d'elle, il souriait d'aise. La page vierge allait enfin être remplie.

— Nous en étions où, vous vous rappelez ? lui demanda-t-il avec excitation.

— Ne craignez rien, Vincent, je me rappelle exactement où j'ai posé le signet.

« Comme je vous le disais, Marie allait vivre de nouvelles angoisses sans encore le savoir. Et moi, de mon côté, j'allais vivre un drame qui me hante parfois. Ah, cette fameuse année 1954 ! Marie travaillait comme une fourmi pour *Stein Handbags* et son patron l'appréciait beaucoup. Quand elle se donnait, celle-là, c'était entièrement. Secrétaire, elle avait en outre le nez dans les chiffres d'affaires et trouvait le moyen d'augmenter les bénéfices de la compagnie par des subterfuges auxquels les patrons n'avaient même pas songé. Chaque soir, elle rentrait à la maison, fatiguée, mais encore dévouée à son patron puisqu'elle rapportait du travail dans sa petite mallette. Rémi lui disait qu'elle faisait de l'excès de zèle, qu'elle devait sortir, que c'était de son âge de s'amuser, d'avoir du plaisir dans la vie, mais elle avait déjà les yeux sur le travail à accomplir en surtemps sans même être rémunérée. De temps en temps, pas souvent, elle allait souper avec une collègue de travail au restaurant Electra. Et, parfois, au cinéma avec la même collègue quand cette dernière insistait. Au cinéma Amherst, à quelques pas de son travail, pas plus loin. Et que des films romantiques, comme *Roman Holiday*, avec Audrey Hepburn, dont elle m'avait tant parlé. J'aurais voulu m'y rendre avec Rémi, mais mon mari qui décidait toujours du film à voir avait opté pour l'ouest de la ville afin de m'imposer *On the Waterfront*, avec Marlon Brando, le film qui avait remporté l'Oscar de l'année. Un film que j'avais détesté, un film pour hommes, un film pour Rémi qui aimait l'action et non les émotions. Comme vous voyez, pas toujours à l'affût de ce qui allait me faire plaisir, mon mari.

Sur l'étage où travaillait Marie, il y avait d'autres compagnies. Il y en avait une qui fabriquait des manteaux de fourrure. Or, l'un des tailleurs, un vieux garçon de trente ans, avait l'œil sur Marie sans qu'elle le sache. Luigi Bonani, un Italien ! Plus petit qu'elle, souffrant déjà de calvitie, mais un bon "travaillant", avec le cœur à l'ouvrage. Marie le croisait, le saluait, lui rendait son sourire, mais pas plus. Et, sans qu'elle s'en doute, Luigi était de plus en plus fou d'elle. Il n'était pas le seul à la reluquer, Marie était dans toute sa beauté. Mais lui, il en était fou et elle allait l'apprendre à ses dépens. Sobrement coiffée d'un chignon la plupart du temps, elle ne faisait rien pour provoquer les hommes. Mais devant son corps de déesse, sa taille fine, ses jambes parfaites, les mâles qui la croisaient n'étaient pas aveugles. Et ce Luigi, sans doute à cause de son milieu, l'avait tutoyée dès la première fois. Ce qui lui avait déplu, elle qui vouvoyait tout le monde avec des "monsieur" et des "madame" à tour de bras. Pauvre petite ! Elle croyait que monsieur Luigi ne voulait être qu'un bon ami. Dans l'ascenseur, il lui parlait de son travail, s'informait du sien, c'était on ne peut plus banal. Et avec la différence d'âge, jamais Marie n'aurait cru... Dieu qu'elle était naïve, cette enfant-là. Elle n'avait pas mon flair, loin de là. Pour elle, tous les gens étaient gentils. Elle aurait croisé un voleur qu'elle l'aurait pris pour un enfant de chœur. Pas d'intuition, pas de méfiance. Je ne dirais pas qu'elle était sotte, mais elle n'avait pas les yeux grands ouverts. Tout de même ! Il y a de ces regards qui se veulent entreprenants. Il y a aussi de ces visages qui font que, d'instinct, on recule d'effroi. Pas pour Marie. Tout le monde était fin, bien élevé... Un ange de bonté ! Une seule fois, elle s'était emportée. Et c'est un bien grand mot que je dis là. Dans l'édifice, il y avait un studio de culture physique. Pour hommes, évidemment ! Dans ce temps-là... Le propriétaire était Billy Warner, un Hercule, une armoire à glace qui avait remporté des championnats. Il avait remarqué Marie, lui avait dit plusieurs fois qu'elle était bien tournée, et elle lui répondait "merci" avec son plus gracieux sourire. Sans penser qu'il était un loup sorti tout droit du bois. Et elle, pauvre brebis, ne disait que "merci" quand il roulait des yeux d'envie sur son corps bien moulé. Un jour, dans l'ascenseur, il avait posé ses deux grosses mains d'acier sur ses hanches. Surprise, rougissante, elle s'était avancée d'un pas, l'avait regardé et lui avait dit : "Monsieur Warner, un peu de respect, je vous prie." Et comme il comprenait à peine le français, il avait souri. Moi, je l'aurais giflé, ce mufle-là, mais pas elle. Elle m'avait dit qu'elle l'avait remis à sa place et je lui avais répondu : "Avec un merci, je suppose ?" Mais le "Monsieur Muscles" n'était pas revenu à la charge. Sans doute humilié d'avoir essuyé un refus, lui qui montait chaque soir avec une fille dans son studio. Après les cours, bien entendu. Et pas pour une visite des lieux, vous comprenez ? Marie les voyait sortir décoiffées, fripées, quand il lui arrivait de faire du surtemps sur place. Mais il n'a jamais pu séduire Marie. Même s'il était beau, même si on l'appelait "Monsieur Univers" sans qu'il en détienne le titre. Il lui avait fallu le voir de ses propres yeux pour être enfin sur ses gardes. Et pour elle, l'aspect physique, ce n'était pas important. Ce qu'elle sondait, c'était le cœur, et elle n'avait pas encore croisé celui qui allait faire vibrer le sien.

Pour revenir à Luigi, le petit homme ne désespérait pas même si Marie ne lui donnait guère signe de vie. Bonani était sûr qu'un charmant sourire, ça voulait tout dire. Un midi, alors qu'elle mangeait seule au restaurant du coin, quelle ne fut pas sa surprise de voir apparaître le petit Italien. D'habitude, il apportait son lunch, des sandwiches au piment fort, selon elle, car lorsqu'il lui parlait, elle reculait devant son haleine. Ce midi-là, feignant la surprise, il lui avait demandé :

— Tu manges seule, Marie ? Je peux m'asseoir avec toi ?

— Bien sûr, monsieur Luigi, prenez place, ça me fait plaisir.

Toujours le mot de trop. Bien sûr que ça lui faisait plaisir, elle était bien élevée, mais dans son cas, c'était la pire chose à lui dire. Il lui avait parlé de sa famille, il l'avait questionnée sur la sienne. Une conversation de bon aloi. Il savait où il s'en allait, celui-là, mais elle, naïve, ne le voyait pas venir.

— Tu as un ami ? Tu sors avec quelqu'un, Marie ?

— Non, personne, je n'ai pas encore trouvé... répondit-elle en riant.

Pauvre enfant ! Au lieu de lui dire oui... Mais un mensonge ? Il ne fallait pas y penser. Ils bavardèrent et, à la fin du repas, il insista pour régler l'addition. Elle s'objecta, refusa carrément et, se saisissant de l'occasion, il lui avait dit :

— Bon, ça va, mais à une condition.

— Laquelle, monsieur Luigi ?

— Que tu acceptes de souper avec moi à L'Electra vendredi soir.

— Mais, c'est que...

— Ne refuse pas, Marie, tu m'as dit que tu travaillais jusqu'à huit heures. Tu as une heure pour souper, je le sais. Accepte, ça me ferait plaisir. Juste en amis... juste une heure.

— Bon, ça va, mais je dois être de retour à sept heures, j'ai beaucoup de travail...

— Oui, oui, juste pour l'heure du souper, et tu me laisseras payer, cette fois.

— Oh non, ça ne se fait pas...

— Fais-moi plaisir, dis oui, ça ne coûte pas cher et comme tu es une amie...

— Bon, d'accord, mais pour cette fois seulement. Si ça se reproduit...

Pauvre petite perle ! Elle venait de semer l'espoir en lui.

Mon Dieu qu'elle était gauche, la petite sœur. Comme si l'autre n'avait pas prévu d'avance que peu à peu... Ah, Marie ! Il y a des jours où j'aurais eu envie de lui donner la fessée ! Juste pour lui apprendre à discerner ; pour qu'elle comprenne qu'à faire le bien, on engendre parfois le mal.

Le vendredi prévu, elle avait revêtu sa plus belle robe, elle portait ses plus jolis souliers.

— Mon Dieu ! Marie, on dirait que tu t'en vas au bal ! m'étais-je exclamée.

— Non, mais j'ai une invitation à souper. Il faut être de mise…

— À souper ? Avec qui ?

— Avec Luigi. Tu sais, l'Italien qui travaille dans la fourrure ?

— Lui ? Tu n'es pas sérieuse, Marie. Pas lui… Celui qui sent le piment fort !

— Laurence ! C'est juste un souper entre amis et pour une heure seulement, car je travaille par la suite. Luigi est un copain, un camarade de l'étage.

— Oui, mais un souper en tête-à-tête, ça engage, Marie. As-tu pensé aux conséquences ? Qui te dit qu'il n'a pas des idées derrière la tête, ce gars-là ? Je ne veux pas dire de mauvaises idées, mais sortir avec toi, devenir plus qu'un ami…

— Mais non, Laurence, tu te fais des idées. Monsieur Luigi…

— Monsieur Luigi, monsieur… à part ça ! Comme si un homme de trente ans ne savait pas où il s'en va. Allons, réveille, ma petite sœur ! Tu vois bien que ce type-là se cherche une blonde ! Toi, des fois…

— Laurence, il est bien trop vieux pour moi ! Il le sait ! C'est toi qui, des fois… Monsieur Luigi s'ennuie, il veut passer le temps, c'est un vieux garçon endurci.

— Trop vieux pour toi ! C'est toi qui le dis, Marie, pas lui ! Il est peut-être de ma génération, mais ça n'empêche pas les intentions et encore moins la relation. Tu sais, la différence d'âge, pour un Italien, ça n'entre pas en

cause. De toute façon, à quoi ça sert de m'époumoner…
Toi, tu ne vois jamais clair !

Et c'était Rémi qui avait mis fin à ce qui risquait de
devenir une altercation entre elle et moi.

— Laurence, s'il te plaît, mêle-toi de tes affaires.
Marie est en âge de savoir ce qu'elle a à faire.

Je n'avais rien ajouté, je sentais Marie malheureuse, nerveuse même. J'avais éveillé des soupçons, elle
ne jurait que par moi… Je n'aimais pas agir comme si
j'étais sa mère, mais mon Dieu ! il fallait bien que je la
secoue de temps en temps ! Elle était si candide, si naïve.

Marie avait été songeuse toute la journée. Elle
m'avait téléphoné pour me demander comment j'allais,
ce que je faisais. Je la sentais inquiète, mais je n'étais
pas revenue sur le sujet. J'étais sûre de ce que j'avan-
çais, mais il fallait qu'elle apprenne d'elle-même. Je
n'étais pas pour la couver éternellement, je l'avais fait
assez longtemps. Et comme elle n'avait pas d'amis…
Ce n'était pas normal que ce soit sa grande sœur qui
fasse son éducation sexuelle mais, que voulez-vous,
c'était de ma faute, je l'avais surprotégée. Et puis, à
dix-sept ans, femme quoique encore enfant… C'est
vrai que je ne lui ai pas donné de "lousse", j'avais peur
que…»

— De quoi aviez-vous peur, Laurence ?

— Je craignais qu'elle subisse l'influence de Colette.
Quoique docile et douce comme un ange, j'ai toujours
eu peur que les démons de mon autre sœur s'emparent
d'elle.

«Elle est donc allée souper avec Luigi Bonani et c'est
là que le drame a commencé. Il avait mis son plus bel
habit, sa cravate. Pour lui, c'était loin d'être un souper
d'une heure entre amis. Fort heureusement, il n'y avait
pas de permis de boisson au restaurant Electra. Marie
m'a raconté qu'ils avaient soupé copieusement, qu'ils

avaient jasé de tout et de rien et qu'elle se sentit rassurée jusqu'à la fin du repas. Au moment du café, une femme et une jeune fille se sont approchées de la table. Luigi souriait.

— Marie, je te présente ma mère et ma sœur, Rhéa.

— Enchantée, madame, bonsoir, mademoiselle, prenez la peine de vous asseoir, il y a de la place pour quatre, leur dit-elle dans toute sa gentillesse.

La mère et la fille prirent place et Marie sentit que toutes deux la dévisageaient.

— C'est elle, *mamma*, c'est Marie dont je t'ai parlé.

La grosse dame lui sourit et lui lança d'un ton poli et amical :

— Mon Luigi a bon goût, vous êtes très jolie, mademoiselle.

Et la sœur d'enchaîner :

— Il nous a toujours dit qu'il attendait la plus fine et la plus belle.

Marie était fort mal à l'aise et Luigi, satisfait, souriait sans rien dire.

— Vous savez, c'est un bon garçon que mon Luigi. Depuis que son père est mort, c'est lui qui s'occupe de nous deux. Un brave garçon que mon Luigi.

— *Mamma*, pas trop, tu vas me gêner, avait répondu le fils, embarrassé.

— Non, non, Luigi, c'est pas trop. Il faut qu'elle sache que tu es un bon garçon, que tu travailles fort, que tu aimes les enfants.

Marie avait tressailli. Elle a sans doute compris à ce moment que je n'avais pas tort, que Luigi avait des intentions, que sa mère voulait le caser.

— Je suis désolée, mais il faut que je parte, je travaille ce soir. Ce n'était qu'un souper...

Tout le monde se leva de table et Rhéa, la sœur de Luigi, lui murmura :

— Vous allez voir, nous sommes une bonne famille, Luigi a bon caractère.

Marie salua la *mamma*, la sœur, s'empara de son sac à main et dit à l'Italien :

— Vous pouvez rester, monsieur Luigi, vous avez terminé votre journée, vous. Restez avec votre mère et votre sœur, je n'ai qu'à traverser la rue.

Empressé, il avait répondu :

— Jamais de la vie, je te raccompagne jusqu'à la porte. On ne sait jamais... Et puis, elles vont m'attendre, c'est moi qui les ramène avec ma voiture.

Marie s'empressa de sortir, pressa le pas, suivie de Luigi qui voulait lui tenir le bras. Se dégageant sans trop que ça paraisse, elle attira son attention sur un petit caniche en laisse. Puis, devant la porte de l'immeuble, elle lui dit avec un sourire quelque peu forcé :

— Merci pour le souper, monsieur Luigi. Ce fut gentil. Passez une belle fin de semaine.

— Marie, je t'en prie, pas monsieur Luigi, Luigi tout court. Ça me fait paraître vieux...

— Non, ça ne change rien et je me suis habituée. Bonsoir, monsieur Luigi.

— Hé ! avant que tu partes, une dernière question.

— Faites vite, je suis déjà en retard, répondit Marie en regardant sa montre.

— Comment as-tu trouvé ma mère et ma sœur ?

— Très charmantes, très gentilles, mais, dites-moi, est-ce par hasard qu'elles étaient là ?

— Heu... oui et non. Elles sont allées magasiner et je leur ai dit d'arrêter en passant. Je voulais qu'elles te rencontrent, qu'elles te voient, Une *mamma*, tu sais...

— Je sais quoi ? Que voulez-vous dire ?

— Ben... une *mamma*, ça parle au nom de la famille. C'est la *mamma* qui décide.

— Décide de quoi ? Je ne comprends pas.

— Ah, si, tu comprends. Tu fais semblant, Marie, tu sais ce que je veux dire.

Elle avait pâli, ses jambes fléchissaient. Ayant peine à garder son calme, elle lui avait dit :

— Là, je suis vraiment en retard, excusez-moi, bonsoir, monsieur Luigi.

Et elle monta en vitesse par l'escalier pour ne pas qu'il entre avec elle. Elle avait eu le temps d'apercevoir d'un dernier regard la *mamma* et Rhéa qui, de l'autre côté de la rue, lui souriaient d'agrément.

Le lendemain, quand elle m'a raconté son aventure, je lui ai dit :

— Et c'était moi qui me faisais des idées ! Tu vois ? Tu es comme saint Thomas, toi !

— Excuse-moi, Laurence, tu avais raison, j'aurais dû t'écouter, refuser son invitation ou simplement la décliner poliment. Je ne mettrai plus en doute ton jugement, je te le jure.

— Non, ne te fie pas qu'à moi, Marie. Dans d'autres cas je pourrais me tromper, mais les hommes, je les connais, va. Essaie d'être plus perspicace, plus intuitive, moins naïve. Il faut apprendre à te fier à toi, Marie, à ton jugement. Essaie de prévenir...

— Je vais faire plus attention, je te le promets. Je vais être sur mes gardes.

— Bien beau, tout ça, mais là, qu'est-ce que tu vas faire avec lui ?

— Je vais l'éviter, je vais être distante, je vais me tenir loin...

— Tu crois que c'est la solution ? Non, Marie. Ce qu'il faut faire, c'est l'affronter, lui laisser savoir que tu n'es pas intéressée, être franche avec lui. Ce n'est pas en se sauvant du loup qu'il perd la piste... Dis-lui la vérité, ne le laisse pas aller plus loin. S'il est intelligent, il comprendra. Et, de la façon dont tu me l'as décrit, il devrait bien savoir que tu n'es pas une fille pour lui.

— Je vais m'arranger, Laurence, je vais le lui dire, tu as raison. À la première avance, à la moindre invitation, je vais lui dire poliment qu'il perd son temps.

— Pas trop poliment, je te connais, toi. Arrange-toi pas pour qu'il insiste.

Durant la fin de semaine, je la sentais songeuse. Marie avait horreur des bévues, des faux-pas. Elle culpabilisait d'avoir, sans l'avoir cherché, donné une lueur d'espoir à cet homme. Elle l'imaginait heureux, content de la soirée et ça la chagrinait. Elle n'aimait pas causer de peine et elle se demandait comment lui dire sans trop le bouleverser... Je la voyais, elle était nerveuse, angoissée... et pour lui changer les idées, comme Rémi travaillait, je l'invitai au cinéma en matinée. Au premier programme du cinéma Villeray. Je m'en rappelle encore comme si c'était hier, nous étions allées voir *The Country Girl*, avec Grace Kelly.

Le lundi suivant, en entrant au bureau, Marie trouva des fleurs et une carte sur son classeur. La réceptionniste souriait, c'était elle qui avait disposé le bouquet. Sur le petit carton, un mot gentil : *Merci pour le souper, Marie. Luigi.* Elle était très embarrassée et le fut davantage quand son patron Bernie lui demanda en souriant : "Une *love story*, Marie ?" Elle devint rouge de timidité et de colère et répondit : "Non, vous vous trompez, monsieur Stein, j'ai déjà un ami, je suis presque fiancée." Pour la première fois de sa vie, pour sauver la face, pour cacher son angoisse, Marie avait menti. Elle commanda son dîner du restaurant, elle n'arpenta pas le couloir de l'étage de la journée. Sauf une fois, et en vitesse, pour se rendre à la toilette des dames. Le soir venu, elle s'esquiva par l'ascenseur des livreurs pour ne pas rencontrer son prétendant. Elle sauta même dans un taxi jusqu'à la rue

Saint-Laurent et là, rassurée, elle prit l'autobus pour rentrer à la maison sans avoir vu Luigi de la journée. Elle n'était pas prête à l'affronter, à lui expliquer, à lui faire comprendre. Elle n'aurait pas trouvé les mots, c'était trop tôt, m'avait-elle dit. Il avait dû la chercher, espérer la croiser, mais elle s'était cachée, encore atterrée par la surprise du bouquet.

Le lendemain matin, un autre petit colis et une carte. Elle le déballa, découvrit une petite broche en forme de papillon et, sur le petit carton : *J'ai hâte de te revoir, je m'ennuie. Luigi.* Ç'en était trop ! Il fallait qu'elle lui parle, qu'elle lui explique. Ses collègues de travail chuchotaient dans son dos. Il fallait tirer cette histoire au clair, lui faire comprendre qu'un souper, ce n'était pas un engagement. Elle provoqua la rencontre vers midi en se dirigeant au restaurant du coin. Elle savait qu'il serait dans les parages. Comme de fait, il était devant la porte de l'édifice, surveillant les allées et venues des employés. L'apercevant, il lui offrit un grand sourire et s'exclama :

— Marie ! Je ne t'ai pas vue, hier. Je t'ai cherchée, j'ai attendu...

Elle ne le laissa pas poursuivre :

— Il faut que je vous parle, monsieur Luigi. Pas au restaurant, tout le monde nous connaît.

Il répliqua :

— Je ne suis quand même pas pour t'inviter à la taverne, les femmes ne rentrent pas.

Il s'efforçait de rire. Il semblait nerveux. Il se doutait sans doute de ce qui l'attendait.

— Venez, nous allons marcher. Il y a un restaurant près de la rue Saint-Denis.

Elle pressait le pas, il la suivait sans rien dire. À une intersection, il lui demanda :

— Tu as reçu mes fleurs, hier ?

— Oui, et un autre cadeau ce matin. C'est de tout ça dont je veux vous parler. Attendons d'être au restaurant.

Ils finirent par arriver, et ils trouvèrent une table dans un coin discret. Marie ne commanda qu'une tasse de thé. Les événements des derniers jours lui avaient coupé l'appétit. Luigi avait commandé une poitrine de poulet, des frites, une salade avec des piments rouges. Ce n'était pas l'inquiétude qui allait l'empêcher de se bourrer la panse, ni de surveiller... son haleine.

— Monsieur Luigi, je ne veux plus recevoir de cadeaux. Vous n'avez aucune raison d'agir de la sorte. Ça fait jaser les gens, ce n'est pas correct de votre part.

— Je voulais juste te faire plaisir, Marie. Depuis le souper...

— Oui, parlons-en, si vous voulez bien. J'ai accepté ce souper parce que c'était un souper entre amis, entre camarades si vous préférez, mais là, je me demande où vous voulez en venir. Les gens pensent que nous sortons ensemble.

Il baissa la tête, la releva, la regarda dans les yeux et lui avoua :

— Moi, je voudrais bien, je n'attends que ça. J'ai pensé que depuis le temps...

— Depuis le temps ? Depuis le temps qu'on se dit bonjour et qu'on se salue ? Vous n'êtes pas le seul à qui je parle, monsieur Luigi. Il y a beaucoup de monde dans cet immeuble. Et ce n'est pas parce qu'on dit bonjour, comment ça va...

Elle n'eut pas le temps de terminer qu'il lui murmura tout bas :

— Je t'aime, Marie.

— Quoi ? Ai-je bien compris ?

— Oui, je t'aime. Depuis la première fois que je t'ai vue. Et puis après, de plus en plus. Je pense à toi chaque jour, j'aimerais qu'on sorte ensemble. Ma mère et m'a sœur t'ont trouvée charmante. Elles veulent même t'inviter à souper.

— Il n'en est pas question, monsieur Luigi. De l'invitation comme des fréquentations. Je n'ai pas l'intention de sortir avec vous. Et, si j'avais su que c'était là votre intention, je n'aurais jamais accepté ce souper. Je pensais qu'entre amis…

— Tu n'as pas compris, Marie ? Je t'aime comme un fou. Je ne dors plus la nuit.

— Monsieur Luigi, je vous en prie, ce n'est pas honnête, ce que vous dites là.

— Pas honnête ? Tu penses que je veux juste m'amuser ? Tu te trompes, Marie. Je suis un gars sérieux et je suis prêt à te marier si tu le veux.

Elle croyait rêver. Un tout petit souper et voilà que… Quelle catastrophe !

— Mais je n'ai pas envie de me marier, moi ! Ni avec vous ni avec personne ! J'ai dix-sept ans, monsieur Luigi, c'est mon premier emploi. Je veux être libre, moi.

— Tu ne m'aimes pas ? C'est ça, n'est-ce pas ? Tu ne m'aimes pas ?

— Je vous aime bien, vous êtes gentil, mais vous aimer d'amour, non. D'ailleurs, ça ne m'est même pas venu à l'idée. Croyez-vous qu'on tombe en amour comme ça, vous ?

— Moi, ça m'est arrivé… Dès que je t'ai vue, Marie ! Pour d'autres, ça peut prendre un peu plus de temps, et je suis prêt à attendre. À force de se fréquenter, on finit…

— Assez, c'est suffisant, n'en dites pas plus ! Vous n'avez pas compris, monsieur Luigi ? Je ne vous aime pas ! Je n'ai pas l'habitude d'être aussi directe, mais avec vous, je n'ai pas le choix. Je ne vous aime pas ! Je vous estime, bien sûr, je vous trouve bien élevé, je vous trouve charmant, mais…

— Tu vois ? Tu me trouves des qualités ! Je suis sûr qu'avec le temps, si tu essayais...

— Non, et ça suffit ! Je ne vous aime pas, je ne vous fréquenterai pas et je ne veux plus rien recevoir de vous. Désormais, bonjour, bonsoir, c'est tout. Quand je serai amoureuse de quelqu'un, je le sentirai. On n'aura pas à me faire essayer !

— Si je comprends bien, tu ne veux plus venir dîner avec moi ?

— Vous avez bien compris. C'est fini, monsieur Luigi. Rien d'intime, mais pas plus mauvais amis pour autant. Vous verrez, vous allez trouver un jour. Une fille de votre âge, qui vous aimera et qui sera fière d'aller manger chez votre mère.

— C'est l'âge, hein ? Juste l'âge, n'est-ce pas ? Tu me trouves trop vieux pour toi ?

— Non, ce n'est pas juste l'âge, il y a le reste aussi...

— Ça veut dire quoi... le reste ?

— Tout ce qui fait qu'on n'est pas amoureuse, balbutia-t-elle. Le reste, c'est l'amour, les sentiments qu'on éprouve et je ne les éprouve pas. Ne me faites pas parler, vous savez très bien ce que je veux dire.

— Moi, je t'aime encore, je vais t'aimer toujours, Marie.

Elle se leva, prit son sac à main et il la retint par le bras.

— Non, ne t'en va pas, ne me laisse pas comme ça, donne-moi au moins une chance.

— Monsieur Luigi, la plaisanterie a assez duré. Je pars, je rentre au bureau seule, je ne veux pas être raccompagnée. Et je ne veux plus avoir affaire à vous, je ne veux plus vous parler, je ne veux plus avoir à m'expliquer. À partir de maintenant, un bonjour en passant, pas plus. Et si vous insistez...

Il lui avait saisi la main, il la pressait vivement dans la sienne. Elle la retira brusquement et, hors d'elle-même, elle lui lança, quitte à être entendue des clients :

— Vous avez la tête dure ! Pas même un bonjour, rien ! Je ne veux plus vous adresser la parole. Laissez-moi en paix et cherchez-en une autre. Une... une femme de votre genre !

Elle avait tourné les talons, elle était sortie en colère, elle était rentrée au bureau. Son patron, tout comme ses collègues, n'avait jamais vu Marie dans un état pareil. Elle croyait avoir réglé, signifié, mis un terme à ses rengaines, mais elle se trompait. Luigi Bonani, fou d'elle, épris jusqu'à la moelle, n'allait pas lâcher prise.

Pendant des mois, il la poursuivit de ses avances. Des cadeaux au bureau, d'autres à la maison. Des bijoux, des parfums, l'album complet des disques de Lawrence Welk, du papier à lettres, un collet de dentelle, des gants de soie, bref, tout ce qui lui passait par la tête. Avec des cartes remplies de mots d'amour, de mots d'espoir. Il copiait même les rimes de certains poètes. Un jour, elle reçut un disque, une chanson d'amour de Charles Aznavour. Sur la petite carte, il avait écrit : *Si tu voulais m'aimer, je t'offrirais un vison. Luigi.* Avec des X en guise de baisers. C'était épouvantable ! Marie vivait un cauchemar ! De nos jours, on appellerait ça du harcèlement, mais dans ce temps-là, ce n'était qu'un amour... insistant. Il l'attendait à la porte de l'édifice, il tentait de lui parler, elle le fuyait sans rien dire et, le soir, il était encore là à l'implorer, à mendier une parole. Comme son travail s'en ressentait, monsieur Stein était allé se plaindre au patron de Luigi. Ce dernier, un autre Italien, lui avait répondu : "Que veux-tu que je fasse ? Il l'aime, le Luigi. Je ne suis pas pour le mettre à la porte parce qu'il est amoureux et que la fille est dans son cœur, c'est mon meilleur tailleur." Il téléphonait à la maison et quand c'était Rémi ou moi qui répondait, il raccrochait.

Lorsque c'était Marie, juste au son de sa voix, c'est elle qui lui raccrochait au nez. Je n'ai jamais vu un homme aussi tenace. Au point que Rémi voulait aller lui casser la gueule. Mais la petite l'en empêcha. Elle ne voulait pas de coup d'éclat. Elle préféra quitter son emploi, au grand désespoir de Bernie qui fit tout pour la retenir. Elle quitta son travail en me disant qu'elle trouverait autre chose, qu'elle en avait assez des sacs à main. Et quand je lui demandais : "C'est à cause de lui, de Bonani, n'est-ce pas ?" elle me répondait : "Non, c'est trop loin, ça me prend des heures pour m'y rendre. Je veux trouver quelque chose plus près d'ici." Elle n'aurait jamais avoué qu'il était la cause de son départ. Marie était comme ça. Elle n'impliquait jamais personne lorsqu'elle fermait les volets. Elle avait quitté son emploi à cause de lui tout comme elle avait quitté le patin à cause de moi. En trouvant une défaite pour ne pas mettre quelqu'un d'autre dans l'embarras. Comme si je ne le savais pas !

Entre-temps, une autre histoire allait me préoccuper. Plus vilaine encore, parce qu'elle me touchait directement cette fois. Non pas que celle de Bonani était finie, il allait revenir à la charge. Mais, ce qui m'est arrivé m'a fait oublier l'Italien et les angoisses de Marie. Cette fois, c'était Rémi qui allait me darder en plein cœur. Toujours contremaître là où il travaillait, mon mari s'était lié d'amitié avec l'un de ses employés. Un bon à rien, marié et père de trois enfants, qui passait son temps à boire et à fréquenter les clubs de nuit les plus sordides de la ville. Rémi l'a invité une seule fois à la maison. À la fin de la soirée, je l'avais mis dehors, il était saoul comme un cochon ! Et il n'est jamais revenu, croyez-moi. Je défendais même à Rémi d'aller prendre un verre de bière à la taverne avec lui. Chaque fois que ça arrivait, mon mari rentrait en chambranlant. Ce morveux, ce père sans cœur, avait le don de faire boire les autres et de leur faire oublier l'heure. J'ai tellement crié que Rémi s'en est peu à peu éloigné. Il était encore son employé, mais après les heures de travail, pas question, Rémi rentrait à la maison. Mon mari ne portait pas l'alcool. Après deux verres, la tête lui tournait; après trois, il était malade. Surtout avec la bière et les spiritueux. Donc, un verre de vin de temps en temps, rien d'autre. De toute façon, Rémi n'a jamais aimé la boisson, mais ce poltron, ce père dénaturé, avait de la gueule pour inciter les autres. Surtout son patron, en vue d'une augmentation.

Toujours est-il qu'un certain jour, ce vaurien approche mon mari pour lui dire qu'il était allé dans un club de danseuses la veille et que l'une d'elles, à qui il avait payé un verre, lui avait dit être parente avec son *boss* quand il lui avait révélé où il travaillait. "Demande-lui de venir voir sa belle-sœur", lui avait dit la danseuse qui s'appelait Lola Lopez. Intrigué, ayant peine à croire que Colette en soit rendue là, il ne m'en parla pas, se promettant d'aller voir de ses yeux ce que son employé lui racontait. Il s'y rendit un soir en prétextant qu'il avait un contrat à faire signer, qu'il ne rentrerait pas tard. Tout ce que je vous dis, Vincent, c'est lui qui me l'a raconté, mais attendez la suite. Il s'est rendu au *Béret bleu* de la rue Sainte-Catherine. Un trou! Un cabaret de troisième ordre! Il s'est assis, a commandé un verre, et il a vu Colette assise à une table avec un client. Elle ne l'avait pas vu, il était derrière une colonne et il l'observait. Court vêtue, selon lui, il l'avait vue commander du champagne qu'on avait déposé dans un seau à glace par terre, juste à côté de son pied. Le client éméché avait payé et Rémi avait vu Colette pousser le seau du pied pour que tout se renverse. C'était un stratagème. Les autres filles faisaient de même. Elles s'excusaient de leur maladresse et le client, un imbécile la plupart du temps, commandait une autre bouteille. Toujours dissimulé dans le noir, il vit Colette se lever, se rendre derrière un rideau et revenir cinq minutes plus tard sur la scène après qu'on eut annoncé au micro : "Directement de Madrid, la plus que belle Lola Lopez !" Imaginez ! Une fille d'ici, une menterie ! Elle portait une longue robe rouge, des fleurs dans le chignon, ses boucles d'oreilles de gitane. Selon Rémi, on aurait pu jurer qu'elle débarquait tout droit d'Espagne avec ses cheveux noirs lissés. Et là, au son d'une musique de ce pays, c'était le déshabillé progressif. Les longs gants, les bijoux, la robe sur le parquet, le soutien-gorge, pour finalement terminer sa danse avec sa petite culotte et des pastilles sur les mamelons qu'elle faisait tournoyer. »

— J'ai honte, Vincent, de vous faire mention de cet épisode, mais que voulez-vous, ça fait partie de la succession des événements. Vous m'avez demandé de ne rien sauter...

— C'est ce qu'il faut, Laurence, vous rendre jusqu'au bout, sans omission, sans retenue.

— C'est ce que je fais, mais parfois c'est dur, c'est gênant...

— Non, non, continuez, c'est avec des faits réels qu'on finit par pondre un roman.

« Après son numéro, c'était au tour d'une autre. Cette fois, directement de Hong Kong, la merveilleuse China Lee. Si je la mentionne, c'est que c'est important. Ensuite, toujours assis à la même table, Rémi aperçut Colette qui revenait et qui cherchait des yeux des clients à faire passer au *cash*. Quand elle aperçut mon mari, au lieu d'être gênée, elle s'avança vers lui et lui dit avec un sourire : "Rémi ! Comme je suis contente de te voir !" La gueuse ! Après s'être montrée devant lui les seins nus, les fesses presque à l'air. Elle lui a avoué que ça n'avait pas duré avec son patron, son Johnny. Elle l'avait trompé avec l'un de ses employés et, l'ayant appris, il l'avait foutue à la porte cul par-dessus tête, son linge sur le trottoir, en la traitant de salope. Plus d'amant, plus d'emploi, elle avait pris le peu d'argent qui lui restait pour se louer une chambre. Honteuse, elle ne voulait plus revenir chez nous. De toute façon, je ne lui aurais pas ouvert ma porte. Assez, c'était assez, non ? C'est à la maison de chambres qu'elle a fait la connaissance de Lorraine, qui habitait au même endroit. Lorraine, une fille du Bas-du-Fleuve, c'était elle qui dansait sous le nom de China Lee. Parce qu'elle avait les yeux en amande, on l'avait déguisée pour en faire la reine de Hong Kong. Colette était sans le sou, sans ressources, et ce fut très facile pour la fausse Chinoise de la convaincre de devenir danseuse, de rencontrer son patron. Colette ne se fit pas prier, ce n'était pas la pudeur qui l'étouffait, celle-là. Le patron l'a trouvée belle, il l'a présentée à son agent d'artistes et c'est ainsi qu'est née Lola Lopez. Ah, si ma pauvre mère avait vécu... Quelle honte pour la famille ! Elle a pris un ou deux verres avec Rémi, elle lui a présenté sa copine Lorraine, alias China Lee, et elle a avoué à mon mari qu'elle était heureuse dans ce métier-là et qu'elle était amoureuse d'un gars de la mafia qui la comblait de bijoux, qui lui payait des voyages. Elle disait travailler ici et là, à Montréal comme en province et même jusqu'aux États. Elle faisait de l'argent, elle n'était pas à plaindre, selon elle, et quand mon mari s'inquiéta du lieu, de sa réputation, elle éclata de rire. "T'en fais pas, on ne me connaît pas. Dans le métier, c'est Lola qu'on m'appelle. Personne ne sait qui je suis, Rémi." Il aurait aimé la sortir de cette impasse, quitte à me convaincre de la reprendre, mais à vingt-quatre ans, Colette n'avait guère besoin d'un bon Samaritain. Il m'a dit l'avoir vue se lever, parler à un type qui la regardait de travers et l'avoir entendue lui dire : "Voyons, Frank, c'est mon beau-frère !" Rémi est rentré très tard ce soir-là. Je ne l'ai pas entendu, je dormais. Je me suis réveillée un brin lorsqu'il s'est mis au lit, mais je me suis vite rendormie. Tout ce que je savais, c'est qu'il puait l'alcool et que j'aurais l'heure juste le lendemain.

Quand il m'a raconté son périple, j'ai d'abord explosé puis je l'ai écouté. J'ai même oublié le mensonge qu'il m'avait fait avaler en prétextant un contrat. Il m'avait dit : "Je ne voulais pas t'énerver, je voulais être sûr que c'était de Colette qu'il s'agissait avant de t'en parler." J'étais navrée pour elle, insultée pour la famille. Je pensais à Marie. Comment allais-je lui confier que sa sœur était devenue une… une poubelle ! Je ne voulais plus la revoir. Jamais ! Pour le reste de ma vie ! Rémi avait semblé compatissant et ça m'avait mise en furie. Il m'avait dit : "C'est triste à voir, Laurence" et, cinglante, je lui avais répliqué : "N'empêche que tu t'es rincé l'œil, non ? Tu puais l'alcool, tu as passé toute la soirée…" Il m'avait interrompue pour me dire : "Non, à peine une heure, le temps de tout apprendre. Après, je suis allé prendre un café, j'ai jonglé, j'étais déçu pour toi, pour elle. Nous l'avons élevée, cette enfant-là…" Il avait l'air si sincère, il avait tant de peine pour elle… que je suis devenue dure comme le fer. C'était ma propre sœur et je ne ressentais aucune pitié de la voir brûler en enfer. Je n'ai rien ajouté. Rémi est allé travailler. »

Laurence reprit son souffle avant d'ajouter, en regardant Vincent :

— Mais c'était là sa version, son boniment à lui. Et je l'ai cru parce qu'il ne m'avait jamais menti. Je l'ai cru comme une idiote, le chenapan ! Voyez ! J'en tremble encore, Vincent !

« Après le départ de Rémi, j'avais fouillé dans le journal du matin et j'étais tombée sur les pages des spectacles, sur l'annonce du fameux club en question. On y annonçait les plus jolies danseuses de tous les coins du monde. De l'Espagne, Lola Lopez, de la Chine, China Lee, de la France, Sergine Paris, et ça continuait de la sorte et toutes ces filles étaient d'ici ou pas loin, de Saint-Henri jusqu'à Chicoutimi. J'en étais renversée ! D'autant plus que la Lola Lopez, c'était ma sœur, Colette Mousseau ! Sortie tout droit du ventre de ma sainte mère ! J'en pleurais, Vincent. J'avais fini par raconter toute l'histoire à Marie qui avait baissé la tête. Elle était navrée, peinée, mais elle m'avait dit : "Laisse-la faire, ne te mets pas à l'envers avec ça, Laurence. Personne ne sait qu'elle est notre sœur et puis, c'est sa vie…" Il faut dire que Marie avait d'autres soucis dans la tête avec son Luigi Bonani.

Il était environ onze heures lorsque le téléphone sonna. Je croyais que c'était Rémi, mais non, c'était elle, Colette ! Quelle audace ! Le lendemain de la veille, sans même un remords dans la voix. J'ai voulu raccrocher dès qu'elle s'est nommée, mais elle a insisté :

— Écoute-moi, Laurence. Pour une fois, écoute-moi, ça ne va pas te contaminer.

— Je l'espère bien ! Qu'as-tu à me dire de plus ? J'ai tout appris ! Quelle honte !

— Honte ? Pourquoi ? Je gagne ma vie, Laurence, je n'embête personne. Et puis, "danseuse de caractère", c'est pas pire que d'être secrétaire.

— De "caractère", dis-tu ? Laisse-moi rire ! Danseuse du derrière, Colette !

— Bon, encore sur tes grands chevaux ? Pas moyen de s'expliquer que tu grimpes dans les rideaux ? Je danse, c'est un métier comme un autre et je gagne ma vie…

— Ouais… en renversant le seau de champagne, en détroussant les clients…

— C'est Rémi qui t'a dit ça ?

— Laisse faire, pas d'importance. Tu appelles ça danser, toi, faire tourner des pastilles sur tes seins nus ? Tu appelles ça une danse de "caractère" ? Tu trouves ça honnête, toi, d'être une fausse Lola Lopez, de te faire payer des verres par des hommes... Tiens ! Tant qu'à y être, combien tu charges pour coucher ?

— Toujours aussi aimable, toujours aussi jalouse. Il y a des remèdes pour ça, Laurence.

— Les remèdes, c'est toi qui devrais les prendre, ma chère ! Donnes-en aussi à la fausse Chinoise ! C'est toi pis elle qui avez une vis de "lousse" dans la tête, pas moi, Colette !

— T'as pas évolué, Laurence, t'as jamais rien compris. Tu juges et tu condamnes. T'as jamais voulu savoir ce qui s'passait dans le cœur des autres.

— Le cœur ? Parce que tu as un cœur, toi ? Ça prend du cœur pour se déshabiller ?

— Ça prend du cœur pour gagner sa vie, Laurence, ce que t'as jamais eu à faire, toi !

— Comment oses-tu me dire ça ? Moi qui t'ai élevée, moi qui ai perdu ma jeunesse...

— Élevée ? Garrochée, Laurence ! Je n'ai jamais été dans tes bonnes grâces, je n'ai jamais été ta petite perle, moi ! Même elle ! Tu penses avoir été une mère quand tu lui as fait manquer les *Ice Follies* !

— Moi ? Qu'en sais-tu ? Tu n'étais même pas là !

— Pas nécessaire, Rémi m'a tout raconté. Tu as décidé pour elle, Laurence, sans même la consulter. Et, parce qu'elle est docile, elle s'est sauvée de tes claques sur la gueule, elle ! Moi, je t'ai tenu tête et je fais ma vie comme je l'entends. À t'avoir écoutée, à avoir baissé la tête tout l'temps, je serais comme elle, niaiseuse et pis encore enfant.

— Petite ingrate ! Si j'avais su, je t'aurais placée au pensionnat. Peut-être que les bonnes sœurs seraient venues à bout de toi...

— T'aurais dû le faire, Laurence ! Ça n'aurait pas été pire que d'être bardassée par toi !

— Et dire que Rémi t'a aimée comme sa fille ! Si tu savais ce qu'il pense de toi !

— Ouais... Qu'est-ce qu'il a dit, ton beau Rémi ?

— Que tu dansais dans un trou, que tu étais devenue une guidoune !

— Ah, oui ? C'est pour ça qu'il est resté jusqu'à deux heures du matin ? Avec des *drinks* que je lui payais en plus ! C'est drôle, Laurence, mais y'avait pas l'air d'être indigné par les "guidounes", comme tu dis, ton beau mari.

— Qu'est-ce que tu veux dire ? Menteuse en plus d'être vache, Colette ?

— Ni l'une ni l'autre, parce que j'étais sobre, moi, et que j'ai tout vu.

— Vu quoi ?

— C'est pas à moi de te l'dire. On lui a pas mangé la langue, tu sais... Mais j'pensais pas qu'il pouvait être aussi hypocrite après.

— Après quoi ? Parle, chie-les, tes menteries ! Comme si Rémi...

— Ah, oui ? Alors, demande-lui donc ce qui s'est passé dans la loge de China Lee ? Pas fait de marbre, ton mari. Oh ! non. Pas fait de glace, ton beau Rémi.

— Plus garce que ça, ah ! toi ! Parler ainsi de ton beau-frère, de mon mari. Inventer n'importe quoi pour te venger de moi... Le bon Dieu...

— Laisse le bon Dieu dans ton eau bénite, Laurence, réveille ! Je n'invente rien et je n'aurais jamais rien dit, mais là, avec ce qu'il pense de moi, avec ce qu'il t'a dit sur le "trou" où je travaille... Un beau visage à deux faces, ton Rémi !

— J'en ai assez, Colette, j'ai plus rien à te dire et je ne veux plus jamais te revoir. De toute ma chienne de vie ! Disparais, putasse, fais ce que tu voudras, couche même avec les gars de la mafia, je m'en sacre, mais sors de ma vie !

— Parce qu'il t'a aussi parlé des gars de la mafia ? Un beau salaud, ton mari ! On le dorlote, je lui présente Frank, qui l'a reçu au champagne et au scotch, et il me démolit ? C'est China Lee qui va être surprise...

— Va au diable, Colette ! Ne rappelle plus jamais ! Tu ne fais plus partie de la famille.

— En ai-je déjà fait partie ? T'es pas une lumière, la grande sœur ! Mais t'en fais pas, tu n'entendras plus parler de moi, je m'en vais vivre aux États-Unis.

— Tant mieux ! Bon débarras ! Et ne reviens pas !

— Dis quand même bonjour à Marie et à Rémi. Dis à ton beau Rémi que China Lee s'ennuie déjà de lui...

Je ne la laissai pas terminer. Furieuse, je lui avais raccroché au nez.

Inutile de vous dire que je l'attendais, mon mari, de pied ferme. Marie, qui avait écouté la conversation en silence, se doutait bien que ça allait chauffer, j'étais rouge, nerveuse et agitée. Elle tenta de savoir ce qui me bouleversait, mais je lui ai répondu : "Attends ce soir, tu seras là, tu seras donc témoin de ce qui se passera !" Elle n'avait pas insisté, trop occupée à se trouver un autre emploi. Une ex-collègue de travail voulait parler en sa faveur à son beau-frère qui travaillait à Radio-Canada. On cherchait des réceptionnistes, des secrétaires. Et, en même temps, un médecin du quartier, qui avait son bureau à même sa résidence, cherchait une réceptionniste pour prendre les rendez-vous, accueillir les patients, faire un peu de tenue de livres. Elle avait rencontré les personnes en question. La Société Radio-Canada était prête à l'embaucher et le médecin n'attendait plus que sa réponse. Même si Marie était très jeune et qu'il aurait préféré une dame dans la trentaine. Mais elle l'avait impressionné, vivement emballé. Elle était donc face à deux emplois, tout près de prendre une décision, le jour où j'attendais Rémi avec une brique et un fanal.

Il était rentré avec le sourire, la cravate dénouée, détendu, dégagé. Il avait une lueur dans les yeux, du moins, je l'imaginais, sans doute encore sous quelques doux effets. Jusqu'à preuve du contraire, je lui accordais le bénéfice du doute, mais c'était plus fort que moi, j'avais l'air bête ! Nous mangions notre soupe, Marie était sur ses gardes et je n'étais guère bavarde. J'attendais qu'il manifeste quelque chose, qu'il m'ouvre une porte, ce qui ne sut tarder.

— Qu'est-ce qu'il y a, Laurence ? Tu n'as pas dit un seul mot depuis que je suis rentré.

— Colette a téléphoné. Elle a osé m'appeler, l'effrontée !

Je remarquai qu'il avait pâli, qu'il se tortillait sur sa chaise, qu'il n'osait plus me regarder dans les yeux. Dès lors, j'étais sûre qu'il était coupable, qu'elle ne m'avait pas menti. Il me fallait savoir… Il me répondit :

— Bon, et j'imagine que ça s'est mal passé ? Tu l'as engueulée…

— Je lui ai dit ma façon de penser. Je ne me suis pas retenue, tu me connais. Je lui ai même dit ce que tu avais pensé d'elle !

— T'as pas fait ça. Laurence ? Qu'est-ce que tu lui as dit ?

— Qu'elle travaillait dans un trou, qu'elle avait l'air d'une guidoune !

— Mais, j'ai jamais dit ça ! J'ai jamais employé ces termes ! Pourquoi as-tu fait ça, Laurence ? Qu'est-ce qu'elle va penser de moi, maintenant ?

— C'est bien simple, elle a dit que tu étais un visage à deux faces !

— Tu vois ? Tu lui as menti et c'est moi qui prends la claque ! Si j'avais su, je ne t'aurais rien dit, maudit ! C'est pas correct, ce que t'as fait là. J'vais passer pour un bel écœurant, elle va me haïr sans raison, t'avais pas l'droit…

— Parce que tu approuves ce qu'elle fait ? Parce que ça t'a plu, le spectacle ?

— Non, c'est pas ça, mais j'ai essayé de comprendre. J'étais pas là pour la condamner. Elle m'a quand même bien reçu, elle a été gentille avec moi...

— Autant que la Chinoise, Rémi ?

Bouche bée, blême, il suait.

— Où veux-tu en venir, toi ? Que vas-tu chercher là ? Encore une de tes histoires ?

— Non, Rémi, pas la mienne, la sienne ! Dans sa colère, Colette m'a tout dit. Elle m'a raconté tout ce qui s'était passé dans la loge de China Lee.

J'avais joué le tout pour le tout, je voulais le surprendre, le prendre au piège et ça a marché. Rouge, gêné devant Marie, il m'a répondu :

— Il ne s'est rien passé, elle a exagéré pour te pomper. C'est pas ce que tu penses...

— Elle m'a pourtant dit que la Chinoise et toi, sur un fauteuil... D'après ce qu'elle m'a dit, tu n'es pas fait de bois, n'est-ce pas ? Tu m'as trompée...

— Aïe ! Un bien grand mot pour ce qui s'est passé. Tu crois que...

— Que tu as couché avec elle ? Bien sûr, elle ne s'est pas gênée pour me le dire.

— Elle a menti, Laurence ! Je n'ai pas couché avec la Chinoise. C'est pas croyable...

— Tu m'as trompée, Rémi ! Tu m'as trompée, tu m'as cocufiée...

— Es-tu folle, Laurence ? Penses-tu que j'aurais fait une chose pareille devant ta sœur ? Avec sa langue sale ? Si j'avais eu à te tromper...

— Tu m'as trompée, ne le nie pas, Rémi !

— Si t'appelles ça tromper, toi... Pour ce que j'ai fait...

— Tu veux me faire croire que tu n'as pas couché avec elle ?

— Non, je n'ai pas couché avec elle ! Non, je ne t'ai pas trompée !

— Alors, qu'est-ce que vous avez fait, si ce n'est pas une affaire de couchette ?

Il était mal à l'aise. Marie le regardait, Marie baissait les yeux, puis, devant son trouble, elle se leva de table et se dirigea vers le salon.

— Tu n'as pas honte de me parler comme ça devant la petite ?

— Non, parce qu'elle n'est plus une enfant et que je veux qu'elle soit témoin de ton infidélité. Tu m'as trompée et...

— Je te répète que je ne t'ai pas trompée. J'avais pris un verre de trop...

— Oui ? Et après ? Qu'est-ce que t'as fait avec la Chinoise si tu n'as pas couché avec elle ?

— On s'est... on s'est juste tâtés, Laurence. Rien de plus, c'est elle qui a commencé.

Indignée, sachant ce que je voulais savoir, jalouse, et pour cause cette fois, je me suis levée et je l'ai giflé en pleine face. Si fort qu'il a failli dégringoler de sa chaise.

— Maudit cochon ! Du tripotage ! T'appelles pas ça tromper sa femme, toi ?

Il se tenait la joue. Mes doigts y étaient encore imprimés. Debout, il me fixa d'un regard dur :

— Ne me frappe plus jamais, Laurence. Jamais ! Ou... ou j'te rends l'change !

— Ose juste une fois, Rémi, et tu verras. Je n'ai rien à me reprocher, moi !

— Moi non plus, j'étais saoul, c'est un accident, je ne l'ai pas cherché...

— Tu étais tout de même dans sa loge, non ? Pourquoi étais-tu rendu là ?

— Tu me connais, j'avais peur d'être malade. Lorraine voulait me donner un comprimé.

— Lorraine ! Tu n'as pas oublié son véritable prénom, hein ? Parce que la fausse Chinoise, c'est une fille d'ici, pas vrai ? Une pute à part ça ! Tu as les mains sales, Rémi !

— Fais pas un drame avec un incident dont je ne me souviens même pas.

— Un incident ? Et menteur à part ça ! Tu ne me l'aurais jamais avoué si ma chère sœur n'avait pas ouvert sa grande gueule. Menteur et hypocrite ! Et là, tu vas me dire que c'est la première fois que ça t'arrive, que jamais avant...

— Je te le jure, Laurence ! Je ne t'ai jamais trompée, je n'ai jamais regardé une autre fille.

— Pas besoin de les regarder pour les tripoter ! Tu l'as même fait les yeux fermés !

— Je me suis endormi, je ne sais même pas ce qui s'est passé. À peine un...

— Un quoi ? Dis-le ! N'aie pas peur, j'ai pas de couteau !

— À peine un attouchement ou deux, j'étais dans les pommes, j'ai fait un somme et quand je suis parti, j'avais un peu retrouvé mes esprits. Assez pour conduire et me rendre ici. Mais je n'ai pas fait ce que tu penses. Demande à Colette.

— Parce qu'elle était là ? Parce qu'elle a assisté à la scène ? Donc, elle t'a vu en pleine action. Imagine comme elle doit rire. Pas de toi, de moi ! Ah ! la garce ! Je la vois dire à tout le monde que son beau-frère, la braguette ouverte...

— Pas tant que ça, Laurence...

— Je la vois dire à tout le monde que sa sœur est une maudite folle, qu'elle croyait que son mari était en or, à part des autres. Je la vois me rire en pleine face !

Rémi s'était éloigné. Ma fureur lui avait fait peur et il craignait le pire.

La soirée s'était écoulée en silence. Marie n'avait rien dit, mais elle avait tout entendu. Rémi ne savait plus que faire. La petite était au courant de toute l'affaire. Embarrassé, il s'était réfugié sur la galerie, loin des yeux de Marie et du regard foudroyant que je lui lançais dès qu'il me regardait. Plus tard, alors qu'il s'apprêtait à regagner la chambre, je lui avais dit d'un ton sec : "Non, pas dans mon lit ! Pas à côté de moi après la salope ! Dors dans le salon. Sur le sofa, Rémi ! Demain, je vais penser à ce que je vais faire, mais ça ne finira pas là !" Il avait l'air piteux, il m'avait suppliée à voix basse : "Va pas plus loin, on en reparlera si tu veux, mais pense à la petite, pense à Marie." Sur un ton encore plus amer, je lui avais répondu : "Non, ce soir, je pense à moi ! C'est moi que tu as trompée, Rémi, pas elle. Je ne te veux pas à mes côtés. Tu es dégueulasse ! Tu pues l'adultère ! Tu me dégoûtes !" Là, sortant de ses gonds, il m'avait répliqué : "J'ai quand même pas commis un crime, sacrement ! J'ai pris un verre de trop pis j'me morfonds à te dire que c'est elle…" J'avais refermé la porte de la chambre en la claquant. Sur mon lit, la tête entre mes mains, je m'imaginais le pire. Je la voyais l'embrasser, le tripoter… C'était insupportable ! Jalouse comme j'étais, maladive, déçue, je l'aurais tué ce soir-là. À trente-trois ans, après quinze ans de mariage, mon mari s'était donné à une autre. Il était sale à tout jamais pour moi. Il n'allait pas s'en tirer aussi facilement, en jetant le blâme sur elle et un scotch de trop. Rémi Pratte allait savoir de quel bois je me chauffais !

Le lendemain matin, levée avant lui, je le réveillai pour qu'il aille se laver et s'habiller. Pour moi, il était corrompu ! Comme un homme atteint de la lèpre ! Marie était restée au lit, sachant très bien que je n'avais pas fini, que Rémi allait passer un autre mauvais quart d'heure. J'ai préparé le café, je l'ai laissé se débrouiller avec son déjeuner, puis, voyant qu'il s'apprêtait à partir, je lui dis :

— Ah, non, tu ne vas pas t'en aller comme si de rien n'était. On n'a pas fini de parler, toi et moi. Appelle au bureau, arrive en retard, mais ça ne s'arrêtera pas là.

— Où veux-tu en venir, Laurence ? Qu'est-ce que tu mijotes encore ? Je t'ai tout dit, je n'ai rien à ajouter. J'aurais beau m'excuser, te dire que j'ai eu tort, mais c'est pas ça qui va te toucher. Avec toi, le dernier mot, rien de moins. Alors, lâche-le !

— Le dernier mot, c'est que je ne le prends pas, Rémi ! Si tu penses que tu vas t'amuser avec une fille de rien, rentrer aux petites heures, t'expliquer parce que tu t'es fait prendre, et que tu vas t'en tirer avec les quatre pieds blancs, tu te trompes ! Là, je ne suis plus capable de te regarder, plus capable de te voir franchir le pas de la chambre.

— Bon, alors, qu'est-ce que tu suggères ?

— Je... je veux que tu répares, que tu expies, que tu... je ne sais plus, moi !

— Veux-tu que je m'en aille ? Veux-tu qu'on se sépare ? Si c'est ce que tu veux, Laurence, dis-le. Je ne passerai pas le reste de ma vie à me faire des cheveux gris pour une bagatelle d'une nuit. Pas même une nuit, une heure à peine et endormi !

— Juste assez pour m'humilier ! Le temps que ça prend pour me tromper !

— Ne recommence pas, j'ai tout entendu ça hier soir. Si tu n'es pas capable de passer outre, de pardonner, de fermer les yeux sur une faiblesse, dis-le, Laurence, mais ne me rends pas à bout. Si tu comptes me remettre ça sur le nez jusqu'à la fin de mes jours, dis-le ! J'en ai assez de me faire assommer !

— Avoue que tu l'as cherché, que c'est toi qui es fautif, que je n'ai rien à me reprocher, moi !

— Oui, je l'sais ! Mais ce que je veux dire, c'est que ça fait des années que tu m'assommes avec ta jalousie.

Des années que j'endure tes crises d'hystérie. Sans avoir rien fait ! Tu doutes de moi depuis le premier jour, Laurence. Penses-tu que c'est valorisant pour un homme de ne jamais sentir la confiance de sa femme ? J'aurais pu te tromper, comme tu dis. Bien avant cette petite histoire ! Je ne l'ai jamais fait parce que je t'aimais. Mais j'aurais pu et tout l'monde m'aurait donné l'absolution. À se sentir toujours épié, à te voir douter, à être condamné avant d'avoir péché, un gars finit par en avoir assez. J'ai été patient, je me disais : "Ça va passer avec le temps." Mais là, ça empire, sacrement ! C'est comme si tu avais souhaité depuis le premier jour qu'une autre s'amène dans le portrait, que je succombe, pour ensuite m'assommer d'un coup de marteau. Tu es malade, Laurence ! Gravement malade ! Et j'connais pas de remède miracle ! Ce qui est arrivé l'autre soir, c'est un accident. Un accident que j'ai pas provoqué. Bien sûr, on m'a pas pris de force, on m'a pas violé, mais j'étais saoul, bâtard ! Je n'tenais plus sur mes jambes. J'aurais dû me rappeler que la boisson, je la porte pas, mais un pas de travers, ça arrive à tout l'monde dans la vie. J'suis pas à part des autres, j'suis pas l'bon Dieu sur terre, moi ! Si t'es pas capable de passer l'éponge, si t'es pour me recevoir chaque soir avec ton air bête et me faire coucher dans l'salon, ça vaut pas la peine de continuer. J'aime mieux faire mes valises pis sacrer l'camp ! La vie est trop courte pour qu'on se morfonde… C'est pas pour ça qu'on vient au monde !

Comme le ton avait monté, je m'étais mise à pleurer. Comme d'habitude. Mais ce jour-là, j'ai senti que ça ne l'avait pas touché. Debout devant la porte, il m'avait dit :

— Je te laisse la journée pour y penser. Si ce soir tu n'as pas changé d'idée, je partirai, Laurence. Moi, j'en peux plus de cette vie-là. Je partirai avant de ne plus t'aimer. Je vais m'en aller, même si ça va faire mal, mais

301

ce sera moins pire que de m'sentir empoisonné à petit feu. Penses-y, moi, j'ai plus rien à dire.

Et il était sorti sans même me regarder. Je l'avais provoqué, je le savais, je l'avais rendu au bout de sa corde. Mais n'empêche que la China Lee... Ah! celle-là! Si elle s'était trouvée devant moi, je lui aurais arraché le bras! Oser toucher à mon homme! Me faire ça à moi! Devant ma sœur, la vache, qui riait sans doute de mon malheur! Depuis le temps qu'elle voulait voir Rémi tout nu! Elle l'avait vu, elle m'avait eue! Encore aujourd'hui, si elle était devant moi... Maudite sans-cœur! Faire ça à sa propre sœur! Jeter son beau-frère dans les bras d'une saleté!»

Laurence reprit son souffle, retrouva son calme, s'épongea le front, au grand désarroi de l'écrivain qui n'en revenait pas. C'était comme si elle avait revécu ces moments avec la même fureur, la même haine, la même souffrance que le jour où c'était arrivé. Et ce, après toutes ces années. Vincent avait frémi. À certains moments du récit, il avait eu peur. Il avait craint que sa narratrice ne sombre dans la folie. Il avait pris des notes, mais d'une main tremblante. Jamais il n'avait vu une femme avec une telle rage. Au point d'en oublier les bonnes manières, sans pudeur, utilisant un vocabulaire parfois grossier pour décrire la scène. Laurence n'avait pas raconté, elle avait revécu l'outrage. En oubliant que l'auteur était là, que le temps avait passé, que «l'affaire» était depuis des années périmée. C'est en retrouvant son calme qu'elle retrouva son équilibre. Comme si elle sortait d'un mauvais rêve, comme si elle revenait sur terre. Elle le regarda, lui sourit, ce qui le soulagea, et, apaisée, regardant la rivière, lui murmura timidement:

— Excusez-moi, je me suis laissé emporter...

Vincent, qui avait peine à s'en remettre, lui suggéra:

— Que diriez-vous d'un moment de repos, d'un dîner, le temps de reprendre votre souffle?

— Oui, ce ne serait pas bête. Restez là, je vais aller préparer des bouchées. Rien de pesant ni d'indigeste, il fait si chaud. Juste de quoi ne pas mourir de faim.

Elle avait ri, elle s'était levée et dirigée vers la maison. Resté seul sur le quai, Vincent regardait l'eau, sourcils froncés, plis au front. L'avait-elle aimé à ce point, son Rémi, ou était-elle tout simplement démente ? Il se rendait compte que Laurence, toute sa vie, avait souffert d'une double personnalité. Chatte quand on la flattait, vipère quand on la contrariait. Et c'étaient les morsures qui l'inquiétaient.

Un léger goûter, du thé glacé, des menthes, de l'eau fraîche, et Laurence était de retour, allongée dans sa chaise. Elle s'était rafraîchie, avait replacé sa coiffure. Elle s'était même parfumée. Une abeille tenace, attirée par la fragrance, volait tout contre son poignet.

— Vous êtes prête pour la suite ? Pas trop fatiguée ?

— Non, ça ira, mais je ne continuerai pas ce soir. Je vous saurais gré de me raccompagner après le souper.

— Quelque chose ne va pas ? Vous ne vous sentez pas bien ?

— Non, mais avec cette chaleur, cette journée, je préfère rentrer, me coucher tôt...

— Comme bon vous semblera... Je comprends, je vous raccompagnerai.

La tête sur un coussin, les deux pieds allongés, la septuagénaire fixa le ciel et soupira.

« Marie avait tout entendu, bien sûr. Elle attendit que Rémi soit parti pour se lever et prendre son déjeuner. Elle me regardait, n'osait rien dire...

— Tu as tout entendu, n'est-ce pas ? Tu sais où nous en sommes, lui et moi.

— Oui, Laurence, et ce serait dommage que vous en arriviez là.

— Que veux-tu dire ? Qu'on se sépare ?

— Évidemment. Après un si long mariage, de si belles années, pour si peu…

— Si peu ? Ai-je bien entendu ? Après ce qu'il a fait, Marie ?

— Écoute-moi bien, Laurence. Je ne suis plus une enfant et si tu me promets de ne pas t'emporter, je vais tenter de t'aider, je vais te dire ce que j'en pense.

J'ai repris ma tasse de thé, je me suis assise devant elle, et là, à bout de nerfs, je lui ai dit :

— Vas-y, dis-moi ce que tu en penses. Je t'écoute, je n'ai plus la force de m'obstiner.

Marie respira d'aise et, avec bonté, elle débita ce que son cœur lui suggérait.

— Je sais qu'il a ses torts, il les a admis, et je sais qu'il s'en repent. Et, sans prendre sa part, je suis portée à le croire. Rémi n'a pas cherché ce qui lui est arrivé. Il a été victime des circonstances, il s'est fait avoir, il a cédé sans le vouloir. Rémi est un homme, Laurence, pas une statue de plâtre. Il avait bu, il était joyeux, il était sans défense, mais il avait encore ses sens… On dit que c'est en état d'ivresse qu'un homme est vulnérable. Il n'a plus toute sa tête, il devient comme un animal, il devient très charnel… Ne me regarde pas comme ça, j'ai lu, tu sais.

— Est-ce une raison pour tout se permettre ? Une belle excuse pour s'en sortir, en tout cas ! On boit, on perd la tête, on tripote une autre femme et puis, "excusez-moi" ?

— Non, Laurence, pas dans son cas. Je sais que bien des hommes abusent de cette situation, qu'ils bambochent, qu'ils reviennent saouls, qu'ils s'excusent et recommencent, mais pas Rémi, voyons ! C'est la première fois qu'une telle chose lui arrive. Sans vouloir médire sur Colette, elle a peut-être provoqué les choses…

— Oui, la garce ! Pour me punir, pour me détruire !

— Tu vois ? Et si c'était là son but, elle est en train de réussir, Laurence. Tu risques de briser ton mariage pour un coup bas monté par elle. Je ne mettrais pas ma main au feu, mais mon petit doigt me dit...

— Mets-la, ta main, au feu, Marie ! C'est elle la responsable ! Elle connaît ses faiblesses. Elle savait très bien que Rémi et l'alcool... Ah ! la vache !

— Allons, ne t'emporte pas, tu me l'as promis. Et ne parle pas d'elle en ces termes. Elle est à plaindre, pas à mépriser. Quand on est malheureuse, on a peine à voir les autres heureux. Elle vit mal, elle souffre ; elle ne voit rien à l'horizon, tu comprends ? Elle était bien jeune quand papa et maman sont partis tragiquement, mais assez vieille pour que ça l'ait marquée. Moi, je n'étais qu'un bébé, je n'ai pas de souvenirs, mais elle, qui sait...

— J'en ai pris soin, je l'ai protégée, Rémi a tout fait pour elle. Je n'ai rien à me reprocher !

— Je sais, et ce n'est pas ce que je veux dire. Mais sa mère, son père, d'un seul coup...

Je ne parlais pas trop, je l'écoutais. Marie était plus philosophe que moi. C'était comme si, à certains égards, elle comprenait la vie mieux que moi. Et j'étais là, parfois, bouche bée, devant ma petite sœur...

— Rémi est un homme de cœur, Laurence. Il t'a soutenue depuis le premier jour ; il t'a aimée, il t'aime encore. Et il s'est avéré un très bon père pour moi. Il a travaillé ferme, il a vécu seul ses angoisses, il a remonté la pente, il nous a encore tout donné. Très bel homme, tout le monde le sait, il n'a été qu'à toi, Laurence. Ça, je pourrais le jurer !

— N'empêche que ça n'a pris qu'une danseuse, une bonne à rien...

— N'en dis pas plus, Laurence, c'est à toi que tu fais du mal. Arrête de te virer les sangs...

— C'est elle qui m'a mise hors de moi, Marie ! Elle ricanait, c'est tout juste si elle ne m'a pas décrit la scène. Je l'imaginais, la Chinoise, la main dans les culottes de mon mari, les seins nus collés sur lui, assise sur ses genoux, en train de… Ah ! Devant Colette et son *chum* à part ça ! Et lui, Rémi, ivre peut-être, mais sûrement pas assez saoul pour ne pas ressentir, pour ne pas…

— Tu vois, Laurence ? C'est toi qui t'imagines des choses. Tu viens de le dire ! Tu imagines des scènes et tu finis par croire ce que tu présumes. Peut-être bien qu'il dormait ? Non, avec toi, c'est le pire ou rien ! Tu l'accuses tellement à tort et à travers que tu vas finir par lui mettre des idées dans la tête.

— Tu crois qu'il a besoin de moi pour ça ? C'est pas un enfant de chœur, ton beau-frère ! Tu devrais lui voir les yeux quand il regarde un film avec… sa Marilyn !

— C'est un homme, Laurence, c'est bien normal. Marilyn Monroe, c'est un symbole, une image. Il n'est pas le seul à être pâmé devant elle. Ce n'est pas pire que toi quand tu regardes Kirk Douglas. On a tous nos envies, nos rêves, nos fantaisies, mais le cinéma, ce n'est pas la vie, Laurence. Tu devrais le savoir…

— Oui, je le sais bien, mais la fausse Chinoise, il l'avait entre les mains, elle !

— Je ne veux pas te faire de peine, Laurence, je veux t'aider, mais il faut que tu comprennes. Tu es jalouse et possessive, tu l'as toujours été. Je sais que ce n'est pas facile à contrôler, mais il va falloir que tu te donnes un coup de pied au derrière, parce que là, à la façon dont ça s'envenime, tu risques de le perdre à tout jamais. Ce n'est pas Rémi qui a un problème, Laurence, c'est toi. Si tu ne le règles pas…

Je m'étais mise à pleurer et c'était la petite qui me consolait dans ses bras. Elle qui ne connaissait rien ou presque de la vie. Sa dernière remarque m'avait secouée.

Je savais que j'avais un problème, mais jamais je n'aurais cru que Marie s'en était aperçue. Me faire dévoiler "ma maladie" par ma petite sœur, ça m'avait blessée en plein cœur. Je savais qu'elle avait raison, que je risquais de perdre mon mari à tout jamais avec le venin que je lui lançais. J'aurais voulu changer, comprendre, mais je n'en étais pas capable. J'étais prête à le pendre et, pourtant, je l'aimais encore. Pour ne pas perdre complètement la face, je dis à Marie :

— Et si c'était ton mari ? Si c'était celui que tu aimais qui avait fait ça ?

— Je le croirais, Laurence, et je fermerais les yeux. Quand on aime, on a de l'indulgence. Je ne risquerais pas mon ménage pour un simple écart de conduite. Et, comme il n'avait plus toute sa tête, j'essayerais de comprendre. Je le mettrais en garde contre le verre de trop dans de telles occasions, je lui dirais qu'une prochaine fois, je serais moins tolérante, mais je ne briserais pas mon ménage pour une première erreur sans conséquences. Voilà ce que je ferais, Laurence. Pas avec le sourire, certes, mais juste assez triste pour qu'il comprenne qu'il a eu tort. Il y a de ces attitudes de la part d'une femme qui font plus mal que le coup de masse sur le crâne. Et comme il a admis ses torts...

— Tu as sans doute raison, Marie, mais ta douceur n'est pas la mienne. On n'a pas le même caractère, toi et moi. Ça fait si mal quand on aime. Toi, tu n'as personne dans ton cœur. Attends que ça t'arrive, on verra bien si ton indulgence sera la même.

— Je crois que oui, Laurence. Et parce que j'aimerai, comme tu le dis. C'est lorsqu'on n'aime pas qu'on saute sur la première occasion pour tout réduire en cendres.

Je m'étais tue. Je n'avais plus rien à dire. Marie avait raison sur toute la ligne. Elle me passa la main sur le bras et me demanda, plus timidement cette fois :

— Et maintenant, que comptes-tu faire ? Que vas-tu dire à Rémi, ce soir ?

— Ben... que je passe l'éponge. Mais pour cette fois, jamais une autre ! Il faut qu'il sache qu'il n'aura pas une seconde chance. Il ne va pas s'en tirer avec un sourire en gardant dans sa tête le souvenir de son petit plaisir.

— Laurence ! Tu recommences ! Si tu agis de la sorte, c'est assez pour qu'il parte.

— Je ne suis quand même pas pour lui donner l'absolution en lui sautant dans les bras, Marie !

— Non, la juste mesure, Laurence. Peu de mots, un regard et il aura compris. Mais de grâce, ne le fais pas se sentir comme s'il avait commis le pire des crimes ! Mets ta fierté dans le placard pour une fois. Juste une fois, Laurence ! Sois clémente, mais ne le fais pas comme si tu lui faisais une faveur. Laisse parler ton cœur...

— Je vais essayer, ma petite sœur, mais s'il arrive sûr de lui, la tête en l'air...

— Ne présume pas, attends ! Ce soir, je ne serai pas là, je vais au cinéma. Je m'en vais pour te laisser seule avec lui, pour ne pas être un obstacle, pour que seule avec lui...

— Pas bête, ton idée, parce que si tu es là, je risque de moins me contrôler s'il prend les devants.

Rémi était rentré sans dire un mot. Marie était déjà partie et j'avais préparé le souper. Je n'osais pas parler la première, il n'osait pas aborder le sujet. Sur ses gardes, je sentais qu'il s'attendait au pire, mais d'un autre côté, il n'était pas nerveux. Il était même décontracté, sans doute résolu à faire ses valises. Et c'est ce qui m'a fait peur... Je l'avoue, j'avais peur qu'il m'annonce qu'il me quittait alors que c'était moi qui devais lui signifier son congé ou non. Il avait eu toute la journée pour y penser, se faire à l'idée. Oui, j'ai eu peur et j'ai rompu le silence la première.

— Je crois qu'on a à se parler, toi et moi... lui dis-je sans hausser le ton.

— Oui, je m'y attends. Je finis ma soupe et je t'écoute.

Je sentais que plus rien ne le dérangeait. Il semblait sûr de lui, je suis devenue craintive.

— Écoute, Rémi, j'ai songé, j'ai réfléchi, j'ai décidé de passer l'éponge.

Il ne m'a pas sauté dans les bras pour autant. Sans broncher, il a murmuré :

— Ça me surprend, mais ce sera mieux comme ça. Pour Marie.

J'ai failli sortir de mes gonds. Pour Marie ? Il avait dit pour elle et pas pour nous ? Je me suis contenue, je ne voulais pas d'un esclandre. J'ai fait comme si je n'avais pas entendu et j'ai poursuivi :

— On ne brise pas un ménage à cause d'un incident. Surtout quand c'est la première fois et qu'on s'aime...

Je répétais les paroles de Marie. Surpris, il me répondit :

— Bon, dans ce cas-là, n'en parlons plus. On tire le rideau et on continue.

Que ça ! Sans même chercher à s'excuser une autre fois.

Comme si on venait de décider d'acheter un poulet au lieu d'un agneau ! Comme si notre vie à deux n'était qu'un fait banal. Je respirais par le nez, mais dans mon cœur je fulminais. J'aurais voulu lui crier que je lui donnais une chance, que j'aurais pu exiger qu'il se mette à genoux, mais je ne l'ai pas fait. J'ai compris, ce soir-là, que Rémi était prêt à toute éventualité. Partir ou rester, l'une ou l'autre. Et comme rester était moins dérangeant que de faire ses valises...

— Nous ne reviendrons plus sur le sujet. On tourne la page, Rémi.

Il m'a regardée de haut – ce que j'ai eu du mal à prendre – et il m'a répondu :

— Pour moi, ça fait longtemps que c'est fait. Je t'ai tout dit, point final. Je n'avais rien à ajouter. Bon, comme c'est réglé, on va pouvoir dormir en paix, mais dis-moi, où est passée Marie ?

— Elle est allée au cinéma. Elle l'a fait par délicatesse pour que nous soyons seuls.

— Elle aurait pu rester, il faut que je retourne travailler. J'ai un client qui vient ce soir. Un immeuble à rénover. Un type d'en dehors de la ville.

— Les affaires vont bien, les contrats se succèdent…

Je ne savais plus que dire. J'aurais voulu l'ébouillanter et c'était moi qui étais dans l'eau chaude. Avec son attitude, j'avais l'impression de ramper devant lui. Je me retenais comme ce n'était pas possible. Pour Marie, pas pour lui ! Mais j'avais peur de le perdre. Le pire, je le sais maintenant, c'est qu'au moindre reproche, il aurait pris la porte. Il en avait assez, ça paraissait. Et je me suis demandé longtemps s'il n'aurait pas préféré une querelle. Marie est rentrée vers neuf heures, je lui ai dit que tout s'était arrangé. Elle m'a sauté dans les bras et elle m'a dit : "Tu vois ? Comme je suis contente !" J'aurais voulu lui répliquer : "Oui, mais à quel prix !" Mon mari est rentré une heure après elle. Il l'a saluée, il s'est informé du film qu'elle avait vu et il m'a demandé si j'avais encore une pointe de tarte, de celle du souper. Puis, il a pris un bain, il s'est mis à l'aise, il a regardé les nouvelles à la télévision et il est allé se coucher. Quand je l'ai rejoint, il dormait comme un loir en me tournant le dos. Je n'en revenais pas ! Lui, le coupable, qui se foutait de moi. Et j'ai compris ce soir-là que Rémi ne serait jamais plus le même avec moi. J'ai compris que son amour était à bout le vase. Parce que j'y avais mis la goutte de trop, celle qui risquait de le faire déborder. Je croyais qu'avec le temps… mais, cette fois, j'avais mal misé. Rémi Pratte semblait avoir… "son voyage" de moi. »

— Vous êtes fatiguée, Laurence ? l'interrompit l'écrivain. Il est déjà quatre heures…

— À vrai dire, oui, mais j'aimerais terminer sur une note plus heureuse.

— Comme bon vous semblera, ce n'est pas moi qui vais m'en plaindre, lui répondit Vincent.

« Comme je vous le disais, Marie était aux prises avec deux offres d'emploi. Elle devait prendre une décision rapidement avant de perdre l'un comme l'autre. Vous savez, qui court deux lièvres à la fois… Rémi et moi avions préféré ne pas l'influencer. Elle se devait de prendre sa propre décision. Déjà que j'avais sur la conscience l'épisode des *Ice Follies* que Rémi avait encore sur le cœur pour en avoir parlé à Colette. Je ne le lui ai pas reproché de peur d'envenimer la situation, mais ça m'avait fait mal. J'ai compris qu'il ne me l'avait jamais pardonné…

Or, Marie opta pour le bureau du médecin situé à quelques rues de la maison. Elle pourrait s'y rendre à pied, épargner le coût du transport en commun, et même venir dîner à la maison si le cœur lui en disait. Radio-Canada, c'était très loin, il y avait beaucoup d'employés et Marie avait toujours préféré les endroits plus intimes, plus valorisants. Le docteur Médéric Desforges n'était pas un débutant. À l'orée de la soixantaine, il avait sa clientèle établie et faisait encore des accouchements, rien de plus. Un médecin de famille, un homme respectable et apprécié de tous ses patients. Il avait accueilli la nouvelle avec beaucoup d'enthousiasme. Il avait dit à Marie : "Mademoiselle Mousseau, votre présence va rafraîchir ce vieux cabinet. Je vous attends avec impatience dès lundi. Vous verrez, tout ira bien, mon épouse va vous apprendre la routine en peu de temps." Et le salaire était aussi intéressant que celui de Radio-Canada.

Puis, comme Marie avait le cœur sur la main, elle tombait en plein dans son élément dans un cabinet de médecin.

Entre Rémi et moi, la paix était revenue, mais l'homme que j'aimais encore comme une folle était moins empressé qu'avant. Depuis "l'incident" qui avait jeté un certain froid, je n'avais jamais pu rallumer la flamme. Il m'honorait de temps en temps, il accomplissait son devoir conjugal, mais il n'était plus le mari entreprenant, l'expert en la matière… Vous voyez ce que je veux dire ? Et je ne lui ai rien reproché. Je savais qu'il n'avait personne d'autre dans sa vie et je mettais ce manque d'intérêt sur le compte de la fatigue, du surmenage. Je n'en parlais pas à Marie, je craignais qu'elle comprenne que je l'avais perdu. Pour l'aspect physique, du moins, car, en dehors du lit, Rémi était affable, gentil, toujours le mot pour rire. Et je n'avais pas envie de me faire teindre en blonde pour le reconquérir. Mais, mon Dieu qu'il était beau ! Si seulement le ciel l'avait créé bien ordinaire. Vous savez, le genre de gars qui n'attire pas les regards des femmes. Mais non, et c'était sans doute pour ça que j'étais si jalouse. Comme il était distant quoique poli, au lit, je veux dire, j'ai fini par lui demander la cause de son éloignement. Sans se retourner de bord, après avoir rempli son devoir sans y prendre goût, il m'avait dit : "L'amour, ça se fait à deux, Laurence." J'étais sidérée, confuse, lui qui ne s'était jamais plaint de la façon… je veux dire, excusez-moi, je ne peux pas entrer dans les détails. Là, j'ai eu comme un éclair. Pour me dire une telle chose sous forme de reproche, c'est qu'il avait sûrement connu avec une autre des ébats plus… impudiques. Malgré moi, dans ma tête, la fausse Chinoise est revenue à la surface. J'étais certaine qu'il était allé plus loin avec elle que les "jeux de mains, jeux de vilains". Comme j'avais presque juré de croire à son histoire, j'ai mis mes mauvaises pensées de côté, mais je suis devenue plus méfiante. Sachant que je ne lui faisais pas confiance, qui sait si mon mari ne s'en donnait pas à cœur joie avec une autre. Tant qu'à être soupçonné, pourquoi ne pas foncer dans le tas ? "L'amour, ça se fait à deux." Je n'en revenais pas ! Je n'étais pourtant pas une statue de plâtre entre les draps. J'aurais voulu lui demander ce qu'il voulait dire, mais je me suis tourné la langue sept fois. J'avais peur que Rémi provoque une querelle pour foutre le camp. Je me suis tue, ce qui n'était pourtant pas mon genre. Je me suis tue pour ne pas risquer de le perdre. Et je n'en ai jamais parlé à Marie.

Pour revenir à ma petite sœur, son emploi chez le docteur Desforges la comblait d'aise. Elle était si gentille, si jolie, que les patients l'adoptèrent rapidement. Elle travaillait comme une professionnelle. Les rendez-vous, les urgences, l'accueil, la politesse. Sans oublier les comptes à recevoir qui rentraient avec elle. Au bout d'un mois, plus un seul patient ne devait des honoraires au docteur Desforges. On payait sans rouspéter. On payait même avec empressement parce que Marie le demandait si gentiment, si subtilement. Marie était douée pour les affaires et elle avait de l'entregent. Vous auriez dû la voir partir le matin. Toujours bien habillée, bien coiffée, les ongles vernis, le tailleur à la mode. Elle impressionnait, Marie ! Elle était si pondérée, si distinguée, si belle à regarder. Le docteur lui avait dit : "J'espère que vous allez rester longtemps ici. Ne me faites pas l'offense de trouver autre chose. Ne cherchez surtout pas, je vous veux pour la vie." Marie n'était pas qu'une réceptionniste et une secrétaire. Elle était, comme il se plaisait à le dire, "son assistante". De la comptabilité jusqu'à une ordonnance pour un patient, tout passait entre ses mains. Elle était heureuse, elle était acharnée, elle se donnait corps et âme. Pour elle, c'était le paradis ou presque... Parce que, dans les parages, il y avait encore l'ombre de Luigi Bonani. L'Italien n'en avait pas fait son deuil pour autant. C'était maintenant chez le docteur Desforges qu'elle recevait des bouquets, des cartes avec des mots enflammés, des bijoux, des parfums. Marie, embarrassée, avait fini par avouer au docteur Desforges le mal incurable dont souffrait ce prétendant. Il avait souri, il lui avait dit : "Quand on est jolie comme vous l'êtes…" Puis, d'un ton paternel, il avait ajouté : "Jetez les fleurs et retournez-lui le reste. En taxi ! Joignez-y ma carte d'affaires sans un mot de votre part. Voilà qui risque de lui faire peur et de le décourager." Elle le fit et, durant deux semaines, elle n'entendit plus parler de Luigi. La carte du médecin était sans doute la bonne recette, se dit-elle. Quelques jours plus tard, une dame réclama un rendez-vous par téléphone. Une Canadienne française, d'après l'accent. Une dame qui voulait voir ce docteur qui lui avait été recommandé. Quelle ne fut pas la surprise de Marie, le jour venu, de voir dans la salle d'attente, nulle autre que *mamma* Bonani, la mère de Luigi. C'était elle qui avait fait appeler une voisine pour le prétendu rendez-vous. Dès qu'elle aperçut Marie, elle se dirigea droit vers elle et l'apostropha :

— Vous n'avez pas le droit de faire ça à Luigi. Il vous aime, il pleure, il ne dort plus la nuit. Vous êtes sortie avec lui puis vous l'avez laissé tomber. Ça ne se fait pas, ça ! Il faut être mal élevée pour agir de la sorte !

— Mais, madame…

— Non, non, je n'ai pas fini ! Luigi est un bon garçon. Il vous donnerait la lune, il est prêt à vous marier. Vous n'avez pas de cœur ? Il pleure, Marie, il est tombé malade !

Et tout ça, avec hauts cris, comme les Italiennes savent le faire. Marie ne savait plus où regarder. Les autres patients étaient bouche bée. Ses cris avaient alerté le médecin qui était sorti de son bureau au milieu d'une consultation pour demander :

— Qu'est-ce qui se passe, mademoiselle Mousseau ? Qui est cette dame ?

— Elle a pris rendez-vous sous un nom d'emprunt, par l'intermédiaire d'une amie, docteur. C'est madame Bonani, la mère de Luigi.

Le docteur avait sévèrement regardé la dame pour ensuite lui dire :

— Vous êtes dans un cabinet de médecin ici, madame, pas dans un parc public ! Et, si vous n'avez pas besoin de mes services, je vous prie de sortir, de ne plus embêter ma secrétaire.

— Oui, oui, je pars, mais juste avant, j'ai une commission à faire de la part de Luigi.

Puis, prenant une grande boîte qu'elle avait laissée sur une chaise, elle la déposa sur le bureau de Marie en lui disant pour que tout le monde entende.

— Si, après ça, vous repoussez encore Luigi, c'est que vous prenez plaisir à faire souffrir un homme qui vous aime.

— Je ne veux rien accepter, madame, reprenez ce colis, lui murmura tout bas Marie.

— Non, non, c'est à vous ! Et lui, je ne le comprends pas ! Se ruiner pour une fille quand on gagne à peine de quoi se nourrir. J'espère que vous allez comprendre, cette fois !

Madame Bonani était sortie en furie sous les yeux des autres patients. Marie aurait voulu fondre, mais le bon docteur rendit les gens à l'aise en leur disant :

— Ce n'est qu'un incident. Ça prend toute sorte de monde pour faire un monde.

Puis, se tournant vers Marie :

— Ne vous en faites pas, mademoiselle Mousseau, vous n'y êtes pour rien. Il y en a qui sont plus insistants, mais ce n'est pas dangereux, juste dérangeant. Bon, je termine avec madame Lussier et après, je crois que c'est à vous, monsieur Belley. Excusez ce petit retard, on va se rattraper.

Il avait regagné son bureau, refermé sa porte et, seule face aux patients, Marie ne savait plus où regarder. Elle avait rangé la boîte dans un coin, elle avait pris un autre appel. À la fin de la journée, consultations terminées, elle avait ouvert le colis en présence du médecin pour qu'il en soit témoin. Elle crut défaillir. À l'intérieur du grand carton, sous une montagne de papier de soie, une superbe étole de vison. La plus chère, elle l'avait déjà vue lors d'une visite à l'atelier. Rouge de surprise et de colère, elle tendit la petite carte au médecin qui put y lire : *La prochaine fois, ce sera le manteau. Je t'aime comme un fou. Ne me laisse pas mourir, Marie.* Et c'était signé *Luigi*.

Cette fois, elle eut peur. Elle se demandait jusqu'où irait Luigi Bonani avant de comprendre qu'elle ne serait jamais à lui. Elle craignait qu'il s'enlève la vie, et Rémi, qui avait eu vent du présent, était prêt à l'affronter... pour le tuer ! Il était désespéré de voir sa petite perle aux prises avec un gars qu'elle craignait. "Je vais le trouver, je vais lui casser la gueule, Marie ! Je te le promets !" Elle l'avait supplié de ne rien faire, de la laisser se débrouiller avec ce problème. Elle avait réussi à le calmer en lui jurant qu'au prochain incident, elle lui demanderait son aide. Le lendemain, elle retourna l'étole de vison chez sa mère. Sans un mot et par un chauffeur de taxi. Elle aurait voulu lui écrire, mais le docteur l'en avait empêchée. "N'en faites rien, Marie. Une personne ignorée, c'est pire qu'une personne insultée. Si cet homme a toute sa tête, il va comprendre par votre silence qu'il a agi sans réfléchir. Il va finir par reprendre conscience, il va abandonner. Si ce n'est pas le cas, on s'adressera à la police." Il avait sans doute raison puisque Marie n'entendit plus parler de lui pendant des mois. Pauvre petite ! Elle rentrait le soir en regardant sans cesse derrière elle. Elle avait peur de le voir, de reconnaître sa voiture. Et Rémi rageait ! Il voyait qu'elle était nerveuse, agitée, sans cesse aux aguets. Il aurait aimé croiser l'Italien, lui enfoncer son poing dans les côtes. Mais Marie s'objectait. Elle connaissait Rémi, elle craignait qu'il se retrouve dans de mauvais draps. Elle fit donc semblant d'être rieuse, joyeuse, pour que mon mari oublie l'incident. Mais moi, je sentais qu'elle avait encore peur. Une triste histoire se répétait. Elle en avait peur tout comme elle avait eu peur du jeune Deloir qui avait failli se tuer pour elle.

Au début de décembre, une dame Aubert avait pris rendez-vous avec le médecin. Une dame distinguée, à l'aise, fortunée, à en juger par ses vêtements. Elle était venue accompagnée de son fils. Un beau garçon, début de la vingtaine, grand, élégant, souriant, bien élevé. Il y avait peu de monde ce jour-là et, assis dans la salle d'attente, il regardait Marie. Elle prenait ses appels, fouillait dans ses papiers, mais ses yeux revenaient sans cesse sur lui. Et, pour la première fois, sans même le connaître, elle avait senti battre son cœur. Il lui souriait, baissait les yeux, les relevait. Marie comprenait à ses gestes qu'il était conquis quoique timide. Ils échangèrent des regards sans se parler et, quand la dame sortit du bureau du médecin, elle demanda à son fils : "La voiture n'est pas loin, n'est-ce pas, Richard ?" Elle connaissait maintenant son prénom. La dame partit après avoir fixé un autre rendez-vous. Le fiston lui avait souri. Sans le savoir encore, Marie venait de rencontrer l'homme de sa vie. »

— Je vous écouterais toute la soirée, Laurence, mais vous me semblez épuisée. Ne serait-il pas temps de penser à manger ? Que diriez-vous d'un bon repas au restaurant ?

— Si ça ne vous choque pas, Vincent, j'aimerais mieux rentrer. Il fait si chaud, je n'ai pas faim, nous avons grignoté sans cesse…

— À votre aise, Laurence, vous avez raison, je n'ai guère d'appétit après ces chocolats, ces noix salées... À moins qu'un café crème, quelque part en passant, pour vous détendre...

— Heu... c'est gentil à vous, mais une autre fois, pas ce soir. Je suis très fatiguée.

— Aucun problème de santé en cause, j'espère ?

— Non, non, rassurez-vous, je ne suis qu'épuisée. Ce long récit, la vie de Marie, la mienne... Et comme les passages suivants seront encore plus éprouvants...

— Je vous comprends et je n'insiste pas. Le temps de prendre mes clefs et je vous raccompagne.

Sur le chemin du retour, quelques échanges et puis, dans un dernier effort, Laurence poursuivit :

« Nous avons fêté Noël dans le calme cette année-là. Rémi, Marie et moi, personne d'autre. Rémi m'avait offert un collier et je lui avais acheté des gants. Marie nous avait comblés de présents et nous lui avions acheté un service de toilette. La brosse, le peigne et le miroir dans un bel écrin de satin. C'est Rémi qui s'était chargé de le trouver dans une bijouterie de la rue Saint-Hubert. La petite était ravie. Il avait payé cher pour ce bel ensemble orné de nacre et de rubis. Elle l'a gardé comme un trésor. Et je l'ai encore... Nous étions allés à la messe de minuit, nous avions festoyé avec un peu de champagne, de la tourtière et encore du champagne. Une seule ombre au tableau, Marie avait reçu la veille une carte de souhaits de la part de Luigi. Juste une carte avec des mots d'amour imprimés qu'il avait soulignés au crayon rouge. Plus discret, certes, mais décevant pour Marie. Elle croyait qu'il l'avait oubliée et voilà qu'il revenait. Elle avait froncé les sourcils. Rémi avait dépassé la dose suffisante du précieux nectar, mais je ne l'avais pas arrêté. J'espérais qu'avec un petit coup dans le corps... vous comprenez ? Mais j'ai été déçue. Je n'avais sans doute pas la main aussi habile que celle de la fausse Chinoise puisqu'il s'est endormi dès que sa tête a touché l'oreiller. J'ai eu beau l'encercler de mes bras, il n'a pas réagi. La tête me tournait aussi et j'insistais, mais peine perdue, mon superbe mari dormait. Dans les vapeurs, dans ses rêves avec une autre que j'imaginais... Et, en cette nuit où l'Enfant-Dieu est né, blottie contre son corps, une jambe sur la sienne, je pleurais. »

Vincent n'avait rien dit. Il avait écouté sans demander la suite. Sa description de son mari, les ébats qui avaient failli reprendre entre eux, sa façon de mendier des caresses, tout ça le dérangeait. Il n'aimait pas que Laurence lui parle de Rémi. C'était, pour lui, comme une insulte à son intelligence. Cet homme « superbe », au corps d'athlète, alors qu'il se revoyait, lui...

— Voilà, nous y sommes. Je vous reconduis jusqu'en haut...

— Non, non, pas la peine, Vincent. Je peux monter seule et, à mon âge, le danger...

Elle avait souri de sa propre insinuation puis, retrouvant son calme, elle lui demanda :

— Que comptez-vous faire de votre fin de semaine ? Écrire, j'imagine ?

— Oui, dès demain, après m'être rendu au cimetière.

— Ah, oui, j'oubliais. Simone, votre rituel...

— Ce n'est pas qu'un rituel, Laurence, c'est de tout cœur que je m'y rends. Simone et moi...

— Oui, oui, je sais. Simone et vous... ce long roman. Bon, je descends avant que mes paupières ne s'affaissent d'elles-mêmes.

— Et la prochaine fois, ce sera ?

— D'ici peu, rappelez-moi et espérons que la canicule ne sera pas au rendez-vous.

319

— Bonsoir, Laurence, et dormez bien. La nuit sera plus fraîche, à ce qu'on dit.

— Bonne nuit, Vincent, soyez prudent et... bonne écriture.

Elle était rentrée et, sur le chemin du retour, Vincent Danin était heureux et triste à la fois. Il s'était rendu compte que Simone ennuyait Laurence, qu'elle n'aimait guère qu'il prononce son nom. Cela le dérangeait et le ravissait à la fois. Laurence et lui avaient au moins un point en commun. Elle semblait soucieuse quand il lui parlait de Simone. Autant qu'il pouvait être irrité quand elle lui parlait de Rémi. Mais ce qui l'enchantait davantage, c'est qu'elle lui avait livré tant de passages qu'il pourrait se mettre à l'ouvrage avant la tombée de la nuit. Sa plume avant tout. Même avant le souper en tête-à-tête qu'ils s'étaient promis et qu'elle avait, sagement, du moins en ce qui le concernait, remis.

Chapitre 8

Vincent n'eut pas de nouvelles de Laurence avant le jeudi 13 juillet suivant. Elle l'avait appelé tôt pour s'excuser du délai, elle avait oublié une petite excursion avec le Cercle de l'âge d'or. En son for intérieur, l'écrivain était mécontent. Il n'en laissa rien paraître, mais Laurence aurait pu l'aviser qu'elle s'absenterait au moment crucial où elle aurait « recouvré » la mémoire. Il ne se serait pas morfondu à attendre, en fixant le téléphone chaque jour, qu'elle daigne l'appeler alors qu'elle était à la campagne, le cœur en pleine nature, sans se soucier de lui. Il est vrai qu'il était à sa merci et que sans elle... Mais, tout de même, un signe en guise de politesse, un tout petit coup de fil... Madame Pratte n'était guère fervente de l'étiquette. Heureux de l'entendre, sans lui faire le moindre reproche, il l'écoutait :

— Si cela vous convient, Vincent, je pourrais être libre samedi. Et cette fois, j'aimerais que vous veniez chez moi. On nous annonce un temps plus frais.

— Samedi ? C'est que... bien sûr que je suis libre. En après-midi, peut-être ?

— Non, non, tôt le matin, car je n'ai que la journée à vous consacrer. Après, dans la soirée, j'ai promis à des amies de la paroisse d'être de la partie de cartes.

— Bon, je vois, je changerai mes plans.

Faisant mine de le réaliser à l'instant même, Laurence s'écria :

— Mais où donc avais-je la tête ? Le samedi, c'est votre visite au cimetière... Excusez-moi, Vincent, je l'avais oublié. Dans ce cas, il faudrait remettre à la semaine prochaine.

— Non, non, ça ira. Je me reprendrai un autre jour pour ce déplacement. Simone comprendra, elle a toujours compris que mes écrits se devaient d'être sans entrave.

— Oui, mais... ce rituel qui vous est si cher...

— Ne vous en faites pas, ce n'est pas coulé dans le ciment. Et puis, j'ai déjà dérogé à mes habitudes, cette visite n'est pas immuable, souvenez-vous.

— Oui, et tout ça à cause de moi, parce que vous me receviez pour la fin de semaine.

— Non, à cause de moi, Laurence. C'est moi qui en avais eu l'idée.

— Donc, si je comprends bien, ça ne vous dérange pas de remettre... Je veux dire...

— Non, non, ma défunte épouse comprendra. Et les fleurs n'en seront que plus belles.

— Alors, je vous attends, Vincent. Venez déjeuner avec moi. Je me lève tôt, très tôt, tout sera prêt pour huit heures.

— N'est-ce pas trop tôt ? Je pars de loin, vous savez...

— Si loin ? Allons donc, à peine trente minutes de route et, à cette heure matinale, aucune affluence, surtout un samedi.

— Bon, d'accord, je serai là, madame, répondit-il... solennellement.

Il raccrocha, il était visiblement contrarié. Cette femme disposait de lui à sa guise. Elle avait pris les rênes en main. Elle décidait, elle insistait, elle choisissait son temps, sans même se demander si l'écrivain était en bonne santé, bien disposé. Et ce choix du samedi matin, si tôt. Il sentait même qu'elle l'avait fait exprès, sans égard pour celle qui reposait sous terre, sans respect pour celui qui avait hâte de déposer ses fleurs, de causer, de verser parfois une larme... Il était déçu d'elle. Il se demandait si quelque chose dans sa tête... Il comprenait presque Rémi, jadis, de s'être emporté maintes fois contre cette forme d'autorité.

Le samedi, c'est à cinq heures du matin que Vincent quittait sa petite demeure. Une heure plus tard, il était sur la tombe de Simone, une gerbe de fleurs à la main achetée la veille. Il lui disait : « Tu vois ? Je suis ici en même temps que le lever du soleil. » Il retira quelques branches mortes soufflées par le vent, nettoya le marbre de la poussière qui s'y collait, se promena quelque peu, jeta un regard sur la tombe de Marie, échappa un soupir de compassion et de regret, puis, regardant sa montre, il prit lentement la direction de la rue Cherrier où, après avoir garé sa voiture, il sonna à la porte, à l'heure convenue, plus exact que ponctuel. Lorsque Laurence lui ouvrit, un très gracieux sourire aux lèvres, elle ne se doutait guère qu'avant elle, il y avait eu « l'autre » et un très doux échange. Vincent n'avait pas déçu sa défunte compagne pour un petit coup bas... monté par Laurence.

La journée était fraîche. Le ventilateur n'était même pas en marche. Laurence était coiffée, habillée, légèrement parfumée. Elle avait même revêtu une jupe blanche à plis, un chemisier rouge et chaussé ses pieds de sandales rouges qu'elle portait sans bas. Pour la deuxième fois, sans... bas ! Vincent n'avait jamais aimé qu'une femme soit pieds nus dans ses chaussures. Des jambes sans bas, des jambes blanches, surtout pour une femme de cet âge, ça lui faisait penser à des jambes de... morte. Mais il s'avisa bien de n'en rien dire et omit, à cause de ce détail, de la complimenter sur sa blouse. Elle avait fait cuire quelques croissants, elle avait fait couler le bon café, elle avait même acheté de la confiture faite à la maison pour lui plaire. Il mangea sans lui dire que c'était bon, que c'était gentil de sa part. Vincent Danin n'aimait pas se retrouver sur la rue Cherrier. Il se sentait à l'étroit, confiné dans un petit vivoir, avec les klaxons des autos et les cris des enfants sur les trottoirs. Il préférait son calme au bord de l'eau, son quai, le silence. C'était chez lui qu'il se sentait inspiré. Même pour prendre... des notes.

« Le 12 février 1955, Marie avait fêté ses dix-huit ans. Elle était si belle, si élégante ce jour-là, dans sa robe verte à rayures jaunes gonflée par sa crinoline. Avec sa taille de guêpe, ses jambes parfaites, ses longs cheveux sur les épaules, on aurait dit une jeune première créée pour le cinéma. Et si distinguée que j'en étais fière comme si j'avais été sa propre mère. Pour souligner l'anniversaire, Rémi nous avait invitées, elle et moi, à souper dans un restaurant huppé. Je ne me souviens plus du nom, mais il y avait là des musiciens qui jouaient du violon autour des tables où nous étions installées. Rémi les avait avisés du bel anniversaire. Au moment du gâteau, ils jouèrent une valse viennoise et, Marie, timide et fort émue, pleura aux sons des violons. Tous les yeux étaient posés sur elle. Les hommes la regardaient et leurs femmes lui souriaient gentiment. Juste à la voir, les dames savaient qu'elle était pure comme de l'eau claire, même si quelques hommes la reluquaient drôlement. Nous lui avions offert un collier de perles cultivées et deux perles de même nature en guise de boucles d'oreilles. C'était la première fois que Marie possédait un bijou de qualité. Rémi s'était "cassé" pour lui plaire. Il s'était rendu chez *Birks* et n'avait pas lésiné sur le prix. À cette jolie princesse, il ne manquait plus qu'un beau chevalier. Depuis le doux sourire, Richard Aubert ne s'était pas manifesté, mais ça n'allait pas tarder. Donc, un inoubliable jour de fête dont Marie allait se souvenir longtemps. J'étais heureuse pour elle, même si tous les regards n'étaient que... pour elle. Moi, j'étais si ordinaire et, avec mes trente-deux ans... Je me souviens de mon mari, de son bel habit bleu marine, de sa chemise de soie, de sa cravate à pois. Il était beau à faire tomber les femmes. Ces dernières, quand elles souriaient à Marie, c'était pour ensuite faire les yeux doux à Rémi. Je n'étais pas aveugle, vous savez. »

Vincent l'interrompit, la regarda et lui demanda en la tirant de sa rêverie :

— Pourquoi toujours Marie ? Pourquoi encore Rémi ? Pourquoi vous dénigrer sans cesse et ne voir qu'eux, Laurence ? Vous étiez sans doute très jolie, vous aussi.

Elle sourit, baissa la tête, la releva et murmura :

— J'étais passable, mais pas jolie, Vincent. J'avais des rondeurs, la croupe plus arrondie... J'étais coiffée aux *bobby pins*, vous comprenez ? Je n'avais pas de goût pour m'habiller. J'avais enfilé une robe de l'an dernier qui, trop ajustée, me faisait des bourrelets. J'étais passable pour une femme de mon âge, mais je n'étais pas Marie. Je n'avais même pas su me conserver comme Rémi. Entre Marie et lui, pour les regards, j'étais inexistante.

— Je suis certain que vous exagérez. Avec ce minois que vous avez conservé...

— Un joli nez, ce n'est pas ce qu'un homme regarde, Vincent. Ce qu'il voit, c'est les hanches, la poitrine, les jambes. Je n'avais pas besoin de lunettes, j'avais un miroir. Et comme je n'étais pas une beauté naturelle et que j'avais horreur des artifices... Je me laissais aller, j'en étais consciente. À quoi bon ! Avec Rémi qui regardait les autres femmes...

Sur ces mots, elle retomba dans sa rêverie pendant que Vincent tentait de comprendre.

« La seule tache noire au tableau des dix-huit ans de Marie, c'est que le soir, au retour, elle trouva sur le perron un colis enrubanné. À l'intérieur, une blouse noire ornée de paillettes dorées. Avec une carte et un mot : *Bonne Fête ! Love, Luigi.* Rémi était vert de colère, il voulait aller lui enfoncer la boîte sur la tête, mais Marie le rappela au calme. Le lendemain, Luigi Bonani recevait son cadeau de prix... par taxi !

C'est quelques jours plus tard que madame Aubert, accompagnée de son fils, revenait pour une visite chez le docteur Desforges. Dès qu'il était entré, Marie avait senti battre son cœur. Plus fort que la première fois, m'avait-elle dit. Il faisait froid dehors et, emmitouflé, il avait retiré son manteau, son foulard et ses caoutchoucs. Il attendit que sa mère soit dans le cabinet de consultation pour s'avancer vers Marie et se présenter.

— Heureux de vous revoir, je suis Richard Aubert.

— Oui, je sais, répondit-elle en rougissant. Et moi, je n'ai certes pas à vous dire mon nom puisque c'est moi qui ai pris le rendez-vous de votre mère.

— En effet, mademoiselle Mousseau, mais ça ne me donne pas votre prénom.

— Marie, répondit-elle en fondant sur sa chaise.

Ce garçon l'intimidait. Il était beau, poli, il affichait un franc sourire. Pour mieux vous le décrire, je vous dirai qu'il ressemblait à Sacha Distel au temps de ses vingt ans. Grand, cheveux noirs, yeux pâles et souriants. Et habillé comme un prince. Marie me l'avait certes décrit, mais, comme elle était déjà amoureuse, il m'a fallu le voir par la suite pour être convaincue de sa ressemblance frappante avec le chanteur de charme. Ce jour-là, il avait poursuivi :

— Pardonnez mon audace, je ne sais pas si vous êtes libre, mais j'aimerais vous revoir. Rien de compromettant, un petit souper... Est-ce possible ?

Marie était au comble de la joie. Elle espérait depuis des mois un tel moment, mais pour ne pas répondre avec empressement, pour ne pas qu'il se doute...

— Peut-être bien, monsieur. Je suis libre. Un de ces jours, un coup de fil, si vous le désirez...

Il avait souri de ses belles dents blanches. Ravi, il s'était rapproché pour lui murmurer :

— Je peux vous téléphoner ici ? Je ne risque pas de vous déranger ?

— Non, pas du tout. De préférence à l'heure du dîner. Je ne sors pas, je grignote sur place.

— Merci... Marie. Vous me permettez d'utiliser votre prénom ?

— Bien sûr, je vous en prie. Oh ! Excusez-moi, le téléphone, un autre rendez-vous, sans doute.

Il était retourné s'asseoir, il furetait dans une revue mais il levait souvent les yeux sur elle. Quand leurs regards se croisaient, ils se souriaient. Et elle m'avait juré l'avoir entendu soupirer. Lorsque madame Aubert sortit de la salle d'examen, elle se dirigea vers Marie pour fixer un prochain rendez-vous. Poliment, lui souriant, pas plus. Sans engager la conversation comme si elle était au courant des intentions de son fiston. Ils repartirent et, en passant la porte, foulard entre les mains, Richard lui rendit un dernier sourire et elle put lire sur ses lèvres quelque chose comme : "À un de ces jours..." Le soir, la sentant plus exaltée qu'à l'accoutumée, je lui demandai, fort intriguée :

— Qu'est-ce que tu as, toi ? Je ne t'ai jamais vue avec un tel sourire.

Elle me regarda, soupira et me répondit :

— Laurence, il faut que je te dise... Tu sais, le garçon dont je t'ai parlé, qui accompagne sa mère chez le médecin... Il est revenu aujourd'hui.

— Et puis ?

— Il est charmant, il m'a invitée à sortir. Je... je n'ai pas refusé.

— Tiens, tiens, un garçon qui risque de te plaire. Enfin !

— Ça ne fait que deux fois que je le vois, mais là, j'ai senti au creux de ma poitrine...

— Ce qui n'est guère dans tes habitudes, ma petite perle. Ce qui veut dire ?

— Je ne le connais pas, quelques mots à peine, je ne sais pas ce qui se passe, Laurence, mais je crois que je l'aime.

L'invitation ne se fit pas attendre et ma petite perle ne se fit pas prier. Trois jours plus tard, à la fin de la journée, il était passé la prendre au bureau pour l'emmener dans un restaurant français où les prix des plats avaient fait sursauter Marie. Elle avait revêtu un tailleur noir bien ajusté, elle avait porté ses perles cultivées, elle avait remonté ses cheveux en chignon. Tout ça, sous un manteau de drap beige avec un capuchon. Marie avait de la classe, du maintien, je n'étais pas en peine pour elle. Le juste ton, le port altier étaient innés chez elle. Ce n'était certes pas moi qui aurais pu être à un tel diapason avec mes robes de maison. Ils avaient soupé en tête-à-tête en s'échangeant des confidences. Elle lui avait parlé de moi, sa sœur, presque sa mère. Elle lui avait parlé de Rémi, presque son père, de la mort de ses parents alors qu'elle était en bas âge... Elle lui avait même parlé de Colette qui travaillait pour une grosse entreprise aux États-Unis. Marie avait du doigté, de la retenue. Moi, la Colette... Ah ! la gueuse ! De son côté, il lui avait appris que son père était mort depuis dix ans. D'une double pneumonie. Il vivait avec sa mère qui se prénommait Judith et il avait une sœur, de quelques années de plus que lui, Marlène, une avocate, qui vivait en union libre avec son ami. Richard avait vingt-deux ans, il terminait un bac en enseignement. Il serait professeur d'histoire dans peu de temps. Il était d'une famille aisée. Il habitait une spacieuse résidence située à Montréal-Nord. La maison dans laquelle il avait grandi, léguée à sa mère à la mort de son père. Ce dernier avait été un ingénieur civil jusqu'à la fin de sa vie. Et Richard ne mentait pas. Il était allé la chercher dans une rutilante Plymouth de l'année. Une voiture payée par sa mère avant qu'il n'achète de lui-même la Lincoln noire dont il rêvait. Tout comme elle, il aimait la musique classique. Pas que les valses de Strauss, mais les sonates de Chopin, la neuvième de Beethoven, les opéras de Mozart. Il avait vu à quatre reprises *Les Noces de Figaro*, dont une fois à New York. C'était tout dire ! Il adorait également les grands concerts et les ballets. Quelle ne fut pas sa joie d'apprendre que Marie, étant jeune, avait été un petit rat dans ses chaussons à pointes. Et, lorsqu'elle lui avoua qu'elle avait été patineuse de fantaisie, qu'elle avait donné des spectacles, qu'elle avait failli faire partie des *Ice Follies*, il en éprouva du regret et une joie à la fois. Car, si Marie avait poursuivi son but, jamais il ne l'aurait connue, avait-il ajouté. »

Laurence s'arrêta, regarda Vincent et, essuyant une larme au bord de la paupière...

— Vous voyez, Vincent ? Elle lui avait parlé des *Ice Follies* ! Je suis sûre qu'elle l'avait encore sur le cœur ! Quand elle m'a raconté leur entretien et qu'elle en est arrivée à ce passage, j'ai senti un frisson me transpercer le corps.

— Mais non, que de remords... Il était normal qu'elle lui parle de son cheminement. Et, sans votre intervention, Laurence, votre sœur n'aurait jamais vécu ce grand amour.

— Peut-être, mais elle aurait connu la gloire… Jamais je ne me le pardonnerai.

— Allons, cessez de vous enfoncer sans cesse le couteau dans le cœur. Rien ni personne ne fait changer la route du destin, Laurence. Ce qui doit arriver… arrive.

— Tiens ! Fataliste en plus, monsieur Danin ? Si tel était le cas, pourquoi ce rituel sur la tombe de votre femme ? Pour vous donner bonne conscience, peut-être ?

Il avait froncé les sourcils comme pour la semoncer d'un tel jugement…

— Non, pour lui rendre hommage, Laurence. Pour la remercier d'avoir été là, à mes côtés. Je savais qu'un jour où l'autre, la mort nous séparerait. J'espérais même que ce soit moi qui la précède dans l'éternité. Mais le destin, ou Dieu, si vous préférez, a décidé que ce serait elle. Si c'eût été moi, c'est Simone qui, chaque semaine, s'agenouillerait.

Confuse, gênée d'être revenue sur un tel sujet, mal à l'aise d'avoir osé en reparler, elle ne put que lui répondre :

— Pardonnez-moi, je n'avais pas le droit… Vous savez, je n'ai pas le tact de Marie, moi. J'ai commis des bévues toute ma vie. Comment ai-je pu… ?

Il lui sourit, elle se sentit soulagée et, pour mieux contrer son embarras, elle lui demanda :

— Que diriez-vous d'un bref dîner ? Rien de compliqué, je vous le promets. Le temps passe si vite… Mon horloge a sonné l'angélus. Un petit creux, sans doute…

— Très bien, Laurence. Le temps d'une pause, d'une respiration, mais de grâce…

— Oui, oui, Vincent, à la bonne franquette, se hâta-t-elle de répondre avant qu'il ne poursuive.

De retour sur le balcon, cette fois, protégé des regards des voisins par un auvent de toile que Laurence avait fait installer, Vincent était prêt pour la suite même si le bruit des véhicules de la rue Cherrier l'incommodait énormément. Il avait regardé de plus près le logement de son hôtesse et il le trouvait déprimant. Ça manquait d'air, ça sentait la pollution, c'était moche, c'était même... plébéien. Il lui avait dit que c'était joli, voire ravissant. Il n'avait été que poli. Les potiches, les vases, les bibelots, la vaisselle, rien n'était de bon goût. Elle avait beau lui dire que ces antiquités dataient de son mariage, pour lui, ça ressemblait plutôt à ce qu'on dénichait à très bon compte dans les ventes de garage. Elle était propre, s'habillait avec goût, mais rien de cher, rien des jolies boutiques. Les sacs dispersés un peu partout portaient tous les effigies des magasins à grande surface aux prix compétitifs des *dollar stores*. Laurence tentait d'être à la hauteur, de l'impressionner quand elle venait chez lui, mais chez elle, le camouflage n'était guère possible. Il avait fait comme si de rien n'était, mais il se souvenait de Simone, de ses robes du Salon Christian, de ses grandes toilettes du Salon Juliette. Il était évident que Laurence était sans le sou, c'était même compréhensible, mais pourquoi faire semblant ? Pourquoi jouer à la grande dame quand on est bonne femme de quartier ? Pour tenter de l'étonner ? Quelle fausse manœuvre face à un écrivain avec qui elle tournait les pages de sa vie... populiste. Il eut préféré la franchise. Telle qu'elle la lui livrait des archives de sa mémoire. Il eut préféré qu'elle lui dise n'avoir jamais évolué plutôt que de tenter de le berner. N'avait-elle pas été toute sa vie madame Rémi Pratte ? Il arrêta de médire dans sa tête, il se sentait vilain. Mais elle lui parlait tant de son « Adonis » de mari... Et sa conscience lui demanda : « Tiens, tiens, jaloux, monsieur Danin ? » Il n'osait se l'avouer. D'autant plus qu'elle lui avait montré une photo d'elle et de Rémi sur une plage et qu'il était vrai que son mari avait pu faire tourner des têtes. Sur ce plan, elle n'avait pas exagéré, Rémi était impressionnant. Alors que lui, à trente-deux ans... Et Vincent ne sortit de son marasme que lorsque, sourire aux lèvres, madame veuve Rémi Pratte lui offrit une tisane à la menthe avant d'enchaîner...

— Marie avait revu Richard deux jours plus tard. Elle était descendue en courant, elle ne voulait pas que je le voie avant qu'elle me le présente officiellement. Je l'avais aperçu de ma fenêtre alors qu'il lui ouvrait la portière de l'auto. C'était vrai qu'il était bien. Grand, mince, bien vêtu, très « star » de cinéma, très mannequin de vitrine, mais...

— Mais quoi ?

— À première vue, je l'avais trouvé plus beau que Rémi, je l'admets. Un peu plus grand, plus élégant, mais beaucoup moins... sensuel. Rémi avait une démarche, un regard troublant, une odeur... Excusez-moi, je m'égare.

— Mais non, poursuivez, ne vous retenez pas, Laurence.

— Je dirais que Rémi était plus invitant, si vous voyez ce que je veux dire. Plus charnel, plus... sexuel.

— Qu'en saviez-vous ? Vous l'aviez à peine aperçu...

— Une femme ne se trompe pas dès le premier coup d'œil. Et j'étais femme en ce temps-là. Richard était le prince charmant dont Marie rêvait depuis son enfance. Pour moi, un homme, c'était...

— C'était quoi ? Dois-je vous questionner sans cesse ? répliqua-t-il impatienté.

— Pour moi, c'était une odeur de peau, des jambes musclées, un torse bombé. Et Rémi était tout ça même dans ses pantalons froissés, ses grosses bottines de construction aux pieds.

— Ah ! je vois, répondit Vincent embarrassé, désappointé. Vous, les collets montés...

— Si vous voulez, mais c'était dans mon jeune temps. Avec l'âge, avec la maturité, aujourd'hui, c'est différent. Un homme, c'est dans son cœur qu'il est troublant.

Vincent lui sourit, rassuré, soulagé de n'avoir croisé sa route que... maintenant.

« Elle était sortie avec lui ce soir-là. Une soirée au cinéma suivie d'un dessert dans un restaurant. Ils étaient allés au Cinéma de Paris. Un film français avec Martine Carol. Richard n'aimait pas le cinéma américain et c'est avec lui que Marie apprit l'histoire. Des films d'époque, des films pour tout apprendre. Et de là, les livres. Ceux de Zola, *Le Rouge et le Noir* de Stendhal, Jean de La Fontaine et ses fables, Verlaine, Rimbaud, Guillaume Apollinaire. Avec Richard, elle a vu tous les films de Sacha Guitry. Elle apprenait à connaître Cocteau, Jean Marais, Hemingway, Gérard Philipe, Danielle Darrieux, bref, les poètes, les écrivains, les films d'époque. Et c'est de Marie que, de fil en aiguille, j'ai appris ce que je sais.

Ce deuxième soir, elle est rentrée tôt. À une heure raisonnable pour une fille de son âge. Et elle était plus entichée de lui que la première fois. Elle me disait à quel point il était distingué, à quel point il la respectait. Si bien qu'à leur âge, tous deux se vouvoyaient. Il était empressé, il était galant, en un mot, notre petite perle avait déniché un écrin pour y mettre son cœur. On aurait dit un roman à l'eau de rose, mais Richard était sérieux. Il avait hâte de la présenter à sa mère. Officiellement, vous comprenez ? La rencontre était prévue pour le samedi suivant et sa sœur Marlène allait être là. Et Marie, éprise et amoureuse, m'avait dit : "Après, je l'invite et je te le présente, Laurence. Ainsi qu'à Rémi, bien entendu. Vous verrez que je n'ai pas attendu en vain, Richard est merveilleux. Je suis la première fille dans sa vie et vice versa. C'est comme si le ciel nous avait fait naître pour que nous soyons ensemble. Je suis heureuse, Laurence, tellement heureuse, que j'ai peur de m'éveiller et que ce bonheur ne soit qu'un rêve."

Or, le samedi suivant, Marie était anxieuse. Elle allait connaître la famille de celui qu'elle aimait. Elle avait revêtu une robe de velours d'un vert feuillage, elle s'était coiffée d'un chignon duquel une tresse s'échappait, tombant sur une épaule. Elle était très habile avec sa longue chevelure de blé. Elle n'allait jamais chez le coiffeur, elle avait des doigts de fée. Si bien que c'est elle qui me coiffait lorsque j'avais une sortie avec Rémi. Elle s'était acheté des boucles d'oreilles plaquées or. De jolies petites boules qui formaient une grappe et qui longeaient son gracieux cou. Un joli bracelet s'y appareillant roulait sur son poignet. Elle s'était légèrement maquillée. Du rouge à lèvres, un tantinet de vert sur les paupières, mais aucun fond de teint. Marie n'en avait guère besoin, elle avait une peau de satin. Un manteau de drap noir cette fois, un foulard de soie vert, des bottillons suédés noirs et, dans une espèce de baluchon de velours, les escarpins de cuir noir qu'elle porterait pour le souper. Elle était si ravissante, si distinguée. Et elle connaissait les bonnes manières. Elle avait acheté des chocolats aux amandes pour offrir à madame Aubert. Quand Richard est passé la prendre, il n'a pas eu à sonner. Elle l'attendait dans le portique, un coin du rideau de la porte entrouvert. Elle tenait à nous présenter Richard en bonne et due forme, pas à la sauvette. Je le vis lui ouvrir la portière. Je l'ai à peine entrevu, dirais-je, mais il était si galant. Rémi, tout à la partie de hockey, ne s'était pas levé pour entrevoir l'étranger. Il ne voulait pas paraître fouineur et me reprochait de l'être en les surveillant d'un coin de la fenêtre de ma chambre, dans le noir, à leur insu. Même si Marie devait bien se douter que sa grande sœur… Mais, que voulez-vous… C'était comme si ma fille partait avec un cavalier. L'auto tourna le coin et je revins au salon rejoindre mon mari. Je lui avais passé les bras autour du cou en lui disant : "Ça devient de plus en plus sérieux, son beau petit roman." J'avais laissé glisser ma main sur sa poitrine. Nous étions seuls pour la soirée. Rémi, les yeux rivés sur le téléviseur, n'avait pas bronché. Ou plutôt oui, pour s'étirer le bras, saisir son verre de bière et en boire une gorgée.

Marie était entrée timidement dans la demeure des Aubert. Judith, la mère, empressée et ravie, l'avait aidée à retirer son manteau. Elles se connaissaient, mais si peu. Elle lui avait dit : "Vous êtes encore plus jolie, ici, devant moi, que dans l'austère cabinet du docteur Desforges. Venez que je vous présente." Au salon, Marlène, la sœur de Richard, attendait avec impatience de rencontrer celle qui s'emparait du cœur de son frère. Très impressionnante, selon Marie, Marlène était d'une beauté frappante et d'une élégance peu commune. Grande, les cheveux roux, tailleur noir dernier cri, Marie pouvait discerner, par son maintien et ses vêtements, la griffe d'un grand couturier. Tout comme madame Aubert qui ne s'habillait certes pas dans les magasins de la rue Saint-Hubert. La grande sœur était seule, son conjoint, Jean-Luc, avec qui elle vivait sans l'avoir épousé, était à New York pour une convention. Ce qui gêna davantage la sœurette, c'était le luxe, les meubles de prix, les tentures, les lustres et les candélabres de cette vaste maison. Comme elle me l'avait dit par la suite, elle s'était crue dans un palais. Sans toutefois ajouter qu'il serait gênant d'introduire ce fils de grande famille dans notre modeste logement. Elle ne me l'a pas dit, mais je l'avais senti. Une "mère" a du flair, vous savez. Mais, ce qui importait, c'était que la mère tout comme la sœur avaient été extrêmement gentilles avec elle. Marie avait senti, dès les premiers regards, que la partie était gagnée et que Richard avait leur accord. Ils avaient soupé aux sons d'une grande musique. On ne l'avait pas questionnée sur sa famille même si, de la part de Marie, mon nom revenait souvent dans la conversation. C'était des gens discrets et à leur place. Et Richard était si épris, si amoureux... Tout ce que voulait la mère comme la sœur, c'était que le chéri de la famille soit heureux. Avec une fille qui avait de la classe. Et ça, Marie en avait ! On aurait pu jurer qu'elle sortait du cours classique. Imaginez s'ils avaient su qu'elle avait une sœur... effeuilleuse !

Dès lors, Marie se mit à sortir *steady*, je veux dire régulièrement, avec Richard. Et j'en étais heureuse. Richard semblait être un gars en or. Elle était si radieuse depuis, et ce bel amour lui avait fait oublier temporairement les frasques de Luigi. Si vous saviez comme j'avais hâte de rencontrer celui qui l'avait transformée. Rémi aussi, évidemment, mais sans trop le manifester. C'est à la fin de mars que nous avons enfin eu la chance de le connaître. Marie l'avait invité à souper à la maison. Si je me souviens du moment, c'est parce que quelques jours avant, il y avait eu une émeute au Forum à cause de la suspension de Maurice Richard. Vous vous souvenez de cette histoire ? L'idole de Rémi, le plus grand joueur de hockey de tous les temps, avait été suspendu par Campbell qu'on avait insulté, hué. Tout ça avait fait un tel tapage dans les journaux. Rémi, qui ne jurait que par son "idole", aurait voulu être le premier à égorger le président du club. Il était un mordu du hockey. Nous attendions Richard, c'était un vendredi, je crois. J'avais insisté pour que Rémi porte un complet, sa chemise et sa cravate. Il l'avait fait en maugréant, en me disant : "On n'attend quand même pas le prince de Galles !" Il aurait préféré le recevoir décontracté, propre, mais sans élégance. Et comme j'avais mis ma plus belle robe, mon collier... Rémi s'était "crêté" pour Marie. Pour ne pas décevoir sa "petite perle" en se présentant sans apparat devant son ami. Mais je savais qu'au fond de lui, il bougonnait. Richard est arrivé vers sept heures avec son sourire, une bouteille de vin pour Rémi, des fleurs pour moi. Grand, bien habillé, c'est vrai qu'il était beau. Aussi beau qu'un mannequin de catalogue et dégageant une odeur d'eau de toilette de qualité. Il était beau mais, comme je vous le disais, ce n'était pas Rémi. Il n'avait pas ce petit quelque chose qui faisait qu'on lui aurait vite dénoué sa cravate. Il était très poli, bien élevé. Le vouvoiement, les madame Pratte par-ci, les monsieur Pratte par-là. Lui et Marie se disaient "vous" comme s'ils se rencontraient pour la première fois. C'était gênant, je l'avoue. Rémi était mal à l'aise et c'est lui qui a cassé la glace en le tutoyant en peu de temps. Que voulez-vous, Rémi n'avait que dix ans de plus que lui. Mais, malgré le "tu" qui ne le dérangeait pas, Richard continuait de vouvoyer mon mari. Nous avons soupé, nous avons fait honneur à son vin, nous avons placoté de tout et de rien. Plus curieuse que sa mère et sa sœur, je le questionnais sur sa famille. Et, de surcroît, je lui vantais les mérites de Marie qui rougissait, qui se tortillait sur sa chaise. Marie était très en beauté encore une fois. C'était la première chose que Richard lui avait dite, en arrivant. Elle portait une robe de dentelle blanche, elle portait ses perles et, pour une fois, elle avait laissé ses longs cheveux tomber sur ses épaules après les avoir soigneusement brossés. Dans ses menus pieds, je m'en souviens, des escarpins en peau de soie et à talons aiguilles. Lorsqu'elle se levait, il la suivait des yeux. Gracieuse comme une gazelle, on aurait dit qu'elle dansait sur ses pointes comme lorsqu'elle était ballerine. Richard Aubert était d'une famille riche, mais il était d'une exquise simplicité. Il ne cherchait pas à impressionner, loin de là. Il parlait à peine de lui et s'intéressait à ce que Rémi faisait, à son travail, à ses goûts.

Un jeune homme à l'écoute des autres, sans prétention, discret, affable. Rémi l'aima instantanément. Exactement comme un père qui rencontre le prétendant de sa fille. La seule déception de mon mari fut que Richard n'aimait pas les sports, qu'il était plutôt du genre intellectuel. Mais, qu'à cela ne tienne, Rémi sentait qu'il était du genre à rendre notre petite perle heureuse. On bavarda longuement et, à un certain moment, nous nous sommes éclipsés, mon mari et moi, afin de les laisser seuls dans le vivoir. Nous avions senti que Marie souhaitait un tête-à-tête. Elle avait dit à Richard à la fin de la soirée : "Venez, je vais vous montrer ma collection de disques. J'ai aussi des photos..." Rémi était retourné à son téléviseur, porte close, et moi je m'occupais de nettoyer les plats, de tout ranger dans la cuisine. Mais, de là, j'entendais Marie qui lui parlait de Mathé Altéry, qui lui montrait quelques photos de ses spectacles sur glace. Je l'avais entendu lui dire : "Comme vous étiez resplendissante dans cette robe avec des cygnes." Il parlait sans doute de la robe rouge que Rémi avait offerte à Marie. Puis, il lui avait demandé : "Pourquoi avoir cessé, pourquoi avoir abandonné ?" J'ai prêté l'oreille, mais je n'ai pu saisir. Marie avait murmuré sa réponse. Il n'avait pas insisté. Je suis certaine qu'elle l'a fait dévier du sujet pour ne pas avoir à lui répondre que... »

— Que quoi, Laurence ? demanda Vincent.

— Qu'elle avait tout quitté à la suite de mon refus pour les *Ice Follies*.

— Décidément, vous n'en démordez pas. Pourtant...

Laurence ne répliqua pas. Regardant dans le vide, elle poursuivit :

« Puis, je n'entendis plus rien. La musique jouait en sourdine, mais je n'entendais aucun bruit, aucun mot. Je me suis rapprochée du vivoir et, mine de rien, j'ai jeté un coup d'œil sans qu'on s'en aperçoive. Il était à côté d'elle,

elle était blottie dans ses bras, leurs lèvres unies dans un baiser ardent. Je regardais, c'était plus fort que moi. C'était la première fois que je voyais Marie embrasser un garçon. Un baiser passionné, rempli d'amour. Sa main était dans la sienne. De l'autre main, elle lui caressait les cheveux et lui, tout doucement, de sa main libre, effleurait son oreille et son cou. Puis, reprenant leur souffle, je l'entendis lui dire : "Je t'aime, Marie." Elle lui avait répondu : "Moi aussi, Richard, profondément." J'étais très émue. Et puis, miracle ! Ils s'étaient tutoyés ! Sans même s'en rendre compte ! Ils s'étaient enfin avoué leurs sentiments à la deuxième personne du singulier. Un vrai roman d'amour ! Comme ceux que j'aimais lire, comme celui que j'aurais voulu vivre... »

Vincent sauta sur l'occasion pour s'enquérir :

— Que voulez-vous dire, Laurence ?

Sortie du rêve, retrouvant la réalité, surprise, elle répondit évasivement.

— C'est que... vous savez... Mariée à seize ans, je n'ai jamais vécu un tel préambule, moi.

Laurence frissonna.

— Il fait plus frisquet, le soleil s'est caché. Vous m'attendez un instant ? Le temps de prendre une veste, de la jeter sur mes épaules.

— Bien sûr, Laurence. Une petite pause, un peu de thé, peut-être ?

— Vous en voulez ? Mais où donc ai-je la tête, je ne vous ai rien offert.

— Je vous en prie, j'ai si bien mangé. Un fond de tasse, pas davantage.

Pendant qu'elle s'affairait, Vincent repassait dans sa tête le livre d'images. Il s'imaginait Marie dans les bras de son prince charmant. Il imaginait ce jeune homme de bonne famille, distingué, un peu comme lui dans le temps. Puis, il revoyait Rémi, sa supposée sensualité, et il le sentait rustre. Comment Laurence pouvait-elle lui dire que l'amoureux de Marie n'avait pas ce que Rémi... Comment avait-elle pu mettre au-dessus de l'autre, une paire de bras, des jambes musclées ? Laurence ! Si romanesque ! Elle qui avait lu *Mirage* avec tant de sensibilité... Comment avait-elle pu prétendre qu'au lit... Son Rémi avait plutôt l'allure du bûcheron de *Lady Chatterley*. Tandis que l'autre, Richard, la main gantée, les révérences... Laurence avait-elle été du genre... ? Non. Il n'osait l'imaginer. Une femme de maison, une presque mère... Jalouse certes, mais de quoi ? Puis, la voyant revenir avec le thé, Vincent s'en voulait d'avoir extrapolé, d'avoir pensé que... Vincent s'en voulait d'avoir envié pour un instant un homme qui ne lui allait pas à la cheville. Laurence lui offrit le thé, les biscuits, puis, reprenant ses aises, elle ferma les yeux.

« Richard et Marie se voyaient régulièrement. Chez lui, où sa mère la recevait avec grâce, ou chez nous, où il était devenu un habitué. Peu à peu, la gêne est tombée, les cérémonies aussi. Pour Richard, nous étions maintenant Laurence et Rémi, mon mari et moi. Et nous avons tellement insisté qu'il a fini par nous tutoyer. Nous n'étions tout de même pas les parents de Marie. À peine dans la trentaine, il était normal qu'on se parle entre amis. Je n'avais ni le statut ni l'âge de madame Aubert, moi. Rémi aimait beaucoup Richard même s'il savait que le garçon n'était pas du genre à aller à la pêche avec lui. Ce qui ne les empêchait pas d'avoir des atomes crochus, de parler de politique, de faits divers. Et, peu à peu, intéressé, Rémi s'instruisait. Avec lui, il apprenait l'histoire. Richard avait le verbe facile, il contait bien, et mon mari adorait l'entendre parler de Napoléon et du poète Baudelaire, dont il ne connaissait même pas le nom avant de l'avoir entendu de la bouche de Richard. De son côté, Rémi lui parlait du hockey, de

Maurice Richard, de la lutte, des exploits dans l'arène d'Édouard Carpentier. Et Richard l'écoutait. Intéressé ? Je ne crois pas, mais poliment, gentiment, il faisait mine d'apprendre. Chez madame Aubert, c'était différent. On parlait de Flaubert, de Mallarmé, on écoutait la musique de Vivaldi, de Beethoven. Marlène lui avait présenté son conjoint, Jean-Luc. Un homme d'affaires prospère, mais pas tellement beau garçon, selon Marie. Un homme qui ne parlait pas mariage avec Marlène, et pour cause. Il était déjà marié, séparé, mais pas encore libéré selon la loi. Marlène était patiente, un jour viendrait, disait-elle à Marie. "Et comme le bonheur n'est pas que l'anneau au doigt", ajoutait-elle comme pour se consoler... Marie aimait beaucoup Marlène. Elle aimait également madame Aubert qui le lui rendait bien. Et elle adorait Richard qui, lui, la vénérait comme une déesse. Tout allait comme dans le meilleur des mondes. Épris l'un de l'autre, aucune ombre sauf que Luigi... Ah ! celui-là ! Il fallait qu'il soit mis au courant, qu'il revienne dans le décor, qu'il envenime son destin. Encore !

Un beau matin – en mai –, je m'en souviens. Oui, en mai, parce que c'était le mois de Marie et que j'avais une dévotion à la Vierge parce que ma petite perle portait son nom et que ma mère, de son vivant, lui faisait des neuvaines. Or, ce matin-là, le facteur déposa une lettre pour Marie. Dès qu'elle la vit, elle tressaillit. Elle avait reconnu l'écriture de Luigi. Elle s'empressa de l'ouvrir, s'enferma dans sa chambre pour la lire et revint me la déposer entre les mains. Sur une feuille, avec une plume-fontaine, il avait tracé les mots qui exprimaient sa profonde angoisse.

Chère Marie adorée,

C'est encore moi, ton Luigi. Ne jette pas ma lettre avant de l'avoir lue. Je te vois souvent, tu sais. Toi, tu ne me vois pas parce que je me cache. Mais je suis souvent là, pas loin, et je te regarde. Lundi, en allant travailler, tu portais une robe bleue avec une ceinture blanche sous ton imperméable qui était ouvert. Tes cheveux étaient en queue de cheval et tu avais des verres fumés. Mardi, tu portais un costume brun avec une sacoche beige. Comme tu vois, je suis encore là, mon petit trésor. Après t'avoir examinée, je vais travailler. Mercredi, j'ai pas eu le temps de te voir le matin, mais je t'ai vue sortir du bureau du docteur le soir. Tu avais un costume noir avec une blouse rouge et tes cheveux étaient remontés. Tu étais si belle, tu es belle chaque fois que je te vois. Je te regarde et j'espère. Je ne te lâche pas parce que je t'aime encore. Si tu voulais, on pourrait être ensemble. On pourrait même se marier et avoir des enfants. Je ne veux pas te forcer, Marie, mais j'attends et j'espère encore. Je sais que tu sors avec un gars, je l'ai vu, je t'ai vue embarquer dans son auto. Il semble avoir de l'argent. C'est peut-être pour ça que tu sors avec lui. Moi, je n'en ai pas autant, mais je t'aime et c'est avec moi que tu serais heureuse. Ma sœur Rhéa t'a vue au restaurant avec ton ami. J'ai pris mes renseignements, je sais qu'il s'appelle Richard. Est-ce qu'il sait qu'on a été en amour, toi et moi ? Est-ce qu'il sait que tu m'as laissé tomber pour lui ? Je n'ai pas l'intention de lui dire tout, je ne veux pas te faire du trouble, mais à une condition. Je veux que tu sortes avec moi juste une fois. Je veux aller aux vues, au restaurant, parler une fois pour toutes. Tu ne peux pas me refuser ça. Si tu refuses, si tu jettes ma lettre, si je n'ai pas de tes nouvelles, je sais pas ce que je vais faire. Je t'aime, mon trésor, je vais t'aimer toujours. Si tu es honnête, si tu as du cœur, tu vas venir me rencontrer vendredi soir à sept heures au restaurant Electra. On pourra parler, s'expliquer, se dire des choses. J'espère que tu vas me prendre au sérieux, Marie, parce que je le suis. Sinon, je ne sais pas ce qui va se passer. Je t'aime comme un fou.

Luigi

— Décidément, il ne lâche pas, ce maudit-là ! m'étais-je écriée après la lecture.

— Laurence, j'ai peur. Le ton de sa lettre, c'est presque des menaces. J'ai peur pour Richard. Il nous suit, il est capable de lui dire des choses qui ne sont pas vraies. Je pense qu'il est préférable que je mette Richard en garde, on ne sait jamais.

— Non, ne fais pas ça ! Pas tout de suite. Tu risques de semer un doute avec cette sordide histoire. S'il fallait que Richard s'imagine...

— Voyons, Laurence, il est plus intelligent que ça, il comprendra. Il verrait bien rien qu'à le voir, que Luigi et moi ça ne se pouvait pas.

— Peut-être, mais pourquoi l'ennuyer avec ce qu'on peut régler nous-mêmes ?

— Qu'est-ce que tu veux dire ?

— Ne t'en fais pas, dors sur tes deux oreilles, je vais en parler à Rémi.

Lorsque Rémi prit connaissance de la lettre, il entra dans une vive colère. Il regarda Marie et lui dit : "Je vais le tuer, ce sacrement-là ! Y'a fini de t'écœurer, la petite ! Je te jure que t'en n'entendras plus parler." Marie était affolée : "Qu'est-ce que tu vas faire, Rémi ? On serait peut-être mieux de l'ignorer..." Il se leva d'un bond. "Non, pas cette fois, Marie. Assez, c'est assez ! T'as un *chum* sérieux, il n'est pas pour déranger ça, le chien sale ! Je vais pas l'tuer, mais quand je vais en avoir fini avec lui, ça me surprendrait qu'il t'écœure encore. Là, tu vas me laisser faire, me donner une bonne description de lui, et me laisser aller. Il va te lâcher ou je le retourne d'un coup de poing d'où il vient !"

J'ai tenté de calmer Rémi, de le dissuader de se mettre dans de beaux draps, mais il n'a rien voulu entendre. Et, comme Marie risquait de recommencer à avoir peur, de surveiller chaque coin de rue, il était temps que mon mari s'en mêle. L'Italien n'allait pas compromettre son bonheur avec Richard. Marie, peu rassurée à l'idée d'un face à face entre son beau-frère et Luigi, lui donna avec hésitation la description de Bonani. Mais, elle en avait assez, elle voulait que le tourment cesse. Et, comme Rémi lui avait dit : "C'est moi qui vais y aller à ta place", elle déposa les armes et remit le sort de l'Italien entre les mains de mon mari.

Le vendredi soir, à l'heure indiquée dans la lettre, Rémi se présenta au restaurant Electra. Il y avait pas mal de monde et mon mari scruta des yeux toutes les tables. Ne le voyant pas, il demanda à l'hôtesse si Bonani, un habitué, était là. Elle lui répondit :

— Le petit Italien amoureux qui attend sa blonde ? Oui, il est au fond, à la dernière table derrière la grosse colonne.

Rémi s'y rendit et trouva Luigi seul à une table, un apéro devant lui. Sans lui demander la permission, mon mari s'assit en face de lui.

— C'est toi, Luigi Bonani ?

L'homme avait levé les yeux, dévisagé Rémi, pour ensuite lui répondre.

— Oui, c'est moi. Qui êtes-vous ? On se connaît ?

Rémi s'était penché vers lui et avait murmuré :

— Tu sors d'ici et tu me suis. Je viens de la part de Marie.

— Non, c'est elle que je veux voir, pas toi. Je ne te connais pas...

— Tu sors ou je te sors, sacrement ! T'as compris ?

Comme Rémi avait élevé le ton et changé de vocabulaire, avant d'être pris dans un scandale, Luigi se leva et mon mari le suivit. Rendu dehors, Rémi lui avait dit :

— Je suis seul, t'en fais pas. Tu montes dans mon char ou tu viens dans la ruelle. J'ai à te parler.

L'Italien refusa de monter dans l'auto et Rémi, l'empoignant fermement par le bras, l'entraîna dans une ruelle de la rue Amherst. Là, avec force, il le colla sur le mur, l'empoigna par le collet et lui cria, le nez dans la face :

— Si tu écris encore à Marie, si tu la suis, si tu tentes de l'approcher ou de la revoir, j'te fais casser les deux jambes ! Si c'est pas assez, si tu continues, tu te retrouves dans le fleuve ! Je te le dis juste une fois, mon sacrement, et t'as besoin d'avoir compris !

Pris de panique, le petit homme cria :

— Lâche-moi ou j'appelle la police ! Tu n'as pas le droit...

Rémi avait serré un peu plus fort :

— J'ai pas l'droit ? Sais-tu à qui tu parles ? C'est moi qui l'ai élevée, la petite, comme ma propre fille ! Et je suis certain que tu me connais, mon enfant de chienne ! C'est pour ça que t'as jamais approché de la maison.

Luigi se débattait, il se cachait la figure de peur d'être battu.

— Je ne lui veux pas de mal, je l'aime !

Rémi lui avait répondu en le regardant dans les yeux :

— Va chier avec ton amour, parce que Marie t'aime pas, elle. Tu comprends ? T'es-tu regardé dans l'miroir, maudit pas-bon ? Penses-tu qu'une fille comme elle sortirait avec un trou de cul comme toi ? T'es presque chauve pis tu pues ! Trouves-en une de ton espèce pis tiens-toi loin de ma fille. Là, je t'avertis, mais si tu continues, si tu l'approches encore une fois, je te réduis...

Rémi avait levé le bras et le petit homme l'avait supplié :

— Non, non, pas ça ! Ne me frappe pas ! Je ne la dérangerai plus, j'ai compris.

Rémi l'avait lâché et c'est tout juste si Luigi ne s'effondra pas. Il tremblait de tous ses membres. Il longea le mur et Rémi, dans un dernier avertissement, lui cria :

— T'as compris, chien sale ? Une fois de plus et t'as plus de job ! Pas parce que j'vas aller voir ton boss, mais parce que t'auras plus d'jambes pour t'y rendre !

Le petit homme s'était éloigné en courant et Rémi, satisfait, remonta dans sa voiture et revint nous dire que c'était réglé, que Luigi Bonani n'allait plus embêter Marie.

— Qu'est-ce que tu lui as fait ? lui demanda Marie encore sous l'effet du choc.

— Rien, je l'ai même pas touché. J'ai juste sorti mon langage pour le faire chier dans ses culottes.

Méfiante, j'avais ajouté :

— Tu es sûr, Rémi, que tu n'as pas fait un geste de trop, que ça ne va pas t'attirer d'ennuis ?

— Non, ne crains rien, je ne me suis pas sali les mains. Je lui ai juste parlé dans le nez et ça l'a fait suer, il est parti à toutes jambes. Bon à faire peur aux filles, mais devant un homme, c'est une guenille, ce gars-là. Il m'a dit qu'il t'aimait, Marie, et je lui ai répondu qu'il puait !

Ma petite sœur était confuse, très mal à l'aise :

— Tu ne lui as pas dit ça, Rémi ? Il va savoir que cette insulte vient de moi.

Rémi lui avait souri, l'avait serrée dans ses bras et il lui avait dit :

— Je m'en sacre, Marie. Si ça prenait ça pour qu'il te crisse la paix, c'est fait. Et puis, tu lui dois rien, à ce pourri !

Marie me regardait et, de la tête, j'approuvais les paroles de Rémi. Soulagée, débarrassée de ce malotru tenace, elle alla se coucher avec son beau Richard dans le cœur.

Quelques jours plus tard, Vincent, c'était au tour de Colette de se manifester. Par une lettre adressée à Marie, pas à moi, bien entendu. Et comme Marie gardait toutes ses lettres, je l'ai retrouvée tout comme celle de Luigi.»

— Tenez, Vincent, lisez !

L'écrivain prit la lettre datée de 1955 et nota, malgré le peu d'instruction, une belle écriture mais une ou deux fautes de ponctuation. «Décidément, une famille d'autodidactes...» pensa-t-il tout bas.

Chère Marie,

Si je prends la peine de t'écrire, c'est que je pense à toi. Je vis à Miami avec Frank. Ici, c'est le paradis et je n'ai plus à endurer l'hiver. Frank possède des boîtes de nuit. Je ne danse plus, je m'occupe de ses affaires. J'ai mon auto, il me traite comme une reine. Pas question de se marier, ça ne servirait à rien. Je ne peux pas avoir d'enfants et comme il en a déjà d'un autre mariage, ça donnerait quoi ? Mon amie Lorraine, China Lee, la danseuse, était venue vivre avec nous, mais Frank l'a renvoyée au Canada. Elle buvait comme un lavabo, elle était flétrie, elle dansait tout croche. Aux dernières nouvelles, elle dansait encore dans des hôtels de village de la province. Et elle boit encore. Il n'y a rien à faire avec elle. Bon, je suis bien, ça va bien, je mène la belle vie, et toi ? J'espère que tu vas bien, que tu es en amour, que tu es très heureuse. Si tu as envie de m'écrire, je te laisse mon adresse à l'endos de l'enveloppe. Si tu ne m'écris pas, je comprendrai que «la mère» t'en aura empêchée. Au fait, comment va Rémi ? Dis-lui que je n'ai pas voulu lui faire de trouble, que c'est elle qui m'a poussée. Dis-lui que je l'aime bien, même s'il a parlé en mal de moi. Lola Lopez n'existe plus. Ici, je suis la femme du boss, la femme qu'on respecte. Si jamais tu as envie de venir faire un tour, fais-moi signe. Je t'embrasse...

Colette

P.S. : J'espère que Rémi est encore aussi beau.

Vincent releva la tête, regarda Laurence qui, les yeux tournés vers le passé, s'écria :

— Vous avez lu le post-scriptum ? La salope ! Elle a fait ça pour que je m'emporte, pour me narguer, Vincent ! Vous avez vu comment elle m'appelait ? La mère ! Pour bousculer Marie, pour la pomper contre mon autorité. Pas une seule fois elle a mentionné mon nom. Elle disait « elle » en parlant de moi. Elle ne s'est même pas informée de ma santé ou si j'étais encore en vie. La chipie ! Après tout ce que j'avais fait pour elle...

— Vous aviez fait lire la lettre à votre mari ?

— Vous pensez bien que non ! Avec ses compliments, c'était assez pour qu'il prenne l'avion. D'autant plus qu'à ce moment-là, Rémi...

— Que se passait-il, Laurence ?

— J'y reviendrai, ne craignez rien, je n'ai pas oublié.

« J'ai demandé à Marie de ne pas répondre à Colette, de l'ignorer, même si je sentais qu'elle avait envie de lui donner de ses nouvelles. Je lui ai demandé de ne pas parler de la lettre à Rémi et, pour ça, elle m'a obéi. Mais, un peu plus tard, pas cachottière, elle m'a avoué avoir expédié à Colette une courte missive. J'étais furieuse, mais elle m'a fait comprendre que ça ne se faisait pas, qu'elle ne pouvait pas l'ignorer, que Colette était encore sa sœur et qu'elle n'avait jamais rien eu contre elle. Je n'étais pas contente, mais j'ai fini par accepter ses arguments. Marie m'a dit qu'elle lui avait écrit pour lui dire qu'elle était ravie pour elle et que, de son côté, elle était amoureuse d'un beau garçon. Je pense qu'elle avait une folle envie de partager son bonheur avec tout le monde. Elle lui avait aussi dit que je me portais bien, ainsi que Rémi. Et c'est ce qui m'a calmée, "l'autre" allait savoir, au moins, que j'étais encore de ce monde. Une brève missive, polie, gentille. Une sorte d'accusé de réception, me disait-elle. Elle avait terminé en lui disant qu'elle ne pouvait se rendre la visiter, que son temps était pris, que peut-être plus tard... Par politesse, bien entendu, car Marie savait que je ne lui aurais jamais pardonné si l'envie lui avait pris de revoir sa sœur. Cette damnée ! Cette bonne à rien qui jouait les grandes dames auprès d'un type de la mafia, après avoir été danseuse de bas étage. Ah ! celle-là ! Je n'aurais jamais eu de ses nouvelles que je ne l'aurais jamais fait rechercher ! »

— Vous n'êtes pas un peu dure, Laurence ? Je veux dire, ne l'étiez-vous pas ?

— Dure ? Elle aurait couché avec mon mari si elle en avait eu la chance ! Depuis l'âge de quinze ans qu'elle rôdait autour de lui ! Dure, moi ? Avec une fille qui s'était avortée avec un support ? Avec une fille qui avait jeté une pute dans les bras de son beau… frère ?

— C'est curieux, Laurence, mais lorsque vous parlez d'elle, vous ne dites jamais « ma sœur ».

— Parce qu'elle ne l'était plus, Vincent ! Une traînée ne pouvait pas être de ma parenté !

Avant qu'elle ne s'emporte et que de cruelles images ne refassent surface, Vincent l'éloigna du sujet. Il cherchait à l'attendrir, à la faire parler de Marie, de Richard, mais Laurence, le sang encore bouillonnant, préféra poursuivre un chapitre qui lui avait meurtri le cœur.

« Marie était heureuse avec Richard. Luigi n'était plus dans les parages et, en plein été, alors que j'avais enfin du temps pour moi, Rémi était de plus en plus distant. Il ne m'approchait plus ou presque, et lorsque moi, je l'approchais, je le sentais indifférent. Il m'honorait encore par devoir, mais prestement, en vitesse, avec un soupir de soulagement quand "la chose" était terminée. Apeurée, j'ai tout fait pour refaire sa conquête. J'ai perdu les quelques livres que j'avais en trop, j'allais chez le coiffeur, je me maquillais, je m'habillais à la mode, je m'achetais des parfums… Mais, ça ne changeait rien. Il me faisait l'amour un peu plus souvent, mais comme si son corps était coupé de son cœur. Et comme j'étais inquiète, je ne lui reprochais rien. Je n'en parlais même pas à Marie. Elle était si heureuse, flottant dans son arc-en-ciel avec Richard, que je ne voulais pas risquer d'être la cause du moindre brin de pluie. Je faisais comme si de rien n'était, mais je souffrais. Rémi travaillait souvent le soir et rentrait radieux comme s'il revenait d'un voyage. Il avait l'un de ces sourires qui ne pouvait mentir. Je suis redevenue méfiante, puis, de plus en plus convaincue... Pour m'ignorer de la sorte, pour faire semblant de m'aimer de temps en temps, pour être des semaines sans m'approcher comme s'il était rassasié, il fallait que Rémi aime une autre femme. Dès lors, il me fallait trouver, enquêter, épier jusqu'à ce que j'en sois certaine. J'étais sûre, dans ma détresse, que mon mari avait une maî-tresse. Je me donnais encore un peu de temps mais, de plus en plus, le doute s'installait. J'étais jolie, aguichante, plus femme que jamais, et Rémi ne me voyait pas. Il était clair... qu'il ne voyait plus clair d'une autre, Vincent ! »

La vieille dame avait eu peine à reprendre son souffle. Ces souvenirs encore amers la faisaient trem-bler de tous ses membres. Elle enfila sa veste, s'excusa pour aller faire du thé et ne revint que lorsqu'elle fut calmée, rapportant avec elle, deux tasses et la théière dans un cabaret. Vincent n'osait insister, mais il ne vou-lait pas que les confidences s'arrêtent. Pas au plus fort de son récit, pas au moment où elle allait lui révéler ce qu'elle n'oserait sans doute pas faire un autre jour. Il prit sa tasse, resta muet, et attendit qu'elle reprenne le fil comme s'il était impossible qu'elle s'arrête. Laurence semblait épuisée, mais Vincent fixait un oiseau sur une branche. Se rendant compte que l'écrivain n'avait pas assez de mots pour apaiser « sa faim », elle continua tout en changeant de sujet.

« Un incident s'était produit au cours de l'été. Par une journée chaude du mois d'août, Richard avait invité

Marie pour une baignade à la plage. Il voulait se rendre à Rawdon où le sable était beau sur une pente vertigineuse. J'entendais la petite lui dire qu'elle n'aimait pas l'eau, qu'elle n'avait pas de maillot... Il devait insister puisqu'elle lui répondit : "Si c'est juste pour marcher pieds nus dans le sable, d'accord, Richard, mais je ne me baigne pas, je n'ai pas de maillot, je porterai un short et une blouse. Il y a des parasols, dis-tu ? Voilà qui me plaira, car le soleil, tu sais... j'ai la peau si blanche, si sensible." Ils étaient partis, mais je la sentais nerveuse. Pour ne pas déplaire à l'élu de son cœur, par une journée si chaude, elle ne montra pas son anxiété et fit même semblant d'être heureuse. Rendue à la plage, les deux pieds dans le sable, elle marchait à ses côtés. Il y avait un monde fou, des rires, des cris, ce qui angoissait fortement Marie. Richard se baignait, nageait, revenait auprès d'elle, assise dans une chaise longue sous un parasol. Il lui avait dit : "Viens, Marie, viens juste tremper tes pieds dans l'eau. Pas loin, quelques pas, je te tiendrai la main." Elle avait refusé, protesté et, devant sa déception, elle accepta de faire quelques pas non loin des tout-petits qui jouaient dans le sable mouillé avec des truelles. Un pied dans l'eau et elle avait frémi. Elle se contenait, marchait avec lui et Richard, pour s'amuser un peu, la tira par le bras jusqu'à ce que l'eau atteigne ses hanches. Figée, prise de panique, elle lui serra le bras si fort que ses ongles s'enfoncèrent dans sa peau. Il hurla de douleur et la ramena vite sur la berge où elle se mit à pleurer. "Marie, pour l'amour du ciel, qu'est-ce qui se passe ?" lui avait-il reproché. Elle pleurait de plus belle, au grand étonnement des enfants qui riaient. "Je t'ai dit que j'avais peur de l'eau, Richard. Ramène-moi chez moi." Stupéfait, la sentant tremblante, il avait remonté la côte et l'avait ramenée à la maison. Sans se dire un seul mot tout au long du trajet. Non pas qu'elle boudait, mais elle était encore sous le choc. Et lui, déçu, le bras marqué d'égratignures, ne comprenait pas. Rendue à la maison, elle se précipita dans sa chambre et pleura sur son lit. Richard me raconta sa mésaventure et je lui dis : "Elle a une peur bleue de l'eau, Richard. Une phobie incontrôlable. Elle t'a suivi pour ne pas te contrarier, mais depuis qu'elle est toute petite, c'est une hantise pour elle." Il était navré, peiné. Il entrouvrit la porte de sa chambre, la prit dans ses bras et lui murmura en lui caressant les cheveux : "Pardonne-moi, Marie, je ne savais pas." Elle lui répondit : "Ce n'est pas de ta faute, Richard, tu n'y es pour rien. C'est moi..." Puis, blottie contre lui, elle s'était remise à pleurer de plus belle. »

Vincent avait tout pris en note, mais intrigué de la tournure des événements, il murmura :

— Ne vous êtes-vous pas éloignée de votre sujet, Laurence ?

— Non, je vous raconte les faits dans l'ordre. Que voulez-vous dire ?

— Bien, juste avant le thé... vous parliez de Rémi.

— Ah, oui, lui... Je me demande si j'en aurai la force.

— Préférez-vous qu'on remette ça à plus tard, qu'on attende à la prochaine fois ?

Laurence était songeuse, lointaine, comme si elle n'avait rien entendu de la dernière phrase.

« Vous vous rappelez Micheline ? Vous savez, la voisine, l'amie, la femme de Philippe avec qui je m'étais liée ? Je ne l'avais pas revue depuis le déménagement. Elle trompait son mari avec un jeune amant. Je n'admettais pas son comportement, je la trouvais sournoise, je l'avais effacée de ma vie. Mais je l'ai revue, Vincent. Par hasard, sur la rue Sainte-Catherine, et pour mon plus grand malheur. Je sortais de chez Eaton et je me suis trouvée face à face avec elle. Elle n'avait pas changé, elle était aimable même si, au début, j'étais restée quelque peu distante avec elle. Elle a insisté pour que nous allions prendre un café. J'ai tenté de m'en sauver en lui disant que j'étais pressée, mais elle a fini par me convaincre et je l'ai suivie. Assises l'une en face de l'autre, elle ne m'a pas reproché de l'avoir éliminée du décor. Elle a fait comme si de rien n'était, elle m'a même dit que j'avais changé, que je n'avais jamais été aussi jolie. Puis...

— Philippe et moi sommes divorcés, le savais-tu ?

— À vrai dire... non, pourquoi ? Qu'est-il arrivé ? À cause de l'autre ?

— Non, Laurence, le jeune amant, ça faisait long-temps que je l'avais balancé. Non, ça s'est détérioré. Tu te souviens quand je te disais qu'il était un poisson mort ?

— Oui, ça me revient, mais ce n'est tout de même pas à cause de cela...

— Tu sais, une femme se tanne de ne pas avoir de jouissance... Surtout après avoir connu la passion dans les bras d'un autre. On a parlé, il a compris que je n'éprouvais plus rien. On a vendu la maison, il est parti, j'ai loué un appartement, j'ai trouvé un emploi...

— Ah, oui ? Tu travailles où, Micheline ?

— Je suis vendeuse chez Hemsley. Rien de génial, mais juste assez pour joindre les deux bouts. Mais là, depuis un an, j'ai rencontré quelqu'un. Je vis avec un type, un vieux garçon, mais un bon gars. Ce n'est pas l'amour fou, mais ça coupe les dépenses en deux et il me sort. Un bon vivant, Laurence. On fait des voyages, on se donne du bon temps. Et pas si mal pour le reste, tu comprends. Mieux que Philippe en tout cas, ce qui n'était pas dur à battre.

— Et lui, Philippe ? Tu as parfois de ses nouvelles ?

— Non, plus maintenant. Tu sais, un couple sans enfants qui se sépare, c'est comme une rupture après une longue fréquentation. Aucun lien, c'est chacun son bord, chacun sa vie. J'ai appris qu'il sortait avec une Irlandaise, une femme plus âgée que lui. Et pas "chaude lapine", puisque ça dure, mais qu'ils aillent au diable. C'est du passé, je ne regarde pas en arrière. Et toi, Laurence, que deviens-tu ? Et Marie ?

— Marie travaille pour un médecin. Tu devrais voir comme elle est belle ! Une taille à faire rêver, elle a tout pour elle, celle-là ! Elle a un ami sérieux, un fils de bonne famille, un gars cultivé, le "prince charmant" dont elle rêvait.

— Ça ne me surprend pas, une vraie princesse, ta petite sœur. Et l'autre ? Colette ?

— Ne me parle surtout pas d'elle ! Ah, celle-là ! Elle vit aux États-Unis avec un divorcé, un type de la mafia. Accotée, bien sûr ! Et là, je ne dis pas ça pour toi, Micheline. C'est une autre affaire, une autre histoire que la tienne. Tu as été mariée, toi.

— Et toi, Laurence ? Tout va bien ? Toujours heureuse ?

— Oui, oui, ça va... Avec des hauts et des bas, mais ça va...

Je la sentais mal à l'aise. Elle évitait mon regard, on aurait dit qu'elle avait quelque chose sur le bout des lèvres.

— Pourquoi me demandes-tu cela ? Tu croyais que Rémi et moi...

— Non, je... mais ne me dis pas que ton mariage marche sur des roulettes.

— Que veux-tu dire ? À quoi fais-tu allusion ?

— Je me demande si je devrais... Si ça va bien, ça risquerait de te blesser...

Là, j'ai sauté sur l'occasion. Je dirais même que je l'ai provoquée.

— Non, ça ne va pas ! Et ce que tu pourrais me dire ne me surprendrait pas.

— Alors, si c'est pour t'aider à voir plus clair, je me demande pourquoi je te le cacherais... Tu sais, entre femmes, entre amies...

— Que sais-tu que je ne sais pas, Micheline ? Allons, parle, tu en meurs d'envie.

— C'est que je l'ai vu dernièrement... Lui ne m'a pas vue, mais moi...

— Où ça ?

— Dans une petite auberge de Saint-Donat. Je venais juste de sortir de l'endroit avec mon ami, j'étais rendue dans l'auto. Je l'ai vu arriver, je l'ai reconnu, il n'a pas changé. Il était avec une femme, une blonde dans une robe noire. Elle était assez frappante, c'est d'ailleurs elle qui a attiré mon attention.

— Continue, Micheline, c'est important pour moi...

— J'ai attendu qu'ils soient entrés, j'ai mis mes verres fumés au cas où... Tu comprends, même le soir, il fait clair assez tard en été. Je me suis glissée dans la petite salle d'attente et je l'ai aperçu à une table. Ils se tenaient les mains, ils se souriaient et, de peur d'être vue, je suis partie.

Je n'avais pas bronché, mais j'avais senti mon sang bouillir dans mes veines. Je me suis levée, je l'ai regardée en pleine face et je lui ai dit :

— Et c'est toi qui disais tantôt "entre amies..." Sais-tu qu'avec une amie comme toi, je n'ai pas besoin d'ennemies, Micheline ?

Elle était clouée sur place. Elle balbutiait :

— C'est toi qui as insisté. Je pensais que tu savais, que ce n'était pas un secret. Je croyais même que c'était fini entre toi et lui et que tu me le cachais.

J'ai pris mon sac à main, je l'ai regardée et je lui ai crié :

— Chose certaine, avec toi, c'est fini ! Pour la vie, Micheline ! Je ne veux plus jamais te revoir ni même te croiser. C'est monstrueux, ce que tu viens de faire là !

— Laurence, voyons... Je ne voulais pas te faire de mal...

Et je suis sortie sans même entendre la fin de sa tirade. Je suis retournée chez Eaton, je me suis rendue à la salle des dames et là, enfermée dans une cabine, j'ai pleuré comme une Madeleine. Je suis certaine que les autres m'entendaient. J'aurais voulu la tuer, la Micheline ! Pour m'avoir dit ce que je ne voulais pas savoir. Toute ma vie, j'avais eu peur de perdre Rémi. Sans raison, par jalousie maladive. Et là, d'un coup sec, comme une claque en pleine face, je venais d'apprendre que je l'avais perdu. J'étais désespérée, je ne savais plus quoi penser. Et ma jalousie a fait place à l'insécurité. J'avais peur de me retrouver seule, d'être sans ressources, je n'avais jamais travaillé. Je voulais rentrer, le jeter à la porte, mais je me voyais seule, démunie, sans argent, aux crochets de Marie. Non, je n'allais pas divorcer. Non, je n'allais pas être perdante. La blonde, la vache, elle aurait à me passer sur le corps avant d'avoir mon mari. Avouez que c'est drôle, Vincent, c'est lui qui me trompait et c'est à elle que j'en voulais. Elle dont je ne savais rien, elle que j'aurais voulu étrangler. Pire que jalouse, j'étais devenue possessive. Rémi était mon bien, Rémi était à moi. On n'allait pas me prendre mon homme comme ça. Humiliée, pleine de dépit, je n'ai même pas songé à l'égorger, lui ! »

Laurence était en sueur. Raconter ce malheur lui était douloureux. Vincent le savait, il toussait, il regardait ailleurs, mais il ne souhaitait pas qu'elle s'arrête.

« Le soir venu, quand je l'ai vu entrer, j'aurais voulu lui arracher les yeux ! Je ne sais pas comment j'ai fait, mais je me suis retenue. Je ne lui ai pas léché les pieds, mais ça m'a pris tout mon petit change pour être naturelle. Je le regardais, je l'imaginais... et je me contenais. J'avais un couteau à la main, il était de dos... Si vous saviez tout ce qui m'est passé par la tête. Feindre, faire comme si de rien n'était, ce fut un dur calvaire. Je ne sais pas où j'ai puisé la force, mais je suis passée au travers. Marie, qui me percevait mieux que quiconque, m'a demandé au cours de la soirée : "Ça va, Laurence ? On dirait que quelque chose te dérange..." Et, sans broncher, sans éclater en larmes, j'ai trouvé le courage de lui répondre : "Une migraine, Marie, une forte migraine. Les menstruations, tu connais ?" Rassurée, elle me répondit : "Pourquoi ne pas aller t'étendre ? Prends un cachet, repose-toi, arrête de bardasser et laisse-moi la vaisselle." J'ai réussi à lui sourire, je ne sais pas comment j'ai fait. "Non, ça va aller, j'ai déjà pris une Midol. Tu sors avec Richard, ce soir ?" Elle nouait son chignon, elle me répondit : "Oui, on va au concert, une œuvre de Mozart." J'ai attendu qu'elle soit partie, j'ai même été gentille avec Richard quand il est venu la chercher. Rémi lui a offert une bière, il se mêlait à la conversation. Personne n'aurait pu croire que j'étais à deux pas de lui arracher la tête. Après leur départ, il a regardé la télévision. Une émission sportive à Radio-Canada. Pour l'éviter, j'ai fait le lavage. Quand je suis remontée de la cave, il dormait dans son fauteuil. Sans doute anéanti par les étreintes de l'autre. Épuisé par l'amour, le salaud ! Je suis allée me coucher et, vers onze heures, il est venu me rejoindre. Dos à dos, après cinq secondes à peine, je l'entendis ronfler. Sans doute au bout de son rouleau après les verres de bière et les saletés de sa blonde. J'aurais pu l'assommer, je me suis contentée de pleurer dans mon oreiller. Je versais des larmes de rage. J'aurais voulu savoir qui elle était, où elle vivait. J'aurais voulu me lever et m'y rendre pour lui fendre la face ! Mais je saurais, je découvrirais, et elle ne perdait rien pour attendre, la garce ! »

— Vous semblez fatiguée. Vous préférez que je parte, Laurence ? Il est déjà cinq heures...

— Non, non, restez. Battons le fer pendant qu'il est chaud. Encore un peu, à moins...

— C'est pour vous, Laurence, moi, j'ai tout mon temps. Je ne voulais pas abuser.

— Restez, Vincent, je vais poursuivre. Laissez-moi cinq minutes pour mijoter un souper.

Laurence s'était levée, était entrée dans la cuisine ; durant sa courte absence, Vincent se tracassait. Cette femme, douce et virulente à la fois, cette femme torturée, il sentait qu'il l'aimait. Non sans la craindre parfois, car elle avait de ces regards qui se voulaient des flèches. Imprévisible, elle le faisait sursauter pour ensuite l'apaiser d'un sourire. Cette femme qui n'avait demandé qu'à aimer et être aimée. Cette femme, Laurence, qui avait tout sacrifié. Était-il possible qu'elle n'ait pas changé, qu'elle soit encore la même après toutes ces années ? Elle revivait avec une telle rage son passé au temps présent. Elle ne racontait pas, elle revivait. Et c'est ce qui l'inquiétait. C'était tout juste si, parfois, elle n'avait pas l'écume à la bouche. Vincent songeait, ressassait ses idées et, de tous les personnages de ce récit, c'était Rémi qu'il détestait. Pour ce qu'il avait fait de Laurence. Était-ce parce qu'elle l'avait trop aimé ? Il ne pouvait répondre, mais il sentait qu'il haïssait cet homme... d'avoir existé. Un personnage qu'il aurait vite rayé de son histoire si elle avait été fictive. Jeune et beau, maître à bord, admiré de Marie, aimé de Laurence, c'était trop. Il aurait souhaité le foutre par-dessus bord de ses pages. Que lui arrivait-il ? L'envie ? La... jalousie ? Il épongea son front couvert de sueur, tenta de passer outre à sa rancœur, et c'est le retour de Laurence qui le sortit de sa torpeur.

Elle s'était calmée. Elle lui avait apporté une bière sachant qu'il allait l'accepter.

— J'ai préparé un petit souper. Du bœuf en cubes avec des légumes, ça mijote déjà.

— Ce n'était pas nécessaire, Laurence, j'aurais pu aller souper chez moi.

— Et me laisser manger seule ? Non, non, vous partirez après, il y aura moins d'affluence. En passant, Vincent, je m'excuse de certains de mes comportements. Tout ça est si loin, je ne devrais que raconter, mais quand je les revois, je revis ces années, c'est plus fort que moi.

— Allons, ne vous en faites pas. Le récit n'en est que plus éloquent. C'est plutôt à moi de m'excuser de vous bouleverser à ce point. Vous n'y étiez pas préparée...

— Non, c'est vrai, je le sais, mais je ne croyais pas qu'après tant d'années... Ce qui prouve que le temps ne guérit pas un cœur blessé. J'en suis navrée, c'est difficile, mais j'ai accepté de tout revivre pour votre livre. J'irai jusqu'au bout, Vincent.

— Je vous en sais gré, Laurence, mais reprenez plus calmement, plus détendue si vous le pouvez. Et si les souvenirs vous font encore bondir, soyez à l'aise, laissez l'amertume sortir.

Elle sourit, enfila une veste, se croisa les bras, et reprit là où elle avait laissé.

« Le lendemain, vous pensez bien, il me fallait tirer tout ça au clair. Je n'avais pas fermé l'œil de la nuit, j'étais restée au lit à l'heure du déjeuner et Rémi était parti sans même venir m'embrasser. J'attendis que Marie parte à son tour et je me suis levée. J'ai pris un bon café, j'ai attendu une heure à me tourmenter, puis je me suis décidée à téléphoner au bureau de Rémi. Je n'appelais pas souvent, il disait que ça dérangeait. Je me trouvai une excuse pour le faire, car il fallait que cette histoire vienne du bureau. Rémi sortait si peu... à moins qu'un confrère lui ait présenté cette femme. Je connaissais Juliette, la réceptionniste, une petite grassette qui portait des lunettes. Je connaissais sa secrétaire, madame Bosquet, une dame dans la quarantaine, mariée et mère de trois enfants. Loin de la description faite par Micheline, n'est-ce pas ? Mais j'espérais que, de fil en aiguille, une indiscrétion puisse se commettre. Surtout de la part de la réceptionniste qui avait la langue bien pendue. L'excuse fut facile à trouver, Rémi avait oublié un document sur la commode. J'allais juste m'informer si c'était important, s'il savait qu'il l'avait laissé à la maison. J'ai composé le numéro et, après trois coups et le rituel de bienvenue, j'ai reconnu la petite voix aiguë.

— Allô, Juliette ? C'est madame Pratte.

— Oh, bonjour, madame Pratte, comment allez-vous ?

— Très bien, et vous ?

— Ça va bien. Pas chaud, mais moins pire que la semaine dernière.

— Dites-moi, Juliette, mon mari est là ?

— Oh… il était là il y a cinq minutes, mais il vient tout juste de sortir avec un client.

— Ah, bon, pour longtemps ?

— Je ne sais pas, madame Pratte, il ne m'avise pas de ses allées et venues.

— Je vois. Puis-je parler à madame Bosquet, s'il vous plaît ?

— Madame Bosquet ?

— Oui, sa secrétaire. Elle est sortie elle aussi ?

— Non, madame Pratte, c'est que madame Bosquet ne travaille plus ici depuis deux mois. Elle était très malade, elle a quitté. Vous ne le saviez pas ?

— À vrai dire, non. Je suis navrée pour elle. Rien de sérieux, j'espère ?

— Ses nerfs ont lâché. Vous savez, avec trois enfants le soir, le travail le jour…

— Oui, j'imagine. Alors, qui donc la remplace?

— Mais la nouvelle secrétaire de monsieur Pratte, madame. Je suis surprise...

— Comment se nomme cette dame?

— Elle n'est pas mariée, c'est une jeune fille, elle s'appelle Rosie Whelan. C'est une Anglaise, mais elle parle français. Vous ne lui avez jamais parlé?

— Non, mais voici une bonne occasion de le faire. Passez-la-moi, j'ai un message pour mon mari.

— Ne quittez pas, madame Pratte. Rosie vient de laisser son autre ligne.

— Bureau de monsieur Pratte.

— Bonjour, mademoiselle, monsieur Pratte est là?

— Non, il est absent, madame. Puis-je prendre le message?

— Je suis sa femme. Auriez-vous l'obligeance de dire à mon mari qu'il a oublié un document à la maison...

— Vous êtes madame Pratte? Je suis Rosie Whelan, celle qui remplace...

— Oui, je sais, madame Bosquet est très malade. Vous êtes là depuis longtemps, mademoiselle? J'appelle si peu souvent.

— Oh, à peine deux mois... Rémi, je veux dire monsieur Pratte, m'a choisie parmi les candidates. Je travaillais pour un compétiteur...

Je l'avais interrompue sans même lui laisser finir sa phrase, en lui disant: "Dites-lui que j'ai téléphoné pour le document. Merci, mademoiselle." Et j'avais raccroché. Cette voix mielleuse, ce petit accent, le ton qui semblait hésitant et son erreur d'avoir dit "Rémi" au lieu de monsieur Pratte. Madame Bosquet n'avait jamais utilisé le prénom de mon mari. C'était toujours "monsieur". J'avais raccroché et je tremblais de rage. J'étais certaine que c'était elle! Et dire qu'elle était là depuis deux mois et qu'il ne m'en avait jamais parlé. Pas même du départ de madame Bosquet, une personne que j'aimais bien. Vous dire à quel point j'ai haï Rémi à ce moment-là, ça ne se décrit pas. Cachottier et menteur à la fois. Lui qui, jadis, me parlait de tout, même des nouvelles lunettes de Juliette. Le scélérat ! Je ne tenais plus sur mes jambes. Micheline ne m'avait pas menti et, de surcroît, j'avais déjà la coupable presque devant moi. Un tête-à-tête dans une auberge ! Là, je vis rouge. J'étais trop en colère pour pleurer, mais je savais que je n'allais pas me taire. Non, pas moi ! Quitte à mendier ou à laver la vaisselle dans un restaurant. Ce n'était pas parce qu'on faisait vivre sa femme qu'elle allait tout avaler de peur de ne plus manger. Pour la première fois, j'ai utilisé le blasphème que je lui reprochais. Je me promenais de long en large, j'aurais voulu tout casser et j'ai crié : "Le sacrement !" Je l'attendais avec des poignards dans les yeux. Et je n'avais plus le choix, j'étais certaine que sa Rosie allait lui dire que j'avais été froide, expéditive avec elle. Il allait se douter de quelque chose. Il fallait que je morde... avant d'être griffée !

J'ai laissé passer la matinée, je ne m'étais pas habillée, j'avais bu du café, que du café, incapable d'avaler une bouchée. Et, en début d'après-midi, j'ai téléphoné à Marie.

— Bureau du docteur Desforges.

— Bonjour, Marie, c'est moi...

— Laurence ? Attends-moi une seconde, je te reviens. Le temps de remettre une ordonnance.

Au bout de deux secondes, elle me revenait.

— Voilà, c'est fait. Quel bon vent t'amène ?

— Marie, j'aurais une faveur à te demander, si tu veux bien...

— Bien sûr, laquelle ?

— Te serait-il possible de ne pas venir souper à la maison ce soir ? Peut-être que Richard...

— C'est que… Je n'avais rien de prévu, mais que t'arrive-t-il ? Tu n'es pas dans ton assiette, toi. Encore ta migraine ? As-tu…

— Écoute-moi, Marie, je n'ai pas de migraine. Si je te demande cette faveur, c'est que j'ai besoin d'être seule avec Rémi pour quelques heures.

Elle ne parlait plus, j'entendais son souffle puis, reprenant plus bas :

— Quelque chose ne va pas, Laurence ? Entre lui et toi ? C'est ça ?

— Oui, mais rien de grave, petite sœur. Une petite mise au point, un problème de couple. Plutôt intime… Et ta présence me gênerait.

— Alors, si ce n'est que ça, tu peux compter sur moi. Tiens ! J'irai au cinéma. On présente deux films au Villeray, ce qui te donnera la soirée. Mais, tu m'as fait peur, toi ! Tu es sûre que ce n'est pas grave, que ça ne me concerne pas ?

— Absolument pas ! Que vas-tu chercher là ? Un dialogue de couple, Marie, que ça. Et comme tu n'es plus une enfant, ce serait embêtant…

— Alors, n'en dis pas plus, je te comprends. Tu as aussi ta vie, Laurence.

— De toute façon, tôt ou tard, je t'expliquerai. Tu n'es pas que ma sœur, Marie, tu es ma confidente. Mais, pour ce soir, il vaudrait mieux que lui et moi…

— Soyez seuls ? C'est normal. Ne t'en fais pas, Laurence, j'irai au cinéma. Et si Richard appelle, dis-lui que tu attendais de la visite, que je préférais aller au cinéma. Un pieux mensonge pour ne pas qu'il s'inquiète.

— Merci, Marie, je t'embrasse, et ne rentre pas trop tard tout de même. Je n'ai besoin que de quelques heures.

— D'accord, Laurence, je serai de retour aux environs de onze heures.

Chère enfant, chère petite perle ! Heureusement que je l'avais, elle ! J'avais même calculé qu'avec sa pension, mes maigres économies et un petit emploi, j'arriverais à m'en sortir sans lui. Bien sûr, la maison était à son nom, mais qu'importe, dans un petit logement, ailleurs… C'est drôle, mais j'avais déjà moins peur. Comme si une force soudaine me traversait le dos. Il fallait qu'on se sépare, qu'il sacre le camp, qu'il aille retrouver sa putain ! C'était déshonorant, mais moins humiliant que de se savoir trompée, de tout endurer, de faire la morte. Pas après toutes ces années. Pas après l'avoir aimé comme je l'avais aimé. J'étais prête à me retrouver sans le sou, mais je lui promettais l'une de ces soirées… Ah, l'ingrat ! le salaud ! le cochon !

Je n'oublierai jamais cette virulente querelle, Vincent. Je ne l'ai jamais oubliée. À tel point que je me souviens de ce dur moment du début jusqu'à la fin. Il était rentré en regardant partout sauf dans mes yeux. Déjà, je savais qu'il se doutait de ce qui allait arriver. Je ne m'étais pas habillée de la journée, je n'étais même pas coiffée et, dans sa crainte plus que visible, il ne l'avait pas remarqué. Le souper n'était pas prêt, il ne s'en étonna pas. Il se déboucha une bière, alluma le téléviseur et je le refermai.

— On a peut-être des choses à se dire, toi et moi, tu ne crois pas ?

— Des choses ? Non, je ne vois pas… répondit-il, inquiet, fautif.

— J'ai téléphoné à ton bureau ce matin.

— Oui, on me l'a dit. Le document. Rien d'important, ça pouvait attendre.

— Tu as une nouvelle secrétaire ?

— Oui, Rosie Whelan. C'est elle qui a remplacé madame Bosquet.

— Curieux, tu ne m'en as rien dit. Je ne savais même pas que madame…

Impatient, voulant régler l'affaire avant que j'aille plus loin, il se leva.

— Je pensais te l'avoir dit, je ne sais plus, moi, avec tout ce que j'ai dans la tête...

Là, je mordis à pleines dents :

— Et dans ton lit, Rémi ! Oui, Rosie, ton Anglaise, ta blonde, ta maîtresse !

— Ça recommence ? Tu n'es pas bien ? C'est pour ça que tu t'es habillée comme la chienne à Jacques ?

— Non, je ne me suis même pas habillée. J'ai bu du café, je t'ai attendu. Écoute-moi bien, Rémi. Cesse ton jeu et crache le morceau ! Tu sors avec une autre, une blonde poudrée, tu vas dans les auberges, tu lui tiens la main...

Blanc comme un drap, il laissa échapper :

— Qui t'a dit ça, toi ? Qui t'a appris...

Il venait de se pendre à sa propre corde.

— Tu vois ? Tu viens d'avouer ! Je t'ai eu par la ruse, maudit salaud ! Tu ne m'as même pas vue venir. Elle t'a prévenu, n'est-ce pas ? Elle t'a dit que j'ai eu l'air bête avec elle au téléphone. Tu as pourtant eu ta mise en garde et, là, tu viens de flancher, Rémi ! Hypocrite comme tu l'es, ne sois pas menteur en plus ! Ménage ta salive, tu en auras besoin pour ton prochain *french kiss* ! Dis-moi juste où tu en es, et ne crains rien, je n'ai pas de couteau dans ma poche. Sois juste honnête, vide ton sac, et ensuite, prends la porte !

Il avait blêmi, il tournait en rond, il buvait sa bière à petites gorgées.

— Bon, puisque c'est comme ça, aussi bien en avoir le cœur net. C'est vrai que je sors avec elle, Laurence. C'est vrai qu'on s'aime. Mais ne dis pas que Rosie est une pute, ça, je ne le prends pas. Ça ne fonctionne plus, toi et moi...

— Et "l'amour, ça se fait à deux...", ça marche, avec elle ?

— Il n'y a pas que la couchette, Laurence, l'amour, c'est le sentiment, le désir...

— Parce que la couchette est déjà dans le portrait, à ce que je vois !

— Oui, et je ne m'en cacherai pas ! C'est ça, être en amour, ça comprend ça aussi !

— Comme avec ta danseuse ? Comme avec la fausse Chinoise ?

— Tu reviens avec ça ? Tu vois bien que t'es incurable ! La danseuse, ça n'avait été que des attouchements, du tripotage, j'étais saoul, pas capable. Ce n'était pas de l'amour...

— Sale bonhomme ! Écœurant, va ! Menteur jusqu'au fond des tripes ! Tu m'avais dit que la danseuse t'avait à peine tâté, que tu dormais... Menteur pourri !

— Aïe ! ça va durer toute la soirée, ce petit jeu-là ? Marie est à la veille d'arriver.

— Ça t'arrangerait, n'est-ce pas ? Tu n'es pas chanceux, Rémi, elle est allée aux vues. Comme ça, on trompe sa femme, on couche avec une autre, on lui avoue en pleine face...

— Je ne te trompe pas pour te tromper, je l'aime, je suis amoureux, sacrement ! C'est la première fois que...

— Que tu aimes ? Tu veux dire que toi et moi, ce n'était pas...

— Non, ce que je veux dire, c'est que c'est la première fois que j'aime depuis... toi.

— Depuis ! Ce qui revient à dire que tu ne m'aimes plus ? Depuis longtemps, Rémi ?

— Écoute, Laurence, ce qui arrive, c'est toi qui l'as cherché. Depuis notre mariage que tu te méfies, que tu m'accuses. Tu m'as traité d'infidèle combien de fois sans que j'en regarde une autre. À la longue, je me suis tanné et je me suis dit : "Tant qu'à être un trompeur sans tromper, sois-le donc pour vrai." Et ma pudeur a pris le bord parce qu'avec tes scènes, tes accusations, ton nez dans mes sous-vêtements pour sentir... j'en ai eu assez, sacrement ! Assez de toi, de ta méfiance, de ton manque de confiance. Et je me suis mis à moins t'aimer sans aimer personne d'autre. Pour, ensuite, ne plus t'aimer... avec le temps. Et, avec ce qui se passait entre nous, à force de faire semblant pour sauver les meubles, la première qui s'est présentée...

— Tu parles de Rosie, n'est-ce pas ? D'où sort-elle, cette... D'où vient-elle ?

— D'une annonce classée dans le journal. J'avais besoin d'une secrétaire.

— Maudit menteur ! Elle m'a dit qu'elle travaillait pour un compétiteur !

— Ben oui, mais n'empêche qu'elle a vu l'annonce et qu'elle s'est présentée...

— Et que c'est elle qui a décroché l'emploi ! À quatre pattes sous ton bureau, je suppose ?

— Laurence ! C'est écœurant, ce que tu dis là ! Te rends-tu compte que tu parles de moi comme d'une bête et que tu parles d'elle comme d'une...

— Une chienne ! Tu as peur des mots, maintenant ? Une fille de bonne famille, ton Anglaise ? Si bonne fille qu'elle couche avec son *boss* même s'il est marié ? Au fait, elle a quel âge, ta petite amoureuse ?

— Vingt-cinq ans, si ça peut te faire plaisir de le savoir.

— Quoi ? L'âge de Colette ? Aïe ! tu pognes, mon homme ! On les prend au berceau...

— L'âge de Colette, l'âge de Colette... Et puis après ? J'ai trente-quatre ans, sacrement ! Pas cinquante ! C'est pas parce que je l'ai élevée, ta sœur, que j'étais assez vieux pour être son père, non ?

— Tu l'as quand même été, Rémi ! Et, même avec elle...

— Qu'est-ce que tu veux dire ?

— Si tu l'avais voulu, tu l'aurais eue ! Tu t'es peut-être retenu, mais la Colette...

— Là, tu dépasses les bornes, il y a un morceau de cassé dans ta tête. Me prends-tu pour un dégénéré, Laurence ? Ta petite sœur que j'ai élevée ! C'est le bout de la marde, sacrement ! Tu vois bien qu'il n'y a plus rien à faire avec toi...

— Non, mais sûrement avec l'autre ! La poupée blonde, je reviens à elle.

— Écoute, je t'ai tout dit et là, je suis content. Parce que ça me fait du bien d'être franc, de te dire ce que je ressens. Si tu m'avais laissé m'exprimer quand il en était encore temps, nous n'en serions peut-être pas là, toi et moi. Mais non ! J'avais beau me défendre que tu m'voyais sans cesse dans un film de fesses !

— Tiens, c'est ça que tu regardes avec elle pour te mettre en haleine ? Il y a des maquereaux qui travaillent pour toi et qui possèdent des films cochons ?

— Tu déraisonnes, tu sais plus ce que tu dis. Moi, j'arrête là ! J'aime Rosie, je la vois, je sors avec elle. Astheure, fais ce que tu veux, moi, je démissionne.

— C'est bien simple, tu fais ta valise pis tu sacres le camp !

— Oui, c'est simple et je pourrais la faire en un instant. J'aurais même pu la faire avant, mais j'ai du cœur, moi, j'ai pensé à Marie, j'y pense encore.

— Penses-tu que Marie a besoin de toi pour faire sa vie, Rémi ? Penses-tu que j'ai besoin de toi pour manger demain ?

— Non, pas toi, mais elle, oui. Pas pour faire sa vie, mais pour ne pas risquer son avenir. Ta sœur sort avec un gars de bonne famille. C'est sérieux entre eux. As-tu pensé à la famille Aubert, dans cette affaire ? Une séparation, un divorce, le beau-frère qui sort avec une autre.

C'est pas pour ma réputation, j'm'en crisse ! Ce qu'ils peuvent penser de moi, j'm'en sacre ! Mais si Marie avait à payer le prix de notre divorce ? Si la mère de Richard, si lui-même se demandait dans quelle famille il est tombé ? Là, tu penses à toi et je l'comprends. Mais pense aussi à elle. Comme ça va là, elle va être bientôt sa femme, ça se voit. Vas-tu lui faire manquer le bateau comme tu l'as fait pour les *Ice Follies* ?

— Maudit salaud ! Me remettre ça sur le nez ! Et du chantage à part ça !

— C'est pas du chantage, Laurence, c'est du raisonnement. Si tu penses que ça va rien déranger, si tu es prête à "gambler" sur ça, dis-le et je sors d'ici. Mais, si la petite en souffre, si elle perd son bonheur, tu vas l'avoir longtemps sur la conscience !

Vaincue, je m'étais mise à pleurer. Doucereusement, mon salaud de mari avait ajouté :

— Parle-lui de ma liaison, dis-lui tout, Laurence. Si Marie t'appuie, si elle ne craint pas de compromettre son avenir, je vais partir. Je vais même vous laisser la maison jusqu'à ce qu'elle se case. Mais on ne peut quand même pas détruire par une séparation ce qu'on a bâti avec elle. C'est notre fille, Laurence, c'est notre perle, et on s'est juré de la mener jusqu'à bon port...

Il me tenait, je fléchissais, j'allais encore sacrifier ma fierté et d'autres années de ma vie. Je lui avais demandé :

— Et si tu restes, comment ça va se passer ?

Il m'avait répondu :

— Comme depuis un an, à faire semblant, mais en mettant Marie au courant.

Enragée, j'avais vertement répliqué :

— Faire semblant ? Tu penses que je vais te laisser m'approcher, me toucher ? Tu penses que tu vas partager mon lit ?

Il avait calmement répondu :

— Faire semblant aux yeux des autres, Laurence, pas se jouer la comédie. Pour ce qui est du lit, remplace-le par des lits jumeaux. Et tu ne te sentiras plus trompée, je ne te toucherai plus, je te le jure !

Je pleurais, j'étais sans force et, sans doute pris de pitié, il m'avait dit :

— Je ne pensais pas en arriver là, Laurence, mais c'est fait. Je t'aimais, je te le jure, mais avec tes gaffes, ton manque de confiance...

N'en pouvant plus, je m'étais réfugiée dans ma chambre. Je croyais vivre un cauchemar. Je l'avais perdu. Il était épris d'une autre, il ne m'aimait plus. C'était un coup au cœur. »

Laurence échappa un soupir.

— Vous allez dire que j'étais folle, Vincent, mais... je l'aimais encore.

Un rictus au coin des lèvres, elle poursuivit :

« Marie était revenue du cinéma à l'heure convenue. Rémi était déjà au lit, la porte de la chambre refermée derrière lui. J'avais les yeux rougis et ma petite sœur s'en rendit compte. Elle voulait savoir, elle était désemparée. Je lui avais dit pour la rassurer : "Rien d'incurable, ma perle, pas même une maladie, mais, si tu veux, on en reparlera demain, je n'en ai pas la force ce soir. Et puis, avec lui... à deux pas. Va dormir, je vais en faire autant. Demain, si tu le peux, j'aimerais ça que tu viennes dîner avec moi. Rémi ne sera pas là et je te raconterai tout." Elle n'avait pas insisté, mais je ressentais son inquiétude. Marie se doutait que c'était plus grave que je ne l'avais laissé paraître. Je ne l'aurais pas éloignée de la maison pour un mal de tête. Elle était allée se coucher sans rien dire et je m'étais faufilée dans notre chambre pour me déshabiller dans le noir et m'étendre à ses côtés. Il me tournait le dos, je voyais ses épaules, sa nuque. Il dormait comme un loir, délivré, tel un enfant, de son poids, de son mauvais coup. Je le haïssais au point d'avoir envie de vomir, mais les larmes qui coulaient sur mes joues trahissaient des émotions que je m'efforçais de crever comme des abcès. Je le regardais dormir, je voyais son dos nu, ses épaules carrées, ses cheveux en broussaille et, malgré l'affront, l'outrage, la haine et le mépris, ce soir-là, j'avais encore envie de lui.

Le lendemain, j'ai attendu qu'il soit parti avant de me lever. Il avait quitté très tôt, plus tôt que d'habitude. Sans doute pour m'éviter et ne pas croiser Marie de peur que, déjà, elle eût tout appris. Je me suis levée en même temps qu'elle, j'ai déjeuné avec elle, j'ai à peine prononcé les mots d'usage. Je la sentais nerveuse et je lui ai demandé :

— Comme ça, je t'attends pour le dîner ?

Elle sembla soulagée et me répondit :

— Compte sur moi, je meurs d'impatience, Laurence, mais si tu préfères, je peux téléphoner, dire au docteur Desforges que je ne suis pas bien...

Je lui avais posé mon index sur la bouche.

— Non, Marie, vas-y, ça peut attendre jusqu'à midi. Une toute petite heure avec toi et tu comprendras.

Elle était partie, je m'étais habillée, peignée, je buvais du café. Je comptais les heures, j'étais anxieuse de la voir, de lui dire... Si vous saviez toutes les idées noires qui me sont passées par la tête. Elle est arrivée en trombe, elle a avalé sa soupe et son sandwich au jambon en deux bouchées et là, j'ai pu me défouler.

— Rémi me trompe, Marie. Il a une autre femme dans sa vie.

Elle était restée muette de stupeur. Je sentais qu'elle se méfiait encore de mes rengaines.

— Cette fois, c'est sérieux, Marie. Il me l'a avoué. Rémi est amoureux...

Je m'étais mise à pleurer et, vive comme l'éclair, elle m'avait prise dans ses bras.

— Laurence, c'est pas possible ! Qui... qui est-elle ?

— Sa nouvelle secrétaire, une fille qui s'appelle Rosie, une fille de vingt-cinq ans, Marie !

— Tu en es certaine ? Ce n'est pas qu'un jeu...

— Non, c'est un fait accompli, Marie. Si tu savais comme je le déteste ! Je me suis retenue, j'aurais voulu l'étrangler ! Me faire ça après tout ce que j'ai fait pour lui... Un beau salaud, ton beau-frère ! Un chien sale comme tous les autres !

— Laurence ! Ne t'emporte pas de la sorte... Il y a sûrement une solution...

— Bien sûr et elle est trouvée, je lui ai demandé de partir.

On se quitte, Marie, on se sépare. Rémi et moi, c'est fini, tu comprends ?

Elle avait blêmi. J'avais lancé ces mots pour la provoquer, pour voir quelle serait sa réaction, pour savoir si elle allait m'appuyer ou si Rémi allait avoir raison.

— Tu veux dire que c'est la séparation, le divorce... la fin...

— Oui, Marie ! Tu vois un autre horizon, toi ?

— Non, mais...

— Mais quoi ?

— As-tu pensé au scandale, Laurence ? As-tu songé à moi...

— Que veux-tu dire ?

— Bien, Richard et moi, sa famille, notre avenir... Si Rémi et toi, vous vous quittez, si ça s'ébruite... Ah ! mon Dieu ! pas ça, Laurence ! Pas au moment où tout devient sérieux entre Richard et moi. Un geste irréfléchi et...

— Irréfléchi ? Il me trompe, Marie ! Il couche avec une autre !

Elle avait sursauté, Je lui avais fait peur. Et dans mon cœur, j'étais en furie contre elle. Marie avait réagi exactement comme l'avait prédit Rémi. Elle voulait sauver sa peau au détriment de la mienne. Qu'importait donc que mon mari me trompe, son avenir allait être compromis. Comme si je n'avais pas de futur devant moi... moi ! Comme si la terre n'avait pas de floraison pour moi. Comme si j'étais... un torchon ! Je bouillais et c'est avec un visage rouge de colère que je lui avais défilé ce que je vous dis là. Elle était pâle, elle était malheureuse, elle était presque sans défense. Elle m'avait répondu : "Ce n'est pas ce que j'ai voulu dire, Laurence. Je t'aime, tu le sais, je te plains, je te comprends, mais je pensais qu'un sursis..." Et je m'étais encore emportée. Pauvre petite ! C'était sur elle que je crachais l'écume de ma violence et, pendant ce temps, lui... Un sursis, m'avait-elle dit. Comme si c'était normal d'accorder un sursis à cet animal ! Comme si j'allais partager sa chambre, subir l'affront, fermer les yeux pour que ma petite sœur ne perde pas la longue robe blanche. Elle avait même ajouté dans son innocence : "Veux-tu que je lui parle ? Qui sait si ce n'est pas qu'une aventure, un faux pas ?" Et j'avais crié de plus belle. Pauvre elle ! Je lui disais que tout le monde se foutait de moi, même elle. Que je n'existais pas, moi ! Que je n'étais que la "mère", la bonne à tout faire, la ménagère ! Que je n'étais pas une femme, moi, mais une potiche qu'on brise et qu'on recolle pour la ranger sur une tablette. Que j'étais celle qui, bouche cousue, devait se contenter des restes ! Je lui avais crié tout ça par la tête en la traitant d'égoïste, en lui disant qu'elle ne pensait qu'à elle, à son voile de mariée, à son bonheur. Que lui importait donc que sa sœur soit trompée, humiliée, en autant que son Richard et sa famille ne soient pas scandalisés ? Elle avait failli s'effondrer, elle s'était mise à pleurer et, quand elle a levé son doux visage baigné de larmes, mon cœur durci avait faibli et je l'avais prise dans mes bras en la suppliant de m'excuser, en lui disant que je n'avais pas voulu dire ça...

J'étais incapable de voir ma petite perle pleurer. Elle était au seuil du bonheur et je n'avais pas le droit d'être une entrave à son jeune sentier, moi, une vieille mariée... Et je m'en voulais. Terriblement. Je m'étais défoulée sur elle. Elle avait avalé le venin que j'aurais voulu cracher sur Rémi ! Pauvre Marie, pauvre enfant qui, culpabilisant, me marmonnait : "Pardonne-moi, Laurence, je ne pense qu'à moi, tu as raison. Suis ta pensée, laisse parler ton cœur. Richard comprendra, je lui expliquerai, personne d'autre ne saura..." Je pleurais autant qu'elle. J'avais compromis son avenir une fois, je n'allais pas compromettre son bonheur par un bris conjugal dont elle n'était pas responsable. Je n'allais pas risquer de la voir perdre l'homme qu'elle aimait pour ce bon à rien de mari qui s'envoyait en l'air avec une grue. Non, Marie n'allait pas payer pour cette canaille et ses pulsions.

Mais, dans ma jalousie incurable, je refusais que mon mari m'abandonne pour cette garce. Quitte à le voir rentrer chaque soir, le caquet bas, la tête entre les deux jambes. Je me sentais devenir méchante, odieuse, monstrueuse. Face à Rosie ! Parce que Rémi était "mon homme" et qu'aucune autre n'allait me l'enlever. *Over my dead body !* »

Laurence était essoufflée. Elle avait revécu sa rage avec la même intensité, la même colère, comme si le temps n'avait rien effacé. Vincent posa une main sur la sienne.

— Reprenez-vous, Laurence, cessez pour quelques instants, vous vous torturez, vous vous faites mal.

Elle n'avait pas retiré sa main de celle de l'écrivain. Mais Vincent n'avait perçu aucune poigne, aucune fermeté. Laurence était encore très loin, ancrée à ce douloureux souvenir, les yeux comme le cœur rivés à son passé.

« Malgré mon interdiction formelle, Marie avait parlé à Rémi. Plus tard, avec le recul, j'ai compris qu'il était normal qu'une fille discute avec "son père". Rémi n'était pas que son beau-frère. Il l'avait élevée, il l'avait choyée, elle avait été bercée par sa tendresse. Il était normal que Marie l'aime encore. Elle aurait voulu remuer ciel et terre pour que "ses parents" soient sauvés du désastre. N'avait-elle pas perdu ses véritables parents dans une tragédie ? Son cœur d'enfant ne voulait pas souffrir une seconde fois d'une telle perte. Consciemment, cette fois, en âge de comprendre, de pleurer. Elle avait profité de l'une de mes absences pour lui parler. Elle m'a tout raconté quelques jours plus tard. Rémi buvait un café, évitait son regard...

— Rémi, si tu veux bien, j'aimerais qu'on parle, tous les deux. Ce silence entre nous...

— Tu sais, n'est-ce pas ? Tu sais, Marie, je vois que Laurence t'a tout dit.

— Oui, je sais, mais pourquoi, Rémi ? Pourquoi lui fais-tu cela ?

— Je ne voulais pas lui faire de mal, je ne le veux pas encore, mais je l'aime, Marie, je veux dire... l'autre.

— Au point de perdre Laurence ? Es-tu sûr que ce n'est pas qu'une passade ? Si tu savais comme elle souffre, comme elle pleure. Elle a tout sacrifié...

— Oui, je sais, moi aussi, Marie. Mais je ne regrette rien, car les enfants, Colette et toi, vous êtes les amours de ma vie, Marie. Et je pense avoir été un bon père, un ami...

— Bien sûr, Rémi. Sans toi, je n'aurais pas eu d'enfance, pas de père pour me bercer, pour me donner de l'affection. Je n'ai rien oublié, je n'oublierai jamais, mais Laurence et toi, en dépit de nous, Colette et moi, vous vous aimiez, vous partagiez tout... Elle était ton "adorée". Que s'est-il passé, Rémi ?

— Rien, sinon un tournant de la vie. Laurence et moi, nous formons un vieux couple, Marie. Dès le mariage, elle m'a tenu pour acquis. J'étais "sa chose" et je le suis encore. L'as-tu déjà entendue me dire "je t'aime" ? Non, elle me disait que j'étais beau, que j'étais à elle... Je n'étais quand même pas Errol Flynn, j'étais bien ordinaire. Elle n'a jamais levé les yeux sur un autre homme, ce n'est pas normal, Marie.

— Parce qu'elle t'aimait, parce que tu la comblais, parce que...

— Parce que j'étais là, Marie, que j'étais fort, que j'avais du courage. Et parce qu'elle était maladivement jalouse. Tu te souviens de toutes ses scènes ? Comme si j'étais le dernier des derniers... Et là, je le suis devenu. J'ai entendu des mots d'amour, j'ai appris un autre langage. J'aime une femme qui m'aime pour moi, pas pour ce que j'ai fait pour elle.

— Et Laurence, tu ne l'aimes plus, Rémi ? Du jour au lendemain...

— Non, Marie, je l'aime encore, mais pas de la même manière. Je l'aimerai toujours mais, avec l'autre, c'est différent. Ça ne s'explique pas, Marie, ça se vit. Et je ne l'ai pas cherché, c'est arrivé, c'est tout. Je... je ne peux pas l'expliquer. L'amour comme je le vis avec Rosie, c'est autre chose, ça me rend heureux, c'est... je ne sais plus.

— Et quand on ne sait plus, est-ce pour la vie, Rémi ?

— Je ne le sais pas, Marie. L'amour, c'est au jour le jour, on ne pense pas, on le respire.

— Et là, vous comptez rester ensemble, Laurence et toi... À cause de moi, jusqu'à...

— Non, Marie, à cause de nous. On ne sait jamais...

— Non, Rémi, vous vous sacrifiez à cause de moi, pour que rien ne vienne faire obstacle à mon mariage.

— D'un côté, oui, car ton bonheur est important pour nous. Mais c'est aussi un temps de réflexion…

— Et tu crois qu'il te sera facile de la regarder, de savoir qu'elle sait, de la voir pleurer.

— Non, pas facile, et encore moins pour elle, mais le temps va nous le dire. Après, on verra…

— Après quoi ? Lorsque je serai casée et que vous vous serez détruits ?

— Non, non, tu n'es pas responsable, Marie. Il y a longtemps que je suis détruit, moi. Laurence me fouette des yeux depuis tant d'années… Même lorsque je n'étais qu'à elle.

Marie avait baissé les yeux, m'avait-elle dit. Et j'ai compris qu'elle n'avait plus rien à ajouter. Elle se torturait pour moi, mais elle sentait en lui tant de souffrances accumulées. Elle avait vu le revers de la médaille et, même si elle ne comprenait pas son geste, elle ne pouvait lui attribuer tous les torts. Marie aimait Rémi, une partie de son cœur était à lui, l'autre à moi. Elle était prise entre deux feux, elle ne pouvait rien faire, rien dire. Et ça l'avait rendue très malheureuse, la pauvre enfant. C'était elle qui, désormais, allait supporter le poids de notre rupture. Elle était prise entre le marteau et l'enclume. Parce que Rémi et moi sommes restés ensemble. En partageant une chambre avec des lits séparés. En me couchant le soir, sachant qu'il était avec l'autre. Celle-là ! La chipie ! La Rosie ! Un soir, je ne le lui ai jamais dit, je suis allée dans les parages pour l'apercevoir. Je voulais voir la truie qui m'avait ravi mon mari. Et je l'ai vue ! Blonde, très belle, bien tournée, le chandail bien rempli. On aurait dit une starlette, la vache ! Et elle n'était qu'une fille à couchette !

J'ai remis à plus tard mon désir de vengeance. Je me suis sacrifiée. Pour que Marie ne soit pas déshonorée.

Pour que ma petite sœur, un jour, trouve enfin le bonheur. Avec un voile blanc, un sourire, de la joie et non de la peine dans le cœur. »

Laurence avait fermé les yeux. Épuisée, elle avait murmuré :

— Je ne peux aller plus loin, Vincent, je suis vidée. Ce fut un dur passage.

— Je vous comprends, ma douce amie. Vous avez été généreuse de votre temps, vous êtes allée au bout de tant de sentiments. Je vais partir, vous laisser vous détendre. Je ne voudrais pas vous rendre malade...

— Ne craignez rien, je peux supporter la douleur, je suis de cette race de femmes fortes, répondit-elle en souriant.

Elle le raccompagna et, avant de la quitter, Vincent, gêné, murmura :

— Puis-je...

— Vous voulez savoir à quand la prochaine rencontre ?

— Si ce n'est trop vous demander...

— Je vous téléphonerai. Ce soir, je ne peux rien planifier... Vous comprenez ?

Elle avait refermé la porte. Il était descendu. Il était vite monté dans sa voiture. Le bruit de la ville, les cris entre voisins, une musique forte venant d'un balcon... Non, ce n'était guère son petit patelin que cette rue Cherrier. Il avait hâte de retrouver son havre, sa paix, les vagues sur le quai, son horloge grand-père et... sa plume.

Le samedi suivant, jour de retrouvailles avec sa défunte, il avait laissé déferler sur sa tombe une pluie de mots... « Tu sais, cette femme, cette Laurence dont je te parle souvent... Elle bouleverse mon vieux cœur, Simone. Et je ne sais plus où j'en suis. Est-ce de la compassion ? Est-ce de l'amour ? Du haut du ciel, éclaire-moi, Simone. Je ne voudrais pas me tromper. Veille sur moi, je t'en supplie, mon égérie. Si tu savais comme tu me manques, toi que j'ai tant aimée. Ah ! si seulement tu étais encore là. Comme je te le dirais, cette fois… »

Puis, se levant après avoir déposé ses fleurs sur la pierre, il marcha, s'arrêta sur la tombe de Marie et murmura : « Et vous, jeune fille, ange du ciel, si vous le pouvez, peut-être bien qu'avec Simone, à deux… » Vincent Danin ne termina pas sa phrase. Quelques larmes s'étaient échappées de ses yeux.

Chapitre 9

Dix jours sans nouvelles de Laurence. L'écrivain se retrouvait chaque matin devant une page vierge, fulminant face à ce manque de savoir-vivre. Pour qui se prenait-elle ? C'était la deuxième fois que Laurence lui faisait faux bond de la sorte. Comment pouvait-elle le laisser languir sans lui donner signe de vie ? Elle devait savoir, pourtant, qu'un auteur ne devait pas perdre le fil de son inspiration. Il regrettait presque d'avoir demandé à sa défunte femme de l'éclairer. Laurence Pratte se foutait de lui ! Comme s'il n'avait qu'à attendre son bon vouloir en se morfondant sur le quai. Quel manque de délicatesse ! « Quelle femme égoïste ! » s'était-il écrié, au risque que le voisin l'entende maugréer. Fier comme un paon, Vincent n'avait pas téléphoné. Ce n'était pas à lui à faire les premiers pas. Elle avait dit qu'elle téléphonerait, elle n'avait qu'à tenir parole. Quitte à ranger dans ses tiroirs ce manuscrit qui lui tenait tant à cœur.

Enfin, le mardi 25 juillet, la narratrice se manifesta. Heureux tout en étant encore choqué, Vincent l'avait accueillie au bout du fil avec une certaine froideur.

— Vous allez bien, Laurence ? Vous revenez de loin, je crois...

— Vous ne sauriez mieux dire, Vincent, je rentre à peine du Nouveau-Brunswick. Une bonne amie à moi, Clara, une Acadienne, une dame du Cercle de l'âge d'or, m'a invitée à me rendre à Caraquet avec elle. Elle y possède une maison habitée par sa vieille cousine. La pauvre ! Elle tient à peine sur ses jambes mais elle nous a bien reçues. Et quel coin charmant ! Un petit paradis sur terre. Pas de bruit, près de l'eau, une maison ancestrale, un coin du pays où la langue est une musique. Ça sent même la poésie dans les fleurs et dans les arbres. Et cet accent qui séduit l'ouïe. Vous trouveriez ça ravissant, Vincent.

— Sans doute, mais vous auriez pu me le dire, m'en avertir tout au moins...

— Que voulez-vous dire ?

— Ce n'est pas un reproche, Laurence, de quel droit pourrais-je... C'est que... ma plume, vous comprenez ? L'inspiration n'est pas une bougie qu'on allume à volonté. L'écriture souffre des temps morts, son essence s'évapore...

— C'est que ce voyage n'était pas prévu. Ce n'est que le lendemain de notre dernière rencontre que la proposition m'a été faite. Et comme j'avais besoin de repos, de refaire le plein d'énergie... J'avoue que je n'ai pas réfléchi, je ne savais pas qu'un temps mort pouvait nuire à l'inspiration. J'aurais dû vous prévenir, je m'en rends compte et je m'en excuse...

— Surtout pas, Laurence, vous aviez certes besoin de reprendre des forces. C'est juste que... si j'avais su, j'aurais moins surveillé le téléphone.

— Je sais, pardonnez-moi, je suis partie si vite...
Mais là, je suis ici pour un bout de temps. Ce qui me
désole, c'est cette canicule qui reprend. On n'en voit pas
la fin, cette année. Ah! si j'avais toutes ces cigales entre
mes mains... Et vous, Vincent, à part mon impolitesse,
vous allez bien?

— Oui, assez bien. J'ai pensé à vous si souvent...

— Ne craignez rien, nous allons reprendre, je ne
vais plus vous décevoir.

— Ce n'est pas ce que je voulais dire, Laurence.

Au bout du fil, un long silence, puis, sur un ton
plein de fraîcheur...

— Que diriez-vous de vendredi? Je pourrais passer
la journée sur le quai, j'ai l'impression qu'il fera encore
chaud. D'ici là, j'aurai tout remis en ordre dans la maison.

— Très bonne idée, Laurence. Je passerai vous
prendre tôt le matin. Prenez un jus d'orange, gardez un
peu de place pour le déjeuner. J'ai mis la main sur l'un
de ces fromages importés...

— Alors, c'est entendu. Et je serai en forme, ne craignez rien, j'ai retrouvé mon souffle.

— J'ai hâte de vous revoir, je vais compter les jours.

— Allons, monsieur l'auteur, il n'y a que deux jours
qui nous séparent.

— Dans ce cas, je vais compter les heures, ajouta-
t-il en riant.

Surprise, quelque peu conquise, elle lui lança sur
un ton de jouvencelle:

— D'accord, mais n'allez pas jusqu'à compter les
minutes, ça finirait par être un long calcul.

Ce vendredi 28 juillet, la canicule frappait encore de
pleine force. À tel point que Vincent, tôt le matin, s'était
surpris à murmurer: « Si cette chaleur abominable ne tue
pas tous les septuagénaires, c'est qu'on est increvables!

Elle persiste, elle perdure, c'est accablant. Et ces cigales enterrent même de leurs cris stridents les chants des plus beaux oiseaux. » Il s'était rendu tôt rue Cherrier et, tel que convenu, Laurence n'avait avalé qu'un peu de jus d'orange. Vincent était ravi de la revoir. Le court voyage lui avait redonné un tout nouveau visage. Joliment coiffée, parée de boucles d'oreilles en forme de poisson rapportées de là-bas, elle était belle, voire resplendissante. Un peu de fard aux joues, du rouge à lèvres, une broche en forme d'étoile de mer était agrafée sur sa robe de lin aux couleurs de terre. Une ceinture de coquillages encerclait sa taille fine. Et la vieille dame s'était parfumée d'une eau de toilette dont l'arôme se rapprochait de celui des algues de la mer. Lui-même s'était fort bien vêtu. Un pantalon de coton gris et une chemise de teinte bourgogne qui rehaussait le blanc de ses cheveux soyeux. Ils bavardèrent de tout et de rien. Elle lui parla de Clara, une veuve tout comme elle, une femme sans enfants, une apatride qui s'ennuyait de Caraquet depuis trente ans. Elle avait suivi feu son mari lorsqu'il s'était installé ici sans pour autant vendre la maison de ses ancêtres. Elle vivait dans une résidence pour personnes âgées, mais elle n'y était pas heureuse. Elle rêvait du jour où elle retrouverait son oasis si le bon Dieu la faisait survivre à la cousine. Elle ne voulait pas aller vivre avec elle. La cousine était incontinente, ça l'incommodait, une certaine odeur persistait, selon Laurence qui en riait encore.

Vincent avait trouvé un bon fromage chez son boucher. Assez doux, tendre, avec un petit goût de revenez-y. Un fromage importé de Suisse que Laurence apprécia sur ses rôties. Mais comme il allait faire très chaud ce jour-là, elle visait le quai des yeux et elle prépara, dès que possible, le thé glacé qui allait les hydrater sous le parasol. L'eau était calme, les oiseaux étaient cachés dans l'ombre des feuillages. Un chien aboyait déjà. Sans doute assoiffé par la chaleur torride qui cuisait sa langue pendante.

— Si vous saviez comme je suis heureux quand je vous vois sur cette chaise.

— Vraiment ? Vous ne m'en voulez plus, Vincent ?

— Vous en vouloir ? Moi ? Allons donc, comment le pourrais-je…

— Pourtant, au bout du fil…

— Je ne vous en voulais pas, vous me manquiez, Laurence. Sans vous…

Il avait arrêté, il n'avait pas osé. Parce que Laurence avait baissé les yeux, timide, embarrassée. Elle n'avait que souri, légèrement, inquiète.

— Vous aimeriez que je poursuive dès maintenant ?

— Bien sûr, si vous n'avez pas perdu le fil des années.

— Ne craignez rien, le signet, je le contrôle, vous savez…

— Dans ce cas, je vous écoute et je griffonne. Enfin des mots pour stimuler mon cerveau.

« En cet automne de 1955, les feuilles mortes tombaient au rythme des jours. Depuis le grave incident, le silence régnait dans notre maison. Rémi rentrait le soir, repartait le matin. Il rentrait à des heures si indues que je savais qu'il se partageait entre la maison et l'appartement de Rosie. Nous ne parlions plus d'elle, mais chaque soir, c'était un effort au point de me mordiller la langue. Parfois, j'aurais souhaité être vipère. J'aurais aimé l'empoisonner de mon dard, j'aurais voulu que la lancette le pique, excusez-moi, à la bonne place. Il ne se passait plus rien entre nous sauf ces repas que nous prenions ensemble. Je savais que je n'étais pas de taille à lutter contre sa plantureuse blonde. Et ce qui m'enrageait, c'était lorsqu'il rentrait les vêtements fripés. Idiote que j'étais ! C'était moi qui lui pressais son pantalon et c'était elle qui le froissait. Si vous saviez toutes les tortures morales que j'ai endurées pour Marie. J'étais jalouse à tuer, mais je jouais l'indifférente. Je lui souhaitais en silence de crever et, folle que j'étais, je l'aimais encore.

Mais, en cette année-là, début octobre, le frère de Rémi est mort au Manitoba. Gérald avait succombé, victime de la tuberculose. Il n'avait que trente-neuf ans, il était père de deux enfants. Sa femme nous l'avait annoncé par lettre après qu'elle l'eut enterré. Rémi n'a pas bronché, il n'a pas versé une larme. Son frère était pour lui un étranger. Il ne l'avait jamais revu et, dès lors, nous n'allions plus entendre parler de sa femme et de ses enfants, comme je vous l'ai déjà dit. Elle a rejoint son mari sous terre quelques années plus tard et tout ce que nous avons su, c'est que ses fils ont tout vendu pour disparaître chacun de leur côté. C'est un des fils qui nous a prévenus de la mort de leur mère. Un télégramme conventionnel. Et, tout comme pour son frère, Rémi posta une carte de sympathie par politesse. Mais, pour en revenir à nos moutons, la fin de l'année 1955 allait me combler de joie et de peine à la fois. La joie, c'était que Marie nous avait annoncé qu'elle se fiancerait à Noël, que Richard lui avait proposé de l'épouser, que madame Aubert préparait une grande fête. La peine, c'est au cœur que je l'avais parce que Rémi semblait de plus en plus épris de sa Rosie. Il passait plus de temps avec elle qu'avec moi et je sentais que les fiançailles de Marie le comblaient de joie. Pas pour elle, pour lui! Parce qu'un coup la petite casée, il verrait sans doute le bout du tunnel. Mais je n'avais pas dit mon dernier mot. Rosie Whelan n'allait pas me prendre mon homme comme on s'empare d'une pomme. Je la détestais et je l'enviais. Oui, c'est triste à dire, mais je l'enviais. Parce que c'était elle qui avait Rémi dans ses draps, pas moi. Parce que c'était elle qui jouissait... Pardonnez-moi, Vincent, n'écrivez pas cette phrase, voilà que je m'égare encore...»

Vincent déposa son stylo, la regarda droit dans les yeux et lui demanda :

— Pourquoi ne pas avoir songé à un autre homme, Laurence ?

— Parce que c'était lui que j'aimais. Bien sûr que j'aurais pu, j'étais plus que passable, vous savez. J'étais même assez jolie et consciente que j'attirais les regards, mais je me disais que les hommes étaient tous pareils. Comme lui ! Sans doute mariés et à l'affût d'une maîtresse. L'aurais-je voulu que je n'aurais pas pu. Mon cœur était fidèle, je n'aimais que lui. Encore aujourd'hui...

Elle rêvassait, les yeux au loin sur la rivière, et Vincent, dépité par cet aveu inachevé, avait légèrement froncé les sourcils.

« C'est avec elle que Rémi avait fêté ses trente-cinq ans en juillet, qu'il avait sabré le champagne à son appartement. J'en avais eu le cœur gros parce qu'il était rentré très tard, qu'il titubait un peu et qu'il semblait ravi des "jeux" de son anniversaire. Le matin, je lui avais offert mes vœux de vive voix, rien de plus, et il m'avait dit merci tout en se rasant. Marie lui avait offert une superbe chemise de soie et ça m'avait choquée. Pas le geste, mais le cadeau. La chemise était si belle, le tissu si clair, qu'on pouvait voir son torse au travers. J'étais jalouse parce que je savais que c'était l'autre qui allait en profiter. Il l'avait portée le jour même. Pour me narguer, j'en étais convaincue. Marie aurait pu lui offrir autre chose, mais que savait-elle de tout ce qui était charnel, la pauvre enfant... Elle avait ajouté une jolie carte et avait signé : *Avec tendresse, Marie*. Et moi, devant eux, les bras croisés, les mains vides ! Car il n'était pas question que je lui offre quoi que ce soit. Cocue, mais pas contente. J'étais si jalouse de l'autre que j'avais déchiré et brûlé à l'insu de Rémi deux de ses sous-vêtements. Parce que je les trouvais trop provocants, parce que c'était moi qui les lui avais achetés dans le temps et que je ne voulais pas qu'il les porte pour elle. J'en étais là dans mon désarroi. Il fallait que je sois folle de lui pour penser jusqu'à ça. Mais c'était ainsi. Et Dieu sait que je n'en ai jamais parlé à Marie. C'eût été assez pour qu'elle plaigne Rémi.

Chose certaine, la Rosie n'appelait jamais à la maison. Je le souhaitais, pour lui dire ma façon de penser, mais avertie, elle s'en abstenait. Et comme il m'avait interdit de le déranger au travail à moins d'une grave urgence, je n'ai jamais eu le loisir de l'avoir au bout du fil. J'ai tout souhaité à cette fille. J'ai même prié pour qu'un autobus l'écrase ou qu'elle meure d'une crise du foie après avoir trop bu de champagne. Je la voulais morte, je le voulais en vie. Et pourtant, c'est lui que j'aurais dû tuer dans mes folles pensées. Mais, je me disais que, sans elle, j'arriverais à le reprendre. Moi, si fière, supposément indépendante, avec un cœur de mendiante.

Richard venait de plus en plus souvent à la maison depuis sa grande demande. Il se sentait déjà de la famille et c'était bien normal. Devant lui, pour Rémi et moi, c'était le jeu, la comédie. Nous nous parlions comme si rien ne se passait, nous blaguions, nous avions du plaisir. Au point que Richard ne s'est jamais douté que plus rien n'allait entre Rémi et moi. La porte de notre chambre était toujours fermée pour qu'il ne voie pas les deux lits séparés. Et j'ai joué ce jeu pour le bien-être de Marie. Pour ne pas entraver sa marche vers le bonheur, pour ne pas faire obstacle à ce rêve qu'elle vivait et qui devenait réalité. Richard avait obtenu son diplôme et, depuis septembre, il enseignait l'histoire et toutes les autres matières à des élèves d'une école primaire. Il fallait bien commencer quelque part et Marie était si fière de dire à ses patients qu'elle fréquentait un professeur. Elle avait de la classe, la petite. Elle aurait certes aimé un cordonnier tout autant si son cœur avait penché de ce côté, mais un professeur d'histoire, un instituteur, ça rehaussait davantage le portrait. Et comme elle était secrétaire d'un docteur, elle était bien en vue dans la famille Aubert. Judith, la mère, avait de belles manières que Marie lui empruntait. Mais ce n'était pas qu'un plagiat, il y avait quelque chose d'altier en elle. Que voulez-vous, elle était distinguée, bien élevée, ce qui me donnait bonne figure. S'il avait fallu que madame Aubert apprenne que Colette avait été danseuse nue et que Rémi et moi... Somme toute, elle méritait d'être protégée de toute éclaboussure, la petite perle. Elle était si aimable, si docile, si bonne avec tout le monde. Et ce, depuis sa tendre enfance. Avec Richard, elle se cultivait davantage. La musique, l'histoire, les grandes sorties, j'étais si fière pour elle. Et elle devenait fine psychologue depuis qu'elle travaillait pour le docteur. Les patients l'adoraient, elle leur remontait le moral lorsqu'ils se décourageaient. Elle avait le cœur sur la main. Une vraie petite sainte, celle-là !»

Laurence avait essuyé une larme et Vincent avait compris que les chapitres suivants allaient être atroces pour le cœur de la vieille dame. Marie avait été sa raison de vivre. Marie n'était plus, Marie était partie, il ne savait pas encore comment, mais il redoutait ce moment. Laurence n'était plus la guerrière de l'époque de Rosie. Avec l'âge, son cœur s'était si attendri qu'il était prêt à éclater à la moindre fissure. Plus fragile que la porcelaine. Un cœur de papier prêt à s'envoler au premier coup de vent. Voilà pourquoi il était si pénible pour elle de revivre sans gémir tous ces tourments.

«Un soir, alors qu'ils étaient au salon, j'entendis Richard lui dire avec tendresse : "Nous aurons notre maison, Marie. On construit de jolis bungalows dans notre quartier. Nous aurons aussi des enfants si tu le veux ; maman rêve d'être grand-mère et, avec Marlène, ce n'est pas demain la veille." Elle l'avait embrassé, lui avait pris la main et elle lui avait murmuré : "J'aimerais en avoir quatre ou cinq, une belle famille, Richard. J'adore les enfants. Et deux ou trois garçons parmi eux parce que je n'ai pas eu de frère." Il avait souri, il l'avait embrassée et il lui avait dit : "Nous serons heureux, Marie. Si tu savais comme je t'aime." Derrière un rideau, cachée, je pleurais. Et pendant qu'ils s'aimaient, seule, sans l'amour de mon mari, je désespérais d'ennui. J'écoutais la télévision, mais rien ne m'intéressait vraiment. J'ouvrais la radio, j'écoutais *La Clinique du cœur*, un nouveau programme à CKAC, et je me surprenais à pleurer sur les drames des autres qui ressemblaient au mien. Rémi avait sa blonde et son hockey. Je m'en souviens, c'est en cet automne que Henri Richard, le frère de son idole, devenait une recrue pour les Canadiens. Deux de la même famille à admirer, une pute pour le combler...

Marie était heureuse, Rémi était gras-dur, si vous voyez ce que je veux dire, j'étais donc la seule à être punie, meurtrie par la vie. "Ma chienne de vie !" me disais-je à ce moment-là, parce que je ne pensais jamais qu'un jour, je pourrais descendre aussi bas... »

Elle ne parlait plus, elle songeait, elle était gênée par ce souvenir qui s'enchaînait au récit.

— Que voulez-vous dire, Laurence ? Vous semblez hésitante...

— J'ai honte, Vincent, je me demande si je devrais me rendre jusque-là dans mes aveux.

— Libre à vous, rien ne vous y force, à moins que le fait d'en parler vous soulage...

Il était évident que Vincent voulait savoir. Pour son récit, bien entendu, mais aussi pour lui. Pour connaître à fond cette femme qui l'intriguait de plus en plus.

— Oui, vous avez raison, je ne vous cacherai rien. Même si je risque de baisser dans votre estime.

— Allons, c'est le passé, tant d'années se sont écoulées...

« Un soir du début de novembre, je me trouvais seule avec Rémi. Curieux, mais il avait pris congé de sa poudrée ce soir-là. Et, comme par hasard, Marie passait deux jours chez la mère de son fiancé. Richard était allé à une convention à l'extérieur avec d'autres jeunes professeurs et madame Aubert avait prié Marie de passer la fin de semaine avec elle, histoire de mieux se connaître, de parler entre femmes. Ah ! ce fameux vendredi... Rémi avait soupé pour ensuite s'installer devant le téléviseur, une bière à la main. On présentait un film de gangsters, un vieux film avec Humphrey Bogart. Je n'étais pas intéressée, j'étais restée à la cuisine à faire des tartes et des desserts pour la semaine à venir. J'écoutais la radio, une chanson de Lise Roy, une autre d'André Claveau. J'écoutais sans écouter vraiment. J'étais mal à l'aise d'être seule avec lui. On se parlait si peu, on se regardait si peu souvent. Deux étrangers, ou presque, sous le même toit. J'étais allée chez la coiffeuse, j'étais jolie, j'avais encore ma robe moulante sous mon tablier. Et la nuit est venue, bien entendu, Rémi a regagné la chambre vers onze heures trente et, par hasard, c'était aussi l'heure de me coucher. Je me suis déshabillée et j'ai senti qu'il m'observait. Il s'est déshabillé à son tour et, du coin de l'œil, je l'observais. Ça faisait longtemps que je ne l'avais pas vu dans sa presque nudité. Il était rare qu'on regagnait la chambre en même temps. Je l'ai regardé, je ne l'ai pas quitté des yeux et je n'aurais pas dû. Il était plus beau, plus homme, plus sensuel que jamais. Et ça, il le savait. À trente-cinq ans, un homme est dans sa splendeur et, au début de la trentaine, une femme aussi. J'ai senti comme un vibrant appel de la chair, mais j'ai fermé les yeux.

Vous savez, j'étais privée depuis des mois, pas lui. J'avais quand même des besoins, j'étais encore jeune… Je ne sais pas pourquoi mais j'ai laissé ma veilleuse ouverte et j'ai saisi un livre que j'avais entamé. Dans son lit, couché sur le dos, les mains derrière la nuque, le torse nu, la couverture jusqu'au nombril, Rémi me regardait. Je le sentais, mais je n'osais le regarder quand il tournait les yeux vers moi. Mais, à un certain moment, alors que je tournais une page, nos regards se sont croisés. Et là, croyez-le ou non, il me souriait. D'un étrange sourire, sans rien dire. D'un sourire qui en disait long sur ses intentions. Je l'ai regardé, j'ai soutenu son regard, je lui ai rendu son sourire et j'ai senti mon corps frémir. Se rendant compte de mon embarras, il ne m'a dit que deux mots : "Veux-tu ?" J'ai rougi, j'ai encore frémi et j'ai acquiescé de la tête. Il est sorti de son lit, il était nu, ce qui n'était pas dans ses habitudes. Il s'est glissé sous mes draps, il a éteint la lumière d'une main tout en me caressant les seins de l'autre… »

— J'ai tout oublié, Vincent. Rosie, les humiliations, la fausse Chinoise aussi. J'ai tout oublié en cet instant pour me donner à lui. Comme une chatte en chaleur, comme une pute qui attend sa brute. Et je l'ai aimé, j'ai fait l'amour comme…

Elle s'était arrêtée, embarrassée, mais Vincent n'allait pas tirer le rideau.

— Comme… ?

— Comme une déchaînée !

Elle détourna la tête, regarda la rivière et murmura :

— J'ai honte, Vincent, j'ai encore honte de moi. Je suis allée trop loin…

— Mais non, c'est la vie, c'est la nature…

Elle retrouva son calme et, sans regarder l'écrivain, elle poursuivit :

« Jamais je n'aurais cru en arriver là. Jamais je n'aurais pensé descendre aussi bas. Me donner ainsi à celui qui me trompait avec une autre. Aller jusqu'à... pour lui prouver que je valais sa maîtresse. J'ai fait ce que faisaient les filles de joie. Pour le reprendre à celle qui me l'avait volé. Je me suis humiliée, je me suis abaissée, je me suis déshonorée... par jalousie. Moi, Laurence Mousseau! Madame Pratte! La femme au vif tempérament, esclave d'un homme, victime de ses propres sens, souillée de son plein gré. Avec celui qui pénétrait depuis des mois un autre corps! Avec lui, mon mari que j'allais quitter pour adultère. Pendant des heures, comme une démente, sans aucune pudeur, comme une sans-cœur! Et, après l'amour, constatant ce qui venait de se passer, j'ai senti mon corps frémir, non d'amour, mais de rage et d'indignation. Il s'assoupissait paisiblement, son bras encerclait encore mes hanches et, d'un geste brusque, je l'ai poussé en lui disant : "Va-t'en !" Son visage a exprimé la surprise et je lui ai crié : "Plus jamais, Rémi, plus jamais ! Retourne dans ton lit !" Il a haussé les épaules, il a rejoint son lit, il s'est couché sur le ventre et il s'est endormi. Seule dans le noir, tremblant de tous mes membres, je me suis haïe. Je ne me suis même pas demandé si je l'avais reconquis, je me suis haïe. Parce que je revoyais le visage de Rosie, ses courbes, sa poitrine. Parce que ses mains de salaud s'étaient posées sur moi. Parce que j'avais accepté, parce que j'avais encore envie de lui... Je me suis haïe et je l'ai détesté d'avoir profité de ma faiblesse. Et pourtant, je venais de vivre... Ah ! ce que je me suis haïe de m'être donnée à lui comme une truie ! J'étais malade, mentalement malade ! Je le voulais et, l'ayant eu, je l'aurais tué, quelques minutes après... Dans une réaction plus folle que celle des gestes faits. Et dire que lui, l'animal, en avait profité. Pourquoi pas deux, un coup parti ? Pourquoi pas elle et moi ? On peut en prendre, à cet âge... Le cochon ! Et ce qui m'avait le plus humiliée, c'était de m'être donnée à lui... comme elle ! Comme une traînée ! Comme une pute entretenue ! Je n'étais plus Laurence, j'étais Rosie ! Et c'est pour ça que je m'étais tellement haïe. Il dormait et je pleurais. Je pleurais de honte et de remords. Je ne saurai jamais s'il avait l'intention de me revenir cette nuit-là, mais ce que je sais, c'est que le lundi suivant, il n'était pas rentré de la nuit. Pour me signifier que tout était perdu, fini ? Qu'en sais-je ? Ce que j'ai su, c'est qu'après moi, c'était Rosie qui le reprenait. Sans doute dans de meilleurs ébats ; dans de plus viles bassesses. Et là, c'est lui que j'ai haï... à en vomir ! »

Laurence avait quitté la rivière des yeux pour regarder Vincent.

— Pardonnez-moi, mais il me fallait vous le dire.

— Je n'ai rien à vous pardonner, j'écoute, je suis la trame, j'écris...

— Je vais trop loin, je suis confuse, c'est l'histoire de Marie que vous vouliez...

— Marie fait partie de votre vie, de vous, de chaque instant, Laurence. Comment pourriez-vous parler d'elle, de ses joies, de ses peines, en vous excluant du récit ? Comment parler d'elle, de Richard, et omettre Colette, Rémi et vous ? Vous êtes tous une partie d'elle, Laurence, même Luigi, même madame Aubert. Marie n'a pas vécu dans une bulle. Son entourage, son Jocelyn du temps de son patin, son premier patron, le docteur, ce sont tous des personnages. Comment bâtir un récit sans passer à travers toutes les étapes de sa vie ? Les arbres comme les gens, les fleurs et les humains...

— Oui, sans doute, mais il y a de ces indiscrétions qui me font peur. Est-il nécessaire que je me vide le cœur à ce point pour vous parler d'elle ?

— Laissez couler les joies comme les drames, Laurence. Tout ce que vous me révélez est du temps de Marie, de l'air qu'elle respirait, même si, parfois, elle n'en savait rien. Vos peines étaient les siennes, vos secrets auraient été de tout cœur partagés, vous le savez… Laissez-vous aller, Laurence, et l'encre se chargera de tracer…

— Je vous fais confiance, Vincent, mais…

— Non, n'hésitez pas, ne vous retenez pas et laissez ma plume s'occuper de l'ouvrage. Ne fermez pas votre cœur sur une douleur, aussi intime soit-elle. Laissez les volets ouverts, allez de l'avant, cessez de vous torturer. C'était hier, tout ça, c'est si loin déjà.

Rassurée, Laurence regarda sa montre et s'écria :

— Déjà midi ? Un creux, peut-être ? Vous permettez que je prépare…

— Bien sûr, j'ai tout ce qu'il faut dans le frigo. Une pause vous fera grand bien mais, juste avant, en deux mots, Colette, pendant ce temps ?

— Nous n'avions pas de ses nouvelles et je n'en cherchais pas. Elle était hors-champ, Dieu merci ! Elle reviendra bien assez vite, vous verrez, soyez patient.

L'écrivain déposa son carnet, son stylo, lui sourit gentiment et elle lui rendit son sourire. D'un pas alerte, elle se dirigeait vers la maison et Vincent, seul sur le quai, la regardait s'éloigner. Il ressentait, il en était sûr, un sentiment dont il ignorait le nom. Et ce, même si la nuit de Laurence avec Rémi l'avait mis… hors de lui.

Laurence avait préparé un buffet froid. Salade verte, saumon fumé, tranches de tomates, asperges, biscottes, raisins et quelques bâtonnets de fromage. Le tout accompagné d'un jus de légumes avec glaçons. C'était copieux sans être lourd. Exactement ce qu'il fallait pour que l'estomac ne souffre pas de la chaleur écrasante de cette journée. De retour sur le quai, ils s'étaient tous deux assis sur les planches, protégés par le parasol, les deux pieds dans l'eau pour se rafraîchir. Ils avaient causé du coût de la vie actuelle, des services sociaux, de l'avenir qui ne s'annonçait pas rose pour les jeunes. « Dieu merci, je ne suis pas grand-mère, je ne verrai pas mes petits-enfants se battre avec la vie. » Et Vincent de l'approuver, puisqu'il n'avait pas de progéniture lui non plus et, qu'avec lui, le nom des Daniel allait s'éteindre pour que survive, grâce à ses œuvres, celui de Danin. Laurence avait repris sa chaise longue et ressassait ses souvenirs.

« Marie avait passé la fin de semaine chez sa future belle-mère. Madame Aubert l'adorait. Elle la choyait plus que sa propre fille. Richard était son préféré et, comme Marie allait le rendre heureux, elle était dans les bonnes grâces de la dame. Elle l'avait un peu questionnée sur sa famille, mais Marie s'en était tirée adroitement en lui disant que Colette était dans les affaires à Miami et que, malheureusement, elle ne pourrait être là pour les fiançailles. Qu'importait donc l'absence de l'une quand l'autre, en l'occurrence moi, sa seconde mère, allait partager leur bonheur. Elle me racontait son séjour, elle était enchantée de l'accueil et des égards de madame Aubert. Je lui avais dit avoir cuisiné, être allée magasiner, du lèche-vitrine seulement, sans lui parler, bien sûr, de mon pitoyable faux pas au lit, avec mon satané mari.

Novembre fila à toute vitesse. Nous nous préparions pour Noël, pour ces fiançailles tant attendues. Rémi se montrait ravi, heureux d'être invité dans cette résidence de rêve dont Marie lui avait tant parlé. Il s'enquit auprès d'elle du cadeau qui lui ferait plaisir. Marie avait déjà un trousseau ou presque, mais elle lui fit savoir qu'un vase de cristal serait certes de bon goût. "Que ça ?" s'était-il écrié. "Que dirais-tu si j'ajoutais le beurrier, le sucrier, le pot à lait ainsi que la carafe à vin ?" Elle avait protesté, c'était trop cher, selon elle, mais Rémi lui avait répondu qu'il ne voulait pas passer pour un gars sans le sou aux yeux des Aubert. De toute façon, toutes ces pièces de cristal n'allaient pas lui coûter plus cher que

l'appartement qu'il défrayait chaque mois pour sa maîtresse. Il lui payait tout, à cette vache ! Depuis ses robes
jusqu'à ses sous-vêtements ! Et elle prenait tout, la garce !
Comme les filles de la rue Saint-Laurent qui se font payer
pour leurs services. Bref, une prostituée à sa manière,
que cette Rosie sortie tout droit de l'enfer. Comme je
dépendais de lui pour les dépenses de la maison, j'avais
économisé en coupant ici et là pour m'acheter, sans le
lui demander, une toilette princière et des souliers dernier cri. Lui comptait venir avec son complet noir bien
pressé et une cravate neuve. Comme la petite se fiançait
et qu'elle devait encourir des frais pour s'habiller, nous
lui avions fait promettre de ne rien nous offrir pour les
Fêtes. Mais, soucieuse de nous faire plaisir, elle avait
trouvé le moyen de m'offrir un foulard de soie et de payer
la cravate neuve de Rémi. Nous avions prévu nous rendre
à la messe de minuit et, ensuite, chez les Aubert. Marie se
fiancerait au moment de l'élévation pour recevoir, d'une
seule prière, la grâce du Seigneur sur sa bague et dans
son cœur. Madame Aubert, Marlène et son ami Jean-Luc
seraient là. Quelques invités de marque dont le docteur
Desforges et sa dame, des professeurs, des collègues de
Richard, le directeur de l'école où il enseignait et des
intimes de la famille. Une brochette de gens bien éduqués et nous, Rémi et moi, qui n'étions pas de ce monde
dit huppé. Rémi craignait de ne pas être à la hauteur,
mais Richard l'avait mis à l'aise en lui disant : "Ne t'en fais
pas, je serai là, moi, futur beau-frère. Ma mère va t'adorer
et ne sois pas surprise, Laurence, si ma sœur Marlène
le dévore des yeux. Son Jean-Luc, aussi gentil soit-il,
n'a pas le charme de ton mari." Et tous avaient bien ri…
sauf moi. Comme si Marlène Aubert, une avocate, allait
tomber en pâmoison devant un gars de la construction.

Le soir venu, Marie nous apparut telle une reine.
Elle était si belle, on aurait dit une vision venue du ciel.

Elle s'était coiffée d'un chignon qu'elle avait entouré d'un anneau de perles. Elle portait les perles cultivées que nous lui avions données et une robe de soie si somptueuse que les dames ne sauraient qu'en être éblouies. Une robe de teinte coquille d'œuf agrémentée de pierres sur le plastron. Une ceinture du même tissu encerclait sa taille fine et la crinoline gonflait les pans de sa jupe quand elle tournait sur elle-même. Elle avait déboursé une petite fortune, mais quelle grâce, quel tissu et quelle douce harmonie avec ses cheveux blonds, son visage pâle et ses yeux gris. À ses petits pieds, des escarpins de satin avec des perles incrustées sur les talons aiguilles. Elle était si gracieuse, si demoiselle et si femme lorsqu'elle enfila ses longs gants de soie avec des boutons de perle. Un peu de vert sur les paupières, un rouge pomme sur les lèvres, un tantinet de mascara, elle était divinement belle en cette nuit de Noël. Moi, j'avais opté pour une robe noire assez moulante au décolleté prononcé. Sur l'épaule, une broche de cristal et aux lobes d'oreilles, de longues tiges de cristal qui me touchaient presque les épaules. Coiffée dernier cri, maquillée par une experte, j'affichais un petit côté "femme fatale". Pour en mettre plein la vue à Rémi, pour lui faire regretter, pour le faire payer de m'avoir trompée et de le faire encore sans ne plus pouvoir m'approcher. J'ai remarqué qu'il m'avait longuement regardée. Il était séduit, charmé, mais il n'osa pas me complimenter. Il craignait sans doute une réplique cinglante de ma part. Il avait enfilé son complet noir, noué sa cravate rouge à pois noirs offerte par Marie. Il s'était bien rasé, soigneusement peigné ; il s'était même aspergé d'une eau de toilette que je ne connaissais pas. Une trouvaille de sa catin, sans doute. Mais, malgré le peu de frais encourus de sa part, il était plus séduisant que jamais. En bottes de travail comme dans un complet dernier cri, il était beau, le scélérat. Plus beau qu'à notre mariage, plus beau qu'à ses vingt ans. Beau comme un homme de trente-cinq ans se doit de l'être quand il prend soin de son corps. Et pour ça, je n'étais pas inquiète. Il avait sa traînée pour le garder en forme sur le matelas et l'oreiller. Nous formions un beau couple, lui et moi, et c'est ce qui me chagrinait. Un beau couple qui, jadis... et qui, maintenant, se jouait la comédie pour la sauvegarde du bonheur de Marie.

L'église était pleine à craquer. Madame Aubert, dans son vison, se tenait à côté de son fils. À sa gauche, Marlène, une femme superbe, et à son bras Jean-Luc, pas moche, pas mal de sa personne, mais plutôt ordinaire. Le prototype de l'homme d'affaires. À la gauche de Richard, Marie dans toute sa splendeur et, à ses côtés, Rémi et moi. Les Aubert nous avaient souri. Les présentations officielles suivraient lors de la réception. J'avais aperçu le docteur et son épouse, des jeunes couples qui souriaient à Richard et à Marie, les collègues du futur beau-frère. Ce fut très long et il faisait chaud, nous avions nos manteaux. Trois messes successives en ce temps-là, vous vous rappelez, Vincent ? Au moment du sanctus, je vis Richard sortir d'un écrin une superbe bague en or ornée d'un solitaire. Un très gros diamant retenu par deux roses d'or. Marie avait les larmes aux yeux lorsqu'il lui glissa la bague au doigt. Jamais je n'avais vu un tel sourire s'abreuver de tant de larmes. Richard était ému, sa mère se mouchait, sa sœur souriait et moi, plus émue que les autres, j'avalais ma salive et des larmes coulaient sur ma main qui tremblait. Le fait de voir ma petite sœur, ma petite perle, aussi heureuse, me chavirait le cœur. J'étais émue non pas de la bague et de l'apparat, mais émue d'avoir réussi avec elle. C'était mon cœur de mère qui se fendait. Et Rémi, digne de retenue, lui souriait tendrement. Je suis certaine qu'il a senti son cœur fondre cette nuit-là. Marie, c'était aussi sa vie. Oh !

comme j'aurais aimé partager ce moment avec lui, en couple uni, sa main dans la mienne comme autrefois. Hélas, l'image s'était ternie, les roses s'étaient fanées, et "l'adorée" d'antan n'était plus qu'un nuage épars disséminé dans le néant.

La nuit était froide, il fallait se presser. Dans l'auto, pas un mot ou presque. Un murmure à peine pour me dire que Marie était belle, qu'il était si content pour elle. Puis, après un assez long trajet, nous sommes arrivés à Montréal-Nord à l'adresse indiquée. Une vaste maison à lucarnes, un perron de marbre et de grands sapins parés de lumières. On aurait dit un château tellement c'était beau. Madame Aubert avait tout prévu. Un portier, des domestiques pour prendre nos manteaux, d'autres pour nous offrir les verres de champagne et un pianiste qui accueillit les fiancés en interprétant un nocturne de Chopin. C'était gênant, c'était trop fastueux, trop princier, mais Marie semblait à l'aise dans ce décor qui lui était familier. Les candélabres de cristal, les tapis blancs, les meubles d'acajou, je voyais Rémi qui, mal à l'aise, glissait un doigt dans le col de sa chemise. Tout était révérencieux, cérémonieux; nous étions dans un monde différent du nôtre. Mais ce brave Richard, se rendant compte de notre embarras, s'empressa de nous présenter à sa mère qui nous accueillit avec grâce. "Monsieur et madame Pratte, Marie nous a tellement parlé de vous." Elle était charmante mais trop protocolaire. Et Rémi, qui s'efforçait de bien paraître avec ses "Enchanté" à quiconque on le présentait. Marlène avait été très aimable, son conjoint de fait aussi. Elle avait certes regardé Rémi, mais pas au point de le déshabiller des yeux. Elle avait de la classe, celle-là, elle était belle et elle en avait vu d'autres. Ça prenait plus que Rémi Pratte pour la chavirer. Elle aurait pu séduire un roi, la jeune avocate. Plus le temps passait, plus la gêne s'envolait. Avec le champagne, le vin de France, la table bien garnie, les conversations éparses, nous étions tous au même niveau. Joyeux sans être ivres. Nous avions tous goûté aux bons vins des carafes, sauf la femme du docteur qui n'y touchait pas. J'ai appris beaucoup plus tard qu'elle avait surmonté un problème d'alcool et que, jadis, le scotch était son confident lorsque le docteur travaillait jour et nuit et qu'elle s'ennuyait à mourir. On prenait des photos du jeune couple, ils étaient si beaux tous les deux. Ah! ce que l'amour peut donner comme image! Marie m'avait attirée à l'écart pour me dire avec des larmes dans les yeux: "C'est le plus beau jour de ma vie. Merci, Laurence." Ce "merci" du fond du cœur, je savais ce qu'il voulait dire. Son bonheur avait été épargné et elle m'en était reconnaissante. Elle avait valsé avec Richard, elle avait dansé avec Rémi. Le docteur s'était approché de moi avec un: "Vous permettez, madame?" pour m'entraîner dans une valse que j'avais peine à suivre. Et, d'une danse à l'autre, j'ai vu Rémi qui dansait un *slow* suivi d'une samba avec Marlène. Et l'avocate avait été séduite, Rémi dansait si bien. Rémi savait comment cambrer les reins. Elle était donc conquise, celle dont le conjoint ne dansait pas. Mais l'envoûtement s'arrêtait là. Marlène Aubert avait de la décence et, à vrai dire, Rémi ne la courtisait pas. Il voulait faire bonne figure et, à défaut de vocabulaire, il se servait de ses jambes pour plaire. Il m'a fait danser une fois pour ne pas que l'on pense… Une seule fois, et pas un *slow* de peur que je le repousse du doigt. Une danse latine, à bout de bras, distancés l'un de l'autre, la danse que nous exécutions le mieux ensemble. Une belle nuit de Noël, de superbes fiançailles. Et que de cadeaux de la part des invités. Des cadeaux de grande valeur. Des toiles de maître, de la vaisselle importée, une lampe torchère et nos pièces de cristal qui ont fait sensation parce qu'elles venaient d'Autriche. Nous avons quitté la fête vers quatre heures du matin, j'étais épuisée, la tête un peu alourdie sous l'effet des digestifs. Richard nous avait dit : "Ne craignez rien, je vous ramènerai Marie avant l'aube." Ils avaient encore tant de mots d'amour à se dire. Le docteur et sa femme étaient partis en même temps que nous. Dans la voiture, sur le chemin du retour, Rémi m'avait dit : "Joyeux Noël, Laurence." Surprise, oubliant mon ressentiment, j'avais répondu : "Toi pareillement", puis je m'étais mise à pleurer. J'étais émue, j'étais navrée, j'avais le vin triste. À la radio, on faisait tourner *White Christmas* de Bing Crosby. Je pleurais comme une enfant parce qu'au premier Noël de notre mariage, c'était sur cette chanson que Rémi et moi avions dansé. Je pleurais sur mes souvenances. Je pleurais, je ne pouvais pas m'arrêter et Rémi, ému, regardait dehors pour ne pas pleurer avec moi. Nous sommes arrivés sains et saufs, nous sommes rentrés, et Rémi m'avait demandé d'un ton gentil : "Un dernier verre ensemble, Laurence ?" Encore secouée, émue mais impulsive, je lui avais répondu : "Le verre de trop ? Non, merci !"

Madame Aubert, qui aimait faire les choses en grand, avait fait paraître l'annonce des fiançailles de son fils dans *La Presse* avec la photo du couple. Ce qui terminait l'année en beauté pour Marie, qui avait acheté trois copies du journal ce jour-là. Marie, radieuse, resplendissante, n'avait que son Richard au fond du cœur. J'avoue que j'en étais ravie, car je savais que ce garçon allait lui faire un bon mari. À moins que plus tard, comme Rémi... Mais j'en doutais. Richard Aubert ne semblait pas avoir le vice au corps comme mon mari. La petite était en congé entre Noël et le jour de l'An, ce qui nous permit de passer plus de temps ensemble. Ce qui me fit même oublier que Rémi était souvent absent. Un matin, alors que nous déjeunions ensemble et que nous planifions de fêter très modestement l'arrivée du nouvel An, elle m'avait soudainement demandé :

— Dis-moi, Laurence, même si ça ne me regarde pas, comment ça se passe entre Rémi et toi ?

— Au beau fixe, Marie, avec des distances et des absences comme tu vois. Je t'ai promis, et lui aussi, que nous n'entraverons pas ton bonheur, mais après, je ne réponds de rien. Je ne serai pas une cocufiée les bras croisés toute ma vie.

— Il... il la fréquente toujours ?

— Sa putain ? Oui ! Moi, je lave son linge, je lui prépare ses repas et c'est elle qui est "sa femme", si tu comprends ce que je veux dire. Moi, je suis sa bonne, sa servante, celle qui repasse ses pantalons pour que l'autre les lui enlève !

— Vous n'avez pas tenté un rapprochement ? J'ai peine à croire qu'après toutes ces années...

Là, j'ai menti. Je ne lui ai pas avoué l'histoire du fameux soir. J'aurais eu trop honte de lui avouer que j'avais presque quémandé des yeux ses caresses et que c'était moi qui l'avais "pris" et non lui. Comme une tigresse ! J'ai regardé en l'air, j'ai regardé à droite, et j'ai répondu en gardant mon sang-froid :

— Non, Marie, aucun rapprochement de part et d'autre. Écoute, j'ai de la misère à lui sourire ! Crois-tu que je pourrais lever les yeux sur lui et entamer un dialogue sachant que sa Rosie l'attend avec ses parfums et ses ruses ?

— Je ne comprends pas, Laurence, ça ressemble tellement peu à Rémi de ne pas s'amender, de ne pas tenter de se réconcilier. Tu es si jolie. Madame Aubert m'a dit qu'elle n'avait jamais vu une belle femme comme toi. Elle a même ajouté que ton mari était chanceux d'avoir une telle épouse entre les mains.

— Gentil de sa part, mais c'est Rosie qui l'a entre les bras, pas moi ! Et puis, même s'il tentait un rapprochement... Tu accepterais de te jeter dans les bras de ton mari sachant qu'il a couché avec une autre pendant des mois, toi ?

— Je... je ne sais pas, Laurence. Je ne sais pas si c'est une qualité ou un défaut, mais j'ai toujours été portée sur l'indulgence. Je tenterais peut-être de tirer l'histoire au clair, d'essayer de comprendre avant d'opter pour la séparation. Je m'analyserais, je ferais un examen de conscience...

— Veux-tu dire que j'y suis pour quelque chose, Marie ? Je n'ai rien à me reprocher, moi, j'ai la conscience en paix ! C'est lui, le fautif, c'est lui qui devrait faire son examen de conscience, pas moi ! J'ai toujours été une bonne épouse...

— Je sais, Laurence, mais un homme, c'est parfois comme un enfant...

— Il n'avait qu'à mûrir ! Je l'ai fait, moi, non ? J'étais encore adolescente, j'étais mariée et j'avais deux petites à élever ! J'avais rangé mes poupées, Marie, et ce, depuis longtemps ! Un homme a-t-il le droit d'avoir la tête dans son coffre à jouets toute sa vie ? Je regrette, mais je ne suis pas de ton avis. Tu as beau lire de la psychologie, Marie, mais tu verras, c'est avec la vie qu'on apprend. Rémi est encore un enfant ? Ne lui en déplaise, il a tout ce qu'il faut pour ses tétées, à présent. Non, Marie, n'insiste pas, ne reviens pas sur le sujet. Nous composons comme nous le pouvons avec la situation pour le moment. Après, quand tu seras mariée, je penserai à moi pour une fois. Je verrai ce que je ferai, je prendrai une décision. Au fait, Richard et toi avez planifié une date pour votre mariage ?

— Pas encore, mais chose certaine, ce ne sera pas avant 1957. Richard commence à peine à travailler. Il veut économiser, il veut qu'on s'installe confortablement. Rien ne presse, tu sais. On a toute la vie devant nous et la promesse qui nous lie est un gage précieux.

— Il a une tête sur les épaules, il est sérieux, ton promis, ma petite sœur. Compte-toi chanceuse, les partis de ce genre, ça ne court pas les rues. Tu es tombée sur un homme de cœur, Marie.

— Et lui ? Pas chanceux d'être tombée sur moi ? demanda-t-elle en souriant.

— Bien sûr, Marie. Tu es une perle rare, tu es jolie, tu es brillante. Somme toute, vous avez eu de la chance de vous croiser, tous les deux. Quel doux présage, quel horizon…

Marie avait souri. Elle était si heureuse, si comblée. Et, mon Dieu qu'elle méritait son bonheur ! Un ange de douceur, cette petite, depuis qu'elle était née. Oui, c'était à elle que ma sainte mère avait tout donné. Que des qualités ! Sans même une once du caractère de mon père dont j'ai hérité. Il était impulsif, orgueilleux, têtu. Je le retrouve souvent en moi. Pour ce qui est de Colette, je me demande avec qui elle l'a faite, celle-là ! Qu'elle me pardonne du haut du ciel, mais la fourche du diable était sûrement dans sa chambre ce soir-là !

Le 31 décembre 1955, la veille du jour de l'An, Marie eut la surprise de sa vie lorsqu'un taxi lui livra à la maison une lettre de Luigi Bonani. Elle croyait en être débarrassée depuis le jour où Rémi l'avait apostrophé. Et, comme elle n'avait jamais parlé des avances de l'Italien à Richard, elle craignait que le petit homme vienne mettre sa quiétude en péril. "Que peut-il me vouloir ?" m'avait-elle dit avec une ride au front. "Ouvre, lis, et s'il s'acharne encore, tu remettras cela entre les mains de Rémi." Elle avait ouvert la lettre, l'avait parcourue des yeux et, au fur et à mesure de la lecture, je sentais que ses craintes s'estompaient. J'ai toujours gardé cette lettre, Vincent, au cas où l'individu récidiverait puis, après, en souvenir de Marie et de tout ce qu'elle avait vécu. »

— Tenez, lisez, je l'ai apportée. Voyez si elle peut être utile à votre récit.

Vincent prit la lettre jaunie par le temps et put lire :

Chère Marie,

Je t'écris pour la dernière fois, je te le jure. J'ai appris par ma sœur, qui l'a lu dans le journal, que tu étais fiancée depuis Noël. J'ai même vu la photo de toi et de l'homme que tu aimes. Il est très bien, ce type, et j'espère qu'il te rendra heureuse comme j'aurais souhaité le faire. Là, je vois bien que c'est fini pour moi et qu'il m'est inutile d'espérer. Tu n'entendras plus parler de moi, je te le promets. Je vais t'aimer toute ma vie, ça j'en ai le droit, mais tu ne seras plus jamais dérangée par moi. Ma mère est malade et je m'occupe d'elle. Tu sais. Je suis le seul homme de la maison et j'ai la responsabilité de ma famille. Je vais m'occuper de ma sœur Rhéa jusqu'à ce qu'elle se marie si elle trouve un amoureux un jour. Moi, je ne me marierai jamais, Marie. Je n'ai aimé que toi et je vais passer ma vie à n'aimer que toi dans mon cœur. Je ne sais pas quand tu vas te marier, mais je te souhaite une belle vie et de beaux enfants. J'en profite pour m'excuser du tort que j'ai pu te causer. Ce n'était pas bien d'insister comme je l'ai fait, mais quand on est en amour, on est aveuglé par la passion. Je vais garder un bon souvenir de toi, Marie, et j'espère que tu ne garderas pas un trop mauvais souvenir de moi. Je te souhaite une bonne année, beaucoup de bonheur et un beau mariage quand le jour viendra. Adieu, Marie.

Luigi

— A-t-il tenu promesse, Laurence ? S'est-il manifesté par la suite ?

— Non, jamais. Nous ne l'avons jamais revu et je ne sais pas ce qu'il est devenu, s'il est encore vivant ou s'il est mort. Pas même une gerbe de fleurs lorsque Marie est… j'ai peine à prononcer ce mot, Vincent. Je pense que Luigi ne l'a pas su ou qu'il ne s'est pas montré de peur de rencontrer Rémi. Mais, en ce soir du 31 décembre, après avoir lu la lettre, Marie semblait bougrement soulagée. Elle me dit en échappant un soupir : « Voilà qui termine bien l'année, Laurence. Je suis enfin délivrée d'un homme que je n'ai jamais aimé. »

Laurence ferma les yeux, épongea son front humide et murmura :

« Et la veille du jour de l'An s'est écoulée dans l'accalmie. Richard était venu réveillonner à la maison. Rémi placotait avec lui, je servais la tourtière et Marie m'aidait avec les verres et les desserts. Nous avions mis de la musique, des rigodons, des chansons à boire, nous tentions de donner de la vie à la maison. Marie était joyeuse, un peu pompette avec le vin de table. Elle s'était même assise sur les genoux de son fiancé devant nous. Elle le prenait par le cou, l'embrassait, lui disait "je t'aime" en le chatouillant. Lui, aussi joyeux qu'elle, lui rendait la pareille. Ils s'amusaient comme des enfants. Aux douze coups de minuit, nous avions tous sauté de joie. L'année 1956 s'éveillait au son de nos ébats. On se la souhaitait heureuse, on s'embrassait, mais quand Rémi s'est approché de moi, c'est du bout des lèvres que je l'ai embrassé en lui disant : "Bonne année", rien de plus. Je sentais qu'il me regardait, qu'il s'attendait à plus d'expression de ma part, mais je n'avais pas oublié. J'avais trop souffert, trop pleuré, pour faire semblant... vous comprenez ? Mais, ce qui m'enchantait, c'était qu'il soit là, avec nous, à fêter le nouvel An pendant que sa Rosie se morfondait toute seule dans son appartement. La gueuse ! Elle aurait certes aimé commencer l'année avec lui, mais Rémi était avec nous, parmi nous, pour... Marie. Sa "fille" passait avant une paire de fesses, ça, je le savais ! Et je riais juste à penser qu'elle pouvait être malheureuse. C'était bien beau, prendre le mari d'une autre, mais elle devait en payer le prix... la traînée ! »

Laurence semblait exténuée. La chaleur accablante avait eu raison de ses forces. Vincent s'en aperçut et lui suggéra la véranda ou le vivoir avec le ventilateur.

— C'est gentil à vous, mais si vous n'y voyez pas d'inconvénient, j'aimerais rentrer.

— Si vite ? Sans même un petit souper ? Je croyais que la soirée...

— J'aimerais bien, Vincent, mais pour être franche, je ne me sens pas bien. Cette chaleur écrasante, ce soleil ardent, l'humidité... Je ne suis plus une jeunesse, vous savez.

— Je comprends, Laurence. C'est la pire des journées. Ah ! si l'automne peut arriver...

— Et comment ! De plus, je dois déjeuner avec ma vieille amie Clara demain matin. Elle a reçu les photos que nous avons prises à Caraquet, elle veut me les montrer.

— À votre guise, je n'insiste pas, mais pour la suite...

— Ne craignez rien, je ne vous ferai pas languir, cette fois. On se reverra vite...

— Faites-moi plaisir, Laurence, avant de partir. Un jus de fruits, quelques minutes en tête-à-tête loin du passé. Juste pour nous prouver que nous sommes encore en vie.

Elle avait éclaté de rire et elle avait accepté de lui accorder ce sursis en lui disant :

— Je veux bien, mais vous me raccompagnez ensuite, promis ?

Il avait acquiescé de la tête et il s'était empressé d'aller servir le jus de fruits frais.

Ensemble dans la véranda, le ventilateur dirigé sur eux, la brise légère consolait de la chaleur torride qui persistait. Vincent, nerveux, agité, demanda d'un trait :

— Il vous arrive d'en avoir assez de vivre seule, de ne rien partager ?

— Non, pourquoi ? Que voulez-vous dire ?

— Que… que les journées doivent être longues et monotones, parfois.

— Non, pas avec le Cercle de l'âge d'or. J'ai des amis, je sors, je m'occupe, vous savez. Et, depuis le temps… Si vous saviez comme on apprivoise la solitude.

— Je le sais, je suis seul, Laurence. Mais, certains jours…

— Ça s'explique, Vincent, votre deuil est récent. Mais avec le temps, les années, on s'y fait, vous verrez. Une solitude, ça se meuble et, comme vous écrivez…

— Je veux bien le croire, mais certains soirs, parler aux murs de sa chambre…

— On s'y habitue, mon ami, ils finissent même par nous répondre. Et puis, on est aussi seul qu'on veut bien l'être.

— C'est-à-dire ?

— Sortez, Vincent, joignez-vous à des groupes, voyagez, quittez-les, ces murs !

— Ce n'est pas dans mon tempérament, Laurence. Pour moi, la vie à deux, le partage, mais les groupes, la foule, non…

— Il faudrait vous y efforcer. La solitude, si on ne l'apprivoise pas, il faut la combattre.

— Mais je me complais dans ma solitude… Ce que je veux dire…

— Oui, je sais, il vous manque une présence et ça se comprend. Il y a à peine un an, Simone était encore là… Je vous comprends, Vincent, je suis passée par là.

— Vous comprenez mon état, certes, mais j'ai l'impression que vous ne comprenez pas.

— Que voulez-vous dire ?

— Oh… rien, finalement, rien d'important. Bon, le temps file, je vous retiens, que diriez-vous de rentrer comme vous le désiriez ? Le trajet est long, et cette chaleur…

— Je suis prête, je n'ai qu'à prendre mon sac à main. Dites, si je vous téléphonais demain, on pourrait fixer un autre rendez-vous ?

— Bien sûr, mais pas avant midi, je ne serai pas là. J'ai ma visite au cimetière.

— Ça tombe bien, je serai avec Clara ! Je vous appellerai durant l'après-midi.

Vincent était en rogne. Il avait ramené Laurence sans lui parler ou presque. Elle donnait ses impressions sur les maisons qu'ils croisaient, sur les enfants dans les rues, sur les patins à roues alignées qu'elle trouvait dangereux. Il acquiesçait, maugréait quelques mots, s'épongeait le front. Enfin, rue Cherrier, la dame descendit sur un au revoir, un dernier sourire de sa part et, prestement, il repartit.

Se pouvait-il que Laurence Mousseau n'ait rien compris ? Vincent était en furie. Son exposé avait pourtant été clair et précis. Il lui avait même parlé de vie à deux… Elle n'était pas intelligente, ou quoi ? Elle n'avait rien saisi ? Il se sentait frustré. Il regrettait même ses paroles, ses pensées. Avait-il été maladroit ? Pourtant, non. Laurence avait-elle encore dans le cœur son Rémi ? Ce chenapan, ce voyou, ce bon à rien qui avait réussi à l'entraîner au lit après l'avoir trompée ! Vincent était maussade. Laurence n'était pas à la hauteur de ses attentes. Laurence Pratte n'était qu'une vieille sotte !

Pourtant, Laurence avait compris, très bien compris où voulait en venir Vincent par ses sous-entendus. Elle avait feint d'être niaise, de ne rien comprendre, parce que rien encore ne la rapprochait de lui. Elle avait fait mine de ne pas comprendre parce que lui n'avait pas compris qu'elle n'était pas au bout de son récit. Elle avait clos le chapitre sur ses trente-deux ans et elle avait maintenant soixante-douze ans. Que d'eau sous les ponts depuis… Elle l'aimait bien, mais elle le connaissait à peine… Son monde, son univers n'était pas le sien. Les pages blanches de l'auteur le détournaient de la réalité. Vincent Danin et son égérie, ça n'avait pas été comme elle et Rémi. Une autre terre, un autre ciel. Loin de « la poésie », lorsqu'elle se revoyait dans un modeste logis avec Colette, Marie, Rémi… sa jalousie. Que d'eau sous les ponts, mais, au fond, la même femme. Et ce, malgré la sérénité, les rides au front, l'âge avancé. Oui, Laurence avait feint de ne rien saisir parce qu'elle n'aurait su mentir. Non pas que l'attirance… mais il y avait les souvenances. Libre depuis si longtemps, elle se sentait encore enchaînée à ce passé qu'elle lui narrait avec difficulté. « Un écrivain, un homme de lettres, ça devrait discerner… » songeait-elle. Vincent n'était-il vraiment qu'un homme, tout simplement un homme ? Pas après *Mirage*, pas après Simone, pas après tous ces ouvrages. Laurence avait feint pour ne pas briser le rythme du récit. Elle avait fait « semblant », pour l'âme de Marie… de n'avoir rien compris.

Chapitre 10

Si, selon la croyance, il est vrai que le trois fait le mois, il allait faire chaud en ce mois d'août 1995. Et c'était exactement le jour que Laurence avait choisi pour se rendre chez l'écrivain. Une intermittence moins longue que la précédente. C'était elle qui avait rappelé et qui avait suggéré ce jeudi comme journée pour ouvrir d'autres pages de son histoire. Vincent était ravi, son manuscrit n'attendait que d'autres confidences pour s'étoffer. Et, comme l'intermède avait été bref, il se demandait si Laurence n'avait pas saisi quelque peu la portée de ses aveux. Il lui avait presque dit... Il avait été plus clair que nébuleux, non ? Peut-être que, chez elle, à tête reposée, la vieille dame avait pu décoder le sens de ses déclarations ? Il l'espérait, mais il était quelque peu ambivalent. Désirait-il vraiment qu'elle partage sa vie ou voulait-il seulement contrer l'ennui ? Vincent Danin s'interrogeait.

Il était allé la quérir tôt le matin. Laurence l'attendait au pied de l'escalier, un panier tressé à portée de la main. « Aujourd'hui, je n'aurai pas à me creuser la tête pour les repas ou les goûters, j'ai tout préparé. » Vincent s'y opposait, il voulait au moins rembourser les frais, mais la septuagénaire lui avait répondu en souriant : « Je ne suis pas à un sou près, vous savez. » Elle portait une robe blanche sortie tout droit d'un magasin. Une robe blanche simple avec des fleurs sur le collet. C'était joli, c'était discret. Aucun collier, aucun bracelet, rien sauf deux petites boules blanches aux lobes d'oreilles. Elle était chaussée de petits escarpins troués avec de minuscules talons peu élevés. Confortables et aérés pour que l'air chaud se faufile entre les orteils. Ils s'installèrent dans le vivoir, près du ventilateur ; pas question d'aller sur le quai, le soleil plombait déjà sur le parasol déteint, sur ses fleurs décolorées. Vincent, mine de rien, n'était pas revenu sur l'aveu à demi prononcé. Et, comme Laurence n'avait aucune lueur dans les yeux, il était évident qu'elle n'avait rien compris. Du moins, pour lui. En sourdine, Montserrat Caballé chantait des airs de Puccini. « Tiens ! Votre cantatrice, la corpulente... » lui dit-elle avec un sourire. Pour ajouter, avec un brin de timidité : « Vous n'auriez pas autre chose à faire tourner ? J'ai peur que cette voix me dérange... » Vincent avait souri et retiré la cassette du système de son. Il la remplaça par des valses de Chopin qu'on entendait à peine tellement il avait gardé le volume à faible intensité. Soulagée, un verre d'eau fraîche sur une table à ses côtés, Laurence s'évada sur un nuage de son passé.

« Nous en étions au 6 janvier 1956, la fête des Rois, et Marie était tout excitée. Elle avait elle-même préparé le gâteau avec la fève et le pois. Richard était venu se joindre à nous pour le souper et, comme par magie, c'étaient eux, elle et lui, qui avaient découvert dans leur pointe de gâteau la fève et le pois qui les couronnaient pour la journée. Le jour même où Grace Kelly se fiançait avec le prince Rainier. Marie s'était écriée : "Elle a son prince et j'ai le mien !" en regardant Richard avec tendresse. Rémi lui avait dit : "Voyons, Marie, bien fin, bien beau, ton fiancé, mais il n'est pas sur un trône, tout de même !" S'esclaffant, elle avait répondu : "À chacune son conte de fées, Rémi. Grace Kelly a son prince de sang, moi, j'ai mon prince charmant." On aurait dit une petite fille dans son livre d'images. Si candide, si fraîche, si pure… Et Richard qui lui tenait la main avec de l'amour plein les yeux. Ils étaient loin du portrait que nous affichions, Rémi et moi. Loin du joli conte, si près de la triste réalité. J'avais le cœur en lambeaux et elle, Marie, le sien dans un écrin… Et Rémi, si beau dans sa chemise de soie déboutonnée… Ah, mon Dieu, j'aurais tellement voulu que tout ne soit qu'un mauvais rêve, ce jour-là. »

Une pause, un iota de regret dans le soupir de Laurence, et Vincent profita de ce silence pour remplacer la cassette de Chopin par celle des œuvres de Bach interprétées à la harpe. Il revint s'asseoir, lui versa de l'eau, reprit son fauteuil et posa ses pieds sur le tabouret.

« Janvier s'était écoulé très vite. Nous attendions tous avec impatience le mois suivant afin de souligner les dix-neuf ans de Marie. Madame Aubert lui préparait une réception à laquelle nous étions invités, mon mari et moi. Deux jours avant sa fête, soit le 10 février, j'emballai son cadeau. Je m'en souviens encore parce que c'était ce jour-là que Wilbert Coffin avait été pendu à la prison commune. J'en avais les larmes aux yeux parce que je sentais qu'il était innocent et que ceux qui l'avaient jugé commettaient une grave injustice. Dans ma cuisine, en silence, je priais pour le repos de son âme. Rémi et moi avions convenu d'acheter quelque chose de beau pour

Marie. Quitte à aller au-dessus de nos moyens. C'était chez les Aubert qu'elle ouvrirait ses cadeaux, et nous ne voulions pas avoir l'air de quêteux à côté d'eux. Nous lui avions offert une superbe statue de marbre, celle de la Vierge Marie, sa patronne, tenant son enfant dans ses bras. Et nous y avions mis le prix ! Nous l'avions achetée au Petit Versailles de la rue Sainte-Catherine, vous vous souvenez ? Il fallait s'attendre à débourser quand on se rendait dans cette boutique.

Marie avait été émue, ravie… Elle en avait les larmes aux yeux. Madame Aubert avait admiré de près la magnifique statue, parce que son bracelet en or avec une petite gourmette n'avait pas eu autant d'effet sur Marie. Marlène et son conjoint lui avaient acheté de longs gants de soie beige avec des roses imprimées aux poignets, et quelle ne fut pas la surprise de Marie de recevoir, de la part de Richard, une étole de vison. Elle avait souri, elle avait pâli. C'était la même que lui avait offerte Luigi et qu'elle lui avait retournée. Exactement la même ! Elle l'avait remercié, embrassé, mais elle avait omis de s'exclamer. Le somptueux présent de son fiancé était terni par un certain malaise encore frais dans sa mémoire. C'était comme si Luigi lui retournait l'étole une seconde fois. Sans le dire, l'idée de la porter la repoussait. Et, si ma mémoire est fidèle, elle ne l'a portée qu'une fois ou deux dans de grandes occasions pour que Richard ne se pose pas trop de questions. Lors de cette réception, nous avions fait bonne figure, Rémi et moi. Personne ne se serait douté… Il avait même été avenant, empressé envers moi, pour que l'anniversaire de sa petite perle ne soit en rien perturbé. Il portait un complet neuf, une cravate de soie, une chemise blanche avec des boutons de manchette. Il était frais rasé, il était en forme ce soir-là. Il était si séduisant que Marlène l'avait longuement regardé… »

— Et vous, Laurence, comment étiez-vous ? Pourquoi toujours lui ? de l'interrompre Vincent d'un ton irrité.

— Moi ? J'étais bien... J'avais une robe neuve, des bijoux en pierres du Rhin... J'étais bien, mais je n'étais pas aussi belle qu'il était beau, lui. On me regardait de façon ordinaire, moi... Je n'inspirais rien, moi ! J'étais là, sans déranger personne, moi !

Constatant qu'elle risquait de s'emporter, Vincent préféra se taire. Même s'il en avait marre de son Rémi et de son pouvoir de séduction. Même s'il était... non pas jaloux – quelle absurdité – mais quelque peu envieux.

« Un mois plus tard, en mars précisément, Marie recevait une lettre de Colette. En réponse à la sienne ! J'étais furieuse parce que la petite m'avait finalement avoué lui avoir écrit en cachette. Pour ne pas me blesser, m'avait-elle dit. "Juste pour lui annoncer que j'étais fiancée..." avait-elle murmuré pour apaiser ma colère. Colette ! La gueuse ! La garce qui revenait dans le portrait ! Je l'avais fortement réprimandée : "Continue, Marie, continue de lui donner de tes nouvelles et tu risques de la voir apparaître le jour de tes noces. C'est ce que tu veux ? Imagine le scandale quand ta belle-mère la verra ! Imagine Richard devant une belle-sœur atriquée en guidoune !" Marie avait baissé les yeux, et dans ma hargne je poursuivis : "Ce serait bien pire que si ta belle-famille avait appris pour nous deux. Je parle de Rémi et moi, Marie ! On joue un jeu, on s'endure pour toi pendant que tu corresponds avec cette... Ah ! épargne-moi le mot, mais laisse-moi lire sa lettre. Elle doit sûrement me vilipender, la vilaine !" Marie m'avait tendu la lettre. Sa main tremblait, elle était sur le point de pleurer. Et dans un calme apparent quoique fâchée, j'ai pu lire sa lettre.

Chère petite sœur,

Je suis contente d'avoir de tes nouvelles. Je suis heureuse pour toi, très heureuse, Marie. J'ai regardé la photo du journal que tu m'as envoyée et c'est un beau garçon, ton fiancé. Vous formez un beau couple, vous semblez faits l'un pour l'autre. Tu aurais dû m'avertir que tu te fiançais. Je n'aurais pas pu être là, mais je t'aurais fait parvenir un cadeau. J'espère que tu m'avertiras quand ce sera le mariage. Miami, ce n'est pas si loin et, si je suis invitée, ça me fera plaisir de te voir dans ta robe blanche. Est-ce pour bientôt, Marie ? Écris-moi, dis-le-moi, et si tu songes à m'inviter, j'en serai folle de joie.

Moi aussi, j'ai des nouvelles pour toi. Je suis mariée depuis trois mois. Frank m'a enfin épousée, Je suis madame Frank Moreno, Marie. On s'est mariés en toute intimité dans une petite chapelle lors d'un voyage à Las Vegas. Frank est très bon pour moi, il me traite comme une reine, il ne me refuse rien. Et inutile de te dire qu'on est en moyens, avec l'argent qu'il fait. J'ai ma maison, j'ai une piscine creusée, je n'ai plus besoin de travailler. En ce moment, mon mari est malade. Frank ne va pas bien depuis quelques semaines. Son foie ou son estomac, je ne sais pas, mais il est suivi de près par un bon spécialiste. Moi, l'année dernière, j'ai subi la grande opération. J'avais des problèmes depuis que... Tu sais ? Mais ça n'a rien changé entre Frank et moi, il ne voulait pas avoir d'enfants. Je ne t'ai jamais dit son âge, mais il a quarante-sept ans. Je sais qu'il est beaucoup plus vieux que moi, mais l'amour n'a pas d'âge. J'ai beaucoup changé, tu sais. Le mariage, ça fait réfléchir, tu verras. Bon, je te laisse sur ces mots et je te félicite encore. Offre mes compliments à ton fiancé, dis-lui que j'ai hâte de le connaître. Au fait, comment va Rémi ? Embrasse-le pour moi, veux-tu ? Puis, écris-moi encore, ma petite Marie.

Ta grande sœur,

Colette

J'ai failli la déchirer, la réduire en miettes, cette maudite lettre ! Pas un seul mot sur moi ! Comme si je n'existais pas, comme si j'étais morte, la salope ! On dit qu'une personne ignorée c'est pire qu'une personne insultée, et c'était vrai dans mon cas. J'aurais préféré qu'elle m'assomme de bêtises, mais non, elle a fait comme si je n'étais plus là. Ça m'avait mise en colère et je m'en étais prise à Marie. J'étais furieuse de savoir qu'elle lui avait envoyé la photo de *La Presse*. Et là, la chipie lui parlait du mariage ! J'avais crié à la petite : "Tu vois ? Avec ce que tu as fait, tu risques de l'avoir sur les bras ! Et ce sera ton problème, cette fois, pas le mien, Marie !" La petite me regardait, elle était morte de peur. Elle s'est mise à pleurer et elle s'est réfugiée dans sa chambre. Je fulminais encore. Ma damnée sœur avait osé s'informer de Rémi ! Ah, celle-là ! En autant que c'était un homme... Et puis, "mariée", disait-elle. "Madame Moreno !" Mon œil ! Un gars de la pègre, un *pimp* pour les danseuses ! C'était ça, son Frank ! Et quand j'ai lu pour l'opération, j'ai vu rouge ! Sa "grande" opération... Les restes de son avortement ! »

Laurence était à bout de souffle. Le visage tordu par la colère comme si la lettre était d'hier. Puis, constatant l'ampleur de ses virulentes confidences, elle ajouta, le cœur au bord des lèvres...

— Je suis allée retrouver Marie dans sa chambre, je l'ai prise dans mes bras, je me suis excusée, je lui ai dit que je ne lui en voulais pas. J'étais encore sous le choc, mais que voulez-vous, ça me crevait le cœur d'avoir fait pleurer ma petite sœur.

Se levant, arpentant la pièce, Laurence demanda à Vincent :

— Vous n'avez pas faim ? Nous avons sauté le déjeuner, vous savez. Il est onze heures trente et je vous avoue que le jus d'orange...

— Oh ! mon Dieu ! excusez-moi, Laurence ! Où donc avais-je la tête ? Je ne vous ai rien offert d'autre que de l'eau fraîche... C'est vrai, d'habitude, nous déjeunons ensemble... Je suis confus, je ne sais que dire, vous m'amenez si loin que j'en oublie les convenances. J'en oublie même que vous avez peut-être faim. Bien sûr que j'ai un creux...

— Ne vous excusez pas, je me dégêne, je demande, vous le constatez... Et comme je suis arrivée tout comme le Chaperon rouge avec mon gros panier, venez, j'ai tout pour un régal. Et, à la bonne franquette encore une fois !

Elle avait préparé des petits pains fourrés au jambon haché, elle avait fait des œufs farcis, elle avait apporté des tomates, de la laitue, des concombres et une grosse pointe de fromage. Dans un autre petit sac en papier brun, des raisins, des poires, quelques pommes et des biscuits aux dattes qu'elle avait cuits au four. Tout pour un déjeuner sur l'herbe, auraient dit les poètes, mais c'est dans la petite cuisine, tout près d'un autre ventilateur, qu'ils dégustèrent ces bouchées de choix. Au son de la musique de Mozart, pour ensuite écouter des arias de Puccini qui sortaient droit du coffre... de la corpulente. Décidément, Vincent avait un faible pour cette diva. Sa Montserrat Caballé, sans être une égérie, avait certes le don de lui charmer le tympan. De retour au vivoir, un thé glacé entre les mains, Laurence était prête à reprendre le récit.

« Au mois de mai, un soir, Marie rentra avec trente minutes de retard. Rien pour nous inquiéter, Rémi et moi, mais elle était si ponctuelle. Je regardais l'horloge...

— Bonjour, vous deux ! Excusez mon retard, j'ai été retenue. Vous ne devinerez jamais qui j'ai rencontré par hasard.

— Bien sûr que non, qui ? lui demandai-je.

— Jocelyn !

— Ton patineur ? Ton ex-petit ami ? Enfin, je veux dire... Qu'est-ce qu'il devient ?

— Figurez-vous qu'il a tenté sa chance dans les compétitions en vue de championnats, mais ça n'a pas marché. Jocelyn n'était pas fait pour une discipline rigoureuse. Alors, croyez-le ou non, mais depuis l'an dernier, il fait partie des *Ice Follies*. Il voyage à travers le Canada et les États-Unis, il est jeune premier dans deux des numéros de la revue. Il fait officiellement partie de la troupe. Je suis si contente pour lui ! Je lui ai dit que j'étais fiancée et il m'a complimentée. On a jasé un bon bout de temps. J'étais heureuse de le revoir.

J'avais pâli. Marie qui revenait encore avec les *Ice Follies*. Ce n'était pas intentionnel, je le sais, elle avait sans doute oublié, mais pas moi. Heureusement qu'elle avait Richard et qu'elle était fiancée car, une fois de plus, je me serais sentie coupable.

— Il se débrouille bien, à ce que je vois. Il vit encore ici, ou aux États-Unis ? lui avait demandé Rémi.

— Ici et là, m'a-t-il dit. Quand on est dans une troupe, on n'a pas de chez-soi. Il m'a priée de vous saluer, il m'a dit qu'il avait gardé un bon souvenir de vous deux.

— Ouais... de Rémi, surtout.

— Laurence ! Ne sois pas méchante... Jocelyn est quand même un bon garçon.

— Et qu'est-ce qu'il fait de sa vie, à part ça ? Sûrement pas marié, le petit gars.

— Rémi... je t'en prie.

— Oui, je sais, lui avoua Marie, mais qu'est-ce que ça change ? Tu sais, il ne s'en cache plus...

— Il n'a jamais eu à le faire ! s'exclama Rémi en riant de bon cœur.

— Ah, comme tu es vilain, toi ! Laurence, dis-lui de ne pas dire des choses comme ça...

— Je le voudrais bien, Marie, mais, entre nous, Rémi n'a pas tout à fait tort... lui avais-je répondu en souriant.

— D'accord, mais soyons sérieux pour un instant. Jocelyn est devenu un très beau gars. Un peu... bon, passons, mais si je vous disais qu'il ne s'en cachait plus, c'est qu'il me l'a encore avoué, sans pour autant le faire clairement.

— Que veux-tu dire ? De quelle façon ?

— En me disant sans même peser ses mots qu'il courtisait une fille de la troupe pour se rapprocher de... son frère.

— Tu vois ? Nous en étions certains, Rémi et moi, mais il n'est pas des plus honnêtes, le petit gars. Faire la cour à une fille pour rencontrer son frère... Pas tout à fait loyal envers la petite, non ?

— C'est ce que je lui ai dit, Laurence, mais il semblait si amoureux... Et comme l'autre a le même penchant, il en est sûr, il m'a dit que, par tous les moyens, il...

— Bah ! en autant qu'il soit amoureux, en autant que ça le rende heureux, trancha Rémi.

Je regardais mon mari et je comprenais ce qu'il voulait insinuer. Pour lui, l'excuse était valable. Être amoureux ! Comme lui et sa... J'ai bondi ! J'ai sauté sur l'occasion pour clore le sujet en lui disant :

— Oui, comme de raison ! Qu'importe que l'autre pleure quand on obtient ce que l'on veut ! Tous pareils, les hommes ! Même quand ils aiment... un homme !

Rémi n'avait pas bronché, il avait le nez dans son journal. Il avait peur que je sois d'attaque et il n'a pas osé répliquer. L'histoire de Jocelyn ressemblait sans doute à la sienne, sauf pour un détail. Lui, c'était une femme qu'il aimait. Marie, voyant venir la controverse, se dirigea vers mes chaudrons. "Tu as fait de la soupe au chou, Laurence ? Comme ça sent bon !" Je l'ai servie, j'ai servi Rémi, et nous avons mangé sans rien dire ou presque. Marie nous a parlé de ses patients, d'une femme enceinte pour qui ça allait mal et qui craignait de perdre son bébé. J'écoutais, mais je n'étais pas intéressée. J'avais les yeux sur ma soupe, sur Rémi, sur ce que je ne voyais pas... Marie parlait, parlait, pour meubler le silence, et je ne l'écoutais pas. Rémi lui répondait d'un signe de tête, un œil sur elle, l'autre sur moi. J'avais encore de ces emportements... Quand j'y pense ! Pauvre Marie ! Sans cesse prise entre nous deux. »

— Et lui, Laurence, votre mari ? questionna Vincent. Vous le rendiez sûrement à bout de nerfs ?

— Certes oui, mais attendez, vous verrez. J'ai fait plus que m'emporter avec lui. Ne sautons pas d'étapes, voulez-vous ? Juste à y penser... J'en ai encore les poings serrés.

« Marie travaillait toujours pour le docteur Desforges et ce dernier s'inquiétait : il voulait savoir si elle allait quitter son emploi lorsqu'elle serait mariée. Marie l'avait rassuré en lui disant qu'elle garderait son poste jusqu'au jour où elle serait enceinte, et qu'elle comptait même sur lui pour l'accouchement. Elle avait ajouté en riant : "Mais c'est loin, tout ça, docteur, je ne suis que fiancée et la date du mariage n'a pas encore été déterminée. Quant au bébé, qui sait si le bon Dieu..." Il avait souri, il lui avait répondu que jamais il ne trouverait une autre secrétaire comme elle et qu'il souhaitait la garder longtemps à son service. Le brave docteur s'inquiétait déjà. Il aimait tant Marie, il lui avait tout appris et l'on sentait qu'il se fiait entièrement sur elle.

Juin arriva et j'étais surprise de voir Rémi rentrer chaque soir après son travail. D'une semaine à l'autre, il était toujours à table avec nous, ponctuel, gai comme un pinson, empressé avec moi, blagueur avec Marie. Où donc était sa Rosie ? Sûrement pas envolée en fumée, celle-là ! Or, je me trompais, et c'est à Marie que Rémi s'était confié pour qu'elle me le répète. Tout était terminé entre Rosie et lui. Elle avait même quitté son emploi, elle était partie vivre en Ontario chez l'une de ses sœurs. C'était lui qui, selon ses propres paroles, l'avait quittée. Parce que la passion s'était étiolée, qu'il ne l'aimait plus et qu'il avait préféré rompre. Mais c'était là la version du cheval ! Sa jument n'était plus là pour nous donner la sienne ! Et je me suis demandé longtemps si ce n'était pas elle qui l'avait sacré là ! Qui sait si elle ne s'est pas tannée d'attendre qu'il en arrive à me quitter ? C'est bien beau être la maîtresse, mais quand on est seule à regarder son arbre de Noël ou à manger son œuf de Pâques, ça doit finir par taper sur les nerfs. Marie lui accordait le bénéfice du doute, mais moi, j'étais certaine qu'elle en avait eu assez d'avoir la bouche pleine... et de le regarder partir la bouche ouverte ! »

— Oh ! excusez-moi, Vincent. Je... je me suis égarée. Une telle vulgarité de la part d'une dame de mon âge... Pardonnez-moi, je vous en prie.

— Mais non, Laurence, si telle était votre pensée à ce moment-là. Vous savez, être fidèle au vocabulaire de sa jeunesse, c'est respecter les normes de son passé.

— Vous m'en voyez soulagée. J'avais peur de vous avoir offensé...

— Allons, comme si un romancier allait s'outrer ou être contrarié... Vous devriez lire les auteurs d'aujourd'hui, Laurence. Ils peuvent enfin écrire ce que nous pensions jadis sans oser l'exprimer.

Dorénavant, elle n'allait plus bifurquer de son récit et encore moins s'excuser. C'était lui, l'écrivain ? Il n'aurait qu'à extraire ce qui dépassait les bornes.

« Donc, c'est de Marie que j'ai appris que mon mari n'avait plus sa maîtresse. La petite était ravie. Elle m'annonça la nouvelle comme si ça allait me réjouir.

Pauvre enfant ! Elle avait encore à apprendre de la vie. Rémi rentrait au bercail, Rémi serait désormais à moi, fidèle, bon époux comme avant. Comme si j'attendais ce moment, moi qui en avais fait mon deuil depuis long-temps. Monsieur était rassasié, monsieur n'avait plus faim d'elle et c'était moi qu'il allait prendre maintenant comme un restant ? Marie me sous-estimait, mais elle était si naïve que je lui pardonnais. Mais je l'attendais de pied ferme, ce charmeur qui me regardait avec son air de chien battu. Il croyait peut-être qu'après avoir sauté la clôture, il n'avait qu'à rebondir dans sa cour et que sa "vieille poule" picorerait de joie ? Ma chambre n'était pas un poulailler, il allait le savoir ! Comme si une femme trompée se jette dans les bras de son mari parce qu'il lui annonce que c'est fini avec l'autre. Il pouvait aller se faire cuire un œuf si telle était son idée ! Voyant que je ne lui parlais de rien, que j'agissais encore comme la cocufiée que j'avais été durant un an et plus, il m'approcha un soir pour me murmurer en me prenant la main : "C'est fini, tu sais." J'ai bondi de ma chaise, j'ai retiré ma main, je l'ai défié d'un regard menaçant et je lui ai dit d'un ton arrogant : "Et puis, après ?" Il est resté hébété, il ne savait plus quoi ajouter, et je l'ai sorti de son malaise en lui disant : "Si tu crois que ça va changer quelque chose, tu te trompes, Rémi Pratte ! Le mal est fait !" J'ai tourné les talons, j'ai lavé ma vaisselle et lui, dépité, s'est écrasé dans son fauteuil pour regarder la télévision. Il croyait peut-être que d'un clin d'œil... ? Ah ! le sacripant ! Moi qui avais tout enduré pour sauver l'honneur de Marie ! Ah ! je vous le dis, il ne connaissait pas encore Laurence Mousseau, lui !

Malgré mon indifférence, malgré tout, Rémi était des plus attentifs envers moi. J'étais distante, mais je me devais d'avouer qu'il avait changé. Ah ! ce que le repentir peut faire... Marie, qui aurait souhaité une réconciliation, comme toute bonne fille qui désirait que "ses parents" ne se soient jamais désunis, n'osait intervenir pour autant. Mais je sentais par ses regards qu'elle me trouvait dure avec lui. Elle était même aux petits soins avec Rémi pour lui faire oublier l'ambiance dans laquelle il vivait. J'aurais pu être plus modérée, mais le fait de savoir Rosie partie me portait à me venger de lui. Et pourtant, au fond de moi, je l'aimais. C'était atroce, ce que je vivais. Quand Rémi n'était pas là, je pensais à lui et je l'aimais, mais dès qu'il rentrait avec son sourire, je le haïssais parce que je revoyais en lui le monstre qui m'avait trompée. Marie me disait : "Tu verras, Laurence, avec le temps, l'oubli..." et elle aurait mieux fait de se taire, car c'était après de tels propos que je sursautais. Ma fierté se refusait à lui donner raison, à imaginer que peut-être... Je lui répondais d'un ton glacial : "Non, Marie, le seul temps que je calcule, c'est celui de ton mariage. Après, je compte bien régler ma vie." Je la déroutais. C'était tout juste si elle ne me disait pas que j'étais sans merci. L'aurait-elle dit qu'elle n'aurait pas eu tort. Il m'invitait au cinéma et je trouvais des prétextes pour ne pas y aller. Il m'invitait au restaurant et je lui répondais que j'étais à la diète pour ensuite manger du lard salé et des patates pilées devant lui. Rémi sentait de plus en plus que la cause était perdue, que ses efforts resteraient vains, qu'il lui était inutile d'insister. Il cessa donc de s'efforcer, reprit son attitude du temps de Rosie et là, j'ai eu peur de le perdre encore une fois. J'étais allée trop loin, je le savais. J'aurais pu m'amender, et à défaut d'avoir fait les premiers pas, faire au moins les seconds, lui redonner espoir, mais mon amour-propre s'y objectait. Marie sentait que le navire voguait vers un nouveau naufrage et, en désespoir de cause, elle m'avait dit : "S'il repart, Laurence, tu ne pourras pas dire qu'il n'a pas tout essayé. Tu le pousses à bout ! Tiens-tu vraiment à ce qu'il

dernier, jusqu'à ce qu'elle soit casée. Je resterai pour la forme, je coucherai dans le salon s'il le faut, nous ferons semblant d'être un couple. Ça ne devrait pas être difficile, ça fait plus d'un an qu'on fait semblant, sacrement ! Après, quand elle sera partie, crains pas, je ferai mes valises ! D'ici là, je serai souvent absent, tu n'auras pas à me supporter. Ça te va, cet arrangement ?

J'avais la bouche close, le cœur serré. Je fis signe que oui de la tête et Rémi, encore honteux, s'était empressé d'aller rassurer sa petite perle.

— Va, ne t'en fais plus, Marie, nous n'allons rien détruire pour l'instant. Je te le jure sur mon âme ! Tu n'auras pas à te rendre à l'autel craintive et angoissée.

Elle s'était blottie dans ses bras, elle pleurait, et lui, les larmes aux yeux, la consolait. Il était finalement parti et, seule avec Marie qui n'osait me regarder, je m'étais risquée :

— Tu m'en veux, n'est-ce pas ?

— Non, Laurence, ce n'est pas ça. Je respecte ta vie, ton choix, mais...

— N'ajoute rien, Marie, plus tard tu comprendras. Pour l'instant, tu n'as plus rien à craindre. Je ne te ferai pas subir le poids de mes déboires.

— Je les partage, Laurence, je ne te questionne pas, mais Rémi semblait de si bonne foi depuis quelque temps...

— Oui, Marie, de bonne foi entre guillemets, jusqu'à ce que "la suivante" se présente. L'infidélité, c'est comme la boisson, ma petite sœur. On promet, on s'amende, et dès qu'on est en face de son vice, on recommence.

— Avoue que tu ne lui accordes pas la moindre chance.

— Je n'y tiens pas, Marie, je ne l'aime plus. Et quand l'amour est mort, rien ne sert de souffler sur les cendres. J'ai compris cette nuit que tout était fini.

L'amour, c'est le cœur, Marie, pas seulement le creux d'un lit.

— Ça, je le comprends, mais Rémi t'aime encore, je le sens… Je ne sais pas si tu as bien réfléchi, mais moi, j'ai l'impression que tu brises ta vie, Laurence.

— Non, je viens de briser mes chaînes, Marie.

Elle n'avait rien ajouté. Elle était partie travailler sans oublier de m'embrasser. Je savais qu'elle était encore prise entre deux feux et qu'elle ne voulait pas s'y brûler les doigts, mais je sentais qu'elle se rangeait quelque peu du bord de Rémi. Il l'avait tant choyée, elle l'aimait tant. Je pense qu'elle avait encore plus peur de le perdre que de me perdre moi. Rémi, ce n'était pas que son beau-frère, c'était "son père". Et je me devais de donner raison à mon mari, quitte à m'oublier pour elle. Marie, si bonne, si altruiste, n'avait pas à être perturbée par notre rupture éventuelle. Elle était radieuse, au seuil de son bonheur, et il eût été cruel de la tenir en haleine alors qu'elle s'acheminait vers l'accomplissement de ses désirs. J'avais promis, j'allais tenir parole. Ce n'était pas six ou huit mois de plus qui allaient me faire souffrir davantage. J'y étais habituée, j'étais même endurcie.

Richard s'était rendu compte au fur et à mesure de ses visites que Rémi était souvent absent ou que, lorsqu'il était là, la situation était plus tendue entre lui et moi malgré nos efforts pour jouer le jeu. Pas fou, le jeune homme. Il était professeur, il avait cultivé le sens du discernement. Un soir, alors qu'il était sorti avec Marie, il lui avait demandé : "Qu'est-ce qui se passe entre Laurence et Rémi ? On dirait que ça ne va plus." Calme, détendue, heureuse de se libérer un peu du poids de son secret, elle lui avait répondu : "Rien de grave, rien de sérieux, Richard. Une petite impasse, une remise en question. Ça arrive, paraît-il, après plusieurs années de mariage. Ne t'en fais pas, ça va s'arranger." Soucieux, il avait répliqué : "Je suis navré pour eux, ils forment un si beau couple, tous les deux." Pour ensuite réfléchir et ajouter : "Et ça ne nous arrivera jamais, Marie, même après vingt ans. Je t'aime trop pour que le temps change quoi que ce soit entre toi et moi." Elle avait souri, soupiré, et ils s'étaient embrassés. C'était pour m'avertir que Richard se doutait de quelque chose qu'elle m'avait tout raconté... même leur baiser. Et ce jour-là, je l'ai enviée.

Le mois de septembre s'écoula sans que rien ne vienne ternir les apparences et jeter un voile sur le tableau de notre entente. Marie travaillait toujours pour le docteur et Richard avait repris son rôle d'instituteur dans une école de son quartier. Il enseignait dans une cinquième année, cette fois, ce qui lui permettait d'intéresser ses élèves à l'histoire. Rémi était à la maison de moins en moins souvent. Il lui arrivait même de ne pas rentrer le soir sans m'avertir pour autant. Le lendemain, s'il se présentait, il héritait comme repas des restes de la veille. Je ne m'en faisais pas, mais je l'avais quand même à l'œil. Je sentais qu'il n'était plus seul. Il y a de ces lueurs dans les yeux, de ces sifflements en se rasant qui ne mentent pas. Je m'efforçais, cette fois, d'être au-dessus de tout mépris, mais j'avais les nerfs à fleur de peau. J'avais hâte que le tourment prenne fin et, en même temps, je me disais : "Que vais-je faire quand il ne sera plus là ? Quand Marie sera partie elle aussi ?" J'avais beau ébaucher des plans, je me sentais dépourvue. La maison était au nom de Rémi, je n'avais pas d'économies, je n'avais jamais travaillé de ma vie. J'avais beau avoir dit à Marie : "Je me débrouillerai...", j'étais soucieuse et désarmée. J'avais toujours été dépendante de lui et je l'étais encore malgré la situation. Je ne lui donnais rien, mais chaque semaine, je prenais l'argent qu'il déposait sur la commode pour l'épicerie et les effets personnels dont j'avais besoin. Comme s'il avait des obligations envers moi, ce qui n'était guère le cas dans le temps pour les couples séparés. Surtout sans enfants ! Il m'arrivait parfois de me dire : "Il est peut-être encore temps..." Non pas pour l'avoir de nouveau dans mon lit, mais pour ne pas avoir à angoisser face au quotidien. Mais j'étirais le temps, je m'accordais des sursis. Je me disais qu'après le mariage de Marie, on discuterait peut-être une dernière fois, lui et moi. Et, d'un autre côté, je me doutais qu'il ne s'emmerdait pas, qu'il n'était pas privé de "la chose". Je pensais à ces aventures d'un soir, à ces filles d'occasion... Elles étaient si nombreuses, les filles à la cuisse légère. Et lui, beau mâle, sans même avoir à débourser... »

Laurence s'était versé du thé glacé, avait croqué dans un biscuit sec, puis, reprenant sa position dans le fauteuil...

« Le drame a éclaté à la toute fin du mois de septembre. En ce dernier vendredi, j'étais allée sur la rue Saint-Hubert pour des emplettes. Vers midi trente, je sentais un creux et j'étais entrée au restaurant *La Duchesse Anne* pour y déguster une crêpe bretonne. À peine entrée, je l'avais aperçu de dos, une superbe femme en face de lui. Je suis restée paralysée sur place. Il lui tenait la main et elle lui souriait en le regardant dans les yeux. Une femme bien mise, une femme de mon âge, au début de la trentaine, blonde, encore une fois, mais avec un air distingué. Je l'ai dévisagée sans qu'elle s'en rende compte et j'ai tourné les talons avant que l'hôtesse s'avance pour me désigner une table. J'étais rentrée à la maison sans rien avaler. Je bouillais, je fulminais, j'aurais voulu crier ! Je l'avais presque jeté dehors et là, à le voir avec une autre, j'étais jalouse, j'aurais pu tout casser. Ça tombait bien, Marie allait au concert avec Richard ce soir-là. Je m'en promettais, j'avais la langue aiguisée, sans penser que je n'en avais plus le droit. Nous avions fait un compromis, nous vivions comme des étrangers et, malgré ce pacte, je ne pouvais pas supporter de le voir dans les bras d'une autre. J'étais malade ! Gravement malade ! Mais dans un tel moment, j'oubliais tout. J'oubliais même que c'était moi qui l'avais poussé dans ses bras. Et je l'attendais, les mains crispées, pour lui tordre le cou !

Il est rentré ce soir-là. À l'heure du souper par-dessus le marché ! Pour que je serve la soupe et le repas. Pour profiter des bons soins de sa servante ! J'affichais un air bête, mais ça ne semblait pas le déranger. Mes sautes d'humeur, il s'en foutait éperdument, maintenant. Je l'ai laissé manger, je lui ai servi le café et là, assise en face de lui, je lui lançai d'un ton cynique :

— Elle s'appelle comment, la nouvelle ?

Il leva les yeux, me regarda, ne broncha pas d'un pouce et me demanda :

— De qui parles-tu ? Les changements de saison ne te font pas ?

— Je parle de la blonde, Rémi ! Celle qui mangeait avec toi à *La Duchesse Anne*.

Il roula des yeux, hocha de la tête en guise d'impatience et me répondit sans faiblir :

— Bon, comme on m'a vu, comme on a colporté...

— Non, c'est moi qui t'ai vu ! J'allais entrer pour y dîner quand je t'ai aperçu. Et je l'ai vue elle aussi ! Je vous ai vus, Rémi, la main dans la main !

Il me toisa du regard, ses traits se durcirent et il riposta :

— Ai-je vraiment à m'expliquer ? On a des comptes à se rendre, toi et moi ? Depuis quand, Laurence ? C'est pas fini, entre toi et moi ? Tu m'as pourtant décrissé de ton lit !

— Je suis encore ta femme, Rémi ! Devant Dieu et les hommes ! Si tu n'as pas de respect pour moi, essaye d'en avoir au moins pour notre alliance !

— Es-tu folle, Laurence ? As-tu un trou dans le cerveau ? On est à la veille de se séparer, de divorcer ! On s'endure pour la petite, sacrement ! Pensais-tu que j'allais rester à me ronger les ongles jusque-là ? Je prépare déjà mon avenir, moi ! Je commence à refaire ma vie, moi ! Penses-tu que je vais attendre que Marie prononce le "oui" pour enfin respirer et regarder ailleurs ? J'ai pas fait vœu de chasteté, moi !

— Tu es un beau salaud ! Je savais bien qu'après Rosie, une autre pute se présenterait...

Il se leva, furieux, secoua la chaise et me cria en plein visage :

— Ménage tes paroles, Michèle est une femme honnête ! Elle sait que je suis à deux pas d'un divorce ! Elle sait que je suis libre !

— Tu ne l'es pas ! Je suis encore là, moi ! J'ai encore mes papiers...

— Mouche-toi avec, Laurence ! C'est fini entre nous et c'est toi qui l'as cherché ! Mouche-toi avec, ça n'a plus d'importance !

Il était à deux pouces de mon visage, l'écœurant ! Frustrée, insultée, je me suis levée et, d'un bond, j'étais sur lui. Je l'ai giflé pour ensuite lui cracher en pleine face ! Il m'a saisie par les poignets et m'a assise sur ma chaise pendant que de sa manche il s'essuyait de mes crachats, puis, hors de lui, il m'a crié :

— Toi, si tu n'étais pas une femme ! Ne recommence jamais ça, Laurence ! Je n'encaisserai pas comme Colette dans le temps, moi ! Tu es malade, folle à lier, et là, tu vas m'écouter ou je ne réponds plus de moi !

Il s'était assis et, yeux dans les yeux, il m'avait débité :

— J'ai tout essayé, Laurence, j'ai tout tenté pour qu'on puisse reprendre, mais tu m'as rejeté ! T'en avais le droit, je ne t'en veux pas, mais tu n'as plus aucun droit sur moi à présent. Et, si tu veux le savoir, j'ai rencontré quelqu'un. Oui, j'ai rencontré une femme ! Elle est Française, elle s'appelle Michèle Verdois, elle a trente-trois ans, et elle sort d'un mariage en ruine comme le nôtre ! Elle n'a pas d'enfants, moi non plus, et on compte se faire une vie ensemble. Une vie à nous, Laurence ! Et avec des enfants, si Dieu le veut ! Avec toi, j'ai rempli ma mission, je n'ai rien à me reprocher. Tu voulais plus de moi ? Alors, j'ai cherché et j'ai trouvé ! Et, au lieu de me cracher au visage, tu devrais en faire autant ! Là, d'ici le mariage, je vais être rarement ici. Ne t'occupe plus de mes repas, je m'arrangerai tout seul. Fais-moi un lit sur le sofa, j'm'en crisse ! Marie a trouvé le bonheur ? Moi aussi, Laurence ! Trouve le tien, astheure !

Je pleurais, je regrettais, je le détestais, mais de là à le perdre à tout jamais... À bout de souffle, je lui ai demandé : "Tu l'as rencontrée où, celle-là ?" Il m'a répondu : "Qu'importe, mais c'est sérieux, cette fois !" Pour ensuite s'adoucir et me dire d'un ton calme : "Elle est comptable chez l'un de mes clients." Puis, après s'être lavé le visage et les mains, il prit la porte jusqu'au lundi suivant.

J'ai senti que c'était fini, qu'il comptait les jours et les heures. J'ai senti que je l'avais perdu et j'ai encore eu peur. Qu'allais-je devenir sans lui ? Je le détestais, bien sûr, mais depuis mes seize ans, Rémi avait été toute ma vie. Et, dans sa rage, il avait même parlé "d'enfants" avec elle. Comme pour me reprocher d'avoir été incapable de lui en donner. Je me sentais si dévalorisée que je me demandais si ça valait la peine de vivre. Il y avait une corde dans le tiroir, un gros tuyau au plafond de la salle de bains. L'idée m'a effleuré l'esprit, mais trop lâche pour le faire, je me suis roulée par terre et je me suis mise à hurler. Pendant au moins une heure. Jusqu'à ce que je retrouve ma raison. Je me suis levée, je me suis peignée, j'ai fait bouillir de l'eau pour le café et j'ai attendu le retour de Marie. »

Laurence était en sueur. Pas échauffée par la chaleur, mais par la violence de ses propos. Vincent lui offrit de marcher dans l'allée menant jusqu'au quai, de tremper ses pieds dans l'eau, de se détendre à l'ombre. Il avait pris quelques notes, mais il n'avait pas commenté ce qu'elle venait d'avouer. Le récit, tout comme le visage de Laurence, l'avait effrayé. Vincent avait hâte qu'elle parte, ce soir-là, il trouvait la journée pénible. Même en se racontant, même si c'était loin derrière elle, Laurence n'était pas normale quand elle narrait et qu'il s'agissait d'elle. Elle avait été impulsive, voire dangereuse, à certains moments de sa jeunesse, et il se demandait si Laurence Pratte, septuagénaire, n'avait pas gardé des séquelles de son étrange comportement. Il haïssait pourtant Rémi, il avait en horreur qu'elle parle de lui, mais là, après cet épisode, il en était presque arrivé… à se ranger de son côté.

Laurence préféra rester sur le quai, les pieds dans l'eau, les yeux sur l'infini. Il lui offrit d'aller chercher le thé, elle refusa. Sa soif était étanchée. Elle voulait continuer.

« Lorsque Marie est rentrée ce soir-là, j'ai pris un air de vierge offensée et je lui ai tout raconté. Perplexe, elle m'avait regardée, elle avait froncé les sourcils, elle s'était mise à trembler. Devinant sa pensée, je la rassurai : "Ne t'en fais pas, il ne partira pas. Pas avant que tu sois mariée, il te l'a juré, Marie." Elle a tenté de me consoler, de me prendre dans ses bras, mais je l'en ai empêchée. "Laisse, ça va, je suis assez grande pour régler mon cas. Je vais me trouver un emploi, je vais me préparer, Marie. Je n'attendrai pas d'être au pied du mur…" Puis, je me suis remise à pleurer pour m'attirer sa bienveillance. Triste, désorientée, elle m'avait murmuré : "Je vais t'aider, Laurence, je ne te laisserai pas tomber." Je n'ai jamais su si elle avait haï "son père" à ce moment-là, mais j'avais tout fait pour qu'elle en arrive à ça. Je pleurnichais, je me mouchais, j'avais tout raconté à ma manière. Je ne lui avais pas dit que je l'avais giflé, que je lui avais craché au visage. J'avais plaidé pour moi, pas pour lui. J'espérais qu'elle m'appuie, qu'elle le condamne, mais elle n'en avait rien fait. Et je n'ai jamais su si, dans son cœur, malgré la sympathie, elle n'éprouvait pas une certaine pitié pour Rémi. Je n'osais le croire mais, lorsqu'il est rentré le lundi soir après trois jours d'absence, il n'a eu qu'à lui dire : "Bonsoir, Marie" pour que ses yeux s'illuminent et qu'elle lui réponde : "Rémi ! Tu as passé une bonne journée ?" Comme une petite fille qui retrouve "son père" après que "sa mère" l'a sacré dehors. Là, ce fut comme un glaive ! J'ai compris sans le comprendre qu'elle était encore de son bord. Pour elle, j'en étais sûre, c'était lui, la victime, pas moi. Même si j'avais été souillée, trompée, avec deux vaches, une après l'autre ! »

Vincent regardait l'eau, un vent léger soulevait quelques vagues. Désemparé, anéanti par le récit, il l'éloigna du sujet en lui parlant de la pluie que tous espéraient. Laurence ne l'écoutait pas. La manivelle de son passé était encore en marche.

« Début octobre, Marie recevait une lettre de Colette. Une autre ! Comme si la petite était sa dévouée correspondante. »

— Attendez, Vincent, je l'ai. C'est celle-là, tenez, vous pouvez lire.

Vincent prit la lettre, datée du 30 septembre 1956 et, allongé dans sa chaise, la parcourut des yeux.

Chère Marie,

J'ai une bien triste nouvelle à t'apprendre. Frank est mort le 9 septembre dernier. Il a été emporté par une cirrhose du foie.

Je ne te l'ai jamais dit, mais il buvait énormément. Il a toujours bu, il a même commencé à boire quand il était adolescent. J'aurais voulu te prévenir avant, mais ça n'aurait rien changé. Il me fallait passer à travers tout ça, tu comprends ? Il a été enterré à Miami. Je suis donc sa veuve, mais il m'a tout laissé. Sa maison, son argent, ses voitures, ses meubles et ses bijoux. Je ne suis pas dans la rue, comme tu peux voir, mais il me manque. Il était né aux États-Unis, tu sais. Ce qui a fait de moi une citoyenne américaine puisque j'ai obtenu la citoyenneté après l'avoir épousé. Au moment où tu liras cette lettre, je serai en plein déménagement, Marie. J'ai vendu la maison à gros prix à un ami de Frank, les meubles avec. Là, je pars m'installer à Las Vegas, où un ami m'a déniché une spacieuse maison avec une piscine et tout ce qu'il faut pour faire la grande vie. Je te ferai parvenir ma nouvelle adresse quand je serai installée. Si jamais tu viens me visiter, tu vas voir, c'est de toute beauté. Je ne m'en vais pas là pour travailler, j'ai assez d'argent pour vivre le reste de mes jours. Et j'ai appris à faire de bons placements. J'espère que tu vas bien, Marie, et que ton mariage approche. Écris-moi quand la date sera confirmée, j'aimerais ça être là, connaître ton Richard, revoir Rémi. En passant, dis-lui que je l'embrasse, ce cher petit « papa ». Je t'écrirai bientôt, Marie, mais ne m'oublie pas pour le mariage, ça me peinerait beaucoup.

Ta sœur qui t'embrasse,

Colette

Vincent tendit la lettre jaunie à Laurence qui la rangea avec les autres.

— Vous avez vu, Vincent ? Pas un seul mot pour moi, encore. J'étais inexistante pour elle. Ça me choquait, parce que je l'avais quand même élevée, cette enfant-là. Je lui préparais ses repas, j'entretenais son linge, je lavais et repassais, je l'envoyais à l'école. J'ai sacrifié mon adolescence pour elle, même si j'étais une femme mariée. Et elle m'a donné tellement de trouble comparé à Marie. Une sans-cœur ! Une ingrate ! Et vous croyez qu'elle a eu de la peine quand son mari est mort ? C'était sûrement un bon débarras pour elle ! Un gars de la pègre avait sans doute des comptes à rendre et c'est pour ça que, veuve, elle a déguerpi de Miami pour aller se cacher à Las Vegas.

Laurence soupira, puis reprit son récit.

« Mais quand j'ai lu le petit chapitre sur le mariage de Marie, j'ai demandé à la petite :

— Tu ne comptes pas l'inviter, j'espère ?

— Heu… je ne sais pas, je ne sais plus, c'est quand même ma sœur, elle semble y tenir…

— Tu veux vraiment un scandale à tes noces ? Alors, invite-la ! Invite-la avec son visage barbouillé, ses faux cils, ses manières de fille de vie. Invite-la, Marie, et tu verras que la bombe va être pire pour les Aubert que si Rémi et moi avions divorcé.

— Elle a peut-être changé, Laurence. Elle a peut-être mûri…

— Écoute, fais ce que tu veux, c'est ton mariage. Mais, chose certaine, si Colette est là, ne compte pas sur moi ! Je n'y serai pas, Marie ! Est-ce clair ?

— Je m'attendais à une telle réplique… Je… je ne sais plus que faire…

— Écris-lui, dis-lui que tu ne te maries pas avant deux ans. Invente n'importe quoi, Marie, mais si tu l'invites, si tu insistes, oublie-moi. Il y a toujours des limites à se faire passer sur le dos comme ça ! Après Rémi, elle ? Tu ne trouves pas que j'ai assez souffert, que j'ai été suffisamment humiliée ? Je me sacrifie encore pour toi, Marie ! Ça fait un an, presque deux, que j'endure mon animal de mari pour ne pas être un obstacle à ton bonheur, et là, tu inviterais ta sœur, la honte de la famille ? Cette vache qui ne s'informe même pas de moi ?

Marie avait baissé les yeux et elle m'avait répondu :

— Je ne l'inviterai pas, Laurence, je te le promets. Je n'ai pas l'habitude de mentir, mais pour une fois… Tu as tant fait pour moi, il est temps que je fasse à mon tour quelque chose pour toi. Ne t'inquiète pas, je ne l'inviterai pas et, si elle ne m'écrit pas, je ne ferai pas les premiers pas.

Ce qui n'avait pas empêché Marie de lui poster une carte de condoléances le soir même. Avec son regret pour la perte de l'être cher. Pauvre petite perle ! Le cœur aussi frêle que celui d'une brebis. Pour la gueule souillée d'une louve !

Enfin, début novembre, la date du mariage fut fixée. Richard avait opté pour le mois de Marie en hommage à la sainte patronne de sa petite fiancée. On allait bénir leur union le 25 mai 1957 à neuf heures du matin. Madame Aubert aurait préféré juillet pour que son fils ait terminé son année scolaire, mais Richard, qui redoutait les chaleurs de l'été, avait insisté pour le mois de mai et avait pris des arrangements avec le directeur de l'école où il enseignait. Les nouveaux mariés ne passeraient que deux jours dans une auberge des Laurentides et, en août, tenez-vous bien, ils allaient faire un véritable voyage de noces, à Paris cette fois. Marie était heureuse, elle flottait sur un nuage. Richard lui avait dit : "Nous visiterons le Louvre, Versailles, Marseille… nous revivrons ensemble l'histoire de France." Imaginez ! Paris au mois d'août ! Pour une petite fille qui n'était jamais sortie de sa province. Paris et ses lumières ! Pour Marie, ce n'était pas qu'un voyage de noces, mais un voyage de rêve. Elle verrait la Bastille, les Trianon, Rueil-Malmaison. Ils iraient au Moulin Rouge, elle verrait la table où Toulouse-Lautrec dessinait ses sujets. Elle était aux oiseaux et j'étais si heureuse pour elle. Rémi allait lui servir de père, on préparait une grande réception et comme ils étaient très à l'aise, les Aubert allaient se charger de toutes les dépenses. Le voyage en France était un cadeau de la mère. La grande sœur, Marlène, avait offert à Marie de lui payer sa robe de noces. Elle connaissait une dame qui faisait de la haute couture. Rémi et moi allions nous charger des fleurs, de son bouquet de mariée et du gâteau de noces. Que ça ! J'aurais voulu protester car, en somme, c'était nous qui marions "notre fille", mais j'ai mis mon orgueil de côté. Je n'avais pas un sou, et comme notre ménage s'approchait du gouffre... J'ai préféré me taire. Madame Aubert était si fière de dépenser de la sorte pour son fils. Et, entre vous et moi, ce fort montant d'argent n'allait pas faire un trou dans sa sacoche. Madame Aubert était loin d'être pauvre, elle vivait de ses intérêts.

J'étais heureuse et je ne pensais plus à Rémi et à sa nouvelle flamme. J'entrevoyais le bout du tunnel, je savais que d'ici un an, j'allais être libre. Mon mari était souvent absent, des semaines entières parfois, mais je m'en foutais. Avec sa grue quelque part... Quand il rentrait, je le regardais à peine. Il couchait sur le sofa, il s'occupait lui-même de son linge. Mais il avait les traits tirés. Elle devait le faire suer, sa maudite Française ! Un jour, à ma grande surprise, le téléphone sonna et c'était elle. Elle cherchait Rémi. Insultée, je lui avais dit après qu'elle se fut nommée : "Vous avez du culot d'appeler ici, vous !" Elle m'avait répondu qu'elle l'attendait depuis une heure, qu'elle était inquiète et, vive comme l'éclair, je lui avais répondu : "S'il n'est pas avec vous, c'est qu'il est avec une autre, madame. Quand on trompe sa femme, on peut aisément tromper sa maîtresse !" Et j'avais raccroché assez fort pour lui percer le tympan. Elle n'a jamais rappelé, la garce ! Même si je l'espérais. J'aurais tant aimé la rencontrer et lui mettre ma main en pleine face !

Là, j'en ai eu assez ! Je savais que tout était perdu, que Rémi ne me reviendrait plus. Non pas que je le souhaitais, mais je ne voulais pas me retrouver à la charge de Marie, sur son bras, comme on dit, si Rémi décidait, encouragé par sa Française, de me mettre dans la rue. Je ne voulais pas avoir, comme la cigale, à crier famine. Il fallait que je réagisse, que je pare le coup, que je ne sombre pas, le moment venu, dans une dépression profonde. Un après-midi, sans le dire à Marie, j'avais arpenté la rue Saint-Hubert à la recherche d'un emploi. Nombre de vitrines affichaient VENDEUSES DEMAN-DÉES. Juste avant la période des Fêtes, c'était le meilleur moment pour trouver. Je me suis présentée dans une lingerie, mais la patronne, une dame âgée, m'avait regardée de haut. Je n'avais aucune expérience, je n'avais jamais travaillé, elle n'avait pas envie de tout m'apprendre au temps le plus occupé de l'année. J'ai marché encore, j'hésitais devant certaines vitrines, la tête du patron ou du commis ne me revenait pas. Enfin, dans la vitrine d'une bijouterie cette fois, une autre annonce. Le patron, un homme fort gentil, me reçut chaleureusement. Devant mon inexpérience, il a hésité, mais comme j'avais de l'allure, que j'avais l'air d'une "fonceuse" comme il m'a dit, il a accepté de me prendre à l'essai. Je me débrouillais en anglais et tout ce qu'il désirait, c'était que je sois bien vêtue, coiffée et maquillée. Une façon pour moi de porter tout ce que j'avais de beau et qui traînait dans ma garde-robe. Il m'offrait un salaire de quarante-cinq dollars par semaine, six jours sur sept, le vendredi soir inclus. Il m'avait dit : "Si, après quinze jours, vous faites l'affaire, je vous donnerai cinquante dollars par semaine. Madame Legendre, ma gérante, se charge de tout vous apprendre. Vous êtes prête à commencer lundi ?" J'étais stupéfaite, j'avais le trac, ça me faisait peur, mais je me disais que je n'étais pas plus bête qu'une autre. Il m'avait vu hésiter et il m'avait demandé : "Vous avez des enfants, je suppose ?" À ma réponse négative, il soupira d'aise et me demanda : "Bon, un mari qui ne veut pas voir sa femme travailler ?" J'avais répondu spontanément : "Non, nous sommes séparés." Il avait affiché un sourire et il avait poursuivi : "Parlez-moi de ça ! Une femme libre ! Une vendeuse qui sera à l'heure, pour une fois !" Je lui ai avoué que je vivais avec ma sœur et qu'elle allait se marier. Il en était fort aise et je fus engagée sans qu'il n'exige aucune référence prouvant mon intégrité. Je suis rentrée à la maison heureuse, la tête haute. Pour la première fois de ma vie, j'allais m'assumer, me sortir du trou sans avoir recours à lui. Je ne dépendrais plus de lui et cette pensée me donnait du cœur au ventre. Lorsque Marie rentra, je lui annonçai la bonne nouvelle. Elle crut que je blaguais, mais devant le sérieux de mon affaire, elle me dit : "Je suis triste et heureuse à la fois." Intriguée, je lui avais demandé : "Pourquoi ?" et elle m'avait répondu : "Triste parce que ça me déchire que tu sois obligée de travailler et heureuse parce que ça va te sortir de ta coquille, Laurence. Tu as raison, il te faut vivre, et tant qu'à briser tes chaînes, je n'aurais pas aimé te voir ancrée dans la solitude."

Le lendemain, c'est elle qui l'annonça à Rémi. Il avait froncé les sourcils, sa fierté était blessée, il m'avait toujours fait vivre. Puis, songeur, il avait fini par sourire et dire à Marie : "C'est une bonne chose, dans le fond. Non pas que je l'aurais laissée sans subvenir à ses besoins, mais là, avec du monde, occupée, parmi la foule, elle risque de se rendre compte qu'il n'y a pas que moi sur terre. C'est le meilleur remède pour soigner sa… méchanceté. Je regrette d'avoir à le dire, Marie, je commençais à avoir peur de ses réactions, de ses idées noires et, disons-le, je craignais pour ma peau. Laurence est imprévisible, tu le sais. Avec elle, c'est tout ou rien. En travaillant, elle trouvera peut-être le juste milieu et, qui sait, un homme qui lui conviendra. Et moi, je pourrai enfin être heureux.

Je ne veux pas te faire de peine, Marie, mais Michèle Verdois et moi, c'est très sérieux. Je sais ce que je fais, cette fois. Michèle, ce n'est pas Rosie ni Laurence. Michèle, c'est la femme qui va me rendre heureux et je suis sûr, Marie, que c'est ce que tu veux pour moi."

Dès la première semaine de travail, je n'étais plus la même. J'avais trouvé une raison d'être, d'exister. Le seul fait de me lever chaque matin, de me coiffer, de m'habiller, de me maquiller, me faisait me sentir du monde des vivants. Je pouvais prendre l'autobus, porter mes plus beaux vêtements et me sentir une femme à part entière. Je sentais même des regards masculins posés sur moi. Non pas que ça me plaisait, mais ça me rassurait. Tout comme Marie, j'étais une femme utile à la société. Fini la jaquette, le café, les émissions de radio. Je me sentais rajeunie de dix ans. À presque trente-quatre ans, je me sentais belle et épanouie. La semaine précédente, dans ma cuisine, je me sentais comme une vieille défraîchie. Dieu que j'ai remercié le ciel de m'en être sortie ! Sans appui, sans l'aide de personne. Et, croyez-le ou non, j'étais devenue une vendeuse experte. Rares étaient les clients qui sortaient sans avoir effectué un achat. J'avais de l'entregent, je suggérais sans insister, mais des sautoirs de cristal, des émeraudes, des montres-bracelets, j'en ai vendu à la pelle. Le proprio s'occupait lui-même des ventes de diamants. Rémi rentrait parfois et il me trouvait radieuse. J'étais encore coiffée, maquillée, j'étais une autre femme. Il me regardait drôlement comme si, dans un ultime effort... Mais je l'ignorais. Il ne me faisait plus d'effet. Je ne l'aimais plus, et je laissais à l'autre le "Beau Brummell" qui m'avait tant fait chavirer. Non pas qu'il était flétri, je mentirais. Rémi était le plus beau mâle du quartier, mais j'avais cessé de l'aimer et de le désirer. Je laissais à Michèle le soin de le satisfaire, je lui laissais tous les plaisirs charnels.

Pour moi, Rémi et son pouvoir, c'était rangé dans le fond d'un tiroir.

En décembre, Richard et Marie avaient déjà visité des maisons. On avait construit près de chez sa mère des bungalows dernier cri. Des maisons à vingt mille dollars ce qui s'avérait onéreux pour un jeune instituteur en début de carrière. Mais le petit gars de Judith Aubert n'a pas eu à s'en faire avec le capital à verser. Sa mère s'en était chargée. Il n'aurait qu'à payer les mensualités et les intérêts comme on le fait pour un loyer. Elle le gâtait, bien sûr, mais elle tenait quand même à ce qu'il assume des responsabilités. Marie était ravie. Elle n'aurait jamais cru débuter sa vie de femme avec une maison à elle et un voyage à Paris. Mais elle le méritait, ma petite perle. La sainte Vierge, sa patronne, veillait sur elle. Marie avait été si bonne, si douce, si charmante depuis son enfance. Le ciel se chargeait de lui rendre la monnaie de sa grandeur d'âme.

Un soir de décembre, alors que nous étions toutes deux à garnir le sapin, je lui avais demandé à brûle-pourpoint :

— Dis-moi, Marie, entre femmes, Richard et toi...

— Que veux-tu dire, Laurence ?

— Ça ne me regarde pas, mais l'amour, l'acte... tu comprends ?

Elle avait rougi de la question et m'avait répondu, fort intimidée :

— Non, Laurence, pas Richard, surtout pas moi. Il m'a toujours respectée. Pas même un toucher, que des baisers. C'est une vierge que Richard aura dans ses bras le soir venu. Comme toi, Laurence, quand tu as épousé Rémi.

— Qu'en sais-tu ? T'en ai-je déjà parlé ?

— Oui, une fois. Tu m'avais dit : "Ce n'est que mariée que je suis devenue femme."

— Et c'est vrai, Marie. Je n'avais jamais fait l'amour, je ne m'étais pas donnée.

— Tu vois ? Et c'est comme toi que je vais me marier. Chaste et pure, Laurence.

Il était vrai que je n'avais pas fait l'amour avant mon mariage. J'avais seize ans. Mais ce que je n'ai jamais osé lui avouer, c'est que Rémi et moi, dans le salon, à l'insu de mes parents, nous avions quelque peu... tâté la marchandise.

Le jour de Noël fut calme cette année-là. Par respect pour Richard et Marie, Rémi était resté à la maison. Nous avions soupé, nous avions pris un verre, nous avions célébré. Sans que rien ne paraisse aux yeux du futur beau-frère. Il savait que ça n'allait pas, mais Marie ne lui avait pas parlé de la Française. Après leur départ pour aller offrir leurs vœux à la famille Aubert, Rémi s'était couché pour se remettre d'un verre de trop. Et ce n'est que le lendemain, le 26, le jour du *Boxing Day*, qu'il était allé rejoindre sa maîtresse. Marie m'avait montré ses cadeaux. Richard lui avait offert une montre en or achetée là où je travaillais. Pour m'encourager, sans doute. Marie lui avait donné des boutons de manchette gravés de ses initiales. Encore de la bijouterie où j'étais vendeuse. Elle avait été comblée de tous côtés et sa future belle-mère l'avait choyée. Une robe de velours noir que Marie avait elle-même choisie. Marlène et son conjoint lui avaient offert une chaîne à torsades en or achetée chez *Hemsley*. Les Aubert, sauf Richard, ne savaient pas encore que je travaillais. Marie avait offert un foulard à Rémi, et lui, en retour, lui avait acheté le parfum *Vol de nuit* de Guerlain. Rémi et moi n'avions rien échangé. Pas même un vœu, encore moins un baiser. »

Laurence était épuisée. Elle était au bout de sa salive et Vincent n'insista pas. Elle rentra préparer un petit souper. Des boulettes à la mexicaine qu'elle avait elle-même préparées. Il voulut lui offrir du vin, elle refusa. Pas avec une chaleur semblable. La soirée était jeune, mais elle insista pour qu'il la raccompagne.

— Déjà ? Nous aurions pu causer de choses et d'autres, nous évader de ce récit.

— Je le voudrais bien, Vincent, mais je dois préparer ma valise. Je repars pour Caraquet avec Clara dès demain. Une toute petite semaine, pas plus.

— Vous avez pourtant déjà visité ce coin...

— Nous y allons par affaires, cette fois.

Vincent n'insista pas, Laurence ne semblait pas encline à lui en dire davantage. Et puis, de quel droit aurait-il exigé ? Il aurait certes aimé savoir, mais de là à s'immiscer... Elle l'avait regardé avec tendresse et lui avait murmuré avec une tristesse dans les yeux :

— Vous savez, ce ne sera pas facile, la prochaine fois. J'entrerai dans le vif du sujet, ce sera pénible à revivre... J'ai besoin de repos, je dois reprendre des forces.

— Oui, je sais. Je n'osais vous en parler, mais je sais que nous sommes près de la douleur, Laurence. Et je sens que ce qui vient me sera aussi pénible à écrire qu'il vous sera insupportable à revivre. Croyez-vous en avoir le courage ?

— Je le trouverai, Vincent. Pour la mémoire de Marie, pour...

Elle avait versé une larme et, l'essuyant, elle avait avoué :

— Non, ne craignez rien, ce n'est pas que le souvenir qui me bouleverse, je suis si fatiguée, Vincent.

— Allons, venez, il ne faudrait pas vous rendre malade. De tels efforts...

Il l'avait raccompagnée, il lui avait souhaité un bon voyage et elle l'avait assuré d'un appel dès son retour. Revenu dans son havre de paix, des pages griffonnées devant lui, Vincent cherchait à rassembler ce casse-tête.

Il n'avait pas osé être entreprenant, il ne voulait en rien obstruer la voie au chapitre suivant. « La plume avant le cœur », se disait-il. Au cours de la journée, il avait craint Laurence. Elle lui avait fait peur lorsqu'elle revivait ses fureurs d'antan. Mais, seul dans son vivoir, il avait d'elle une autre image : celle d'une vieille dame assagie qui, sortie du passé, retrouvait la douceur et la paix du temps présent. Vincent Danin éprouvait des sentiments et une retenue à la fois. Était-ce une forme d'attachement ? Était-ce une forme d'amour, lui qui avait chéri ses livres beaucoup plus que sa femme ? Il ne pouvait répondre, mais la solitude, déjà, l'accablait. Laurence l'inquiétait, Laurence le subjuguait. Et son cœur oscillait, incertain, entre sa plume et les soubresauts de son âme.

Chapitre 11

Le lundi 14 août 1995, Vincent Danin prenait son café matinal dans son petit vivoir lorsque la sonnerie du téléphone le fit émerger de ses pensées. Il fallait que ce fût elle, Laurence, personne d'autre. Habitué au remue-ménage qu'elle avait créé dans sa vie depuis quelque temps, il avait compté les jours, il s'était ennuyé. Il l'avait vue partir soulagé et voilà qu'il la sentait revenir, secoué, remué, le cœur et les sentiments pris... entre l'arbre et l'écorce.

— Bonjour, Vincent, vous allez bien ?

— Laurence ! Quelle joie d'entendre le son de votre voix. J'ai l'impression qu'une éternité s'est écoulée...

— Il ne faudrait pas exagérer, une dizaine de jours tout au plus. Me revoilà, prête à poursuivre avec vous si le cœur vous en dit.

— Si le cœur m'en dit ? J'ai compté les heures, Laurence. Non pas seulement pour le récit mais pour vous revoir, pour redonner vie à mon isoloir.

Ne sachant trop comment interpréter la remarque, la vieille dame enchaîna :

— Cette canicule est sans fin et ç'en est presque insupportable. Même au Nouveau-Brunswick ! Ah ! mon Dieu, si l'automne peut se montrer le bout du nez.

— À propos, vous avez fait un bon voyage à Caraquet ? Un voyage d'affaires, à ce que vous m'aviez dit ?

— Heu... oui, si on veut, mais juste pour tâter le pouls d'un certain projet.

— Projet concret ? Marché conclu ?

— Non, rien de tel, un petit projet à l'étude, tout simplement. Dites-moi, vous manquiez d'encre ou de mots pour l'écriture ? Je présume que vous devez avoir traversé aisément la trame du chapitre précédent ?

Vincent se rendit compte que Laurence ne tenait pas à élaborer sur le but de son petit voyage. C'était sans doute personnel, mais Dieu qu'il aurait aimé savoir, ne serait-ce que pour la conseiller, lui éviter un faux pas, mais de quel droit ? Il préféra soupirer et ajouta très poliment.

— Oui, en effet, et quand aurai-je l'honneur de vous revoir, madame ?

— Comme vous êtes révérencieux ! s'exclama Laurence en éclatant de rire. J'avais pensé à demain, si le temps chaud qu'on nous prédit ne vous incommode pas.

— Allons donc, la canicule a été de tous nos rendez-vous. Une de plus, une de moins, vous savez... Et comme vous faites le meilleur thé glacé qui soit...

Laurence rit de bon cœur et l'invita à venir la chercher à son domicile dès le matin suivant. Assez tôt, pour éviter les premiers rayons d'un soleil qui allait se révéler ardent. Vincent promit d'être là tout en la priant de déjeuner avec lui dans la véranda. Bref, une journée entière en tête-à-tête suivie d'un repas dans un restaurant. Pour la détendre, pour la gratifier de ses efforts, lui avait-il laissé croire, mais dans son cœur, Vincent se mourait d'envie de la revoir.

Et, en ce mardi 15 août 1995, la canicule dans toute sa force. Intolérable avec l'humidité qui lui servait de robe. Très tôt, frais et dispos malgré le soleil qui dardait le pare-brise de ses rayons, Vincent, au volant de sa voiture, était déjà à quelques kilomètres de la rue Cherrier. Il n'eut pas à monter, Laurence l'attendait sur la dernière marche du long escalier. Elle portait une jolie robe rose brodée de fleurs blanches. Ses cheveux, un peu plus courts, encadraient joliment son visage émacié par le temps. Grand sac à main sous le bras, elle ajustait une boucle d'oreille quand elle aperçut l'écrivain qui, lueur dans les yeux, sourire à l'appui, lui laissait secrètement savoir qu'il s'était ennuyé d'elle. Tel un jouvenceau qui retrouvait sa dulcinée.

— Je n'ai rien apporté, je n'ai rien préparé, je n'en ai pas eu le temps, lui dit Laurence en s'excusant.

— J'ai tout ce qu'il faut. Je connais maintenant vos goûts, et puis, comme il fera très chaud...

Elle avait souri, soupiré d'aise et, tout au long du trajet, il pouvait humer le parfum quelque peu sucré de sa douce compagne.

— Alors, Caraquet, ça s'est bien passé ? Vous et votre amie Clara...

— Oui, oui, très bien, répondit-elle, ennuyée par cet accès de curiosité.

Arrivés à bon port, Laurence se montra enchantée de revoir la rivière, la véranda, le quai avec son parasol, les écureuils, les oiseaux qui attendaient leurs miettes.

— J'espère que vous les nourrissez ? On dirait qu'ils sont en manque. Voyez, ils battent des ailes.

— Il m'arrive de les oublier, j'en suis navré. J'ai parfois la tête ailleurs. Ah ! si ma chère Simone me voit de là-haut, je suis sûr qu'elle est en train de me gronder...

Il avait parlé de Simone. Encore une fois. Ce qui indisposait Laurence, qui ne prisait guère la présence de « l'intruse » dans cette longue aventure. Et ce, même si l'égérie de Vincent était depuis un an sous terre.

— J'ai des œufs frais, du jambon, des croissants, du café...

— Non, juste une rôtie avec de la compote de pommes et une tisane. Je n'ai guère d'appétit le matin, mais je vous en prie, servez-vous, ne vous privez pas pour moi. Quand on travaille comme vous le faites, on a besoin de refaire ses forces.

Dans sa chaise longue, abritée du soleil par le parasol, Laurence ferma les yeux et murmura à l'écrivain qui avait pris place auprès d'elle :

— Ah ! Vincent... j'espère en avoir le courage. Nous en sommes à l'année la plus atroce de ma vie. 1957, l'écroulement total, mon flot de larmes...

— Allez-y en douceur, je vous en prie. Ne vous surmenez pas, ma douce amie. Nous avons tout notre temps, tentez de revivre ce passé calmement.

— Facile à dire mais, si vous saviez... J'ai déjà le cœur au bord des lèvres.

— Je sais, je le sens, Laurence. Ne fermez pas les yeux, ne regardez pas le ciel, le noir et l'infini avivent le tourment. Regardez-moi, ne me quittez pas des yeux. Revivez ce passé dans le monde des vivants. Ce sera moins... douloureux.

Laurence replaça une mèche de cheveux, puis, le regardant droit dans les yeux...

« L'année 1957 s'annonçait dans le cœur de Marie comme l'année du bonheur. Elle était radieuse, elle était belle, elle était amoureuse. Elle ne voyait que des nuages roses à l'infini. Janvier s'était à peine levé qu'elle espérait déjà les premiers bourgeons des lilas. Elle voyait à l'horizon son bonheur et sa passion. Elle avait déjà choisi les faire-part avec Richard. Un joli faire-part en carton dentelé, qui s'ouvrait et se fermait avec deux cœurs qui s'unissaient. Un cœur rose et l'autre, bleu. Celui de Richard et le sien. Elle était si sentimentale... Elle avait choisi un lettrage d'or en relief pour que leurs prénoms soient plus en évidence. Et elle avait composé elle-même le texte même si ce n'était guère courant en ce temps-là. Elle ne voulait pas que le faire-part soit formel, compte tenu du fait qu'elle n'avait plus ses parents. Je me souviens encore des premières lignes. On pouvait lire : *C'est le 25 mai 1957 que Marie Mousseau unira son destin à celui de Richard Aubert...* Tout avait été pensé. Marie s'apprêtait à vivre son conte de fées. Et le 12 février, le jour de ses vingt ans, elle avait insisté pour que sa fête soit soulignée très sobrement. Elle ne voulait nous occasionner aucune dépense, avec tout ce qui s'en venait. Elle avait tellement insisté que Richard avait eu peine à lui offrir une gerbe de roses. Mais, le soir même de son anniversaire, ils étaient allés choisir leurs alliances. Deux anneaux d'or identiques avec des trèfles à quatre feuilles incrustés en guise de chance. Dans le jonc de sa promise, Richard avait fait graver *Je t'aime, Marie* et dans celui de son futur, elle avait fait inscrire *À toi pour la vie, Richard*. Je vous le dis, Vincent, la romancière Magali n'aurait pu trouver plus de sentiments pour ses romans. Marie avait déniché chez *Birks* un petit coussin de velours rouge orné de franges dorées pour y déposer les anneaux. Elle m'avait dit : "Comme le coussin de Bonaparte lors de son mariage avec Joséphine. En miniature, évidemment." Rémi ne voulait pas que son anniversaire s'écoule et passe inaperçu. Je lui avais préparé un gâteau avec vingt bougies, j'avais invité Richard à souper, et Rémi et moi lui avions offert un petit sac à main du soir. Un petit sac en peau de soie noir agrémenté de larmes de cristal. Madame Aubert et sa fille Marlène, faisant également fi de sa requête, lui avaient offert un bracelet en or serti d'une améthyste, sa pierre de naissance. Elle a été choyée, la petite perle ! Après tout, on n'a vingt ans qu'une fois dans sa vie... On ne pouvait passer outre au plus beau chiffre de ce qu'on appelle "le printemps".

Marie travaillait toujours pour le docteur Desforges mais, à la demande spéciale de Richard, elle avait demandé à terminer à la fin de mars pour se consacrer aux préparatifs. Il en avait été navré, mais il n'avait pas protesté. Le bonheur de Marie lui importait plus que son cabinet. Elle lui avait dit : "Je reviendrai après mon mariage, je travaillerai jusqu'à ma première grossesse", mais le brave docteur savait qu'elle ne reviendrait pas. Avec l'argent des Aubert, avec ses gages et une partie de l'héritage en vue de sa mère, il savait que le jeune professeur ne laisserait pas son épouse revenir sur le marché du travail. Et il savait que Marie ne s'y opposerait pas, trop heureuse de tenir maison, de vivre son roman, d'attendre avec amour son jeune mari chaque soir. Et, impatiente, comme toute nouvelle mariée de cette époque, de lui donner un premier enfant. Madame Desforges allait prendre la relève jusqu'à ce que le bon docteur embauche une nouvelle secrétaire.

Marie n'avait que son mariage en tête et... son éventuel voyage en France. Elle s'exclamait : "Imagine, Laurence ! Voir Paris à mon âge, admirer les splendeurs de Versailles. Imagine, Laurence ! Avec le plus beau mari de la terre à mon bras !" Elle délirait de joie. Son doux sourire découvrant ses dents blanches, la lueur de rêve dans ses yeux gris. Le même visage épanoui que lorsqu'elle sautait sur la glace pour offrir un nouveau spectacle. J'en avais encore du remords, mais par un soir d'hiver, elle m'invita à aller voir avec elle un spectacle des *Ice Follies* au Forum. J'y étais allée à reculons. J'avais tellement peur de voir surgir des émotions. Jocelyn, son cher Jocelyn, allait être sur la glace. Dans le rôle d'un prince tirant le carrosse d'argent d'une jolie princesse. C'était éblouissant ! Marie applaudissait à tout rompre. Elle était heureuse pour Jocelyn, ravie par le spectacle, mais l'émotion n'avait pas l'intensité que j'appréhendais. Elle n'était plus la petite fille en pâmoison devant les arabesques de Sonja Henie. Elle avait grandi, mûri, elle s'était détachée de sa passion pour n'en garder qu'un doux souvenir. Après la soirée, timidement, je lui avais demandé : "Tu ne regrettes pas, Marie ? Tu ne m'en veux pas d'avoir enfreint..." Elle avait posé son index sur ma bouche pour me murmurer : "Mais non, Laurence, le patin, c'était la magie, la féerie. Sans ton opposition, je vivrais encore dans le rêve et non dans la réalité. Sans toi, Laurence, je n'aurais jamais rencontré Richard. Je l'ai, mon prince, Laurence. Il est réel et non imaginaire. Le destin s'est servi de toi pour que se croisent nos chemins. Le patin, c'était la rêverie, Laurence. Richard, c'est la vie." Elle m'avait rassurée. J'étais maintenant certaine que ma décision avait été un mal pour un bien. Je n'avais plus de remords jusqu'à... Oh ! comme ils sont revenus me hanter toute ma vie. Encore aujourd'hui...

Après les faire-part, ce fut la robe de mariée. Marie avait choisi le tissu avec sa future belle-sœur avant les Fêtes. Comme je vous le disais, c'était Marlène qui la lui offrait. Confectionnée à la main par madame Adéline, une couturière réputée. Marie avait elle-même dessiné le croquis de sa robe. Une superbe robe de satin brodée de roses blanches à la traîne et au corsage. À manches longues, elle était légèrement décolletée et elle était retenue aux épaules par deux choux de satin en forme de roses. Dans le dos, à la hauteur de la taille, un autre chou en forme de rose. Avec une traîne assez longue qui tombait sur le pan de la robe très ample. On aurait dit une robe de souveraine du temps de Louis XVIII. Jeune de genre et somptueuse à la fois. Et Marie avait opté pour le voile de tulle qui couvre la figure et qu'on remonte au moment où les futurs ont prononcé les vœux. Pour lui offrir la candeur de son visage au moment même où elle serait devenue sa femme. Elle avait insisté pour que le voile soit retenu par une tiare de perles entrecroisées de roses. Comme bouquet, Marie avait choisi une cascade de roses blanches sur un cœur de satin blanc. Et le collier de perles, bien entendu, celui que nous lui avions offert et qu'elle aimait tant. Elle comptait se faire coiffer d'un chignon tout comme au temps où elle était princesse dans ses contes sur glace. Tout de blanc vêtue, des pieds jusqu'à la tête. Même les roses ! Parce que c'était pour elle la teinte de la pureté, de la virginité. Ce soir-là, c'était le grand essayage. La robe majestueuse était enfin terminée. Excitée, nerveuse, elle s'était rendue avec Marlène chez madame Adéline. Elle était même passée chez le coiffeur pour qu'il remonte ses cheveux en chignon, histoire de se voir telle qu'elle serait le jour de son mariage. Elle était sans doute très belle puisque Marlène insista pour prendre une photo d'elle. Marie s'y objecta, prétextant que ce geste pourrait lui porter malheur, mais la belle-sœur insista tellement qu'elle ne lui refusa pas cette joie. Et Marie posa dans toute sa splendeur tout en faisant promettre à Marlène de ne montrer cette photo à qui que ce soit avant le mariage. Elle posa seule, solennelle, avec une rose de soie entre les doigts, faute de bouquet. Elle affichait un doux sourire. Heureux et triste à la fois, voile soulevé dans sa robe d'apparat. Comme si le destin lui soufflait un présage : elle ne la porterait jamais pour Richard. »

Laurence était émue, elle avait baissé les yeux. Elle les releva, regarda Vincent et lui demanda avec des trémolos dans la voix :

— Vous voulez voir cette photo, Vincent ?

— Quoi... vous l'avez avec vous ?

— Oui, dans mon sac. Je l'ai apportée pour vous la montrer et je préfère le faire dès maintenant. Plus tard, après... je n'en aurai pas le courage.

— Marlène vous l'avait offerte ? N'était-ce pas cruel ?

— Je l'ai reçue beaucoup plus tard, et sur consentement de ma part. Marlène voulait que je garde en souvenir, à tout jamais, la seule photo... Vous comprenez ? Elle n'en a même pas fait tirer une copie, elle avait peur que Richard, un jour, tombe sur cette photo qu'il n'aurait jamais oubliée de sa vie.

Tout en s'expliquant, Laurence avait sorti de son sac une enveloppe de laquelle surgit la photo protégée par un cadre argenté et une vitre très solide. Elle tendit l'objet d'une main tremblante et Vincent, ému, contempla celle dont il ne connaissait pas encore la triste fin. Il en fut sidéré. Marie Mousseau était si belle. Des yeux à faire rêver, des cheveux couleur de blé, un sourire angélique, les traits parfaits, une taille de guêpe, un maintien de souveraine. Il aurait voulu crier : « Ce n'est pas possible que le bon Dieu... » mais il se retint. Marie Mousseau était plus belle que toutes les belles de ses romans. Si belle, si noble, si pure, qu'il aurait pu jurer, à force de fixer la mariée, qu'une larme s'échappait du portrait. Il la contempla longuement et, bouleversé, il détacha son regard pour murmurer à Laurence : « Elle était sublime, elle était divine, cette enfant. Je l'avais trouvée jolie, Laurence, à dix-neuf ans, sur la photo de votre salon qui, pour vous, se voulait la dernière, mais je ne pensais pas qu'elle allait devenir incommensurablement belle un an plus tard. Je ne sais que dire, je suis ému... Marie était d'une beauté surnaturelle. C'est comme si elle affichait son bonheur, comme si elle vivait déjà ce grand jour...

Quel visage ! Quel visage d'ange… » Il avait failli ajouter « du ciel », mais il s'était retenu en voyant, sur les joues de sa confidente, couler les premières larmes d'une paupière gonflée. De son mouchoir, Laurence épongea la tristesse du souvenir puis, d'une main tremblante, remit le portrait dans le sac à main tout en contrôlant un hoquet que la douleur avait provoqué. Une grande respiration, un sourire de tendresse, puis quelques mots balbutiés…

— Si vous saviez comme je m'efforce, Vincent. Si vous saviez ce que je ressens…

« Pour la réception, madame Aubert avait réservé le grand salon du restaurant *Le Prince Charles*, sur la rue Liège. Avec Marie, j'avais choisi les fleurs pour l'église et la table d'honneur. Des roses blanches, des lys, des œillets blancs, que du blanc sur les nappes blanches. C'était sa teinte préférée. Le blanc et rien d'autre. Elle m'avait dit : "Les robes de ces dames ajouteront la couleur." Elle avait déjà engagé les musiciens, un pianiste et trois violonistes et elle comptait ouvrir le bal sur *Le Danube bleu*, la chère valse de ses spectacles de patin. Un hommage à Strauss et un doux rappel de Mathé Altéry qui la chantait si bien. La maison qui allait abriter leur amour était presque terminée. Marie s'y rendait très souvent avec Richard. Ils revenaient ravis et il m'arrivait de les épier, de les entendre se murmurer des mots d'amour. Ils étaient passionnés, ardemment épris l'un de l'autre. Je le sentais alors qu'ils se croyaient à l'abri des regards et que je les voyais échanger des baisers. Rémi m'avait dit un soir : "Comme nous, dans le temps…" et j'avais répliqué froidement : "Pour eux, il n'y aura pas de cesse…" Je n'avais jamais vu de mes yeux un amour comme le leur. Ils s'aimaient tant que j'aurais voulu poser un signet sur cette page, sur ce moment si saisissant. Hélas…

Tel que promis, Marie n'avait pas avisé Colette de son mariage. Rémi m'avait dit : "Ça manque de courtoisie, ça manque d'égards, c'est sa sœur..." Je l'avais dardé du regard, et, Marie, prise entre sa délicatesse naturelle et la promesse qu'elle m'avait faite, avait murmuré à mon mari : "Je m'expliquerai avec elle, Rémi. Plus tard..." Il s'en serait fallu de peu, il aurait suffi un seul mot de moi pour que le faire-part lui parvienne, mais je m'étais juré qu'elle ne serait pas là, la chipie ! Nous en étions aux cadeaux de noces. Je désirais pour Marie quelque chose de symbolique, mais je voulais que le choix vienne d'elle. Un soir, elle m'avait dit : "Je ne sais pas si c'est trop cher, Laurence, mais j'ai vu dans une boutique un superbe miroir dans un encadrement de style Louis XIV. Il est si beau, unique. On pourrait jurer qu'il vient du salon de la marquise de Maintenon." J'avais souri, j'étais conquise, et j'avais répondu à Marie : "Tu l'auras, ma perle, et ce miroir sera comme un tableau, puisque tu pourras y voir ton bonheur chaque soir." C'était vrai qu'il était coûteux. Un objet rare et d'une grande beauté. Mais, comme je travaillais et que Rémi offrait d'en défrayer la moitié, je m'étais empressée de faire une mise de côté. Je ne voulais pas l'acheter d'avance. J'étais superstitieuse. S'il avait fallu que par inadvertance je le brise ? Les sept ans de malheur, vous comprenez ? N'en avais-je pas assez vécu, avec ce diable de mari ?

Cette année-là, en 1957, plus heureuse que Marie, ça ne se pouvait pas. Vous savez, après toutes ces années avec Rémi et moi... Non pas qu'elle n'avait pas été comblée, mais elle savait qu'elle n'avait jamais connu ses parents. Elle me parlait souvent de maman, elle me questionnait sur elle. Elle regardait souvent la photo où papa et elle la tenaient dans leurs bras. Elle savait que j'avais eu la chance de les connaître et que Colette avait sûrement dans son cœur des souvenirs d'enfant, mais pas elle. Et, comme elle partageait le conflit entre Rémi et moi, comme elle était toujours prise entre deux chaises, étouffée par nos discordes, il était évident qu'elle avait hâte d'avoir sa vie à elle. Car, je m'en doutais bien, c'était avec Richard qu'elle allait renaître. Elle n'en disait rien, bien sûr, mais je sentais qu'elle comptait les jours, qu'elle avait trouvé février fort long. Elle était si agitée qu'elle me parlait de n'importe quoi, comme pour tuer le temps. Elle avait appris que c'était la comédienne Monique Miller qui allait être couronnée reine de la télévision cette année-là et elle s'était écriée : "Ta préférée, Laurence ! Celle que tu aimes tant dans *Cap-aux-Sorciers.*" Bien sûr que je l'aimais, cette jeune comédienne, mais pas au point d'être dans tous mes états parce qu'elle serait couronnée. C'était elle qui jubilait pour moi ! Un autre jour, elle avait dit à Rémi : "Elvis Presley donnera un concert à Ottawa en avril. Tu te rends compte, Rémi ? Tu l'aimes tant, tu devrais y aller avec Laurence !" Rémi m'avait regardée sans comprendre. Il avait acheté quelques disques du roi du rock'n'roll, mais de là à se rendre à Ottawa pour le voir. À son âge ! C'était à n'y rien comprendre, d'autant plus qu'elle avait suggéré qu'il m'invite pour ce déplacement. Dans son euphorie, dans son extase, dans son émerveillement, Marie avait oublié que Rémi et moi ne formions plus un couple. Il fallait vraiment qu'elle ait la tête dans les nuages. Je travaillais, j'étais indépendante, Rémi vivait encore sous notre toit pour la forme car, la plupart du temps, il se terrait chez sa maudite Française ! Ah ! pauvre Marie ! Elle était tellement dans les images de bonheur de son futur mariage qu'elle avait oublié le naufrage du nôtre. »

Laurence s'était arrêtée. Épongeant son front de son mouchoir humide, elle regarda Vincent, lui sourit, puis...

— Que diriez-vous d'un léger dîner ? Le temps passe si vite... Et comme la chaleur est de plus en plus intense, nous pourrions poursuivre sous un ventilateur.

— Bien sûr, Laurence, je n'osais vous interrompre, mais j'ai un petit creux, et une salade ne serait certes, de trop. Je prendrais même une bière pour me désaltérer. Allez, entrons, une pause nous sera bénéfique.

Ils entrèrent et pendant qu'il buvait une bière blonde, Laurence prépara une salade aux œufs, des morceaux de fromage coupés en dés, des tomates tranchées assaisonnées, et servit le frugal goûter avec des biscottes de blé entier. Un jus de légumes, le thé glacé, bref, tout ce qu'il fallait pour se bien porter sans se bourrer la panse. Et, pour agrémenter ce léger repas, Vincent avait fait tourner en sourdine des arias de Puccini chantés par « la corpulente ». Encore une fois. Sans même s'informer si c'était là ce que Laurence voulait entendre. Décidément, il était plus que fidèle à cette chère Montserrat Caballé. Qui sait si la diva n'avait pas été la préférée de sa tendre Simone ? L'énorme cantatrice était-elle à l'honneur lors de tous leurs repas ? Ce que Laurence, dans une gêne soudaine, n'osa lui demander.

— C'était délicieux, madame Mousseau, de lui dire Vincent avec une révérence simulée.

— Allons donc, une salade, des cubes de fromage... Pas nécessaire d'être cordon-bleu.

— Oui, mais venant de vous, de vos mains, tout prend l'allure d'un festin.

Laurence avait souri, Vincent était plus empressé ce jour-là. Fait curieux cependant, même en blaguant dans sa fausse condescendance, Vincent l'avait appelée « madame Mousseau » et non « madame Pratte ». Comme s'il avait souhaité que Rémi ne revienne plus dans ce récit. Comme s'il avait voulu, par sa méprise volontaire, exclure un personnage qui lui déplaisait dans cette longue histoire. Laurence souriait d'aise, car elle savait que Vincent aurait encore à froncer les sourcils. Il était loin d'être fini, le chapitre entre elle et Rémi. N'en déplaise à monsieur l'écrivain, ce n'était pas Rémi qui allait perdre la vie. C'était d'un ange dont le ciel avait besoin... Pas d'un démon dont la queue se glissait grossièrement sur le ventre de... la Verdois.

Assise confortablement dans le fauteuil de la véranda, Laurence déployait ses efforts pour narrer son récit calmement. En vain. Sa main tremblait, elle croisait les jambes, les décroisait. Elle était nerveuse, agitée. Elle savait qu'elle allait livrer le passage cruel qui avait bouleversé son existence. Vincent, assis à côté d'elle et non en face, sentait que la vieille dame en était au point culminant de son récit. Sans le voir, sans sentir son regard sur elle, il espérait qu'elle puisse traverser ce tourment en regardant le ciel par la fenêtre ouverte. Il ne voulait pas voir ses larmes, quitte à les entendre. Crayon dissimulé, carnet de notes sur le coussin, Vincent Danin allait apprendre. Enfin ! Malgré la peine qu'il ressentait déjà, l'homme de cœur qu'il était n'allait pas faire fi de... l'écrivain.

« C'était le 25 mars, un lundi. Je m'en rappellerai toute ma vie. Marie s'était levée très tôt, elle était souffrante, elle avait une migraine. Elle qui n'était jamais malade, je ne comprenais pas. Sans doute le repas de la veille, le veau trop gras, la sauce épicée, les quelques verres de vin. Elle avait avalé un cachet, elle avait bu une eau minérale. Je blâmais mon repas trop riche et elle me disait : "Non, c'est sans doute l'énervement. Je ne sais pas, mais plus le temps approche... Je souffre d'anxiété, Laurence. Maman était-elle comme ça ?" Hélas, oui. Ma mère avait souvent mal à la tête quand l'idée d'une joie prochaine l'envahissait. Jamais une peine, que la joie d'une fête. Le bonheur l'agitait, la joie l'obsédait et, vite, un cachet. J'ai supplié Marie de rester à la maison, de ne pas aller travailler. Je lui ai même offert d'appeler le docteur Desforges pour qu'il la remplace par son épouse pour la journée. Marie avait refusé. "Ça passera, ce n'est qu'un mal de tête… Vois, je me sens déjà mieux, avec cette eau pétillante." Nous sommes parties en même temps. Je travaillais à la bijouterie ce jour-là, Rémi était absent depuis la veille. Il avait sans doute passé la nuit chez "l'autre", mais si vous saviez comme je m'en foutais. Il y avait belle lurette que je ne m'inquiétais plus quand il ne rentrait pas. C'était si fréquent que même ma petite sœur ne comptait plus ses absences. Elle savait que tout ne tenait que par un fil que j'allais rompre de mes dents… après ! Elle m'avait dit, en enfilant ses bottes et son manteau : "Ah ! j'oubliais, ne m'attends pas ce soir, j'assiste à un concert avec Richard." J'avais répliqué : "Mais tu n'es pas bien… Ne vaudrait-il pas mieux le remettre ?" Elle m'avait répondu en m'embrassant : "Non, ça ira. J'ai toute la journée pour me remettre sur pied." J'avais insisté : "Où ça, Marie ? Loin d'ici ?" "Non, non, quelque part dans les Laurentides, dans une salle paroissiale. Je ne rentrerai pas tard, ça ira." Mère poule, j'avais ajouté : "Tu sais, Richard comprendrait, si tu lui expliquais…" Elle m'avait répliqué : "Non, non, ne t'en fais pas, ça ira. Richard a déjà les billets et l'un de ses collègues fait partie de l'orchestre. On jouera du Mozart, du Bach, Richard serait si déçu. Et puis, Laurence, un mal de tête, ce n'est pas une crise de foie." Elle avait ri de ses dents blanches. Je la revois encore me serrer dans ses bras, me souhaiter une bonne journée, m'inviter à prendre soin de moi, à me rendre au cinéma du quartier si je m'ennuyais. On y présentait un film avec Kirk Douglas, mon préféré. C'était elle qui était souffrante et voilà qu'elle s'inquiétait pour moi. Elle souhaitait que je puisse me distraire, pendant que Rémi, chez sa maîtresse, s'enverrait en… Pardonnez-moi, je m'égare, et ce n'est guère le moment.

Marie tourna au coin de la rue et elle me fit un signe de la main en guise d'au revoir. Je la voyais de loin, de dos, le capuchon sur la tête, le pas pressé. Puis, elle disparut derrière un immeuble. Je soupirais, je l'aimais, ma petite perle. Mais ce que je ne savais pas, c'est que je n'allais plus jamais la revoir de son vivant. Ah ! doux Jésus, si j'avais su… »

Laurence avait éclaté en sanglots. Vincent lui massait doucement l'épaule.

— Reprenez-vous, retrouvez votre calme, rien ne presse, Laurence.

Levant les yeux sur lui, elle marmonna entre ses hoquets et ses larmes :

— Si j'avais su, Vincent, j'aurais tout fait pour qu'elle rentre le soir. J'aurais téléphoné à Richard, il aurait compris. J'aurais au moins appelé Marie durant la journée. Je me serais informée de son état… Mais non, je n'ai rien fait !

La vieille dame pleurait de toute son âme. Vincent, touché, lui murmura :

— Si et si, que des si, Laurence, mais que sait-on de ce qui vient ? Le destin ne sonne pas d'alarme, la vie n'a pas de feu rouge… On ne peut se sentir coupable de ce que l'on ne sait pas. Si le destin avait un bouclier, personne n'aurait à vivre de drames. La vie n'avise pas, Laurence. Elle donne et, sans mot dire, elle reprend.

Laurence sanglotait, les hoquets s'espaçaient. Ne voulant pas indisposer l'auteur, elle ne répliqua pas. Elle retrouva son souffle pour lui livrer, au risque de se faire mal, ce qu'elle n'avait jamais oublié. Il fallait qu'elle se vide le cœur, quitte à le sentir éclater dans sa trop vive douleur.

— Ce que je vais vous dire, c'est ce qu'on m'a appris. Ce sera pénible, Vincent, et si vous me sentez défaillir, prenez-moi vite la main. J'ai besoin de votre soutien.

« Marie avait quitté le bureau à cinq heures. Richard était venu la prendre après ses classes. Ils allaient souper au restaurant avant de se rendre au concert. Elle avait bonne mine, paraît-il. Allait-elle mieux ? Je n'en sais rien, mais elle affichait un air radieux. Ils s'étaient embrassés dans la voiture et ils avaient opté pour un restaurant peu huppé dans les parages. Elle avait mangé peu, à peine une salade, une tasse de thé, une coupe de fruits. Elle n'avait pas d'appétit, lui avait-elle dit. Sans doute parce que ça n'allait pas et que sa migraine persistait. Mais, sans le lui avouer, évidemment. Marie ne l'aurait pas déçu, elle l'aimait trop, il semblait si content. Pour Richard, un concert, aussi intime soit-il, c'était un doux bien-être. Pour rien au monde, Marie n'aurait opposé un obstacle à sa joie. Même avec des douleurs à l'estomac. Et, avec elle, rien ne paraissait. Radieuse, souriante dans de tels moments, plus que d'ordinaire. Pour camoufler, pour que personne ne puisse lui demander : "Ça ne va pas ?" Ils s'étaient rendus au concert, elle avait été éblouie. Les symphonies, les sonates... la musique des grands compositeurs l'enivrait. Surtout les sons des violons et la musique céleste de la harpe. Richard lui avait dit : "Imagine quand nous serons tous deux à Paris. On dit que c'est comme si Mozart était là, que Chopin prend la relève, que Beethoven nous regarde." Marie lui avait serré la main. Elle s'y voyait déjà.

Ils avaient quitté la salle de concert après avoir félicité le collègue de Richard. Et Marie n'avait pas tari d'éloges à l'endroit de la jeune harpiste. Elle était fatiguée, elle avait hâte de rentrer, une rude journée l'attendait le lendemain, le carnet de rendez-vous du docteur était chargé. Ils discutaient du concert en cours de route et Marie avait eu un faible pour les œuvres de Mozart. Elle parlait peu, elle avait hâte de retrouver son lit, et Richard n'avait pas réussi à la convaincre de prendre un dernier café quelque part en passant. Richard, contrairement à ses habitudes, avait emprunté une route secondaire qui longeait la rivière des Mille-Îles. Il faisait noir, c'était mal éclairé et la chaussée était sournoise avec ses plaques de glace dissimulées sous une légère couche de neige. Puis, tout à coup, en sens inverse, une voiture qui dérapait et qui fonçait droit sur eux. Marie avait crié: "Richard ! Attention !" Il donna un coup de roue pour éviter l'autre voiture qui alla s'écraser contre un arbre, mais il avait perdu le contrôle de la sienne. Dans son énervement, il tenta d'appliquer les freins, de reprendre la courbe, mais l'auto, déséquilibrée, hors de contrôle, défonça la petite clôture, descendit à vive allure la butte enneigée et plongea droit dans la rivière. Marie avait crié d'horreur, mais la voiture, phares allumés, coula à quelque vingt pieds sous l'eau. »

Laurence ne put se contenir et éclata en sanglots dans les bras de Vincent. Lui, sous le choc du récit, secoué, alarmé, n'avait pu retenir les mots de sa pensée. « C'est atroce ! Quelle tragédie ! J'en ai la chair de poule, Laurence. » Elle pleurait à fendre l'âme mais, à travers ses sanglots entrecoupés, elle trouva la force de poursuivre.

« La voiture était dans l'eau glacée, ancrée au fond de la rivière. L'eau s'infiltrait de partout et Marie, paralysée de peur, figée jusque dans l'âme, avait empoigné l'accoudoir de velours pour ne plus le lâcher. Richard la tirait de toutes ses forces, il lui criait de se pendre à son cou, qu'il allait la sortir de là, mais la petite, rivée sur son siège comme une statue de sel, semblait inerte, les yeux fixés sur le noir, anéantie par sa frayeur devant l'eau qui pénétrait peu à peu. Puis, de cette force invincible de l'eau qui s'infiltrait de partout, qui montait jusqu'aux genoux, jusqu'à la taille, jusqu'au cou... Submergé, Richard tentait à tâtons et de toutes ses forces de lui faire lâcher prise, mais peine perdue. Marie était clouée sur son siège, une main agrippée à l'accoudoir ; l'autre dans la sienne, raide comme une barre. Retrouvant son courage, faisant fi de sa frayeur, Richard réussit, tant bien que mal, à baisser la vitre de sa portière. Et ce fut le torrent ! Il tenta une dernière fois de l'entraîner avec lui, mais engloutie, dans le noir, il sentit une telle résistance de sa part que son gant était resté dans la main nue de Marie. Il réussit à s'en sortir et, quoique glacée, l'eau lui paraissait tiède tellement la pression lui était montée à la tête. Et c'est dans un ultime effort, en retenant son souffle, qu'il remonta à la surface pour s'accrocher d'une main chancelante à une branche d'arbre. Des gens des alentours, des badauds, alertés par l'impact et par les automobilistes qui suivaient, s'étaient réunis sur le lieu du drame. On le hissa hors de l'eau, on l'enroula dans une couverture, on le tira jusqu'au bord de la route mais, avec le peu de force qui lui restait, Richard se débattait. Il hurlait, il criait que sa fiancée était restée sous l'eau. Il voulait replonger, tenter de la sauver, et il fallut trois hommes pour le maintenir par terre. Personne n'osa plonger pour porter secours à Marie. L'eau était glacée et la surface pas tout à fait dégelée. Et comme à cet endroit, la rivière était creuse... On appela pour du secours, pour du renfort, à la première maison en vue, mais la police, tout comme l'ambulance, avait mis au moins vingt minutes à se rendre sur les lieux. Épuisé, gelé jusqu'aux os, à bout de souffle, Richard avait perdu conscience. On le transporta à l'hôpital le plus près, ainsi que l'autre chauffeur qui avait subi une fracture du crâne. Mais, en 1957, les secouristes n'avaient guère les effectifs dont on dispose aujourd'hui. On tenta, à l'aide d'une perche, de la repêcher, mais il faisait si noir... Et ce n'est que le lendemain, à la lueur du jour et devant une foule, qu'on put descendre repérer la voiture et dégager Marie qui avait rendu l'âme. La pauvre enfant était encore sur son siège, immobile dans l'eau calme, les doigts incrustés dans l'accoudoir. Elle l'avait tenu si fermement qu'il fallut presque lui casser le bras pour la libérer de l'emprise. Et, ce faisant, l'ongle de l'auriculaire de sa main droite était resté dans le velours. Une mort horrible, une fin abominable ! Marie avait péri noyée, sa plus grande peur, sa phobie la plus tenace. À deux mois, jour pour jour, de la date de son mariage. Et elle venait d'avoir vingt ans, Vincent ! »

Le pauvre homme ne savait plus que dire. Une larme coulait sur sa joue. Depuis le début du récit, il s'attendait à tout, mais jamais à une fin aussi atroce. Marie, dont il venait de voir la photo dans sa robe de mariée. Marie si solennelle, Marie... si belle. Comme le destin avait été cruel... Un si beau couple à l'orée du bonheur. Il tressaillit malgré lui. Laurence, appuyée sur son épaule, s'en rendit compte et murmura : « C'est épouvantable, n'est-ce pas ? » Elle leva les yeux et remarqua que l'écrivain pleurait. Ému au plus profond de lui-même, l'homme de lettres avait déposé sa plume et marmonnait entre ses sanglots : « Arrêtez, Laurence, prenons une pause, c'est moi qui ne le supporte pas. » Puis, la soulevant délicatement par le bras, il lui murmura : « Allons marcher un peu, j'ai le sang figé dans les veines. » Aussi faible que lorsqu'elle avait appris le drame, Laurence s'accrocha à son bras et tous deux firent quelques pas avant de s'appuyer contre un arbre. Vincent était encore sous le choc et la vieille dame avait peine à tenir debout sur ses jambes tremblotantes.

Laurence avait encore les yeux rougis par l'émotion quand elle reprit place sur le fauteuil de la véranda. Vincent lui avait servi un thé glacé et il s'était débouché une bière pour se remettre des fortes secousses ressenties. Laurence semblait plus détendue. Son cœur venait de se libérer du pire moment de son récit. Ne sachant où reprendre, c'est Vincent qui la remit en piste en lui demandant :

— Et vous, Laurence ? Quand on vous l'a appris...

— J'ai cru devenir folle, Vincent.

Replongeant dans ses souvenirs, elle ferma les yeux, prit une grande respiration...

« J'avais passé la nuit debout à l'attendre. J'étais morte d'inquiétude, je pressentais que quelque chose de grave était arrivé. Marie n'était pas rentrée et ne m'avait pas donné signe de vie, ce qui n'était guère dans ses habitudes. À trois heures du matin, n'en pouvant plus, j'ai téléphoné chez madame Aubert. Elle dormait depuis dix heures et ne s'était pas rendu compte que Richard n'était pas là. C'est en allant vérifier dans sa chambre qu'elle s'aperçut qu'il n'était pas rentré. Je l'ai affolée, la pauvre femme, elle est devenue hystérique, elle me criait : "Il leur est arrivé quelque chose, je le sens ! Il faut s'informer auprès des autorités. Ce n'est pas normal ! Richard enseigne demain, et Marie qui n'est pas là... Je vous en supplie, faites quelque chose, rappelez-moi, je ne bouge pas, mais j'ai si peur, madame Pratte. Je n'ai pas le courage..." J'avais réussi à la calmer en lui disant que j'allais m'informer, mais je tremblais de tous mes membres. Je n'ai pas eu le cran d'appeler la police. J'avais un de ces pressentiments, c'était abominable. Madame Aubert me rappelait et je lui mentais en lui disant qu'on n'avait rien à signaler, trop lâche pour lui dire que je mourais de peur de m'informer. À cinq heures du matin, n'y tenant plus, j'ai téléphoné à Rémi chez... l'autre. Je l'ai sorti d'un bond du lit de sa maîtresse. Entre-temps, Richard avait téléphoné à sa mère de l'hôpital. Il pleurait, pleurait, il criait "Marie" sans lui dire ce qui s'était passé. Madame Aubert s'était rendue à son chevet sans m'informer de ce qui se passait. Elle voulait m'éviter l'angoisse, la crise, et comme elle ne savait pas encore... Rémi est arrivé, il était blanc comme un drap. Il a téléphoné aux autorités qui lui ont appris qu'un accident de la route s'était produit. Il criait : "Et ma fille ? Où est ma fille ?" On a dû lui répondre sans ménagement puisqu'il a échappé le récepteur et qu'il s'est tenu après la porte pour ne pas tomber. Je lui criais : "Qu'y a-t-il, Rémi ? Qu'est-il arrivé ?" Il pleurait, il avait peine à parler, mais il trouva la force de me dire : "Un accident, Laurence." Prise de panique, j'ai crié : "Et Marie ? Où est Marie ? À l'hôpital ?" Il avait baissé la tête, l'avait relevée, m'avait regardée les yeux remplis de larmes. Je me sentis défaillir, mais je résistai pour lui demander : "Elle n'est pas... elle n'est pas..." Je ne parvenais pas à prononcer le mot. Il avait baissé la tête de nouveau, il s'était retenu au cadre de la porte pour ne pas tout voir tourner et il s'était remis à pleurer comme un enfant. J'ai tressailli de tous mes membres. J'avais compris. J'ai vu le plafond tournailler, j'ai senti mes jambes céder et je suis tombée sans connaissance.

La journée fut sans merci. Je reprenais conscience, je hurlais, je pleurais et je reperdais conscience. Un autre réveil et je criais : "Pas Marie, ça ne se peut pas ! Pas ma petite perle !" sans savoir qu'elle était morte au fond d'une rivière. Je me souviens du docteur Desforges à mon chevet, des calmants qu'il me faisait prendre et, à travers cet état second, j'entendais : "Richard s'en est sauvé de justesse." Rémi était sans cesse à mes côtés. Attentif, mais secoué par le drame. Je l'entendais gémir, se plaindre, parler au docteur, et lui dire entre ses sanglots : "Elle qui avait si peur de l'eau... Comme c'est injuste ! Il n'y a pas de bon Dieu, sacrement !" Le docteur tentait de le calmer, mais c'est à demi inconsciente que j'ai appris que ma petite sœur était morte noyée, à la suite d'un accident de la route. Comme mes parents ! La neige glissante avait eu raison d'elle comme elle avait eu raison d'eux jadis. Damnée voiture ! Chienne de glace !

Maudite neige ! Ah ! Vincent, si vous saviez comme j'ai maudit le sort dans mon cœur. Et ce n'est que très tard que Rémi m'avait raconté brièvement ce qui s'était passé. Avec ménagement, sans entrer dans les détails de cette mort effroyable. Je me souviens d'avoir pleuré, pleuré, au point de changer trois fois d'oreiller. Rémi ne m'avait pas quittée d'un pouce. Il me passait la main dans les cheveux et, à travers ses pleurs, il me disait : "Nous devrons être forts, Laurence. Pour Marie, pour Richard. Le pauvre, il est dans un bien piètre état. Il est en train de devenir fou, de perdre la raison." Et, dans ma douleur, un cri de hargne est sorti : "Oui, mais il est en vie, lui !"

C'est Rémi qui a eu la lourde tâche d'aller l'identifier à la morgue. Je ne sais pas comment il a fait, il était encore sous le choc. Il a failli s'écrouler lorsqu'on a soulevé le drap qui recouvrait son corps. Sa perle, sa petite perle, était partie à tout jamais. On lui a remis ses effets. Tous, sauf sa bague de fiançailles qui avait été emportée par les flots après s'être échappée de l'annulaire sous la violence de l'impact... ou lorsque Richard lui tirait fortement la main. Comme si le gage de son bonheur se devait de naviguer sans trêve. Et c'est Rémi qui s'est occupé du salon mortuaire, de la pierre tombale, des arrangements. Je n'en avais pas la force. J'étais au lit et je revoyais Marie depuis sa tendre enfance. Les images défilaient et me crevaient le cœur. Marie, petite ballerine, Marie, patineuse de fantaisie, puis, une image noire. Celle de la glace de ses arabesques qui fondait sous ses lames. Marie qui avait peur de l'eau... Si vous saviez comme j'ai souffert, Vincent. Je la revoyais radieuse, je la revoyais heureuse, à deux pas du bonheur, choisissant ses fleurs... Je n'ai pas renié ma foi, mais je LUI ai demandé maintes fois "Pourquoi ?" en pleurant de toute mon âme. Elle était morte et je n'arrivais pas à le croire. Il me semblait entendre encore sa voix, sa douce voix, son... "À ce soir, Laurence." Marie était morte et, malgré mon désespoir, on me demandait d'être forte.

C'est à cercueil ouvert qu'elle a été exposée. Trois longues journées. Comme pour nous faire souffrir davantage. J'avais donné à Rémi sa plus belle robe blanche. J'avais aussi demandé que le cercueil soit blanc et couvert d'un coussin de roses blanches. Elle allait partir vierge et pure tout comme sa patronne, la mère de Dieu. Marie, ma petite perle, ma petite sainte, qui n'avait connu l'amour que dans son cœur. J'avais demandé qu'on laisse, ses longs cheveux blonds tomber sur ses épaules. Dans ses mains jointes, j'ai voulu qu'on dépose le chapelet de ma mère et une rose blanche. Je la voulais encore plus belle morte que vivante. Mais quand je l'ai vue, j'ai failli perdre conscience. Puis, appuyée sur Rémi, je me suis jetée sur elle en pleurant. Je criais à fendre l'âme : "Non, Marie, ne pars pas, ne me laisse pas, que vais-je devenir sans toi ?" Dans ma détresse, j'en ai honte, je pensais encore à moi. Sans penser à elle qui avait dû rendre l'âme dans une frayeur épouvantable. Mais, si elle avait eu peur, rien n'y paraissait plus. On pouvait discerner un sourire de béatitude sur ses lèvres. Je ne vous mens pas, Vincent, dans ce cercueil, c'était un ange du ciel qui reposait. Une fleur de vingt ans que Dieu voulait sans doute pour son jardin céleste. Le docteur Desforges et sa dame sont venus s'agenouiller le premier jour. Ils pleuraient tous les deux, et le brave médecin ne trouvait pas les mots pour m'exprimer sa peine. Rémi était sans cesse à côté du cercueil. Les yeux dans le vide, à contempler sa perle, "sa fille". Tout comme moi, c'était son enfant qu'il perdait. Il était triste, pensif et beau dans sa douleur. Je le regardais, il venait vers moi parfois, il me serrait dans ses bras et nous pleurions ensemble. Ah ! cette étreinte dans une mer de larmes... Si seulement rien n'avait entravé notre amour... Comme je l'ai aimé, d'être là tout contre moi. Comme je l'aimais...

Madame Aubert était inconsolable et Marlène pleurait, soutenue par son conjoint, mais Richard n'était pas encore venu. Il était abattu, sous surveillance, il était dans un bien triste état, selon sa mère. Il viendrait demain, accompagné de son médecin. Il était au bord de l'abîme... Les collègues de patin sont tous venus ensemble, le professeur inclus. Et c'est Jocelyn, le cœur au bord des lèvres, qui déposa l'arrangement floral en forme de patin signé par tous les membres de la troupe. Bernie, son premier patron, est venu se pencher sur la tombe de Marie. Il était navré, il ne savait que dire. Mais Luigi Bonani n'est pas venu. Il ne s'est même pas manifesté par une gerbe. Il avait quitté son emploi, et Bernie avait perdu sa trace. L'a-t-il seulement appris ? L'a-t-il seulement pleurée ? On ne le saura jamais. Je me suis même demandée s'il n'avait pas préféré la voir entre les mains de Dieu plutôt que dans les bras d'un autre. Tant de monde, Vincent, la paroisse entière, les amis d'enfance, les curieux, les confrères de travail de Rémi, ça venait de partout. Tous ceux et celles qui l'avaient aimée et qui étaient dignes d'elle. Tous, sauf la traînée de mon mari et... Colette. »

— Quoi ? Sa propre sœur ? Elle ne s'était même pas dérangée ?

— Elle l'aurait certes fait, Vincent, si elle l'avait appris.

— Que voulez-vous dire ?

— Rémi voulait la joindre, la prier de venir, mais je l'en ai empêché. Je lui ai fait jurer sur la tombe de Marie de ne pas la prévenir. Il ne l'a pas fait, mais il m'a trouvée dure, impitoyable et inhumaine. Et, croyez-moi, j'allais payer chèrement ce geste.

« Le troisième jour, j'étais au bout de mes forces. Je n'osais plus m'approcher du cercueil, j'avais tant pleuré que j'en avais la gorge nouée. Je la voyais de loin, les mains jointes, les cheveux blonds, la tête appuyée sur le coussin de satin. Pas même défraîchie. Aussi belle qu'une rose blanche éternelle. Mais ce jour-là allait me secouer de tout mon être. Madame Aubert m'avait murmuré : "Richard s'en vient. Ce sera terrible pour lui. La détresse du survivant..." et elle s'était mise à pleurer. Il arriva, soutenu par un médecin et par Jean-Luc, le conjoint de Marlène. Dès qu'il entrevit le cercueil blanc au fond du très vaste salon, il se mit à hurler : "Marie, non ! Marie, dis-moi que ce n'est pas vrai !" Il avait le teint livide, les yeux troubles, il était bourré de calmants. On voulait le retenir, mais il insista pour se rendre jusqu'à elle, et c'est soutenu des deux côtés qu'il se traîna jusqu'à la tombe. On aurait pu entendre une mouche voler si ce n'eût été des larmes étouffées de sa mère, de mes gémissements retenus et des pleurs discrets de tous les visiteurs. C'était déchirant. Couché sur la poitrine de sa fiancée, ses mains sur les siennes, il pleurait, il criait : "Pardonne-moi, mon adorée. C'est moi qui t'ai tuée. Pardonne-moi, ouvre les yeux, je t'aime tant, je ne pourrai pas vivre sans toi." Nous étions tous saisis d'émotion. Je sentais mes jambes fléchir, j'avais peine à le regarder. Sa mère ne put supporter la scène, on dut la conduire jusqu'à l'extérieur, dehors, en plein froid, pour qu'elle n'entende pas son fils hurler sa peine. Et c'est Marlène, plus forte que nous tous, qui s'approcha de lui et qui réussit à lui délier les mains de celles de la morte. Il les tenait avec tant de force, il les portait à ses lèvres si fermement, que le chapelet de ma mère était tombé sur la robe de la défunte et qu'un pétale s'était détaché d'une des roses blanches. Marlène voulait l'entraîner, mais il s'accrochait encore au cercueil et criait : "Marie, ne m'abandonne pas, nous allons nous marier. Marie, qu'est-ce que j'ai fait là... J'aurais dû mourir avec toi ! Je t'ai laissée seule au fond de la rivière, je n'aurais pas dû te quitter. J'ai été lâche, Marie ! C'est moi qui ai causé ta mort, mon adorée. Parle, réponds-moi, ne garde pas les yeux fermés ! Pourquoi, Marie ? Pourquoi toi ? Pourquoi nous ? Que vais-je devenir sans toi ? Je t'aime tant... Prends-moi, Marie, emmène-moi avec toi, ne me laisse pas seul, ne me fais pas ça, Marie ! Maudit soit le ciel..." Une scène pathétique, une souffrance indescriptible. Il fallut l'arracher à elle, l'asseoir sur une chaise, lui faire une injection et le ramener, presque mort de chagrin, jusqu'à la maison. À demi conscient, avant de sortir, il m'avait vue et m'avait murmuré, les yeux remplis de larmes : "C'est de ma faute, Laurence, j'ai tué ta petite perle, ma fiancée, je ne mérite pas de vivre..." Et c'est soutenu par le bras de son médecin que Richard sortit du salon mortuaire. »

Laurence avait perdu le souffle. Sa plaie était encore si vive qu'elle se tordait de douleur sur sa chaise. Elle se tenait le ventre, ses yeux étaient inondés de larmes. La violence de la narration avait été trop forte pour son pauvre cœur. Elle avait tout sorti d'un trait et là, écrasée par l'effort, Vincent craignait qu'elle ne s'affaisse. Ému jusqu'aux tripes, remué par le récit tragique, il enlaça la vieille dame et la laissa déverser le flot de sa tristesse au creux de sa poitrine. Elle pleura jusqu'à ce que la dernière larme lui brûle la paupière. Puis, la tête appuyée sur le dossier de la chaise, elle se calma, s'apaisa, retrouvant peu à peu sa respiration. Laurence venait de revivre, comme si c'était hier, le plus dur calvaire de son passé. Elle qui avait, en vain, tenté d'oublier depuis des années. Elle qui s'était juré de ne jamais en reparler et qui venait de traverser pour la seconde fois le passage de sa douleur la plus amère.

Vincent lui avait dit : « Reposez-vous, épargnez-vous, épargnez-moi, Laurence. Je sens que je ne pourrais plus... J'ai le cœur en lambeaux, ma douce. » Le mot tendre, le mot gentil qui fit que Laurence posa sa main dans la sienne. Puis, levant les yeux, elle murmura : « Laissez-moi continuer, Vincent. Demain, je ne sais si je pourrai, rien ne sortira plus de ma bouche. » Vincent craignait qu'elle ne s'écroule, mais la brave dame lui susurra : « Laissez-moi... Le pire est passé. » Elle se leva péniblement, marcha de long en large, et l'écrivain lui versa un thé glacé pour sa gorge asséchée. Puis, dans son fauteuil, les yeux fermés, elle marmonna d'une voix quasi brisée...

« Le jour des funérailles fut triste, si triste qu'il m'est pénible de le décrire. L'église était remplie à craquer, les cloches tintaient et, à l'entrée du cercueil, les larmes prirent la relève. J'étais au premier banc, soutenue par Rémi qui se serrait les mains de douleur. De l'autre côté, madame Aubert, sa fille, le conjoint... Personne n'osait me regarder de peur de raviver l'émoi. Vêtue de noir, les yeux dans le vide, je voyais sans les voir les roses blanches sur la balustrade. Celles qui devaient orner l'église le jour de son mariage. Le regard voilé par les larmes, je discernais à peine les visages des gens présents. Celui du docteur Desforges empreint de tristesse, celui de son premier patron, les yeux baissés. Et j'entrevoyais Jocelyn qui déposait des fleurs au pied de la statue de la Vierge Marie. Le parfum des fleurs, l'arôme de l'encens, j'avais peur que mon cœur se vide de sa détresse. J'ai vécu ces funérailles comme on traverse un mauvais rêve. J'étais, mais... je n'existais pas. Il m'a fallu m'asseoir quand une voix de soprano, semblable à celle de Mathé Altéry, entama l'*Ave Maria* de Gounod. Rémi me serrait dans ses bras. Sans lui, je me serais affaissée. Un long sermon, des toussotements, la messe des morts, je n'entendais rien ou presque. J'avais les yeux fixés sur le coffre blanc contenant la dépouille de Marie. Et ce n'est qu'en sortant de ce cauchemar, que je me rendis compte que Richard n'était pas là. Son désespoir l'avait jeté dans une sombre dépression. Il ne parlait plus, il ne mangeait plus, il n'était plus que l'ombre de lui-même. Alité, drogué jusqu'à la moelle, un médecin était sans cesse à son chevet. La mise en terre de sa fiancée l'aurait tué. Il survivait à peine à celle qu'il aimait tant. Anéanti, blessé jusque dans l'âme, on craignait même pour lui. Il l'avait tant aimée, il l'adorait encore, et je pleurais sur lui, non plus sur elle, d'avoir à vivre un tel calvaire. Et je me souviens de la dernière rose blanche déposée sur son coffre. La neige fine l'humectait, cette neige aussi blanche que l'émail du cercueil. La dernière rose et je ne bougeais pas. J'avais à peine eu le temps de lui dire : "Adieu, Marie." Ce fut l'enterrement le plus éprouvant de ma vie. Pire que celui de mes parents. C'était ma petite fille que l'on portait en terre.

Trois jours plus tard, la plaie encore très vive, je me sentais si seule que j'en voulais à Dieu de me l'avoir ravie. Sans Marie, j'étais désemparée. Sans ma petite perle, la vie n'avait plus aucun sens pour moi. En la perdant, je savais que mon sentier serait désormais désert, qu'elle ne serait plus là pour me prendre par la main. Sans elle, j'étais perdue... même si Rémi était là. Il ne me quittait plus, il veillait constamment sur moi. Pour alléger ma peine, en souvenir de Marie. J'avais même oublié que "l'autre" l'attendait. Mais après les méandres de ma douleur, ce fut, hélas, le retour à la réalité.

Par un matin d'avril, je m'aperçus que je ne pouvais plus vivre sous ce toit. Je voyais chaque jour sa chambre, j'étais clouée de chagrin devant tous ses effets personnels. C'était comme si son âme me suivait pas à pas. Le même soir, j'avais dit à Rémi :

— Il faut vendre, quitter cette maison. Je n'en peux plus, je la vois sans cesse...

— Allons, chérie, avec le temps...

Le mot de trop. Le mot doux qu'il n'avait jamais employé pour moi. Le mot qu'il chuchotait à l'autre. Celle qui souffrait de son absence, celle qui l'attendait en silence.

— Si tu ne vends pas la maison, je pars, Rémi. De toute façon, je pars…

Il m'avait regardée, il avait soupiré, il avait tenté une dernière fois.

— Je suis prêt à la quitter, Laurence, à tout recommencer avec toi. Ce drame, nous avons à le vivre ensemble. Je vendrai la maison s'il le faut, mais de grâce…

Je l'avais brusquement interrompu.

— Non, Rémi, c'est fini. Retourne auprès d'elle et sois heureux. Moi, je veux rebâtir ma vie, voler de mes propres ailes. Tu m'as soutenue, merci, mais pars tel que prévu. C'est fini entre toi et moi, Rémi, à tout jamais.

J'aurais pu le garder, j'aurais pu flancher car, au fond, je l'aimais encore… Mais je ne voulais pas d'un époux qui reste par compassion. Je ne voulais pas de sa pitié ! Son erreur a été de ne pas me dire "je t'aime" à ce moment-là. Je voulais être libre, détachée de lui après avoir été enchaînée. Sans Marie, plus rien ne me retenait à lui. Il l'a certes compris puisqu'il est parti. La tête basse comme celle d'un condamné à mort. Sans doute avec quelques remords, mais sans me dire "je t'aime encore", lui qui ne m'aimait plus. Il a vendu la maison, mais il a été juste et équitable. Il m'a fait parvenir la moitié de la somme récoltée. J'ai déniché un appartement, j'ai repris mon travail et j'ai foncé dans l'existence même si, chaque soir, je pleurais, de Marie… l'absence. Rémi est retourné auprès de Michèle Verdois. C'était là son destin, sa nouvelle vie, et je ne lui en ai pas voulu. Le vent avait tourné. Après l'avoir si jalousement aimé, soudain, je ne l'aimais plus… et je l'aimais encore. Perturbée, dérangée, je ne savais pas pourquoi, j'étais encore "la folle à lier"... du verbe aimer. »

Laurence s'était tue. Ses yeux étaient tournés vers un passé si lointain... Mais Vincent sentait qu'elle souffrait. L'amour s'était peut-être éteint au fil des ans, mais elle n'avait jamais oublié... Rémi.

— Et Richard, le fiancé, le...

— Il n'est jamais revenu. Je ne l'ai jamais croisé, je ne l'ai jamais revu. Sa mère m'avait écrit un mot : *Il est encore souffrant, il remonte la pente peu à peu, mais vous revoir raviverait le drame. Il pense à vous, Laurence, mais il se meurt encore d'elle.* Je n'ai pas insisté. Richard ne méritait pas un tel sort. Il avait tant pleuré, tant souffert, il fallait qu'il retrouve sa vie. Et comme il avait aimé Marie de tout son être, j'étais certaine qu'elle était allée au ciel... avec lui dans son âme.

Laurence semblait complètement épuisée.

— Je suis fatiguée, si fatiguée, Vincent. Je viens de traverser de durs moments.

— Je vous comprends, Laurence. Un tel bouleversement... Que diriez-vous si, gentiment, nous allions tous deux nous remettre de ces émotions ?

— Non, je n'en ai plus la force... Oubliez le restaurant, Vincent, je ne pourrais pas avaler la moindre bouchée. Ramenez-moi, vous voulez bien ?

— Si tôt, Laurence ? Et dans cet état ?

— Ramenez-moi, je vous en prie. Laissez-moi partir, Vincent. J'ai... j'ai peur de mourir !

Chapitre 12

Vincent Danin, la mort dans l'âme, avait écrit sans répit. Il lui avait été pénible de revivre avec la plume la tragédie qui avait emporté Marie. Que d'émotions à rendre, que de durs moments à reprendre. Trois jours plus tard, il avait déposé la plume en s'essuyant les yeux. L'écrivain d'antan, au-dessus des sentiments, avait le cœur tendre et fragile en vieillissant. De plus, il songeait à Laurence. Cette femme qui l'indisposait et qui l'envoûtait à la fois. Comme elle avait dû souffrir de la perte de sa petite perle et de celle de son mari en même temps. Quoique ce dernier, bien intentionné, n'avait pas été tout à fait le sans-cœur qu'elle avait décrit. Il avait dû pâtir autant qu'elle de ce deuil si cruel. Marie était sa « petite fille », sa protégée. Il avait consacré sa jeunesse à l'élever, pour qu'elle ne manque de rien, pour qu'elle ne sente pas le vide laissé par la mort de ses parents. Il s'était même oublié pour elle, avalant sans mot dire le mépris de Laurence. Et il avait fini par penser à lui, à son bien-être, à son bonheur... Non ! Vincent n'allait tout de même pas éprouver de la compassion pour celui qui avait eu tant d'emprise sur celle... Il songeait, il se retenait, il avait failli penser « celle qu'il aimait ».

Depuis le lourd témoignage qui l'avait mise à l'épreuve, depuis son départ précipité de chez Vincent, en proie à un malaise causé par l'émotion, Laurence ne s'était pas manifestée. Inquiet, Vincent avait tenté de la rappeler, mais sans succès. Elle était absente, ou la ligne était occupée. Elle lui avait dit : « Je vous rappellerai, nous reprendrons le travail... » et lui, affairé à rédiger, n'avait pas vu le temps passer. C'était toujours au bout de son encre, devant une prochaine page vierge, qu'il regardait le calendrier. Et c'est en ce lundi 21 août 1995 qu'il reçut des nouvelles de la dame. Au bout du fil, une voix plaisante.

— Dites donc, monsieur Danin, on n'a plus besoin de sa narratrice ?

— Laurence ! Vous, enfin ! Votre récit n'est pas terminé, à ce que je sache. Et puis, peu importe l'ouvrage, si vous saviez comme votre présence me manque.

Laurence ne releva pas la dernière remarque et s'empressa de lui demander :

— Demain, alors ? Qu'en pensez-vous ? Je pourrais me libérer pour la journée.

— Et quelque peu pour la soirée ?

— Oui, si le cœur vous en dit.

— Et comment donc, madame ! Vous vous sentez bien ? La santé...

— Je me porte à merveille, Vincent. Je me suis reposée, ça m'a permis d'oublier, d'ensevelir le déchirement. C'était un dur cap à franchir, vous savez.

— Oui, je sais, et Dieu merci, c'est fait. Nous poursuivrons plus à l'aise...

— Reste à voir ! L'histoire de Marie ne prend pas fin avec sa mort, vous savez, il y a les autres...

— Et j'y tiens, Laurence, si vous voulez bien m'ouvrir grand les volets.

— Vous passerez me prendre ? Je serai prête dès le petit matin.

— Comptez sur moi. Et comme le temps sera plus frais, je commanderai un souper du traiteur. Du poulet aux amandes, un bon petit vin blanc.

— Pourquoi ? Je peux très bien cuisiner ! Pourquoi ces folles dépenses ?

— Allons, Laurence, laissez-moi vous gâter un peu. Vous refusez sans cesse le restaurant, vous préférez l'intimité. Et puis, vous aurez le petit goûter à préparer.

— Bon, comme il vous plaira, Vincent. Étant votre invitée...

— Heureux de vous l'entendre dire. Donc, demain très tôt ?

— Oui, avec la pluie ou le soleil, qu'importe ! J'ai hâte de vous revoir...

Il était stupéfait. Avait-il bien entendu ? Était-elle sincère ? Était-ce une formule de politesse ? Il se terra dans un silence rompu par l'inquiétude de la dame.

— Vous êtes encore là, Vincent ?

— Oui, Laurence, et j'ai une folle envie de vous revoir, moi aussi.

Il était allé la chercher très tôt après un hâtif petit déjeuner. Laurence était radieuse et affichait le sourire de ses beaux jours. Vêtue d'un tailleur gris, elle avait épinglé sur le collet une jolie broche en forme de bouquet. Bien coiffée, maquillée, les marques de la douleur du dernier entretien s'étaient volatilisées. Le temps était plus frais, le vent était discret et caressant. Laurence avait opté pour le fauteuil de la véranda. Pas le parasol du quai, qui n'allait pas de pair avec sa tenue vestimentaire. Vincent était tout de noir vêtu. Le pantalon comme la chemise à manches longues. Les cheveux plus longs, soigneusement placés, il offrait l'image de l'artiste qu'il était. Les mots de convenance, les jus de fruits, les violons de Paganini, et c'est dans cette atmosphère apaisante que Laurence Mousseau-Pratte replongea dans son récit.

« Après son départ de la maison, installé chez sa maîtresse, Rémi avait cru bon d'aviser Colette de la mort de Marie. Ne me demandez pas où il avait trouvé son adresse, je ne le sais pas, elle habitait Las Vegas. Il l'a sûrement dénichée dans le carnet d'adresses de ma petite perle. Un carnet que je n'ai d'ailleurs jamais retrouvé. Tout s'était fait si vite. La vente de la maison, tout comme l'appartement que j'avais loué non loin du lieu de mon travail. Il allait de soi que Rémi savait où j'allais habiter. Après tout, j'étais encore sa femme puisqu'il n'était pas question de divorce entre nous. Il ne comptait pas épouser Michèle Verdois, et je n'avais nullement l'intention de me remarier. Une simple séparation, pas même légale, car Rémi avait le sentiment qu'un jour... À moins que le ciel lui donne des enfants, bien entendu. Un drôle d'arrangement, Vincent. Je ne l'aimais plus, il ne m'aimait plus, mais on s'aimait encore. Comme si tout ce qui allait arriver allait se vivre entre parenthèses. Pourtant, nous avions convenu de refaire chacun notre vie. Quel drôle de couple, quelle sordide situation que la nôtre. À la vie, à la mort, sans être unis de corps. Toujours est-il qu'après notre rupture, à peine installée dans mon nouveau logement, je recevais une lettre de Colette à ma nouvelle adresse. Une grande enveloppe jaune avec des timbres américains. J'avais peur de l'ouvrir, ça sentait le fiel. »

— Tenez, Vincent, je l'ai toujours gardée, prenez-la, lisez, vous déduirez ensuite.

Vincent prit l'enveloppe, en sortit la lettre écrite sur un papier jaune et put lire :

Las Vegas, le 15 mai 1957

Laurence,

J'ai mis du temps à t'écrire, car je n'avais pas la force de le faire. Ma main tremblait, j'avais le cœur en miettes, je voyais Marie dans son cercueil blanc. Rémi a eu la délicatesse de tout m'apprendre, doucement, avec ménagement. J'ai pleuré, tu ne peux pas savoir. J'ai hurlé, j'ai crié et, ensuite, seule dans ma maison, j'ai sacré, j'ai blasphémé... j'ai craché sur toi ! Comment as-tu pu être aussi odieuse, aussi cruelle ? Comment as-tu pu me laisser en dehors de cette épreuve comme si Marie avait été une étrangère ? À vingt ans, à deux mois de son mariage, ma petite sœur perd la vie et on l'enterre sans moi, sa sœur, son sang ! Rémi s'est excusé, il m'a dit que dans l'énervement, dans la peine, et comme j'étais au loin... Mais je sais, Laurence, que c'est toi qui n'as pas voulu que je revoie Marie une dernière fois. Ah ! tu t'es bien vengée, crois-moi, de mon indifférence, mais ce que tu as fait est ignoble, inhumain, sans conscience, sans la moindre parcelle de cœur. Tout ce que j'ai d'elle, c'est la carte mortuaire que Rémi a incluse dans sa lettre. Tu m'as empêchée, Laurence, de la revoir une dernière fois, de pleurer sur son visage d'ange, inerte, les yeux fermés. Si tu savais tout le mépris que j'ai pour toi. Il me faudrait un dictionnaire pour te cracher chaque mot sale en plein visage !

Mais tu t'en repentiras, Laurence. Toute ta vie ! C'est sur terre que l'on expie le mal qu'on fait aux autres. Tu seras seule jusqu'à la fin des temps, tu seras sans amour parce que le ciel t'a déjà tout repris. Ton mari et ton « enfant ». Et là, je me retiens ! Je me retiens à la douce mémoire de Marie. Tu savais, Laurence, qu'elle se rapprochait de moi, qu'elle ne m'avait pas oubliée, que j'étais aussi sa sœur et qu'elle m'aimait. Elle m'a écrit nombre de fois en cachette parce qu'elle avait peur que tu découvres ses lettres. Tu m'as déjà dit t'être sacrifiée pour nous ? C'est faux, Laurence ! Tu nous as eues sur les bras et tu as joué à la mère avec nous. Avec moins de tendresse que

maman puisque je n'ai jamais eu la moindre caresse de toi.
Tu nous as prises sous ta tutelle parce que tu n'avais pas le
choix. Et, pour ma part, j'ai eu beaucoup plus de tracas que
de joie avec toi. Tu m'as toujours haïe parce que j'étais un
obstacle à ta vie de couple ; tu avais tellement hâte que je te
débarrasse de ma présence que j'ai tout fait pour mal tourner.
Sans Rémi, sans son support, je me serais pendue à quatorze
ans ! J'y ai pensé, je te le jure ! Pour être délivrée de toi ! Tu
t'es occupée de « ta perle » parce que tu l'as prise aux couches,
elle. Elle remplaçait l'enfant que le bon Dieu te refusait. Mais
moi, du haut de mes neuf ans, je ne pouvais pas te considérer
comme ma mère. J'avais connu maman, moi, je l'avais pleurée,
Laurence, mais dans ton égoïsme, les rênes en main, tu n'as
jamais pu voir mes larmes. Si seulement tu m'avais aimée, si
seulement tu t'étais penchée, mais non, dès mon jeune âge, tu
m'as toujours bafouée. Et c'est pour ça que je suis tombée dans
les bras du premier gars qui m'a dit « je t'aime ». J'avais besoin
d'être cajolée, admirée, complimentée et tu me piétinais sans
cesse. Enfant mal aimée, j'ai voulu plaire, j'ai voulu faire mes
preuves et c'est pour ça que je suis devenue Lola ! Si au moins tu
m'avais aimée, Laurence, si seulement tu m'avais souri comme
maman le faisait, jamais je ne me serais avortée ! J'ai mutilé
mon corps de femme par ta faute ! Tu m'aurais reproché toute
ma vie d'avoir engendré un bâtard ! Une « mère », toi ? Non,
Laurence, un monstre de femme qui, férocement, égoïstement,
faisait tout ce qui lui plaisait de Marie. Pauvre petite perle ! Elle
a même abandonné sa carrière, sa passion, son patin, de peur
de te déplaire. Je la savais sous ton emprise, ça transpirait dans
ses lettres.

Elle devait venir me voir, tu sais. Avec Richard, dès qu'ils
seraient mariés, dès qu'elle serait sortie de ta tutelle. Elle voulait me revoir et je n'ai même pas reçu de faire-part pour son
mariage. Crois-tu que je ne sais pas qui lui a fait obstacle ?
Toi, Laurence ! Pour me punir davantage de t'avoir tenu tête,
de n'avoir pas fléchi sous tes gifles et tes coups de fouet en plein

cœur. Et là, le bon Dieu t'a punie, Laurence. Il t'a ravi Marie, ta raison d'être, ton existence. Comme tu as dû hurler d'angoisse de la savoir dans le néant. Comme tu as dû pleurer, mais ce n'est pas fini, tu pleureras sur toutes tes fautes, toute ta vie. Rémi est parti. Il vit avec une autre, je le sais. Enfin délivré de sa sorcière et de ses coups de balai. Ton beau Rémi, Laurence ! Celui que tu injuriais dans ta jalousie maladive et qui, maintenant, coule des jours heureux avec une autre femme. Son supplice est fini, Laurence ! Ton beau Rémi, ton « objet », ta « possession » s'est enfin débarrassé de son poison pour trouver l'amour dans toute sa force dans le lit d'une autre. Une autre qui l'aimera comme tu n'as pas su l'aimer. Lui aussi, Laurence, c'est le bon Dieu qui te l'a arraché ! Je t'entends crier « la garce », « la traînée », mais que m'importe, j'ai entendu ces mots et d'autres pires encore depuis ma tendre enfance. Dès que tu as mis la patte sur moi comme une tigresse enragée ! Et, vois-tu ? Malgré mon passé et mon peu d'instruction, j'ai une vie plus heureuse que la tienne. Je suis redevenue la Colette de maman, sa « grande », qu'elle voulait voir heureuse. Je le suis devenue malgré toi, Laurence ! Je n'irai pas plus loin, ça n'en vaut plus la peine. Avec la mort de Marie, je viens de perdre ma sœur unique. Je suis sans famille désormais et je vivrai très bien avec ce fait. Oui, je vais écrire de temps en temps à Rémi. Parce que lui, sans lien sanguin, a été plus « un père » pour moi que tu n'as su être « une mère ». Je l'ai même invité avec Michèle. Vois-tu ? Tu as tout perdu, Laurence ! Parce que la « garce » de la famille, ce n'était pas moi, mais toi ! Et maintenant que Marie est partie sans que je puisse déposer un baiser sur son front, je te renie, Laurence ! Jamais plus tu n'entendras parler de moi. Jamais plus le moindre lien même si j'apprenais que tu es vieille, ridée, seule et dans la dèche ! Ce n'est pas Marie, c'est toi, Laurence, qui es morte, pour moi ! La seule chose que j'espère, c'est que sur ton lit de mort, on te fasse la charité de te donner l'absolution !

Colette

Vincent ne savait que dire lorsqu'il plia la lettre pour la remettre à Laurence. Elle le regardait, elle avait gardé son sang-froid, elle attendait ses commentaires. Penaud, s'efforçant de juger, lui qui prônait qu'il fallait comprendre, il murmura :

— Assez cruelle, cette lettre...

Elle le toisa du regard et lui déclara sans broncher :

— Cruelle, mais juste ! Je venais de payer cher mon geste impardonnable. Elle savait que j'allais souffrir, que j'allais croupir dans la solitude et elle n'avait pas tort. Puis, je m'étais mise à jurer contre Rémi. « L'ingrat ! L'écœurant ! Le chien sale ! » Il avait prêché pour sa paroisse ! Et, seule dans mon petit vivoir, je m'étais mise à pleurer. Pas de peine, mais de remords, Vincent. Elle m'avait dardé en plein cœur, mais elle n'était pas dans l'erreur. Je n'avais toujours pensé qu'à moi en prétextant penser aux autres. J'étais une égoïste, une malade, mais trop fière pour l'admettre. Ne venais-je pas de perdre les deux seuls êtres qui m'étaient chers ? Colette avait raison, c'était ma punition du ciel. Et ce soir-là, pour la première fois, je n'ai pas prié ma petite sœur pour qu'elle m'aide à m'en remettre. J'avais honte de moi, Vincent. Même si, de là-haut, dans son indulgence, je le sentais, Marie compatissait.

Laurence avait remis la lettre dans son sac à main, froissée, enfouie sous les babioles et les fioles de pilules. Elle regarda Vincent et lui murmura : « Vous savez, je ne sais plus que dire. L'histoire de Marie est terminée. Elle repose dans un cimetière depuis trente-huit ans. Si Dieu lui avait prêté vie, elle aurait cinquante-huit ans maintenant, elle serait sans doute mère et, qui sait, grand-mère de petits-enfants que j'aurais choyés avec elle. Et je suis sûre qu'elle serait encore belle. Un tel visage ne flétrit pas avec le temps. Mais le ciel ne l'a pas voulu. Je présume que le bon Dieu la voulait au moment où elle avait une paire d'ailes pour en faire son plus bel ange... Ah ! je me demande pourquoi j'ai conservé toutes ces lettres. Certaines sont si brutales qu'elles ne font que tourner le fer dans la plaie. Et cette photo de mariée que Marlène m'avait fait parvenir sept ans plus tard. Cette photo où elle était déjà seule dans sa robe blanche. Comme si la caméra savait qu'elle n'allait jamais capter le bien-aimé. Que de douleur lorsque je la regarde, mais c'est la seule et dernière souvenance que j'ai de ma petite perle au seuil de son bonheur. Et c'est là le seul souvenir qui me tienne vraiment à cœur. »

— Vous n'avez jamais eu de nouvelles de Richard, Laurence ? Est-il encore vivant ?

« J'ai eu de ses nouvelles une seule fois, par un mot de Marlène, glissé dans la même enveloppe qui contenait la photo de Marie. Après la mort de sa bien-aimée, Richard a dépéri, il a traversé une sévère dépression qui a duré trois ans. Il avait quitté son poste d'enseignant. Il vivait chez sa mère, et la pauvre madame Aubert a eu des cheveux gris à le voir perdre peu à peu la raison. Il avait les yeux dans le vide, il ne voulait voir personne et, quand le drame refaisait surface, il le noyait dans l'alcool et les calmants. Sa mère avait vendu la maison qui devait abriter leur bonheur, et c'est peu à peu, aidé de Marlène et de ses collègues qui étaient ses amis, qu'il a remonté la pente. Mais il a souffert terriblement de cette perte dont il se sentait si coupable. Marlène m'avait dit qu'à force de soins et de médicaments de taille, il avait fini par vaincre son tourment. Et c'est avec des larmes dans les yeux qu'il avait dit à sa mère un beau matin : "Je vais reprendre l'enseignement, mais pas ici. Il faut que je m'éloigne, que je me dépayse, que je ne revienne plus ici pour quelque temps." Il a vaincu ses viles dépendances, il a plié bagage et il est allé s'installer dans une petite ville de la Saskatchewan. Il a trouvé un poste d'enseignant dans une école primaire où le français était au programme. Puis, il a rencontré une enseignante qui venait de l'Alberta. Peu à peu, ils se sont fréquentés, ils se sont découvert des affinités et ils se sont mariés. Elle s'appelait Julie, je crois, et dans sa lettre, Marlène m'annonçait qu'ils étaient devenus les heureux parents d'une petite fille qu'ils ont prénommée... Marie. J'ai eu un choc ! Pourquoi avait-il fait cela ? Pourquoi avait-il choisi le prénom de celle qu'il tentait d'oublier ? Son épouse connaissait-elle la triste histoire de son passé ? Marlène me disait qu'ils semblaient heureux tous les deux, mais qu'elle n'avait jamais revu dans les yeux de son frère la lueur de son premier grand amour.

Mais il n'est jamais revenu ici, sauf une fois, pour les funérailles de sa mère. Je l'avais appris par les journaux, mais je ne m'étais pas manifestée. Tant d'années s'étaient écoulées et, pour rien au monde, je n'aurais voulu raviver un douloureux souvenir alors qu'il vivait un deuil. Puis, j'ai appris entre les branches, par une ex-collègue de travail, qu'il s'était exilé à Vancouver avec sa petite famille. Depuis, je n'ai jamais eu de nouvelles de lui ni de sa sœur. Est-il encore vivant ? Je ne saurais le dire, mais il est fort possible qu'il soit encore de ce monde. On ne meurt pas tous à la fleur de l'âge, vous savez. S'il était encore vivant, Richard n'aurait que soixante-trois ans, si mon calcul est juste. Un an de plus, un an de moins, qu'en sais-je, c'est si loin... Mais, ce dont je suis certaine, c'est que malgré sa femme, sa fille et d'autres enfants qui se sont peut-être ajoutés, Richard Aubert n'a jamais oublié Marie Mousseau. Il l'aimait trop ! Il l'aimait tant qu'il n'a jamais trouvé la force de venir déposer des roses blanches sur sa pierre tombale. »

Laurence échappa un soupir, prit une gorgée d'eau et avala une petite pilule jaune.

— Qu'est-ce que c'est ? lui demanda Vincent.

— Oh, une parmi tant d'autres. Pour mon arthrite, celle-là. Vous savez, à mon âge, on se doit de lubrifier tout ce qui peut encore se rafistoler.

— Que diriez-vous d'un petit goûter ? J'ai l'un de ces petits pâtés au saumon qui n'attend que le four. Il y a de la salade, des petits pains fourrés au thon. Juste un petit goûter que nous partagerons. Le grand souper de mon traiteur, c'est pour plus tard, pour ce soir...

Laurence sourit, se leva, se mit à la tâche et en moins de quinze minutes, le frugal repas était sur la table. Pendant qu'elle servait, discrètement, Vincent faisait tourner en sourdine le plus bel extrait de *Madame Butterfly* chanté par sa divine... corpulente.

— Vous croyez vraiment que je doive poursuivre ? Comme je vous le disais, l'histoire de Marie est sans histoire, hormis le drame. Cercueil fermé, que pourrais-je ajouter ? Je croyais qu'avec la conclusion sur Richard...

— Mais il n'y a pas qu'elle et lui, Laurence, il y a vous et... les autres. Vous n'êtes pas qu'un accessoire dans cette histoire. Vous avez vécu, vous avez poursuivi... Toutes ces années...

— Vous croyez que c'est important ? Qui donc voudrait savoir ce qui m'est arrivé ? Je ne suis pas l'héroïne de votre récit, Vincent.

— Qu'en savez-vous, ma douce amie ? Marie est partie à vingt ans et vous êtes encore là. Avec une vie derrière vous, avec les ans, les joies, les peines... Je vous en prie, allez jusqu'au bout de vous-même. On ne peut clore un tel récit aussi abruptement.

— Vous pensez vraiment que la suite peut intéresser, qu'on voudra savoir ?

— Ne serait-ce que pour moi, Laurence. Ne me laissez pas dans le noir quand vous avez encore devant les yeux les reflets de votre existence. Ne serait-ce que pour moi, je le répète. Ne serait-ce que pour leur dire que dans le miroir de Marie, on discernait aussi le visage de Laurence.

La septuagénaire avait souri. Elle aurait préféré clore sur ce dernier chapitre, mais elle sentait que l'écrivain se mourait d'envie de tout apprendre, ne serait-ce que pour lui, comme il le disait, ou pour sa plume sur la première ligne d'une page vierge.

— Comme bon vous semble, Vincent. Si nous prenions le thé dans la véranda ?

Il soupira d'aise. Il était heureux à l'idée de ne plus écrire, ses doigts se crispaient sur sa plume et sa main criait grâce. Mais son inspiration était sans merci.

« J'ai habité le logement non loin de mon travail durant quinze ans, puis j'ai déniché celui que j'occupe encore aujourd'hui. J'ai travaillé jusqu'à épuisement dans cette bijouterie. Je n'ai jamais changé d'emploi. J'ai travaillé jusqu'à ce que le bijoutier ferme boutique. Il ne pouvait plus se battre contre les magasins à grande surface et les bijouteries à la chaîne. J'aurais pu trouver autre chose, mais avec mes économies, car j'étais économe, j'ai réussi à remplir un bas de laine, à assurer ma subsistance pour mes vieux jours. De plus, comme j'avais placé l'argent de ma part de la maison sans y toucher, les intérêts accumulés s'y sont ajoutés. Je ne suis pas riche, mais je vis confortablement, à l'aise, pour le peu dont j'ai besoin aujourd'hui. J'ai vu les ans passer, j'ai tourné les pages des calendriers. »

— Mais vous étiez encore jeune et jolie. Ne venez pas me dire qu'en ce temps-là, aucun homme n'a croisé votre route. Vous... vous n'avez pas refait votre vie ?

— Non, Vincent, mais pour être honnête, j'ai rencontré des hommes intéressés. De très bons partis, même, mais je n'ai jamais été... attirée.

— Aucune romance ? Aucun soubresaut du cœur ?

— Je vous mentirais si je vous disais que je n'ai pas essayé. Dans ma trentaine avancée, j'ai eu un ami. Un veuf avec trois enfants en bas âge. Nous nous sommes fréquentés, mais nous ne nous sommes aimés que de « cœur », si vous saisissez. Car je n'ai jamais pu... Ce n'était pas Rémi, ce n'était pas son corps ni l'odeur de ses mains... Et comme nous n'habitions pas ensemble... Et, pour être franche, je n'avais pas envie d'élever trois enfants. Pas ceux d'un étranger, après avoir hérité en bas âge des deux enfants de ma mère qui avaient pris une partie de ma vie. Il a compris, il est parti la mort dans l'âme, mais je n'avais pas envie de tout recommencer. Et puis, je l'aimais bien, mais...

— Mais quoi ?

Laurence regarda par la fenêtre et répondit, perdant quelque peu patience :

— Je viens de vous le dire, Vincent, ce n'était pas Rémi. Aucun autre homme ne pouvait être... lui.

« Puis, à quarante-quatre ans, un autre homme est entré dans ma vie. Un célibataire, un type de mon âge, un fonctionnaire. Sans vivre ensemble, cette relation a duré trois ans. La plus longue de mes histoires. Il voulait venir vivre sous mon toit ou que moi j'aille vivre sous le sien. Prise à la gorge, j'ai préféré ma liberté. Une rupture plus orageuse, cette fois, car il prétendait que je lui avais fait perdre son temps. Je l'aimais bien, pourtant, mais... Comme je m'étais toujours refusée... Et enfin, au mitan de la cinquantaine, un autre homme, une brève escale, cette fois. Une liaison de six mois à peine. Il était empressé, il désirait se marier... j'ai fermé les volets quand il s'est mis à insister. Encore là, "l'intimité", le désir de s'installer, les mots enflammés... Il a claqué la porte lorsqu'un certain soir, sans ne rien lui expliquer, je lui ai dit : "C'est assez, je ne vais pas plus loin, l'aventure est terminée." Il m'avait répondu : "Quelle aventure ?"

et… que pouvais-je dire ? Car, dans ma tête, je ne voyais qu'un seul lit. Celui de mes ébats d'antan avec Rémi. »

— Mais pourquoi, Laurence ? Vous n'aviez pas envie d'aimer et d'être aimée ?

— Je vais vous paraître rustre, Vincent, mais j'avais besoin d'un homme comme d'un trou dans la tête.

— Vous vous étiez pourtant… Vous vous étiez en quelque sorte engagée ?

— Oui, et c'était là le drame. Je ne pouvais composer avec… leur oreiller.

— Mais pourquoi ? Vous étiez jeune, vous aviez sûrement des besoins…

— Oui, sans doute, mais je n'aurais pu aimer aucun de ces hommes, parce qu'aucun de ces hommes n'aurait pu m'aimer comme Rémi m'avait aimée, vous comprenez ? Ne vous ai-je pas dit, Vincent, qu'avec Rémi, lors de mon cruel refus, de mon terrible affront, je venais de rejeter la dernière relation sexuelle de ma vie ?

Vincent était muet, inquiet, presque choqué. Il osa tout de même…

— Vous aimer, vous aimer comme… Que vouliez-vous donc ? Que le corps, Laurence ?

La vieille dame baissa la tête, regarda ses ongles et murmura :

— Non, sans doute le cœur aussi, mais avec eux, les yeux fermés, je ne voyais que Rémi.

— Vous l'avez toujours aimé, n'est-ce pas ?

— Non, je ne l'aimais plus, mais…

— Allons, soyez franche, Laurence. Ne balbutiez pas…

Elle leva les yeux sur lui, une larme perlait sur sa joue.

— Je l'aime encore, Vincent.

L'homme de lettres resta bouche bée. Découragé, il avait déposé sa plume dans un geste de vive impatience.

Mais, sans se soucier du souffle court de l'auteur, Laurence replongea dans l'eau trouble de son passé.

« J'ai revu Rémi à quelques occasions. Par inadvertance et, parfois, parce qu'il m'attendait le soir à la porte de mon lieu de travail, pour s'enquérir de mon bien-être. Il prenait de l'âge, quelques cheveux gris parsemaient ses tempes, mais il était toujours aussi svelte et… séduisant. Il vivait encore avec Michèle, il semblait heureux, mais le ciel ne leur avait pas donné d'enfants. J'en étais soulagée et rassurée à la fois. Parce que je venais de comprendre que c'était lui qui était stérile et non moi, Vincent ! Michèle Verdois désirait tellement un enfant et, avec les progrès de la science, ils avaient consulté. C'est là qu'il a appris que c'était lui, non elle ni moi, qui ne pouvait procréer. Il me l'a avoué en me disant que le bon Dieu l'avait quand même aimé en lui donnant deux petites filles à élever. Il pleurait encore la mort de Marie et il s'en voulait de ne pas avoir empêché Colette d'avorter. Ça lui aurait fait un enfant de plus à choyer, disait-il. C'était curieux, il existait au temps présent, mais il vivait au temps passé. À peine quarante ans et nostalgique comme s'il avait quatre-vingts ans. Faut dire qu'il avait été "père" malgré lui à dix-huit ans. Mais il aimait Michèle et elle l'aimait aussi. Malgré son infertilité, en dépit du concubinage, acceptant même le fait de ne jamais porter son nom. Car, "madame Pratte", c'était moi pour la vie ! M'aurait-il suppliée de lui accorder le divorce que j'aurais refusé. Pour qu'aucune autre ne soit sa femme devant Dieu et les hommes. Mais ça m'avait fait mal quand il m'avait avoué qu'il l'aimait et qu'il était heureux avec elle. Même si je me montrais tout à fait indifférente. Ce soir-là, après le café que nous avions pris au restaurant, je vous jure que je l'aurais invité s'il s'était montré intéressé. J'aurais fait fi de ma fierté, j'aurais marché sur mon orgueil. Non pas pour me venger de ma rivale, mais pour l'avoir à moi... une dernière fois. Il y a de ces amours, Vincent, qui sont indiscutables quoique lamentables. Je sentais qu'il ne m'aimait plus puis, d'un regard de sa part, j'en doutais pitoyablement. "Folle à lier..." ai-je à le répéter ?

Rémi recevait de Colette des nouvelles qu'il me transmettait. Entre elle et moi, c'était fini, mais elle avait gardé un doux souvenir de lui. C'est de sa bouche que j'ai appris que ma sœur s'était remariée. À l'aube de ses trente-sept ans, avec un homme de quinze ans son cadet. Elle était devenue madame Tommy Preston, un jeune croupier de vingt-deux ans qu'elle avait rencontré dans un casino de Las Vegas. Sans doute un gigolo qui voulait la mettre à sec de son argent. Et là, je n'ai plus eu de remords face à sa lettre. Du moins pour un instant. Car ma chipie de sœur, la Colette, n'avait pas changé. Une tête de linotte qui se payait un homme-objet ! "Garce un jour, garce toujours !" avais-je dit à Rémi. Plus indulgent, il m'avait répondu : "Elle est encore très belle, tu sais." Il le savait, il était allé la visiter avec Michèle ! Je l'ai engueulé, il a froncé les sourcils, il est parti. J'avais agi comme s'il était encore à moi et je ne l'ai jamais revu. Il m'avait dit en me quittant : "Tu sais, Laurence, il n'y a pas qu'elle qui n'a pas changé." »

Vincent multipliait les efforts pour lui soustraire d'autres aveux. On aurait pu jurer que Laurence voulait refermer le livre de ses souvenirs. Il se grattait la tête, il désirait poursuivre. Embusqué derrière son désir de savoir, il cherchait un filon, puis...

— Lors de l'un de nos entretiens, Laurence, lorsque je vous parlais de Simone, vous me disiez : « Votre deuil est récent. Vous verrez, avec les ans... » Vous êtes veuve depuis longtemps ?

Elle pencha la tête, échappa un soupir. Vincent sentit une tristesse s'emparer d'elle.

— Il est avec Marie, Vincent. Au paradis. Sans même un adieu, sans même un signe.

— Oui, je le sais et j'en suis navré, mais la réponse est vague. Qu'est-il arrivé, Laurence ? Comment est-il parti ?

— Rémi est mort subitement. Comme son père ! Une crise cardiaque en plein après-midi, au travail. Une douleur à la poitrine et il s'est écrasé par terre. Mort sur le coup ! Il venait tout juste d'avoir quarante-neuf ans.

— Oh, je suis désolé, je m'excuse...

— Ça va, c'est déjà loin, la blessure est pansée. Mais j'ai pleuré comme une jouvencelle quand on me l'a appris. Autant que Richard quand il a perdu Marie. J'ai pleuré comme je l'aurais fait à seize ans, car c'était de cette façon que je l'aimais encore. Je ne pouvais croire qu'il n'était plus là. La seule consolation, c'est qu'il n'était pas mort dans « ses » bras. J'aurais haï cette femme de toutes mes forces s'il avait rendu l'âme dans ses bras. J'étais meurtrie, j'étais triste, parce que je venais de perdre le seul homme que j'avais aimé. Et méchamment, hélas, j'étais heureuse d'apprendre que celle qui me l'avait ravi était au bord de l'hystérie. C'est par une intermédiaire qu'elle m'avait rendu le corps froid de son concubin. Parce que j'étais encore sa femme, parce qu'elle n'avait plus aucun droit sur lui. Et je l'ai enterré avec ses parents. Dans la fosse familiale. En versant des pleurs sur les fleurs que je lançais pendant la descente du cercueil. Par la suite, j'y suis allée une fois, une seule. Et sur sa fosse, il y avait un bouquet de fleurs fraîches. Avec un mot d'amour, un doux émoi de... la Verdois ! Je n'y suis jamais retournée, Dieu ait son âme, cette fois, je l'avais perdu pour la vie. Mais j'ai pensé à lui longtemps, j'ai eu beaucoup de mal à me remettre de l'absence. Je l'avais tant aimé...

— Et vous l'aimez encore, Laurence.

— Oui, même mort ! Son souvenir me hante jour et nuit. Et chaque fois que je viens sur la tombe de Marie, je lui dis : « Prends soin de mon homme, ma perle. Veille sur mon Rémi. » Je l'ai aimé, je l'ai aimé, je l'aime...

Laurence n'avait pas terminé sa phrase. Elle avait remarqué que l'écrivain regardait dans le vide, qu'il ne prenait plus de notes. Confuse, elle lui avait murmuré :

— Est-il nécessaire que je poursuive ? C'est vous qui avez insisté...

Sortant de sa torpeur, Vincent lui répondit d'un ton qui trahissait son émotion :

— Oui, c'est nécessaire, Laurence. Pour le récit. Même si cela fait mal...

Un café pour elle, une bière pour lui, car Vincent avait besoin de noyer son chagrin. Retrouvant son aplomb et sa plume, il lui demanda comme si rien de ce dernier aveu ne l'avait ébranlé :

— Et votre sœur, Laurence ? Qu'est devenue Colette avec le temps ?

Sucrant son café, quelque peu condescendante, sans le moindre émoi, elle lui répondit :

— Colette est décédée, emportée par un cancer il y a dix ans. Elle avait à peine cinquante-cinq ans.

— Ah ! mon Dieu ! Qui donc vous l'a appris ?

— Son mari, Tommy. Elle était encore avec lui. Il a été patient, il a attendu pas mal longtemps avant de mettre le grappin sur son argent. Il m'avait fait parvenir une courte note qui disait : *Votre sœur est morte la semaine dernière. Un cancer. Elle a été enterrée ici. J'ai pensé qu'il était décent de vous le faire savoir.* Et c'était signé *Tommy Preston.* Comme je ne comprenais pas trop l'anglais, on m'a traduit ses mots et c'est ainsi que j'ai appris que Colette était décédée, qu'elle avait été enterrée à Las Vegas et que son mari, son gigolo, avait cru bon de me le faire savoir. Je n'ai pas répondu, je ne le connaissais pas. Et puis, à quoi bon ? Colette était partie et comme elle ne m'avait plus donné signe de vie...

— Vous en avez été navrée, chagrinée ?

— Non. Je la trouvais bien jeune, mais après le tourbillon dans lequel elle avait vécu... Et puis, n'avait-elle pas joui de la vie plus longtemps que Marie ? Non, je n'ai pas pleuré, je n'ai pas versé une seule larme. J'ai beau ressentir parfois du remords face à sa lettre, je n'étais pas la seule à avoir tous les torts. Elle m'en avait fait arracher, celle-là ! Je n'avais pas tout oublié. Je l'ai laissée au jugement de Dieu... et de ma mère. Je verrai bien, un jour, lorsque viendra mon tour, laquelle de nous deux aura été la plus cruelle.

— Et les autres, Laurence, tous ceux et celles que vous avez connus ?

— Tous partis ou presque. Le docteur Desforges est mort et sa femme l'a suivi de près. Mon amie – quel grand mot – Micheline, je ne l'ai jamais revue. Je ne sais pas ce qu'elle est devenue. Bernie, le premier patron de Marie, est décédé depuis longtemps. Je l'ai appris par une connaissance. Luigi Bonani, l'Italien, je ne sais pas s'il est encore de ce monde ou trépassé. Pour ce qui est de Jocelyn, son patineur de fantaisie, je ne l'ai jamais revu depuis le salon funéraire. Peut-être est-il encore en vie ? Il avait l'âge de Marie. Mais, avec la fin des *Ice Follies*, et comme ce métier est éphémère... je n'ai jamais cherché à savoir ce qu'il était devenu. Surtout de nos jours, avec son genre de vie et toutes ces maladies... Vous savez, on a beau dire que le monde est petit, il y a de ces gens qu'on a connus, qu'on perd de vue par la suite et qu'on ne croise jamais plus sur son chemin. Et, comme tout s'est arrêté ou presque avec la mort de Marie en 1957, tout près de quatre décennies se sont écoulées. C'est du temps ça, Vincent ! Et si, parmi ces gens, il s'en trouve qui soient encore en vie, je suis certaine qu'ils pensent que Laurence, la sœur de Marie Mousseau, a levé les pattes depuis longtemps. Pensez-vous qu'on se soucie de moi ? Pensez-vous qu'on s'interroge, qu'on cherche à savoir si j'existe encore ? Mon univers, c'était le sien ! Elle partie, qu'étais-je, moi ? Je n'avais pas de vie à moi, Vincent, j'étais son ombre, je respirais pour elle, par elle. Et là, entre vous et moi, pour la plupart d'entre nous, quand on a soixante-douze ans, on ne fait plus partie du monde des vivants. Même pour ceux qui m'ont aimée après Rémi et qui m'ont oubliée depuis longtemps…

— Je n'en suis pas si sûr, Laurence. Vous savez…

— Vous êtes un romancier, Vincent, pas moi. Vous croyez que tout est éternel parce que vos œuvres sont immortelles. Mais la vie, la vraie vie, ce n'est pas que du papier, mon ami.

Après ce court entretien, cette mise au point, Vincent sentit que la partie était loin d'être gagnée. Et pourtant, au cours de ces visites, l'attachement, l'affection… Il n'était pas possible que la solitude en soit la conclusion. Laurence était au bout de son récit. Son passé venait de s'étendre sur la dernière page. Mais lui, inquiet, épris, souhaitait candidement la naissance d'un… second roman. Le leur, cette fois, sans emphase, avec tendresse, dans le but que leur vie s'achève comme dans un commencement. Il ne pouvait se faire à l'idée de la perdre, de ne plus la revoir. Même si Laurence l'inquiétait, même si la dame, parfois, l'exaspérait. Elle avait si bien comblé le vide, elle lui avait redonné la force d'écrire, elle avait fait de lui un homme qui se sentait renaître après avoir clamé sa propre agonie. Depuis le départ de Simone, c'était le néant. Et voilà qu'une rencontre, une histoire de vie, avait fait de lui le jeune auteur qu'il était jadis au temps de ses premiers essais. Il avait besoin d'elle. Il avait peur de retomber dans l'inertie, de voir dans son miroir ses derniers cheveux gris devenir blancs. Laurence Mousseau, sans être son égérie, était sa bouée. Il voulait s'accrocher, repartir, retrouver sa notoriété. Il voulait, mais il frissonnait d'angoisse, il ne lui avait jamais dit... qu'il l'aimait. Son amour se voulait pour sa plume, pour son encre, pour un ultime ouvrage. Sans son aide, cette fois, sans la moindre narration, juste le fait de la sentir encore auprès de lui. Comme le lutrin du musicien, la palette de l'artiste peintre. Comme soutien. Afin de poursuivre pendant que «la corpulente» chanterait et que Laurence, discrète, cuisinant des plats, mettrait de la vie dans la maison; qu'elle poserait ses pieds dans l'eau, assise sur le quai, et qu'il irait la rejoindre, lorsque sa main serait fatiguée de tracer, pour lui parler d'un arbre sous le parasol. Tout comme Simone... sans être sa bien-aimée. Oh! non, il n'allait pas perdre sa proie. Juste à y penser et c'était déjà... l'effroi. La cassette de Montserrat Caballé finirait par s'user, mais Laurence serait encore là, à ses côtés. Sans rien dire, cette fois, sans même se prononcer. À le regarder écrire et à lui préparer gentiment... un thé glacé.

Vincent avait tout mis en œuvre pour que le souper d'apparat serve sa cause. Les chandeliers de verre, des fleurs des champs dans un vase, la nappe de dentelle, le service de porcelaine. Il avait insisté pour que son invitée ne touche à rien, qu'elle se détende pour une fois. Elle avait rétorqué, ils s'étaient mis d'accord pour qu'elle serve les plats. Il avait versé d'avance dans une carafe de cristal le vin blanc d'Alsace que Laurence aimait tant. Le tout dans un récipient de terre cuite pour que la glace le garde au frais. Comme toile de fond, pour agrémenter le tête-à-tête, il fit jouer, en sourdine, une cassette variée des grands classiques. Mozart, Liszt, Chopin, Bach, Haendel, Strauss et Boccherini. Laurence, voyant la mise en scène, comprit, mais ne s'en étonna pas. Elle fit comme si de rien n'était pour ne pas attiser le feu, pour ne pas accroître l'effet. Et ce, même si elle découvrait pour la première fois les verres de cristal cerclés d'or sortis d'une vieille armoire. Elle servit la salade et garda au chaud le poulet aux amandes. Seul à seul, à chaque bout de la table, ils se regardaient, se souriaient, alors qu'elle étendait une couche de beurre sur son pain frais.

C'est lui qui, le premier, rompit le silence gênant :

— Je ne peux croire que nous en sommes à l'épilogue. Déjà, si tôt...

— Et pourtant, Vincent, nous avons traversé la canicule ensemble. Tous ces déplacements... N'êtes-vous pas content que le récit soit terminé ? Ne vous avais-je pas prévenu que vingt ans d'une vie, ce n'était qu'un coup de vent ? Marie était si jeune... À cet âge, on n'a guère d'histoire, et voyez ce que vous en avez fait. Une brique, Vincent !

— Grâce à vous, ma chère, grâce à ce don que vous avez pour la narration. Sans vous, sans les autres personnages... Vous savez, c'est à travers la courte vie de Marie que j'ai pu connaître la vôtre. C'est vous, Laurence, l'héroïne de ce récit. C'est vous, le livre ouvert de ce très bel ouvrage. Marie, la douce Marie, n'aura servi que d'allégation...

— Mais c'était sa vie que vous désiriez étaler, Vincent, pas la mienne ! Mon histoire est si morne, elle ressemble à tant d'autres...

— Qu'en savez-vous ? Qui sait si Marie, après son bref passage sur terre, n'a pas voulu que sa vie se perpétue à travers la vôtre, Laurence ? Et à travers tous ceux et celles qu'elle a aimés et qui l'ont adulée ? Rémi, Colette, Richard, le docteur Desforges... C'est en partant de son histoire que j'ai pu rédiger toutes les autres. Tous ces gens ne sont pas que des accessoires, Laurence, ce sont des êtres humains tout comme elle, greffés à elle. Marie n'aura été que le fil conducteur de ce récit rempli de tant de personnages.

— Oui, je comprends, mais si j'avais su, je me demande si je me serais ouverte aussi librement en ce qui me concerne, si je vous aurais parlé de Rémi, de Colette…

— C'est Marie Mousseau qui l'a voulu, Laurence ! C'est elle, et non vous et moi, la véritable auteure de cet ouvrage. Et je la sens fière, là-haut, du devoir accompli.

Laurence porta le verre de vin à ses lèvres. Elle ne savait plus que répondre. Cet homme trouvait toujours les termes. Vincent Danin avait sans cesse le mot de la fin.

— Et là, je ne vous reverrai plus, ma douce amie ? lui demanda-t-il tristement.

— À l'occasion, peut-être, mais le travail est fait, la tâche, accomplie. Et je vous avouerai, Vincent, que ce récit a drainé toutes mes énergies. Je suis si fatiguée…

— Je n'en doute point. Revivre toutes ces années… Quel grand mérite que le vôtre et je vous en sais gré. Mais si, livre fermé, volets clos sur le récit, je vous demandais de revenir… J'ai peine à m'imaginer ce que sera ma vie sans vous, désormais.

— Ce qu'elle était avant de me connaître, Vincent. Je n'étais que de passage… Vous retrouverez votre quiétude, votre plume pour un prochain roman. Vous retrouverez le calme, vous retrouverez Simone…

— Bien sûr, mais je retrouverai aussi ma solitude, cette maison sans vie. Est-ce vraiment là ce que mon cœur désire ? Avec vous à mes côtés…

— Que voulez-vous dire ? Que tentez-vous de me dire, Vincent ?

— Que… que vous et moi, si vous le vouliez… Que vous, seule, et moi, seul, nous pourrions peut-être unir nos solitudes. Que vous pourriez venir vivre ici, que nous pourrions cheminer ensemble sur l'hiver de la vie.

Laurence avait baissé les yeux. Émue, mal à l'aise, elle répondit dans un murmure :

— Je ne sais pas, je ne crois pas, Vincent. Votre univers et le mien… Votre façon de vivre et la mienne… Je n'ai rien envisagé de la sorte, vous savez. J'ai déjà tant de saisons derrière moi. L'hiver, la dernière, ne m'est guère un fardeau, vous savez.

Dans un dernier effort, l'écrivain s'abandonna à sa plus belle tirade :

— Regardez nos mains, Laurence. À nous deux, nous comptons à peine vingt taches de vieillesse. Que vingt ! Tout comme les vingt ans de Marie ! Sauf que nous avons été plus gratifiés qu'elle, grâce à Dieu, nous sommes encore vivants tous les deux.

Surprise, décontenancée, elle demanda timidement :

— Vous souhaiteriez que vous et moi, sous un même toit…

Battant le fer pendant qu'il était chaud, il s'exclama :

— Oui, que vous et moi puissions vivre ensemble, Laurence ! Nous marier, même !

Frémissante, mais abrupte et déterminée, elle lui avoua sans broncher :

— Jamais je ne me remarierai, Vincent ! C'est un vœu que je n'ai prononcé qu'une fois.

— Qu'à cela ne tienne, à notre âge, nous pourrions vivre un merveilleux compagnonnage, prendre le café le matin, causer de tout et de rien, nous regarder avec tendresse…

— Vincent, je vous en prie, c'est romanesque… Non pas que je dédaigne la fleur bleue, mais, à mon âge…

— Je vous déplais, Laurence ? Je n'ai donc aucun attrait ? Suis-je à ce point suranné ?

— Non, au contraire, vous êtes l'homme le plus aimable, le plus attentionné et le plus distingué que j'aie rencontré depuis bien des années. Mais il y a un mur entre nous, Vincent, celui de l'écriture, celui de l'instruction, ce mur que je ne saurais franchir...

— Je cesserai d'écrire, Laurence, je planterai des fleurs, je laisserai sécher mon encre. Regardez mes doigts, Laurence. Usés par les efforts, ils se meurent lentement d'arthrite. Ils ont besoin d'une pommade et non d'une plume pour les massacrer davantage. Et le baume le plus doux serait votre main dans la mienne.

— Allons, Vincent... Cette maison, vos souvenirs, tout respire Simone, ici...

— Je vendrai la maison, si vous le désirez. Nous irons vivre à la campagne dans une jolie chaumière que vous-même choisirez. Vous apporterez vos choses, vos effets, nous achèterons des meubles neufs et je rangerai mes souvenirs dans un vieux coffre que je n'ouvrirai plus.

— C'est de la folie pure, Vincent. Vous vivez ici depuis si longtemps. Vous y êtes heureux. On n'enterre pas un tel passé par souci d'une présence. Et vous ne cesserez pas d'écrire, c'est là toute votre vie. Même avec de l'arthrite, Vincent ! Je sens déjà l'ébauche d'un roman dans votre tête. Votre plume est votre plus grand amour, Vincent. Il serait déraisonnable de la mettre au rancart dans un moment de cafard.

— On ne peut avoir été et être sans cesse, Laurence.

— Mais, vous êtes encore ! Vous êtes un écrivain jusque dans l'âme. Le feu s'est rallumé, Vincent, ne le sentez-vous pas ? Vous vivez dans l'imaginaire, c'est votre passion la plus vive. Souvenez-vous, au point que vous ne sentiez pas que, parfois, j'étais morte d'épuisement. Votre vie était belle et douce avant moi. Votre égérie en est témoin. De sa terre froide, Simone vous inspirait. C'est elle qui vous a dirigé vers moi. Sans la tombe de Marie près de la sienne… Soyons lucides, Vincent. Nous n'avons rien en commun, vous et moi.

L'homme, les yeux embués de larmes, rendu quelque peu triste par l'effet du vin d'Alsace, prit sa main dans la sienne, la pressa fortement, et lui murmura comme dans la dernière strophe d'un doux poème :

— Je vous aime, Laurence. Je vous aime de tout mon être. Et ce, depuis le premier jour.

Stupéfaite, fort émue, Laurence se dégagea de l'emprise, se leva et arpenta la pièce.

— Ah, Vincent, si vous saviez…

— Quoi ? Que vous ne m'aimez pas, Laurence ? Est-ce là ce que vous hésitez à prononcer ?

— Non, Vincent, je vous aime. Je vous aime… bien. Mais vous m'avez troublée, je ne sais plus que dire. C'est comme si tout ce que j'entends me venait d'un rêve.

— Un rêve qui peut devenir réalité, si vous le voulez. Vous vivez seule depuis si longtemps. Il est sûr qu'on aura à s'habituer, à s'adapter l'un à l'autre, mais moi, j'ai l'impression de vous connaître depuis longtemps. Nous n'en sommes pas à nos premiers balbutiements.

— Voyez ! Je ne peux même pas répondre par un tel vocabulaire. Je me sens déjà diminuée, Vincent. Je ne suis pas de votre monde, je n'aime pas l'opéra, je ne connais rien à la musique classique. Je ne suis pas littéraire, moi. Je ne suis pas Simone, Vincent !

— Je vous apprendrai, Laurence. Je vous apprendrai tout, lentement, patiemment…

— Et qui vous dit que j'ai envie d'apprendre ? Qui vous dit que je ne souhaite pas que ma vie se termine paisiblement, sans efforts, sans feindre, sans prétendre ?

— Alors, je me tairai, Laurence. Je respecterai votre façon de vivre, je ferai tout pour ne pas vous déplaire. Ne me laissez pas tomber, j'ai si peur…

— De la solitude, Vincent ! Vous avez peur de vivre seul, de n'avoir pour compagne que votre plume, et c'est pourtant là votre amie la plus fidèle. Vous êtes un homme de lettres, monsieur Danin, un romancier, un auteur à succès. Ne faites pas de l'hiver de votre vie un… *Mirage*. Vous en avez déjà fait un roman au temps d'un doux printemps. Votre sentier est tout tracé…

— Ne me laissez pas sans espoir, Laurence, je vous en supplie. Peut-être ai-je précipité les choses, mais réfléchissez, jurez-moi d'y songer, promettez-moi de considérer ma demande.

Laurence reprit sa place, se versa un café et lui répondit avec une larme au coin de l'œil :

— Vous m'avez bouleversée, Vincent. Je ne m'attendais pas à un tel dénouement… Mais je vous promets d'y songer. Je ne suis pas indifférente, vous savez, j'ai encore un cœur et des émotions. Je vous promets d'y réfléchir, de peser le pour et le contre. Je n'ai pas changé, vous savez. Ceux qui sont morts pourraient en témoigner.

— Je vous aimerai telle que vous êtes, Laurence. Je vous aime déjà… Demandez conseil à Marie. Il n'y a rien comme un ange du ciel pour ouvrir des yeux depuis longtemps fermés.

Laurence était émue jusqu'au plus profond d'elle-même. Rompue par le débat, elle murmura :

— Raccompagnez-moi, Vincent. J'ai le cœur en lambeaux, au bord des lèvres.

Il la raccompagna sans échanger sur le sujet. Elle lui promit de le revoir, de réfléchir, de laisser mûrir la demande. Elle lui promit de parler à Marie, de l'interroger de son âme. Songeur, Vincent refit le long parcours jusqu'à sa modeste demeure. Puis, seul dans son petit vivoir, calme et détendu, devant l'horloge de Simone, devant ses livres et ses disques classiques, il retrouva peu à peu la quiétude de ses jours d'antan. Le front dans la paume de ses mains, il se demanda s'il n'était pas allé un peu trop loin. Tous ces aveux, cette euphorie, pour ne pas être seul avec sa plume et son talent. Avait-il été sincère en lui avouant dans un élan qu'il l'aimait ? Avait-il fait parler un personnage de ses romans populaires ? Avait-il emprunté ces mots à l'un de ses héros du temps de ses trente ans ? Vincent ne savait trop, Vincent ne savait plus. Parce qu'il était courant chez les septuagénaires de retrouver un cœur d'enfant. Subitement et... momentanément. Il regardait un portrait de Simone et il en détournait les yeux. Comme s'il l'avait trahie, comme s'il avait trompé... son égérie. Dans l'accalmie, après le vent qui s'était élevé dans sa tête, il était repentant. Comme un adolescent en faute. Il regardait les poteries, les bibelots, les rideaux, les souvenirs. Et il ne pouvait imaginer le coffre qui saurait les enfouir. Ce coffre qu'il avait promis. Il regardait sa plume et regrettait son reniement. Son bureau, sa veilleuse, le piano, Montserrat Caballé, le chant des criquets... Que de tourments, déjà, pour une femme qu'il... aimait. Et que de dards au cœur pour ne pas vivre seul, lui qui s'y complaisait.

Épilogue

Laurence ne se fit pas attendre et, dès le lendemain, vers l'heure du souper, elle rappelait Vincent. Ce dernier, encore dans ses réflexions, fut fort surpris d'avoir des nouvelles de l'amie si rapidement, après une nuit de sommeil et une journée pour y songer.

— Vincent, il faut se voir au plus tôt, je n'aime pas laisser traîner les choses. J'ai réfléchi, j'ai à vous parler, j'ai pris une décision.

Le ton était ferme, décidé. Vincent ne sentait plus de douceur dans la voix.

— Une décision à mon avantage ? À notre avantage ? devrais-je dire.

— Bien sûr, mais il faut en parler au plus tôt. Le temps qui s'étire, ce n'est guère favorable, ça provoque des indécisions, vous comprenez ?

La voix était devenue plus douce et, dès lors, c'est lui qui se mit à craindre. Il ne savait plus où il en était, il avait à peine eu le temps de se concentrer sur lui-même.

Laurence, ne pouvant savoir s'il était anxieux ou non, lui demanda d'un ton timide :

— Vous êtes là, Vincent ?

— Oui, oui, je vous écoute, c'est que je suis surpris...

— D'un retour aussi précipité ? N'étiez-vous pas impatient, hier soir, de me voir revenir au plus vite ? Ne m'avez-vous pas dit : « Ne me faites pas languir » ?

— Bien sûr, Laurence, et cet égard de votre part me fait plaisir ; c'est... que je ne pensais pas que dès le lendemain... Vous avez pris le temps de réfléchir ?

— Ne dit-on pas que la nuit porte conseil ? Et puis, j'ai eu toute la journée pour y penser.

— Vous m'en voyez ravi, lui répondit-il d'un ton nerveux.

— Que diriez-vous d'une rencontre vendredi ? Un tête-à-tête quelque part.

— Heu... bien sûr. Chez vous, Laurence ? Que dis-je ! Chez moi ? Je pourrais passer vous prendre...

— Si vous n'y voyez pas d'inconvénient, je préférerais un restaurant. En terrain neutre, un endroit inconnu et discret qui n'aurait aucune influence sur nous, vous comprenez ? Il serait agréable qu'on se rencontre en plein après-midi. Juste pour un dessert et un café. Il y a, tout près d'ici, sur la rue Saint-Denis, un petit bistrot très peu achalandé en dehors des heures d'affluence. Que diriez-vous de m'y rejoindre vers quinze heures ?

— Avec plaisir, Laurence, le temps de noter l'adresse... Je cherche mon stylo...

Il était agité et la vieille dame se demandait s'il n'était pas souffrant. Craignait-il un refus de sa part ? Avait-il réfléchi de son côté ? Peut-être était-il nerveux face à ce terrain neutre qu'elle suggérait et qui ne semblait guère de bon aloi ? Pauvre vieux ! C'était sans doute trop ajouter à son anxiété.

— Attendez, Vincent, ne notez rien. À bien y penser, il serait préférable que vous veniez chez moi. Une tasse de thé, aucune oreille indiscrète, nous pourrions certes être plus à l'aise. Qu'en pensez-vous ?

— Je vous avoue que cela me rassure. Un entretien aussi sérieux, aussi important, dans un endroit public... Je vous remercie, Laurence. Me voilà déjà plus à l'aise. Au fait, vous avez bien dormi ?

— Avec peine, je l'avoue. Penser, réfléchir, mûrir, ce n'est guère un somnifère. Et vous ? Le sommeil n'a pas été trop perturbé ?

— Oh... si. Tout comme vous, à songer, à imaginer...

Laurence était perplexe. Vincent n'avait pas dit « à espérer ». Contrant le mutisme de son interlocuteur, elle lui demanda s'il avait eu le temps d'écrire. Vincent, sortant de sa torpeur, lui révéla d'un ton ragaillardi :

— Oui, j'ai mis la main à la plume ce matin, mais j'ai été interrompu par une bonne nouvelle. Mon éditeur, à qui j'avais fait parvenir le premier jet, sans corrections, des cinq premiers chapitres, s'est dit fort emballé par le récit. On va le publier, Laurence ! L'histoire de Marie va prendre vie ! L'éditeur m'a même pressé. Il veut le bouquin en entier, revu, corrigé et imprimé pour le prochain Salon du livre. C'est sans doute ce qui me secoue présentement. Il y a si longtemps qu'on ne m'a pas publié. J'avais peur d'être refusé, repoussé parmi les écrivains d'hier, mais il m'a rassuré en me disant : « Personne n'a oublié Vincent Danin. Et avec une telle œuvre, vous verrez. Préparez-vous, la renommée refait vite surface. »

— Ne vous l'avais-je pas prédit ? Si vous saviez comme je suis contente pour Marie. Sa brève histoire sous forme de livre. Tout ça à cause d'une rencontre... C'est sans doute le ciel qui l'a voulu, Vincent. La mémoire de Marie Mousseau ne se devait pas d'être de cendres éternellement. C'est une petite sainte, cette enfant-là !

— Je vous le concède. Et du moins, pour l'instant, le plus beau des archanges.

— Donc, vendredi, quinze heures, chez moi ?

— Comptez sur moi, j'y serai, Laurence. Je n'attends plus que ce moment.

Il avait raccroché et Laurence était médusée. Elle n'avait pas perçu, dans la voix de Vincent, l'enthousiasme de la veille. Où donc étaient passés les aveux amoureux de ce souper d'hier soir ? Où donc étaient l'émerveillement, le besoin pressant d'être deux ? Pourtant, il aurait tant voulu qu'elle lui dise « oui » spontanément, qu'elle ne reparte plus si c'eût été possible. Elle ne comprenait pas. Avait-il été surpris à ce point d'une réaction aussi rapide ? Lui qui avait toujours eu horreur des délais ! Elle était intriguée, elle ne savait que penser. Elle lui avait avoué ne pas avoir changé. Après mûre réflexion, ce propos l'avait-il troublé ? Elle n'était pas inquiète, elle n'était que perplexe. Elle venait de lui dire : « La nuit porte conseil. » Celle de Vincent avait-elle été blanche ? Comme une page de roman ? Sans ne plus être capable d'inscrire ce qu'il avait pu dire impulsivement ? Était-ce un mal de vivre d'écrivain ?

Vincent avait encore le récepteur à la main. Anxieux, le front plissé, il aurait certes apprécié pour une fois… un délai. Il s'était engagé, il avait fait des promesses, il avait même insisté. Et là, devant le fait quasi accompli, il tremblait. Il regardait l'horloge et le pendule se balançait. Inexorablement. Sans arrêt. Jusqu'à ce qu'il se lève le vendredi. Il regardait les potiches, les toiles préférées de Simone, la nappe de dentelle qu'elle avait jadis choisie. Et, aujourd'hui tout comme hier, il n'imaginait pas le coffre qui les ensevelirait. Vincent, de son poing, se frappa la tête, puis il frappa la table. Vincent, le romancier, Vincent, le poète. Vincent Danin qui, dans une sorte d'euphorie, avait renié sa bien-aimée. Sa femme, sa douce moitié d'une vie vécue à l'infini. Parce que les chandeliers, la porcelaine, le vin d'Alsace et ce joli visage de vieille dame... Parce qu'à deux, il se trouvait moins malheureux. Parce que seul, il se sentait heureux. Vincent, l'imprévisible, girouette au gré du vent. Vincent qui avait peur et qui... pleurait.

C'est d'une main nerveuse qu'il appuya sur la sonnette du logement en ce vendredi 25 août 1995. Une ombre derrière la porte, la poignée qui se tourne et Laurence, souriante, mais pas vêtue pour une telle circonstance. Une constatation étrange. Elle portait une jupe noire, une blouse blanche, une veste de laine grise, aucun maquillage, aucun bijou, et elle ne s'était pas coiffée. Chignon derrière la nuque, quelques mèches rebelles, on aurait pu jurer qu'elle venait à peine de se lever.

— Entrez, je vous en prie, passez au salon, le café vous attend.

— Vous êtes bien, Laurence ? Je ne vous réveille pas ?

Feignant la surprise, la septuagénaire lui répondit :

— Non, je me porte à merveille. Et vous ?

— On ne peut mieux... répondit-il, embarrassé d'avoir buté contre une pierre d'achoppement.

Il était élégant. Complet bleu, chemise de soie, cravate à pois.

— Je vous reçois à la bonne franquette ! Vous vous rappelez ? Vous aimiez tant cette expression.

— Heu... oui, très bonne idée. Je n'ai rien voulu insinuer...

— Je sais, je plaisantais... J'aime parfois surprendre, mettre les gens dans l'embarras.

Elle ricanait nerveusement. Elle n'était pas dans son état normal. Vincent sentait qu'elle ne savait par où commencer. Il était craintif et… soulagé à la fois.

— Belle journée, n'est-ce pas ? Ça sent déjà l'automne…

— En effet, et dire que la canicule s'est acharnée sur nous. Ah ! quand j'y pense… Comme ça, l'éditeur est ravi ? Il aime ce que vous avez écrit ?

— Oui, et j'en suis fort aise, mais vous êtes à l'origine de cette réussite.

— Votre plume, Vincent, pas mon bavardage. J'ai tant parlé que je me demande encore où vous avez puisé le temps d'écrire.

— La plume m'a bien souvent forcé la main… Ce que j'espère, c'est que les lecteurs, les lectrices, vivront ces pages avec le cœur. Pour ce qui est de la critique… Bah ! qu'importe ! On m'a peu louangé et mon nom s'est quand même hissé dans les rangs des écrivains de renom. Et puis, à mon âge… Le plus vibrant hommage, c'est d'être lu, Laurence.

— Vous avez figuré au palmarès des best-sellers, Vincent !

— Oui, malgré eux, malgré l'indifférence, grâce à ceux et celles qui ont eu foi en moi. Une lettre de lecteur, pour moi, c'est une médaille d'honneur !

Les mains sur les bras du divan, le regard sur une lampe, il changea le cours de la conversation.

— Mais je ne suis pas ici pour vous parler de ma carrière, Laurence.

Puis, la regardant dans les yeux, il ajouta :

— Vous comprenez ce que je veux dire, n'est-ce pas ?

Il était prêt à toute éventualité. Il allait tenir sa promesse si le destin l'y obligeait. Il l'affronterait de face pour que ce soit elle et non lui qui témoigne d'un malaise. Elle avait baissé les yeux, elle avait croisé les bras. Elle releva les yeux sur lui.

— Ce serait une grave erreur, mon ami. Il y a parfois de ces gestes que l'on regrette...

Il avait compris, il était même soulagé, mais sans en témoigner, il demanda :

— Que voulez-vous dire ? Dois-je en déduire...

— Que je n'accepte pas. Oui, Vincent, voilà ce qu'il faut en déduire. Non pas que je ne ressente rien, je vous aime bien, mais nous ne sommes pas faits l'un pour l'autre. Sur le plan de l'amitié, peut-être, mais pour l'intimité...

— Vous croyez donc que vous et moi...

— Non seulement je le crois, mais j'en suis persuadée, Vincent. De toute façon, quitte à vous blesser, et je m'en excuse, je ne saurais jamais vous aimer comme je l'ai aimé...

— J'y ai pensé, Laurence, ne vous méprenez pas. J'y ai pensé depuis le premier jour. Au point qu'à certaines de nos rencontres, j'en étais venu à le détester. À cause des comparaisons, vous comprenez ? Même à trente ans, Laurence, je n'aurais pu être un rival pour lui. Je n'avais ni son charme ni sa sensualité. Rémi a été l'homme de votre vie, de votre peau, Laurence ! Et vous l'avez encore dans la chair...

— N'exagérons pas... À mon âge, avec le temps, la chair, vous savez...

— Je n'exagère en rien, croyez-moi. Ne serait-ce qu'au nom du souvenir, il aurait toujours été là. Entre nous deux, entre vous et moi, et ce, jusqu'à notre agonie, Laurence.

— Je vous déçois, n'est-ce pas ? Si vous saviez comme j'ai du mal à m'exprimer. Je me demandais comment faire, comment dire... Je ne voulais surtout pas vous blesser.

— En m'avouant que vous ne m'aimiez pas ? Je le sentais, Laurence, je le savais. Mais dans l'emphase, devant la joie du travail accompli, dans ma reconnaissance...

— Vous vous êtes laissé emporter ! Je l'ai compris, Vincent, dès que je suis rentrée chez moi. Aurais-je accepté sur-le-champ que vous auriez eu peur dès le matin suivant. Et ne vous méprenez pas, je le répète, je vous aime bien, vous êtes un homme remarquable. Mais une union, même un compagnonnage, c'eut été courir à notre perte. Parce que si vous sentiez déjà Rémi entre nous, moi, je voyais Simone, votre femme, votre égérie… Celle à qui, avec amour, vous allez rendre visite chaque samedi. Et comme je n'ai pas changé, je vous l'ai avoué, j'aurais été incapable d'un tel partage. Nous nous serions fait mal, Vincent. Avec une lame à deux tranchants. L'une pour vous envers Rémi, l'autre pour moi envers elle. Ils sont morts tous les deux, j'en conviens, mais il y a de ces vies à deux qui persistent… après la vie. Et jamais vous n'aimerez une femme comme vous avez aimé Simone. Soyez franc, Vincent ! Avouez-le pour que je puisse respirer d'aise.

— Vous avez raison, Laurence. Que puis-je ajouter de plus ? Vous venez d'énoncer ce que je n'aurais jamais osé vous dire. Nous aurions pu vivre tous deux, secrètement, gardant chacun pour soi…

— Pas moi, Vincent ! Je n'aurais pu vivre ainsi ! J'ai trop vécu de cette façon, j'ai trop fermé les yeux, jadis, de peur d'ouvrir la bouche. Dans ma peur de le perdre, je me suis retenue, et ma nature était pourtant d'être directe. J'ai même feint pour le bonheur de Marie. Et je l'ai perdu quand même alors que je l'aimais… Je me suis juré de ne plus jamais vivre ainsi, quitte à vivre seule jusqu'à mon dernier souffle. Et nous unir aurait été malhonnête. De part et d'autre, Vincent ! Parce qu'il y aurait toujours eu « l'autre » entre nous. Vous comprenez ? Je me suis habituée à vivre seule, je me suis évertuée à ne plus jamais aimer. Pour n'aimer que lui, que j'ai perdu par ma faute. Parce qu'avec Rémi, c'est moi qui ai créé «l'autre». Deux fois, Vincent! Parce que j'aurais pu, avec un peu de bonne volonté, le garder à moi pour la vie. Et là, avec plus d'années derrière moi que devant, je ne me permets plus la moindre erreur. En refusant, Vincent, je «nous» sauve tous les deux! Et il nous sera possible de rester des amis, de nous écrire, de correspondre de temps en temps.

— Que voulez-vous dire par «nous écrire»? Sans se revoir, Laurence?

— Parce que je pars, Vincent. Je quitte ce logement. Je m'en vais vivre à Caraquet chez mon amie Clara. Dans sa vieille maison que nous partagerons. La cousine est morte, Clara avait le mal du pays et moi, j'ai besoin d'un changement.

— C'était donc ça, le voyage d'affaires? Votre décision était prise?

— Non, j'étais allée tâter le terrain, comme on dit, voir de plus près, mais cet endroit, c'est un coin de paradis sur terre. J'attendais que le récit se termine. Je tardais à lui donner une réponse. Et c'est ce matin que je lui ai dit que je partirais avec elle, parce que je savais, Vincent, que vous et moi, ce n'était pas possible. J'ai réfléchi, je vous l'avoue, mais j'ai compris... Je viens de tout vous dire.

Vincent avait baissé la tête. Et honnêtement, cette fois, il avait murmuré:

— Vous m'en voyez navré. Je comprends votre décision, je la respecte, mais j'en suis fort peiné. J'aurais souhaité une amitié plus soutenue, pas si lointaine...

— La distance, vous savez, n'est pas une entrave à une amitié solide. Vous qui aimez écrire... Et, qui sait, peut-être songerez-vous à venir visiter ce merveilleux coin du pays...

— Sans doute, si la santé me le permet, si Dieu me garde alerte. Vous... vous comptez partir quand?

— D'ici un mois ou deux. Le temps de vendre quelques affaires, le temps de sous-louer mon logement. Mon proprio a déjà un locataire en vue. Je veux passer l'hiver là-bas, Vincent.

— Mais c'est si loin, si froid…

— Ah ! mon Dieu, quand on a le cœur chaud… Vous qui l'avez écrit tant de fois…

Ils échangèrent pendant encore une heure. Elle parlait de l'avenir, des années qu'il lui restait à vivre, de la bonté de Clara, de sa hâte fébrile de recevoir le livre. Il se leva, elle le raccompagna jusqu'à la porte. Il était ému, elle était touchée.

— Merci, Vincent, merci pour Marie. Ma petite perle sera heureuse du haut du ciel.

— Merci à vous, ma douce amie. Sans vous… Je vous dois ma reconnaissance, Laurence.

Et l'homme galant qu'il était baisa la main de la septuagénaire.

— Vous m'écrirez, n'est-ce pas ? Entre deux pages d'un prochain roman, quand l'inspiration sera en panne…

Il lui sourit. Une larme perlait sur sa joue. Vincent était ému, il ne trouvait plus les mots. De son balcon, la vieille dame lui fit un signe de la main. Vincent le lui rendit sachant qu'il ne la reverrait plus. Puis, dans sa tête, tout en appuyant sur l'accélérateur, il songea : « Quelle femme honnête que celle-là. Que de fidélité, que de bonté. Avec ses forces et ses faiblesses, avec ses joies, avec ses peines, avec ses qualités et ses défauts, quel noble cœur que celui de Laurence Mousseau. »

De retour chez lui, dénouant sa cravate, veston sous le bras, l'écrivain se dirigea vers le quai afin de regarder les quelques vagues se perdre sur la rocaille. Il ferma le parasol, plia les deux chaises longues et les rangea dans sa petite remise. Il savait qu'il ne reviendrait plus sur ce quai, que sa vie allait s'écouler entre ses murs et dans la véranda jusqu'à ce que les feuilles tombent et que la neige de l'hiver les recouvre de son manteau. Il rentra dans sa petite maison et, chose qu'il n'avait pas faite depuis fort longtemps, il se surprit à humer l'odeur, à apprécier le silence. L'espace d'un été avait tout chaviré et voilà qu'en un moment, il retrouvait sa quiétude du printemps dernier, alors que seule l'âme de sa chère Simone le précédait dans chaque pièce où il posait le pied. Ce trop soudain amour qu'il avait cru éprouver, cette peur de la solitude, ce désir de garder celle qui avait perturbé sa vie, venaient de s'envoler en un nuage. Tout comme dans son premier roman, ce chapitre peu songé n'avait été qu'un… *Mirage.* Il replaçait dans un vase à bec étroit les tiges de la monnaie-du-pape que sa bien-aimée avait fait sécher avant de… quitter. Il regardait les tentures de velours retenues par des embrasses de satin qu'elle avait jadis tressées de ses mains. Sur la commode de la chambre de Simone, la parfumeuse qu'il lui avait offerte il y a vingt ans contenait encore un soupçon de l'eau de toilette qu'elle y avait déposée. Dans sa bibliothèque, des romans de Flaubert, d'autres de Zola, des œuvres que Simone lisait et relisait en attendant de lire ce que Vincent écrivait. Des napperons crochetés des mains de sa belle dans la balançoire, la lampe de cristal ornée de glands de verre, la lampe de chevet de sa douce égérie. Malgré son penchant pour Laurence, jamais il n'aurait pu, le moment venu, ranger tout ce passé dans un coffre. Pas après avoir enterré Simone… dans un autre.

Il avait bien dormi cette nuit-là. Délivré de son mal de vivre, libéré de toute crainte face à l'ennui. Il avait bien dormi avec, pour seule musique, le tic-tac de l'horloge. Il était apaisé. Il se sentait heureux dans l'accalmie, sans les emportements, sans l'impétuosité de Laurence.

Il ne regrettait point qu'elle ait meublé sa vie temporairement, mais il sentait qu'il aurait payé cher le geste irréfléchi. «On commet des bêtises à tout âge... se disait-il. Il est faux de prétendre que la sagesse s'en fait la cuirasse. Je le sais... maintenant.» Et, tout comme au printemps, avant l'arrivée de celle qui l'avait troublé, il s'était préparé un café, des rôties, il s'était même servi de la compote de pommes. Tout comme il avait fait depuis le premier jour du départ de Simone. Il était détendu, il était bien dans sa peau, malgré l'arthrite qui le sillonnait de ses douleurs, malgré de nouvelles rides. Et il était reconnaissant à «l'étrangère» de l'avoir sorti de sa léthargie. Sans son approche, sans son accord, il n'aurait jamais pu écrire un récit qui tirait à sa fin et qu'on allait publier. Son cœur usé était saturé de gratitude envers Laurence, mais dans l'apaisement, une fois le point final inscrit sur son manuscrit, Vincent Danin baignait dans la béatitude.

Nuageux, un peu plus frais, tel était ce dernier samedi du mois d'août. Juste à point pour une sortie, une visite au cimetière. Il avait croisé le laitier qui, en lui remettant son litre de lait, lui avait dit : «L'automne s'en vient, monsieur Danin. Profitez bien des dernières belles journées.» Vêtu de noir de la tête aux pieds, l'auteur avait saisi en passant une veste de laine et un parapluie, au cas où... Il avait fait démarrer la voiture et, tout en suivant la rivière, il avait pu capter de la musique classique sur une bande FM. La presque fin d'une œuvre de Mahler. Longeant à pied l'allée des pierres tombales, tournant à gauche, à droite – il aurait pu le faire les yeux fermés –, il atteignit le petit sentier où, de loin, il pouvait entrevoir la croix sur le monument de sa bien-aimée. Il marchait lentement, il replaçait de la main une mèche de cheveux blancs secouée par le souffle du vent. Mais, avant de franchir les quelque vingt pas nécessaires, il s'arrêta sur la tombe de l'héroïne de son écrit. Une araignée avait ancré sa toile dans les lettres incrustées qui formaient le prénom de Marie. Une araignée qui se battait contre une guêpe captive. Et c'est à l'aide d'une branche trouvée par terre que le vieil homme mit un terme à cette guerre insensée. Tout en purifiant, par ce geste, l'outrage fait au nom de celle qui reposait. Il s'arrêta, s'agenouilla, puis s'assurant qu'il était seul, il murmura à l'ange dont il avait tracé le portrait…

Je vous dois beaucoup, Marie Mousseau. Sans vous, sans votre courte destinée, ma main n'aurait pu retrouver ses élans de naguère. J'ai appris à vous aimer, Marie, j'ai même appris à vous prier. Car, depuis que j'ai vu votre doux visage dans cette robe de mariée, j'ai imploré le ciel de faire de vous mon ange gardien. Si vous saviez comme j'ai pleuré dans mon cœur en écrivant certains passages. Et parfois, avec mes yeux, puisque l'encre se dispersait sur maintes larmes de quelques pages. J'espère que vous êtes heureuse, petite fleur, petite perle. Vous qui aurez vingt ans éternellement. Je vous revois sur glace et j'applaudis, je vous revois dans l'eau et j'en frémis. Mais là, au-dessus des nuages, un regard posé sur nous, je vois votre sourire à l'infini. La perpétuelle récompense que le Seigneur offre à ses anges. J'ai passé des nuits blanches à vous faire revivre, Marie. Pour que votre immortalité soit du monde des vivants. Pour que jamais personne ne vous oublie. Votre sœur s'en va vivre au loin, vous le savez sans doute. Pour terminer sa vie dans une retraite qu'elle a choisie. Reviendra-t-elle se pencher sur votre âme ? Vous seule le savez. Mais, ce que je sais, c'est qu'elle vous aime comme elle vous a aimée. Et si Dieu l'a laissée plus longtemps sur terre, c'était pour que nos chemins se croisent, pour que je puisse, de son amour pour vous, tracer de ma main chancelante l'hommage qu'elle tenait à vous rendre. C'est Dieu qui a choisi Laurence, Marie, pour que votre mémoire puisse ressurgir et revivre. Pour qu'on vous aime, petite perle, comme elle vous a aimée.

Le vieillard se pencha et, d'une main tremblante, déposa une rose blanche sur la pierre tombale de «l'ange». Puis, se relevant avec peine, il lui murmura comme dans un doux poème...

C'est moi qui, désormais, fleurirai votre tombe. Et ce, chaque fois que je viendrai embellir celle de Simone, votre âme... amie. Je l'ai promis à Laurence. Et, vous savez, Marie, votre sœur... J'aurais certes pu, j'aurais voulu... mais je respecte votre volonté. Parce que vous seule saviez... Dormez en paix, mon ange.

Essuyant une larme tombée de sa paupière gonflée, Vincent Danin reprit sa route. Vingt pas, un de plus peut-être, un de moins, et il se retrouva devant la pierre de sa douce égérie. Un an et quelques mois déjà, et c'était, pour lui, encore la veille... Penaud, pantois, il n'osait regarder le monument. Tel un enfant avec une faute sur la conscience. Puis, retrouvant son courage, les yeux embués par les larmes, il s'agenouilla, déposa au pied de la croix son bouquet de fleurs des champs et, repentant, murmura humblement...

Simone, ma chère Simone, mon égérie, la seule que j'ai aimée et que Dieu m'a ravie. Tu... tu me pardonnes, dis ? J'ai failli te trahir et déposer ce cœur que tu as tant aimé entre les mains d'une autre. J'ai trébuché, ma douce, ma bien-aimée, mais devant ton visage, je me suis relevé. Mais, comment me repentir d'une telle offense... Mon désir du moment n'était que de meubler l'absence. Comme tu as dû pleurer, de tes paupières closes, à moins, bien sûr, que de là-haut, on comprenne ces choses. Je sens, ma douce, que tu poses déjà un doigt sur ma bouche. Pour me faire signe, peut-être ? Pour me dire de me taire ? Tout comme tu le faisais jadis quand je me reprochais ma négligence pour me consacrer à ma plume. J'ai péché, Simone, je m'en accuse, je m'en repens. Implore Dieu d'être indulgent. À toi, je demande pardon, à genoux sur cette pierre humide. Même si je sais que tu as fermé les yeux sur mon écart de conduite. Toi, si généreuse, toi, toujours si présente… Il n'est pas facile de vieillir seul, tu sais, de penser seul, de parler seul. Entouré de souvenirs figés, sans toi pour me dire : « Te souviens-tu, Vincent ? »

Grâce à Marie Mousseau, j'ai retrouvé ma plume, j'ai retrouvé ma force. Cet ange sur qui tu veilles et que tu aimes, je le sens, comme l'enfant que tu n'as jamais eu. Et je suis assuré, ma douce, que tu es, de l'œuvre, l'égérie. Je suis sûr que c'est toi qui m'as désigné sa tombe à quelques pas. Pour ensuite guider ma main tout en soufflant, sur mes doigts meurtris, le baume de ta tendresse. Et là, grâce à toi, grâce à ton cri muet, je sens jaillir en moi les bourgeons d'un autre roman. Peut-être le dernier, qui sait ? Si tel est ton désir, demande à Dieu, Simone, de me laisser le terminer avant de venir me chercher. Implore-le de ne pas me punir en laissant sur ma table une œuvre inachevée. Quitte à gémir à la porte du ciel pour ce sursis inhabituel. Demande aussi à Dieu, dans Sa clémence, de ne pas me faire expier ma faute en me privant de la vue, de l'ouïe, de ma main droite et de mes facultés. Demande-Lui de m'épargner ce sort, de me reprendre alors que je pourrai sourire encore. Je pèche par orgueil, je me sens exigeant, mais je sens qu'avec tes prières et celles de Marie… J'ose espérer qu'il est permis, là-haut, aux âmes, aux anges, d'intercéder pour… les vivants. Je demande, je demande, mais qu'ai-je donc à offrir en retour ? Tiens ! Dis au Seigneur que je suis prêt à endurer, de mon arthrite, un mal plus fort, une douleur plus vive. Non, c'est bête ! Dis-Lui, Simone, que je me soumets à Sa volonté. Rien d'autre que Sa bonne volonté.

Des larmes sur les joues, le septuagénaire se releva péniblement. Appuyé sur la pierre tombale, serrant de sa main la croix de granit, il ajouta…

Je dois rentrer, ma bien-aimée. Je dois partir et retrouver à la maison ton âme qui m'y attend. Ensemble, nous cueillerons des fleurs pour les déposer dans un vase. Ensemble, nous écouterons les arias de Puccini chantés par la diva. Ensemble, nous...

Et d'un pas lent, Vincent, face à la réalité, à l'absence, non à l'oubli, se retourna une dernière fois pour dire à celle qu'il avait tant aimée...

Et, dès demain, je te le jure sur l'automne qui vient, je donnerai des noix à l'écureuil... et du pain aux oiseaux.

Collection 10/10

André Lachance
*Vivre à la ville en
  Nouvelle-France*

Louise Lacoursière
Anne Stillman – Le procès

Roger Lemelin
Au pied de la Pente douce
Le Crime d'Ovide Plouffe
Les Plouffe

Denis Monette
Et Mathilde chantait
La Paroissienne
Les Parapluies du diable
Marie Mousseau, 1937-1957
Par un si beau matin
Un purgatoire

Paul Ohl
Drakkar
Katana
Soleil noir

Jean O'Neil
Le Fleuve
L'Île aux Grues
Stornoway

Francine Ouellette
Les Ailes du destin
Le Grand Blanc

Lucie Pagé
Eva
Mon Afrique
Notre Afrique

Fabrice de Pierrebourg et
Michel Juneau-Katsuya
Ces espions venus d'ailleurs

Claude Poirier
Otages

Francine Ruel
Et si c'était ça, le bonheur ?
*Maudit que le bonheur coûte
  cher !*

Jacques Savoie
Le Cirque bleu
Raconte-moi Massabielle
Le Récif du Prince
Les Ruelles de Caresso
Les Soupes célestes
Une histoire de cœur
Un train de glace

Louise Simard
La Route de Parramatta
La Très Noble Demoiselle

Matthieu Simard
Ça sent la coupe
*Échecs amoureux et autres
  niaiseries*
Llouis qui tombe tout seul

Cet ouvrage a été composé en Dolly 9,5/12
et achevé d'imprimer en décembre 2011 sur les presses de
Imprimerie Lebonfon Inc. à Val-d'Or, Canada.